한국 여성문학 자료집 ❷
해방기 여성 단편소설 I

한국 여성문학 자료집 **2**

해방기 여성 단편소설 Ⅰ

구명숙 · 이병순 · 김진희 · 엄미옥 편

역락

서문

해방과 전쟁기 여성문학의 탐색과 복원

『한국 여성문학 자료집』(전3권)은 숙명여대 한국어문화연구소에서 한국
연구재단의 지원을 받아 '해방 이후 1960년대까지 한국 여성문학 수집 ·
정리'(KRF-2009-322-A00074)라는 프로젝트를 진행하며 얻은 연구의 결과
물이다. 그동안 이 시기 여성문학은 1920, 30년대나 1970, 80년대의 여성
문학에 비해 학계의 주목을 받지 못하였다. 이 시기 여성문학 작품이 조명
받지 못한 이유는 여성들이 분단과 전쟁, 그리고 산업화와 군사주의라는
남성적 질서 속에서 가부장 이데올로기에 종속되어 왔기 때문이다. 뿐만
아니라 이산과 피난 등 사회적 혼란으로 인해 작품들이 여러 곳에 산재되
어 있고 이를 체계적으로 수집 · 정리할 인적 · 물적 자원이 빈약했기 때문
이다. 따라서 해방에서 전쟁에 이르는 동안 우리 민족의 삶을 문학적으로
형상화한 여성문학 작품들에 대한 수집과 정리, 그리고 문학적 평가들은
매우 미흡한 편이다.

　해방은 벅찬 환희와 기쁨으로 시작했지만 다양한 기대와 욕망들이 상충
되어 끝내 전쟁으로까지 이어지게 되었다. 해방기 현실의 시공간 속에는
민족과 민족어의 해방, 민족의 대이동, 이념과 이념의 반목과 대립 등이 횡
행하였고, 이는 결국 민족간의 전쟁을 불러일으켰으며 그 전쟁의 상처는
여전히 현재진행형이다. 따라서 해방과 전쟁이라는 8년간의 한국 현대사는
격동과 전환의 시기로서 오늘의 직접적인 전사(前史)이자 원형으로 기억되
어야 한다.

역사적 격동기를 온몸으로 살았던 사람들의 삶의 기록을 복원하는 것은 시급하고도 중요한 일이다. 특히 해방과 전쟁 등 사회적 혼란기에 가족의 생명과 보호를 책임져야 했던 여성들의 눈으로 본 당대 현실의 풍경은 거시적인 역사의 흐름 속에 누락된 일상적 삶의 디테일을 고스란히 증명해 줄 것이다. 이것이 바로 우리가 이 시기 여성문학에 주목하는 이유이다.

본 연구팀은 1차적으로 '해방과 전쟁, 그리고 여성문학'이라는 주제로 여성작가들의 작품을 수집·정리하여 『한국 여성문학 자료집』을 출간하고자 한다. 이 시기 여성문학은 일제 강점기부터 활동해 온 구세대 문인들과 해방기에 새로 등단한 신세대 문인들이 함께 작품활동을 전개하며 풍성한 결실을 맺고 있다. 이 작품들을 통해 우리는 해방과 전쟁 등 격동과 전환기 여성문인들의 삶을 재구성할 수 있게 되었다. 그들의 눈을 통해 본 한국 현대사의 면면들을 기억하고 복원하여 집대성하는 것은 여성문학의 총체적 맥락을 파악하고 한국현대문학사를 새로 쓰는 데에 귀중한 토대를 제공하게 될 것이다.

목록의 확정과 작품 수집을 위해 연구팀은 국내외 정보 D/B 네트워크 자료를 검색하고, 신문 및 잡지 자료를 꼼꼼히 살펴보았으며, 『한국현대문인대사전』(권영민), 『한국여성문인사전』(숙명여대 한국어문화연구소) 등의 문학사전을 참고로 전집류와 단행본들을 모두 확인하였다. 또 국립중앙도서관, 국회도서관은 물론 각 대학 도서관을 샅샅이 뒤져 자료를 확보하였다. 그럼에도 불구하고 누락되었거나 소장처가 불분명한 자료들은 대구, 부산의 대학 도서관, 신문사, 고서점 등을 직접 현지조사(field work)하여 구득하였다. 이를 다시 시기별, 장르별, 작가별로 분류하여 목록화하였으며, 이 과정을 통해 소장처를 분명히 밝히고 누락된 작가와 작품을 복원하여 서지정보를 명확히 확정지었다.

자료를 찾는 과정에서 오래된 자료들은 분실, 낙장, 훼손 등 보존 상태가 매우 불량하였고, 종조 편집과 국한문 혼용으로 인해 판독에 어려움을 겪었다. 이런 과정을 통해 얻은 자료들은 시의 경우 해방에서 전쟁까지 8년간 발표된 작품들을 한데 모아 작가별, 시기별로 정리하였고, 소설의 경우 방대한 분량으로 인해 해방기에 발표된 단편만을 대상으로 묶었다.

『한국 여성문학 자료집』1권인 『해방 이후부터 전쟁까지 한국 여성 시』에는 김경희, 김남조, 김일순, 노영란, 노천명, 모윤숙, 손소희, 오란숙, 이경희, 이명자, 이봉순, 이숭자, 이영도, 임옥인, 조애실, 지하련, 최귀동, 최현옥, 함혜련, 홍윤숙 등 총 20명의 시 308편이 수록되었다. 자료집 2권과 3권은 『해방기 여성 단편소설 Ⅰ, Ⅱ』로서 여기에는 강신재, 김말봉, 박화성, 손소희, 윤금숙, 이선희, 임옥인, 장덕조, 조경희, 지하련, 최정희, 한무숙 등 총 12명의 소설 84편이 수록되었다. 이외에 2012년에는 해방 이후부터 1960년대 말까지 여성문인들의 모든 작품 목록을 체계적으로 정리한 목록집을 출간할 예정이다. 앞으로도 계속 이어질 우리 연구팀의 후속 연구와 그 결과물에 여러 연구자들의 따뜻한 관심과 질정을 기다리며, 혹시 있을지 모르는 오류들은 그때그때 반드시 수정해 나갈 것을 약속한다.

　이 시기 여성문인들의 작품을 집대성하여 자료집으로 출간하는 일은 많은 사람들의 도움으로 가능했다. 우선 한국연구재단의 지원이 없었다면 이 연구는 애초에 시작조차 할 수 없었을 것이다. 또 작품의 게재를 허락해준 작가와 유족들께도 머리 숙여 감사의 인사를 전한다. 그리고 세 권에 실린 모든 작품들을 꼼꼼히 읽고 해설을 써주신 김재홍 교수(경희대), 김경수 교수(서강대), 권성우 교수(숙명여대)와 연구 진행 과정에 격려와 조언을 아끼지 않은 공동연구원 김종회 교수(경희대), 이덕화 교수(평택대), 이재복 교수(한양대)의 후의에도 감사드린다. 또 1년 반이 넘는 시간 동안 서로 격려하고 단합하며 성실하게 이 지난한 작업을 수행해준 이현정, 김지혜, 김춘희, 김은정, 김영민, 박윤영, 권미나, 김유민 등 모든 연구원들의 노력에 진심으로 고마움을 전한다. 아울러 흔쾌히 자료집 출간을 허락해준 역락출판사의 이대현 사장님과 권분옥 편집자께도 감사드린다.

2011년 3월
연구책임자 구명숙
책임연구원 이병순, 김진희, 엄미옥

차례

차례

해방기 여성 단편소설 Ⅱ

일러두기

1. 이 책에 실린 작품은 해방(1945년 8월 15일) 이후부터 한국전쟁(1950년 6월 25일) 전까지 발표된 여성 작가들의 단편소설들이다. 본문 텍스트는 최초 발표지를 저본으로 삼고, 원전을 구득하지 못한 경우 단행본에 실린 작품을 입력하였다. 작품의 출처는 작품 끝에 표기하였다.

2. 원문을 최대한 그대로 입력하되 띄어쓰기와 종결어미의 경우 현대식 표기로 바꾼다.

　예) −읍니다→ −습니다.

　단, 의미를 파악하기 어려운 단어는 알기 쉽게 주석을 단다. 이때 주석은 각주의 형태로 해당 페이지 하단에 작성한다. 문단 배열은 원문 그대로 따른다.

3. 한자는 한글로 표기하되, 한글만으로 의미가 모호한 경우에는 한자를 병기한다.

4. 오자나 탈자는 바로잡는다.

6. 판독이 불가능한 경우 ■, 누락된 글자는 □로 표기한다.

7. 대화를 표기하는 「　」혹은 『　』은 모두 " "로 바꾼다. 대화 속 단어는 원문 그대로, 대화 밖의 단어는 현대식 표기로 한다.

8. 외래어는 원문 그대로 표기한다.

9. 이 책에 실린 작품들은 모두 작가와 작가의 유족에게 작품 게재 동의를 받았음을 밝힌다. 단, 임옥인과 윤금숙의 경우는 유족을 찾지 못해 우선 게재하고, 이후 유족을 찾게 되면 저작권법에 의거하여 관례대로 해결할 것이다.

강신재 ● ● ●

강신재(1924~2001)

- 1944년 이화여전 가사과 중퇴
- 1949년 「얼굴」(≪문예≫ 11월호)로 등단
- 주요 경력 — 한국여류문학인회 회장(1982), 한국소설가협회 대표위원회 위원장(1983),
  대한민국예술원상(1988), 3·1문화상(1997) 등
- 대표작 — 「여정」(1954), 「포말」(1955), 「젊은 느티나무」(1960), 『임진강의 민들레』(1962),
  『이 찬란한 슬픔을』(1965) 등 다수

● ● ●

분노(忿怒)

1

아침 회진시간이다. 1호실 쪽으로 치료대를 끌고 오는 쇠바퀴소리와 의사, 간호부의 발소리가 들려오기 시작했다. 아이 얼굴에는 날카로운 공포의 빛이 스치고 지나갔다. 그는 색종이를 가슴 우에 떨어뜨리고 보기 싫게 우구러진 얼굴을 벼개 우에서 휙 돌리고 말았다. 그대로 죽은 듯이 숨을 죽이고 있는 것은 조마조마한 가슴에 또 병실의 수효를 헤이고 있거나 구두 소리로 어느 의사인가를 분간하려고 함일 게다.

색종이 우에 언진 가는 팔목이 발발 떨리고 있는 것을 간호인 정 노파는 심난한 듯이 한숨 지며 바라보았다. 그 욕을 또 어떻게 당한단 말인가. 걱정스러운 대로 그는 장미색 치마를 입은 작은 인형을 쳐들고서 다시 한 번 움찔움찔 춤추어 보였다.

"이것 봐, 아가. 이것 보래."

그러나 아이는 옴짝도 않았다. 스팀이 나가노라고 갈그랑거리는 소리만이 부산을 떨며 시끄러워 갔다. 정 노파의 낯빛은 캄캄해졌다.

치료차 소리는 드디어 옆방으로 들어갔다. 굵다란 남자의 신음 소리가 벽 넘어 울려온다.

엄마는 그제야 침상다리 목 의자에서 천천히 몸을 일으켰다. 잡지를 접어 탁자 우에 던져 놓고는 언제나와 같이 복도로 걸어 나가면서 아이를 한 번 거들떠보지도 않는다.

"김혜라, 오늘은 그냥 두실랍니까?"

옆방에서 나오면서 간호부가 묻는 소리가 쩽쩽 울리며 들려왔다.

"아니."

똑 짤르특히 의사는 대답했다. 정 노파는 꿈쩍 놀랐다. 발소리가 가까워 왔다.

"할머니! 할머닌 나가지 마!"

아이는 목을 빼들며 겁에 질린 소리를 질렀다. 절박한 눈초리가 정 노파를 부처잡는다. 그러나 정 노파는 고개와 팔을 한꺼번에 내두르며 허둥지둥 복도로 나갔다. 그 얼굴도 혜라와 못지않게 찌그러져 있었다. 그는 한 번 더 고개를 내저었다.

근 이십 년 간호인 생활을 해 오고 있는 정 노파였다. 끔찍스런 장면을 보기에도 어지간히 단련이 되어 있건만 혜라의 몸부림만은 가슴이 찢기우듯 고통스러웠다. 생김새도 나이도 비슷한 일곱 살, 그것도 똑같은 바른 편 무릎 밑…… 뼉다구를 긁어내어 피고름이 질국거리는 웅덩이는 정 노파의 가슴에서 쓰라린 기억을 휘집어 내는 것이었다.

복도로 나온 그는 태연스레 머리 매무시를 고치고 섰는 혜라의 엄마를 남겨놔 두고 무턱대고 내닫기 시작했다. 날러 나오는 혜라의 비명이 등을 때리기나 하는 듯 씨근거리며 발을 재촉해 갔다. 너무 운다고인지, 푸닥거리는 것을 더 꼭 누르지 않는다고 함인지 간호부에게 꽥! 하고 고함을 치는 의사의 목소리가 귀청을 울렸다. 정 노파의 입술은 떨리기 시작했다. 그는 애처로움에 못 이겨 눈시울이 젖어 오는 것을 자기도 어쩌는 수가 없었다. 그의 생각에 혜라는 어쩐지 죽을 것만 같았다. 그것도 말할 수 없이 비참히─ 마치 그 옛날 옥희가 죽듯이 사나운 몰골로 죽으리라고 어째선지 혼자서 생각하고 있었다. 그래서 혜라의 비명이 안 들리는 곳까지 정 노파는 오만상을 찌푸리고 달아 나가고 있는 것이었다.

회진이 끝난 뒤 정노파가 기웃하고 땀에 젖은 얼굴을 디밀자 혜라는 벼르고 있던 듯이 울음보를 터트렸다.

"혼자 놔 두구 뭐 뭐…… 싫여. 저리 가. 가, 인제 오구 머……."

나무판대기에 비끄러매 논 다리가 아파서 옴짝도 못하고 앉은 채 고개만 내두르며 신경질을 부린다.

"머, 머……."

설움보다도 욕된 고비를 치르고 난 안심이 응석을 떨게 한다. 나중에는 부러 자꾸만 그래도 정 노파는 여전히 등을 다듬어 주며 쩔쩔매었다.

"그만 우지. 자, 그만 우지. 응."

겨우 아이는 자리에 누웠다. 정 노파는 무릎을 꿇고 부시럭거리면서 침상 밑의 과일을 꺼내들었다.

그러나 기진한 아이의 커―단 눈은 멍청하니 바람벽만 바라다보고 있다. 그쪽에서는 엄마의 말소리가 들려오고 있었다.

"혜라, 아가. 이거 보래."

정 노파는 꾸부정하고 사과를 흔들어 보였다. 그러나 아이는 귀먹은 듯이 대답을 안했다. 정 노파는 구슬픈 얼굴을 하고 다시 사과를 흔들고 있을 때 엄마가 들어왔다. 그러나 그의 얼굴은 금방 옆방에서 웃음소리가 들려오던 그 사람이라고는 믿을 수 없으리만큼 여전히 딱딱하고 무표정한 것이었다. 아무도 없는 방에 들어오는 사람이나 다름없었다. 어째서인지 그는 절대로 혜라를 애무하는 일이 없었다. 가다가 말끔히 건너다보는 눈초리는 몹시도 매정스러워서 혜라는 무엇을 만저거리던 손도 오므라뜨리고 외면을 하는 것이 보통이었다. 하기는 정 노파는 말할 것 없고 다른 아무에게도 상냥히 구는 여자는 아니었다. 다만 옆의 방에 입원하고 있는 남자 환자와만은 언제나 친하게 대했다. 그의 자즈러진 웃음소리가 들리는 것은 그 방에서뿐이었다.

지금도 그는 아무 소리 없이 들어왔다가 목간 도구를 챙그려 가지고 또 아무 말 없이 나가 버렸다. 혜라는 그 뒷모양을 쓸쓸한 듯이 바라다보았으나 언제나 그런 엄마여니 하는 생각에선지 진찰 받느라고 피곤해졌던 몸이 노그라져서인지 곧 잠들어 버렸다. 정 노파는 그 야윈 얼굴을 언제까지나 들여다보고 앉아 있었다. 회오리바람 소리가 창을 울리고 지나갔다. 그러나 새파랗게 개인 창밖의 하늘은 얼어붙은 듯이 동요가 없다. 정 노파의 입은 저절로 비죽비죽 경련하였다.

"몇 해를 두고 이기 무슨 고생이라? 그리고 어마시는 와 저러키……. 특별나게 만났드노?"

찔금찔금 눈물을 흘리며 혼자 중얼거리었으나 정작 유별나다고 웃음거리가 되어 있는 것은 차라리 정 노파 자신이었다.

그는 원래 누구에게고 경멸을 받아 오는 위인이기는 하였다. 사람을 대하면 말댓꾸도 변변히 못해서 쥐구녕만 찾았으며 남의 말에 복종하는 데는 가엾어지도록 유순하였다. 그 쩔쩔매는 치켜 올라간 눈썹이나 빨갛게 불그러진 눈알, 심술궂게 늘어진 입술 같은 험상궂은 생김새로 보아서 과연 우습기도 하였다. 그러나 그것보다도 그 주제에 병자의 일을 자기 일처럼 본다는 것이 도리어 경멸을 사고 있었다. 본래 집도 절도 없는 늙은이였다. 거기다 마음마저 이렇고 보니 전혀 남의 불행 속에서만 사는 세음이었다.

이러한 정 노파를 보아 온 사람들 눈에도 이번 혜라에 대한 그의 애착은 거의 광적이라 할 만한 것이었다. 그는 불안에 찬 눈을 어린것에서 떼이지를 못했다. 그의 맘은 항상 떨고 설레이고 있었다.

금속성인 바퀴 소리에 귀 안을 찢기우면서 침대차 뒤를 따라 컴컴한 복도를 끝까지 걸어가면 거기는 수술실 앞이었다. 정 노파는 그 길을 사흘도리로 내왕했다.

흰 또아가 빈틈없이 닫기우자 혜라의 누은 모양은 모든 음향과 함께 눈앞에서 사라지고 만다. 정 노파는 어두스럼한 한 구석에 쭈그리고 서서 초조스런 시선을 이리저리 굴린다. 가디 가는 신음소리가 새어 나온다. 그밖에는 소릿기 없는 급급한 기색만이 주위를 억누른다. 혜라의 수술은 언제나 오랜 시간이 걸렸다. 그럴 때마다 정 노파는 어느덧 자기 자신의 낡은 추억을 끌어댕겨 보고 한다. 그것은 정 노파의 인간을 때려부셔 고쳐 꾸민 무서운 작용의 기억이었다. 또 혜라를 볼 때마다 가슴이 서릿해지는 원인이기도 하였다. 정 노파는 정신없이 흰 또아를 바라보며 회상에 잠긴다.

2

그게 벌써 이삼십 년 전. 그때의 그는 활발하고 수선스런 예펜네였다. 광산을 내려와 십 리가 넘는 바닷가를 내왕하며 새우젓, 곤쟁이젓 등속을 장사하는 광부의 안악네들 가운데서도 언제나 선두를 휘젓고 가는 것이 정 노파였다. 온 동네를 한 바퀴 돌고 나서 자기네 바라크로 기어들어가 사내의 밥그릇을 꺼내 놔 주고는 아직 해가 있으면 그 길로 또 산을 넘어 내려가는 극성이었다. 입담이 좋고 쌈도 잘하여 몽둥이를 가진 수위들의 눈을 잘 거슬리기도 그의 우로 가는 여자는 없었다.

바다로부터 마음 내키는 대로 불어치는 눅눅한 바람 때문인지 광산의 기후는 망녕되게 불순하였다. 모처럼 제철에 장마가 들었는가 하면 별안간 때도 아닌 서리가 나려서 며칠 동안 겨울 행세를 하고 그 뒤는 또 찌는 듯한 더위가 산 일대 피라미드형으로 포개진 바라크의 함석지붕을 녹여 내리려 들었다. 집들은 언제나 바람에 덜컹거리고 어떤 때는 쌈싸후듯 고함을 쳐서야 방안에서도 말을 통했다. 기인 겨울은 말할 수도 없는 냉기와 눈보라와 산불의 되풀이였다. 그리고 기아……. 사내들은 김가도 이가도 한결같은 무표정한 잿빛 얼굴을 수그려뜨리고 날이 날마다 탄광 속으로 들어갔다. 예펜네들은 아이들을 때리고— 아이들은 굶주림에 지치어 그다지 지꺼리지도 싸우지도 못하는 극빈의 마비 상태에서 나이를 먹어 가고 있었다.

그곳은 별세계였다. 가끔 일어나는 음탕한 사건이나 말고는 아무것도 그
들을 자극하지 않았다. 병마도, 징벌도, 죽음도 시들한 그들의 낯익은 친
구였다.

그중에서 그러나 정 노파는 기운이 좋았다. 남편인 김 서방이 개울가 술
집에 내려가서 돈을 쓰고 오는 날이면 정 노파는 집안을 들었다 놓았다.
그뿐 아니라 그 하기 싫다는 천암기(穿岩機) 일을 그예 시키고야 말기도 했
다. 천암기 일은 위험하고 힘이 들고 폐에 해로운 일이라 하여 저마다 덤
벼들기를 꺼려하는 작업이었지만 품값이 배가 된다고 해서 정 노파는 김
서방의 몸집을 훑어보며 "무슨……. 폐병이 와 걸려……." 하고 누구네두
보라, 누구네두 좀 보라하고 야단야단해서 김 서방을 자주 그 일로 몰아
넣기에 성공하였다. 저도 벌고 그래서 광부네 바라크 가운데서는 예가 없
는 일이었지만 길 아래 국민학교에 딸아이를 넣기까지 하고 있었다.

어느 늦인 가을 저녁 때, 정 노파는 곤쟁이 항아리를 뒤집어 이고 나무
그늘로 숨어 돌아오니까— 실은 술을 감추어 가지고 왔으므로 감시소 앞을
피해서— 방 토벽 앞에 예펜네들이 서넛 팔짱을 끼고 수군덕거리고들 서
있었다. 술 가져온 것을 비밀로 할 필요가 있어서 정 노파는 일부러 퉁명
스레 볼을 불룩 내밀며 말없이 가까이 갔다. 그러나 그들은 대뜸 정 노파
를 둘러싸며,

"큰일났당이."

"에구, 어쩌겠소 옥희 어매야아."

김 서방이 큰일이라고 제가끔 떠들어대는 것이었다. 그 의미를 알아듣자
정 노파는 항아리를 내던지고 내닫기 시작했다. 무릎이 둘러 빠질 듯하고
목아지가 꼿꼿해지도록 고갯길을 힘껏 달려 올라갔다. 귓속에서는 "아나가
허물어졌다. 모두 깔려 죽었다. 구녕이 맥혔다" 하는 소리가 점점 더 요란
해지며 왕왕거렸다. 아나는 김 서방이 밤중에 천암기를 밀고 들어간 '이찌
방'이라고 하였다. 정 노파가 내려가고 곧 그런 것이라고 하니 열한 시까지

의 하야방(下番)을 마치고 나왔을 리가 만무하였다.

그러구 보니 온 바라크가 뒤숭숭하여 있었다. 군데군데서는 통곡 소리가 일고 있었다. 정 노파는 그것들을 옆 눈으로 보면서 곤두박질을 쳐 갔다. 감시소에 어쩐지 사람이 안 보이길래 웬 재순가 하고 그 앞을 막 걸어올까 생각하였던 기억이 번개같이 머리를 스치고 지나갔다. 수일 전부터 새로 또 계약한 천암기 일을 몹시 달갑잖아 하던 김 서방의 얼굴이 눈앞에서 빙빙 돌았다.

바로 고대인 것 같던 '이찌방 아나'의 산은 좀체 가까워오지 않았다. 거대한 석탄덩이 그것처럼 울룩불룩한 산의 외곽이 먹물을 푼 듯이 저물어가는 가을 하늘이 저만큼 가라앉아 있고 그 위로는 고가선(高架線)의 도록고가 하나 까맣게 매여 달려 있었다.

어찌 되었나 내려막으로 들자, 여니 때와 다름없이 묵묵한 긴 열을 지어서 맞은편 촌락에 사는 광부들의 일대가 탄광으로 들어가는 것이 보였다. 일이 나고 벌써 한 나절이 경과한 것이었다. 정 노파는 꿈꾸는 듯한 마음으로 발밑을 내려다보았다.

아나 앞 빈터에는 수십 명의 아낙과 아이들이 올팡갈팡하며 있었다. 그중에 노랑 저고리를 입은 딸 옥희를 발견하자 정 노파의 가슴은 철렁하고 내려앉았다. 그는 떨리는 발길을 재촉하였다.

구녕은 얼마나 깊이 들어가서 폭발한 것인지 밖으로 보기에는 아무 변동이 없었다. 다만 몽둥이를 가진 수위가 새끼줄을 치고 서서 뛰어들려는 아낙들을 막아 내고 있었다. 피 묻은 들것이 내던져 있고 흙에 파묻힌 옷자락들이 어수선할 뿐 구출 작업은 이미 끝막아진 모양이었다.

"아이고ㅡ 꺼내 주소 목숨 넘어간 몸뚱이나마 좀 꺼내 주소ㅡ."

어떤 안악이 퍼뜨리고 앉아서 땅을 치며 이미 기진한 목소리로 뇌이고 있었다.

"엄매야, 아배가……."

딸이 달려들기 전에 정 노파는 발굽을 돌려서 다시 줄달음질을 치고 있었다. 그는 일호 관사 권내에 있는 큰 병원 앞에서 욱신거리는 사람들을 헤치며,

"어찌되었소? 우리 집 사람 못 봤소? 여보소."

얼굴마다 쳐다보며 물어 보았다. 그러나 아무도 대꾸해 주지 않았다. 그는 치료실 문 앞으로 삐기고 나왔다. 송판 문 쪽은 굳이 닫혀 있었다. 울려 나오는 범의 울음같이 몸서리 나는 신음 소리……, 비명……. 정 노파는 가슴을 쥐어뜯었다.

"아이고, 저 겐가. 저게 누권교? 모르시오?"

한 사람이 일러 주었다.

"감독이오. 감독 발이 악살이 났다는군……. 당신은 저기 유도장에나 가 보슈. 노무자들은 그리 실려 갑디다."

김 서방은 팔다리가 뭇질러진 그 축에도 끼어 있지 못했다. 제일 깊이 들어갔던 천암부 네 명은 다른 몇 명과 함께 산장을 당하고 만 것이다.

정 노파는 사무소로 울며 돌아다녔다. 한 젊은이가 우리도 애를 쓰고 있는 중이니 시끄럽게 굴지 말고 기다리라고 하였다.

"꺼내 볼락 하는 기요? 그렇소?"

정 노파는 따지며 닥아섰으나 사무원은 그를 밀어내고 문을 닫아 버렸다. 정 노파는 기다렸다. 이틀 후에, 그는 사무소 마당으로 나오라는 기별을 받고 허덕이며 쫓아갔다. 거기서 정 노파는 다른 안악들과 같이 엷은 봉투를 하나 받아들었을 뿐이었다. 십 원짜리가 두 장 들어 있는 것을 사무원이 꺼내 보여 주었다. 정 노파는 주저앉아 통곡을 시작했다.

그날 밤 깊어서 그는 평생 가 본 일이 없는 언덕 꼭두배기, 광산에서 제일 높은 사람이 산다는 커다란 양옥집 마당으로 들어섰다. 그는 악을 쓰며 울부짖었다.

"생사람을 묻어 놓고 아이구, 이렇게 편히 들어들 앉았소오. 아이구, 이

래 들었었소오. 생사람을…… 파 보두 안 하고……. 아이구."

몇 번이나 사람이 나와 내몰려고 하였다. 정 노파는 악정을 쓰며 달려들었다.

"안주 살았고마. 안에서 숨이 맥혀, 아이구, 죽겠수다…… 얼른 좀 파 봐 주소"

두 손으로 빌며 애원도 해 보았다. 그러나 결국은 정 노파는 산 밑 광산 초입에 있는 경찰소로 끌려가 늘씬하게 매를 맞고 감금당하고 말았다.

며칠 후 놓여져 나오는 그날로 정 노파는 옥희를 데리고 광산을 도망치듯 떠나 버렸다. 그는 딴사람이 되어 있었다. 걸핏하면 떨기를 잘하고 옆눈질로 무엇을 보았다.

밤이면 무서운 꿈에 시달리어 떨쭉해서 일어나 앉곤 하였다. 몸뚱이 없는 김 서방의 팔다리, 그것은 정 노파가 억지로 떠메워 논 무거운 천암기에 짓눌려서 움틀움틀 허우적거리고 있었다. 송판을 둘러막은 치료실 벽 안에서 울려나오는 무거운 신음 소리, 석탄투성이 김 서방의 옷만 담긴 빈 들것이 눈앞으로 눈앞으로 다가오는 광경……. 환영은 낮에도 무시로 그를 괴롭혔다.

헤매 다니던 그 이레 사이에 정 노파는 딸년마저 길 위에서 죽이고 말았다. 다리에 생긴 종기가 곪고 터지고 또 곪고 해서 전신을 오그라트리고 몇 달 동안 아픔을 호소한 끝에 돌뿌리에 채여 쓰러진 정 노파의 등에서 굴러 떨어지면서 아이는 절명한 것이었다.

이러한 지나간 무서운 환영이 악착스레 그의 머리를 교란시키고 지나가려 할 즈음 아무 예고도 없이 눈앞의 한 또어가 쫙 열리자 정 노파는 노오랗게 질리고 만다. 그러나 요란스레 끌려 나오는 침대차 우에서 "할머니이" 하고 약한 소리로 부르는 혜라의 주먹만한 얼굴이 겨우 그에게 정신을 돌이켜 준다.

스립빠를 철덕거리고 끄는 소리며 사람을 불러대는 소리로 번거로운 외래 병실 앞으로 꾸부러져 지나오면서도 정 노파는 먼 날의 통고가 아직도 뼈아프게 자기를 조이고 있는 것을 느낀다. 그는 눈물이 재물거리는 뜨거운 눈으로 붕대에 싸인 혜라를 내려다보며 이 번개처럼 무서운 세상이 혜라를— 그 하얀 뺨이 몹시도 옥희를 닮은 그마저 덮쳐 가지는 말아 달라고 빌며 떠는 것이다.

3

혜라가 입원하고 세 번째 겨울이 닥쳐왔다. 팔 일오 해방이 된 겨울이었다.

혜라는 점점 쇠약해 갔다. 몹시도 아파하고 맥없이 느러저 자고 정 노파의 손에서 새처럼 조금씩 먹을 것을 받아 삼키면서 이제는 인형을 만적거리는 일도 없고 입을 떼는 일조차 드물어졌다.

치료도 수술도 없는 날이 예사로 지나가고 아픈 것은 영영 잊을 수 있을 듯이 떠들썩한 날이 여름내 계속된 결과로 (정 노파는 혜라를 받쳐 안고 매일같이 길을 메웨 휘날리는 기빨의 물결을 보여 주곤 하였다) 그들의 찾아온 것은 다리를 잘라야 한다는 무서운 선고였다. 혜라는 다리 하나 무릎 밑부터 없는 아이가 되고 말았다. 정 노파는 비탄에 잠겨서 끼니때를 잊는 일까지 있었다. 또 하나, 혜라의 신상에는 변화가 있었다. 엄마가 병원 외에서 거처하게 되었고 따라서 그 말없던 엄마는 대단 쾌활해지고 수선스럽도록 혜라에게 애정을 보이게 된 것이다. 끝에 새빨간 칠을 한 손가락으로 혜라의 얼굴을 끼고 입을 맞추기도 하였고 눈을 가느스름히 웃음을 담북 담고 정 노파에게 쉴 새 없이 말을 걸어 보기도 했다. 무엇을 오래 기다리며 살아온 사람이 마침내 그것을 찾아낸 듯이 그는 그 일종 신비스런 무표정을 영 내버린 모양이었다. 그는 맵시 있게 골라 입던 기인 치마와 저고리를 버리고 현란한 양장으로 나타났다. 올 때마다 들고 오는 고운 과자 상자는 혜라의 머리맡에 싸 올려졌다. 그러나 그 대신 병실에 나타나는 것은 극히 드문 일이었다. 그는 정 노파에게 입원료를 맡기고 갔다.

몇 달이 지나갔다. 여인은 이제는 전연 그림자를 보이지 않게 되었다. 어느 날 정 노파는 자기의 저금을 아무 주저없이 전부 꺼내어 왔다. 몇 번은 그것으로 이등병실의 회계를 치렀다. 그러나 두 번 계산서가 헛 돌아간 다음 그들은 방에서 쫓겨나지 않을 수 없었다. 그들은 헌 고리짝을 꾸려 가지고 언덕 밑 무료실로 옮겨 갔다. 말도 잘 못하는 정 노파가 그 얻기 힘든 무료실 자리로 비비고 들어간 노파는 화장리를 떠났다. 굼실굼실 흐렸던 날씨는 소리도 없는 작은 바람이 칼날같이 매서웠다. 그는 기진맥진해서 기어가듯 지팡이를 끌며 고갯길을 넘어오고 있었다. 솜이 비죽비죽 나온 검정 두루막을 걸치고 낡은 남바우를 쓰고 있다. 그는 두어 걸음마다 발을 멈추고 서서 한숨을 짓고 눈물을 씻었다. 그렇지만 너무도 피곤해서 왜 지금 이 길을 걷고 있는지를 가끔 잊어버렸다.

많은 사람들이 왁실거리며 곁으로 지나갔다. 자동차는 먼지를 말아 올리며 몰아쳐 갔다. 전찻길이 나려다 보은 하나의 기쁨이 아닐 수 없었다.

그들은 거기서 겨울을 났다. 헌간 같은 거기는 추위가 들어칠 대로 들어찼다. 마루바닥 거적 우에 이불을 깔고 해골같이 된 아이를 밤낮 부둥켜안고 있는 정 노파 자신의 모양에서도 사람다운 모습은 찾기 어렵게 되어 갔다.

마지막 추위로 한층 신산하던 어느 날 밤중에 정 노파는 얼음장 같은 시체를 안고 잠에서 깨었다.

황혼이 짙어 올 무렵 겨우 정오, 어느 곳까지 왔을 때 문득 정 노파는 주머니 끈을 더듬어서 길스가 엿 장사에게서 엿을 두 가락 사 들었다. 버릇된 듯이 고춤에 꽂으며 빨리 돌아가야 한다고 생각할 때 가엾은 노인의 머리는 정신을 돌이켰다. 모진 사실이 눈 앞에 걸쳐졌다. 병원에를 돌아간

댓자 그 누더기 사이에 혜라가 있을 리 만무하였다. 퀭한 눈만 남은—옥
희의 죽을 임시의 얼굴과 분간할 수 없이 같아진—혜라가 그래도 기다리
다 자기를 쳐다보리라고 생각한 것은 너무나 애달픈 착각이었다. 혜라는
불 살리어 날러가 버렸다. 아무데를 찾아도 이제 그를 볼 수는 없는 것이
었다.

　머릿속이 까마득해졌다. 정 노파는 앞으로 뻗은 양손에 엿과 지팡이를
잡은 채 고목처럼 버티어 서고 말았다. 그는 어데 가서 무엇을 하며 이제
부터 어떻게 살아야 할 것인가 진정 알 수가 없었다. 다시 간호인으로 들
어갈 수 있으리라고는 꿈에도 생각지 않았다. 무료 환자실에서 지내온 몇
달 사이에 그는 자기를 거지와 분간하지 못하게 되어 있었다. 그들과 마
찬가지로 자기의 능력을 잊어버린 지 오랬다. 그러나 그것보다도 혜라가
세상에서 없어지고 말았는데 무에 더 할 일이 있을꼬? 슬픔과 곤혹은 뒤
섞이며 빽빽히 그를 둘러쌌다. 뚫고 나갈 수 없는 안개처럼 자욱한 눈앞,
그것은 사십 년 전 세상을 모르던 정 노파를 덮쳐누르고 녹록히 쓴맛을
보이던 그때의 그것과도 흡사하였다. 그러나 그때의 그것은 오직 공포와
불안으로 나타났었다. 살려는 본능이 그를 휘몰고 있던 까닭이었다. 지금
은 아무 의욕도 없었다. 산다는 다만 무거운 짐이었다. 정 노파는 코눈물
을 같이 들이키면서 자기를 압박하는 이 크나큰 부당(不當)에 처음으로 짜
증을 일으켰다.

　"우짜라고 나를…… 우짜라고 이르키……."

　싸늘한 납빛이 무디게 짙어 가는 하늘을 바라다보며 고개 중턱에 넋을
잃고 선 정 노파는 몇 번이고 같은 소리를 중얼거렸다. 그때였다. 한 대의
자동차가 찬바람을 일으키며 그의 옆을 미끄러져 내려갔다. 안에는 손끝과
입술이 새빨간, 그리고 귀고리를 하고 젖가슴이 튀어나온 양장의 여자가
담배를 물고 기대앉아 있었다.

　"혜라 어마시 아니라?"

정 노파의 눈에는 그렇게 비쳤다. 혜라가 그렇게도 그리워하던 그렇게도 만져 주기를 바라던 그의 엄마. 정 노파의 안막에는 죽을 임시하야 매일같이 엄마를 찾던 혜라의 굵다란 눈이 열 개로도 스무 개로도 겹치며 비쳤다. 눈보라 치는 소리에 섞여 난처히 앉아 듣던 가는 목소리가 귓전을 울렸다. 왈칵 하고 무슨 불덩이 같은 것이 가슴으로 올라온 것을 그는 느꼈다.

"고약해라. 아이고, 세상은 고약도 해라."

무어라고 저도 모르는 소리가 버럭! 목에서 터져 나왔다. 오랫동안 잠자던 분노의 불길이 산불처럼 피어오르고 피어올랐다. 그는 지팽이를 치켜들고 쏜살처럼 달려 내리기 시작했다. 자동차는 벌써 보이지를 않았으나 정 노파는 소리소리 지르며 달렸다. 남바우 끈이 끊어져 태룽거리고 두루막 자락이 바람에 너펄거렸다. 길 가던 사람들은 놀라서 발을 멈추고 바라다보았다.

정 노파의 앞으로는 미군인을 만재한 추럭이 맹렬한 속력으로 질주해 오고 있었다. 정 노파는 눈가죽을 치켜들고 그것을 노려보았다. 그것은 그 '못된 년'을 실은 차는 분명히 아니었다. 그러나 정 노파의 머리는 이미 그런 것을 분간치 못했다. 다만 가슴에 달아오르는 격정만이 그를 미친 동물처럼 내닫게 하고 있는 것이었다.(1948. 11.)

— 『민성』 제36호(5권7호), 1949. 7.

얼굴

영등포로 나가는 전차 안에서였다. 경옥 여사를 만났다. 그가 거의 외출이라고는 하는 법이 없는 것을 잘 알고 있으므로 나는 잠깐 희귀한 감이들었다. 어쨌든 여사는 이년 만에 보아도 여전한 그 험악한 표정을 하고서검정테 안경 너머로 바깥을 내다보고 있었다. 벌써 히끗히끗한 것이 더러섞이기 시작한 트레머리에 검은 무명 양말을 신고서. 그 모양이 어찌 딱딱해 보였든지 만약 누가 "여보세요" 하고 말이라도 건네었다가는─ 그것이설사 다른 사람 아닌 나─ 그 옛날 애끓는 짝사랑을 그에게 바쳐 올린 나라고 할지라도─ 경옥 여사는 "뭐요? 왜 그러오." 하고 떡멩이질 하듯 퉁명스레 한마디 내쏘고는 무뚝뚝하게 바라다보기만 할 것 같아서 그리고 또별로 할 말도 없었던 고로 나는 잠잫코 그가 내릴 때까지 그저 주의해 보기만 하고 있었다. 이윽고 성남 중학교 앞에 다다르자 경옥 여사는 그 대가 긴 구식 양산을 아무렇게나 움켜쥐고서 차를 내려 버렸다. 그리고 여전히 뻣뻣한 무미한 얼굴을 들고 군용 도로 쪽으로 걷기 시작했다.

나도 맨끝으로 전차를 내려서 지나쳐 온 오류동 정류장까지 되돌아 걷기시작했다. 길가의 보리밭이 새파랗게 물결치고 그 위의 동뚝에서는 소년이풀피리를 불고 있었다. 나는 경옥 여사에 대한 나의 동정심이 새삼스레 뜨거워지는 것을 느꼈다. 왜냐하면 나는 옛날이나 다름없이 아직도 경옥 여사를 사랑하고 있기 때문이었다. 물론 그것도 우리들의 얼굴이나 매한가지로 이제는 빛도 향기도 날러간 애정이기는 하겠지만…… 한 이십년 전 경옥 여사는 대략 다음과 같은 투의 편지로 나를 매우 비관시킨 일이 있다.

　20일 부의 편지, 21일 부의 편지 또 일부인이 없는 아홉 장짜리 편지 다 빼놓지 않고 읽었습니다. 제 손에 안 들어 온 것같이 걱정을 하시는 모양이기에 알려 드립니다. 그리고 일전에 제가 올린 사연은, 그러니까 이것들을 전부 읽은 후에 쓴 것이라는 것을 명심해 주십시오. 따라서 금후로는 절대로 편지 보내시기를 삼가 주실 줄 믿습니다. 경옥 배.

　그렇게 말씀드렸건만 또 보내셨지요? 최후로 저의 연애관이나 아시고 싶다고요? 진정 마지막이니 그럼 말씀 드리지요. 저는— 아니 저희들은 이렇게 생각해요. 우리가 살고 있는 이 세상을 조금이라도 더 아름답게 만들자, 우선 이것이 저희들이 생존하는 의의이지요. 저의 애인이고 지도자인 K씨는 이 고귀한 사명을 위하여 분투합니다. 저는 그 투사의 협력자이고 위안자이에요. 제가 있는 곳은 즉 그의 오아시스지요. 그리고 또 그이는 저라는 여성 속에서 모든 미와 덕을 발견하고 저를 통해서 인류를 사랑할 수 있다고까지 말씀하신답니다. 그러니까 저는 순결해야 하지요. 이 쓰레기통 같은 세상에서 학과 같이 깨끗하고 백합같이 향기로워야지요. 저희는 곧 결혼합니다. 그리고 그이가 돌아가시는 날 저는 이 세상에 머무르지 않겠습니다……

이 모양으로 푸대접을 받고도 나는 미련이 있어서 얼마 동안 더 그를 괴롭히다가 끝내 가까스로 단념을 했던 것이다. 그는 그 시절에도 검정테 안경은 역시 쓰고 있었지만 얼굴은 좀더 부드럽고 예뻤던 것이 틀림없다고 나는 흰 먼지에 발이 파묻히는 길을 걸어가면서 그렇게 분명치 않은 생각을 가다듬어 보았다.

한번은 우연의 작희(作戱)로 뜻 아니한 여사의 가정을 방문한 일이 있었다. 그것이 경옥 여사의 가정이라고는 꿈에도 생각지 못하고. 그것은 내가 경옥 여사에게 실연을 당하고서 아마도 오륙 년이나 지난 뒤였을까. 그의 소위 고귀한 사명이 달성되어 가는 셈이었는지 그것은 자세히 알 수 없으나 어쨌든 K씨의 응접실은 제법 호화롭게 장식이 되어 있었다. 사무 상의 용담이 끝나서 (나는 그때 갓 취직한 회사의 명령으로 이 안면도 없는 실업가 K씨를 방문하지 않으면 안 되게 되었던 것이다) 이윽고 자리를 일어서려 하는데 K씨는—그때까지도 나는 그가 바로 경옥 여사의 부군이라고는 깨닫지 못하고 있었다.—차나 한 잔 하면서 나를 만류하였다.

그러자 마치 엿듣고 서 있기나 하였던 듯이 또어가 열리며 차 도구를 든 부인이 실내로 들어섰다. 그는 자기가 할 일은 무엇이나 잘 알고 있다는 듯이 현부인연하고 거만하게 걸어들어 오더니 허리를 굽히며 나를 보자 깜짝 놀란 듯이 입을 벌렸다. 나도 물론 놀랐다. 그것이 바로 경옥 여사였으니까. 그러나 내가 무어라고 입을 열 사이도 없었다. 그는 무례한 짓이라도 당한 사람같이 분연코 찻종을 든 채 되돌아 나가 버린 것이다. 너무 민망했던지 K씨가 낭패해서 무어라고 하면서 뒤따라 나갔다.

"아니, 여보."

"왜요? 나는 저기 앉었는 사람하고 자리를 같이 할 수는 없습니다. 이유는 당신의 명예에 관한 일이예요. 가정의 신성을 생각해섭니다."

또어 밖에서 이렇게 낮으나마 엄연하게 선언하는 여사의 말소리가 새어 들어왔다. K씨는 어안이 벙벙한 얼굴을 하고서 돌아와 앉았다.

'과연 학이구 백합이로군…….'

나는 입맛을 쩝쩝 다셨다. 내가 나온 후 응접실은 아마 D.D.T.나 쿠레조올로 대소독을 받았는지도 알 수 없다.

그 뒤 십년 쯤 지나서 나는 K씨의 장례식 날 한 번 더 경옥 여사를 만나고야 말았다. 근무처에서 지시받은, 말하자면 공무이기도 하였지만 물론 반 이상 나의 자유의사로 출석한 것이다. 그리고 그 자리에서 나는 경옥 여사의 얼굴이 참말 잊을래야 잊을 수 없을 만치 기묘한 표정을 띠운 것을 보았던 것이다.

좋은 날씨였다. 이른 봄볕은 고갯길의 붉은 황토 위에 따사롭게 나려 깔리고 길 양옆엔 풀잎이 파릇파릇 돋아나고 있었다. 들새가 하늘 높이 울고 있었다. 앞으로 주렁주렁 걸어가는 사람들이나 또 그 앞을 흔들리며 가는 상여가 눈 안에 들어오지 않았던들 나는 이 한가로운 교외가 더욱더 맘에 들었을지 알 수 없었다. 하지만 나도 회장자(會葬者)의 한 사람이고 보면 행렬을 너무 뒤떨어져 혼자서만 생각에 잠길 처지도 아니어서 나는 정신을 차리고 발길을 재촉했다. 바싹 발길을 빨리한 김에 나는 앞선 사람들을 제쳐 놓고 바로 상주 옆에 가 다가섰다. 상주란 물론 미망인 경옥 여사였다.

그는 베옷을 입고 머리에 새끼테도 감고 있었으나 그 처참하고 불쾌한 통곡 소리는 내지 않았다. 덕분에 장례는 숙연한 가운데도 어덴지 한가로이 진행을 계속하고 있는 것이었으나 경옥 여사는 통곡 대신 합장을 하고 검은 비단으로 통둘러 씌운 상여를 (이렇게 울긋불긋한 색깔을 가린 것도 여사의 주장이었다고 한다) 응시하면서 일종 독특한 표정으로 걸어가는 것이었다. 그가 얼마마한 절망과 비통 속에 상여를 따라가고 있다는 것은 통곡 소리를 내지 않아도 잘 알 수 있었다. 그는 다만 비상한 의지로 자기를 억제하고 있을 따름이었기 때문이다.

그런데 장렬이 푸른 산 주름 사이로 접어들기 시작하자 경옥 여사는 고개를 쳐들고 남편이 묻힐 하늘가를 바라다보았다. 그리고 엷은 미소를— 미소라고 함이 적당치 않다면 어쨌든 일종의 미미한 경련을 일순 입가에 띄워 올렸던 것이다.

'여기로군요. 우리가 찾아온 것이 여기로군요. 당신과 내가 영구히 있을 곳이……'

그렇게 그 입가의 동요는 말한 것 같았다. 흘깃 보았을 따름이지만 어쨌든 대단한 비장감과 자기만족과 우월감이 뒤섞인 일종의 감동이 그 이마를 스친 것만은 분명하여서 즉각적으로 나는 그런 추측을 한 것이었다.

"……그이가 돌아가시는 날 저는 이 세상에 머무르지 않겠습니다…… 흐음."

그러고 보니 그런지 경옥 여사는 지금껏보다도 '한결' 확실한 발걸음으로 산을 올라갔다.

하관식은 순조롭게 진행되어 갔다. 친근한 사람들이 차례로 흙을 던져 넣고 둘레에서는 찬송가 소리가 일기 시작했다. 흐느껴 우는 사람도 있었다. 경옥 여사는 고개를 숙이고 합장을 하면서 최후의 순간을 가장 훌륭히 끝마치려 하고 있었다. 그럴 것이다. 오늘로라도 그의 뒤를 쫓을 결의가 굳건히 서 있을진대 슬프고 안타까워 할 까닭이 없었다. 구뎅이가 거진 메꾸어져 가는 바로 그때였다. 사람들을 헤치고 울며불며 앞으로 뛰어나와 흙 위에 쓰러진 젊은 여자가 있었다. 그는 흙 위에 쓰러진 채 실신한 사람처럼 중얼댔다. 뒹굴면서 가슴을 쥐어뜯고 외쳤다.

"싫어요! 싫어요! 아이, 왜 돌아가셨어요 난 어쩌라구 돌아가셨어요 싫어요 몰라요 싫어요……."

파아마넨트의 단발을 한 여학생 같은 차림이었다.

묘지는 별안간 수선수선해졌다. 간신히 어린애같이 발을 구르며 운다. 탕탕 그의 겨드랑 밑을 받쳐 데리고 가는 사람들에게 여자는 죽은 사람처럼 척 늘어져서 끌려가면서,

"저는 그이와 보통 사이가 아녜요─ 그 이가 날 두─구 죽다니요."

이 광경을 본 경옥 여사의 얼굴은, 그때 그는 흘깃 눈을 들고 맞은편에서 서 있는 나의 얼굴을 본 것같이 나에게는 느껴졌다.

그 늙어 가는 부인의 눈동자에 순간 설레인, 연민을 구하는 듯한 절망도 또 겁에 질린 듯하고도 수치로 어그러진 분노가 복잡미묘한 음영이 어리었다. 나는 더 계속해서 경옥 여사의 얼굴을 바라다볼 용기가 없었다. 그래서 슬그머니 한편 옆 골짜구니로 내려가 있었다.

얼마 지나니까 사람들은 듬성듬성 산을 내려가기 시작했다. 나는 이왕이니 산이 고요해지기를 기다려 좀 걷다 갈까 양으로 그대로 혼자 앉아 있었다. 이윽고 맨 나중까지 묘지에 머물러 있던 사람들마저 내려들 가는 기색이었다. 그 순간 재깍! 하고 무엇인지 내 발부리를 스쳐 자갈 위에 떨어지는 것이 있었다. 나는 그쪽으로 고개를 돌렸다. 어지간히 힘껏 내던졌던 모

양으로 그다지 멀지 않은 거리인데 산산이 부서진 적은 유리병이었다. 환약들이 내 주위에 뿌려지고— 그 렛텔에는 극약을 의미하는 파란 종이에 금문자로 '비소'라고 또렷하게 씌어 있었다.

나는 고개를 비꼬으고 보았다. 경옥 여사는 이쪽을 거들떠 볼 염도 안하고 서너 사람에게 부액을 받은 채 저편으로 걸어가는 도중이었다.

"어떻게 해서든지 하여간 살아야지요. 약속을 어긴 사람에게 이편만 충실할 수는 없으니까요."

경옥 여사가 근래에 와서처럼 틀어박혀 있지만 않고 여기저기 초조한 낯빛으로 나와 다닐 때의 일이다. 행길에서 내 얼굴을 보자 그는 체면도 허물도 없이 덥석 이렇게 말을 했다. 진정 괴롬과 분노 이외에 아무 감정도 그는 가슴에 담아 둘 수가 없는 모양 같았다. 모든 판단이 엉키고 뒤집히고 뭣이 뭣인지 모르게 된 중에서 하여간 살아 있어야 한다는 결론만은 두 손으로 힘껏 움켜쥐었던 모양이다.

경옥 여사는 지금에 이르기까지 변태적인 생활을 계속하고 있다. 크나큰 집의 문이란 문은 일체 닫아걸고 불러도 대답을 하지 않는다고 한다. 나도 한 번 그의 집 벨을 누른 일이 있었으나 역시 응답이 없었다. 그리고 두 번째 갔을 때는 벨마저 뜯어 치우고 보이지 않았다. 그 근처 사람들은 경옥 여사가 단 한 마리 기르고 있는 흰 고양이에게 고기 반찬만 해서 먹인다느니 그런가 하면 또는 방맹이를 들고 온 집안을 쫓아다니는 것이 여사의 일과이어서 고양이가 바싹 말랐다느니 하는 소문을 전한다. 그러하기는 고독하게, 전연 고독하게 쓴 기억과 더불어 사는 경옥 여사에게 어떠한 괴벽이 생겼다 할지라도 조금도 놀라울 게 없는 일이 아닐까 이렇게 생각하고 나는 한 번 더 검정테 안경을 쓴 험악한 얼굴을 눈앞에 띠워 보며 걸음을 옮겼다.

—『문예』 제2호, 1949. 9.

정순이

정순이는 아무에게 대해서고 자신을 가져 본 일이 없다. 사람에게 대해서뿐만 아니라 스무 살이라는 오늘날까지 제가 행한 일이나 사물에 관해서 자기를 만족히 여긴 적은 없는 것이다.

그는 특별히 인물이 못생겼다거나 남의 말을 얼른 색여듣지 못하리만큼 둔하다는 것도 아니었다. 그만하면 모양을 내고 거리를 나다니든 책을 펼쳐 들고 심각한 표정을 짓건 아무도 무어랄 사람은 없음즉 하였으나 어째선지 그는 모든 게 부끄러워 쥐구녁만 찾게스레 성미를 타고 났던 것이다.

그래서 그 특별히 못났다고는 말할 수 없는 평범한 얼굴도 늘 깜빡깜빡하면서 한군데를 오래 보지 못하는 눈알과 금방 울면서 무어라고 변명이라도 시작할 것 같은 입 매무시로 하여 비상히 미제라블한 인상을 주게끔 변모가 되었고, 맘 놓고 크다랗게 나와 본 적이 없는 목소리는 또 고장난 전화기처럼 말 도중에 자꾸만 끊어지고 어느 틈엔지 더듬는 버릇까지 생기고만 것이었다.

사년제 여학교를 졸업하자 그는 얼핏 집안에 들어앉아 버렸다. 한 살 아래인 정옥이가 언제부터 별르고 있듯 무슨 여대를 들어가 카아르한 머리를 휘날리며 하로는 양복으로, 하로는 치마저고리로 등교를 한다느니 따위의 생각은 가져 보지도 못한 채 들어앉아 버린 것이다. 하기는 정순은 간호부 학교 같은 데에 들고푼 생각은 없지 않아서 아무도 곁에 없을 때에는 가끔 그 궁리를 해보아 오던 길이었으나 한번 어머니가,

"정순이 너 웃학교 어떡허련."

이렇게 물었을 때에는 운수 사납게도 정옥이가 동무들을 몰고 와서 떠들어대고 있다가 이 소리에 일제히 마당으로 고개를 내밀고 보았기 때문에 정순이는 화끈하고 얼굴이 달아올라서 그만 할 일도 없는 부엌으로 부산히 들어가면서 집에 있는다고 한마디로 대답을 해치웠던 것이다. 그럴 것이 무슨 학교에 들어가겠다고 광고를 퍼트렸다가 떨어지는 날에는 대체 얼굴을 어느 쪽으로 돌려야 옳단 말인가. 그래서 그는 하필 이런 때에 그런 질문을 한 어머니를 잠깐 원망했을 뿐으로 상급 학교 문제는 영영 포기했던 것이다. 집에 들어앉은 정순은 자진해서 부엌떼기가 되었다. 빨래하고 밥 짓고 소제하고― 이런 따위로 그의 나날은 저물어 갔다.

하지만 알 수 없고 기기묘묘한 것이 사람의 일이다. 이러한 정순에게 '애인'이라는 게 생긴 것이다.

그것은 늦은 겨울 어느 해 저물녘이었다. 어머니와 정옥은 외출하고 남동생 정식이는 어름이 녹기 전에 한 번 더 탄다고 스케―팅에 가서 아직 안 돌아왔다. 정순은 혼자 설거지를 마치고 마루로 올라가려 하는데 대문 소리가 나고 웬 낯선 사람이 마당으로 들어섰다. 키가 크고 젊은 사나히였다.

"여기가 정식 군의 댁이시지요?"

그는 성큼성큼 마루 앞으로 다가서며 정순을 쳐다보았다.

"네에……."

정순의 대답은 입안에서 꺼졌다.

"다른 게 아니라 K군이 링그에 빠져서요. 어름이 엷은 데를 디뎠든가 봅니다. 곧 끄내졌으니까 별일은 없을 겝니다만 지금 그 근처 K병원에 누워 있으니까요. 와 보시라구 그래 왔습니다."

정순은 머리속이 아득해지는 것을 느꼈다. 이 일을 어떻거나. 어머니두 정옥이두 지금 없는데 누가 얼른 가야 하긴 하겠지만― 위선 이 사람한테는 뭐라구 해야 좋구― 그는 말도 못하고 울상이 되면서 그 사람을 얼핏 쳐다보고는 또 급히 시선을 떨어트렸다. 침침한 어둠 속에서 분홍 저고리에 행주치마를 두른 정순의 이런 모양은 가련하게 처음 보는 사람에게 비쳤든가 보다. 그 청년은 훨신 목소리를 부드럽게 하면서,

"댁에 지금 아무두 안 계십니까? 그럼 어떡헐까……. 그럼 제가 병원에 돌아가서 정식 군을 보구 있지요. 천천히 오시도록 하십시오. 너무 염려는 마시구……."

이렇게 말을 다 끝마치고도 그대로 잠간 서 있다가 돌아서 나갔다.

다음날 아침에 어머니와 정옥이, 정식을 자동차에 태워 가지고 병원에서 돌아왔을 때 어저께 그 청년은 자기도 같이 따라왔다. 정식의 스케―트며 장갑 따위를 들고서……

정순은 물론 부엌으로 숨었다. 불도 더 때야 했고 죽도 데워 내야 했으니 그 B라는 사람이 아니드래도 그랬었겠지만……

"아이구, 오늘 아침꺼지 또 이렇게 폐를 끼쳐서 무어라구 참……."

어머니의 목소리가 이렇게 들리더니 대뜸 정옥이가,

"아이, 어머니두 추우신데 우선 들어가시자구 그러잖구……. 자, 올라오시죠. 자, 누추한 곳입니다만."

이렇게 서두르며 사양하는 B를 방으로 들어가게 권유하는 모양이었다.

"암. 몸이라두 녹여 가셔야지, 자아. 원, 그냥 가시다니."

어머니는 그리고는 잠깐 부엌을 들여다보고,

"얘, 홍차나 좀 끄려라."

하고 마루로 올라갔다.

어느 틈엔지 빨간 세―타―로 갈아입고 나온 정옥이 차도 나르고 과일도 깎아 내어서 정순은 겨우 마음을 놓았다. 그러나 부엌에서 아른아른 하는 치마ㅅ자락만 보고 돌아간 B는 몇일 후에 정순에게 기인 편지를 보냈다.

혼자 집보기 하던 정순이에게 다행이었다. B라는 겉봉의 서명을 보자 그는 단걸음으로 건넌방에 들어가 높은 선반 위에 얹힌 상자 속에 그것을 감

추어 버렸다. 그 후에 그것을 다시 끄내어 아무도 없는 틈을 타 가며 도막 도막 읽기를 겨우 마친 것은 무려 사, 오일이 지난 연후였다.

편지의 사연은 정순이 자기를 두고 쓰인 것이라고는 아무리 하여도 생각할 수 없는 물건이었다. 동경의 여인이니 순결의 화신이니 하는 말 따위는!

너무도 허황한 소리를 들었다는 생각에 들었을 뿐 아니라 어떤 사나이가 지금도 연속적으로 자기를 그렇게 보고 있다는 생각에 정순의 수치심은 극도로 자극되었다. 그는 매사에 낭패하고 당황해 하고 한정도 없이 무색하여서 전보다 더더구나 얼떨떨한 속에서 서성거렸다. 어느 때와 다름없이 정옥이가 또 제일 입빠르게 그것을 지적하여서,

"언니! 대체 왜 남의 말을 똑똑히 듣지두 않으려 들우? 이 치마 요기하구 요기하구만 좀 손질해 달래는데 누가 다 빨랬수. 그렇게 움켜 쥐구 나가게."

이렇게 쫑알쫑알 눈을 흘겨가며 말했다. 그러나 사랑은 기적을 낳는다. 한 달 두 달, 선반 위에 얹힌 상자를 쳐다보며 가슴을 두근거리고 가끔은 몰래 펴 보아서 그 안의 문구를 암기하게쯤 되었을 무렵에는 정순이도 은근히 그 의미하는 바에 기쁨을 느끼지 않을 수 없게 되었고, 나중에는 "언제까지라도 당신의 알아주심을 기다리겠나이다" 하는 말에 대해서 회답을 써 보자는 대담한 생각까지도 가슴속을 오락가락하게 된 것이다.

정순이는 여전히 만사에 자신이 없었고 정옥의 어디서던 아무렇게나 말을 던지는 대담성 앞에는 어리둥절할 따름이었으나 그 후부터 속으로는 늘 한 가지 일을 생각하고 있었다. B에게 어떻게 부끄럽지 않은 회답을 쓸 수 있을까 하는 것이었다. 그것도 정말 봉투에 넣고 우표를 붙여서 그 주소로 띄우자는 데까지는 생각지 못했으나 그 부끄럽지 않은 회답의 문구를 생각해 내자는 데는 적지 않은 열성을 느끼게 된 것이다. 그는 밥하면서도 빨래하면서도 그것을 생각하였다. 생각이 발전하여 어떤 때는 어느 닥쳐올 앞날에 B와 자기가 다시 만나게 될 광경을 상상해 보기도 하였다. P아주머

니로부터 선사받은 그 화려한 브라우스를 내어 입고 B와 함께 거리를 거니는 대목까지 생각하다가 정순은 혼자서 얼굴을 붉히기도 하였다.

그리고 틈을 타 가며 책상에 엎드려 편지지에 적어 보기 시작하였다.

그러나 물론 하나도 그의 마음에 차는 것은 없었다. 그 위에 쓰다가도 누가 미닫이 밖에서 어른거리는 기색만 나면은 움찔하고 놀라서 그것을 책갈피에 감추어 놓고는 자기도 밖으로 나와 버렸다가 어느 틈에고 그것을 불살라 버리고야 안심을 하는 지경이었으니 얼마가 지나도 완성되음즉 해 보이지 않았다.

봄도 다 가 버리고 이제는 한창 더워 오려는 첫 여름이었다.

"애, 넌 게 들어가서 뭘 하는 심이냐. 방맹이질은 하다 말구서 응?"

어느 날 오전 장독대 밑 수통께에다 삶은 빨래를 수북이 놓고 투닥거리고 있던 어머니가 몇 번이나 건넌방 쪽을 돌아다 본 끝에 기어코 이렇게 재촉을 하면서 알 수 없다는 듯한 얼굴을 지었다. 곧잘 앉아 같이 빨래를 하다 말고 정순이는 슬멋이 방으로 들어가 발을 내리치더니 도무지 나오질 않는 것이다.

"네에, 나가요. 아무것두 아녀요."

이런 대답과 함께 정순은 정말 얼른 뛰어나오니 귀밑이 이상히 빨개져 가지고 방맹이를 들고 얼른 돌아앉았다.

"아니, 뭘 하댔음 마저 하구 나오지 응?"

어머니의 말에 그는 더욱 당황한 듯이 북북 빨래만 문대기는 것이었으나 어머니가 빈 대야를 들고 부엌으로 사라지자 울 듯이 얼굴을 우그리고 후욱 한숨을 내뿜었다. B에게 대고,

"어느덧 여름이 왔습니다. 나는 버드나무 밑에서 빨래를 하다가……."

이런 투로 모처럼 마음에 드는 글자가 줄줄 연달아 쓰여지던 참인데 그 편지도 또한 찢기우는 운명에 봉착했으니 말이었다. 그는 오늘은 불현듯 마음이 달아올라서 어떻게든 정옥이 돌아오기 전에 끝을 맺을 양으로 그렇

게 용기를 내 보았던 것이다. 그럴 것이 정옥은 요즘 정순의 비밀을 탐지라도 한 듯이 수상적게 정순을 훑어보군 하여서 그가 돌아오면 도무지 틈을 엿볼 엄두도 내지 못했기 때문이었다.

이래서 또 날이 흐르고 흘렀다. 정순은 여전히 회답을 쓰고 싶다는 뜨거운 욕망을 버리지 않고 있었다.

하로는― 그것은 정옥이 해수욕장에서 돌아온 날이었다. 정순은 동생이 마루에 던져 놓고 나간 스―트케이스를 정리하다가 노―트 새에 끼인 편지를 한 통 발견하였다. 무심코 보니 'B생―'이라고 서명이 되어 있다. 정순은 가엾도록 낭패하였다. 그러나 다음 순간 '김정옥 씨'라고 뚜렷이 적혀 있는 겉봉을 한 번 더 훑어보자― 그는 비겁한 눈초리로 주위를 둘러보았다.

어머니는 안방에서 잠이 패신 모양이고 대문은 방싯 열려 있었으나 아무도 찾아 들어올 기색은 없어 보였다. 더위에 시들어서 모든 것이 고요하였다.

정순은 가만가만 대문을 잠그고 건넌방으로 들어갔다. 그는 그 편지를 읽어 내려갔다.

"제가 그저도 정옥 씨의 언니를 잊지 못하고 있는다고요? 하도 졸르고 매어달리니까 하는 수 없이 정옥 씨를 좋은 척할 따름이라고요? 정옥 씨, 그것은 너무하신 말씀이올시다. 처음 얼마 동안 정옥 씨를 바로 보지 못한 둔감의 죄는 있겠습니다만, 그것이래야 정옥 씨와 꼭 같은 맑은 피부, 정옥 씨와 꼭 같은 귀엽게 기우리는 고개, 그 꼭 닮은 몸매를 찬미했던 것이 아니옵니까. 그것은 진정 오랜 세월을 두고 내가 그려 오던 이상의 여성의 모습이었기 때문입니다. 그러나 나도 넋이 있는 인간이올시다. 아무리 외협을 그렇게 갖추고 있다 할지라도 그것이 활발한 감정을 구비하지 못한 인형이라고 들었을 때에는 마음 서늘해지지 않을 수 있었겠습니까. 더더구나 그것이 백치에 가까운 얼빠진 정신의 소유임에야! 나는 그 길로 절망의 구렁에 빠졌어야 했겠지요. 만약 정옥 씨라는 천사를 끝내 모르고 말았다면! 그러나 나는 축복받은 사나인가 봅니다. 내 눈에 황홀한 나머지 그 저능(低

能)까지를 사랑할 뻔한 아름다움을 지니고 있고 그 육체 속에는 발랄한 감정과 지성을 갖춘 정옥 씨가 바루 옆에서 나를 지켜보고 있어 주었으니까요. 나는 지금 정옥 씨를 만난 기쁨으로 하여 모든 것을 천지만물에 감사하고 싶은 심경에 있습니다. 나의 이 기쁨에 면하여 벌써 오래 전에 지나간 이야기, 우리 둘에게는 이미 있으나마나 한 인물의 이야기는 제발 그만두기로 하십시다……"

최근의 일자가 적혀 있었다. 그리고 겉봉 여백에는 정옥의 글씨로 해수욕장에의 열차의 시간과 그가 바로 출발하던 날자 그리고 '이등대합실 왼편 구석' 이런 말들이 적혀 있었다.

정순은 그것까지 살펴보고 나서는 방망이로 머리라도 얻어맞은 듯이 멍한 눈초리를 우으로 던졌다.

겨우―오랜 시간이 지난 연후에야―그의 얼굴에는 약하고 서글픈 미소가 떠올랐다. 지금껏 그에게서 볼 수 있는 어느 웃음보다도 쓰라리고 자신을 잃은 미소였다. 그에게 아직 손톱 끝만큼이라도 살아 있는 구석이 있었다면 지금 온전히 사멸하였음을 말하는 미소였다. 그는 그 얼굴을 지은 채로 눈에 핑글 눈물을 띄워 올렸다. 그리고는 그때 마침 끼걱거리는 대문 소리에 허둥지둥 마당으로 뛰어나갔다.

돌아온 것은 정옥이었다. 칠월 아침의 햇살같이 싱싱하고 영랑하게 집안에 들어서자 정순에게는 곁눈을 던져 주는 일조차 없이 "따라 랏타……" 하고 콧노래를 하면서 수통물을 비튼다. 요란스레 찬물을 끼얹어 가면서,

"어머니, 어머니. 내 말 좀 들으세요"

안방 방장을 바라보며 소리를 질렀다.

"또 애가 돌아온 게다. 이 수선이."

어머니는 일어나 나오면서 웃으셨다. 집안은 며칠 만에 다시 사람 사는 집답게 생기가 돌기 시작했다. 정옥은 웃고 지껄이고 어머니는 대청과 부엌을 오르내리시고― 정순도 어름어름 일을 거들면서 가엾게도 힐금힐금

정옥을 훔쳐보았다.

그날 밤을 정순은 완전히 한잠도 이루지 못하고 정옥의 숨소리를 들으며 새웠다. 그의 가슴은 쪼개이듯이 아팠고 벼개는 흠씬 젖어 버렸다. 아침에 밥 지으러 내려섰을 때 그는 다리가 휘청휘청하는 것을 느꼈다. 그는 또 우는지 웃는지 자기 스스로 알 수 없는 웃음을 띠었다.

그날이 다 저물어 갈 즈음 정순은 정옥에 관해서 또 한 가지 모르던 사실을 발견하였다. 그것은 정옥이 이번 바닷가에서 돌아오고부터는 이상히도 정순과 면대하기를 극력 피하고 있다는 것과 그 콧노래, 정순에 대한 무관심에는 어딘지 꾸민 듯한 부자연함이 숨어 있다는 것. 잔소리도 일체 안할 뿐더러 가끔은 살피는 듯한 시선을 정순에게 몰래 보낸다는 일이었다. 편지 읽히운 것을 눈치챘던 모양인가? 어쨌던 이것은 전례에 없는 일이었다. 정옥이 다소라도 정순이 가기를 어려워 한다는 것은!

정순이 무를 담은 소쿠리를 나르다가 하나 떨어트린 것을 그가 주워 담아 주기까지 하였을 때, 정순의 가슴에는 여태껏 맛본 일이 없는 어떤 만족감이 흘렀다. 그것은 여지없이 분쇄된 정순의 가슴을 이제 다시 어떻게 한다는 것은 아니었으나 뜨뜨웃한 물처럼 전신으로 스며들어 감미한 도취감을 가져다주는 것이었다.

정순은 이 전혀 새로운 경험에 놀라움과 동시에 당황함을 그리고 또 동시에 기꺼움에 가까운 것을 느꼈다.

'나를 형이라구……. 그래두 저게 내 눈치를 보구…….'

그는 속으로 이렇게 중얼거렸다.

긴 여름해도 거진 기울어, 뜰에는 벌서 저녁 그늘이 덮이고 있었다. 그 저녁 그늘에 잠긴 석류나무의 제일 아랫가지에는 새빨간 열매가 외롭게 하나 달려 있고, 거기다 앞집 고양이란 놈이 잔망스리 자꾸 매어 달려 작난을 치고 있다. 그는 정신 나간 사람처럼 멍하니 그것을 바라보고 서서 무엇을 한참 망설인 끝에 안방으로 들어갔다. 조금 뒤 그는 손에 화려한 부라우스 하나를 꺼내 들고 나왔다.

단홍색 사아뗑의 주름을 많이 잡아 지은, 마치 장미 꽃송이같이 아름다운 옷이다. 그것을 P아주머니에게서 선물로 받을 때 정옥도 역시 그만 못지않은 것을 받기는 하였으나 그는 벌써 입어 버린 지 오래여서 정순은 정옥이가 이것을 달라고 할까봐 내심 늘 불안을 느끼며 흰 상자 속에 깊이 감춰 두었던 물건이었다. 그럴 것이 정순은 이것을 제 몸에 입고 나다니리라고는 꿈에는 생각지 않았지만 그래도 아깝고 소중하여서 그것만은 달라고 하지 말아 주었으면 하고 빌고 있었기 때문이다.

그것을 앞에 놓고 정순은 동생을 불렀다.

"정옥아, 이리 좀 와. 이거 입어 봐."

정순의 음성에는 제법 언니다운 위엄이 담겨져 있었다. 그가 이처럼 크게 목소리를 낸 것도 희귀한 일이었다. 정옥은 너무도 뜻밖이어서 약간 얼떨떨했던 모양이다. 아무 소리도 하지 않고 팔을 내밀어 옷을 꿰어 입었다.

"아이구, 잘 맞는구나. 그 널따란 회색 스카ー트에다가 받쳐 입어라. 좋은데."

정순은 중얼중얼하였다. 그리고 방바닥을 무릎으로 짚고 일어나 부라우스의 고대며 겨드랑 밑을 만져 주었다. 그리고 만족한 듯이,

"아무래도 좀 넓다. 한 센치씩만 양 옆을 줄여…… 이렇게…… 지금 벗어, 내 줄여 줄게……. 정말 바늘이 저 방에 있지……. 바루 이 자리에서 고쳐 버려야지……. 그런데 저 괭이가 왜 저렇게 남의 석류 열매를 저렇게 곧장 못 살게 굴어……. 엣! 숴! 이놈의 괭이! 숴……."

—《문예》 제4호(1권4호), 1949. 11.

눈이 나린 날

　이곳저곳 할 것 없이 새ㅅ하얀 눈세계였다. 눈부신 천지는 하늘에서 쏟아지는 푸른 광선을 받아서 단지 두 가지의 빛깔로 나누어져 있었다. 양지 바른 곳은 금분을 뿌린 듯이 재깍재깍하는 하이얀 빛깔로, 그리고 그늘진 자리는 수은같이 가라앉은 하늘색으로. 새 한 마리 나르지 않는 들판은 오늘은 물속같이 고요하였다.

　영숙이는 북향으로 난 작은 유리창 앞에 서서 물끄럼이 들판을 응시하고 있었다. 들은 느린 기복을 이루면서 바다ㅅ물결같이 널리 뻗어 나가고 있었다. 여왕의 의장같이 오늘은 화려하게 빛나고 있는 앞산 기슭까지도 산에 반쯤 가리워 가지고 강철같이 번쩍 빛나 보이는 것은 영삼못의 한쪽 꼬리였다. 영숙이의 눈은 그 칼날같이 빛나는 곳에 머무른 채 절망과 고통으로 흐리어져 갔다.

　이윽고 그는 꺼칠하게 목덜미의 솜털을 일으켜 세우면서 아래ㅅ목으로 내려와 앉았다. 두 아름도 더 될 검정 보재기를 끄르고 와르르 흐트러지는 헌 양말들을 을씨냥스런 듯이 쑤석쑤석하였다.

　안방 쪽에서부터는 형구가 할아버지에게 매어달려 노는지 깔깔거리는 웃음소리가 흘러나왔다. 찬깐에서는 아까부터 도마 소리가 끄치지 않고 식모를 나무래는 시어머니의 음성이 별안간 높아졌다.

　영숙이는 못 쓰는 전구를 양말 속에 밀어 넣고 꿰매기를 시작하였다. 카아르한 지 벌써 한참되는 앞 머리카락이 이마 위로 자꾸만 흐트러져 나렸다.

명호는 저벅거리고 걸음을 옮기면서 상체를 커다랗게 뒤로 꼬아서 S중학교 교문을 돌아다보았다. 겨울 방학중인 지금 동리 밖에 서 있는 학교 근방을 어물거리는 사람은 하나도 안 보였다. 앞을 보아도 양옆을 보아도 하얀 길 위에는 아무것도 없었다. 그것이 명호에게는 대단히 유쾌했다. 무수한 보물을 독차지한 것 같은 기쁨에서 어린애 모양으로 웃줄거리면서 멋대로 노래라도 부르고 싶었다. 그리고 실상 명호는 두 손을 외투 주머니에 아무렇게나 찌르고 고개ㅅ짓을 해가며 흥얼거리었다. 아무도 밟지 않은 흰 눈 위를 걷는 것은 실로 뭐라고 할 수 없는 쾌감임에 틀림없었으니까.

그리고 또 모교 체조실에 오래간만에 실컷 운동을 하고 난 명호의 전신에는 아직도 뜨거운 피가 훅군거리며 줄다름을 치고 있었다. 학생 때 같지는 않으리라 생각도 되었지만 그래도 젊고 건강한 신체에 대한 자각은 그에게 큰 만족이 아닐 수 없었다. 그 위에 일직 당번인 듯한 낯선 체조 선생이 제대 출신이라는 명호의 자기소개에 비굴할 만치 공손한 태도로 대하여 준 것도 그의 자부심을 흡족케 해 주었다. 요컨대 명호는 지금 더할 나위 없이 기분이 좋았던 것이다.

'상관의 신망은 차츰 두터워 가고 있고…….'

그는 불쑥 자기의 장래를 그림 그려 보았다.

'며칠만 더 놀고 이번에 서울로 돌아가면은…….'

그는 빙그레 웃고 횟파람을 불었다. 앞산이 가까워 왔다. 어려서부터 제집 마당으로 알고 뛰놀던 이 산이 제법 찬란한 의장을 감고 장엄하게까지 보이는 것을 우러러보면서 그는 서울로 떠나기 전에는 한 번 반드시 올라가 보리라 마음먹었다.

그러자 그는 자기에게는 무엇이 대체 시름이라 할 만한 근심거리일가 하고 새삼스레 그러한 생각이 머리에 떠올랐다. 적어도 현재에 있어서는 그의 맘을 괴롭힐 아무런 일도 세상에는 없지 않은가. 아내 영숙이의 모습이 잠깐 눈알을 스치기는 하였다. 그러나,

'성악과를 했으니까 그리구 재주두 없진 않으니까 밤낮 거기 애착이 있어서 이맛살을 못 펴지만……. 허지만.'

결혼한 여자에게 출세할 가망이 두터운 남편과 애들이 있으면 그만이지 뭐, 하고 그는 늘 가지는 생각을 다시 한 번 잠깐 해보았을 따름이었다.

'내 말이 옳은 증거루는 요즘은 그도 전보다 훨씬 나아지지 않았다. 전에야 누가 리싸이탈만 한대두 울구불구 야단이었지만……. 하기는 전에는 나두 같이 철이 없었지. 고향엘 내려와두 둘이서 영삼못에 스켙만 하러 다녔으니까…….'

명호는 입가에 고소를 띠어 올렸다. 그리고는 자기도 현재 희망과 야심 이외에는 별다른 불만은 없다고 스스로 축복을 느끼면서 가슴으로 담뿍 맑은 공기를 드려마셨다.

산모퉁이를 돌아섰다. 조금 전부터 소리만 들려오던 화려한 장면이 눈앞에 벌어졌다. 반짜기는 넓은 은반 위에 가지각색의 복장을 한 젊은이들이 흐터져서 어름을 지치고 있다. 털모자를 뒤집어 쓴 아이들은 그 둘레에서 썰매를 밀면서 어름과 하늘에 울릴 것같이 높은 음성으로 고함들을 지르고 있다. 여학생들이 모여선 곳에서는 웃음소리가 터져 나왔다.

"꽤 좋은 포―즈로군. 흐음?"

명호는 이렇게 중얼거리면서 곤색 트레이닝을 입은 한 청년의 활주를 눈을 가느스름히 하면서 바라다보았다. 그와 견주어 보이랴는 듯이 그 뒤를 달리기 시작한 자줏빛 젊은이를 한참 또 보다가 그것은 바로 밑의 동생인 진호라고 깨닷고 명호는 미소를 금할 수가 없었다. 그리고 보니 한가운데서 휘기아로 기술을 부리고 있는 것은 그 밑의 아우인 영호였다.

'둘이 다 방학이라구 내려오더니 여기다가만 정신 팔렸군.'

명호는 속으로 이렇게 중얼거렸으나 그것은 결코 못마땅하다는 의미가 아니라 한창때를 실컨 즐기라는 뜻에서였다. 자기도 내일부터 지치려 오리라 마음먹으면서 그는 한편 쪽에 꽃다발같이 화려하게 몽쳐서 있는 모든 껄들에게로 시선을 옮겼다.

그들은 실로 이 소도시의 첨단 껄들임에 틀림없었다. 빨강, 파랑, 노랑의 자께쯔 모자 그리고 즈봉 스카아트. 그들은 모여서서 무엇들을 한참 먹고 있었다. 그중에서 머리부터 발끝까지 새카만 트레이닝으로 몸의 곡선을 남김없이 드러내 보이고 있는 것은 누이동생 명자였다.

허영에 들떠 못쓰겠다고 이마살을 모으고 설교를 하는 것은 집안에서의 일이고 명호는 사람 많은 곳에서 이렇게 화려한 동생을 보는 것은 결코 싫지가 않았다.

자기를 알아보았다는 뜻으로 한 팔을 쳐들면서 빙글 돌아 보이는 명자는 손을 흔들어 대답해 주고서 명호는 집을 향해 걷기 시작했다. 낡은 목장의 비탈진 길을 가로질러서,

"사람이란 항상 기운차게 살아야지. 싱싱하게 젊은 잉어같이— 아무렴."

그는 대문을 밀치고 마당으로 들어스자 오늘따라 뒷뜰로 돌아갔다. 거기 북향으로 뚫린 작은 유리창 앞에 걸음을 멈추고는 이마를 부벼대고 안을 들여다보았다.

양말떼미 앞에 앉아서 그것을 하나하나 집어던지며 놀고 있는 아랫놈의 머리통이 우선 눈에 띠었다. 명호는 이마 위에 손을 갖다 대면서 컴컴한 구석을 살펴보았다.

영숙이가 아직도 양말을 깁고 있었다. 명호는 손끝으로 유리알을 툭툭 튀기면서,

"할로오, 할로오"

하였다. 영숙이가 고개를 쳐들면 익살스레 두 눈을 꿈벅꿈벅해 보일 양으로

영숙이는 쨍그려 부쳤던 노오란 얼굴을 잠간 쳐들었으나 다 들기도 전에 그것이 누구의 짓인지 알았다는 듯이 그대로 도루 수그리고 말았다. 하등 웃을 일도 처다볼 일도 못 된다는 듯이.

명호는 아무도 안 보는 눈을 찡긋찡긋해 보이다가 그대로 휘파람을 불며

안방 쪽으로 돌아갔다.

방문을 열자 양친이 약간 긴장한 낯빛으로 말없이 그를 마지하였다. 화로를 가운데 두고 두 분이 이제껏 무슨 의논이 있는 있은 모양이었다.

"인제 오냐. 저어 서울을 언제쯤 떠나겠니." 모친의 물음이었다.

"음."

부친이 받아 대답을 하더니 또 한참 묵묵히 시간이 흘렀다. 성급한 모친은 또 먼저 입을 열었다.

"명자 말이다. 그 애를 어떻게든지 네가 맡어서 공부를 좀 시켜 주어야지. 저대로 두었다가는 큰일나겠다, 큰일나겠어. 모냥만 내려들지, 구경만 나다니지. 집안일엔 손꾸락 하나 까딱 안 하구. 아, 접댄 누가 보았드니 웬 사내애하구 팔짱을 끼구 다방엔갈 들어가드라는구나 글세. 저 모양대루 두었다가는……."

"허허허. 좀 가만있어. 그렇게 떠들어 대지만 말구."

부친은 버럭 언성을 돋구어 막아 놓고는,

"어떡해야 좋겠느냐. 느이 사는 일을 생각하면 수하에 부리는 아이두 없지. 어린것들 기르고 진호, 영호가 있는 것만으루두 힘이 들겠는데 또 그것까지 데리구 있으라구 하면은 어려울 게라만……. 하지만 그 애 자신을 생각한다면 이번에 서울루라두 데리구 가지 않으면 아주 신세를 망치구 말겠거든……."

"안 된다. 저대루 두어서는 안 되느니라. 집을 떠나서 고생을 좀 시켜 봐야지……. 어쩌겠니. 네가 힘이 좀 부쳐두 데리구 가야지. 데리구 가서 좀 사람을 만들어라. 그래두 너는 어려워 하니까 말이야."

모친은 명자의 일로는 골치가 아팠는지 어떻게든 떠보내야 하겠다고 눈빛까지 달려져 가지고 서둘러 대었다.

"허어, 의논끝 해야지. 얘들 사정두 생각해야 할 거 아닌가."

부친이 이렇게 말하자 모친은 별안간 말투가 달라지면서,

"하기는 그렇다. 형제간이라두 제게 처자가 달리게 되면야 맘과 같이 안 되지" 하였다.

명호는 저으기 서먹서먹한 것을 느끼면서도 태연한 채 "그러면 데리고 가두룩 하지요" 하고 대답하였다. 실은 그러지 않아도 영숙이가 그 일을 미리 짐작하고서 혼자 끙끙 앓고 있는 눈치였기에 명호로서는 이왕 이곳 대학에 학적도 있고 하니 웬만하면 그대로 두었으면 하는 생각도 없지 않았고 또 어디로 전학을 시켰댔자 명자가 얌전해지기는 틀렸다고 생각을 하고는 있었으나 그렇다고 완강히 반대를 할 의사도 서지 않았다. 무엇보다 부모나 동생에게 섭섭하게 해서는 안 될 노릇이고 아니 그런 것 저런 것 하기보다도 지금의 명호에게는 말성스런 일이란 딱 싫었다.

"좋두룩 합시다, 좋두룩……."

그러나 옆방의 영숙이를 잠간 머릿속에 그려 보지 않을 수는 없었다. 바늘손을 딱 멈추고 전신이 신경이 된 듯이 숨도 안 쉬고 있을 양이 받히 보이는 듯했기 때문이었다. 영숙이는 오직 한줄기의 구원을 영호에게서 찾으랴는 듯이 뚜렷하게 자기를 보고 있을 것 같기도 했다.

명호는 이제는 숨을 돌렸다는 듯이 잡담을 끄내는 양친과 잠간 더 같이 앉아 있다가 일어나서 뒤ㅅ방으로 건너갔다.

아까와 똑같이 옹송구린 모양으로 영숙이는 양말을 깁고 있었다. 그 얼굴은 가면같이 무표정했다. 자기가 저쪽 방에서 이야기를 하는 새 또 하나의 명호가 있어서 그 손이 석회 같은 것으로 꾹꾹 눌러 그렇게 꾸며 준 것 같다고 그런 기이한 느낌이 그 얼굴을 보고 있으니 떠돌기까지 했다. 명호는 아내가 가엾은 생각이 솟아올랐다. 아까 영삼못에서 본 여성군들에 비하여 어쨌든 너무 초라해 보인 것이다.

그는 양말떼미 앞에가 도사리고 앉아서 의미 없이 빙긋빙긋하고 있다가,

"여보, 오늘 밤 우리 오래간만에 영화나 봅시다" 하였다.

영숙은 고개도 들지 않았다.

"음악 영화래는데, 이 구지구지한 것 인젠 좀 치우구 가뜬하게 그 회색 스—쯔나 척 입구서 응?"

영숙이는 여전히 눈을 내리깐 채로 양말들을 척척 집어 싸기 시작했다.

저녁 후에 명호가 한 번 더 거리에 나가자고 유인했을 때 이번에는 영숙은 뜻밖으로 선뜻 동의를 표하였다. 반가워서 하느니보다 가니 안 가니 하기도 귀찮고 싫다는 뜻이었지만.

명호는 먼저 옷을 입고 길ㅅ가에 나가서 기다리었다. 한편은 논, 한편에는 집들이 느러선 하이얀 길이 어둑어둑 저물어 가고 있었다. 걸어 보면 구둣발 밑에서 뽀두둑뽀두둑 눈 소리가 났다. 조금도 차겁지 않은 작은 바람이 기분을 상쾌하게 해 주었다. 명호는 여러 번 대문ㅅ간을 돌아다보았다. 겨우 영숙이 보였다. 입었든 치마 위에 희뿌연 두루막을 걸치고 있다.

명호는 왜 좀더 말쑥하게 채리지를 않았을까 하고 그것이 못마땅하여서 더 기다리지도 않고 돌아서 걸어갔다.

영숙이 따라오랴면 힘이 들도록 성큼성큼.

영숙이는 남편의 등에서부터 시선을 옮기어 논을 넘어 나즈막한 산들이 하늘과 마주대인 부근을 바라다보았다. 그곳에는 검푸른 어둠이 잠자리나래같이 엷고 부드럽게 펼쳐져 있었다. 굵은 별들이 마치 봄철에처럼 가물가물 윤ㅅ기 있게 빛나고 있었다. 그는 부드러운 바람을 뺨에 느끼고 "하아—" 하고 소리 내어 숨을 쉬었다.

기어코 또 한 가지의 고역을 질머지게 되었구나. 그 사실은 그러나 미리 생각했드니보다는 덜 그를 괴롭혔다. 세 사람 시중을 들거나 네 사람의 뒤를 받들어 주거나 어차피 별 차 없는 일일 것도 같았다.

다만 그는 까닭 모를 적막함이 전신을 엄습하는 것을 느꼈다. 무엇인가가 자기의 몸속에서 풀려져 나간 것 같은 그리고 그것은 영영 돌아오지는 않을 것이던 것 같은 그런 부칠 곳 없이 허전한 마음이었다.

그러나 무엇을……? 자기는 무엇을 잃어 가고 있는 것일가. 영숙이는 언뜻 알아낼 수 없었다. 알아낼 수 없었으나 더 캐 보려고도 하지 않았다.

그는 다만 발걸음을 재촉하여서 화를 낸 듯이 이쪽을 보고 서 있는 남편에게로 빨리 다가갔다. 발밑에서 뽀독뽀독 눈 밟히는 소리가 났다.(1949. 12. 7.)

—≪문예≫ 제6호(2권1호), 1950. 1.

성근네

성근 어머니는 어떤 생각을 더듬느라 두루 골돌하면서 그래도 가끔 뒤를 돌아다보며 소 눈알처럼 큰 눈을 두리번거렸다. 통행금지 시간이 가까웠기 때문이다. 아니 어쩌면 벌써 지났을지도 몰랐다.

외로운 처지에 살고 있는 그라 조금이라도 자기를 받자해 주는 북경 집에를 가는 날이면 으레 시간까지 늘청을 부리게 되어 돌아오는 길에 꼭 순경에게 쌀쌀이 나곤 한다. 남달리 겁은 또 많아서 당장이라도 "으악!" 소리가 날 것만 같으니 다리가 급히 굴지 않을 수 없었다.

게다가 둥뚝에서 내려치는 바람은 맵고 사나웠다. 팔굽이 아프도록 두 손에 힘을 주어 코앞에다 모아 쥐고 있는 성근 어머니의 소중한 털실 목도리를 바람은 한사코 날려 보내려고만 잉잉거리며 불어 대었다. 그래서 성근네는 치마 속에 두른 헌 담요가 풀어져 내리도록 부산히 발을 놀렸다.

그대로 머릿속은 또 어떤 궁리로 해서 이것도 잔뜩 분주하였다. 그는 몇 번이고 속셈을 따져 본 끝에,

'어쨌든 일오는 틀림없거든!'

이렇게 결론을 내리는 것이었으나 잠깐 동안 흐뭇한 듯한 얼굴을 지어 보고는 또 황급히 손구락을 곱아가며 곰곰이 생각을 되풀이해 보는 것이었다.

그것은 지금 마악 북경ㅅ집에서 듣고 오는 이야기였다. 함경도 C에를 가서 은으로 만든 우승컵(優勝杯)을 가져다주면 이만 원 내겠다고 최 목수의

아들 경인이가 말하더라는 것이었다. 최 목수 영감은 전에 성근네며 북경
ㅅ집이 C에 살 때 같은 교인이며 같은 평안도 태생이라 해서 제법 대접을
받으면서 이런 집들 새로 들락거리던 사람이었다. 그 당시는 C에서는 그래
도 떵떵 울리며 살던 성근네의 포목점 점포와 살림채를 지은 것도 그였는
데, 그 아들 경인이는 독학으로 의사가 되어서 제법 그럴듯하게 서울 살림
을 해 나가고 있었다. 전부터 운동깨나 하였으니까 우승컵 같은 거쯤 있을
법도 한 일이었다.

그 말을 들었을 때 성근네는 금방 얼굴이 헤에 벌어지도록 반갑고 고마
웠다. 이런 벌이가 어디 또 있을까. 떼울 염려 없고 밑천 안 들고 시일 안
잡고— 아니 아까 이 북경ㅅ집을 찾아들 때의 마음 같아서야 단 오백 원을
준다고 해도 당장 승낙을 했을 것이었다. 이만 원! 꿈같은 소리였다.

그러나 뒤이어 근심이 생겼다.

'아니 그게 무얼루 만든 거길래 그렇게…… 그렇게까지 값이 나갈까?'

성근네는 사뭇 의심스럽다는 듯이 고개를 흔들며 북경ㅅ집을 쳐다보
았다.

"원 걱정두 팔자래니깐, 끌끌……. 아무려믄 그래 저 미찌는 노릇을 하
자구 하겠나?"

북경ㅅ집은 벌서 또 조금 뻣죽해서 거츠른 음성으로 대답하였다. 무슨
일에고 자기의 의견을 조금이라도 고지듣지 않으면 비위가 틀려 버리는 북
경ㅅ집이었다. 성근네는 얼른,

"하긴 그렇지……"

했으나 속으로는 여전히 의심이 남아 있었다. 그 눈치를 알아챘는지 북경
ㅅ집은 이번에는 우승배라는 게 모르기는 하여도 어지간히 비싼 것임에는
틀림없으리라고 기가 나서 그 점을 강조하기 시작하였다. 성근네는 끄메거
리면서 듣고 있다가 나중에는 정말 그럴지도 모른다고 생각했다. 경인이가
얼마나 약삭빠른 위인이기— 하는 생각이었다.

"꼭 가보라우. 그거 괜찮지 않아?"

"아 그럼, 되기만 하믄야 그럼."

북경 집 대문ㅅ간에서 성근네는 이렇게 희망과 감사에 넘쳐서 나온 것이었다.

그러나 길ㅅ가에 나와서부터는 마음을 진정시키고 차곡차곡 계산을 대보려고 들었다.

비용을 한끝 많이 잡아서— 가령 오천 원을 뚝 잘라 생각는다 하드라도 순전한 이익이 일만 오천 원. 만약 그의 집금 속 따짐대로 찻삯 얼러 한 이천 원으로만 다녀올 수 있다면— 그렇게 생각을 해 나가누라면 다시금 저도 모르게 마음이 둥실둥실 떠오르듯 유쾌해지는 것이었다. 그래 그는 이 즐거운 계산을 수없이 되풀이해 보는 것이었다.

그렇지만 잠간 생각을 돌려 이런 중대한 소식을 하마트면 못 듣고 일어나 올 번한 오늘밤 일을 생각하니 등이 아슬아슬할 지경이었고 또 한편 언제나 무사태평으로 등한한 북경ㅅ집이 원망스럽기도 했다. 왜냐하면 경인이는 컵 소리를 하면서 믿을 만한 사람을 물색해 보다가 겨우 성근 어머니 생각이 나드라고 말하며 성근네 주소까지 묻고 돌아갔다는 것을 북경ㅅ집은 까아맣게 잊어 먹고 앉았다가 성근네가 마악 일어서랴고 할 때야 겨우 생각이 나서 전해 주지 않는가.

"나 돈 좀 벌게 해 달라우."

말끝마다 자기가 하는 소리를 그래 어떻게 들어 두었드란 말인가. 그러나,

'하긴 뭐니 해두 내가 제 덕 입지 제가 내 덕 보겠나. 이번 일만 해두 그렇지.'

이렇게 성근네는 맘을 좋게 먹었다. 그리고,

'낼은 경인일 찾어 보구 모레는 변을 얻어 준비를 해 가지구—'

이렇게 계획을 세우긴 세웠지만 아까부터 한 가지 늘 마음에 걸리는 것

이었다.

이북 거래하다가 맛본 그 진절머리 나는 기억 말이다. 죽으면 죽었지 다시는 그 놈의 삼팔선 안 넘어 다닌다고 그때 단단히 맹서까지 했던 성근네였다. 그럴 것이 장사 갔던 세 번이 세 번 다 쥐뿔 남기기는커녕 밑천까지 없애고 와 이제는 북쪽으로는 고개도 돌리기 싫었고 그뿐일까. 한번은 총알에 맞아 죽을 뻔한 일까지 있지 않았던가. 돌아와서는 땅바닥에 가 거머리처럼 엎드려 붙어서 '쌩! 쌩!' 나르는 총알 소리를 듣던 그때 일을 생각하면 지금이라도 당장 머리끝이 쭈뼛하였다. 그때 돌아와서 얼마를 앓고 났는지— 그 때문에 빚은 또 얼마를 더 지고—. 성근네는 후우하고 한숨을 내쉬고 거름마저 멈추고 서고 말았다. 삼팔선의 그 얼어붙은 둥성이, 불량스레 무섬만 태워 주는 안내꾼 녀석들, 코구멍 같은 주막집 잠자리……

생각을 할수록 을씨년스러움이 커질 따름이었다. 그는 마침내 심난하게 풀이 죽어서 그만두어야 할까부다고 맘을 돌리기 시작하였다.

'아무러나 첫째 사람이 몸이 성해야지……. 돈두 돈이려니와……. 고생을 무데기루 하구서 또 들어눕기나 하는 날이면…….'

그는 또 사방을 둘러보고 장님처럼 번쩍번쩍 무릎을 쳐들어 캄캄한 개똥밭 자리를 질러가면서 그렇게 생각했다. 그리고 서강 동리로 지나 산 밑에 외따루 떨어져 서 있는 오막살이도 가까웠을 지음에는 절대루 안 간다고 이만 원을 시언히 단념해 버렸던 것이다. 좁다란 비탈길이 되었다. 그 위에 댕글 올라앉은 성근네 초가집이 불기 하나 없이 신산하게 쳐다보였다. 성근네는 이번에는 또 성근이 생각에 가슴을 조이면서 급하게 비탈을 오르기 시작했다. 바람받이 나무들이 피리소리를 내며 휘어 사람까지 벼랑 아래로 날려 갈 것 같다. 조약돌을 싼 층층계를 오르면서 성근네는 문득 부엌 앞을 보았다.

풍노에 불이 피노라고 빨간 불똥이 튀어 나는데 성근이는 옆에서 그것을 내려다보고 서 있다. 두 손을 포켙에 찌른 까까중의 검은 윤곽이 별빛에 뚜렷이 떠올라 보였다. 성근네는 아니 이 애가 이제 무엇을 하는 것인가 의아해 하면서도 한편으로는 벌써 가슴이 뿌듯해 왔다.

그의 늦게 둔 외아들 성근이는 이제 겨우 중학교 일년생이었다. 과부가 된 후로도 그것만은 남 못지않게 기른다고 기를 써 보던 것도 이제는 옛일 이고 집마저 이런 데로 옮기고 난 후로는 그 아들도 정말 천둥이가 되었다. 번번히 실패만 보면서도 그래도 장사라고 나다녀야 했기 때문에 성근네가 늦게 들어오는 날이면 저 혼자 밥도 지어 먹었고 다 헤진 외투도 군소리 없이 걸치고 다녔다. 그러면서도 학교성적은 늘 좋아 성근네는 아들을 대 할 때면 기특하다거니 좋다거니 하는 맘보다도 먼저 설고 안타까운 생각만 이 앞지르곤 하였다. 오늘같이 공연히 늦어 버린 날은 더구나 맘이 편치 않았다.

성근네가 말도 없이 마당으로 오르자,

"어머니? 어머니유?"

하며 그는 마주 온다.

"무얼 해, 응?"

목도리부터 방문 안에 벗어 던지며 성근네는 미안한 듯이 이렇게 물었다.

"밥. 구찮길래 에익, 안 먹는다구 기냥 공불 했드니 암만 해두 안 되겠 어요."

그는 픽 웃었다.

"그리구 어머니가 춘데 돌아오실 테니 뜨뜻한 물이라두 한 잔 대접을 해 야죠. 그렇지? 어머니……."

어머니가 몹시도 반가웠는지 성근이는 이렇게 너물거리면서 웃기려 든다.

"오온 녀석……."

같이 웃고 불 앞에 가 앉으면서 성근네는 눈 안이 화끈해 오는 것을 느 꼈다. 그는 땅에 놓여 있는 남비 뚜껑을 열어 보고 불에 얹었다.

"으응? 또 얹음 안 되는데? 탈 걸요?"

그러다가 뉘우친 듯이,

"근데 오늘은 어디 좋수가 있었세요?"

여전히 농ㅅ조이면서도 어딘지 근심스레 말머리를 돌린다.

"좋은 수는 무슨……."

대ㅅ구를 해 주면서 그는 가슴이 울먹해 왔다.

'어쩌다가 내가 너에게 이 고생을 시키게 됐느냐.'

그는 두 손가락으로 빵 하고 코를 풀어 땅에 둘러 매쳤다. 그리고 불쑥 이렇게 생각했다.

'아무래두 갔다 와야겠다. 이만 원이 어딘데…….'

그리고 그러자 어쩐지 눈물이 나올 듯해서 그는 큰소리로 아들에게 군불은 땠느냐 그럼 어서 방으로 들어가라고 재촉해 드려냈다. 그리고 혼자 남비 뚜껑을 잡고 앉아 생각에 잠겼다.

'오냐, 몇일만 또 혼자 있거라. 이번에 그것만 되거들랑은…….'

바람 소리가 커졌다. 높은 가지 끝에는 별이 춥게 떨며 매어 달려 있었다.

그 바람을 몦고 나니 맘은 더욱 서둘렀다. 이만 원 돈뭉치가 눈앞에 나타났다 꺼졌다 했다. 갑재기 가슴이 달아올랐다.

그는 그날은 새벽부터 서둘러서 이것저것 집 떠날 차부를 차려 놓고 시내로 들어갔다. 일요일이었건만 경인이는 마침 집에 없었다. 성근네는 이따가 또 오마하고 이번에는 돈을 얻으러 다녔다. 그는 두어 군데 헛거름을 치르고 난 후에는 그래도 희망을 잃지 않고 북경ㅅ집으로 발길을 돌렸다.

과연 북경ㅅ집은 확실한 자리니 염려 말고 돌려주라고 마침 와 앉아 있던 조카며누리에게 말을 해 주어서 성근네에게 쉽사리 돈을 얻어 주었다. 성근네의 행운은 그뿐이 아니어서 저녁을 얻어먹고 나와 경인네 집을 향해 가다가 그는 몇 해 전에 자기 집에 하숙하고 있던 Y라는 젊은이를 만났다.

그는 철도국에 다닌다고 하기에 그럼 차표나 좀 얻어 사자고 농 비슷이 말해 보았더니 내일 역에 나오시면 틀림없이 사 드린다고 장담을 해 준 것이다.

성근네는 일이 순조롭게 페이려면 매사가 이렇다고 속으로 신이 났다. 전번에 청단 행 차표 한 장 사달라고 너댓 시간 동안을 떨고 있던 기억이 아직도 새로웠던 것이다.

경인이는 그러나 아직 돌아와 있지 않았다. 경인이 노모가 간곡히 전하는 대로 성근네는 들어가 앉아 기다리면서 이 얘기 저 얘기 하던 끝에 컵 이야기도 꺼내 놓았다.

"그런데 그게 뭐이길래 그렇게 돈을 디려가서 온답니까."

"아이구. 그게 수태 비싼 거래누만……. 그걸 가져 와야겠다구 우리 아인 원제부터 그으 소린……."

경인이 노모는 그 값은 자기는 상상도 못할 만치 큰 것이라는 듯이 눈을 껌뻑 감아 보이며 이가 하나도 없는 입술로 오물오물 대답했다.

"함경돌 갈라우? 에이그 이 추위에……."

"그런데 가서 오다가 떼우든지 하는 날엔 그거 큰일이지……. 그때는 어떡헐라구 그렇답디까……."

"아, 그기아 신순데 뭘 할 수 없지. 그럼 할 수 없지. 정 떼운 거야 거저 나쁜 사람한테 부탁하문 안 떼우구두 떼웠다구 할까봐 그래. 우리 아이두 아무한데나 부탁은 못 한다구 그러지……."

성근네는 그 점은 안심하였다. 그러기 아주 떼어 놓고 모르는 사람끼리 하는 거래보다는 한결 좋다는 거라고도 생각하였다. 시계가 뗑뗑 아홉 개를 울렸다.

"원, 어디들을 이렇게 늦게까지 다니누."

성근네는 기지개를 켜고 나서 다시 요 밑으로 손을 디밀면서 이렇게 말했다.

"옹. 기아들이 자구 올라는가배. 저이 댁이랑 화신 앞에선지 만나 가지구 같이 들어오마드니 이적 안 오는 꼴이 아마 제 댁네 친정으루들 간 모양이다."

경인이 노모는 둘러쓰고 앉았던 이불을 턱밑으로 끌어올리며 무신경한 얼굴로 중얼대었다.

성근네는 목도리를 집어 들고 자리를 일어섰다.

"내일은 돌아들 올 테지. 내가 내일……."

그리고 혼자 생각에 빠지면서,

"심부름 삯을 똑똑히 따지구 떠나야지……. 차를 표 못 얻어 사는 한이 있드래두……" 하였다.

"뭐이? 응?"

귀가 좀 어두운 노인이 노모는 성근네가 중얼거린 뜻을 한 번 더 물어서 알아듣고는,

"글쎄 그야 넘녀 말라우. 내가 어련히 알구 그리리."

손을 내저으며 말하였다. 딴은 그렇다고도 생각하면서 아무튼 내일 한 번 다시 들리마하고 그 집을 나왔다.

다음날 두 시경 성근네는 드디어 청단 가는 찻간에 올라앉아 있었다.

아침에 또 길이 어긋나서 경인이를 못 보고 떠나 왔지만 삼만 원 내미는 점에 관해서는 그 모친에게 단단한 다짐을 받았고— 그는 경인이에게 성근네가 다녀갔다는 말을 전하지 않은 것이 더러 미안했던지 글쎄 그건 아무 걱정 말라는데 그런다고 짜증을 내다시피 눌러 말하였다. 또 그것은 북경 ㅅ집이 전한 말과도 틀림없으니 안심해 좋으리라고 생각한 것이다.

차를 타고 나니 다시 희망이 새로워졌다. 차표 산 일이며 돈을 쉬이 얻은 일이며 이번에는 아마도 재수가 괜찮을까보다고 성근네는 사람들 틈에 끼어 비벼대고 앉아서 흔들려 가면서 혼자서 은근히 만족하였다.

밥사발만큼이나 한 데다가 손잡이 둘과 다리가 붙은 거창한 우승패였다. 꽃무늬를 금으로 색이고 안도 금빛으로 번쩍번쩍하는 품이 아주 훌륭법자한 물건이다. 아무려나 운반 삯을 이만 원이나 내자는 물건이라 예사 순도 금이 아님은 분명하였다. 성근네는 최 목수에게서 그것을 받아들자 품ㅅ속에 싸고 또 소중스레 검정보에 꾸려 가지고 가슴에 안고 산을 넘어오고 있었다.

C를 떠난 지가 벌써 열흘 가차웠다. 갈 적 C에 당도하기까지도 여기저기서 뜻 아니한 지체를 하게 되어서 서울 집을 나온 지는 스무 날도 더 되었다. 산 밑 그 시산한 방구석에 아이를 혼자 두고 온 생각을 하면 곤두박질이라도 치고 싶게 마음이 달아 올랐다. 그런데 이 경계선도 가까운 K동의 주막 주인은 어제밤도 그제밤도 길을 안내해 주지 않았다. 돈은 돈대로 팔백 원씩을 받아 놓고도 중간쯤 가다가는 위험하다고 돌아서곤 하는 품이 아무래도 밥값을 좀 더 받아먹고야 데려다 주려는 심산인 것 같았다.

성근네는 어두운 방 속에 갇혀 앉아서 집에는 벌써 식량이 떨어졌으려니, 나무도 없으려니, 학교에서 돈 내라는 소리도 몇 번은 있었으려니……, 수없이 되푸리하는 걱정거리를 고박고박 생각하고 앉아 있다가 그만 안절부절을 못 하도록 초조해 와서 마침내 혼자서 주막집을 나오고 말았다. 밖에를 나가 보기라도 해야지 숨이 콱콱 맥혀서 견딜 수가 없었다.

이태껏 무사했는데 설마 이번에 어떨라구 하는 생각도 별안간 불쑥 났고 그래서 더듬더듬 산길을 헤치고 가는 중에 문득 어쩌면 혼자라도 갈 수 있을 것 같은 생각이 들었다. 전에 몇 번 다닌 길엔 웬일인지 행인이 아주 끊어지고 없었고 이번 길은 그러니까 올 적에 단 한번 걸어 보았을 따름이었다. 그것도 달도 없는 어두운 밤이었지만 미끄러지며 골짜구니를 건너 온 기억과 사람의 키만한 삐죽한 바위가 셋 나란히 선 옆을 지나던 일만은 분명히 생각났다. 그런 것들을 주의해 살펴보며 대충 이 길로 따라가면 설마 못 갈라구 하고 걸어감을 따라 제절로 맘이 누구러졌다.

잠깐 새라도 못미더워서 짐을 옆에 끼고 나왔기 다행이었다. 그렇게 한 번 마음이 내키자 주막으로 되돌아갈 생각은 시원히 버리고 이제는 뒤를 휘둘러 보지도 않고 씽하니 앞으로 걸어 나갔다.

둘레의 경치는 모두 전에 본 것 같았다. 골짜구니와 바위가 인제는 보임 즉도 하였지만은 어쨌든 삼팔선은 멀지 않았다. 이 삼림만 벗어나면 벌판 건너 마을이 보일 것이고 그 마을은 이미 이남에 속했다. 밤이 되기를 기다려 위기일발 벌판만 건네어 놓고 보면 양편의 감시원이 보아도 손 못 대는 안전지대였다.

그러나 삼림은 쉽사리 끝나 주지를 않았다. 분명 이런 데를 지난 것 같기도 하나 어쩐지 몹시도 거리가 길었다. 동리를 나오고 아마도 세 시간은 걸렸을 것 같다. 성근네는 조금씩 불안해지며 타박타박 걸어 나갔다. 어느덧 해가 기울어 가고 있었다. 이상스레 무시무시한 하늘의 붉은 빛이 나무 밑이나 바위틈에 남아 있는 흰 눈들을 불그레하게 물들였다. 죽은 듯 고요한 것이 오히려 땅 속에서 웅얼웅얼 무슨 소리가 울려나오는 듯한 솔산 등성이로 점점 희미해지며 가느단 길이 희끗희끗 굽어 오르고 있었다.

성근네는 눈을 접시처럼 크게 하고 두리번거리기 시작했다. 가슴이 두근거리고 숨이 가빠왔으나 걸음은 쫓기우듯 더욱 급해져 갔다.

하늘의 불길한 붉은 빛은 습기를 먹음은 재ㅅ빛으로 변하였다. 가슴이 화끈거려 추운 줄은 몰랐으나 '씽!' 하고 솔잎이 떠는 날카로운 소리는 혹독한 냉기를 말하고 있었다.

골짜기와 바위는 좀처럼 나타나지 않은 채 그는 드디어 드메에 올랐다. 그리고 아래를 내려다보자 그만 정신이 아득해지고 말았다. 들판―기슭에 두꺼비 집 같은 동리를 가진 들판이 먼빛으로나마 보여야 할 것인데 지금 넘은 것보다 더 험한 등성이가 코앞에 가로질러 놓여있는 것이다. 발밑의 낯선 골짜기는 깊고 가파로웠다. 거기에는 벌서 짙은 어둠이 깃드리고 있었다.

'에이구, 잘못 왔구나!'

남보다도 손쉽게 삼팔선을 넘자던 생각은 순간에 날러가 버렸다. 아무데로고 어서 사람 사는 곳으로 나가야만 할 것 같았다. 주막집 생각이 번개같이 떠올랐다. 그러나 삼십 리 길은 걸었을 지금 되돌아가는 수는 이미 없었다.

이제는 무턱대고 다리를 내딛을 따름이었다. 허공에 허우적이듯 팔과 다리는 맥없이 놀았다. 내리막을 가다가 되는 대로 옆으로 꺾어 들었다. 달리면서 하늘을 쳐다보고 "하느님 하느님" 입 밖에 내어서 둘러대었다. 나라에서 못하게 하는 것을 공연히 저지르고 이 벌을 받는고나 하고 가슴은 자꾸만 떨렸다. 하늘에는 이미 노오란 투명한 광선이─ 밤의 장막이 내리기 직전임을 말하는 그 광선이 흐르고 있었다. 그의 얼굴로는 눈물이 폭포처럼 흐르기 시작했다. 성근이 이름을 가슴이 메저라고 속으로 외쳤다.

몇 시간이나 더 그렇게 헤매었는지 어느덧 주위는 캄캄한 밤이었다. 새ㅅ파란 달빛과 얼어붙은 별 하늘이 산을 덮어씌우고 있었다.

성근네는 마치 허탈한 사람같이 되었다. 땀을 주욱 빼고 입을 벌리고 하아하아 하면서 비슬비슬 걸어갔다. 별안간 그는 멈칫하였다. 희게 빛나는 것이 한 줄기 앞길에 번뜩하고 보였다가 꺼진 것 같아서였다. 잘못 보았나 했다. 그러나 틀림없었다. 그것은 강이었다. 그리고 강을 격한 넓은 들판 저편 쪽은 초가집들이 옹기종이 모여선 마을이었다.

'저기였구나!'

하니 안도감과 원망스런 생각으로 가슴이 뻐근해 왔다.

그는 발 앞에 가로놓인 그 서너 간 넓이의 강물을 드려다보았다.

출렁출렁 물소리가 무섭고 깊어 보였다. 물결에 쌔여 희뿌옇게 빛나며 데글거리는 것은 어름덩어리임에 틀림없었다. 몸에 닿으면 살이 무혀져 나간다는 그 어름덩이었다. 그는 갈팡질팡하기 시작하였다. 강줄기를 따라 올라갔다 내려왔다. 또 올라가면서 어떤 때는 한 군 자리에서 빙빙 돌았다.

다리 같은 것이라곤 보이지 않았다. 그 우에 암만 살펴보아도 강은 조곰도 좁아지지도 얕아지지도 않았다. 맘이 급한 것과는 반대로 발은 점점 무거워 오기만 했다. 떼엥한 머리는 앞으로 소꾸라질 것 같고 어깨에는 무엇이 와 듬썩 움켜쥐는 것 같다. 그때다. 총소리가 났다.

'탁!' 하고 극히 짧은 소리, 이어서 '쌩! 쌩!' 총알이 나는 소리였다. 성근네는 총소리를 전에도 몇 번 들은 일이 있었다. 침착히 생각하면 이번 총소리를 꽤 먼 곳에서 울리는 것이라고 그도 짐작했을지 모를 일이었다. 그러나 성근네는 그 순간 다만 눈알이 한번 빙글 돈 듯이 느꼈을 다름이었다.

그는 어느새 '철벙!' 소리도 요란히 물속으로 뛰어들어 버리고 있었다. 무엇이 어떻게 되었는지 조금도 모르고 덤비며 물 안으로 걸어들어 갔다. 살이 비여져 나가는 것 같았다. 한발 한발에 참을래야 참을 수 없이 '힉! 힉!' 소리가 나왔다. 물은 차츰 깊어진다. 허리가 가슴 어깨까지 물에 잠겼다. 숨이 맥혀 왔다.

"뜨것! 악!"

어름이 와 부딪는다. 눈앞의 물은 출렁출렁 감돈다. 몸도 함께 빙글빙글 돌랴는 것을 가까스로 멈추며 고개만 돌리고 보았다. 아직 강심이 채 못 되었다. 그런데 발밑은 물컥 무너져 내려가더니 물이 코끝에 와 닿았다. 성근네는 무어라고 고함을 쳤다. 감시병이고 무엇이고 일순 머리 우에 없었다. 되돌아 나오랴고 발을 뺐더니 다른 한 발이 풀석 가라앉는다. 두 손으로 머리위에 받들고 잇던 컵을 물속에 그대로 둘러메쳤다. 팔가지가 아프다 못해 맥이 풀린 것이다. 그때부터였다. 컵은 천근의 무게를 가지고 물속으로 휘감겨 들어가며 잡아 댕겨도 잡아당겨도 말을 안 들었다. 성근네는 나종에는 엉엉 울어가며 안 끌려가려고 발을 버티고 싸웠다. 그러다가 꿀꺽! 하고 물을 들이켰다. 또 한 번, 또 한 번…… 어름조각이 와 때렸다. 머리가 찌잉했다. 몸이 중심을 잃어 둥실 떠오르며 대신 팔과 머리가 컵을 따라 물 안으로 거꾸로 들어갔다.

간신히 죽기나 면하여 가지고 성근네는 몇일 후에 서울로 돌아왔다. 그날 새벽 일곱 시 첫차에서 그는 걸레쪽같이 풀스기 없는 얼굴로 정거장에 나왔다.

헌 두루막을 얻어 입고 수건으로 머리를 동여매고 있다. 목도리도 없이 손을 호호 불며 전차 정류장으로 걸어 나갔다.

해 돋기 전의 큰 거리는 고무 신발이 짝짝 들어붙도록 혹독하게 차가웠다. 걸으면서 성근네는 학질 앓든 사람같이 자꾸 떨었다.

병원 앞에서 그는 잠깐 망설였다. 신문지에 싸서 엽꾸리에 낀 꾸레미를 만적거리며 눈을 꺼벅꺼벅하다가 마음을 작정하고 효자동 차를 탔다.

출근하기 전에 경인이를 만나자면 꼭 알맞은 시간이었다. 아니라도 집으로 바로 가기는 싫었다. 컵을 갖다 주고 돈을 언제께나 주겠느냐 다짐을 받은 후에 누워 앓아도 앓자는 것이었다. 성근네는 줄곧 떨며 그 집을 찾아 들어갔다.

"아이구, 이거 일쯔감치 나오십니다. 어떻게……? 아무튼 들어오시죠"

경인이는 조반상을 들고 방에서 나오다가 놀란 듯이 성근네를 바라다 보았다.

성근네는 방에 들어가 아랫목으로 앉으면서,

"아니, 오마니는 어데 가셨나? 에에이구, 머인지 난 참 죽을 고생했네. 죽을 고생했어."

쥐어 짠 듯한 웃음을 웃어 보이고 꾸레미를 내려놓았다.

"아니, 왜요."

"톡톡히 땜을 해야겠네……. C까지 갔다 오기 십년감수했는 걸."

경인이는 그래도 어리둥절이 덜 깨인 모양으로,

"그래 이북 갔다 오시는 길이시우?" 하고 묻고 나서,

"자주 대니신단 말은 나두 들었지요 그런데 아, 그럼 나두 부탁할 일이 하나 있었는데 거분하게 됐다……."

한다. 성근네는 어쩐지 가슴이 뜨끔했다. 덤비면서,

"아 이거 아니나. 내가 가져왔어. 가져오느래기 혼이 났다니깐 그러네."
하며 꾸레미를 버스럭버스럭 헤쳤다.

경인이는 눈을 둥그렇게 하고 마주 앉아 있다.

"북경ㅅ집이 그러길래 내가 가져왔다니깐. 북경ㅅ집이 그러길래……."

성근네는 초조한 한편으로 무엇인지 모르게 은근히 화도 나서 커단 소리
로 꾹꾹 눌러서 말을 하였다.

"아아니, 그럼 왜 이걸 가져오셨수. 이런 거야 가져다 무얼 하자구……."

경인이가 턱을 쳐들며 묻는다. 성근네는 멍한 눈초리로 상대편을 보았다.

"내 말한 건 요마안한ㅡ, 그 똑 달걀만한 거예요."

그래도 성근네는 어이가 벙벙해 앉았으니까 경인이는 소리를 낮추면서,

"그게 어떤 일본 사람이 매끼고 간 건데 속은 전부 금이거든요. 껍데기
는 은을 씨웠두. 두께가 이 엄지 손구락만큼이나 한…… 십이삼만 원은
나가겠거든요. 그래 갖다 팔자는 게지. 뭐 이기야 멀 하자구……. 원 내 말
을 들어 보구 가실 게지요."

경인이는 얼굴을 찌푸리며 이렇게 말했다. C에서의 일이 생각났다. 컵이
라고 하니까 최 목수 영감이 못 알아듣기에 운동해서 타온 것, 그것도 하
나만이 아니라기에 그럼 그중에도 제일 크구 훌륭한 것이라고 성근네는 아
주 똑똑히 설명을 해 들려 준 것이었다.

"아니, 오마니한테 물었드니ㅡ 그런 말은 없구ㅡ 은으루 맹긴 아주ㅡ 홀
륭한……."

그는 숨이 차서 말을 끊었다.

"오마니요? 오마니 세상 떠나기 전에 그럼 오셨댔나요?"

성근네는 그제야 아까 부엌에서 내다보며 인사하던 경인이 처가 흰 댕기
를 드리고 있던 일을 생각해 내었다.

"무어? 어머니가 그럼 돌아가셨어?"

"그럼요. 초일헤 초엿새 닷새……. 초닷새ㅅ날부터 신열이 나서 누우셨군요. 사흘 앓구 일헷날 돌아가셨으니……. 노쇠해 계셨으니까 그만 급작같이 그렇게 됐죠……. 말 한마디 못 하시구……."

성근네는 입이 달라 붙은 듯이 "아이구 저런" 소리도 못하였다. 근 한 달 전 성근네가 떠나든 바로 그날부터 노인은 누워 버렸다는 것이다.

한참 후에야,

"아니 그, 그럼 어떻게 되는 건가."

성근네는 겨우 이렇게 중얼거리면서 얼굴은 든 채 손구락만 신문지를 더듬더듬했다. 얼굴의 근육이 혼자서 실룩실룩 경련하고 목소리가 떨렸다.

"글쎄. 이걸 누가 오백 원들 잘 주겠어요. 알아보긴 합시다만두……. 아니 그럴 게 아니라 아주머니 좀 팔어 보시구려. 팔리건 한 반 차지하실 셈치구……."

경인이는 딱하기두 하다는 얼굴을 했다.

성근네는 다시 컾을 안고 밖으로 나왔다. 나오기는 하였으나 그대로 멍하니 길ㅅ가에 가 버처 서고 말았다. 서리로 보오얀 집웅들 너머로 솟아오른 햇발에 그 얼굴을— 군데군데 멍이 들고 그 자리만은 언 사과같이 윤이 나는 성근네의 얼굴을 차겁게 비췄다.

차들이 지나가고 사람들이 지나가고— 서울은 눈을 뜨고 또 복작거리기 시작하고 있었다.

— ≪신천지≫ 제42호(5권1호), 1950. 1.

백조(白鳥)의 호수(湖水)

차이코프스키ー의 화려한 무용곡 <백조의 호수>는 드디어 끝났다. 바레ー를 춤추던 단사ー들은 진홍빛 막뒤에 가리워 버렸고 우뢰같은 박수소리만이 잠시 장내를 진동시켰다. 그러나 금미(金美)의 취한 듯한 두 눈은 좀체 황홀한 꿈에서 깨일 듯하지 않았다.

백조로 분장한 R양의 무엇이라 형언할 수 없이 아름다운 자태. 포근한 날개와 가슴을 가진 백조의 꿈과 슬픔과 환희를 그렇게도 현란하게 표현할 수 있는 육체……. 그것은 금미가 처음으로 들어보는 로서아의 바레ー곡과 함께 그의 머리를 감동과 동경으로 꼭 차게 하여 준 것이다.

"언제까지 이러구 앉었을 참인가."

벌써부터 좌석을 일어나서 기다리고 있던 오빠가 웃으면서 이렇게 말을 걸었다. 금미는 따라나서면서 그러나 눈은 발뿌리만을 내려다 보며 걸음을 걸었다. 그 찬란한 환영을 새로 눈에 비치는 다른 모든 것으로 허물어트리기가 너무도 싫여서…… 그러나 그는 끝내

"오빠, 언니는 참 좋겠우."

이렇게 한숨짓듯 말을 하고야 말았다. 그의 머리에는 R여사의 제지로 오늘 바레ー에서는 '바람'을 춤춘 사촌언니의 모습이 뚜렷이 뜨올라 왔기 때문이었다. 불빛에 반짜기는 초록빛 옷을 입고 기인 머리를 풀어헤친 사촌언니는 무대에서 보니까 별인같이 아름다웠다. 그리고 그 분방한 춤은…….

생각하다가 금미는 또 한번 새롭게 가슴이 화끈거리고 두 손에 땀이 쥐

어지는 것을 느꼈다. 사촌언니가 자기를 보기만 하면 권하군 하는 말이 문뜩 머리에 떠올랐던 것이다.

"무용가가 되어라, 너는 재질이 있어 다리두 이쁘구…… 응?"

금미는 언제나 웃으면서 듣고만 있었던 것이다. 오늘은 그 말이 머리를 스치자 저도 모르게 얼굴로 피가 몰려 올라왔다. 그리고 바레― <백조의 호수>의 장면장면이 벅찬 박력을 가지고 가슴으로 부닥쳐오는 것이었다.

밖은 꽃잎같은 함박 눈송이가 펑펑펑펑 쏟아저 나리고 있었다. 크리쓰마쓰·이브의 휘항한 불빛은 이렇게 눈이 나리는 거리를 마치 꿈나라의 골짜기처럼 흥거럽고 즐겁게 변화시킨 것이었다. 크리쓰마쓰추리―의 찬란한 장식은 이곳저곳의 쇼오윈도―를 화안하게 하고 있었다. 지나치는 사람은 누구나 다 행복이 가득 담겨져 있을 듯한 꾸레미를 끼고서 가벼운 걸음으로 빨리빨리 지나처 갔다.

금미는 자기가 살고 있는 이 세상이 이렇게도 아름답고 기쁜 곳이었을까하고 새삼스레 가슴이 부풀어 오르는 듯하였다. 그는 자기의 다리를 내려다 보았다. 여학생용의 무명양말을 신기는 했으나 날씬하고 곧은 다리, 그것은 금미가 원하기만 한다면 오늘의 R양과 같이 화려한 백조의 꿈을 감미한 음악에 마추어 추어보일지도 모를 것이었다. 그는 혼자서 뺨을 붉혔다.

"여기서 저녁이나 먹고 갈까."

오빠는 중얼거리면서 어떤 호화로운 그릴의 문을 밀었다. 금미는 오빠의 외투자락을 잡아다리면서

"아이 난……."

학교의 선생님이라도 만나면……한 뜻으로였다. 그러나 오빠는

"무얼 오늘은 괜찮아."

하면서 그대로 금미를 안으로 이끌었다.

그릴 안은 아름답게 몸단장을 한 남자 여자들로 그득 차 있었다. 귀여운

어린애들도 끼어앉아서 웃고 떠들며 먹고 있었다. 금미는 크리쓰마쓰추리 − 그늘에 가리우듯이 놓인 구석진 의자로 자리를 잡았다. 금빛 은빛 종이로 만들어진 적은 장식, 싼타크로오스 따위를 손꾸락으로 가만 가만 건드려 보면서 금미의 마음은 다시금 극장의 무대로 되돌아 가고 있었다. 백조의 호수… R양… 나이프와 포오크를 움지기면서도 연상 그러한 공상을 즐기고 있을 때였다.

"신문 사십시요. 여러 가지 있습니다. 하나 사 주십시요. 잡지두 신간이……."

"안 사."

오빠가 늘어놓는 소년의 말소리를 가로 막았다.

"그러지 마시구 네? 한 장만 사주세요" 그는 말이 잘 안 나오는지 혹은 추워서 그러는 것인지 떨리고 중단되는 말소리로 이렇게 말하면서 오빠의 얼굴을 처다보았다. 핼쑥하고 더러운 얼굴이었다.

"글세 안 산다니깐, 신문 다 읽었어."

"그럼 잡지라두 하나, 네? 아저씨."

"안 사!"

"네 아저씨."

소년의 목소리는 점점 울먹울먹해 왔다.

"얘, 난 잡지사에 있는 사람이니깐 잡지는 사지 않어, 알었니? 알었음 저리 가."

"그래두 아저씨 그래두 하나만……."

오빠는 이제는 댓구도 않하였다. 아이는 이번에는 금미에게로 팔을 내어 밀었다.

"아주머니 한 장만 네 한 장만 팔아주세요"

그리고 역시 댓구를 않기로 맘 먹고 있는 금미의 얼굴에 종이가 스치도록 바싹 손을 가저다 대는 것이었다. 금미는 그 불결한 손이 자기의 피부에 닿았다는 일보다도 귀중한 공상을 중단당한 것에 화가 치밀어서 이마를 찌프리고 무서운 눈으로 그를 노려보았다. 그리고 그가 금미의 앞을 돌아설 때까지 차디찬 시선을 떼어 주지 않았다.

열 살밖에 안 나 보이는 그 소년은 다른 데 가서 사달라고 조를 기운도 없어졌는지 그대로 비실비실 문깐을 향해 갔다. 금미는 그 뒷모습을 바라다 보았다. 금미의 눈에 그 순간 뜨인 것은 다 떨어져 나간 홋옷에서 나와 있는 정말 성냥개비같이 가는 목아지와, 무릎부터 들어난 이것도 가느다란 빨간 다리였다. 금미는 무어라 말할 수 없는 이상한 충격을 가슴에 받았다. 어쩐지 불유쾌한 어둡고 무거운 가슴의 설레임이었다.

식사는 끝마치고 거리로 다시 나와 어느 파아티―에 간다는 오빠와 헤어진 연후까지도 괴로운 것은 조금도 나어지지 않았다. 불빛은 아까와 같이 거리를 비쳤고 함박눈도 펑펑 나리고 있었으나 이제는 그다지 즐거워 보이지 않았다. 금미는 애매한 기분으로 걸음을 옮겨갔다. 그러자 바로 옆의 어느 다방 문이 쫙 열리면서 불빛이 보도로 쏟아저 나왔다. 그 순간 어떤 남자의 억센 손아귀가 무엇인가의 목덜미를 잡어서 밖으로 내동댕이를 치는 것이었다.

"다시 들어오면 쥑인다 쥑여!"

이런 사나운 말소리와 함께 문은 다시 닫기어졌다. 금미는 발 앞에 쓰러진 무엇인지를 자세 보았다. 그것은 나어린 소년이었다. 아까 금미에게도 신문을 사달라던 목과 다리가 성냥개비같이 가는 소년이었다.

훌쩍 우는 소리가 한마디에 새여 나왔으나 그는 곳 일어나서 꽁무니의 눈을 털고 길을 건너갔다. 거기 어느 상점 앞에는 눈먼 하라버지가 서있었다. 소년은 그의 손목을 잡으면서 또 다른 다방 앞으로 걸어가는 것이었다.

금미는 이번에야말로 가슴이 뭉클하는 것을 느꼈다. 눈물이 핑 솟을 듯하고 뛰어가서 어떻게 해 주어야 할 것만 같은 충동을 느꼈다. 그러나 막상 어떻게 해야 좋을지는 모르고 있는 사이 아이는 어느 골목길 안으로 사라저 버렸다. 금미는 무슨 잘못을 저질른 듯 마음이 설레이고 초초하였다. 대체 어떻게 하면 마음이 둘릴 수 있을 것인가. 그때 그의 귀에는 딸랑딸랑 하는 종소리와 함께

"불상한 사람을 동정하십시다. 가엾은 동포를 구원하십시다."

하는 굵은 목소리가 들리어 왔다. 네거리 한쪽에서 웨치고 있는 구세군이었다. 금미는 반사적으로 그리 달려갔다. 외투를 뒤저 있는 대로의 돈을 집어내어 자선남비 뚜껑의 눈을 헤치고 밀어넣었다.

"감사합니다. 감사합니다."

딸랑 딸랑……

금미는 무엇인지 조금은 마음이 가벼워지는 것을 느끼면서 네거리를 한쪽으로 꺾어들었다. 눈송이는 아까보다 더 번거로히 눈앞을 가리며 떨어지고 질주하는 자동차의 헤트라이트가 그것을 아름답게 물드리곤 하였다.

금미는 아까껏 자기가 하고 있던 공상은 무엇이었던가 하고 그것을 다시 계속할 양으로 머리속을 곰곰 뒤저거려 보았다. 그러나 아까 그의 머리를 채우고 있던 공상의 실마리는 좀체 잡히어지지를 않았다.

꽃송이 같은 눈은 그저도 펑펑 쏟아지고 있었다.

―≪여학생≫, 1950. 3.

병아리

앓고 나더니 막임(莫任)의 얼굴은 더 예뻐졌다. 기인 속눈섭이 성숙한 여인의 그것 같은 짙은 음영을 던지었고 인형같이 그저 귀엽기만 하던 입술은 약간 두터워져서 육감적인 매력을 갖추었다. 가늘어진 목과 핼쓱한 흰 뺨은 신비롭기까지 하다.

몽실몽실 젖내가 날 것 같은 다섯 살 멕이에게서 어데인지 우수어린 이런 미를 발견한다는 것은 어쩌면 우수운 노릇일지 알 수 없다. 피로한 아이들은 대개 그런 얼굴을 하는 것인지 모른다.

그러나 관옥(觀玉)에게는 예사로운 일이 아니었다. 순진하고 청신한 어린 모습과 그 위에 안개같이 어리인 이상한 매력의 뉴앙스는 화가로서의 그의 감흥을 무럭무럭 피어오르게 하였다. 그는 딸의 얼굴에서 오랫동안 눈을 떼이지 못하였다. 그리고 무릎 위로 시선을 돌렸을 때에는 가슴의 격한 듯한 고동 소리가 머리에 울리도록 크게 들려왔다. 일순 북바쳐 오르는 그림에의 의욕을 그는 억제할 수가 없었던 것이다. 하지만 이번에도 그는 고개를 가로젓는 수밖에 없었다. 남편의 아내가 된 후로 그리고 막임이들의 엄마가 된 후로 언제나 그렇게 하여온 대로, 그리고 괴로움은 침묵 속에 흘려보냈던 것이다.

어제밤 꿈이 생각난다.

그는 막임의 초상화를 정혼을 기우려서 완성시켰다. 남편이 쓰다 버린 화지 뒤에다 목탄 부스러기를 가지고. 그 타는 듯한 정렬과 완전히 집중되었던 정신력은 한낱 꿈이었다고 하기에는 너무나 생생한 기억이었다. 그 한 장의 목탄화는 지금도 그의 눈에 서언하였다. 붓과 종이를 가지고 다시 한 번 그것을 그려 본다면……. 점점 크고 뜨거워 오는 욕망은 아침부터 그의 마음을 어지럽게 하였다. 괴로움은 어제처럼 쉽사리 침묵 속에 흐터저 주지는 않았다.

밖에는 겨울을 재촉하는 차거운 가랑비가 주룩주룩 나리고 있었다. 지굴 속처럼 어두운 방안은 비 소리가 높아올 때마다 한층 캄캄해지곤 한다. 장 판에서는 이상한 냄새가 풍기어 올라왔다.

관옥은 일ㅅ감에서 눈을 들어 기다란 단간방을 휘둘러 보았다. 웃목 쌀 독이며 항아리, 남비 따위가 포개어져 있는 앞에는 뜯어 빨어야 할 아이 이부자리며 기저귀들이 넉마전처럼 늘어 놓여 있다. 이쪽 구석에는 기워야 할 양말떼미와 엉클린 털실뭉치 그리고 표지가 떨어져 나간 배급통장은 아 이들이 쏟아 놓고 간 콩 함지 속에 걸쳐져 있다. 방 한가운데 비받이로 놓 아 둔 주전자에서는 방금 물이 흘러넘쳐서 남편 영일이 구렝이 허물처럼 홀랑 벗고나간 바지 쪽으로 가려고 한다.

관옥은 다시 시선을 자기가 쥐고 있는 물건 위에다 떨어트렸다. 어깨 언 저리가 뚫어져 나가고 단추 구멍이 해어진 낡어 빠진 영일의 와이샤쓰. 그 것은 수선을 하자면 아직도 두 시간은 가져야 할 물건이다. 그의 초러한 듯한 눈은 낡은 벽시계로 던져졌다. 시계는 벌써 열한 시 가까이를 가르키 고 있다. 관옥은 입술을 잘근잘근 깨물면서 차츰 마음은 암담한 구렁텅이 로 빠져 가는 것을 느꼈다.

아침 일찌기 마을 건너 사는 고모 아주머니가 찾어 와서 아이들을 보마 고 데려가 준 것이 관옥의 마음에 아침 이래 생겨 있는 작은 파문을 더 크 게 하여 준 것이다. 애들에게서 해방당한 시간, 적어도 자기의 의사에 따라 서 사용할 수 있는 시간. 관옥은 모처럼인 이런 기회가 가슴이 철렁하도록 반가웠다. 그의 눈은 분주히 화구 상자가 얹힌 선반 위에를 더듬었다.

그러나 생각하면 도저히 될 말이 아니었다. 쌓이고 쌓인 잡용을 그대로 내던져 둘 도리는 아무래도 없었다. 그림은커녕 점심 먹는다고 돌아오기까지에 방도 미처 치우지 못할 것 같다. 애당초 무리한 일인 것을 서너 시간 기를 쓰고 허덕여 보건만 비참하다는 생각이 든다. 갑짜기 맥이 탁 풀려져 나갔다. 오늘도 역시 잡용에 쫓기우다 마는구나. 어제도 그제도 그러하였듯이 그리고 내일도 모레도 한정도 없이 그런 날이 되풀이될 것같이……. 단 한 시간이나마 관옥이 자기를 위한 시간이라고는 가질 수 없는 날이 오고 또 가고 하는 것이다…….

그는 기운 없이 와이샤쓰를 집어 던지면서 대체 왜? 하고 생각해 보았다. 머리속이 까마득하다. 그는 일어나 두 손으로 창문턱을 짚고 그 위에 얼굴을 얹으면서 손바닥만한 히뿌연 유리알 넘어로 바깥을 물끄럼히 내다보기 시작했다. 굵은 빗발이 납빛으로 무디게 빛나면서 파 넘겨 놓은 배추밭 자리의 검은 흙더미 속으로 빨리어 들어간다. 하늘은 내려 눌르듯이 무겁게 드리우고 건너편 집들은 구름 속에 잠긴 듯 흐더분하게 번져 보인다.

멍하니 그것을 내다보고 섰던 관옥은 별안간 '쾅!' 하는 소리에 소스라쳐 놀랐다. 머리가 텅 비어 있었던 탓인지 그의 놀라움은 우수움도록 컸다. 그는 한참 동안은 움직이지도 못하였다. 이윽고 고개를 들어 소리의 출처를 살펴보았다.

그것은 가보기까지 하지 않아도 곧 짐작이 든다. 툇마루에 얹힌 드레박을 쥐란 놈이 건드려서 떨어뜨린 것이다.

관옥은 그만 소리에 그토록 놀랐다는 생각이 몹시 불쾌했고 또 어찌된 그 찰나의 착각이었던지 그 쾅하는 소리를 고모 아주머니의 예의 무신경한 고함과 어린것의 와앙 우는 소리로 잘못 들었던 것이 기분을 상하게 하였다. 그는 한켠 구석을 노려보고 서 있으면서 차츰 형상키 어려운 분노에 사로잡혀 갔다.

관옥은 해방 이래로 갑짜기 달라진 자기의 환경을— 연달아 두 아기의 어머니가 돼고 전에는 상상한 일도 없는 가난사리의 주부가 된 그 책임과 의무를 불평하지 않고 참어 오기는 하였다. 그러나 그것은 너무나 오랜 인내의 시간이고 너무나 안타까운 초려의 생활이기도 하지 않았을까.

관옥은 그 자신 그림에 대한 정렬을 버렸다고 생각한 적은 아직 없었다. 영일을 애인으로 하고 그 아내가 된 오래 전부터 걸어오던 자기의 길을 단념해 본 일은 없는 것이다.

어느 날에고 캄바스 앞에 앉을 수만 있다면 그는 자기의 몸속에 지금도 예전과 조금도 다름없는 싱싱한 감성과 그것을 표현할 힘을 느낄 수 있었다. 마음을 누루고 생활에 진력하면 할수록 그의 눈은 날카롭게 빛과 그늘을 포착하였고 넘쳐흐르는 색채감과 선에의 의욕은 벅차기만 했다. 그는 어느 때고 얼마라도 창조하고 싶었다.

그러나 동시에 그는 남편과 아이들을 절대적으로 사랑하여 온 것도 사실이었다. 그들로 하여 자기의 모든 것을 희생하는 것을 차라리 당연하다 생각해 온 것이다. 그것은 지금도 다름없었다. 다름없었으나 그러나 그는 영일을 미워하지 않을 수 없었고 아이들도 미워하지 않을 수 없었다.

영일은 요사이 시내에 있는 우인의 아트리에를 빌어 오랜만에 제작을 시작하고 있었다. 일을 작하면 불덩이가 되는 그의 버릇으로 그는 저녁때 집에 돌아오면 으레 느른 ■■■■ 누워 있기만 했다. 맥이 탁 풀린 입가에 황홀한 듯한 웃음을 띠우고 말도 없이 천정만 바라다 본다.

그가 천정에다 펼쳐 보고 있을 환영, 화면의 여러 가지 부분에 대한 곰곰한 생각을 나타내는 그의 눈빛. 그것은 제작에 갈증난 관옥의 질투심을 자극하지 않고는 마지않았다. 기진하도록 화필을 구사하고 난 후의 그 도취감, 관옥에게는 실로 오래인 기억이기에 원망스러움이 가슴을 찔렀다.

그러나 그는 일을 시작한 남편을 위하여는 몸과 마음을 곱절 쓰지 않으면 아니 되었다. 어린애가 울어대지 않도록, 막임이가 아빠에게 매달리지 않도록……. 그리고 또 돈과 쌀을 꾸어대는 데에도 혼자서 애를 써야만 했다.

벙어리가 된 듯 말도 없이 먹고는 나가 버리는 남편, 구두끈까지 끌러서 신켜 보내야 하는 너무나 무심한 남편, 그리고 잠시를 쉬일 새라 울고불고 볶아대는 아이들, 이들은 너무나 횡포하다. 이들이 폭군이 아니고 무엇인가. 관옥에게 있어 목마름보다 더한 공부에의 의욕을 여지없이 짓밟고 서 있는, 너무나 무자비한 에고이스트들이 아니고 무엇인가. 그들이 관옥이 한 어깨에 떠메워 두는, 그리고 언제까지라도 대신해 주려고는 하지 않는 잡용, 잡용, 잡용! 잡용에 일상 휩싸인 생활이란 그 자체 의미도 없는 다만 삶의 연장이 아닌가.

관옥은 비소리에 귀를 기우리면서, 그 지나간 날들을 회상하였다. 어두운 초려에 쌓인 날들, 그것은 관옥이 일찌기 구상한 일도 없고 따라서 하등 존재할 이유가 없는 생활이었다. 무엇보다도 그 번거러움을 이제는 더 참을 수 없을 것 같았다.

그는 머리가 찌룽 울리고 목안이 화끈해 오는 것을 느꼈다. 별안간 그는 방문을 밀어치고 밖으로 뛰어 나왔다.

바깥 벽에 걸려 흠씬 비를 맞은 레인코오트를 난폭한 동작으로 베껴 쓰고는 빗속을 마구 달려갔다. 가슴의 격동이 개천이고 물구덩이고 갈이지 않고 함부로 발을 내딛게 하였다.

하늘은 무너질 듯이 험악하였다. 짙고 얇은 회색 구름이 뒤범벅이 되어서 머리 위에 웅성거리고 길ㅅ가에 서 있는 몇 오리나무들은 경련하듯이 떨고 있다. 그악한 바람 소리와 어울려 무엇인지 신음하는 듯한 음산한 소리가 공간을 빈틈없이 채우고 있다. 노염을 새로히 한 양 갑짜기 굵어지는 비ㅅ발들은 미련한 힘으로 관옥의 얼굴을 마구 후려쳤다.

그러나 이토록 난폭한 풍경도 관옥의 마음에는 흡족치가 못했다. 그는 더 맹렬한 더 잔인한 무엇인가에 온몸을 내던져 부디치고 싶었다. 그는 사람들이 모여 선 가개ㅅ방 앞을 수깃하고 잰 걸음으로 지나치고서 긴 동뚝

위로 단숨에 뛰어올랐다.

좁다란 모래사장을 새에 두고서 한강이 발아래 구비 흐르고 있다. 그는 발을 멈추고 질펀한 수면을 내려다 보았다.

올리―브와 납빛으로 얼룩이 진 강물은 무수한 빗발에 가볍게 눌리워서 작은 물방울을 구슬처럼 튀겨 올리고 있다. 가느단 흰 물주름이 기슭으로 말려든다. 호수처럼 잔잔한 강은 이렇게 사납게 빗발치는 날에 오히려 아늑하고 으젓해 보였다. 관옥은 천천히 물기슭으로 내려갔다. 발끝으로 출렁출렁 물을 걷어차면서 차디찬 물속을 걸어 보았다. 젖어서 빤빤한 모래 위에다 발자국을 내어 본다. 무엇인지 아삭아삭한 것이 발가락에 대었다 했더니 그 작은 아삭아삭한 것은 움찔 비켜 난 채 한참 동안 죽은 듯이 가만 있더니 별안간 발랑발랑 옆으로 기어서 물속으로 들어가 버렸다. 마마콩만한 까만 꿰였다. 그 어리석은 작은 지혜가 관옥을 미소시켰다. 그리고 그의 흥분은― 적어도 그의 노여움은 차츰 가라앉아 갔다. 그의 마음은 노여움 대신 깊고 어두운 그늘이 차지했다. 모든 것이 싫고 귀찮은 우울함을 씹어 뱉는 듯한 마음이었다.

고기잡이 배 하나 떠돌지 않는 강면을 그렇게 한참 대하고 있다가 관옥은 발길을 돌려서 느릿느릿 집으로 향하였다. 빗소리는 낮아지고 구름 조각을 불어 헤치는 싸늘한 바람이 일기 시작하였다. 새하얗게 얼고 젖은 고무신발을 내려다보면서 그는 쓸쓸히 걸음을 옮기었다.

문뜩 관옥의 눈은 뚝 아래ㅅ길로 쏠리었다. 누가 걸어온다. 어른과 아이와 그 등에 업힌 더 작은 아이와……. 관옥의 아이들이다.

비가 차가워서 자라처럼 목을 오므리고 두 손은 가슴팍에 찌른 막임이. 그 쪼끄만 다리는 기를 쓰고 빨리 놀려진다. 어깨를 잔뜩 꾸부리고 땅을 골라 디디노라 이리 풀적 저리 풀적 뛰어오는 것은 고모 아주머니. 작은 것은 그 등에 찰깍 달라붙었다. 그들은 저만큼 마주보이는 일각대문을 향하여 곁눈도 뜰 새 없이 급하게 달려가고 있는 것이다. 막임이 넘어질 뻔했다. 그에 넘어졌다. 흙손을 고모 아주머니가 치맛자락에 문지른다. 저도 모르는 새 관옥은 둑밑으로 향하여 길도 아닌 담 경사를 내려닫고 있었다.

"막임아! 아주머니! 막임아!"

그는 미끄러져 내려가면서 큰소리로 이렇게 불러대었다. 가슴이 찌르르 하여 가지고.

세 얼굴이 관옥을 쳐다보며 눈을 둥그랗게 한다. 넘어질 뻔하면서 그 옆에 뛰어내린 관옥은 한꺼번에 모두를 껴안으려는 듯이 두 팔을 커다랗게 벌려 들었다. 애처롭고 귀한 내 어린것들!

그의 가슴에 지금은 그들이 귀하다는 생각밖에 아무것도 없었다. 어쩔수도 없을 것 같던 그 절대적이고 본질적인 번뇌가 일시에 가신 듯이 사라져 버린 것이다. 막임의 퍼르뚱하게 언 두 뺨이며 도토리같이 동글고 새빨간 코며 흘러 나린 콧물이며— 그것은 회화적인 매력에서는 먼 것일지 모르나 관옥에게는 역시 절실히도 귀중한 얼굴이었고 노인네 등 뒤에서 몽땅한 두 팔을 내밀며 "음마마" 하는 어린애는 또한 관옥이 자기의 목숨보다 아끼는 존재였다.

관옥은 덥석 애기를 받아서 자기의 짜께쓰 앞자락을 헤치고 싸안았다. 그리고 남은 한손으로는 막임의 손목을 잡으면서 종종걸음을 치기 시작하였다. 얼음장같이 차거운 작은 막임의 손이었다.

"막임인 나 업자꾸나, 응? 괜찮애? 멎을 것 같애서 얼른 나왔드라니만 더 올래나……."

이렇게 느린느린 한마디씩 떼어 놓으면서 하늘을 쳐다보는 고모 아주머니의 쭈굴살진 호인다운 얼굴을 관옥은 참말 고마운 듯이 바라보았다. 그리고 그는 속으로 후회하기 시작하였다. 지금껏 하는 일없이 시간을 흘려 보내고 만 것을. 그는 한시바삐 집에 닿으면 아궁이의 빗물부터 퍼내 버리고 불을 집히고서는 더운 것을 만들어 아이들께 먹이리라 생각하고는 더욱더 발길을 재촉하였다. 이들을 따스하게 건사하고 키워야 하는 집. 그것이 어둡고 침침한 단간방이길래 더구나 정성스레 가꾸어야 할 것이 아니었던 가. 아이들 일래 골몰하고 남편의 예술 일래 쪼들리는 자기는 차라리 복에 겨운 여인이 아닐까.

그는 막임의 손을 녹으라고 꼭꼭 쥐어 주면서 가슴에 안은 애기도 자꾸 들여다보았다. 그리고 자기의 모양이 흡사 암탉이나 강가루우 같으리라고 생각하였다. 흘깃 아이들이 입은 분홍빛 세-타- 앞가슴에는 병아리의 도 안이 아푸리케되어 있을 일이 생각났다. 관옥은 혼자서 미소하였다.

비는 그만 그치려는 듯했다. 안개처럼 엷은 보슬비가 나리는 듯 마는 듯 할 뿐 하늘도 훨씬 밝아 온다. 먼 하늘가는 한구석이 옥색빛으로 트이기 시작했다. 그들의 안채에 사는 아낙네가 물동이를 이고 일각 대문을 나서 는 것이 보인다. 집까지는 이제 얼마 남지 않았다.

관옥은 자기의 아까 그 어쩔 수 없을 것 같던 괴로움을 다시 한 번 상기 하였다. 그리고 지금 이렇게 집에 돌아가고 있는 자기의 모양도 아울러 머 리에 띠워 올렸다. 그리고,

'나는 역시 평범한 여자에 지나지 않은가. 자기의 병아리나 잘 자라면 아무 불만도 없는……'

혼자 고개를 기우뚱해 보았다.

'그렇지만 평범해두 괜찮어? 그렇지 막임아? 그렇지 아가야?'

관옥은 흰 이를 보이며 싱긋 웃었다. 그러나 그 웃음의 의미는 관옥이 자신도 알 수 없었다.(1949. 12.)

—《부인경향》 1권6호, 1950. 6.

안개

　성혜는 자기의 소설이 실린 푸른 표지의 신간 잡지와 빨각빨각하는 백원짜리 아흔 장을 고스란히 포개어서 책상 위에 놓고는 언제까지나 우두커니 그 앞에 마주앉아 있다.

　그것은 잡지사의 사환 아이가 가지고 온 것이었다. 공동 수도 앞에서 빨래를 하다가 성혜는 젖은 손으로 그것을 받았다.

　푸른 표지에 얼룩이 안 가도록 조심스레 옆구리에 끼고서 방까지 오는 사이 성혜의 마음은 기쁨과 자랑스러움으로 세우차게 고동쳤다. 소녀처럼 가슴이 한껏 부풀어 오르는 것을 잘근잘근 입술을 깨무는 계면적은 듯한 혼자 웃음으로 겨우 흐터트리면서 그는 걸음을 걸었었다.

　그러나 일각대문1)에 다시 자물쇠를 채우고 수통가로 돌아 나오고부터 그의 가슴에는 흐리터분한 구름이 끼어서 감돌기 시작했다. 그리고 시간이 갈수록 차츰 우울해져 가는 것을 어쩌는 수가 없었다.

　푸른 표지 속에 실린 성혜의 소설은 그의 남모르는 많은 고뇌와 정열을 짜넣은 그로서는 왼갖 힘을 다한 것이었다. 그리고 또 그것은 아무러나 그의 오랜 비참한 혼자 씨름에서의 첫번 승리이기도 하였다. 그것이 극히 작게나마 어떤 반향을 기대케 하면서 이러한 큰 잡지에 실리었다는 것은 그것만으로 성혜에게는 형언키 어려운 감격이 아닐 수 없었다. 모든 것을 잊

---

1) 대문간이 따로 없이 양쪽에 기둥을 하나씩 세워서 문짝을 단 대문.

어버리고 실컷 그 속에 잠기어 보고 싶은 봄바람같이 훈훈한 즐거움이 아닐 수 없었다.

또―.

빨각빨각하는 이 아흔 장의 지폐는 요즈음의 성혜에게 있어 무엇보다 귀하게 여겨지는 물건이었다. 요 이삼년래 성혜들 부처는 자기네 몸에 걸쳤던 외투나 저고리나 또는 책이나― 무엇이고 들고 나가 바꾸어 오는 이외에는 쉽사리 이것을 획득하는 길이 없었던 것이니까. 그러므로 하늘이 개였거나 흰 구름이 떴거나 매일같이 어두운 한 칸 방에 앉아서 엉킨 실 뭉치를 끌러야 하는 (이 그물푸리의 내직은 남편 형식이 얻어다 준 것이었다) 질식할 듯한 생활을 면할 수 있을 구실을 만들어 준 동시에 당장 오늘 내일의 생활을 윤택히 하여 줄 이 선물은 성혜의 얼굴에 화색을 돌게 해 마땅한 것이었다.

그러나 빨래를 끝마치고 방에 들어와 책상 앞에 앉은 성혜의 이마는 점점 더 짙은 그늘에 쌓여져 가는 것만 같다. 그의 가슴에는 클로―즈앞된 형식의 얼굴이 쉴 새 없이 오락가락하고 있다.

형식이 돌아오면 응당 벌어져야 할 어떤 불쾌한 장면을 상상하는 것이 그는 미리부터 몹시 역겨웠던 것이다. 소설을 썼다는 사실에 대하여 군이 설명을 하고 변명을 늘어놓고 결국 용서를 빌어야 한다는 생각이 그를 어쩔 수 없이 우울하게 만든다.

쓸데없는 짓만 한다고 핀잔을 받을 것이 싫어서 형식이 없을 적만 골라 글을 쓰곤 한 것이 지금 와서는 오히려 실책이었다는 생각이 든다. 더구나 그것이 이처럼 활자가 되어 나오도록 그런 티도 보이지를 않았다는 사실은 과실이라면 제일 큰 과실이 아닐 수 없다. '말썽이 일어나면 그때 받자' 하는 속마음으로 내버티기는 한 것이지만 막상 당하자니 고된 일이었다.

이렇게 성혜가 남편이 반가워해 주기를 바라기는커녕 필연코 불쾌한 빛을 보이리라고― 아니 더 험한 공기까지를 예감하지 않을 수 없는 데에는 성혜로서는 그럴 법한 근거가 있어서이다.

원체 여학교 교원의 자격쯤은 가지고 있는 성혜를 그렇게 쪼들리는 살림살이임에도 직업전선에 내놓지 않으려고 고집을 세우는 남편이었다. 그는 차라리 그물푸리의 내직을 권하였다.

"예펜네가 밤낮 바깥으루 나돌아 댕기다니 생각만 해두 불쾌하다, 불결해!"

"허지만 이렇게 힘만 들구 돈은 안 되는 일을 골라 할 게 무어애요. 도무지 위생적으루두……."

"일하는 게 그렇게 싫음 당장이라두 그만둬요. 강요하는 건 아니니."

"싫다는 것버덤……."

"글쎄, 그만둬!"

수없이 거듭된 이런 절망적인 언쟁 끝에 성혜는 형식이 원하는 그러한 아내의 타입 속에도 어쩌면 무엇과도 바꿀 수 없이 귀중한 아름다움이 숨어 있을는지도 알 수 없다고 그렇게 생각하고 그런 체념에 가까운 반성에 늘 사로잡히면서 남편을 따르고 있는 것이었다.

그러나 그새에도 몰래 소설을 쓰며 우선 그 그물푸리의 내직이라는 답답하고 비능률적인 생활 수단의 멍에를 벗어나려고 부단히 애를 써온, 결국 남편을 반역한 아내가 되어 버리지 않았는가. 그밖에 또 한 가지 색다른 미안함이 섞여 있었다.

형식에게는 (성혜가 속으로 한숨짓고 있듯이) 이중성격적인 점이 있어서 안에서는 이토록 봉건적이면서 밖에 나가면 대단한 자유주의자고 문화에 애착을 느끼기는 누구보다 심하였다.

따라서 그는 근실한— 그러니까 평범하고 무의미한 직업에 종사할 마음은 처음부터 없었다. 소위 문화 사업이라는 것에는 가끔 한몫 끼이기도 하였으나 반년 이상 같은 자리에 머무르는 일은 드물었다. 다만 그는 끊임없이 시(詩)를 지었고 가끔은 그림도 그리고 다방의 음악도 남 못지않게 사랑하였다.

남 못지않게 사랑하였으나— 결국은 그것뿐이었다. 문학계도 미술 전람회도 언제나 그와는 아무 관련 없이 지나쳐 버린다. 따라서 그는 또 그대로 이 도도한 세계에 대하여 동경과 함께 그 어떤 반감을, 찬양과 동시에 또한 경멸을 느끼며 살지 않을 수 없었다.

성혜는 이러한 남편에 대해서 무슨 주제넘은 동정을 가진다거나 하는 것은 결코 아니었다. 남달리 겸손한 그의 성미로는 다만 남편의 시도 그리고 그림도 자기에게는 이해할 힘이 없다고 생각하는 따름이었다.

하지만 어쨌든 자기의 소설이 남편의 입에 늘 오르내리는 바로 그 잡지에 발표되었다는 것은, 그리고 또 뒤이어의 원고 부탁을 받고 있다는 사실은 남편을 불쾌히 할 것만은 정한 일이었다.

성혜는 무거운 마음으로 가난한 단칸방을 휘둘러보고 그리고 다시 푸른 표지와 새 지폐 위에 시선을 떨어트렸다. 단순한 근심이라든가 그런 것도 아니고— 무엇인지 무겁고 지겨운 감정이었다.

저녁을 지어야 할 시간이 되었다. 성혜는 장바구니에 돈을 집어넣고서 바깥으로 나갔다.

어쨌든 너무 영양이 좋지 못했던 요사이의 식탁을 눈앞에 띄워 보면서 고기를 사고 생선을 사고 달걀도 한 꾸러미 사 넣었다.

부엌에 들어서자 그는 분주히 손을 놀려서 이것저것 반찬을 마련하였다. 밖의 어름이 녹고 날씨가 누그러지면서부터 더 을씨냥스러웁게 춥기만 한 구들에다도 넉넉히 불을 넣고 남편을 기다렸다.

형식은 저녁상을 보더니 "삐악" 하고 휘파람을 불고서 두 손바닥을 벌려 보였다. 어쩐 영문이냐는 뜻이다.

성혜는 자기 먼저 상 앞에 다가앉아 있다가 수긋하고 젓가락 끝으로 상 위에 동그라미를 자꾸자꾸 그리면서 원고료를 받았노라고 말하였다.

"으응? 뭐?"

형식의 의아해서 찌푸린 얼굴이 몹시도 아프게 성혜의 신경에 와 닿았다. 그는 관념해 버린 사람의 침착함을 의식하면서 소설을 발표하게 된 경위를 설명하였다. 마음이 내키기에 적어본 것을 동무가 가지고 가서 어느 저명한 작가를 보였더니 발표가 되었다고……. 그러나 자기가 얼마나 열심히 얼마나 심신을 경주하여 작품을 고쳐 쓰고, 고쳐 쓰고 하였는가에 관해서는 한마디도 하지 않았다.

형식은 듣고 난 순간, 무엇을 어떻게 말해야 좋을지 모르는 듯한 얼굴을 지었다.

한참 있다가,

"으흥?"

하면서 못마땅한 듯한 또는 대수롭지 않다는 듯이도 보이는 싱거운 표정을 얼굴에 띄워 올리면서 젓가락을 집어 들었다.

성혜는 우선 그만만 하여도 숨이 내쉬어져서 자기도 주발 뚜껑에 손을 대었다.

형식은 식사를 하면서 한참은 다시 또 시무룩해 있더니 갑자기 기분이 좋아지면서 이야기를 시작하였다. 전날 친구 H군을 통해서 시를 갖다 맡긴 평론가 윤씨와 내일 만나기로 약속이 되었다는 것이다.

"원래 가혹한 평을 하기로 유명한 사람이지. 누구를 칭찬하는 법이라군 없거든. 그 대신 그 매서운 눈이 한번 새로운 보석을 발견하는 날에는……! 주저주저할 줄도 모른다는 인물야."

형식은 윤씨를 그렇게 설명하였다.

성혜는 그러냐고 하면서 진심으로 남편의 일이 잘 되어 나가기를 축원하였다.

형식은 다시 말이 없어졌다. 이번에는 고기와 달걀부침과 생선구이가 그의 관심을 점령한 것 같다. 그는 정말 맛난 듯이 얼마든지 입으로 날러 드렀다.

문득 성혜는 눈물겨운 듯한 생각이 들었다. 그것은 전연 예기하지 않았던 감정이었다. 남편의 바삐 움직이는 입과 턱과 목덜미와— 그런 것을 그대로 더 보고 있으면 눈물이 핑 솟아오른 것만 같았다.

그는 또 뜻밖으로 간단하게 지나쳐버린 소설 건이 무척 다행으로 여겨지기는 하면서도 어쩐지 한편으로는 못 견디게 서글펐다. 그것이 어데서 오는 감정의 미오(迷誤)인지는 자기도 알 수 없었지만……

그러나 요행으로 무사히 난관을 돌파하였다고 생각한 것은 성혜의 조단이었다.

다음날 윤씨를 만난다고 서두르며 나간 형식은 저녁때 술이 얼근하게 취하여 가지고 돌아와서는 지분지분 어제 그 일로 빈정대기 시작했다. 윤씨를 보셨느냐고 성혜가 묻는 말에 휘 덮어씌우듯이,

"나두 인전 드러누워서 얻어먹을 신세가 되었구나. 허 참."

"예편네 덕택에 시인 박형식도 일약 유명해지겠군. 어디 덕 좀 톡톡이 봅시다."

성혜를 힐끔힐끔 바라다보며 입을 삐뚜리고 말을 한다. 그러다가 그의 눈은 차츰 더 붉게 되어 가면서,

"집이라구, 엣 참 방구석에 발을 붙일 수 없게시리 늘어놓구서, 응? 문학이다? 것보담두 우선 양복바지에 푸레쓰나 한번 똑똑히 해놔 봐."

"……."

"낸들 이게 글쎄 할 짓이냐 말야. 예편네라구 제—길, 이쪽이 되레 시중을 들어야 할 판국이니."

"……."

"엣다. 여류작가입네 하구 쏘다니기 불편한데 이 기회에 이혼이나 하면 어때?"

이렇게 빈정거림이 그칠 줄을 모르고 계속된다. 성혜는 고개를 푹 수그리고 참고 있다가 끝내 얼굴을 들고서 형식을 똑바로 마주보았다.

남편의 이그러진 자존심, 그 저열한 심정은 도저히 그대로는 참을 수 없었다. 그는 남편의 이러한 모습을 바라보기를 본능적으로 저어하였다. 그러나 눈을 아주 가리워 버리기라도 하고 싶은 충동이 그것과는 반대로 그의 머리를 번쩍 치켜들게 한 것이었다.

"다시는 절대루 안 쓰겠습니다."

성혜는 이런 말을 해야 한다고 느꼈다.

얼마만큼 괴로운 일일지라도 그렇게 해야만 되겠다고 생각은 했으나 그러나 쉽사리 그 말이 입 밖으로 나와지지 않는 데는 자기도 어쩌는 수가 없었다. 성혜는 그것이 또 안타깝고 괴로워서 형식이 어서 더 한마디 속이 뒤집히도록 폭악한 말을 던져 주었으면 하고 대기하는 듯한 절박한 심사였다.

그러나 형식은 하고픈 말을 다 해 버린 것이었는지 성혜의 정색한 얼굴을 가장 경멸한다는 듯이 흘겨보고 나서 다시는 더 말을 끄집어내지 않고 그대로 방바닥에 드러누워 버렸다.

성혜는 바윗돌같이 한자리에 그대로 앉아만 있었다. 활딱활딱 가슴에서 피가 솟구쳐 오른다. 그것이 무슨 무거운 것에 부딪치듯 뱃속으로 떨어져 내려가곤 할 때마다 성혜는 앞으로 쓰러질 듯한 현기증을 느꼈다. 그는 이런 악몽 같은 시각은 일시라도 빨리 사라져 주기만 기도하듯 눈을 감고 바라고 있었다.

그들은 저녁상도 받는 듯 마는 듯 한켠 구석에 밀쳐놓았다. 형식은 일어나 앉았다가 다시 누웠다가 하더니 그대로 흐지부지 잠이 들었다.

코까지 골며 잠을 자더니 별안간 눈을 뜨고 주정하듯,

"나쁜 자식, 에ㅡ키! 나쁜 자식들. 평론가다? 문학이다? 흥. 윤가 따위가 다 뭐냐!"

고래같이 고함을 지르고는 눈을 부릅뜨고 성혜를 바라다보다가 돌아누워서 다시 코를 골았다.

성혜의 뇌리에는 그 밤이 지옥같이 처참히 사기어졌다.

며칠 지나고였다. 성혜는 아침에 대문을 나서는 형식을 두어 걸음 뒤로 따라가면서,

"접대 가져온 건 다 했는데요. 저어, 가시다가 양철집 아이 좀 오라구 해주세요. 요전번보다 두 꾸레미만 더 가지구 오라구요"

되도록 천연스런 말씨로 내직감을 보내 달라고 부탁을 하였다.

형식은 걸음을 멈추고 듣고 나서는 쓰다 달단 말도 없이 그냥 가 버렸다.

양철집 사환 아이는 종일 오지 않았다. 형식에게 재촉을 하기도 무엇하여 그대로 이삼일 지나간 후에 성혜가 자신 갔다 오려고 실을 싸고 있는데 그 아이가 "아주머니" 하고 부르며 들어왔다.

아이는 웬일인지 꾸레미를 짊어지지 않고 왔다. 돈만 보자기에서 끌러 내놓고는 성혜가 주는 실을 거기다 옮겨 싼다. 일감이 이제는 없어졌느냐고 성혜가 걱정스레 묻는 말에 아니 이 댁 아저씨가 이젠 그만 가져오라 했다 한다.

성혜는 한참동안 혼자 생각에 잠겨 있다가 그날은 집안을 정돈하고 바느질을 하였다.

푸른 표지의 잡지는 눈에 뜨이지 않는 곳에 치워 버렸다.

얼마가 또 지나고—.

혼자 쓸쓸한 저녁을 치루고 나서 성혜는 부엌 문설주에 기대어 좁은 뒤뜰을 내다보고 있었다.

꾸불텅꾸불텅한 벚꽃 고목이 한 그루 담장에 붙어 서 있다. 나무는 거의 다 가지가 마르고 장독대 위로 길게 뻗은 가지 하나에만 밥풀 같은 흰 꽃잎이 드문드문 붙어 있다. 연보라색 어둠이 그 위를 자욱히 휘덮기 시작한다.

성혜의 서툰 솜씨로 돌멩이를 둘러막고 흙을 쌓아 올리고 한 명색뿐인

장독대는 한 귀퉁이가 또 허물어져 내려 있다. 아니, 벌써 작년 여름부터 그렇게 된 것을 날마다 내다보면서도 그대로 내버려 둔 것이다.

성혜는 끝이 모지라진 호미와 꼬챙이를 하나 찾아 들고서 뒤꼍으로 나갔다. 흙을 긁어 올리고 발로 밟고— 몸은 그대로 움직이면서도 성혜의 마음은 어덴가 먼데로 날고 있었다. 막연한 생각 속을 더듬으면서. 재미나게 일을 할 줄 모르는 것은 성혜의 쓸쓸한 버릇이었다. 어째서인지 어릴 때부터 그랬다. 그에게는 무엇을 생각하거나 쓰거나 하는 외의 대개의 일은 흥미에서보다도 필요에서 하여졌다.

그렇지만 이렇게 일하여 주위의 모든 것을 깨끗하고 쓸모있게 간직하고 될 수 있으면 개량하고 윤택히 하고— 이런 곳에 삶의 즐거움이 숨어 있는지 알 수 없었다. 거기에 비하면 추상적인 감정의 조각구름 따위에는 결국 아무 의의도 없을는지 모른다. 성혜는 이렇게도 생각해 본다.

허리를 펴고 일어서서 중공에 동그랗게 떠오른 연주홍빛 달을 그는 쳐다보았다. 그리고 아무 연관도 없이 불쑥 사람의 운명이라는 말이 머리에 떠올랐다.

자기들 부처간의 요즘 미묘하게 얽히어 가고 있는 감정에도 어느덧 생각이 흘러간다.

형식은 그 후 무엇이 동기가 되었던 것인지 성혜의 소설 공부를 말리지 않을 뿐더러 놀랄 만한 열성으로 격려까지 하여 준다. 그는 아내의 쓰는 원고를 일일이 읽어보고 붉은 잉크로 주(註)를 달아서 고치게 하며 때로는 새로이 긴 구절을 삽입하기도 한다. 그리고 성혜에게 어떤 테에마나 구상을 말하게 하고는 가혹한 악평을 하여 손도 대지 못하게 하는가 하면 자기가 테에마를 주면서 쓰라고도 하였다.

"이렇게 써 보란 말야. 오늘 다방에 앉았다가 문뜩 머리에 떠오른 건데—."

그리고 구구한 이야기를 들려준 끝에,

"응? 이렇게 시대성을 반영시켜야 하거든. 써 봐요. 틀림없이 쎈세이슌을 일으킬 테니."

하는 것이다. 옆에 지키고 앉아서 구술하다시피 씌우는 적도 있다.

형식이 이같이 변화하여 준 것은 성혜로서는 지극히 감사하여야 할 일이었다. 그런데 웬일인지 성혜는 한 줄의 글도 제 마음에 차게 쓰여지지가 않았다. 남편이 자기가 말해 준 대로 우선 초만 잡으면 고쳐 주마고까지 간곡히 말하여도 그러면 그럴수록 어찌된 셈인지 붓이 달려 주지를 않는다. 자기도 못 견딜 만치 초조하였지만 어찌할 수 없었다. 아니 차츰 그 초조한 마음까지 사그라져 가는 듯한 감이 드는 것이다.

'소설은 무슨 나 따위가…….'

어데서 연유한 것인지 이런 절망감까지도 의식의 밑바닥에 깔리기 시작하였다.

성혜는 구물풀기 이외의 무슨 적당한 내직이 없을까 하고 속으로 이것저것 물색해 보았다.

지금까지 내놓은 두 개의 작품에 대해서는 성혜는 큰 애착을 느낀다. 모든 평가를 떠나 다만 자기의 영혼을 불어넣었다는 그것만으로 해서 느끼는 그리움일지는 알 수 없다. 자기의 피를 나눈 듯한, 그것만이 자기를 알아주는 듯한, 그리고 이미 먼 곳에 사라진 것에 대하는 듯한 그러한 그윽한 심정이었다.

그 둘째 번의 작품은 형식의 눈도 거쳐서 잡지사로 넘어갔다. 그때 형식이 빼어 버리기를 맹렬히 주장한 어떤 장면으로 하여 성혜는 지금도 다소 마음에 걸리는 일이 있다.

그 장면은 성혜의 생각으로는 아무래도 뺄 수는 없는 장면이었다. 그 단편 전체가 이를테면 팽이의 중점같이 그곳에 발을 붙이고 형성되어 있었다. 그 점을 건드리면 팽이는 돌지 않고 이즈러져 쓰러질 것이었다.

성혜는 오래 두고 망설인 끝에 편집자인 그 '저명한 작가'에게 편지를 적어서 원고와 함께 보냈다. 즉 그 월광의 벌판에서 벌어지는 작은 장면은 생략하는 것이 좋다고 생각하시면 빼도록 해 달라고……

그런 글을 적으면서 성혜는 창작에의 단념을 속으로 준비하였는지도 알 수 없다. 월광의 장면은 빼어지지 않을 것을 그는 거의 확신하고 있었다.

호미로 헤적이고 돋우어 올리고 하는 손끝에서는 흙내가 모락모락 풍기어 올라온다. 그는 올 여름에는 이 앞에다 화단이나 가꾸어 볼까 생각한다. 그리고 그런 소꿉장난같이 빈약한 꽃밭을 앞에 하고 선 자기의 모양을 눈앞에 그려 본다. 그러나 거기에서도 어떤 허전함과 서글픔은 흘러나오는 것 같아 그는 웃기도 울기도 싫은 심정이었다.

대문을 끼걱끼걱 흔드는 소리가 난다. 성혜는 호미와 꼬챙이를 흙을 털어 들면서 빗장을 베끼러 걸어 나갔다.

"여보 얼른 옷 입어. 좋은 데 데리구 갈게. 얼른 빨리."

성혜는 호미를 든 손을 느른하게 내려뜨린 채 멀끄럼히 형식을 쳐다보았다. 단벌밖에는 없는 양복이지만 그레이 스코치의 봄옷을 오늘 아침부터 바꾸어 입은 그는 오늘따라 한결 미끈해 보인다. 풀질은 안 좋아도 채양이 넓은 유행형의 모자와 붉은 넥타이도 그를 쾌활히 비치게 한다. 동작도 대단히 경쾌한 것은 오늘 하루의 봄볕이 그에게 십분 행복하게 작용하였음을 말하는 듯하다. 성혜는,

"어델 가요?"

하고 자기의 귀에도 거슬리는 생기 없는 음성으로 물었다.

"좋은 데! 땐스 파아티─ 응? 싫어? 가기 싫어?"

형식은 싫다고 할 리가 만무라고 생각하는 듯이 빙글빙글 웃으며 말한다.

"얼른 차부를 해. 조금은 출 줄 알지? 서양 예펜네한테 배웠으니까."

그는 성혜가 다니던 미슌 스쿨을 언제나 이렇게 말하였다.

"못 추면 가만히 앉어 구경만 해두 좋아. 아무튼 얼른!"

형식은 모자를 벗어 마루에 팽개치고는 손을 씻으러 우물가로 갔다. 성혜는 우두머니 서 있었다. 그는 이 별안간의 외출이 어째서 연유한 것인지 위선 이해하고 싶었다. 하기는 가끔 마음이 내키면 비리야드−에나 선술집 같은 데까지 같이 들어가자고 하여 성혜를 놀라게 하는 남편이었다. 그 대신 그것은 1년에 몇 번 안 되는 극히 드문 일이지만.

그리고 또 웬 땐스는…….

새 풍습이라면 의례히 관심을 가지는 형식이 땐스에 관해서는 아직 아무 소리 없는 것을 별일이라고 생각하고 있기는 하였지만 이렇게 별안간 파아티−라고 서둘러 대니까 역시 어리벙벙하지 않을 수 없다. 그리고 왜 또 오늘은 자기더러 가자고 하는 것일까.

그러나 이런 생각이 떠도는 한편 아무렇거나 그런 것을 꼬치꼬치 캐려 들 것 없이 그대로 따라나서면 그만 아닌가 하는 생각도 들었다. 일각대문을 꼭 잠근 그 좁은 안에서의 질식할 듯한 생활, 지굴 속처럼 어두운 방 안 부엌, 손바닥만큼 쳐다보이는 하늘, 꽃밭이나 가꿀까 하는 초라한 꿈……. 애써 마음 한구석에 밀어 두는 그러한 의식이 충동적으로 머리를 쳐들려고 하는 것이었다.

그의 망설이는 듯한 시선이 우물가로 던져지고 거기에 매우 펜페롭지 못한 자세로 도사리고 앉은 양복바지의 뒤꽁무니에 머무르자 그는 불현듯 밖에 나가고픈 생각에 사로잡혔다.

"가요! 그럼."

성혜는 자기도 호미와 꼬챙이를 마루 밑에 팽개치고 어린애처럼 우물가로 달려갔다.

"누구네 집이예요, 파아티−는?"

반성이라든가 이론에게보다 충동적인 감각에 몸을 실었다는 의식이 성혜에게는 무척 신기하고 즐거웠다. 오래간만에 그는 저녁의 봄바람을 전신으로 호흡하며 소녀같이 가벼운 걸음을 걸었다.

그날 파아티─는 어느 개인의 집에서 열린 것은 아니었다.

형식이 걷고 있던 명동 거리를 왼편으로 꺾어 들어 이슥한 골목길을 한참 이끌고 간 곳에 나타난 것은 어느 헙수룩한 목조 이층이었다.

"많이들 올라갔어?"

그는 그 앞에 나란히 앉아 있는 두 양담배 장수 아이에게 이렇게 말을 던지며 그 다 깨어진 유리문을 덜커덩 밀쳤다. 사람 하나 겨우 통할 수 있는 비좁은 문이다. 성혜는 기대와는 딴판인 이 광경에 놀라면서 가만히 발을 들여놓았다.

캄캄한 급한 계단은 역시 비좁고 한 발짝 떼어 놓을 때마다 삐걱삐걱 비명 같은 소리를 내었다. 성혜는 치맛자락에 몇 번이고 발부리를 걸리면서 한 손으로 벽을 짚고 걸어 올라갔다. 그의 눈은 어둠 속에서 휘둥글해져 갔다.

위에서부터는 투닥투닥 하는 여러 사람의 발자욱 소리가 무엇인가 귀에 익은 곡조와 함께 울려 나왔다. 어쩐지 오지 못할 곳을 온 것 같은 일종의 공포와도 같은 것이 성혜의 마음을 가로질러 갔다.

이 마음은 계단을 다 오른 곳에 있는 또 하나의 비좁은 문을 밀치고 실내로 들어섰을 때 더욱 커졌다.

그것은 일견 넓은 창고 속을 연상시키는 헙수룩한 마루방이었다. 전등은 역시 키어 있지 않아 몇 갠가의 카아바이트 불이 얽히어서 빙빙 도는 남녀의 모양을 비치어 내고 있다. 그들의 그림자가 괴물처럼 흔들리고 있는 얼룩투성이 벽에는 천장으로부터 둥그런 거미줄이 그물같이 가로걸려 나부끼고 있다. 부서진 책상이며 의자 같은 것이 기대어 쌓인 한켠 구석에서 축음기 소리가 흘러나온다.

마룻바닥에 뿌려진 붕산가루는 마루를 거무죽죽하게 빛내고 있다. 그 위를 미끄러져 돌아가는 사람들의 시선이 방금 들어서는 성혜들에게로 일제히 쏠리어질 때 성혜는 얼굴이 화끈하였다. 형식이 몸짓으로 가리키기 전에 그는 축음기 소리가 나는 쪽 벽에 기대 놓인 빈 걸상으로 걸어가 얼른 걸터앉았다. 형식은 그새에 모자를 벗어 걸고 두리번두리번 실내를 살피는 모양이다. 곧 그는 여러 사람들과 어깨를 툭툭 치는 인사를 교환하고 여자 들에게도 웃어 보인다. 새 음악이 시작되니 그는 그 중의 하나와 함께 허 리를 굽혀서 인사를 하는 체 하더니 스텝을 밟기 시작하였다.

성혜는 걸터앉아 남편의 서투른 춤을 바라보고 있었다. 그것은 사실 몹시 도 서툰 춤이었다. 배우기 시작하고 며칠 안 되는, 아니 정통적인 교수를 한 번도 받은 일이 없는 몸놀림이었다. 그러나 형식은 그것으로 충분히 즐 거운 모양이다. 만면에 웃음을 띠우고 조금도 어색하지 않다는 듯이, 아는 얼굴을 만날 때마다 무어라고 짧은 말을 던지곤 하면서 빙글빙글 돌아간다.

곡조는 일본의 옛적 유행가다. 옆에 서서 뽀―타풀을 돌리고 있는 짙은 화장의 여자가 조금도 사양 없이 자기의 모양을 뜯어보고 있는 데에 성혜 는 말할 수 없는 모욕감과 불쾌를 느끼면서 편안치 않은 자리를 지키고 있 었다. 남편은 언제부터 이런 곳을 출입하는 것일까. 옷차림들이 그리 호사 롭지 못한 그들을 바라보며 그는 생각해 보았다. 군인 잠바를 입고 휘청거 리고 있는 중년의 남자 한켠에서 열심히 혼자 연습을 하는 새파란 소년, 형식은 그중에도 대부분의 여자들과 안면이 두터운 모양이다.

물결이 굽실거리듯 몹시도 몸을 하느적거리는 걸음걸이로 옥색 치마를 길게 끈 여자가 이리로 걸어왔다. 형식의 첫번 상대를 한 여자다. 눈썹을 시커멓게 그리고 어딘지 천하다.

그는 뽀오타풀을 돌리는 여자와 대하여 성혜에게는 등을 보이고 걸상 한 쪽에 걸터앉더니 위선 담배를 꺼내 물었다.

"저기 저 치 말이야."

담배 연기가 피어오르는 바른편 엄지손가락으로 누군지를 가리키며 그 는 말하였다.

"시인이래지? 홍. 뭐이 저따우야."

몹시 무엇이 우스운 듯이 그는 까득거리면서 웃어 젖혔다.

"얘! 얘!"

상대는 주의 시키듯 작은 소리로 속삭거렸다. 성혜를 눈으로 가리킨 모양이다. 그러나 그 역시 사양할 필요는 느끼지 않았던지 함께 소리를 내며 깔깔 웃었다.

"바보같은 게 글쎄, 날더러 말야……."

성혜는 지금은 그것이 어느 편의 목소리인지도 분간하지 못했다. 다만 귀가 화끈한 것을 느꼈다. 뒤이어 '누구 다른 사람 말이겠지' 하는 생각이 떠올랐다. 그러나 옥색 치마의 여자는 일부러 성혜를 돌아다보기까지 하였다.

때마침 형식이 이쪽으로 다가왔다. 헤엄치듯 사람들을 헤치고 미소를 띠우면서. 성혜는 마주 일어서면서 대뜸 나가자고 하려 하였다.

그러나 형식은 먼저 그 여자들에게 농을 부친다.

"순자 씨는 오늘은 왜 워얼 푸러워신가 나하구 좀 춥시다 그려. 이따가 탕고를 걸어 놓구서……."

"아이유! 탕고를 다 추서?"

날쌔고 코에 걸린 그 목소리에는 모멸의 뜻이 노골로 나타나 있다. 짙은 화장의 여자는 그 말과 함께 빙글 등을 보이고 돌아섰다. 옥색 치마도 형식에게 곁눈도 안 주고 일어나 가면서 한 번 더 둘이 얼굴을 맞대이고 킬킬거렸다. 형식은 무색한 듯이 성혜에게로 몸을 돌렸다.

그가 두어 차례 춤을 더 추어서 기분을 돌린 연후에 두 사람은 같이 그곳을 나왔다. 밤거리는 아까보다 한결 싸늘하였다. 습기를 머금은 실바람이 겨드랑 밑으로 오쓱오쓱 스며들었다. 형식은 지금 추던 곡목을 휘파람으로 불었다. 성혜는 잠자코 발끝만 내려다보고 걸었다.

"오늘은 잘 추는 애들이 나오질 않았군."

형식은 성혜의 얼굴을 들여다보듯 하며 이렇게 말했다. 성혜는 잠자코 있었다.

형식이 내던진 담배꽁초가 물이 괴인 곳에 떨어졌던지 "쒸익" 하고 뚜렷한 소리를 길게 끈다. 성혜는 남편의 말에 귀를 기울이면서도 언제까지나 그 여음만을 마음속으로 더듬고 있었다.

초록빛 란탄을 내건 어느 다방 앞에 다다랐다. 형식은 차를 마시고 가자고 한사코 성혜를 이끌었다. 성혜는 엷은 봄 목도리를 귀밑까지 끌어 올리면서 그의 뒤로 따라 안으로 들어갔다. 모든 사람이 자기 얼굴만 들여다보는 것 같다. 성혜는 앞에 놓인, 다방 이름이 새겨진 재떨이 속에만 눈을 떨어뜨리고 있었다.

"아, 이거 최 선생 아니십니까. 아, 오래간만입니다. 이리로 앉으십시오. 자아, 자."

형식이 지금 막 문을 밀치고 들어서는 사람에게 반쯤 허리를 들고 황급히 던지는 인사말에 성혜도 당황히 얼굴을 들어 목례를 하였다. 그는 성혜의 소설을 잡지에 실은 최씨였다.

"어떻게 여길 다 나오셨습니다. 좋은 글 많이 쓰셨습니까."

최씨는 이렇게 문단인의 인사말을 뇌이면서 맞은편에 와서 걸터앉았다.

"글이 다 무엇입니까. 그게 어디 그리 쉬운 노릇인가요"

형식은 마치 드러누우려는 듯이 깊이 의자 등에 기대이면서 시비를 거는 사람처럼 이렇게 말을 가로채었다.

최씨는 아무 대답도 하지 않았다. 한참 있다가 약간 민망한 듯이

"어려운 일이지만 많이 써 주셔야죠"

하고 미소를 띠웠다.

"그런데 참 잡지가 나왔습니다. 이건 윤씨에게 전하려고 하든 거지만 우선 드리지요. 궁금하실 테니까."

그는 들고 있던 큰 봉지에서 성혜의 두 번째 소설을 실은 신간지를 꺼냈다.

"그때 그것 말씀입니다. 원고대로 넣었는데요"

최씨는 그렇게 말하면서 어째서 그것을 빼느니 하였는지 도저히 이해할수 없었다는 듯한 시선을 성혜에게 던졌다.

형식은 마침 곁으로 온 양담배 장수 아이가 무어라고 한마디 말대꾸를 하였다고 화가 잔뜩 나가지고 아이를 나무라고 있다. 성혜는 그쪽으로 고개를 돌렸다.

"평이 좋지 못한가요?"

담배 장수 아이가 나간 뒤에 성혜는 평 같은 것은 실은 아무래도 좋았으나 그렇게 회화를 이어 놓았다.

"대단히 좋다고들 하는 모양입니다. 첫번 것보다도 훨씬 낫다고 윤씨도 말하든데요."

최 씨가 대답을 하자,

"그야 첫번 것버덤 낫지요. 낫구 말구요, 얼마나 더 공을 들였게요. 제가 좀 코오치를 하기도 했지만."

형식은 반가운 듯이 그렇게 이야기를 가로맡았다. 그 말소리가 성혜의 귀에는 유난히 크게 들려왔다.

"네에?"

하고 최씨는 차종 속으로 시선을 떨어뜨렸다.

"글쎄 말입니다. 무어 심심허니깐 쓴다구 야단이지오만 소설이라구 어디 바루된 겁니까. 여길 뜯어 고치구 저 구석을 메우구. 그래, 겨우 그만큼 만들어 놓았지요. 그러자니 이 사람이 또 말이나 고분고분 들어주어야지요"

형식은 유쾌한 듯이 성혜를 돌보고 껄껄 웃는다.

"여기서두 한 군데 어찌 빡빡 고집을 세우는지!"

그는 탁자 위의 잡지를 주루룩 앞으로 끌어당겨 놓고서 페이지를 획획 넘기면서 말한다.

"그게 무슨 장면이더라……. 옳지, 벌판에서 무어 주인공이 혼자 빙빙 돌아다니면서 독백하는 장면이지?"

성혜에게 다짐을 주고 나서,

"그게 도무지 틀렸거든. 단편소설이란 그렇게 맥빠진 구석이 하나라두 있어서는 안 되는 법이야. 오직 크라이막스 한 점을 향해 쓸데없는 넝쿨이나 가지는 추려. 추려, 얼마든지."

남편의 기세가 높아지면 높아질수록 성혜는 어깨가 오무라드는 듯이 느꼈다. 가지를 추리고 넝쿨을 걷어 버리는 것도 필요하겠지만 발붙일 자리를 빼앗아 버린다면 그럼 이야기는 하늘로라도 둥둥 떠오르란 말인가.

최씨도 그런 뜻으로 대꾸를 하였다. 그의 잔잔한 구조에는 어딘지 가벼운 야유의 뜻이 엿보였다.

"산만하다는 건 단편에 있어 치명상이지요, 물론. 하지만…… 가령 성혜 씨의 작품을 예로 든다면 그런 소설의 생명은 소재의 적당한 배치 즉 구성의 묘에서 오는 효과, 어떤 현혹이라고도 할 수 있거든요. 말하자면 '모자이크'의 주공물(紬工物)이 가지는 아름다움 말입니다. 거기서는 한 조각만 빼놓아도 전체가 헌출하여 볼 모양이 없어집니다. 그리고 그런 방면에 관해서는 성혜 씨의 재능을 상당 정도 신뢰해 좋으리라고 생각하는데요. 이번 작품에서는 그것을 구성하는 네 가지 장면은 완전히 결정적인 역할을 하였다고 저는 생각합니다."

형식은 고개를 기우뚱하고서 한참 동안 묵묵히 앉아 있었다. 최씨는 말을 이어,

"독백이라는 형식이 대개의 경우 지루한 감을 주게 되는 것은 할 수 없는 일입니다만 대단히 효과적인 용법도 없는 건 아닙니다. 가령 전번에 윤씨—평론가 윤씨 말입니다—그이의 필봉에 오른 <모란봉>이라는 작품에서라든가……."

최씨는 이야기를 이렇게 일반론으로 돌렸다. 성혜는 손수건으로 가만히 이마의 땀을 씻어 내렸다.

형식은 이번에도 많이 지껄이어 작품 평에 관해서도 일가언이 있음을 피

력하였으나 마지막으로 또 한마디 이렇게 덧붙였다.

"요컨 소설이란 것도 쌍시비리떼의 문제지요. 이 장면을 집어넣어야 옳으냐 안 넣어야 옳으냐 하는 판단이 직각적으로 머리에 떠올라야 하는 법이지 뭐 이렇게 몇 시간을 마주 앉아 토론해 봤자 쓸데없는 노릇이지요. 그래, 윤씨가 좋다고 하드라구요. 흥, 그러구 보면 그 양반두 아주 감각이 없는 건 아니로군."

최씨는 지금은 약간 기분이 상한 듯이 입을 다물고 앉아 있더니 조금 후에는 인사를 하고 다른 자리로 옮겨 갔다.

성혜는 다방을 나오고부터 더욱더 두 뺨이 달아오르고 무엇인지 알 수 없는 격정이 가슴으로 솟구쳐 오르는 것을 느꼈다.

참을 수 없는 수치, 분격, 그리고 어떻게 할 바를 모르는 초려, 이런 것이 뒤섞이어 성혜의 가슴을 쾅쾅 짓눌렀다.

'왜 다방에는 들어가자구 했어요. 최씨와의 얘기는 그게 무어예요. 그 장면을 빼어서는 결단이라고 그렇게 노골적으루 말하는데도 왜 그것을 못 알아들어요.'

성혜는 마음껏 큰소리로 부르짖고 싶었다. 그의 걸음걸이는 형식의 그것보다 훨씬 빨랐다.

"그것 보라니까. 나 시키는 대루 해서 손해 본 건 없지? 흥, 윤가가 다 칭찬을 하더라구……. 흥, 그게 짜장 누구의 코―취기에……."

성혜의 눈은 일순 번득 빛났다.

무어라고 말이 쏟아져 나오려는데 형식은 또,

"지금 그 최씨라는 인물두 상당히 사람이 거만하지. 무어 나한테야 그럴 재비도 못 되지만. 모자이크가 어떠니 독백의 형식이 어떠니 제법 그럴싸하게 떠들어대지 않어? 네 장면이 모두 결정적인 역할을 했으니 무어니……. 그런데……."

그는 별안간 우뚝 발을 멈추더니

"그게 장면이 셋뿐이었을 텐데. 비가 오는 데허구 거기허구 거기허구……. 하나는 뺐으니 말이지 응?"

손구락을 꼽다가 갑재기 무슨 생각이 떠오른 듯이 그는 옆구리에 끼었던 잡지를 잡아 빼 들고 앞으로 내닫기 시작했다.

이슥한 골목 어귀에 전등불이 하나 높다란 전주에 매어 달려서 희미한 광선을 떨어트리고 있다. 그 밑을 향하여 형식은 달음질쳐 가면서 부산히 책장을 뒤적거리는 것이다. 바른편 엄지손가락에 꾹꾹 침을 묻혀 가며.

길에는 한 사람의 행인도 보이지 않는다. 어둠과 자옥한 안개에 싸여서 거리는 숨을 죽인 듯 고요하다. 형식은 불 밑에 책을 바싹 들이대고 그저 도 정신없이 책장을 재켜 넘긴다.

성혜의 가슴으로 날카로운 고통이 스치고 지나갔다. 그 아픔은 처참한 비명이 되어서 일순 잔잔한 거리를 진동케 하였다. 아니 진동케 하였다고 생각한 것은 성혜의 착각에 지나지 않았으나 실로 그 순간 성혜의 영혼은 아픔을 못 이기어 몸부림을 치면서 비명을 올렸던 것이다.

성혜의 눈에 비친 형식의 모습은 한 개의 기괴한 피에로였다. 언제나 하듯 그대로 생각밖에 흘려 버리기에는 너무나 우열한 피에로였다. 성혜의 까실한 두 뺨에 가느단 실바람이 어름같이 차게 느끼어졌다.

"싫어! 소설도, 공부도, 남편도, 사는 것도 다 싫어! 싫어!"

그는 이렇게 울음 섞인 목소리로 마음 속에 웨쳤다.

땅을 기던 짙은 안개가 전선주를 휘감으며 연기 같이 뭉게 뭉게 올라가고 있다.

노오란 그 빛이 초연과도 같이 처참해 보이는 짙은 밤안개가……

—≪문예≫ 제11호(2권6호), 1950. 6.

김말봉 ●●●

김말봉(1901~1961)

- 1918년 서울 정신여학교 졸업
- 1927년 동경 동지사대학 영문과 졸업
- 1932년 「망명녀」가 《중앙일보》 신춘문예에 당선되어 등단
- 주요 경력—《중외일보》 기자(1929), 공창폐지연맹 위원장(1947), 한국독립노동당 부녀부장(1947), 대한민국 예술원 회원(1957) 등
- 대표작—『찔레꽃』(1937), 『화려한 지옥』(1947), 『별들의 고향』(1953), 『푸른 날개』(1954), 『생명』(1956) 등 다수

성좌(星座)는 부른다

1

오늘도 전차는 초만원이다. 만수는 승객 틈에 끼어 차 속으로 들어섰다. 어느 틈엔가 그의 손에는 십팔금 팔목 시계가 한 개 쥐어졌다. 시계는 번개같이 옆에 있는 동료의 손바닥을 거쳐 벌써 창 밖에 있는 동업자의 포켙으로 들어가 버렸다.

그 사이가 불과 일 분이다. 만수는 밖에 선 H가 손을 끄덕 치켜드는 걸 보고 빙그레 웃었다. 잘됐다는 안심의 웃음이다.

전차는 아직도 타려는 사람이 남아 있어,

"조금만 앞으로 드러서십쇼" 하는 차장의 외치는 소리가 두어 번 나고 그리고 차는 천천히 움직이기 시작한다. 돈암동 종점에 차가 설 때 만수는 바로 자기 곁에 일상 보는 중년 신사가 서 있는 것을 발견하자 그는 속으로 '이 바보가 오늘은 또 무엇을 내게 선사할 차례인고?' 하고 얼른 한 손을 움직였다.

만수가 안전지대에 나렸을 때에는 그의 포켙 속의 알맹이가 송두리째 들이차 있었다. 오늘 받은 듯한 월급봉투…… 그 속에 일금 칠천 원이 들어 있고 그리고 그 손때 묻은 지갑은 아가리가 약간 벌둥한 채로 쓰다 남은 지전 나부랭이며 도장 한 개와 명함 몇 장이 들어 있고…… 만수는 가까운 동변소로 들어가자 돈만은 추려서 포켙 깊숙이 넣고 지갑, 도장, 명함은 모조리 변소에 던져 버렸다.

만수는 오늘 하루 동안— 하루래야 아직 해가 질려면 한 시간은 톡톡히 있어야 할 무렵이지만 활동한 건수를 따져 보았다.

"보자. 시계가 셋, 지갑이 넷. 지갑 네 개에서 현금이 든 것만 해도 만 원이 훨씬 넘고 그냥 알맹이 돈만……. 보자. 오천 하고 일만 이천 하고 저게 칠천 하고 또 그게 이만 원 하고……. 모다 사만이천 원. 헴."

만수는 차츰 늘어 가는 자신의 재주에 만족하였다. 두목도 인제는 만수를 결단코 만만히는 보지 못한다.

조무래기 훈련을 시키던 훈장으로 신임을 받을 뿐 아니라 "일손이 걸다"는 칭찬은 언제나 만수에게 독점이 되리만큼 만수는 단원 가운데 뚜렷한 존재가 되어 버린 것이다.

만수는 돌아가는 전차에 몸을 싣고 다시 시내로 들어올 때 그의 귀신 같은 손바닥에는 또 가련한 희생자의 호주머니에 구멍이 나고 그리고 현금이 자그마치 일만 오천 원이 굴러 들어왔다.

"흥, 얼빠진 것들."

다음 정거장에서 내려 버린 만수는 이렇게 중얼거리면서 지금쯤 차 속에서는 "돈 잃어 버렸수. 돈돈……" 하고 호들갑을 떨고 있을 오십 남짓한 할멈의 얼굴을 생각하여 보는 것이다.

"모다 숙맥야. 천치야. 바보들!"

이런 욕을 퍼붓고 근처 중국 요리점으로 들어갔다.

배갈을 한 병 앞에 놓고 닭고기 뎀뿌라 잡채 같은 늘 먹는 안주를 곁들여 맘껏 먹고 마시었다.

그는 얼큰히 취한 김에 택시를 하나 잡아타고 신정거리로 호기 있게 달려 간 것이다.

"왕초에게 회계는 래일로 미루고……."

인제 갓 스물에 난 만수는 유곽 A, 유곽 B, C에 모두 정부가 있다.

덕택으로 그는 임질, 매독을 골고루 앓아 보고 훌륭한 한 개의 화류병의 소유자가 되었다.

"문무를 겸한 후에라야 한 사람 몫의 오입장이가 되는 법이야."

하고 호통을 하는 것도 임질은 문관이요 매독은 무관이란 뜻이다.

몸은 호리호리한데 키가 날씬하고 눈이 가늘고 코가 높고 약간 매부리가 된 게 도리어 남성적이다. 입술이 얇고 꼭 다문데다가 턱이 안으로 오긋하여 일견 미남자다운 모습도 있거니와 만수가 여러 여인에게 사랑을 받는 것은 그 물 쓰듯 하는 돈 때문이다.

오늘은 무슨 신이 났던지 창기를 한 열댓 한 방에 모아 놓고 백 원짜리 지전 한 뭉텅이를 화르르 흩렸다. 만수는 "줍는 사람이 임자다!" 하고 떠들어댔다. 여인들은 이맛전을 맞부딪쳐가며 돈을 줍는다. 미친 듯이 돈을 줍는 여인들의 머리 위에 또 한 뭉텅이를 확 뿌렸다.

"그중 많이 주슨 사람에게 이걸 준단 말이야."

만수는 만 원 뭉치를 하나 들고 팔을 쑥 치켜들었다.

모이를 노리는 고양이같이 강아지같이 여인들은 지전을 줍기에 정신을 잃고 덤빈다. 취한 만수는 소리를 내어 웃었다.

"와하하하하! 아하하!"

2

해가 얼마나 높았는지 만수에게는 그런 것은 관계없는 일이다.

햇밤을 까서 접시에 하나씩 하나씩 담던 롱주가 "엣취……" 하고 재채기를 하는 바람에 만수는 쩝쩝 입맛을 다시고 돌아눕더니 "술 가져와!" 하고 머리맡에 놓인 양담배를 빼어 불을 붙인다.

"멀로 할가요. 위스키?" 하고 여인이 물을 때 "아모 거라도."

"힝." 여인은 빙긋 웃고 아래층으로 내려갔다.

만수는 사실 술맛을 잘 모른다. 위스키나 배갈이니 포도주니 청주니 약주니 심지어 맥주까지도 그는 목마르면 마시고 마시면 취할 수 있는 이 음료에 대하여 무척 호기심과 내지 애착을 느낄지언정 꼬집어 어느 술이 꼭 입에 맞는다고는 할 수 없는 것이다.

여인도 그렇다. 롱주니 장미니 해월이니 하는 소위 자기의 정부라는 여인을 두고만 하더라도 어느 여인이 어째 좋다는 것을 말할 수는 없다.

자기에게 무척 따르는 여인들이니만치 자연히 찾게 되는 것이다. 지금도 자기 옆에 있는 계집이 롱주라도 좋고 장미라도 아니 해월이라도 좋다. 이 셋이 아니고 생판 딴 여인이라도 관계없다. 아무 술이라도 마시고 취할 수 있는 것처럼 아무 계집이고 데리고 놀면 그만이다.

스무 살 난 만수는 벌써 이만큼 노숙하여졌다. 아니, 인생으로 생기를 잃는 것이다. 양심을 배반한 하루하루의 생활은 그의 인생의 궤도 또한 태엽이 풀린 시계와 같이 아무런 긴장도 계획도 없는 것이다. 그날그날 먹고 마시고 취하고 계집과 놀고.

만수는 아무런 고통도 그렇다고 굉장한 즐거운 순간도 맛보지 못한 채, 그의 청춘의 한 토막 한 토막은 좀먹어 들어가는 것이다.

이러한 만수의 생활에도 엄청난 변화가 생겨났다. 바로 이날 오후 두목과 마주앉아 셈 속을 따지다가,

"네 맘대루 쓰면 안 돼."

하고 눈을 부릅뜨는 두목을 향하여,

"내가 번 것 내가 좀 쓰면 죄 될 게 머요. 그 대신 꼬박꼬박 악리를 갖다 바치지 않소?"

"이놈아. 입 대답이냐?"

하고 주먹으로 코빼기를 치는 바람에 만수의 코에서는 좌르르 피가 흘려 내렸다.

"츳!"

두목에게 반항이면 안 되는 벌칙보다도 만수는 더 말하기가 슬헛다.

사실 엊저녁에는 돈을 많이 쓰기는 썼거든.

구월도 저물어가는 황혼은 쓸쓸하다기보다도 산듯 치움을 느끼게 한다.

'아주 멋떠러진 스프링을 위선 한 개 주문하고……'

그는 곤색 가을 양복을 입은 자신을 내려다보고 흰 구두에 검정 볼을 댄 끝이 뾰족한 구두 끝을 한 번 걸어차 보고,

'신두 새루 마추고……'

이런 예산을 머릿속으로 따지며 만수는 아무 전차에나 올라탔다.

종로 사정목에까지 올 동안 그는 일(스리)을 하지 않았다.

오늘은 웬일인지 일을 할 열심이 나지 않는다. 일하기 싫은 때 일을 하다가는 종종 낭패를 본다는 동료들의 말도 있고

사실 만수는 아직 한 번도 현장을 발견된 일은 없었다. 그러나 이렇게 맥이 풀리는 때에는 손도 느릴 것이다.

그는 양복바지 포켈에 두 손을 끼운 채 묵묵히 차창 바깥을 내다보고 섰다.

가장 복잡한 종로 사정목까지 왔을 때 동업자의 얼굴이 창밖에 어른거리고 전차 안에서도 드문드문 보였으나 그는 다 못 본 척하고 한 군데 넌지시 서 있었다.

가러탄 전차가 돈암정 종점에 가까이 올 때다.

언제 흐렸는지 유리창에는 가는 구슬을 엮은 듯한 빗방울이 가로 세로 매쳐진다. 비를 머금은 전등들이 어슴푸레 둔한 광선을 해뜨리는 거리는 웃숙 치워 얼굴에 시치는 비가 거슬리게 차갑다.

만수의 손은 저도 모르는 사이에 앞에 내려 두어 걸음 걸어가는 그 언제나 보는 중년 신사의 호주머니 속으로 들어가고 그리고 그 손은 가장 자연스럽게 자기 주머니로 들어갔다. 그뿐이었다. 이번에는 공동변소로 들어가

지 않고 비슬비슬 다음을 기다려 보았다.

만수는 휘파람을 날리면서 길 건너 쪽을 우두커니 보고 섰다.

늘 보는 그 신사의 모습을 찬찬히 바라보기로 한다. 키가 약간 큰 편이요 몸집은 보통이나 상체가 앞으로 꾸부정한 편이다. 스리들이 별명을 지은 대로, 꾸부정 키다리는 언제나 스리를 위하여 그 주머니를 열어 놓는 셈이다.

평균 일주일에 한 번 적어야 한 달에 한 번은 꼭 스리를 맞고 마는 이 중년 신사는 스리들이 서로의 번호를 매겨 이번에는 누구, 요담에는 누구, 하고 당번을 짜 놓도록 꾸부정 키다리의 호주머니는 스리들에게 있어 가장 안전하고 확실성 있는 일터이다.

그의 약간 큰 눈은 언제나 공중에 달려 있는 듯 허공만 노리고 입은 꼭 다문 때보다 열려 있는 편이 많은 이 꾸부정 키다리가 오늘도 만수에게 주머니를 내맡긴 것이다.

꾸부정 키다리 옆에 착 다가서서 걸어가는 또 한 사람이 있는 것을 볼 때 만수는 고개를 기울였다.

"딸인가……."

나이는 열칠, 팔 세나 되었을까. 어느 중등학교 상급생인 듯 아직도 흰 줄이 놓인 교복을 입고 단발을 한 채다. 꾸부정 키다리는 여학생이 펼치는 우산을 받으며 나란히 걸어간다. 여학생이 무어라 소곤거릴 때 신사는 포켓에 손을 넣어 더보■■■ 하고 선다.

"홍!"

만수는 코웃음을 치고 여전히 바라보고 섰다.

여학생은 신사의 양편 ■■트며 호주머니에 손을 넣어 보고 신사의 앞 뒤를 살펴보고 전차 안전지대를 돌아보고.

어슴푸레한 짙은 황혼 속에 나타난 여학생의 얼굴은 창백하다. 백지와 같이 희고 물론 얼굴은 비통을 지나친 절망의 화신이다.

맑고 광채 있는 검은 눈에서 방금 눈물이 쏟아질 것같이 붓으로 그어진 듯한 고운 눈썹이 비로소 떨리지 않느냐. 알맞게 드높은 코, 꽃봉오리 같은 입술! 슬픔과 아까웁고 그리고 분노에 벅차오르는 감정을 억제하기에 몇 번이나 입술을 깨물고 깨물고.

신사가 이끄는 대로 여학생은 뒤를 돌아보며 돌아보며 걸어간다.

만수는 휘파람을 한 번 더 날려 보았으나 웬일인지 마음속이 편안치가 못하다.

포켓 속에 찌르고 있는 손끝에 만져지는 여자용 팔목 시계 그리고 현금이 한 이천 원 될까.

"에익!"

만수는 동댕이를 치고 싶은 충동을 느끼면서 그는 뚜벅, 지금 신사와 여학생이 걸어간 길을 건너왔다.

그리고 그들이 걸어가는 뒤를 가만가만 밟아 보았다.

좁은 골목을 꺾어서 두 사람은 자그마한 대문으로 들어섰다. 반마침 열린 대문 사이로 마루 끝에서 신사가 접은 우산을 여학생이 받아 한 옆에 세우고 부엌으로 들어가서 밥상을 들고 나오는 것이 보인다.

안방으로 들어간 아버지의 앉은 것은 보이지 않으나 여학생이 옆으로 앉은 측면의 얼굴이 보인다.

다른 식구는 아무도 눈에 띄지 않는 것이 확실히 두 식구만이 있는 것이 아닐까. 만수는 가만히 뜰 안에 들어와 마당 옆에 섰다.

"아버지……. 그럴 줄 아라썼더면 시계를 아주 팔고 돈을 가져올 것인데……. 그러셨죠?"

하며 여학생도 같이 상다리에 앉는다.

"그 사람이 네 시계는 그냥 가져가라! 하고 돈을 이천 원 꾸워 주드구나."

"할 수 없지요……. 아버지께서 수가 사나우셔서 어델 다치시거나 하셨다면 더욱 큰일날 뻔하지 않았어요. 저는 그 생각을 하니 이게 되려 나은 것 같애요……. 아버지 찬 없어도 진지 많이 잡수셔요."

"내가 여러 번 쓰리를 당했지만 말야. 오늘같이 어굴한 번은 처음이여."

"아버지, 그 말씀 마세요. 어머니 기념품이 돼서 제 마음도 퍽 아픕니다 만 어떻겁니까. 어머니도 잃어버리고 살지 않습니까."

아버지는 고개를 끄덕였으나 우두커니 앉아 수저를 들 생각을 아니 한다.

"아버지."

여학생은 단정히 꿇어앉더니 두 손을 아름다운 조각과 같이 어여쁜 두 손을 합장한다. 고개를 다소곳하고,

"하느님 아버지, 오늘 저의 부녀의 몸과 혼을 보호하여 주소서. 감사합 니다. 아버지 하느님, 오늘 제 시계를 훔쳐 간 사람의 영혼을 불상히 역이 사 구원하여 주옵소서. 제 아버지와 또 저에게 주님의 위로하시는 은혜로 서 어떻한 적은 고난이라도 주님의 십자가를 생각하고 참을 수 있도록 힘 을 내려 주시옵소서. 예수님의 이름으로 비옵나이다. 아―멘."

부녀는 잠자코 수저를 든다. 만수는 발소리를 죽여 살그머니 밖으로 나 왔다.

"예수쟁이로군."

이런 소리를 중얼거리고 가볍게 놀려 주고 말아 버리고 싶었다.

"흥! 시계 훔쳐 간 사람의 영혼을 구원하여 달라? 흐흥."

만수는 다시 커다랗게 입 속으로 외워 보고 껄껄 웃어 버리려고 했다. 그러나 웃음이 나오지가 않는다. 큰길까지 왔다.

머릿속은 무엇에 얻어맞은 것처럼 얼떨떨하다.

그는 포켓에 끼고 있는 손끝에 만져지는 시계를 손으로 움켜쥐었다. 그리고 다시 돌아섰다. 지금 나온 곳으로 도로 갈 생각으로 만수는 걸음을 빨리하여 여학생의 집 대문까지 갔다. 그러나 자그마한 대문은 벌써 꼭 잠 겨 있지 않으냐. 벌써 컴컴해진 어둠 속에 정병모라는 문패가 으렴프시 보 인다. 만수는 힘없이 돌아섰다.

3

그리고 사흘이 지나갔다. 만수는 그 동안 한 번도 일(스리)을 하지 않았다. 무슨 까닭인지 일할 신이 나지 않는다. 시들하여졌다는 것보다도 염증이 생겼다는 것이 옳을 것이다.

만수는 그때 그 황혼 속에서 바라보던 절치부심하는 그 처녀의 얼굴을 그리고 단정히 꿇어 앉아 기도하던 그 얼굴을 잊어버릴 수가 없다.

그는 잊어보려고 애를 써 보았다. 일부러 술을 마셨다. 그리고 신정 유곽을 함부로 돌아다녔다. 그러나 화인(火印)처럼 박혀진 처녀의 환상은 만수의 영혼 깊이 아로새겨지고 만 것이다.

만수의 눈에는 스리질할 대상이 보이지 않았다. 아니, 볼 여유가 없었다. 눈을 뜨나 감으나 그 눈에는 오직 그 처녀의 얼굴 하나밖에 아무것도 없다.

이날도 여럿이 둘러 앉아 셈속을 따지는 판이다.

"이런 게 있단 말야. 어떻쇼?"

동료 Y가 내놓는 것은 착착 접은 편지다. 여럿이 청하는 대로 큰소리로 Y가 낭독한다.

"미안하오나 제 시계를 돌려보내 주십시요. 도라가신 어머님의 기렴품이올시다. 내 아버지에게 여러 번 가져가신 것은 다 기억치 않사오나 이 시계만은 꼭 돌려보내 주십시오."

일동은 "와하하하" 하고 웃었다. 그러나 만수는 웃지 않았다. 아니, 웃어지지가 않았다.

돈암동 꾸부정 키다리의 딸이 스리들에게 편지를 보낸 것이다.

만수는 그 종잇조각을 빼앗았다. 그리고 귀중품처럼 자기 몸 깊이 간직하였다.

이튿날, 그는 돈암동 종점까지 갔다. 꾸부정 키다리를 기다려 사람들에 섞여 그의 오른편 호주머니 속에 여학생 팔목 시계를 넣어 주었다. 돈 이

천 원도. 신사는 물론 모른 채 집에 돌아갔을 때 그 높고 깨끗한 아름다운 처녀의 얼굴에서 어떠한 표정이 나타날까 생각해 보는 만수의 눈에는 핑그르르 눈물이 돌았다.

다음 날 만수가 돈암동 종점에 섰을 때 여러 여학생들이 내리고 그 중에 꾸부정 키다리의 딸도 내리는 것을 보았다.

그 왼편 손목 위에는 노오란 팔목 시계가 까만 가죽끈에 실려 있는 것이 보였다. 만수는 후, 하고 길게 안심을 숨을 내쉬었다.

동료들이 셈속을 따질 때마다 만수는 우두커니 그냥 앉아 있는 것이 벌써 닷새가 되었다.

"너 웬일이냐."

왕초(스리꾼의 두목)는 성도 내지 않고 정중히 묻는다. 여럿도 근심스럽게 만수의 대답을 기다린다.

"……."

만수는 잠자코 바람벽만 바라보고 앉았다.

"너 딴전 보니?"

하고 왕초는 빙그레 웃으며 농쳐 본다. 만수는 고개를 설레설레 흔들었다.

"그럼 웬일이냐?"

"……."

한참 동안 잠자코 앉았던 만수는 단정히 꿇어앉았다. 그리고 왕초는 향하여 공손이 절을 하고,

"오랫동안 신세를 끼쳤습니다."

하고 다음에 여러 동무를 향하여,

"여러분, 나는 오늘 이 자리를 떠나갑니다. 부디 안녕이들 계십시오. 마지막으로 여러분께 한 가지 소청이 있읍니다."

만수는 잠깐 말을 그치고 좌중을 쭉 둘러보았다.

"무슨 말이여."

왕초가 만수에게 말을 독촉한다. 여럿도 귀를 기울인다.

"다름이 아니올시다. 제가 여러분과 같이 지나 온 정리를 생각해서 부디 이 한 가지 제 청을 드러 주십시오……. 꾸부정 키다리에게서 손을 떼어 달라는 말씀입니다. 왕초님."

하고 만수는 두목의 대답을 기다렸다.

"무슨 까닭이냐."

"거저 제 소원이올시다. 깊은 까닭은 뭇지 말아 주시고……."

"음."

왕초는 고개를 끄덕이고,

"그러면 여럿은 만수의 부탁을 드러 주겠나?"

하고 일동을 둘러본다.

"정 그렇다면 그 사람 꾸부정 키다리 아니라도 꽃이야 따올 곳이 많으니깐요."

"음."

만수는 일동을 향하여 너붓이 절을 하고 만수는 밖으로 나왔다. 방금 신을 신는 만수에게,

"야, 어디루 가니?"

동료의 하나가 묻는 말이다.

"나? 공부하러 가네. 글공부해서 사람답게 살다가 죽을라네."

"공부? 와하하. 쟤가 미쳤어."

"아니. 키다리 딸에게 반했어."

이런 소리를 들으면서 만수는 스리의 소굴을 떠서 나왔다.

"찹쌀떡!"

하고 외치는 소리가 오늘도 돈암동 정병모 씨 댁 근처에서 들린다.

아버지는 읽던 책을 손에 든 채 잠이 들었고, 딸은 책상 앞에 앉아 내일 시험 준비를 하고 있다.

"찹쌀떡! 떡 사쇼오!"

만수는 정병모 씨 대문 앞에 와서 한참 동안 우두커니 서 있다.

골목을 쓸어 가는 찬바람이 만수의 뺨을 오이는 듯이 차갑다.

"부디 평안이들 주무십시오."

만수는 머리 위에서 반짝이는 별 떨기를 향하여 후우하고 한숨을 뿜었다.

하루 이틀 만수의 생활은 달라진다.

학교에서 배운 학과를 복습하여야 될 시간에 떡함지를 메고 나오는 것은 만수에게 있어서 차츰 괴로운 부담이 되어 간다.

고학생들이 먹는 음식은 만수의 영양을 보급함에는 너무도 부족하다. 거츠른 밥, 싱거운 찬. 만수는 지난날에 아무 때인데 없이 잘 먹고 잘 놀던 날의 환영이 눈앞을 스쳐가고ㅡ 그럴 때마다 그는 즐겁던 시절로 획 돌아서 가고 싶은 충동을 느끼기도 하였다.

"맛있는 음식, 향기 높은 술 그리고 부드러운 계집의 가슴."

지금이라도 아니, 이 순간이라도 만수는 떡함지를 동댕이를 치기만 하면 그만이다.

전차 속이나 극장이나 백화점이나 마음대로 택하면 된다. 신사의 지갑, 귀부인의 핸드백, 아주머니의 주머니, 야미장수의 돈 전대. 만수의 손이 닿는 곳이면 자석에 쇳가루가 붙는 것보다 좀 더 빠르게 더 확실하게 돈, 시계, 반지, 마음대로 들어오는 것이다.

그러나 만수는 그런 것은 생각하기도 싫다.

'돈암동 처녀'의 그 얼굴은 만수에게 이런 것을 하면 안 되는 것이라고 그의 양심에 똑똑히 일러 주지 않느냐.

만수는 가끔 돈암동 종점에 선다. 하학하여 돌아오는 여학생 가운데 그 얼굴, 정병모 씨의 따님의 얼굴을 멀리서 바라보고 그리고 가만히 돌아서서 오는 것이다.

그 얼굴만, 이름도 모르는 얼굴이지만 한 번 보면 스리질도, 요리 맛도, 유곽의 재미도 봄눈같이 스러진다. 더러워진 거리가 폭우에 씻기듯 만수의 머릿속에서, 말초 신경에서 서물거리는 마귀의 그림자는 싹도 없이 사라지는 것이다.

어느 눈 나리는 주일에 그는 신설동 교회에 나갔다. 친구의 권함도 있었지만 여기가 돈암동이 가까우니 "그이, 그 처녀님이 오실지도 몰라." 일말의 희망을 안고 들어갔다.

장내는 고요하고 엄숙하여 스리로서 그렇게 솜씨 있는 만수도 감히 고개를 들 수가 없었다.

이윽고 성가대의 합창이 들리게 되자 만수는 가만히 고개를 쳐들었다.

"있다. 분명히 있다. 오오."

만수는 꾸부정 신사의 따님이 맨 가에 서서 있고 그리고 입을 벌려 노래를 하는 것을 볼 때 만수의 눈에서는 굵다란 눈물이 떨어졌다. 만수는 마음으로 처녀를 향하여 합창하였다.

"오오, 높은 이여. 깨끗한 이여. 나의 영혼을 위하여 기도하신 이여."

만수는 주일마다 예배당에 가는 것이 그의 가장 즐거운 일이었다.

만수는 하나님도 예수의 속죄 공로도 아직 몰은다. 그러나 그에게 있어,

"내 시계를 훔쳐 간 사람의 영혼을 구원하여 주옵소서."

기도하는 그 얼굴을 바라볼 때 만수의 마음속에는 광명이, 구원을 사모하는 마음의 광명이 무지개와 같이 빛나는 것이다.

"찹쌀떡!"

눈은 나리고 밤은 어두웠으나 만수의 떡을 사라 외치는 소리는 힘차고 용감스러웠다.

―≪연합신문≫, 1949. 1. 23~1. 29.

낙엽(落葉)과 함께

　일행 다섯을 백천 온천에다 두고 창호는 북으로 북으로 국경을 향하여 혼자 걷기 시작한 지는 어젯밤 한 시가 조금 지나서부터다. 국경이래야 해방 후 새로 생긴 삼팔선 새 국경이지만.

　이편 지리를 잘 아는 창호는 안내인도 없이 나섰다. 얼굴과 목덜미를 찌르는 솔나무 가지를 겨우 벗어났는가 하면 칡넝쿨에 발을 붙들리기도 하고 돌부리에 발끝을 채이기도 하고. 창호는 어둠속에서 자꾸 걸었다. 새벽 먼동이 트일 무렵에야 창호의 눈앞에 ○○촌락이 나타났다. 산 아래로 게딱지 같은 초가집들이 올망졸망 열두어 집이나 될까, 새벽 연기가 초라한 지붕 아래로 실뱀같이 기어 오른다.

　동리 주위에는 여기저기 화전인 듯 손바닥만큼 한 밭들이 추수를 한 뒤라 뻘건 살을 함부로 내놓고 가끔 밭고랑에 떨어진 배추 잎사귀들이 시드런 채 뽀얗게 서리를 쓰고 있다.

　창호는 허리춤 안에 있는 탄환과 그리고 오른편 바지 포켙에 는것이 아가리를 처박고 누워 있는 권총을 한 손으로 옮어보고 그리고 천천히 마을을 향하여 걸음을 옮기었다. 들어가는 길목에 크―다란 바위가 있고 그 바위에 착 붙은 집 그 다음 집이 지금 창호가 찾아가는 곳이다.

　이 동리에서는 제일 나은 것은 우선 한마당에 집이 두 채가 있는 것이다. 안채와 사랑채 그리고 싸리문을 들어서서 사랑채를 돌아 한참 들어간 곳에 외양간이 있고…… 들든 말과 조곰도 틀리지 않는 것에 위선 창호의

맘이 놓였다. 창호는 마당으로 들어서면서,

"참봉! 참봉 게슈?"

하고 소리를 질렀다. 사랑채 방문이 열리면서 문은 대살로 만든 죽창이다.

"거 누구요?"

하고 마주 소리를 치면서 나오는 사람은 이틀 전에 먼저 와서 기다릴 약속을 하고 있든 이 집 당질되는 강순구라는 동지다.

"드러오게."

"……?"

창호가 눈을 끔벅하는 것을 본 순구는,

"괜찮아. 드러와요 드러와. 아무도 없어."

하고 순구는 토당으로 내려서며 창호의 팔을 붓든다.

창호는 빙그레 웃고 위선 이슬에 함초름 젖은 구두를 벗었다. 창호의 손에 들리운 군화는 젖은 탓인지 훨씬 무겁다.

방으로 들어가자 두 사람은 서로를 쳐다보고 빙그레 웃었다. 그리고,

"용하게 왔네."

"뭘, 비만 안 오면 상관없어."

하고 창호는 한 손을 귀밑에 대이고 비스듬히 누웠다. 어지간히 때도 묻고 한쪽 귀퉁이가 해어진 돗자리는 알맞게 따뜻하다. 순구가 방문을 획 열어제치고,

"술상 가져오너라."

하고 소리를 쳤다.

'무궁화'를 한 대씩 불을 붙여 가지고 절반쯤 탈 무렵에,

"헴."

가는 기침 소리가 죽창 문밖에서 나고 그리고 빼꼼이 문이 열렸다. 분홍빛 저고리 검정 치마에 흰 행주치마를 둘린 스무 살 남짓한 젊은 여인이 저고리 빛같이 붉은 얼골로 술상을 들이민다.

"어 수고했네……. 내 누일세. 내 육촌……. 어떤가?"

하고 순구는 창호를 건너다본다.

창호는 파—마나 한 것처럼 아름답게 굽슬굽슬 물결치는 머리를 한 손으로 아무렇게나 긁적긁적 긁어보고 픽 웃는다. 천병만마 앞에라도 눈 한 번 깜박 아니하는 창호가 처녀같이 수줍어하는 양이 순구의 눈에 우습기도 하고 귀엽기도 하여,

"자넨 미남자야."

이 겨울이 지나면 스물여섯 되는 임창호는 과연 아름다운 청년이다. 그 곧게 내려간 콧등성이, 힘 있게 곡선을 지운 콧날이며 더욱이 그가 웃을 때마다 드러나는 굵직굵직한 이빨들, 하나같이 깨끗하고 완전히 골라 선 것이 창호의 잘 발달된 아래턱과 그 위에 한일자로 다물린 입과 알맞게 조화가 되어 있는 것이다.

얼굴빛이 약간 가무잡잡한 것이 창호의 남성미를 말하는 것이 아닐까. 벅찬 앞가슴이라든가 알맞게 벌어진 어깨며 더욱이 그가 걸어갈 때 걷는 뒷모양은 군복을 입은 군인이라기보다도 가장 세련된 몸맵시를 가진 사람에게만 볼 수 있는, 그렇게 가볍고 쾌활하고 그리고 확실성 있게 내딛는 걸음걸이다.

그러나 창호는 단 한 번이라도 자기 자신이 아름답다고 생각한 일은 없다.

얼굴이 아름답다느니 몸맵시가 어쩌느니 그런 것을 생각하기에는 창호 자신의 생활이 너무도 절박하였던 것이다.

스무 살까지 동경서 신문을 배달하면서 중학을 마칠 동안 그는 하로 다섯 시간 이상 자 본 적이 없었고 졸업하던 올에 징병으로 가서 해방되고 또 한 해가 지난 늦은 가을에야 고국으로 돌아오자 그는 곧 국군으로 편입하여 오늘까지 이른 것이다.

××청년단 간부로 있는 순구가 자기의 누이동생이 있는데 한 번 보라고 몇 번인가 졸리는 통에 그는 어렴풋 결혼이라는 것을 생각해 보기는 하였

으나 지금의 자기로서 결혼을 하여 한 가정의 남편이 되고 애비가 되기에는 너무나 자기의 환경이 절박한 것을 느끼는 것이다.

"정부라도 수립이 되여야……."

그러나 정부가 수립이 된 오늘, 남북통일은 언제 될지 형제가 피로써 피를 씻는 참담한 현실을 목도할 때 창호의 머릿속에서 결혼이란 분홍빛 꿈은 송두리째 사라지고 만 것이다.

그러한 창호에게 최근 국경을 정찰하라는 연대장의 명령이 내렸다. 동지 강순구는 창호보다 다섯 살이나 더한, 말하자면 창호의 선배격이다. 그는 어느 중등학교를 마치고 동경에서 사립 전문학교에 다니다가 학병 소동에 조선으로 뛰어와서 지금 이 집 순구의 오촌댁에 왔든 것이다.

수염을 기르고서 나이를 그때 벌써 서른 살로 해 버렸다.

그래도 징용이 무서워서 일부러 한쪽 다리를 절름거리면서 밭에다 오줌장군을 매고 다녔든 것이다.

남달리 키가 껑충 키가 크고 텁석부리 수염에 눈알이 약간 나온 듯한 강순구는 보는 바와 같이 잔꾀도 없고 말수완도 없으나 사람이 천진인데다 힘이 무척 세고 그리고 의리가 있다하여 동지들에게 신임을 받는 터이다.

창호는 국경 방면을 가서 경찰을 하려면 누구보다도 강순구와 의논하는 것이 첩경인 것을 알았고 그래서 순구는 일부러 하로 먼저 떠나와서 창호를 기다리고 있는 것이다.

맑고 거센 탁주를 거듭 서너 사발씩 먹은 창호와 순구는 다 얼건히 취했다. 그리고 두 사람은 비스듬이 돗자리에 팔짱을 베고 누었다.

"육촌 동생 되는 사람은 이북으로 갔다더니 어떻게 됐을까?"

하고 창호가 팔장을 빼고 자리에서 일어나면서 묻는 것을,

"누구? 이 집 아들? ……괜찮아……."

순구는 아무렇지도 않다는 듯이,

"어린 애야, 지금에라도 말야, 내가 척― 한 시간만 설명을 하면 고만이

야. 애가 머리가 워낙 밝거던……."

순구가 자신 있게 하는 말을 들으면서도 창호의 맘은 근배라 하는 청년이 이북으로 가서 지금쯤 무엇을 하고 있을까 생각할 때 그의 마음은 결단코 가벼웁지 못하다.

"건데 말야. 이왕 여기까지 왔으니 말야. 아까 본 처녀 아이에게 대해서 구체적으로 어떻게……."

순구는 빙그레 웃으며 창호의 얼굴을 살핀다.

창호는 담배에다 불을 붙여 연기를 확— 뿜고,

"처년가?"

하고 빙긋 웃었다.

"그럼 처녀지, 알처녀지. 웨 처녀같이 않 보이나?"

"하도 노숙해 보이길래 말이여. 한 스물댓 난 것 같기에."

"에익, 인제 갓 스물이야. 저래 봐도 국민학교는 물론 졸업했고 서울 가서 중등학교도 잇해 동안 다녔어. ××여자 중학교……. 그랬든 것이 학비도 문제이고 또 한 가지 무슨 스트라익인가 어느 선생 쫓아내는데 가담을 했드라는가 해서 퇴학을 맞었지. 하하."

순구는 웃는 소리만 내고 기실 얼굴은 웃지 않는다.

"그래? 그럼 상당한 인식 부족 아니야? 소위 투사로구면."

창호는 무척 흥미를 느끼며 순구에게 바싹 다가앉았다.

"나 좀 맞나게 해 주어. 나 애기 좀 해볼래."

창호는 맘속에 모닥불을 부어 놓는 것처럼 호기심이 타오르는 것을 느끼면서 뒤통수를 안고 방바닥에 벌떡 누워 버렸다. 저녁 때 해질 무렵에 순구는 백천 온천으로 떠났다. 거기서 기다리고 있는 동지들에게 도중에서 별 지장이 없었다는 말과 숙소가 준비되었으니 국경 가까이 오라는 연락을 하기 위하여.

저녁 밥상을 들고 나온 분홍 저고리 입은 젊은 여인은 숭늉 그릇을 들고 방으로 들어왔다.

　초롱에 심지를 도꾸어서 불을 켜 놓더니 창호의 앉은 근처로 돗자리를 만지면서,

　"불을 좀 더 집힐가요?"

하고 눈을 떨어트린 채 묻는다. 약간 미소를 띄고……. 머리는 참다라케 뒤로 꽁져서 빈을 꽂은 것이 보기에도 갓든하려니와 우선 이 여자 얼굴에 어울리는 것이다.

　"네? 네― 괜찮습니다."

　창호는 애써 침착하여

　"건데 ××여자 중학엘 다니셨다죠?"

하고 숭늉 그릇을 든 채 분홍 저고리 깃고대 속에 묻힌 동고스럼한 턱을 건너다보았다.

　"네― 전부 한 일 년 사 개월쯤 다닌 셈이죠……. 선생님께서는 서울 청년단에 관계하고 계십니까? 청총이야요? 대동?"

하고 여자는 눈을 살짝 위로 치켜뜨면서 빵긋 웃는다. 쌍까풀진 눈초리가 길고 검은자위가 시원스럽게 빛나는 두 눈이다.

　창호의 가슴이 왜 이렇게 급격하게 뛸까. 여자의 시선을 피하듯 창호는 약간 고개를 돌리면서,

　"저 군대에"

하고 입 속 빠져나온 말을 꿀꺽 참고 창호는,

　"청년단, 그렇죠. 청년단인데 난 직접 관계를 가지지 않고 나 아는 친구들이 간접으로 날 심부름식히는 거야요."

　평복을 입고 온 창호는 만난 지 아직 반날 밖에 안 되는 이 젊은 여인에게 자기의 신분을 똑똑히 알리고 싶지가 않다. 밥상을 물리려고 죽창문을 여는 거와 함께 쟁반 같은 달이 둥실 앞산 위에 솟는 것이 눈에 뜨인다.

　"오늘이 보름이죠?"

"네. 시월 상달 보름야요."

토당으로 내려서는 여자는,

"상 물리고 선생님께 놀러 와도 좋아요?"

하고 상긋 웃는다.

"네— 아모쪼록……. 기다리지요."

여자는 밥상을 들고 부엌으로 들어가며 어둠을 향하여 혀를 날름 하였다.

돌쇠 엄마에게 상을 넘겨 주고 여자는 창호의 방으로 바쁘게 가면서 그는 생긋 웃기도 하고 눈살을 찌푸리기도 하고 방으로 들어서면서 여자는 창호의 기색을 살피고 그리고 웃목에 도사리고 앉는다.

"참 누구시던가요. 나는 임창호(林蒼虎)라 합니다."

하고 창호는 한문글자까지 가르쳐주었다.

"전 돌순이야요, 강돌순. 호호호. 이름 우습죠. 학교에서 아이들이 막 놀려 먹는답니다."

"돌순 씨! 괜찮은데요. 메리니 릴리니 하는 이름보다는 썩 믿으운 이름인데요."

창호는 정색하여 대답한다.

"수풀이 푸런데 호랭이가 나오면 정말 무섭겠구먼요……."

돌순이는 정말 무서운 듯이 창호의 곁으로 다가앉으면서 깨드득 웃는다. 왼편 송곳니가 덧니로 되어 있는 것이 보인다.

"참, 건 그렇구요. 임 선생님!"

하고 돌순이는 창호를 한참 바라보더니,

"빨갱이 친구 더러 가졌어요?"

하고 어깨를 흠칫한다. 가냘픈 적은 어깨다.

"빨갱이?"

창호는 웃지도 않고,

"좋지요, 빨갱이 동무. 돌순 씨 같은 빨갱이가 있다면 그야 친해도 좋지만, 하하."

창호는 빙그레 웃고 담배를 한 개 빼 입에 문다.

"돌순 씨 빨갱이 사상을 지지하십니까? 그럴 리는 물론 없겠죠? 돌순 씨가 조선 사람이라면."

창호는 가늘게 한숨을 연기와 함께 뿜고,

"일제에게서 놓여나온 우리 민족은 인제 독재정치 붉은사상에서 해방되어야만 참해방이 되는 거야요"

하고 동의를 구하는 듯 돌순을 바라본다.

"그래도요, 임 선생님. 조선이 아무리 독립이 된다 해도 소수의 착취계급이 대다수의 인민을 지배하면 그것은 참해방이 아니구요. 그렇다면 그 소수의 착취계급과 싸워야 된다는 게 붉은사람들이 하는 말이래요…… 내 동무가 그리든데요"

"그렇지요. 물론이죠. 착취 계급과 싸우고 말구요. 우리나라가 우리 손에 정권이 확립되고 남북이 통일되면 우리는 가장 살기 좋은 교육과 경제와 정치에 모든 인민이 다 행복될 수 있는 나라를 만들어야지요. 그렇게 만드는 것이 만들려고 노력하는 것이 지금 건국 사업입니다. 착취를 할 사람도 없고, 당할 사람도 없도록 우리는 정치를 맨들고 교육을 실시할 것이다, 그러나 붉은사람들의 그것은 맨드는 것이 아니고 깨트리는 것입니다. 그들은 혁명 혁명 하지만 무엇을 혁명한단 말요. 아무것도 없는 빈 터에 세우기도 전에 무엇을 혁명한단 말입니다. 인제 싹이 나는 걸 가지고 떡닢 속닢 다 따 버리면 화초는 언제 자랍니까. 돌순 씨! 내 말을 알아듯겠지요?"

돌순은 잠자코 고개를 끄덕끄덕 하더니,

"고단하신데 일쯕암치 주무시죠. 전 본래 이론투쟁은 할 줄 몰라요."

돌순이는 빠시시 일어섰다.

"돌순 씨! 게 앉어 주시지요. 난 아침나절에 한잠 느러지게 잣더니 엊저녁에는 좀처럼 잠이 올 상 싶지도 않군요."

"네— 그러세요. 그럼 서울 이야기나 들려 주세요. 요새 김 선생께서는 멀 하구 계시죠?"

"김 선생님 말씀이야요? 그분은 침묵하고 계시니까요. 그러나 나라를 사랑하고 걱정하시는 맘이야 변할 리 있나요?"

"인제 이북에는 않 가시나요?"

"웨 또 속으려구. 그 자식들 늙은이들을 불러다 개망신만 주고."

창호는 주먹을 불끈 쥐고,

"그래도요, 나라는 섭니다. 장해물이 어떤 모략을 부려도 나라는 섭니다. 돌순 씨, 나라를 위하여 죽으려는 우리들 젊은이가 있는 이상 나라는 민족은 이러서고야 맙니다."

돌순을 처다보는 창호의 눈에는 핑그르르 눈물이 돌고 그의 입에서는 더운 김이 쏟아져 나오는 듯하다. 돌순은 고개를 숙이고 옷고름을 마무적거리다가,

"임 선생님은 정말로 양심적 애국자십니다."

'호—' 하고 한숨 섞어 한마디 하고 돌순은 문을 열고 밖으로 나갔다.

토당으로 내려서는 돌순은,

"앗."

하고 소리를 지를 뻔하다가 입을 다물었다. 돌순이가 지금 돌아 나온 창호의 방문 옆에 바싹 붙어 서 있는 한사람이 있다. 돌순은 죽창문을 가리키고 외양간으로 앞을 섰다.

벽에 섰든 사람……. 딱 잘막한 키에 어깨가 떡 벌어진 젊은 사나이는 돌순의 뒤를 따라 외양간으로 갔다.

"오빠, 저기 온 사람의 이야기 드럿섯소?"

돌순의 음성이 약간 떨린다.

"응. 드렀다. 다 드렀다. 혼자냐 둘이냐?"

"×××."

"혼자야요."

돌순의 대답은 들릴 듯 말 듯하다.

"그럼 일없지. 나 혼자 넉넉히 해치우지."

"아스세요, 오빠. 건 않되요. 오빠 깟닥하면 포위를 당합니다. 후군(後軍)이 이제 곧 옵니다."

"거 확실하늬?"

"순구─ 오빠가 련락하러 갔에요."

"음, 순구놈부터 먼저 없애야지 이번엔."

"오빠!"

돌순이는 오빠의 가슴에 얼굴을 처박고 흑흑 느끼기 시작한다.

"너 웨 이러늬? 노아라. 내 저 방엘 드러가야만 되겠다."

"오빠!"

돌순은 눈물을 거두고,

"오빠, 오늘 저녁은 않되요. 저이에게 무기가 상당히 있는 모양이구 또 여간 억센 사람이 아니에요. 만약에 오빠가 혼자서 감당을 못 해내신다면 큰일 아니겠어요? 네? 오빠?"

돌순의 음성은 애원에 가까웁다.

"가서 응원 부대를 데리고 오셔요. 그게 안전합니다."

"그 사이 네가 잘 감시하겠늬?"

"그야 물론이죠. 순구오빠가 날 중맬 드는 모양인데 저편에서는 상당히 호감을 가지는 모양이야요."

"흥, 속알머리 없는 자식들─ 내일 저녁에 오마. 응원대 데리고……. 알었지?"

"네!"

돌순이가 오빠라고 부르는 몸집이 거대한 사나이는 이렇게 선고하듯이 말을 마치고 뚜벅뚜벅 걸어서 싸리문 밖으로 나갔다.

이날 밤, 돌순은 거의 뜬눈으로 새웠다. 적으마한 책상에 돌아앉아 무엇인지 부지런히 쓰고 있었다.

이튿날 돌순이는 창호의 방에서 돌쇠 어머니가 들여다 주는 닭국을 창호와 같이 먹었다. 그리고 저녁에는 돌쇠 엄마를 시켜서 찹쌀 모찌를 만들게 하고 닭을 잡아 누루미도 지졌다.

돌순은 손수 술을 따라 창호에게 권하였다.

"많이 잡수세요. 이런 두메골엔 이런 것밖에는 없답니다."

"네네, 고맙습니다. 돌순 씨도 잡수서요."

하고 창호는 젓가락으로 모찌와 누루미를 돌순 앞에 내밀었다.

이윽고 음식이 거의 끝나게 되자 돌순의 얼굴에는 차츰 미소가 사라졌다. 한참 잠잠하여 방안은 희미한 초롱불빛이 게으름뱅이 눈알같이 졸고 있는데 돌순은 갑자기,

"임 선생님!"

하고 목소리를 낮춘다.

"네?"

창호는 돌순을 바라본다.

"저─ 다름이 아니야요. 이 근처에는 가끔 이상한 사람이 온답니다. 그래 지금 외양간에 숨어 있는 모양인데…… 어쩌실 테야요?"

말끄럼이 창호를 쳐다보는 돌순의 눈을 어린아이의 눈같이 맑고 깨끗하다.

"쥐도 새도 몰르고 있는 줄만 알고 있어요. 그래서 선생님 잠들기만 기다리고 있는데요……"

"몇인가요?"

창호의 얼굴도 긴장하여 강직하여졌다.

"단 한 사람이야요. 외양간에 숨어 있는데 머리에 흰 수건을 쓰고 도라서서 있으니깐요! 아시겠어요?"

"……"

창호는 잠자코 권총을 꺼냈다. 그리고 탄환이 들어 있는 것을 다시 한 번 조사한 다음,

"돌순 씨, 미안하지만 그 외양간에 날 좀 안내해 주시요?"

"네— 물론 제가 안내해 드리죠"

돌순은 가볍게 앞을 섰다. 열엿새 달이 대낮처럼 밝아 두 사람의 그림자는 길게 눕는다.

마당 한켠 휘돌아진 곳에 와서 돌순은 우뚝 섰다. 그리고 창호의 귀에다 입을 대고,

"저기 저곳이야요, 외양깐……. 소는 없습니다. 저번 장날 아버지가 몰아다 팔었어요. 잠깐 계서요. 내 거기 있는가 드려다보고……. 한참 동안 제가 도라 나오지 않거든 저는 외양깐을 돌아 선생님 방으로 가서 있을 줄 아십시요. 그 담 일은 선생님 뜻대로 하세요."

"네—네—"

돌순을 돌아서다 말고,

"선생님 몸조심하세요"

돌순은 두 손으로 창호의 손을 꼭 붙들어 보고 그리고 조용조용히 외양간 있는 쪽으로 돌아가고 마침내 돌순의 그림자는 보이지 않는다.

일 분, 이 분, 확실히 오 분은 지났다.

"돌순 씬 내 방으로 갓나부다."

맘속으로 중얼거린 창호는 천천히 권총을 꺼내 오른손에 들었다

권총을 들고 한 걸음 한 걸음 외양간을 향해서 들어가는 창호의 눈앞에 과연 흰 수건을 쓴 한 사람이 돌아서서 있는 것이 눈에 띄었다.

창호는 자기의 생명을 노리는 악마와 직면한 것을 생각하자 그의 팔에는 초인적 긴장이 집중되었다.

"쾅! 쾅쾅!"

세 방의 총소리가 났다. 외양간에서는 아무런 반응도 없다.

창호는 만족하여 돌아섰다. 그러나 또 다른 적이 나타날 것을 경계하면서 자기 방으로 왔다.

그러나 거기 먼저와 기다릴 돌순은 없다. 웬일일까?

오 분, 십 분, 창호의 맘은 약간 불안하여졌다. 총소리에 놀라서 숨도 쉬지 못하고 엎드려 있는 식구들이 하나씩 밖으로 나오기 시작한다. 돌쇠 어머니, 돌순이 아버지가 총소리 나는 외양간으로 가까이 간다. 촛불을 들고 들어갔던 아버지가,

"아이, 이게 누구야."

하고 질겁을 하여 앞으로 꼬꾸라졌다.

"돌순아. 돌순이가 웨 죽었니? 응, 돌순아."

가슴을 찢는 통곡 소리에 창호는 문밖으로 뛰어나왔다. 시체가 된 돌순이의 머리가 세 방의 탄환으로 으깨어진 듯 선혈이 얽혀 있다.

창호는 돌순의 시체를 번쩍 안아 들었다.

그리고 자기 방으로 안고 들어갔다.

아버지가 몸부림을 하고 병으로 오래 앓아 누웠던 어머니가 기다시피 창호의 방으로 내려왔다.

"아이구, 명천 하누님!"

어머니가 돌순의 가슴을 헤치고 더운 김이 있는가 손을 대어 본다. 스슬에 길숙한 봉투가 바닥에 떨어진다.

창호가 봉을 쭉― 찢었다.

이십 년 동안 이 세상에서 첨 뵙는 당신 임창호 씨여. 나는 당신을 보는 순간부터 당신을 사랑하였습니다. 이 무슨 슬픈 운명일까요 당신은 오오 나의 당신을 오빠의 손에 내어주기에는 오빠의 원수로 몰아내기에는 오오…… 내가 죽지요 차라리 내가 죽어서 이 처참한 사실을 보지 않아야지요 임창호 씨! 부대 오빠만 죽이지 말어 주십시요 당신도 오빠 손에 죽지 말어 주세요

당신은 이론에 있어 오빠보다 훨씬 유치하고 당신의 전술은 눈에 띄게 서투릅니다. 단지 당신의 기백만은 긍정할 수 있지만 그 기백만으로는 적과 싸우기에는 너무나 어렵습니다. 아아 임창호 씨, 사랑은 이론을 초월합니다. 이익을 무시합니다. 내가 죽는 것이 무슨 도움이 되겠습니까. 그러나 이 피비린내 나는 조국의 현실 앞에 나는 한 개의 마른 낙엽과 같이 떠나갑니다. 낙엽은 뿌리로 가서 썩고 녹아서 뿌리에 한 톨 비료가 되겠지요 내 피, 아직도 이성(異性)에 더럽혀지지 않은 내 피가 행여나 조국을 살지게 하는 한줌의 비료가 되었으면 그만이 소원이외다.

싸우지 말어 주세요 붉은 오빠여! 붉은 것을 미워하는 창호 씨여! 기적이, 기적이 어느 날 이 땅에 나타날 것인가요 오오, 칼과 칼을 버리고 총과 총을 동댕이치는 기적의 날이여.

창호가 여기까지 읽을 때다. 죽창문이 헤 열리면서 한 개의 얼굴의 쑥 방안으로 들어섰다. 손에는 총이 들려진 채로 창호는 조용히 입을 열었다.

"잠깐만 기다리시요 돌순 씨의 유서를 읽기까지 잠깐만."

하고 한 손으로 침입자의 얼굴을 제지하면서 다음 줄을 계속하여 읽는다.

"아— 돌순이 돌순이가 죽었구나."

사나이는 황소의 울음같이 큰소리로 부르짖고 두 팔로 돌순을 번쩍 안았다. 한참 동안 울고 부르짖던 사나이는 이윽고 돌순을 땅바닥에 내려놓고 창호가 들고 있는 돌순의 유서를 빼앗았다.

한참 동안 다 읽고 난 사나이는 창호를 향하여,

"나는 돌순의 오빠 강근배올시다."

"네— 난 임창호외다."

두 사람은 누가 먼저 내밀었는지 손과 손은 한참 동안 굳게굳게 잡히었다.

이튿날 창호와 근배는 돌순을 정한 샷곽에 싸서 뒷산 양지쪽에다 묻었다. 그리고 그 무덤 앞에는,

"낙엽과 함께 자는 강돌순의 무덤."

이라는 먹으로 씌어진 적은 목표가 서 있었다.

　그날 오후 창호는 동지들을 데리고 백천 온천으로 돌아오고 근배도 부하들과 함께 저쪽 산을 넘어간다. 양편에는 아무도 상한 이는 없었다. 돌순의 말대로 그들은 그날만은 전투를 중지한 것이다.

―≪신여원≫ 1권1호, 1949. 3.

박화성 ●●●

박화성(1903~1988)

- 1918년 숙명여자고등보통학교 졸업
- 1929년 일본여자대학 영문학부 3년 수료
- 1925년 「추석전야」(≪조선문단≫ 1월호)로 등단
- 1932년 『백화』, 「하수도공사」를 발표하면서 재등단
- 주요 경력 — 목포시 문화상(1958), 한국여류문학인회 초대 회장(1965), 제3회 한국문학상(1966), 제15회 대한민국 예술원상(1970), 국제 펜클럽 한국본부 고문(1974), 예술원 종신회원(1978), 한국소설가협회 고문(1980), 3·1문화상(1984) 등
- 대표작 — 「하수도공사」(1932), 「홍수전후」(1934), 「한귀」(1935), 「고향없는 사람들」(1936), 『고개를 넘으면』(1955) 등 다수

●●●

봄안개

오늘 아침에도 덕례는 남편이 변소에 간 틈을 타서 얼른 밥상을 방에다 갖다 놓고 저는 부엌 바닥에 선채로 누른밥을 홀홀 마셨다. 깜빡 벤또를 잊어 벤또는 가만이 손만 내밀어 방안으로 밀어 놓았다. 남편 상수의 밥수깔 소리가 달각달각 났다.

석유짝 천장 위에 거울을 세워 놓고 머리를 빗으랴니 오른손 엄지손가락 생손 잃은 것이 아직도 덜 나어 덕례는 얼굴을 찌프려가며 조심조심 빗질을 했다.

상수의 발소리가 들려 내다보니 상수는 벤또를 왼편 겨드랑에 끼고 오른손에는 지 우산을 들고서 바로 거리로 걸어 나간다. 윗방 성준이와 날마다 나란이 가는 게, 요 사흘째 눈치를 보고 성준이는 상수를 기다리지 않고 저는 저대로 먼저 가 버린 것이다.

덕례도 방문에 쇠통을 채고 비방울이 드는 하늘을 쳐다보았으나 우산이 두 개나 있을 턱없어 그냥 벤또만 들고 나섰다. 골목길을 빠져나와 큰길로 나서니 버릇대로 남편의 그림자를 찾았다. 저편 창고 옆에 상수는 우산을 받고 우쭐우쭐 걸어갔다.

"홍, 남자라고 생겨 소가지가 왜 고 모양이여. 생기기는 바로 큼즉하게 시원시원하게 생긴 것이 창자가 노래기 창자라니께."

덕례는 남편의 아득-한 뒷모습에 눈을 흘기며 연방 꾸지람한다.

"고 까짓 일 갖고 사흘씩이나 말을 않고 지랄칠 게 뭐여. 단 두 식구 살면서 답답해 살 수가 있어야지. 그런다고 손톱 끝만치도 잘못한 일 없이 내가 먼저는 죽어도 말 않을 테니께, 뭐."

꺾어든 골목길에서는 놓쳤던 상수를 한길에서는 도로 붙잡아 덕례는 골똘하게 그 생각만 하기에 비가 제법 와서 머리가 흠추름하게 젖은 것조차도 모른다.

나흘 전이다. 봄비로 시작하던 비가 작달비로 종일 쏟아져 날이 좋은 때에도 아궁에 물이 촉촉하게 항상 괴여 있는 덕례네 부엌은 덕례가 공장에서 돌아와 보니 물이 제멋대로 괴여서 부엌 바닥이 흥근하게 자칫하면 문턱을 넘을 판이었다.

"아이그매, 어쩌까?"

하는 비명을 듣고 같은 방직공장에 다니는 웃방 성준이가 막 뛰어 들어오다가,

"또 물난리가 났지요?"

하며 황톳물이 넘실거리는 부엌을 들여다보았다. 덕례는 한숨을 쉬고 벤또를 퇴마루에 던지고 방문도 열 새 없이 치마만 걷어 올리고 물을 품기 시작했다. 얼마를 품었던지 이제는 문턱 안으로 들어가 아궁의 물을 세수대야에 품어 들고 나와서야 버리게 되었다. 엄지손이 아려서 품기는 왼손으로 품으나 세수대야를 들고 나오기가 까다로워 고생고생하는 것을 보고 성준이가 와서 부축해 줬다.

덕례가 품어 주면 그 옆에 쭈그리고 앉아 기다리다가 하나 철철 넘는 대야를 들고 나와 버려 주곤 하였다. 거진 말관이 되어갈 때 덕례네 공장과 바로 이웃인 철공소에 다니는 상수가 들어와 나란히 부엌 속에 쭈그리고 앉은 두 사람을 보고 눈자위가 곤두 올라가며 벤또를 퇴마루에다가 부서져라 하고 동댕이쳤다. 그 소리에 눌려 두 사람은 일어나 나오며,

"인제 오시오?"

"인제야 오는가?"

하는 소리를 함께했다. 상수는 성준의 손에 들린 물이 가득한 대야를 흘겨보며,

"흥, 고맙네. 자네 아니더면 물도 못 품고 밥도 굶을 뻔했네"
하고 획 돌아서 비가 들이친 퇴마루에 걸터앉는 덕례를 노려보며,

"계집년이 주제넘게 왜 남자한테 일을 시키는 버릇을 해?"
하고는 문고리를 잡으려다가 쇠통이 채인 것을 보고 그대로 나가더니 밤늦게야 돌아와서 그렇게 성준이가 좋으면 지금도 늦지 않다는 등 날마다 한 공장에서 붙어 있으면서도 그 새를 못 떨어져 그 수작을 꾸몄냐는 등 아모리 사실대로 말하고 생손이 더 덧나서 밤새도록 앓는 것을 보고도 곧이는 들을 생각도 없이 들들 볶다가 싹 돌아누워 고부리고 자더니 그 이튿날부터 그 모양으로 낯짝을 오만상이나 찌프리고 입을 딱 붙인 채 벙어리 살림이 된 것이다.

덕례는 지금 그 생각을 하면서 상수의 그림자를 세 번째 잡았다. 멀리 보아도 좋은 체격이다.

뭇사람 중에 어디서든지 뛰어난다. 인정도 있고 의리도 지킬 줄 알고 청백하고 깔끔하고 술, 담배도 손에 안 대고 상업학교 이학년에서 중도 퇴학한 사람이라 유식하기도 하고 그렇건만 꼭 그 성질 하나만이 흠이다. 성준이와는 국민학교로부터 상업학교 퇴학까지 동급이고 지금 그 집에서 셋방사리를 하고 생각도 서로 맞고 더구나 한 계통의 일을 하고 한 까닭에 둘도 없는 죽마고우건만, 덕례 저만 끼는 일이면 상수가 그냥 저 모양이 되니 덕례 자신도 국민학교는 졸업했기에 이만저만한 사리는 다 알건만 딴집살이를 하기 전에는 어찌하면 좋을지 그냥 어떤 때는 콱 없어지고 싶으나 제 나이 스물 하나요. 남편이 네 해 위 혼인한 지 삼년 째 아직 아기도 없는데 남달리 의좋은 부부로 유명한 터에 그럴 수도 없고…… 어제도 우연히 길목에서 만나 서로 흘깃 마주본 채 앞서거니 뒤서거니 함께 오는데, 꽃구경 갔던 옛 동무들이 사구라 꽃을 한 아름씩이나 안고 오다가 만나면

"야, 너희는 공장에도 동부인이냐?" 하고 놀리고, 동네 부인들이 관에 가다 만나도 "너희는 꼭 원앙새 같더라" 하고 말을 던지고야 지나가니 남의 속을 몰라도 이렇게야 할까? 일부러 떨어져 멀즉이 가면 상수가 누구와 애기하느라 또 함께 되고 상수가 서서 애기할 때 휭―, 하니 먼저 가면 자기가 또 아는 사람에게 잡혀 애기하다가 또 나란히 오게 되고 마음은 천리나 먼데 몸은 가까이 아니 마음도 그리 멀지는 않으리라. 서로서로가 발 옮기는 것까지 눈여겨보며 걸어갔으니까…… 그렇건만 집에 딱 다서는 또 원수보듯 하고 말지 안 했던가?

공장 거진 다 와서 성준이가 담배 가게에서 툭 튀어 나오더니, "변소 뒤 돌 밑에 열한 시까지" 하는 말을 귀에 스치고 지나간다. 그는 덕례네 그룹을 담당한 지휘공이었다.

비가 제법 뿌리는 열한 시에 덕례는 변소로 다녀 그 뒤에 있는 큰 돌맹이를 떠들고 보니 길이는 손까락만하게 넓이는 세 손까락만한 종이들이 두꺼운 문지(紋紙)에 말려 눌려 있었다. 덕례는 얼른 집어 앞치마 밑으로 손을 넣고 돌아와서 제 그룹 동무들에게 그 종이 한 장씩을 재빠르게 나눠 주었다. 늘 성준의 직접 지휘는 덕례가 받는 것이라 둘의 정리도 자별할 수밖에 없건만 상수는 왜 그 이해를 못해 주는가? 덕례는 답답한 가슴을 안고 공장 문을 나왔다.

오후가 되며 정작 비가 쏟아져 다섯 시가 넘었어도 비가 조금 뜸―한 새를 타서 나오는데 얼마 못 가서 다시 비가 주릿대 줄기로 시작한다. 덕례는 고개를 푹 숙이고 달려오는데 어째 아랫두리가 상수처럼 된 사람이 앞에 가길래 가까이 훑어보니 틀림없는 상수가 우산을 쓰고 터벅터벅 걸어간다. 덕례는 모른 척하고 그 곁을 인제는 천천히 지나갔다. 아마 상수도 놀랐겠지. 덕례는 분홍 저고리에 비물 고랑이 지든 말든 태연히 그 비를 다 맞으며 앞서서 아른아른 상수의 눈앞을 걸어가는 것이다.

"여봐― 이리와."

소리가 뒤에서 나는 듯했다. 덕례는 그저 걸어갔다.

"덕례! 이리 와."

발소리가 가까워 오는 상 싶었다. 덕례는 귀 먹은 듯 자박자박 진장치며 걸어간다.

"귀가 먹었나? 오라면 오는 게 아니라."

상수가 선뜻 옆에 들어서며 우산을 받쳐 주는 것이다. 덕례는 새로이 노염이 나서 말끄럼이 남편을 쏘아보고는 곁으로 빠지려 했다.

"왜 이래. 너머 호강스러워서."

빙궁이 웃는 상수의 입모습이 오늘따라 못 견디게 귀엽다. 덕례는 그럴수록 더 빠져 나간다. 상수가 덕례의 치마를 지긋이 잡아다리며,

"자, 내가 졌다. 봄비 덕이다. 이리 들어라. 너도 여간 것이 아니라" 하며 밧삭 닥어선다. 덕례는 얼굴을 돌리며 상긋이 웃고 못 견디는 듯 따라갔다.

"하하. 이 사람들 참 너무하네. 총각이 어디 눈꼴시어 보겠는가?"

큰소리가 달려오며 성준이가 옆으로 와서 우산 속을 드려다보며 덕례에게, "잘 됐어요?" 한다. 덕례는 대답 대신 고개를 한 번 깊숙이 깟댓하였다. 그것이 무엇을 의미하는 것인지 알 상수의 마음은 후루루 풀린다.

"인제야 오나? 자, 자네도 들어서게. 우산이 커서 셋이 넉넉하네. 이 사람, 어서 들어서게. 덕례는 우리 뒤에 바싹 따라오고…… 또 우리집 □물이 굉장하니 성준이 자네 좀 부축해 주게. 하하하하."

상수는 진정으로 쾌활하게 웃으면서 덕례를 돌아본다. 그는 늘 맡은 책임을 원만히 다 해 온 모양이었다. 햇빛과 같은 □의 우정 앞에 잠깐 끼어 있□□은 감정은 봄날 새벽의 안개처럼 사라지고 마는 것이었다.

―《민성》 4권6호, 1948. 6.

광풍(狂風) 속에서*

    소나기가 좌 쏟아진다. 모처럼 내어 쓴 파나마 모자와 들이비치는 고운 입성들이 젖을세라 신사 숙녀가 콩 튀듯 움직이며 종종 걸음을 친다.

    대한민국 헌법 기초 위원 일행을 실은 자동차 세 대는 이 총알 같은 빗발 속에서도 미끄러지는 듯 큰길을 태연자약하게 달려 동대문 밖으로 사라진다. 윤이 번지르르하게 흐르는 칠같이 검은 자동차들은 숭인동 윤상오의 저택에 이르러 키나 몸피가 자그만씩한 손님들을 뱉어 안으로 몰아넣고 나서 다시 뺑소니를 쳐버리고 남은 것은 문 밖에서 경위하는 무장경관 두 명뿐.

    방안에는 만찬이 벌어졌다. 이 집주인의 취미인 듯 담 밑으로는 향나무들이 죽 늘어섰는데 짝짝 바라진 가지가지가 비바람을 맞아 갈가리 찢어진 잎사귀들이 춤추는 듯 너풀거리는 양이 유리창 밖으로 은은히 보여 손님들은 눈이 거기 갈 때마다 다 함께 그 모양이 꼭 머리를 풀어 산산이 헤친 여인의 뛰며 날뛰는 양 같다고 생각하며 연방 술들을 마셨다.

    그들은 오늘 국회에서 통과한 헌법에 대하여 그들의 질문과 자기네의 답변의 내용들을 떠들썩하게 얘기하며 유쾌하게 웃어 댔다. 그러나 오늘 마흔 아홉 번째 생일들을 맞는 윤상오의 얼굴에는 흔연한 웃음 속에도 갈피

---

* 「광풍 속에서」는 1948년 7월 17일~23일에 ≪서울신문≫에 발표되었다. 그러나 현재 해당일의 지면이 소재불명인 관계로, 부득이 『박화성전집』 16권(푸른사상, 2004)에 수록된 작품을 입력했다.

깊게 숨겨 있는 수심의 자취가 구름 피듯 피어 간다.

윤정월에 데려온 새 며느리가 닷새 전에 발광을 하다니. 아들은 대학 출신의 군정청 관리요 며느리는 최우등으로 전문학교를 마친 재색 겸비의 요조숙녀였는데 미치다니 이 웬 말인가? 그렇게까지 집안사람들에게 단속했건만 지금도 들려오는 저 노랫소리, 발광하면서부터 부르고만 있는 저 노랫소리.

나는 인형이었네
아버지 딸인 인형으로
남편의 아낸 인형으로
그네의 노리개였네
노라를 놓아라, 순순히 놓아다구
높은 장벽을 헐고
깊은 규문을 열어
자연의 대기 속에
노라를 놓아라

주인의 얼굴빛이 달라 가는 것을 눈치 못 채는 손님들은 태평천하로 먹고 마신다. 아마 누군가 말리는 모양인지 노랫소리가 그치면서 지껄이는 말소리들이 헝클어지더니 다시 더 새되고 맑은 노래가 이어진다.

나는 사람이라네
남편의 아내 되기 전에
자식의 어미 되기 전에
첫째로 사람이 되려네
노라를 놓아라
순순히 놓아다구
높은 장벽을 헐고

깊은 규문을 열어
자연의 대기 중에
노라를 놓아라

두 번째 노래가 들리면서부터야 손님들의 얼굴에 놀라는 빛이 번져 가면서 모두 입안에 음식을 넣은 채 술잔을 든 채로 동작들을 멈추고 노래에 귀를 기울인다. 떨리는 듯 고운 목소리는 또다시 그 노래를 되풀이하는 것이다.

"거 따님이신가요? 창가 하는 이가……."

"참 잘하시는군."

"썩 성대가 좋으신데요."

다 한마디씩 묻고 칭찬하는 말에,

"미거한 딸년이……."

하고 윤상오가 낯을 붉히며 말을 하면서도 일어나 나갈 듯 나갈 듯 몸을 못 가누며 당황해한다.

이 자리에서는 최고 인텔리요 교수요 단 하나의 문인인 최길준은,

"아니, 따님이 계시던가?"

하고 고개를 갸우뚱하며

"저건 19세기 노르웨이 문호 입센의 <인형의 집>이라는 희곡의 주인공 노라의 말을 노래로 만든 것인데……."

하고 눈을 깜박깜박하더니,

"여류 화가이면서 글도 쓰던 나 씨가 저 노래를 지었더랍니다. 그렇지만."

하며 나중 말은 삼켜 버린다. 그렇지만 손님들이 계신데 소리로 보아 성숙한 여성이 왜 하필 지금 그 노래를 할 필요가 있을까라는 말뜻을 알아차린 윤의 얼굴은 정원까지 켜진 환한 전등 아래서 창백하게 보였다.

노랫소리도 지칠 듯 높고 낮은 멜로디만 가늘게 들려오는 동안 주안상은

물려지고 밥상으로 새 판을 차렸다. 바람과 거세지며 빗소리가 또 그악스럽다.

손님들은 불빛에 너펄거리는 향나무를 바라보며 아까 최의 말에서 받은 야릇한 암시에서 말없이 수저를 놀리고 있을 때 별안간 밖이 와자지껄하며 우당퉁탕하더니 미닫이가 싹 열리며 향나무 잎새처럼 그렇게 갈가리 머리칼을 풀어 헤친 젊은 여인이 썩 들어서자 윤상오는 외마디 소리를 지르며 벌떡 일어났다.

밖에서도 생소란이 났다. 부인들이 잡으러 오자니 방안 손님들께 죄송스럽고 잔심부름하던 청년들은 당자에게 함부로 손을 댈 수 없는 터이라 공연히 황황하게 덤비기만 했지 안에서 밀어내려는 윤상오와 함께 절대의 기운을 가진 이 광인에게는 썩은 새끼줄처럼 무력한 것이었다.

"아버님, 잠깐 제 말 좀 들어주세요."

"썩 가지 못하느냐? 여기가 어디라고."

윤은 눈을 부릅뜨며 발을 구른다.

"하하하, 여기가 어디야? 대한민국 헌법 기초 위원들께서 모이신 좌석이죠."

간드러지게 웃는 소리가 은방울을 굴리는 듯 아리땁건만 손님들의 얼굴빛은 파랗게 질려 있다.

"썩 끌어내지 못해? 경수는 어디 있느냐?"

"어제 제 처가에 보내지 않으셨수."

마님의 가만한 말소리가 문밖에서 난다.

"아버님, 그러실 게 아니에요. 제가 저기 계시는 저분들께 꼭 드릴 말이 있어서 온 거예요. 이거 보세요, 여러분 선생님, 제 말 좀 들어보세요."

그는 윤을 밀치며 밥상 앞으로 다가선다.

"아이, 저를 어쩌면 좋아."

미닫이 밖에서는 안타까워서들 야단이다.

"얘들아, 썩 끌어내라."

윤이 곁에 있는 남자들에게 호령한다.

"이거 보시오, 영감. 정말 그러실 게 아닌 듯싶습니다. 우리에게 할 말씀이 꼭 있다니 따님의 말씀을 듣기로 하지요."

어느샌지 최길준이 윤의 옆에 와서 신중하게 하는 말이다. 딴사람들도 동의하는 표시로 고개들을 끄덕였다. 여인은 아까부터 저대로 말 시작을 한 것이다.

"저는 저 남쪽 조그만 섬에서 나서 자라난 섬 계집애예요. 게다가 첩의 딸이었드랍니다. 아하하."

입은 웃는지 우는지 그 휑하게 시원한 눈에 눈물을 어릴망정 산발한 속으로 보이는 대리석처럼 투명한 갸름한 얼굴에서 뻗치는 찬 기운은 그 눈에서 풍기는 것이었다.

"얘들아, 저리들 물러가거라."

거의 애원하듯 청년들에게 절망적인 명령을 하며 윤은 털썩 주저앉고 밖에서는 숙덕거리는 소리가 더 크게 들려온다.

"글쎄, 첩의 딸인 섬 계집애가 전문학교 좀 나왔기로니 서울 양반 대가집 외동 며느리가 어디 가당합니까? 우리 부모는 바보야. 서울 양반 사돈이 섬놈에게 무슨 행세거리가 됩니까, 글쎄? 하하하하, 비극의 실 끝은 여기서부터 풀렸거든요. 하하하하."

두 팔을 댄스하듯 벌려 올리며 머리를 뒤로 젖히고 웃을 때 머리털이 인어의 것처럼 뒤로 서리어 하얗게 소복한 날씬한 그 몸매의 율동적인 곡선이 요정의 어느 연극한 장면을 바라보는 것같이 무시무시하게 느껴졌다.

"서울 양반들은 갈매기만 깃들여 사는 데가 섬이요 사람은 못 사는 덴 줄 아나 봐요. 섬은 조선 땅이 아니죠, 아마? 당신네들이 국민헌법을 기초하실 때 대한국민의 영토는 한반도로만 하고 그 부속 도서는 다른 왕국으로 한다고 왜 하시잖으셨나요? 하하하하, 그러고는 왜 섬사람을 다른 나라

사람 취급을 하러 들어요."

그는 웃는 시늉을 하되 눈으로는 누구인지를 흘기더니 발뒤축으로 한 번 핑 돌아 미닫이 쪽을 노려보며,

"예. 하나 첩의 딸이에요. 그러면서 당신은 왜 첩 꼴을 보시나요?"
하는 말이 떨어지자마자 밖에서 키가 성큼한 중년 부인이 들어 와 광인의 팔을 잡아끌어내려 하나 광인은 몸을 움직여 이쪽으로 피하며 부인을 복도로 밀쳐 버리고,

"하하하하, 첩의 딸이 낳은 자식은 양반 댁 봉사자가 될 수 없다죠? 그러기에 내 배를 이렇게 가르고 양반 댁 씨를 뿌리째 뽑아 버릴 테예요. 그 더러운 양반이 씨를…… 애튀튀."
하며 복도를 향해 침을 뱉는다. 윤상오가 머리를 두 손으로 움켜쥐며 일어나려 할 때 최가 다시 윤의 팔을 잡고 귓속말을 한다. 광인은 팽이처럼 또 돌아선다.

"당신들은 축첩법 금지를 헌법으로 제정하셨나요? 축첩자는 국민으로의 모든 자격과 의무를 상실한다, 이렇게요. 당신들도 다 축첩을 동경하시는 모양입니다 그려, 하하하하. 아스세요. 인간으로서 생존력과 생존권이 박약한 가련한 여인과 자손들을 당신들은 얼마나 불리실 셈인가요? 흥, 걸핏하면 법률로써 제정한다구요? 대체 법률은 누가 누구를 위해서 만드는 것인가요? 병자와 약자와 극빈자를 보호 양생하는 기관을 세운다는 새 헌법이 나기 전에는 국민의 주권과 권력이라는 건 다 거짓이어요."

그의 창백한 얼굴이 복숭아처럼 빨개지며 두 손으로 허리를 짚고 버티고 선다.

"모든 국민들은 법률 앞에 평등이며 성별이 없다구요? 그래서 여권 옹호에 있어서는 아무런 생각들도 않으셨나요? 아주 여성을 무시하고 생념도 않으셨나요? 당신네 국회에 한 명의 여성이 없다는 것을 당신네는 어떻게 생각하며 그 책임을 누구에게 지우십니까?"

그는 주먹을 마주 치며 자리를 둘러본다. 손님들의 눈에는 강렬한 동요의 빛이 나타난다.

"또 보세요. 금년 여자 대학교에 입학 지원자들이 전혀 없게 된 그 원인이 어디 있다고 생각하십니까? 여러분은 그걸 남의 일로만 방관하실 작정이시죠? 그렇죠? 그렇다면 비겁해요. 무력해요. 보기 싫어요. 빨리들 돌아가세요."

그는 발을 탕탕 구르며 소리친다.

모처럼의 연회가 망발이 되었을 뿐 아니라 집안의 비밀과 알력을 남에게 보인 것이 너무도 창피하고 분해 윤상오는 손님들을 보내고 나서 소리소리 지르며 집안을 뒤흔든다.

"얼른 김 박사를 오시래라. 대관절 어찌된 셈인지 더 좀 알아 봐야겠다."

김 박사는 ×××병원의 원장이요, 며느리 조영희의 선생이며 교의였으니 진찰이야 오직 착실히 했을까마는 오늘밤 일이 너무 맹랑하며 참고 있을 수 없어 다시 청해 오는 것이다. 자동차 소리가 나며 키가 훨씬 큰 김 박사가 들어선다.

"밤늦게 오시래서 미안합니다."

윤은 그의 손을 잡아끌어 올리며 맞는다.

"인제 아홉 시 반인데 늦기야 뭐 늦습니까마는……."

김 박사는 근심스러운 표정으로 윤을 쳐다보며 다음 말을 기다린다.

"오늘밤에 뭐 별일이 다 났었습니다. 좌우간 또 한번 봐 주시지요."

윤이 앞서서 영희의 방을 들어간다. 과도한 흥분과 뭇사람의 공격에 지쳐 떨어진 영희는 자리에 누워 혼혼히 잠자는 듯 고요하다. 김 박사가 조용히 진찰을 시작할 때 영희는 눈을 떴다.

"아이 선생님."

눈귀로는 눈물이 흐른다. 한 방울, 또 한 방울.

"누누이 말씀드린 것처럼 역시 임신중 모든 신경이 약할 때 과격한 감정의 자극과 충격을 받아 잠깐 정신의 혼란 상태를 일으킨 것이니까 안정 치료하면 차차 좋아질 겝니다. 먼저 나가시지요. 환자에게 일러 둘 말이 있으니까……."

진찰을 마친 김 박사가 영희의 이불자락을 고쳐 덮어 주며 윤에게 하는 말이다. 말없이 영희의 방에서 나오는 윤상오는 속으로 굳은 결심을 하였다.

'제 친정 사람들이 오면 아주 보내 버려야겠다.'

"영희! 언제까지 이렇게 미쳐 있을 작정인가?"

김 박사의 애타서 하는 말소리가 애절하다. 영희는 말끄러미 김 박사를 쳐다보다가,

"선생님, 미치잖고 어떡해요?"

하고 눈을 스르르 감았다 다시 번쩍 뜬다.

"자살한 셈만 치심 돼요. 생존경쟁에 패배한 사람의 아주 죽어 버리는 자살이 아니라, 다시 소생할 수 있는 자살요. 발광은 자살의 정화된 형탤 거예요. 이 윤씨댁 며느리로서의 조영희, 엄숙한 나의 반려가 될 수 없는 윤경수의 아내로서의 조영희는 이미 죽었어요. 인형의 집을 뛰쳐나오던 '노라'도 그때는 미친 여자로만 보였을 거예요."

영희의 눈에서는 눈물이 흘러 내렸다. 이윽하여 조영희는 다시 말을 이었다.

"선생님, 저 때문에 너무 걱정 마세요. 전 기쁘게 쫓겨 가겠어요."

김 박사는 심각한 표정으로 그를 내려다보고만 있었다.

"다음날 제가 다시 선생님 앞에 나타날 땐 선생님께서 그래도 내가 그 광풍 속에서 살아났구나 하구 신기롭게 여기실 테죠. 그렇죠? 선생님!"

애써 웃으려고 하는 조영희의 입술에는 가느다란 경련이 아물댔다.

—『박화성전집 16』, 푸른사상, 2004.

진달래처럼

　형구(亨求)는 오늘도 아침 일찍 하숙을 나섰다. 한 달이나 겨우 채워 보려니 했던 것이 언뜻 석 달이 지났다.

　S중학교 학생들의 인기를 독점했던 젊은 영어 교사 형구가 그 어떤 일에 관련이 되었다 하여 치르고 겪을 것을 다 당해 냈으나 파면을 정한 일이라 그랬으면 그만일 텐데, 일 년 남짓 놀고 있노라니 그도 진정 못 견딜 노릇이어서 또 선배이니 명망있는 일가붙이들이니 등을 총동원하다시피 하여 복직했다는 게 겨우 C읍에 새로 생긴 중학교로 오게 된 것이다.

　귀양살이로 오는 몸에 때마저 한겨울이라 앙상한 고목 가지들이 발발 떨고 있는 보잘것없는 C읍에 아는 사람조차 하나도 없어 그 어디다 정을 붙일 데가 없었다.

　그러던 것이 친구들이 편지도 자주 해 줘, 하숙 주인이 중학 출신이라 제법 말동무가 되어 줘, 학생 중에서 다소 바탕이 좋은 놈이 나타나 줘, 그래저래 요새는 마음이 가라앉은 데다가 봄철이라 자연도 새로이 형구를 맞아 주는 듯싶다.

　형구는 해말쑥한 아침 공기를 원대로 마시면서 푸른 보리가 잔물결을 치는 밭두둑 길을 지나 진달래가 금새 웃고 달려들 듯싶은 산모퉁이를 돌아가노라니 꽃보다도 먼저 뻐꾹새 소리가 품에 안긴다.

　형구는 빙긋이 웃으면서 다음에 보일 향교(鄕校)의 푸른 지붕을 그리면서 걸어가는데 모퉁이를 착 돌아드는 진달래꽃 나무와 딱 마주쳤다.

형구는 깜짝 놀라 주춤했다. 모퉁이만 돌아서면 진달래요 푸른 지붕이요를 생각만 하면서 정신 놓고 가던 형구의 바로 눈앞에 정작 진달래가 마주 선 까닭에 형구는 멈칫 놀랄 수밖에 없었던 것이다.

고요히 걸어오는 진달래! 정신을 차려 두 번째 볼 때는 그가 사람 중에도 처녀 아니 여성인 것을 알았다.

꼭 진달래 빛깔 고대로의 분홍 치마저고리, 그 저고리 위에서 활짝 피어 있는 발그스름한 싱싱한 얼굴! 눈코가 어떻게 생겼는지 자세히 볼 새도 없이 지나쳐 버렸지만 미인임에는 틀림없는 윤곽이요 살결이었다. 상긋이 풍기는 향내조차도 진달래 것인 양 황홀하기만 하여 형구의 고개는 절로 돌려지며 사푼사푼 걸어가는 진달래 양의 뒷맵시를 쫓지 않을 수 없었다.

고운 그림자가 모퉁이에서 사라진 후에야 형구는 고개를 바로 했으나 푸른 지붕이 기다리는 보람도 없이 머리통은 깊숙이 숙여지고 발길만 제대로 발에 익은 돌 자갈길을 더듬어 올라가는 것이다.

대체 이 촌 어느 구석에서 그런 도시적인 세련이 자르르 흐르는 여성이 튀어나왔는가. 날씬한 자태며 걸음걸이까지도 그 얼굴과 마찬가지로 아름다운 처녀가…… 그는 반드시 처녀이리라.

형구는 시계를 보았다. 여덟시 이십분. 이처럼 이른 시각에 어디로서 어디메로 가는 여성이란 말인가. 형구는 비로소 머리를 들었다. 푸른 지붕이 눈 가까이에 와 있고 들락거리는 학생들도 보였다.

형구는 마을을 한 바퀴 죽 둘러보았으나 그 여성이 나왔을 만한 집이라고는 향교 언저리에는 없었고, 더구나 향교 산 너머에는 은선암이라는 조그마한 암자가 있을 뿐이니 하늘에서 내렸느냐 땅에서 솟았느냐 하는 옛말은 바로 이런 때를 두고 만들어진 것이리라.

형구를 보자 애들은 웅성댔다. 향교를 임시 교사로 쓰는 중학교의 일학년 학생이 칠십 명씩 두 학급이었다. C읍보다도 각 면, 각 촌에서 더 많이 와 있는 학생들의 모양은 S중학생들에게 비교할 수조차 없는 촌뜨기들이지만 그래도 형구를 따르는 품은 더 살뜰했다.

어느새 교실 안에 가득히 괸 땀 냄샌지 발 냄샌지 분간 못할 퀴퀴한 내음 속에서 몇 시간을 가르치는 형구의 가슴에는 진달래가 환하게 피어 있는 듯 오늘 아침에 지나친 진달래 양의 그림자로 가득 차 있었다.

하숙으로 돌아오면서도 형구는 그 여성의 들어갔음 직한 지붕들을 찾았고, 그가 밟았음 직한 길들을 살펴보았으나 도대체 쏙 뽑아낸 듯한 그 맵시와는 어울릴 성싶지도 않은 C읍의 풍물만이 눈에 들어왔다.

하숙에는 그의 가장 절친한 친구 종우에게서의 편지가 기다리고 있었다. 마침 클클하던 심회라 여느 때보다도 더 반갑게 여겨 바삐 떼어 읽었다.

형구 군, 그동안 귀양살이에는 꽤나 익어졌겠네. 어느 때 어디서든지 군 자체의 생활을 창조하는 능력이 풍부한 자네이니까 지금쯤은 나 같은 범인은 짐작할수도 없는 생활을 가졌으리라 믿네. 나는 아직도 찾는 것을 얻지 못하고 있는 괴로움에서 여전히 흐느끼고 있네. '혹 제비 올 때나 되면?' 하는 요행을 바라는 목숨이 얼마나 비참할까를 생각해 보게나.

형구는 눈을 감았다. 종우의 풀기 빠진 모습이 눈에 떠오른다. 대관절 사랑이란 것이 무엇이기에 그처럼 낙천주의자이던 종우가, 쾌활하고 명랑하여 형구의 우울증을 항상 비웃던 종우가 이런 미미한 글발을 끼적이고 있을 만큼 변해졌단 말인가.

종우의 애인이라는 여성을 형구는 본 일이 없고 이름도 들은 적이 없다. 종우가 작년 겨울 방학에 고향에 와서 들려 준 말은 자기의 애인은 R대학 문과 출신으로 인물이나 교양이 도저했었고 사랑도 심각하게 진전하여서 두 집에서도 결혼까지 양해할 정도이었는데 작년 십이월 초하루를 지나고 나서 일주일쯤 되었을까 할 때 온다 간다는 말이 없이 어디론가 가 버렸다는 것이다.

"싱겁긴, 이 사람아. 그래 아무런 말도 없이 없어졌단 말인가? 그래도 찾을 대론 찾았겠지?"

형구가 핀잔처럼 퉁을 주니까 종우는 진실한 표정으로,

"무슨 말이 하고 싶었겠나? 그는 퍽 강한 여성이라네. 아마 나라는 인간이 싫어졌을지도 모르지?"

하고 한참이나 있다가 또,

"자기 집에서도 모른다니 어떡허나? 알아볼 만한 덴 다 더듬었다는데……."

나중 말은 한숨으로 흐려졌던 것이다. 지금 편지에 보니 아직도 못 찾은 모양이라 종우의 궁상이 눈에 보이는 듯하였다. 형구는 편지를 마저 읽었다.

형구, 난 그를 내 힘이 다할 때까지 찾으려 하네. 적용의 상대자로서가 아니라 내 생명의 계승자로서, 그리고 내 행로의 앞잡이로서 기어코 그를 찾아야만 하겠네. 이번 방학에 만나세. 난 군의 지혜를 빌려고 하네.

종우는 M대학 수학과 조교수이다. 그렇게 빛나는 신랑감을 박차 버리고 흔적도 없이 사라진 여성! 나도 종우 군과 지혜를 다해 찾아보리라고 형구는 결심하였다.

그 이튿날도 형구는 행여나 하는 욕망으로 모퉁이 길을 돌았으나 허탕이었고 그 다음날은 그 모퉁이를 훨씬 지나서야 또 만났다.

이번에는 그다지 놀라지 않고 형구는 그를 자세히 뜯어볼 여유를 가졌다. 과히 크지 않으나 빛이 나는 눈, 오뚝한 코, 진달래 봉오리처럼 꼭 다물어진 입, 동그스름한 턱의 예쁜 선, 그저께처럼 활짝 핀 살결! 거기다 대면 진달래는 너무나 소박하였다.

모두가 다 마음에 꼭꼭 드는 생김생김이다. 형구는 걸음이 모르는 결에 정지되었을지도 모른다. 그러기에 진달래 양이 주춤하고 서서 상대를 눈주어보는 것이 아닌가. 둘은 잠깐 마주 서서 시선을 어울렸을 뿐 이내 서로 엇갈리고 말았다.

형구의 가슴이 울렁울렁하더니 심장이 톡톡 소리를 내는 듯싶다. 얼굴이 확 달아오르며 숨결이 잦아졌다. 긴 숨이 후우 뿜어졌다. 한 번이 아니라 두 번 똑같은 시각에…… 순간적이었으나 그의 시선을 만만치가 않았다. 꾸욱 누르는 힘이 있었다. 당기는 힘조차도 있었다.

'아아, 내 자존심이 이렇게 쉽사리 무너질 줄이야…….'

그 다음 다음날 금요일 아침에 형구는 세 번째 그를 만났다. 새까만 벨벳 치마 위에서 더 선명한 진달래빛 저고리. 활짝 갠 얼굴이 웃는 듯이 피어 있음은 고운 미소가 어려 있는 탓이 아닐까?

형구의 정신은 완전히 진달래 양에게 빼앗겨 버린 셈이다. 교수(敎授)에도 학생들에게도 흥미가 없다. 머릿속에 가득 찬 것은 기적처럼 나타난 아름다운 여성이 책을 끼고 이른 아침에 어디로 가는 것인지 알아내고 싶은 초조뿐이요 가슴에 꽈악 찬 것은 그의 환영뿐이었다.

형구는 자기의 이성이 이렇듯 갈대마냥 무력할 줄은 자신도 상상할 수 없었던 것이다. 하숙 주인더러 물어도 모른다는 것이요, 애들도 그를 보고 눈을 크게 떠 신기하게 여길 뿐 그의 유래를 알지 못하였다.

일요일 이른 아침에 형구는 학생들과 동료들을 겨우 따내고 향교 산 너머로 통한 비탈길을 더듬어 올랐다. 골짝마다 등성이마다 진달래는 피었건만 진짜 진달래의 환상을 품고 헤매는 자신이 어리석고 서글펐다.

그 비탈길은 결국 은선암에 통해 있었다. 형구는 은선암에나 들려 좀 쉬었다가 갈 양으로 바위 길을 타고 내려가는데 이 어이한 기적일까, 저편 진달래가 함빡 무더기로 피어 있는 바위 위에 다소곳이 책을 내려다보고 있는 진달래 양!

형구의 맥박이 딱 끊어지는 듯 외마디 소리가 절로 새어 나와 버렸다. 그 소리에 놀란 듯 고개를 든 진달래 양은 형구를 쳐다보고 서서히 몸을 일으키면서 허리를 약간 굽혔다.

"여기서 이렇게 뵐 줄은 정말 몰랐습니다, 허참."

십 년의 지기를 이제야 만난 듯 형구의 얼굴에는 반가운 빛이 넘쳐흘렀다.

"앉으시죠."

얼마나 함축 있는 음률적인 고운 목소리인가. 형구는 앉으라는 자리에 털썩 앉았다.

"정말 반갑습니다."

이 말 한마디만 표현할 수 있는 것이요 가슴에는 일만 가지 회포가 서리어 답답하기만 했다.

"어떻게 알구 오셨어요?"

향기로운 말소리에 겨우 정신이 제대로 든 형구는 자못 당황해 하였다.

"저, 아니 그저…… 영감으로 알았죠."

"감사합니다. 이렇게까지 찾아 주셔서……. 저, 댁이 여긴 아니시죠?"

"네."

"요 너머 중학교 영어 선생님이시라죠?"

"아, 그걸 다 어떻게……."

"다 아는 재주가 있어요."

그는 생긋이 웃으며 손에 든 책을 만지작거렸다. 형구의 눈에 익은 듯한 표지의 책이라 무의식으로 손을 내밀어,

"그 책 좀 잠깐."

하였다. 그는 말없이 책을 내밀었다. 옳거니, K의 평론집이다. 첫 장을 또한 무의식중에 넘기니까 달필이면서도 연필인 듯한 K의 글씨.

"김애련 씨 혜존. 저자 근정."

갈수록 태산이라더니 이 여성의 정체야말로 갈수록 태산준령이다. 몇 마디 대화에도 높은 교양이 있어 보이는 여성, K의 평론을 애독하고 또 직접 그 저자에게서 책을 받을 수 있는 여성. 놀라운 이 수수께끼를 어떻게 풀어야 옳단 말인가?

"성함이 애련 씨시군요."

"……."

"애련 씨가 날마다 가시는 데가 어디신가요?"

"저 너머 큰 절이에요."

"네? 큰 절에를요?"

"호호, 왜 그렇게 놀라세요?"

"아니, 그 십 리나 되는 데를 뭘 하러?"

아닌 게 아니라 벌린 입을 아물지 못할 만큼 형구는 깜짝 놀란 것이다.

"큰길루 감 십 리지만 지름길로 감 팔 마장2)밖에 안 되는 걸요. 그러구 하루 걸러씩 가니깐 뭐 괜찮아요."

과연 그는 하루 걸러씩 나타났더니라. 그리고 돌아다보면 벌써 간 데 없었고

"무슨 참선이나 하러 다니시나요?"

"아아뇨. 거기 자광학교라는 중학 비슷한 게 큰 절 안에 있어서요. 거기 국문을 일주일에 세 시간 봐주는데……."

"모두 남자들이죠?"

"호호, 그럼요. 모두 회색 두루마기들을 입고 아주 의젓해요. 세 시간밖에 아직 안됐는데 벌써 제가 쩔쩔매는 걸요."

"하하, 참 그거 재미나겠습니다."

"상좌들, 또 스님 되려구 공부하는 이들, 또 그냥 입도하려는 학생들, 아

---

2) 거리의 단위. 오 리나 십 리가 못 되는 거리를 이른다.

주 굉장해요. 고전이나 한문시나 그런 게 나오면 그들이 제 선생님이 되구요. 현대문학에도 쭉 꿰는 이가 있어요."

"하하, 참 그저 놀랍습니다. 애련 씨 시간에 한 번 꼭 구경 가야겠습니다."

"뭘요. 얼마나 오래 하겠기에요."

"네? 아니 어딜 또 가시렵니까?"

형구의 말소리는 분명히 슬프게까지 들렸다. 모처럼 얻은 사람을 잃다니…….

"아뇨, 그저 그렇죠 뭐."

애련은 시름없이 말귀를 떨어뜨리며 머리를 숙였다.

"여긴 어떻게 와 계시나요?"

"이 은선암 주지가 제 외삼촌이세요. 그러구 큰 절 주지가 외삼촌 장인이시구요. 그래서 여길 와 있는 거죠."

수그린 채의 대답이나 소리는 또랑또랑 분명했다. 형구처럼은 아닐지라도 봄철이라 은선암을 찾는 길손이 없을 수 없이 앞뒤에서 사람들의 웅얼대는 울림이 들려왔다.

"제 방으루 좀 가보실까요?"

영리한 그는 형구의 기색을 살핀 듯하다. 그의 방은 외숙모의 방과 벽 하나 격해 있는 조그마한 방인데 새하얀 도배와 새 장판 냄새가 향긋한 게 새로 꾸민 듯하다.

"언제부터 여기 와 계셨습니까?"

"금년 정월부터 와 있었어요."

"왜 하필 이런 데 와서 계시나요?"

"그저 그런 일이 있어서요."

"아니 무슨 일이 있으셔서?"

"그건 묻지 말아 주세요."

그는 진달래 봉오리인 양 입을 꼭 다물었다. 가까이 보니 선뜻 길에서 지나칠 때보다도 더 아름답고 매력이 있었다. 의복은 여전히 그 치마저고리. 고요히 앉아 있는 그의 좌우가 훤해 오는 듯 범치 못할 기품조차 갖춘 처녀! 그의 몸에서 오는 모든 것으로 보아 그가 처녀임에는 틀림없을 것이다.

나지막한 책장에서는 <조선 민요 연구>니 <조선 시가 연구>니 <조선 문화사 총서> 등의 어지간한 간행물은 거의 다 있어 국문을 가르친다는 그의 실력을 보이고 있고, <세계사 교정>이니 <예술 사회학>이니 <구주 문화 발달사>니 <전환기의 이론>이니 <조선 문학 사조>니의 책으로부터 <철학 입문>, <철학사>, <대중 철학>, <철학 개론>, <철학의 빈곤> 등등의 철학 서적까지가 주르륵 끼어 있었다.

그의 장식 이상인 독서 범위에 형구는 깜짝 놀랐고 동시에 끔찍이 아낄 마음이 왈칵 솟았다. 색다른 정열이 담아 붓는 듯 등이 뜨거워지며 애련의 손길을 덥석 잡았다. 아마 그 손이 불같이 뜨거웠으리라.

"용서하십시오, 그만……."

"……."

"그렇지만 그 정열이란 불순한 정열만이 아니라는 것을 알으셔야 합니다."

"네, 저도 짐작해요."

애련의 조용한 말대답이다. 잠깐 무거운 침묵이 그들의 문답을 대신 추렸다.

"전 첨 뵐 때부터 꼭 어디서 뵌 것만 같아서 이상했어요. 아마 제 행동이 무례하다고 생각하셨을 거예요."

"온 천만에. 저야말로 갖은 추태를 보여 드렸을 것 같은데요."

"호호, 뭘 그렇게꺼정야……. 전 지금두 제 기억을 더듬고 있어요. 어디서 뵈었나 허구요."

십 년이나 친한 터처럼 이들은 정다웠고 쉽사리 감정과 생각이 융화되어 버렸다.

"전 여기 올 때 귀양을 오는 길이라 책을 못 가져왔습니다. 늘 빌려다 읽겠습니다."

"그럭하세요. 제가 있는 동안꺼정요."

"아, 또 그런 말씀을 하십니다그려."

만나자 떠남이라니 있을 수 없는 잔인한 운명의 장난일 것이다. 형구는 애련을 떠나오면서도 어쩐지 마음이 서운해서 포근한 봄의 석양이 야속하기만 했다.

그 후로 그들이 길에서 만날 때면 악수만을 교환하기도 하고 형구가 첫 시간이 없을 때는 얼마쯤 바래다주고 오기도 했다. 그럴수록 형구의 애련에 대한 사랑은 거침없이 자라갔다.

형구는 대학 시절에 잠깐 어느 여성에게서 연모를 받아 봤고, 어머니의 권고로 두어 번 상대방의 선을 보았을 뿐 스물다섯 살의 청년의 형구의 첫사랑은 형구가 요구하는 온갖 것을 다 갖고 있는 애련을 상대로 폭탄적인 정열이 떡 벌어진 형구의 가슴에 화약처럼 재여질 대로 재여지는 것이다.

토요일 밤, 삼월 초엿새 달이 아늑하게 밝아서 라일락꽃 그림자가 선선하게 형구의 감정을 간질거렸다. 형구는 견디다 못해 주인에게는 책을 빌려 가노라면서 한달음에 은선암에 다달아 쏜살같이 애련의 방으로 갔으나 애련은 방에 없었다. 내친걸음에 뒤꼍으로 돌아가니 큼직한 배나무 꽃 그림자가 하얀 애련의 몸에 아른아른 아롱지며 가느다란 물소리 졸졸이 들려오는 것에 귀 기울이고 있음인가. 애련은 꽃 그림자 속에 고요히 깊숙이 안겨 있었다.

그 순간을 깨뜨려 주는 것이 미안해서 형구는 가만히 서 있었다. 기어코 애련이 형구가 거기 있는 것을 알아내고 사풋 일어나서 걸어 나와 형구 앞에 마주 섰다. 진달래처럼 싱싱하게 발그스름만 하던 애련이 이 밤에는 어쩌면 이다지도 새하얗게 수정처럼 들이비치는가. 그 옷이 희어서인가 수선화인 양 청초하고 연연했다. 형구는 와락 애련을 끌어안았다.

"애련 씨!"

형구의 떨려 나오는 소리가 엄숙하다. 애련은 안긴 채로 가만히 있었으나 형구의 자기를 안은 팔의 힘이 우둘우둘 떨리도록 강한 것을 느끼자 형구의 가슴을 두 손으로 밀어내면서,

"형구 씨! 좀 더 냉정하세요."

가만히 말하면서 자기 방으로 앞서 걸었다. 형구도 후들거리는 다리로 애련을 따르는 수밖에 없었다. 은근한 촛불 아래 행복해야 할 남녀가 꽃다운 봄밤을 저버리고 왜 불행해야만 하는 것인가.

"애련 씬 사랑을 거부하십니까?"

"……"

"애련 씬 나를 경멸하십니까?"

"어쩜 그런 소리를 다 하세요?"

"그럼 왜 나는 외로워야만 됩니까?"

"……"

"어서 대답해 주십시오. 예스라든가 노우라든가……."

잠잠하게 앉았던 애련이 책상 위에 푹 엎드리더니 가만가만 어깨가 들썩거리면서 흐느끼기까지 하는 것이다. 이렇게 되는 이면에는 반드시 곡절이 있으리라 생각하니 형구의 흥분이 차차 가라앉아 냉정한 이성을 찾을 수가 없었다.

"미안합니다. 돌연히 밤에 와서 맘까지 괴롭혀 드리고……. 나는 대답을 강요하지 않겠습니다. 오늘밤 더 생각해 보십시오. 내일 오후에 오겠습니다."

애련은 아무런 대답 없이 가만히 엎드려 있었다. 형구는 두 손으로 애련

의 어깨를 조심스럽게 안으며,

"저 갑니다. 편히 쉬십시오. 그러구 이 책 좀 빌려 가겠습니다."

형구는 한 번 더 손에 힘을 꼭 주고 나서 책장에 끼어 있는 발작의 <골짜기의 백합(百合)>이라는 소설 첫째 권을 빼냈다.

책 한 권을 끼고 돌아오는 발길에는 돌도 자갈도 많이 채였다.

형구는 둘이서 처음 만났던 모퉁이에 한참 서 있다가 무거운 걸음으로 집에 돌아 왔다.

책을 빌린다는 것은 구실이었으나 이왕 빌려 온 책이니 아름다운 주인의 손길 닿은 책을 밤새껏 읽으리라 하는 심산에서 형구는 아직 못 읽어 본 <골짜기의 백합>을 읽기를 시작했다.

주인 방에서 시계가 땡땡 두 시를 치고 책을 거의 절반이나 읽어 갔을 때 책갈피에 꼭 끼어 있는 사진 한 장을 형구는 찾아냈다. 누워서 읽던 형구는 사진을 들고 벌떡 일어나 불 가까이 사진을 들이댔다.

아아, 이 또 웬일인가? 그것은 형구가 종우와 졸업 기념으로 둘이 찍은 사진이었다. 형구는 서고 한 살 위인 종우는 앉고. 씩씩한 모습들, 넘치는 희망, 빛나는 기쁨에서 웃고 박힌 두 동무! 이것이 애련의 책 속에 깊이 간직되어 있을 줄이야……

형구는 사진과 책으로 함께 얼굴을 덮고 덜썩 누워 버렸다. 형구의 가슴이 갈가리 찢기는 듯이 쓰리고 아파 왔다. 인물과 교양이 도저(到底)했다는 종우의 애인. 그는 강한 여성이었다 한다. 작년 12월 중순께 실종한 여성! 골짜기의 한 떨기 백합이 아니라 산간의 한 떨기 진달래인 양 깊은 암자에 숨어 제 공부를 할대로 하면서도 남을 가르치기까지 하던 여성! 애련! 애련! 형구의 첫사랑을 송두리째 바친 상대자가 종우의 애인인 김애련일 줄이야……

형구는 다시 벌떡 일어났다. 크나큰 숨을 몰아서 휙 내뿜고 눈을 감았다. 그의 가슴이 불룩하게 솟아오르며 깊은 호흡이 불처럼 달아 내뿜어졌다.

그는 다시 눈을 떠서 불을 바라보았다.

그의 큰 눈에서는 굵은 눈물이 방울져 떨어졌다. 그는 고요히 눈을 다시 감았다. 한참 후에 그는 종이와 펜을 내어 종우에게 편지를 썼다.

종우 군, 군의 진달래는 이 산골에 붉게 피어 있네. 꽃이 지기 전에 군은 한 초라도 빨리 와야 하네. 형구.

형구는 펜을 던지고 마음속으로 외쳤다.

'내 가슴에 피어 있는 진달래는 누가 감히 꺾으려 들지 못할 것이다. 해마다 피는 진달래. 진달래처럼 붉은 내 정열! 아무에게도 뺏기지 않을 것이다.'

—《부인경향》 1권6호, 1950. 6.

손소희 ●●●

손소희(1917~1987)

- 1936년 함흥 영생여고 졸업
- 1961년 한국외국어대학교 영문과 졸업
- 1946년 단편 「맥에의 결별」(≪백민≫ 10월호)로 등단
- 주요 경력—≪만선일보≫ 학예부 기자(1939), ≪신세대≫ 기자(1946), 육군 종군작가단 가입(1951), 한국문학가협회 이사(1956), 서라벌 예술대학 대우 교수(1961), 서울시 문화상(1961), 한국여류문학인회 회장(1974), 대한민국 예술원 회원(1979), 한국소설가협회 대표 위원(1981), 대한민국 예술원상(1982) 등
- 대표작—『리라기』(1949), 『태양의 계곡』(1959), 『그날의 햇빛은』(1960), 『남풍』(1963), 『갈가마귀 그 소리』(1971), 『사랑의 계절』(1977) 등 다수

●●●

맥(貘)에의 결별(訣別)*

정란은 맨손으로 걷는 것이 싱거워서 읽을 생각도 없는 책을 한 권 옆에 끼고 집을 나섰다. 큰길 먼지를 피해서 본정 어구로 들어선 그는 끝눈도 주지 않고 한달음에 회사에까지 왔다. 현관 왼편 벽에는 대한생명 보험회사 간판 바른편 벽에는 신한 물자회사의 간판이 아침 인사를 하는 듯이 그를 나려다보고 있었다. 정란은 현관에 들어서서 층층대를 뛰어올라 왔다.

그러나 사무실 문은 아직 열리지 않았을 뿐더러 급사도 오지 않았다. 시계를 보니 여덟 시 오분. 정란은 일부러 시간을 보내기 위해서 다시 아래 칭 화장실에 들어가서 손을 씻으며 거울을 찾았으나 어제까지도 붙어 있던 거울이 없어졌다. 한심한 세상 같기도 하고 그것이 서울이란 도회의 호흡인 것 같기도 했다. 그 빽빽한 서울에 쥐는 오히려 많아서 간밤에도 몇 번 빗자루를 내두르며 쥐와 싸우던 생각이 나서 한편 우습기도 했다.

고양의 밥을 애끼어 고양이를 기르지 않는 서울이라면 그 많은 쥐에게 먹이는 식량의 줄어짐도 알엄직한 서울이련만 쥐는 쥐대로 내버려두는 서울이고 보매 그것도 도회의 말단 모순일 것이라고 생각되었다. 아침이면 으레 나갈 줄 아는 엄마인 줄 알면서도 한 번씩은 울고야 놓아주는 딸 미옥이 지금 무슨 트집을 부리고 있지나 않는가. 순이가 등한히 보아 주지나

---

* 최초 발표지인 ≪백민≫ 2권4호(1946. 10)에는 '맥(貘)'이 '모(貌)'로, '결별(訣別)'이 '袂別'로 오기되어 있다.

않을까 해서 염려도 되었다. 매일같이 늘어 가는 딸 미옥이 재롱만이 자기에게 살아가는 의의를 주는 것 같았고 미옥의 성장만이 생활의 의욕을 굳게 하는 것 같았다. 엊저녁에 말다툼을 하고 나가 버린 채 들어오지 않는 남편도 미옥이가 있기 때문에 기다려지는 초조를 느끼지 않았다. 요즘 직업을 가진 자기에게 가끔 트집을 부리다시피 하는 남편의 어린애 같은 질투가 어두운 그림자가 되어 정란의 머리를 스치고 지나갔다. 생활에 대한 자기의 진지한 노력을 몰라주는 것이 섭섭하기도 했으나 또 한편 자기의 마음속에는 확실히 검은 스페―스가 있다. 그것은 지울 수 없는 영수의 그림자가 깃들인 스페―스였다.

정란은 수도전에서 흐르는 물을 받아 손가락 새로 흘려보내면서 보다 더 행복한 외형적인 조건으로 영수에게 복수를 하고 싶든 때가 어제같이 생각되었다. 시간은 가장 위대한 청산제여서 일체를 단념하고 생활에 노력하는 자기를 찾을 수 있었음이 한편 다행한 것 같기도 하고 한편 서글프기도 했다. 그는 수건으로 손에 물을 닦고 다시 층층대로 올라왔다. 아무도 없는 넓은 건축 안에는 정란의 발소리만 울렸다.

한 계단을 밟고 또 한 계단을 오르면서 처음 입사했을 때 오르기 힘들던 계단이 이제 낯익어질 것같이 느껴졌다. 며칠 동안 줄곧 그 층층대를 오를 때마다 내 너를 넘어서 내 너를 넘으리―. 그러나 언제 넘을 것인가, 스스로 자문자답하던 계단. 그것은 살라하던 여자가 직업을 가지게 된 것이 한편 쑥스럽고 한편 남자만의 사이에서 맡아야 할 담배 냄새를 힘 안 들이고 맡을 수 있는 시기를 의미한 것이다. 곧 자기의 생활 문제를 해결하는 노력이 스스로의 모멸감을 주지 않는 때를 의미하는 것도 되었다.

북만 국경 가까운 어느 현 과장 노릇하던 남편과 같이 해방된 조국을 찾아 나왔으나 그들에게는 무서운 생활난이 닥쳐왔을 뿐이었다. 다시 영에서 출발한 살림이므로 하는 수 없이 직업을 가졌든 것이다.

정란이가 '내 너를 넘으리'를 몇 번 거듭하였을 때 발이 같은 콩크릿 우에 나란히 놓였고 그 곁에 웬 남자 구둣발이 놓여 있는 것을 보았다. 그곳은 이층 복도였다. 정란은 그 서있는 사람의 발부터 보아 올려가다가 얼굴과 딱 마주쳤다.

'앗' 하고 하마터면 소리칠 뻔하도록 놀란 정란은 자기의 눈을 의심했다.

그가 영수 씨가 여기 바로 이곳에ㅡ. 너무나 의외였다. 얼굴이 귀밑까지 뜨거워졌고 가슴이 콩 튀듯 숨이 찼다.

영수는 한 손을 포켓에 넣은 채 정란을 보고 있었다. 정란은 내가 이이와 말을 건네야 할 그럴 필요가 있을까? 아주 짧은 순간 그것을 타산해 보았다. 어쨌든 웃어 대하기도 낯을 붉히고 대하기도 싫었다. 그러나 걷잡을 수 없는 마음은 자기가 수습하기 곤란했다. 우선 피하는 것이 옳을 것 같았고 그 존재를 무시하는 것이 자기가 취할 태도 같았기 때문에 그대로 돌아서서 한 발을 떼었다.

"정란 씨, 잠깐만."

영수의 첫 말이었다.

"누구신데요?"

정란은 자기도 모르게 말이 그렇게 나와 버렸다.

"누구냐구요? 잊어버리신 것이 당연하겠죠."

"전 몰으는 사람하고 얘기 안하는 것이 제 버릇입니다."

정란은 입술을 깨물며 말했다. 그는 그대로 층층대에 발을 올려놓았다. 그러나 영수는 슬쩍 앞을 가로막았다. 그때 아래층에서 올라오는 사람들의 얘기소리가 들려왔다. 정란은 부질없이 의심을 살 것이 싫었다. 그래서 모든 것을 운명에 맡긴 듯이 발길을 다시 돌려 영수가 인도하는 방으로 들어갔다.

문 이마턱에는 사장실이라 써 붙였고 자그마한 방안에는 하얀 카바ㅡ를 씌운 의자와 동그란 응접대가 놓여 있었다. 응접대 위에는 파초분이 하나 놓여 있었고, 벽에는 새파란 물결이 하얀 거품을 일으킨 파도 위에 돛단배가 기울어지듯이 떠있는 그림이 한 장 붙어 있었다.

정란은 영수의 권하는 대로 손님처럼 앉았다. 푹신 들어가는 의자가 정란의 혼란된 마음에 여유를 주는 듯했다. 그는 문득 그 푹신 들어가는 스프링에 자기를 팔아 버린 사내가 영수라는 생각이 들자 일부러 장의자 한 모퉁이에 와서 쭈그리고 앉았다.

영수는 정란의 하는 양을 보고 앉았다가 황급히 담배를 끄내 피어 물었다.

"정란 씨, 이 파초와 저 파도 위에 놓여진 배를 연결시켜 생각할 수가 없을까요?"

영수로서는 무슨 말부터 꺼내야 좋을지 몰랐던 것이다. 꼭 담으려진 정란의 입술이 송곳으로 찔러도 벌려질 것 같지 않았다.

그래서 그것이 십 년 만에 만난 옛 연인에 대한 인사였다.

정란은 그의 상식 이상의 첫말에 놀라기도 했으나 자기도 역시 상식 이상의 대답을 했다.

"시험을 치르시려는 작정이신가요. 전 시간이 없습니다."

"십 년이 백 년 같은 감정의 세계도 있고 십 년이 하루 같은 사념의 세계도 있습니다."

정란은 조금도 변함없는 영수의 낭만성이 자기의 감정을 노리는 것만 같았다.

그는 무서운 증오가 마음속에서 소리쳤다. 자기의 상처가 컸던 정비례로 미움도 커졌다. 동시에 울고도 싶었다.

"여러 가지 점으로 여유가 많으신 분들이 생각하시는 문제는 저와 같은 인간에겐 한푼의 가치도 없습니다."

사실 정란은 십 년 동안 영수를 잊으려 했다. 감정의 세계를 떠나 현실 속에서 마음의 평형을 얻은 줄만 알았던 지금의 자기를 또한 어지럽게 해주는 것이 미웠다. 그 미움은 역시 미련인지도 몰랐다.

담배 연기의 가는 곳을 응시하는 영수의 풍채는 진짜 사장 자격을 구비했었다.

영수는 또 말했다.

"아무런 변명도 없습니다. 내 언제까지고 홀로 마시는 쓴 물의 맛을 정란 씨에게 알아달라는 것은 아니외다."

정란은 어이없이 영수를 쏘아보지 않을 수 없었다. 이제 와서 그런 말을 되풀이하는 것이 뻔뻔스러운 감도 났다.

"무슨 말씀이세요? 전 그런 얘기 들어본 지 하 오래되어서 알아들을 줄 모릅니다."

"나도 몰으는 애기외다. 파초는 저 배를 타고 남국으로 다시 갈 그런 꿈 같은 생각을 십 년을 두고 했다면 아실까요?"

정란은 더 앉아 있기가 무서웠다.

자기의 마음 한 모퉁이에 엄연히 자리를 잡고 앉으려는 영수의 실체가 무서워졌다.

"내가 정란 씰 속였다고만은 생각지 말아 주십시오."

정란은 히스테릭하게 벌떡 일어나 그대로 나와 버렸다. 복도에는 보험회사 사원이 무슨 서류를 들고 영수가 앉아 있는 방을 향해 걸어오고 있었다.

정란은 삼층 물자회사 사무실 자기 상 우에 내던지듯 책을 놓고 의자에 주저앉았다.

영수가 한 지붕 밑에 몇 달을 같이 있으면서도 몰랐다는 것이 괴이하기도 했으나 그러나 영영 몰랐다면 더 좋았을 것 같은 생각이 났다. 영수가 고향으로 떠나던 날 주고 간 편지의 글구가 기억났다.

"정란 씨 나는 모─든 낡은 제도의 모순을 행동으로써 시정하겠습니다. 내가 곧 정란 씨의 태양이 될 수 있다는 것을 자신을 갖이고 맹세할 수가 있습니다. 믿고 기다려 주십시오."

정란과의 결혼을 승인 받으려 고향인 개성으로 내려갈 때의 편지였다.

그 후 십 년이 흐른 오늘 우연한 자리에서 만났다는 것은 짓궂은 운명의 작란이 또 자기를 건디리는 것 같기도 했다.

그 후로부터 정란은 길을 걸을 때 앞만 보는 버릇을 길렀고 사람을 마음으로 사귀지 않으려 했다. 배신에서 얻은 처세의 방법이었던 것이다.

열한 시쯤 되었을 때 급사가 정란에게 봉서 편지를 가져왔다. 정란은 도로 돌리고 싶었으나 무슨 말을 썼는지 보고 싶기도 했다. 정란은 편지를 받아 든 채 돌아서 나가는 급사의 뒷모양을 바라보면서 그 편지 속에는 무서운 요술이 들어 있을 것만 같아서 들었던 편지를 도로 상 우에 놓았다. 영수 그는 이제는 자기의 세계를 침범할 수 없는 사람이다. 그러나 받은 편지마저 찢어 버리기에는 너무나 약한 정란의 마음이었다.

정란 씨, 그간이 십 년이지만 내게는 하루 같은 세월이었습니다. 온갖 것이 다 거짓일지라도 내게는 꼭 하나의 진실이 있었습니다. 두 번 다시 믿어 달라고 부탁하지는 않습니다. 다시 세월을 거슬러 올라가서 변명하고 싶지도 않습니다.

지위를 바라서가 아니라 여덟 살에 정혼한 처녀가 스물넷이 되도록 나를 기다린 책임을 늙으신 아버지가 지게 되었을 때 나의 정란 씨와의 결혼이 용인되지 않았습니다. 이러한 현실이 정란 씨에 대해서 보다 값없는 내 자신이 불순하려 하지 않은 소극적인 겸손도 있었고 위구도 있었습니다. 내가 정란 씨를 가장 위하는 길이라고 자신한 것이 나의 그릇된 판정임을 알았을 때 동결된 일체의 감정을 풀 길이 없어서 상해로 떠났든 것입니다.

어떠한 편지고 정란 씨에게 보내지 않은 것은 나를 변명하는 편지가 될 것이 무서웠기 때문입니다. 상해에서 보험의 교원 노릇을 하다가 정사원이 되어 팔 년 지난 칠월에 이곳으로 전근되어 온 것이 해방 후 대표사원이 되었습니다. 고향은 있으되 고향을 잊은 내가 회사의 대표사원이 되었다는 것도 지금의 내 자신을 기만하려는 수단밖에 안 될 것입니다.

내게 있어서의 진실한 주관이 객관적으로 무시되는 경우를 나는 현실이라고 불러 봅니다. 객관적으로 엄연한 사실이 주관적으로 무시되는 것은 내 힘으로 시정할 수 없는 비극도 되었습니다. 객관적으로 용허될 수 없는 미운 사상이 주관적으론 아름다운 것이 될 수도 있습니다. 십년 만에 만난 사람에게 알지도 못한다고 하신 정란 씨에게 이런 글을 씀이 열적기도 합니다.

그러나 십 년 동안 간직했든 단 하나의 진실을 말하고 싶습니다. 물론 들으실 의무는 없으신 것도 알기는 합니다마는 영수의 마지막 소원이오니 들어주시기 바랍니다. 오후 다섯시 십분 자운 다방에서 기다리겠습니다.

정란은 편지를 세 번 다시 읽었다.

그리고는 차곡차곡 접어서 소리나게 쪽쪽 찢어 버렸다. 자기의 미련을 찢어 버리는 수단도 되었다. 미련을 가질 수 있을 것이 감정이라면 미련을 청산할 수 있는 것도 또한 사람의 감정일 것이다.

결혼하기 전엔 수없이 방황도 했으나 자기는 이미 남의 아내가 된 지 삼 년, 미옥의 어머니가 되어 두 해, 이러한 자기를 다시 괴롭히려는 영수의 그림자가 실로 무서웠다. 두 번 다시 오뇌의 세계에서 방황한다는 것은 자기의 파멸을 초래하는 길밖엔 될 것이 없었다. 정란은 주저하지 않고 영수의 방문 앞에 와서 노크했다.

굳게 마음먹은 그의 손이었으나 손잡이를 잡았을 때에는 가슴이 떨렸다. 어찌하여 영수가 다시 나타나서 자기를 혼란시키고 괴롭히는 것일까 원망스럽기도 하고 안타깝기도 했다.

정란은 그대로 돌아서서 나오고도 싶었으나 우뚝 동상처럼 서 있는 영수의 심각한 표정에 압도되어 얼마 동안은 말도 못했다. 무슨 말을 하러 왔는지 자기 자신을 잊어버린 채 묵묵히 앉아만 있다가 한참 뒤에야 물 위에 돌을 던져 보듯 영수를 앞질러 말했다.

"저는 언제까지고 꿈꾸는 소녀는 아닙니다. 언제까지고 열여덟의 여학생은 아닙니다. 놓아 버린 새는 설사 크다 하더래도 지나간 사실을 반추하는 것은 아름다움도 자랑도 또한 사랑도 될 수 없습니다."

영수는 도까비에게 홀린 사람처럼 정란을 보고만 있었다. 너무 야물었다. 정말 자기가 그렇게 못 잊어 하던 정란의 입에서 나오는 말은 먼― 곳에서 들리는 북소리 같이 울려졌다. 영수는 넋을 잃은 듯이 앉아 있다가 말을 받아 했다.

"실증을 볼 수 없는 것은 허구라 하겠지요. 하지만 보이지 않는 허구도 있고 창공과 같이 만질 수 없는 아득한 것이 형태를 이루어 눈에 뵈어지는 허구도 있습니다. 새삼스레 정란 씨에게 나를 뵈이려는 것이 아니외다. 벙어리 노릇한 오랜 동안 쌓인 말을 단 오분이라도 얘기할 기회를 얻고 싶었을 뿐 그 이상은 바라지도 않습니다."

정란은 그만두어 달라고 소리치고 싶었다. 괴로운 정도 이상의 아픔이 울음을 가져올까 두려웠던 것이다.

"한때는 저도 복수를 꿈꾸어 보았어요. 온갖 수단으로 세력으로 명예로 사랑으로― 그러나 세월이 흐르는 동안 복수가 없다는 것을 알았습니다. 설령 영수 씨가 정란의 집엘 거지가 되어 밥을 빌러 왔다 하더래도 영수 씨 자신이 정란에게 대한 미련이 없다면 진정한 복수는 되지 않는다는 것을 알았습니다. 그래서 정란은 결혼을 했답니다. 남편의 사랑이 어버이적인 때엔 응석도 부리고 남편의 사랑이 우애적인 때엔 싸움도 하지요 그러나 보다 더 강하고 순수한 것은 어머니가 자식을 사랑하는 정이라는 것을 지가 어머니가 되어 보고 비로소 알았어요. 이렇게 생활에 젖은 저를 더 괴롭히지 말아 주세요."

정란은 모르는 새 흐르는 눈물을 마셔가면서 그대로 한없이 울고 싶었다.

영수는 가슴 한 모퉁이가 저리도록 아픔을 느꼈다. 그러나 그 아픔이 또

한 영수의 양식이 될 것도 정란은 모른다.

영수는 자리에서 벌떡 일어났다.

"정란 씨 저 그림을 보십시오. 저 배는 언제든지 영수의 마음속에 띄어 놓은 배올시다. 영수는 저 배에다 정란이라는 귀중한 보물을 훔쳐서 싣고 아무도 모르는 무인도로 향해 출범하는 꿈을 꾸며 그 꿈을 먹고 사는 맥이외다. 자ー 이제 가십시오."

정란은 영수를 쳐다볼 용기가 없었다.

영수의 말에 휩쓸려 드는 것만 같은 자기가 더욱 무서워졌다.

"한때 솟아오르는 샘물은 이미 고갈되어 버렸습니다."

정란은 이 한마디를 남겨 놓고 다시 위층으로 올라왔다. 자리에 돌아온 그는 사직원을 써서 봉투에 넣었다. 그것밖엔 길이 없었다. 그는 층층대를 내려오면서 "해후 그리고 맥(貘)에의 결별 영원한," 이렇게 혼자 말했다.

징이파 깨어진 독의 파편을 뒤적여보는 것은 어리석은 일이라고 한다.

정란은 언제든지 과거의 파편을 뒤적여 안 보는 관념적인 자기의 울타리 안에서 생활하여야 하였다. 그게 현명한 길인지는 그도 모른다.

그는 거리로 뛰쳐나와 집으로 향해 걸었다. 오늘이야 돌아올 남편과 자기를 기다리고 있는 미옥이를 생각하면서ー.(1946. 6. 6.)

ー《백민》 제5호(2권4호), 1946. 10.

도피(逃避)

　사람이 사용하는 기간만이 그 수명인 펜―. 그 펜을 잘 쓰건 못 쓰건 사용한다는 것이 때로는 철(徹)에게 있어서 짐될 때가 있었다. 머리가 뜻대로 생각을 내주지 않을 때거나 까닭모를 번거로움을 느낄 때면 그는 흔히 펜과 씨름하는 버릇을 가졌다. 엷은 종이면 곧 찢어지리만큼 펜 끝으로 종이를 갈긴다.

　때로 어딘지 모르게 허전한 마음의 채울 수 없는 빈자리에 스스로 항거하는 선을 긋듯이―.

　펜을 사용할 줄 알기부터 자기가 받은 경멸. 그것은 용납되지 않는 현실(社會)과 뜻과 같이 해결지을 수 없는 생활과의 홈이었다. 능히 뛰어넘을 수 있는 홈인 것 같기도 하나 저 언덕과 이 언덕 사이의 고저의 차가 너무 심했다.

　때로 억울도 하고 맹랑한 때도 있었다.

　머리와 속에 있는 일체를 모조리 그 홈 속에 묻어 버리어 자기와 현실과의 사이를 평면으로 할 수 있는 그런 자기가 되고 싶은 날이면 그는 펜을 사용할 줄 안다는 것이 싫었다. 그 펜을 사용한다는 것은 그에게 있어서는 무엇을 생각하는 것도 되었다. 그 생각한다는 것은 언제나 자기를 스스로 비웃지 않을 수 없는 못난 자기를 발견하는 것이 그 반대의 자기보다 뚜렷하였기 때문이다.

　점심시간이 되어서 빈 의자와 책상이 더욱 눈에 거슬렸다.

마치 자기만이 자기의 책상을 애끼어 지키고 있는 것도 같다.

그 시간, 철은 비밀 공문의 기안을 끝내야 할 과제가 남아 있었던 것이다.

그것은 그의 노무 주임으로서의 직분을 다하는 힘든 공무였다.

그는 펜을 바로잡고 다시 제초 공작 일꾼과 사용 임금과 그 인원 모집의 방법 등을 기입하기 시작했을 때다.

"선생님 오늘은 한 시부터 대 소제를 한답니다. 지금 낭아누마 상이 그렇게 전하라구 그랬어요."

누가 듣거나 말거나 할 말 다하면 그만이라는 듯이 빠른 말씨다.

철은 잠깐 영자를 멀거니 건너다보다가 물었다.

"갑자기 대 소제는 왜?"

"저 전염병 때문에 임시 청결이래요"

숨도 안 쉬고 하는 평조의 빠른 말씨는 만주의 방육성을 수긍케 하리만큼 천연스럽고 자유스러운 동작에 어울렸다. 그는 '에이꼬' 라고 불리는 타이피스트 영자를 다시 보지 않을 수 없었다.

오똑한 코 맵시, 꼭 다물어진 입, 너 같은 주임이 다 뭐냐는 듯이 눈을 내려뜨린 채로 타잎에 카봐아를 씌우고 상 우에 널린 종이를 두 손으로 주룩 긁어 모아서는 다시 두 손아귀로 비벼서 휴지통에 넣어 버린다. 철은 자기도 모르게 없는 수염을 쓰다듬었다.

그러면서도 그는 다시 말을 건네었다.

"낭아누마가 누구지?"

"낭아누마 상을 모르세요. 아직두 오신 지 몇 달 되시는데 사장 비서를 모르셔, 그 유명한 아야꼬 상을."

"그냥 물어봤지 누가 몰은댔어. 유명하긴 뭐가 유명하지?"

"참 선생님두 아시면서 묻는 법도 있어요?"

"알지만 유명한 것 몰라."

"매일같이 새 옷 갈아입는 게 유명하죠."

"그런 것쯤 여자들께나 유명하겠지ㅡ. 그런데 아는 것은 묻지 말란 법이 없는 것은 몰으는 모양이군."

"묻는 것은 몰으는 것을 의미하는 것이 아니겠어요."

"그러니 어쩌란 말이야."

철은 덮어놓고 아무런 사람이거나 자기의 말을 받아주는 사람이면 말이라도 실컷 했으면 속이 후련해질 것 같았다.

"참 엉터리시어. 인젠 알면 묻지 말으세야죠 공연히 남 놀리시려구."

영자는 이렇게 끝맺지 않은 말을 남겨 놓고 나가 버렸다.

그가 이곳 만척 회사 분사로 전근되어 온 후로 영자와 주고받은 말 중 가장 긴 회화였다.

문득 모래밭 위에 조그마한 이름 모를 조개껍질 하나가 발에 채여 손에 쥐어 본 감이었다.

시계가 '뗑ㅡ' 하고 한 시를 알린다.

그는 자기도 몰으게 "저놈의 시계" 하고 중얼거렸다. 마치 자기가 쓰던 기안이 반도 못된 것이 시계 때문이기나 한 듯이. 그것이 책임을 남에게 전가시키려는 의식적이 아닌 사람의 버릇인지도 몰은다.

직원들은 하나둘씩 모여들었다. 그는 하는 수 없이 자기의 책상을 정리하고 휴게 후의 서성대는 직원들에게 오후는 대 소제를 하게 되었다고 일본말로 말했다.

만계 직원은 "섬마?"도 하고 혹은 "나니? 오소지!"하며 잘 알아 못 들었다는 듯이 돌아다보기도 했다.

영자와 만계 타잎피스트인 썰매(積梅)는 걸레와 낡은 신문지를 뭉쳐서 쥐고 문턱을 밟고 유리창을 닦기 시작했다.

남자들은 빗자루와 먼지털이를 들고 왔다갔다 하며 혹은 물을 떠 오라고 급사에게 소리 지르기도 한다. 철은 책꽂이를 정리하며 영자와 썰매의 이 야기에 귀를 기울이고 있었다.

"가위가 하늘을 어떻게 비여?"

"손바닥이 하늘이래두 졌어."

"왜 져?"

"하늘이 비였지 있는 게 뭐야."

"저런 하늘 아랫건 다 하늘의 거지."

영자와 썰매는 종이 가져올 내기 장껭을 한 모양이었다.

"이것 봐, 영자. 그렇게 내려가기 싫음 저 가네야 선생 심부름시킴 안 돼?"

그때 야마나까라는 까불대는 왜인 직원이 빡빡 깎은 머리를 버억버억 긁 으면서 그들 가까이 왔다.

"얘기 장단에 도끼 자루 썩어요. 자아, 썰매 양은 저쪽 창으로 모실까."

그는 썰매를 잡아당겨 끌고 가 버렸다.

철은 창문턱에서 내리려는 영자에게 종이를 집어 주겠노라 하고 영자의 책상 서랍을 열었다.

그는 타잎 찍다가 망쳐 논 종이 꾸러미 밑에서 지ー드의 <좁은 문>을 발견하고 은근히 놀랬으나 시치미 떼고 그 종이를 뭉쳐서 영자를 주면서,

"비상시에 웬 종인 이렇게 많이 망쳐 버려. 괜히 헛눈만 파니까 그렇지."

마음보다는 딴말을 했다.

"헛눈을 팔다니요."

당황은 해 하면서두 야속하다는 말투다.

"서랍 속에 있는 책에 정신이 팔렸다는 말이야, 딴 의민 아니구. 한데 영 자두 그런 책 읽을 줄 알어, <좁은 문> 같은?"

영자는 안심했다는 듯이 받아든 종이를 양손에 갈라 쥐고 유리창에 입김 을 호오 불어 유리를 닦으며 대답한다.

"선생님은 절 뭐 바보루 아시나 봐요. 타잎 찍은 일두 꼭 썰매에게만 가

져가시구. 언젠가 찍어 드린댔더니 영자두 다 찍을 줄 아느냐구, 다짜가 뭐예요. 다른 사람 해는 찍어두 넌 내가 쓴 건 못 찍는단 뜻이지 뭐예요. 또 이런 책두 읽을 줄 아느냐구, 두짜가 뭐예요. 그렇게 남 모욕하시는 게 홀륭하신 건가요? 참 모욕이랄 것두 없겠지만."

철은 의외였다. 실로 뜻하지 않은 나무람을 받았다. 자기 속에서 자기를 뚜렷이 내세운다는 것은 때로는 남을 무시하는 것이 되어 버린다는 것 더욱 영자와 같이 어리게만 취급하는 그들에게도 자기의 세계가 있다는 것을 새삼스레 느꼈다.

"내가 그랬든가. 그랬다면 다 사죄하지."

"누가 뭐 선생님한테 사죄 받으려구 기억해 둔 줄 아세요."

그는 속으로 자기의 버릇을 스스로 나무라면서 물 소제를 시작한 직원들 틈에 끼어 그도 소제를 시작했다.

오후 세 시쯤 소제는 끝나고 직원들은 헤어져 갔다.

그는 오전에 쓰다 남은 기안을 끝마치려고 기안지와 또 펜을 들고 앉았다.

대 소제 후의 방 안은 비 개인 보도를 걷는 느낌이었다.

텅 비인 방 안에는 따스한 오월 햇볕이 가 버리기 전 창을 통해 또 한 번 깃들여 주었다. 창밖에 하늘엔 머얼리 흰 구름이 한가로이 시절을 읊조리듯이 떠돌아다닌다. 오월의 창밖엔 푸른 냄새가 자욱했건만 그의 가슴엔 풀리지 않는 덩어리가 뭉쳐 있었다. 자기도 그 뭉치가 무엇인지 이름 지을 수 없는 소화되지 않는 것이었다.

그는 인부의 배정과 임금 사정표를 작성하기 시작했다. 하루 일 원 몇 십 전에 팔려 다니는 조선인 노동자들. 그들의 그 때묻은 옷과 핏기 없는 얼굴 표정, 그 기력이 없음을 이용해서 그들의 노동력을 짜내어 살쪄 가는 사람들의 충복이 자기였다. 그들을 후대하려는 의도와는 별개로 임금은 깎지 않을 수 없는 자기였다. 될 수만 있다면 다수 노동자를 헐한 임금으로 사용하는 것이 자기의 직분이고 그게 또한 수완이었다. 그 수완이 자기의 노무 주임으로서의 역량을 보이는 것도 되었다. 같은 동족의 피와 땀 값을 헐하게 살 수 있는 기술이 자기의 자리를 튼튼하게 하는 것을 생각할 때 살아간다는 것이 더욱 큰 부채라고 하지 않을 수 없었다. 그러나 그렇게라도 하여야만 회의와 순준에서 주춤거리는 자기의 생활이나마 지탱할 수 있다는 것이 필연적인 공식과도 같았다.

그는 끝맺은 기안을 설합 속에 넣고 설합을 꼭 닫아 버렸다.

귀신이 뒤에 따라와서 잡힐까 컴컴한 밤에 문을 열고 뒷발 디려 놓기가 무섭게 돌아서서 문을 닫아 매던 어렸을 때 생각이 났다. 그는 무엇에게 쫓기는지 정체는 몰은다. 그러나 분명히 쫓기는 감이었다.

그가 이곳 분사로 전근되기 전 신경 있을 때다. 선계 문제 좌담회라 하여 출석했던 그날의 광경이 눈에 떠올랐다. 마치 의붓자식의 방탕성을 교정이나 할 듯이 직업소개소 소장, 수도경찰청 고등과장, 모모 백화점 인사과장 등이 몰여서 조선 사람을 평하야 책임감이 없다는 둥 패기가 없다는 둥 진실성이 적다는 둥 그래서 취직난도 심하고 꽁무니가 가벼워서 한자리에 오래 머물러 있지 않기 때문에 새로 다시 앉으면 언제든지 아랫자리를 차지하는 것을 깨닫지 못하고 항상 불평이 앞선다는 등의 허물만을 털어놓았다. 그중에서도 직업소개소 소장이라는 자가 가장 엄숙한 표정을 지으며 자기가 식모 셋을 알선했는데 결과로 보아서는 성적이 매우 좋더라고, 선계도 다 그렇게 꽁무니가 가볍다고 규정지을 수는 없다고 좋은 예를 든다는 것이 식모이었다. 무엇이 잘났다고 민족을 능멸하고 그리면서도 고양이가 잡아먹기 전 쥐 어르듯이 부려먹기 위해서는 등을 어루만져 가면서 자기를 또한 노무 주임을 봉해서 산림지대인 통화(通化)로 보낸 것이 아닌가. 지방인 통화에서는 농민을 징용하면 또한 증산의 본의가 아니라 하여 부정업자와 거리의 부랑배를 모아서 송근유화 주석산 제조 공장으로 보내는 일거양득의 비방을 내어 가지고 구체적 실시는 조선 사람인 철 자신이 하라는 그 능란한 수단 사람을 코스꿴 소 부리듯이 조종하는 것 등 그는 자기 자신이 한낱 허울 좋은 사람이란 도구와 같이 생각되었다. 확실히 패기는 없다. 확실히 그들의 말을 빌면 꿍무니도 가볍다. 왜 불평을 품은 자는 만주로 흘러와서도 역시 흘러 다니지 아니치 못하지 않는가? 배설구에서 또 배설구로 흘러 다니는 사람들. 그것은 조선 사람이 아니면 이해할 수 없는 심정일 것이다. 자기와 같이 이러한 자리일망정 허턱대고 내놓지 못하는 마음─, 거기에는 자기만 아닌 가족들의 생활 문제가 있다.

정치는 물론 지위도 명예도 높은 집과 좋은 옷감 기름진 고기는 전부 남의 것이었다. 그들이 차지하고 남은 자리, 그들이 하기 힘든 일을 생색을 내서 던져 주는 일터에 머리를 숙일 줄 아는 자멸의 힘을 매고 가는 것이다.

목숨만은 확실히 자기 것이었으나 그것조차 걸핏하면 어떻게 날아갈지 모르는 위험한 서적처럼 간직하기 힘든 때도 있다. 큰 부정업과 큰 야미는 자기들이 다 하면서 네로 왕이 자기의 죄상을 기독교인에게 밀듯이 전부 조선인에게 밀어 버린다. 아편 횐약 제조 공장도 봉천에는 일본인 경영하는 것이 아는 사람이면 다 아는 정도로 큰 것이 있고, 야미로 쏟아져 나오는 물건도 거개가 자기들 손을 거쳐서 나오는 것이언만 그 부스럭지를 얻어서 팔고 사는 말단 부정업자가 조선인의 대표가 되고 성격이 되고 그 죄를 뒤집어써야 한다.

"아니 선생님, 아직두 안 가셌서요?"

그의 생각이 실마리를 뚝 끊어 논 것은 영자의 목소리였다.

철은 뜻밖에 영자가 나타난 것이 자기의 울분을 나눠 줄 수 있는 사람이나 만난 듯이 반가웠다.

"아니 영자가 뭐하러 또 왔어?"

"아까 그 책 잊어버리고 안 가지고 갔어요. 집에 다 가서야 생각이 나는군요. 그래서 읽든 끝이 궁금해서."

"아주 독서 많이 하나 부지. 언제부터 그렇게 독서가시여?"

철은 영자를 쳐다보며 말했다.

이어 영자의 입가에는 빈정대는 듯한 웃음이 떠돌았다.

"네. 전 언제부터가 아니라요, 원체 독서가예요. 하지만 선생님은 언제부터 그렇게 훌륭한 주임이세요. 지금까지 과외 일을 다 허시구 아주 충실허십니다."

철은 얼골이 뜨거워짐을 느꼈다. 그러면서도 그는 또 딴말을 했다.

"여기 남어 있다는 것이 이곳 일을 하는 것인지 아닌지 어떻게 알어? 남이 봐선 안 될 연애편지 쓰느라구 남어 있었어."

그는 약간 웃으며 농조로 말한다.

영자는 못 들을 말이나 들은 듯이 얼골을 붉히며,

"얼마나 길게 쓰셨으면 두 시간이나 쓰셨을까! 거짓말도 수단이라드니요."

말소리를 남겨 놓은 채 돌아서서 자기 책상 설합을 뒤진다.

철은 혼자 무안했다. 자기가 밥거리에 충실하다는 것을 남이 알아채린 것 같았고 또 자기가 만든 기안이 양심적이 아닌 투전이어서 더욱 그러했다.

그래서 그는 또 딴말을 했다.

"내 쓴 편지 보여 줄까?"

"일없다나요."

"영자한테 쓴 건데."

"사람 놀리시는 게 재준 줄 아시나봐."

하면서 책상을 성급히 뒤졌으나 책은 없었다. 아까 종이 끄낼 때에 철이 들고 와서 책상 모퉁이에 놓은 대로 있었다.

영자는 책이 없으니까 아무 소리 않고 잠깐 서서 있다가,

"실례했습니다."

하고 나가 버린다. 다시는 철과는 말하기도 싫다는 듯한 찬바람이 도는 표정이었다.

그는 영자가 서서 있는 동안 자기와 물을 것인가 아닌가를 궁리중이로구나 하고 영자의 마음 방향을 타산하며 스물 하나로서는 어리게 보이는 얼굴과는 달리 비꼬기를 잘하는 성미에 흥미가 갔다.

그는 영자의 책을 들고 모자를 집어서 머리에 놓고 영자를 따라나섰다.

전쟁의 유행 옷이 되어 버린 몸뻬에다 남자 구두 같은 평화를 신은 영자의 걸음은 빨랐다. 그도 걸음을 빨리하여 영자와 가까워지려 했다.

"여, 영자. 책 가지고 가요."

영자는 소리 나는 곳으로 향해 본능적으로 머리를 돌렸다.

자기의 상사, 자기를 어린애처럼 놀려 대기만 하는 젊은 주임. 영자는 언제부터인지 몰으나 그 철이 좋았다. 언제부터인지 몰은다는 것은 오래되었기 때문이다. 그 철이 뜻밖에 책을 흔들며 따라오고 있었다.

영자는 길 한 모퉁이에 서서 철을 기다리며 시선을 떨어뜨린 채 생각한다. 저 선생이 나처럼 서서 내가 오기를 기다리면서 나를 본다면 나는 걷지 못할지 모를 게다. 남이 행동하는 것을 똑바로 본다는 것은 일종의 잔인성이 아닐까. 그것은 구경하는 사람의 위치에 서게 되면 언제던지 무엇이고 비평할 수 있는, 시간적으로 얻는 마음의 여유가 남의 행동을 구경거리로 삼는 일종의 잔인일 것이다. 이러한 생각을 가진 나는 또한 아리사(<좁은문>의 주인공)처럼 소극적인, 아니 오히려 적극적이고 그리고 비겁한, 그리고 담대한 불행을 초래할 수 있는 성격일지도 몰은다.

"영자 노했어?"

영자는 철이 이렇게 물으며 가까이 오는 것을 땅을 보며 숨소리로 그의 발걸음을 재었다.

"제가 무슨 노염을 알면 제법이게요."

하며 웃어 보인다.

"아니 그런데 영자두 남 말버릇 나쁘다구 남으랠 수는 없는데, 참 상당하다."

"참 상당하지요. 하지만 선생님처럼 꼬집을 줄 몰으는 게 한이예요."

벽에 대고 친 고무 볼처럼 말이 되맞춰 튀어나왔다. '참 상당하우'가 또 잽히었다.

철은 기가 마킨다는 듯이 허허 우스며 책을 임자한테 주면서 묻는다.

"영자 집이 어디지?"

"……."

영자는 아무런 대답도 없이 걷는다.

"내 말이 들리지 않니? 대답할 필요가 없어 못 대답하겠다는 의민가?"

"누군 귀먹어린 줄 아세요? 알어선 무엇하시게. 저 태평구입니다."

"알어야 연애편지 전하지."

영자는 책을 땅에 동댕이치고 싶었다.

"맘대루 놀리시구려."

"놀리는 게 아니라 오월동주라드니 오늘은 싫여도 같이 걸어야겠는 걸."

"누가 언제 싫다느니 좋다느니 했어요. 선생님 남 놀리시구 손 기술자라 해서 너무 얕보니 그러지요."

"뭐? 손 기술자? 내가 언제 타잎피스트라 해서 얕봤어?"

"그렇게 시침이 딱 떼심 고만인 줄 아세요. 귀밑은 맞어서만 앞은 것이 아니라요. 때리고 싶어 하는 마음만으로도 앞어한다구요. 선생님 같으신 분의 줄곳 가짜 외교사령은 빠안히 속 디려다 뵈는 걸요. 가장 심각하신 척 하시면서 우리 같은 못난 여자 놀리시는 악취민 신사적인가요. 연애편지가 뭐예요. 남 그렇게 업신역이는 건 첨 봤어요."

철은 웃어넘길 수 없었다. 그렇다고 태도를 고치기도 쑥스러웠다.

"큰 봉변인데. 난 젊은 여자한테 이렇게 혼나긴 처음이요. 내가 나이가 위라 해서 안심하구 한 말이지. 그렇게 곡값게 생각헐 줄은 몰랐어!"

둘은 제각기 자기 생각에 잠긴 채 걸었다. 영자는 고향의 오솔진 길에서 아카시아나무 잎새를 쪼루룩 훑어서는 춤을 뱉어 가지고 두 손을 오므려 쥐고 한참 흔들어서 한 줄로 나란히 붙는 내기를 소꿉동무들과 하던 생각이 났다.

철이 전근되어 온 후로 자기가 받은 철의 냉시와 업신여김을 분풀이하고 난 듯한 가벼움에서 오는 향수와 같은 느낌이었다.

"영자, 우리 집 아우? 몰으면 내 가르쳐 주지. 내 잘못은 다 사과할 테니 언제든지 놀러 와요. 그리구 책두 좀 있으니 마음대로 갖다 읽으오."

이렇게 말하고 그는 자기 집을 알려 주고 골목길을 걸었다.

낮에 모래밭에서 조개껍질을 주어 만져 보던 것 같은 감정이 한걸음 나가서 혼잣길에 동무를 만난 듯이 생각되었다.

그 뒤로 철과 영자는 곧잘 가치 걸었다. 그러나 그들은 서로 자기의 과거이거나 현재의 생활을 캐묻지 않았다.

어느날 오후 집으로 돌아오는 길에서였다.

"영자, <좁은 문> 다 읽었어?"

"네."

"독후감은?"

"독후감이 뭐예요?" 엉석이었다.

"읽은 후의 느낌 말이지."

"아리샬 전 리해 못하겠어요."

"왜?"

"그럼 선생님은 리해하세요?"

"물은 사람이 내가 아니든가?"

"저도 뭇고 싶으니까요."

"먼저 물은 것은 먼저 대답해야지 않어?"

"반듯이 그러란 법두 선생님식으룬 없을 꺼예요. 하지만 아리산 현실에의 접근이 무서웠는지 종교가 사랑보담 더 힘세었는지 전 그걸 몰으겠어요."

"난 읽은 지 오래되었으니까 잘 모르겠어. 어쨌든 아리사의 태도는 현실에의 도피지―. 그래두 아리사의 도피는 도피가 아니라 오히려 더 큰 현실 속에 구금되었다고 생각되든 것이 기억에 남아 있어."

"웨요?"

"미운 것은 보기 싫고 미워질 것이 겁나고 아름다운 생각만으로 짜든 정서의 세계가 현실이란 뚜렷한 실증으로 변해지는 것을 두려워서 카도릭의 승녀의 미사 속에 숨기는 했으나 기억을 추억할 수 있는 한 아리사는 그 괴롬에서 버서날 수 있다면 그것은 역시 도피가 아니라 감정이란 더욱 뚜렷한 현실 속에 구금된 것이 아닐까? 그래서 도피가 아니라는 거지―."

"그것은 종교를 몰으시는 선생님 말씀이죠. 종교란 그렇게 정화의 힘이 없을까요. 참말루 정화란 말입니다. 신 이외에 세계와는 아주 인연을 뚝 끊을 수 있는 힘 말이에요."

"몰라. 그것이 노력으로 되어지는 힘이라면 그 노력도 역시 즉 괴롬일 수도 있으니까."

"그렇다면 염주 헤일 부처두 없게요."

그들은 멀리 떠가는 흰 구름을 보며 "하하" 하고 소리 내어 공허한 웃음을 웃었다.

철은 불쑥 이런 말을 했다.

"생활보다 강한 도락은 없으니까. 염불도 숨이 끊어지면 못하지 거야―."

"먹는 것두 도락에 속할까요?"

"유(類)에 따라서는 도락도 되지―."

"그것은 평면적 관법은 아니지요. 너무 편견된 관법(觀法)이 아닐까요?"

"거짓보다 참된 진실이 없음같이 마음이란 언제든지 통일보다두 분렬되

기 더 쉬운 거야. 그래서 그 분렬을 통일하고 그 혼란 속에서 탈출하려는
노력이 때로 염불도 하고 웃기도 울기도 하는 것인지 몰라ㅡ. 마찬가지로
먹어야 산다는 구실로 삶의 의욕을 느끼려는 사람에게는 먹는 것은 염불에
비슷한 도락일 수도 있지 않어ㅡ."

"마음속에서 마음대로 살 수 없는 인간의 노력이란 외적 조건을 무시하
지 못하는 위구가 더 큰 조건이 아닐까요? 도락보다는 차라리 수단 편이
타당하지 않은가요?"

"따지고 캐 보아도 오직 길은 산다는 길뿐이니까 그럴지도 모르지."

"그럼 인류는 태고부터 한 푼 엇치도 진보가 없게요ㅡ. 산다는 것뿐이면
그럼 자살자가 제일 탈속한 사람이겠군요."

"진보란 필연적인 것으로서 우연적인 것은 아니니까ㅡ. 그러나 산다는
것이 죽는 것보다 낫다고 생각해야만 사는 것이 아니라 죽지 못해 살기도
허지."

"선생님 같은신 분이나 그렇지요! 그런 억설과 궤변도 이야기라구 하
세요!"

"그렇지만 무엇이건 절대적인 것은 없으니까 그게 위안이랄까."

"인젠 다 왔어요. 그럼 안녕히."

매일처럼 갈라지는 골목길이었다.

유월도 반 넘어간 어느 일요일 오후였다. 그는 읽든 책을 상 우에 던지
고 파리채를 쥐고 돌아앉아 파리잡이를 시작했다. 파리는 자리잡는 곳마다
두 발을 모아 가지고 싹싹 비빈다. 호올로 앉아도 비비고 모여 앉아도 비
비는 것이 파리의 생활인지도 몰은다. 그게 진실한 시간인지도 몰은다.

싫은 사람의 곁에 앉았노라면 그의 체취가 풍기는 듯이 숨이 거칠어지고
그의 말소리를 들으면 역증이 나서 손으로 어린애처럼 두 귀를 가려 버리
고 싶은 자기의 편벽된 심정ㅡ 아이들이 껌을 입 속에 넣고 쩰근쩰근 썹다

가도 손바닥에 퇴에 하고 뱉어서 손가락으로 이리저리 늘구어 보다가는 다시 입 속에 트러 넣고 짝짝 소리 내어 씹는 동심 그대로 증오에 눈가림 못하는 그의 마음은 틀어막았던 손을 떼어 그 싫은 사람의 말소리를 음미하다가는 또 부리나게 귀를 틀어막는 버릇― 그것은 일종의 악벽이었다.

그날도 철은 눈을 감고 파리 소리를 음미했다. 검은 나래가 바람에 거슬리어 윙―윙― 소리를 낸다. 그리군 자기의 입에도 머리에도 매달린다. 그는 감았던 눈을 뜨면서 머리를 털고 한꺼번에 많이 잡을 기회를 노렸다. 파리는 여전히 앉으면 손인지 발인지 염방 비빈다.

마치 사람의 마음 같다고 할까.

'신이여, 건강을 주소서. 재조를, 돈을, 지위를, 권력을, 힘을 주소서. 평안을 주소서. 이 잔은 제발 못 받을 잔이오니 물리쳐 주소서. 그건 원하는 바오니 제게 주옵소서' 등의, 빌고 바라는 무리 하나에서 열, 열에서 백까지 바라고 얻고 싶은 것이 사람이다. 비는 마음은 파리와 같으나 눈에 뵈이지 않게 하는 것이 지혜로운 인간의 기도일 것이다. 만일 신이 있어서 본다면 사람이 보는 파리의 세계와 신이 보는 인간의 세계가 꼭 같은 것이라고 생각되매 그는 파리채 든 자기의 손이 파리에겐 절대의 권위를 가진 운명의 집행자와 같이 느껴졌다.

모난 파리채는 일망타진의 기를 노리는 엄숙한 현실의 폭탄일 수도 있다.

저편에서 밀리면 혹은 벽에 혹은 문에 혹은 상 우에 천정에 그 날개를 펴서 피할 수 있는 한 밀려가고 밀려온다.

흡사 유랑의 민족이었다. 살아야 하는 민족의 생명을 고집하여 새로운 땅을 찾는 거와도 같이 느껴졌다. 아주 죽은 놈은 버둥거리지도 않는다. 사람도 죽어 버리면 모―든 그 많은 원에서 해방받을 것이다.

살기 위해서, 그 살아 있다는 사실 때문에 왼갖 굴욕을 던지는 대로 받아야 하는 민족……. 받지 않을 수 없는 부류에 속한 인간. 처음에는 체증으로 소화불량에 걸리기는 하나 마침내는 그것에 길드려져서 그 굴욕을 집어 삼킨다.

"이놈."

"네ー"

"이 자식."

"네ー"

하고 살아오는 사람들의 발 아래는 체념의 철리가 궤도처럼 놓여지고 그 궤도를 말없이 걸어가는 무리들 마음속에는 때로 돌을 던지고 싶은 때와 칼을 뽑아 보고 싶은 때가 하루에도 몇 번,

"이놈"

"네ー"

하는 그 '네ー' 속에는 서슬이 푸르게 발을 구르면서도 눈이 그 다음을 걱정하고 머리가 그 삶을 주장해서 심장이 붉은 피를 갈아 대일 때마다 식었다 더웠다 하는 감성을 희롱하는 울분이 마침내는 우울로 변하여 집에 돌아와 자기의 안해와도 말하기조차 싫어하는 사람들 중의 하나인 표본이 철이었다.

그 철의 손에서 파리채는 짜악 하고 내려졌다. 파리가 정회를 하는지 원탁 회의를 하는지 평화를 위해 기도를 드리는지 빽 돌려 앉아서 연방 열심으로 싹싹 비비는 판에 내려진 운명의 폭탄이었다.

육감이 빠른 놈은 피해 버리고 훈련된 파리는 날러가 버렸다고도 할 수 있으리만큼 죽은 놈은 몇 개 아니었다. 감각이 둔한 훈련이 없는 파리는 희생이 되어 버둥거리는 놈도 있고 숨이 끊어진 놈도 있다.

그는 몇 초의 어긋남으로서 기차를 놓치던 때가 생각났다. 갈래길ー 그것을 운명이라고 할는지도 모른다.

"선생님 계세요?"

'영자다.'

그는 직각적으로 이렇게 알어채렸으나 어쩐지 오히려 숨을 죽이고 파리
채 잡은 채로 앉아 있었다.

"선생님 계십니까?"

'분명히 여자다.'

이렇게 생각하며 머리를 문밖으로 쑥 내밀었다.

영자는 철을 보고 방을 향해 가까이 온다.

"다—들 어디 가셋세요?"

"다—라니?"

"사모님하고 애기덜 말슴이죠"

"난 여기 있구 그댐은 장보러 갔나 봐—."

"누가 선생님 계신 줄 몰으는가요."

"그럼 다—라 그랬으니 난 이 집 사람 아닌가?"

"참 선생님두. 오늘은 지가 손님이에요. 놀려대기부팀 하셔—."

"오 참 그렇든가. 그럼 내 방석 넬게 어서 여기 앉으슈."

"그렇게 두 번 대접하다간 방석 걸음 하겠어요."

"방석 걸음이라니?"

"방석은 일어서서 갖다 놔야지요. 제풀에 밀려왔으니 말이죠"

그들은 또 소리를 내어 웃었다. 더운 김이 몰아치는 한낮의 뜰 앞은 죽
은 듯이 고요하다.

"무얼 허셋어요? 이렇게 더운 방에서……."

"응, 살인을 했지."

"뭐요, 살인요?"

"자, 봐요. 한 놈 두 놈."

"아이참, 그러시다간 정신병에 걸리겠어요."

"내가 무엇을 엇쨌다구—."

"전 선생님 같으신 분 첨 봤어요 어쩜 그렇게 자기 감정을 소화 못 시

켜서 앨 쓰시는 게, 똑똑히 뵈이도록 맴도릴하세요."

"맴도리라니. 말버릇 삼가요, 패―니."

"기껏해야 구비 밖겐 더 될라구요."

"무섭지 않다 말이지."

"여잔 말이에요, 그런 것쯤 무서워하지 않아요. 선생님 같으신 분, 훌륭하신 척 뽐내시여두 과장이 뭐라든가 사장이 뭐라든가 하면 얼굴들이 벍애서 꿈쩍들을 못하구, 하구 싶은 말을 가래침 삼키듯이 목구녕에서 소리나게 꿀컥꿀컥 삼키지 않으세요? 전 처음엔 어째 남자들이 저렇게 못났을까 하구 여러 가지루 생각해 봤어요. 그게 조선 사람이 못난 점인가두 하구요."

"그래서?"

"요즘엔 알어냈어요. 그게 가장 무난한 처세술이란 것을―. 저 같음 하루에도 사직원 두세 번 써서 동댕이치고 싶은 순간을 그대로 참는 남자들의 심리를 말이죠. 거기에는 가족이 조롱조롱 매달려서 오금을 못 쓴다는 것을 알어냈어요."

"못해 보는 소리 없군 그래. 하긴 그게 사실이야. 나두 첫손가락 꼽을 수 있는 그런 부류인 줄 알지만 요즘은 징용이 무서워서 갓득이나 실하지 못한 오금이 더 꼼작들 못하지."

"그래서 우울하신가요?"

"놀려대기 자밋는 모양이군. 한데 이 시대의 조선 청년이 우울하지 않은 사람을 봤어? 명랑한 척 자기를 캄푸라쥬― 하는 것은 일종의 처세적인 허세이고 그렇지 않은 사람이면 그것은 아무런 생각도 없는 반성도 비판도 할 줄 몰으는 사람들이지."

"그래 봐야 자기만 손해 안예요?"

영자는 마음보다는 딴청을 한다.

"손해? 차라리 폭탄이라두 막 쏘다졌음 속이 시원할 것만 같어, 어떤 때는. 영잔 함낙 축하회 같은 때 기행렬에 나갔어?"

"안 나감 되는가요? 하지만 조선이 익였으면 참 좋겠드군요. 유치한지는 몰으지만."

"그야 누구나 다 그렇지. 유치란 그런 때 쓰는 말이 아니야. 난 요즘 야만에 가까웁도록 의욕적인 자기를 가저 보고 싶어. 자기를 숨기고 학대하는 것이 내 생활이였고 현재도 앞으로도 그것이 내 일생 동안 번복될 것을 생각하면 질식할 것만 같어서. 그 탈을 벗어던지구 벌거숭이 인간 속에서 자기를 고집해 보고 싶어!"

"망녕이지ー. 헌데 웨 못하시는가요?"

"내일 내가 산으로 가는 걸 알지. 징용 인부가 거진 다 도망했다구 날더러 가서 좋두록 감독하라니, 이런 딱한 노릇이 또 있어?"

"그럼 노무주임 의자를 내던지고 쿠리처럼 흙이라도 팜 되지 않어요?"

"정말 그랬음 좋겠지만 그리 못하는 것이 범속한 인간의 매끄러운 손길이거든. 설혹 한 번은 만용을 내서 한다손 치드래두 그렇게 계속할 수 있겠어? 결국은 자살하는 수밖겐ー. 뚫고 나갈 구멍이 없어."

"연세가 얼마신데 밤낮 그런 허황한 공상만 하시구ー."

"공상? 이게 고민이지 공상인가?"

"고민이란 그렇게 고가헌가요?"

"자기를 찾으려는 진실한 고민보다 고가헌 것은 없지."

"그런 의식적인 고민은 소아마비 병 같어요. 루즈벨트 아닌 선생님은 걸림 고치시기 힘들 걸이요. 거저 덮어 놓구 그리구 눈 감구 살어야지요."

철은 빠안이 영자를 쳐다보았다. 되는 대로 주워대는 자기의 조리 없는 말을 일수 받아 넘기는 그 여성이 얼마 전까지도 몇 길 눈 아래 피였든 이름 모를 하잘 것 없는 풀꽃이였으나 지금은 오히려 자기보다도 몇 길 우에서 인생을 내려다보는 듯한 자기 위의 존재였다.

"영자, 내 애기 할까."

"무슨 얘기 말씀하세요."

철은 잿더리를 댕기어 앞에 놓고 혼잣말하듯 낮게 말했다.

"그때가 열세 살이었어. 동급생 중에 인선이라는 공부 잘하는 여자를 이 김철 선생이 사랑했단 말이야."

영자의 갸름한 눈에는 의아와 호기심이 그득 차 있었다.

"참 열세 살에두 연애허나요."

"글쎄 잠자ㅎ고 드러 봐ㅡ."

그는 한 손으로 잿더리에다 재를 털면서 입으로 "후ㅡ" 하고 동그램이 연기를 세 개 네 개 연거푸 뿜었다.

"엇잿든 그 여잘 사랑하는 채 나는 그 다음해 봄에 소학교를 졸업했어ㅡ."

"열세 살에 무슨 연앨헌담."

"글쎄 들으라니까ㅡ."

"싫에요."

"왜?"

"거짓말 같은 얘기는 혼자서 즐기세요. 전 책 구경하러 왔으니까요."

금방 개였다 금방 흐리는 소낙비 올 때의 하늘같이 그 호기심에 빛나든 눈이 금시 빛을 잃었다.

"남의 말을 그렇게 깎는 법두 있어?"

"싫은 걸 듣구 앉일 의무는 없으니까요."

"듣지두 않구 싫여?"

"냄새가 싫은 걸이요 그런 감상을 주물루는 태도가 싫여요."

대담하게 쏘아붙이는 영자는 오히려 자기 감정에서 탈출하려는 수단이 엿든 것이다. 철은 말을 하다 잘리우고 떡을 치다가 마즌편 사람의 떡메로 어더맞은 감이였다.

"책이나 빌려 주세요."

"나두 싫여."

"왜요?"

"말하기도 빌리기도."

"고만두시구려."

"그것두 싫여."

철과 영자는 꼭 같이 입을 다물어 버렸다. 한참 후에 영자는 일어서며 웃었다.

"남이 안 빌려 준다는데 싫으심 어떻게 하시는 건가요?"

철은 못 드른 척 하늘을 내다보며 혼자 말했다.

"하늘은 푸르고 구름은 흐르고."

이튿날 철은 산중에 들어가서 조선 사람이기 때문에 이렇다는 말을 안 들으려고 징용 노동자의 선두에 서서 그들과 가치 일을 했다. 약한 사람이 강한 사람에게, 아니 차라리 아랫사람이 윗사람에게 뵈이려는 자기 방위적인 자약(自若)한 자존심을 안고 뚜러진 신발에 힘을 주어 가며 옷을 경제하기 위하여 윗도리는 버슨 채로 정성껏 일을 했다. 조선 사람을 낱아내어 뵈이는 기회, 그것은 곳 조선인도 이렇다는 긍지를 가져 보려는 노력이었든 것이다. 번연이 아는 입술에 춤 발은 위무인 줄은 알면서도 엇잿든 그러한 위무라도 좋았다. "잘했소, 수고했소" 라는 헛소리 칭찬일망정 칭찬이 들고 싶었던 그들이었다. 그만큼 그리운 어버이 정, 그것은 곳 나라의 정이요 민족을 애끼고 사랑하는 피를 알어주는 나라의 정에 굶주렸든 그들이였기 때문이었다.

이국에서 만주 사람에게도 손가락질 받고 일본 사람에게도 턱으로 부림 받는 조선 사람이란 국은을 몰으는 백성이었든 까닭이었다. 철은 그곳 들어가서 한 달쯤 지난 칠월 중순 어느 날, 잠깐 시간을 내어 아무도 몰으게 산 속을 더듬었다. 그것도 한때의 도피처럼 귀중한 시간이다 느끼면서 깊은 산골 떨어진 지 오래된 낙엽들이 첩첩히 쌓여 속으론 썩고 겉으론 말라서 궁구리 댕기는 산속, 철의 머릿속에서 일어나는 무서운 자기 분열이 흡사 그 낙엽과도 같았다. 그러나 그 분열을 정리함에는 추려서 수습하는 길 밖엔 없었다. 자연이란 윤회의 법측에 의하여 썩어 버린 낙엽들이 아무도 몰으게 흙으로 환원되고 다시 거름이 되어 산에 나무를 무성하게 하고 하다못해 잡초일망정 잘 자라게 할 수 있는 힘이 되듯이 자기의 보람 없는 순종—즉 그것이 굴욕이겠지만—, 그런 생활일지라도 계속되어 다시 흙으로 돌아가는 날까지 억지로 한 노력이나마 열매를 맺어 줄 수 있다면 자기의 아들과 딸 즉 조선의 아들과 딸은 자기보다 오히려 자유로운 감정의 세계를 차지할 권리가 있음직도 하다고 생각되어졌다. 염원인지도 몰은다. 너무도 괴로운 자기의 현실을 아들과 딸에게는 물려주고 싶지 않은 어버이의 마음인지도 몰랐다. 오래된 가랍나무가 주름 잡힌 가지에다 손바닥만큼씩한 푸른 잎을 가득히 돋치고 그 사이에 도토리도 콩알만큼씩한 것이 달려 있었다. 분명히 깊은 산, 식물의 나라였다. 조곰 양지 바른 편에 간혹 잔디무덤이 있는 것도 있고 나지막한 개얌나무 밑에 초롱꽃이 영란꽃처럼 조롱조롱 피어 있었다. 고향 산과 다름없는 토질, 지리적으로 보아 그렇게 멀지 않은 통화의 산 속이니만큼 조선 산에 피는 꽃이 그대로 피어 있었다. 고구려 때에는 조선 판도 안에 들었던 땅이라 생각되어지매 조상의 피가 혹시 이 산중에 뿌려지지나 않았을까 하는 생각도 들었다. 초롱꽃과 나란히 노란 여름 풀꽃도 피어 있었다. 산딸귀 꽃 같기도 했다. 그 바시시 머리를 털고 피어 있는 것이 뵈어지자 그의 머릿속엔 얼른 영자의 환상이 스치고 지나갔다. 깊은 산 속 조고마한 아름다운 풀꽃 핀 언덕 주위는 늙은 소나무가 하늘을 가렸고 낡은 오래된 나무가 무성한 그 속에서 그 조고마한 풀꽃은 자기의 세계를 차지하고 흡연히 피어 한철 여름을 노래하며 아침 이슬을 맞고 저녁이면 나뭇가지 사이로 별빛과 달빛을 맞는 풀꽃— 영자. 영자가 앉아 있는 책상이 눈에 뵈었다. 그는 눈을 감고 영자의 환상을 털어 버리려 했다. 그러나 철의 머리ㅅ속 주름 잡힌 뇌의 그 한구석에서 영자는 자리잡고 앉아서 털어지지 않았다.

　그는 그 풀꽃을 손으로 쓰다듬어 주고 발길을 돌렸다.

　철은 날이 갈수록 그 산중의 생활이 좋은 듯한 느낌도 있었다. 보지도 듣지도 않는 세계 그저 감독으로서의 자기의 직분을 다하는 침묵과도 같은 생활— 그 속에서 자기를 찾고 자기를 잃는 생활, 그 우락부락한 친구들을 조종하여 때로는 인자한 스승도 되고 때로는 엄한 교관도 되고 혹은 벗도 되어 그들을 한 치라도 자기와 가까이 하려고 하는 노력, 그것은 곧 한 치라도 그들의 정신생활을 좀더 높이 끌어올려 보겠다는 노력이었다. 륙십 리틀의 끓는 물에 머루 잎 이백 키로 비례로 넣어서 저으며 삼십 분 동안 끓인 다음 염화석회 삼 키로, 생석회 칠 키로 비례로 넣고 다시 젓는다. 이리하여 하룻밤을 침전시키며 물을 엇갈아 대어서 황갈색 액즙이 협잡물을 제외한 청회색 전분으로 변하는 화학 작용은 곧 시간을 따라 변하는 국제 정세와도 같았고 원시를 문명으로 발전시키는 인위적인 과정과도 같았다. 정화된 액체의 정소(精素)는 곧 그 본래의 원소의 힘을 뵈어 뇌성과 철과의 불가분의 그 적성을 타진하는 은밀한 작용은 사람의 손과 약품의 힘을 비는 과정을 가진 뒤에야 비로소 이루어지는 것이었다. 조선을 조선으로 환원시킴에는 자기와 같은 감정의 씨름자가 억만이 있다 하드래도 그런 미미한 미온적인 감정만으로는 되어질 수 없는 엄연한 사실과 묵묵히 대립하여 한 달— 두 달이 지난 어느 날 본사에서 기별이 왔다. 군(軍)에서 인제는 송근유도 주석산도 필요치 않으니 중지하고 곧 내려오라는 기별이었다. 그는 그런 기별을 받고는 간다고 좋와라고 날뛰는 대원을 타이르며 조선 사람의 하든 일이 유종의 미가 없다는 말을 안 듣겠다고 이를 악물고 하루 일을 더하여 공장을 채견채견 알뜰히 정리하였다. 그리하여 팔월 십오일이 지난 이틀 뒤 부랑자와 부정업자로 조직된 근로 대원을 인솔하고 대오 정연이 산마루턱에 이르렀을 때 행인의 입으로부터 일본이 십오일 정오에 항복했다는 말과 통화 시민은 지금 피난처로부터 돌아오고 있다는 이야기를 들었다.

철은 가슴이 탁 맥혔다. 그리고 긴장했던 맥이 확 풀리는 것을 느꼈다. 맹랑히 헛되이 보낸 이틀 위대한 역사의 날─. 철은 팔에 기운이 빠져 올려 들 힘이 없는 듯했다. 마치 팽팽하게 다루었던 거문고 줄이 팽─하고 소리를 내며 끊어지듯이 그의 마음은 땅 우에 털썩 주저앉는 것도 같았다. 타야 할 기차를 못 탄 때와 같이 안타까운 심장이 헛소리를 지르며 빠른 속도로 피를 내보내어 고동 소리가 들리리만큼 속없이 뚜둘기었다. 몇 달은 좀더 견딜 줄 믿었던 그들의 힘은 쉽사리 다 빠진 날이 왔다. 그 무서운 총과 칼의 힘을 내어 던지고 두 손을 들고야 말았다. 그는 그들의 손 처든 것도 몰으고 더욱 충실히 그들을 위해 바친 하루. 그렇게 보낸 하루의 자기가 자기에게 보여 준 매사에 있어 헛물켜는 자기가 아닌가 싶었다. 앞으로의 과제─, 그것은 과거에 있어 그렇게 헛되이 보낸 수십 수백의 날을 도로 찾을 수 있는 자기를 만드는 것이라 생각하였다. 그는 그 자리에서 대원을 해산시켰다. 줄을 뛰쳐 난 대원들은 산 아래로 사라졌다. 시가로 향해 걸음을 빨리하는 그의 주먹은 힘 있게 쥐어 있었다.

―≪신문학≫ 제3호, 1946. 11.

가두(街頭)에 서는 날

햇빛 안 드는 이층 방이란 음산하기 짝없는 데다 올라 다니는 통로가 옆방으로 되어 있어 정선은 신경의 반은 옆방에다 팔고 다니는 셈이었다. 그날도 정선은 숫머리를 온종일 앓다가 저녁이라 하는 수 없이 불을 피우고 밀가루를 막 이기는데, 남편 석진이 얼큰해서 긴 다리를 휘청거리면서 들어왔다. 정선의 머릿속에서는 한꺼번에 수많은 불평이 우글거리면서 말이 서로 먼저 나오겠노라 한바탕 ■난을 하다가 나온다는 것이 늘 하는 문단속이었다.

"참 당신은 손에다 달걀 쥐었소 문은 밤낮 반문하구 다니게. 틈 안 나게 좀 닫구 다녀요. 남은 전재민이라두 다 □를 김장 걱정을 합니다. 그래두 뱃속 편한 소리나 말지. 살겠지, 살겠지. 그럼 뭐 죽을까? 글쎄 살겠지가 뭐요."

말하는 것이 아니라 어린애 같은 투정이었다.

"아니, 문 꼭 안 닫는다는 시비로선 너무 긴데. 문 좀 열고 닫기로니 그렇게 욕될 거야 뭐 있소"

"흥. 벙어리 속은 어미도 모른다는 격으로 줄곧 밀가루 묻은 손 남 보기가 싫어서 그러우."

"먹구 내 뱃속 편함 그만이지 누굴 위해서 사나."

석진은 천천히 옷을 갈아입으면서 밀가루 반죽을 도마에다 메어치다시피 이기는 아내 정선의 손을 도적질해 보며 말한다.

"뱃속이야 인젠 길들어졌으니깐 편하지만 그럼 추위도 뱃속 편한 타령만 하고 배겨내나 두구 봐야지."

"염려 말어요. 그래도 명년 봄엔 다들 살아 있을 테니. 두구 보구려."

정선은 어이없다는 듯이 남편을 노려보기를 한참 만에 더 말해 봐야 소용없는 노릇이라 입을 다물어 버렸다.

정선의 눈앞엔 어저께 보고 온 연희의 집 모양이 사진처럼 머리에 박혀진 것이 아직 사라지지 않았다. 대문을 꼭 닫고 중문을 또 한 번 닫고 앉은 앞마당에는 조각이 진, 흰 다이로로 모서리를 하고 세면으로 반듯하게 위를 바른 장독대에는 큰 독, 적은 독이 뚜껑을 눌러쓰고 규모있게 놓여지고 앞으로 윤나는 적은 단지들은 다정스럽게 줄을 잡고 앉아서 꼭꼭 봉해져 있다.

건넌방에는 양단스가 어른거리는 거울을 옆에 끼고 벌이고 섰고 한편으로 나지막한 책꽂이에 무슨 전집인지 약간씩 먼지를 뒤집어 쓴 채 꽂혀 있었다. 안방에는 자개 등 이불장과 사층 옷장이 윗목 전체를 차지하고 마루방에는 찬장이 우측 두 어깨를 쳐들은 것이 간단한 양실 세트와 □□ 연희의 집을 장식하는 중요한 역할을 하고 있었다. 그뿐이 아니다. 말린 고추, 무 말랭이, 요가리 등을 담은 광우리가 뒤뜨락에 차곡차곡 쌓아 둔 나뭇가지 위에 놓여져 있다. 어느 부분이고 빈틈이 없이 째□□□였다. 이것들이 연희 어머니의 생활에 크나큰 의의를 주는 것들임과 동시에 자랑거리요 소일거리였다. 대문 밖에 어떠한 사나운 바람이 불거나 먼지가 날리거나 그것은 그들의 알 바가 아니었다. 알 필요도 없는 노릇이다.

"아이구, 찬거리가 없어서 그저 된장하구 씨름을 한단다. 너희들은 무얼 해 먹느냐?"

연희 어머니는 딸의 동무라 걱정을 하는 듯이 장독대를 올라가서 뚜껑돌을 엎어 제쳤다. 정선은 목구멍까지 나오는 "조선 된장 좀 주세요" 하는 말을 혀로 눌러 버리고,

"아무거나 그저 되는 대로 먹지요."

그는 대답하고 같이 간 동무의 옆구리를 찔러서 일어나 나와 버렸다.

"우린 언제 부엌에다 솥 걸구 그렇게 살아 볼까? 조선서 산 사람들은 얼마나 좋아. 우린 그렇게 하구 살아 못 본 것만 같애."

처량한 울림을 가진 목소리였다.

"조선서 못 살아서 남의 나라에 갔지. 이웃서 여럿이 살 수 있었으면 만주고 내지고 왜 가니?"

"더 잘 살아 볼려고 갔지. 또 일본놈 등쌀에 못 배겨도 가고."

"그만두어. 핑계 없는 무덤 없단다. 일본놈 등쌀에 못 배겨 간 건 혁명가란다. 어쨌든 결론은 못 살겠으니 간 거 아니냐. 헌데 요즘은 정말 전재민이 아닌 반 전재민이 더 많아. 이북 부자들은 다 오는 셈인지 일본놈들 권리금 턱턱 내 놓고 사는 바람에 정말 전재민이야 어디 집 잡을 수가 있니? 그저 돈이 사는 세상이야."

정선은 어저께 동무와 주고받은 얘기를 되풀이하느라고 여전히 도마 위에다 가루만 이기고 앉아 있었다.

"아니, 물이 펄펄 끓는데 뜨더 넣진 않고 반죽만 하구 앉았어. 쯧쯧."

그제야 정선은 물이 끓어오른 줄을 알았다. 그는 반죽한 것을 냄비에다 뜯어 넣으면서 또 한 번 투정을 부렸다.

"누군 뭐 당신 종이랍디까? 없는 것두 끝이 있어예지. 줄곧 이력허구 어떻게 산담."

석진은 살림에 쪼들리는 아내가 가엾기도 했으나 그대로 수긍하지는 않았다.

"문제는 열량에 있지. 쌀과 가루가 다른 것이 뭔데?"

"모르면 편한 법이라우. 그러니깐 좀 해 보구려. 쌀은 씻기만 하면 되지만 이건 씻어서 말려서 가루 빻아서 채루 쳐서 익혀서— 시간과 노력은 어떤 저울에 달아 봐야 해요."

"질서가 서고 체계를 세운 열정이라는 것은 질서 없는 구열보다 중요한 것인지는 모르지. 허지만."

"저렇게 딴청 박사라니간. 그게 말 모자랄 때 쏘는 잠꼬대요?"

정선은 또 한 번 남편을 흘기었다.

"그러나 중요하다고 열도가 보다 높아서 열량이 더 많은 건 아니야. 조 반석죽이 아니라 조죽석죽이래도 산다는 희망이 있으면 그만이지. 밥 먹으면 표가 나나."

"왜 표 안나요. 열량이 다른 걸. 흥, 산다는 희망쯤 남은 다 우리보다 백 배 강허다우. 참 딱두 허우. 날 부려 먹느라구 가끔 헛소린 잘 허지. 그래두 난 인젠 사임해야겠어. 그런 무기 쓰는 법 나두 안다우."

"좋아. 그만둬두 상전보구 돈벌이 안 헌다 소리치는 종은 상전보다 무섭기만 허데."

정선의 남편 석진은 사실은 어느 사대(私大) 강사로 들어갔다가 교수들 사이의 좌우 사상전에 밀려 나온 한 사람이었다.

간혹 소매를 끄는 정당도 모모 기관도 없는 바는 아니지만 좌로 치우치기는 시기가 이른 것 같고 우로 기울어지기는 생리적으로 싫었다. 그 길은 다 같이 평형을 잃은 길인 것 같았기 때문이다. 그렇다고 호구를 원해서 자기를 팔아 버리기에는 양심이 말을 듣지 않는다.

스스로 처리할 수 없는 자신에 싫증이 난 것도 사실이었다. 확고한 주관을 내세울 수 없는 것이 현실이라면 한 길로 달음질하기에는 또한 풍만치 못한 그의 사상이었다.

모리배 노릇도, 부로커도, 정치 뿌로커먼도 할 수 없는 계열에서 빈 트림만 하지 아니치 못하는 것이 현명한 길이요 안전한 길인 동시, 불가피의 길도 되었다. 그것이 혼란한 이 나라의 처세적인 양심가인지도 모른다. 학자는 연구하지 않고 선생은 가르치지 않고 학생은 공부에 힘쓰지 않고 사무원과 노동자는 일하지 않고 등의 '않고'만을 내세워 자기를 합리화하려는 석진의 말은 떨어지기가 무섭게 정선의 반박의 재료가 되었다. 그는 술을 마시면 자기를 몰라주는 아내를 나무라기가 일쑤였다. 그러나 자고 깨면 산다는 것은 실로 엄연한 사실이었고 따라서 먹는다는 것은 진실로 커다란 부담이었다. 그 외에도 부담은 이루 헤일 수 없이 많은 중에 체면 유지가 가장 중대한 두통거리기도 했다.

그는 속으로는 은근히 이것도 하리라 저것도 해 보리라, 생각으로는 아무것이고 다 할 것만 같지만 해방 후 조선 나와서 몇 달 학교 선생 노릇한 것이 애초부터 잘못이었다. 많은 선생과 학생을 알아버린 것이 아무 일이고 간에 할 수 있는 자신을 꺾어 버렸다. 안다는 것은 무엇이든지 매양 모른다는 것보다 나은 것이 없었다.

정선이가 연희의 집에 다녀와서 사흘째 되는 날이었다. 내려다보이는 집과 지붕 위에는 유난히 따스한 햇볕이 고요히 비치는 날이었다. 정선은 멀리 북경의 늦가을을 연상하면서 고향이나 되듯이 향수 같은 애련한 정이 솟아오름을 우스워하는 이성을, 또 한편 그게 상정이지 하고 반박하고 대드는 정의(情誼) 편을 두호하고 싶은 자기를 발견했다. 바로 그때 성장한 연희가 지름길로 해서 이 집을 향해 걸어오는 것이 눈에 띄었다. 정선은 필연 자기 방에도 올라올 것을 예상하고 두루 방을 정돈하여 놓았다.

그러나 기다리는 연희는 올라오지 않고 아래층에서 말소리만 울려왔다.

"언니, 내 쫌 다녀오게."

아래층이 비니깐 집을 보아 달라는 것이었다. 아마 연희가 아래층 색시와 같이 어디 놀러가는 모양인데 자기가 온 것을 정선은 모르고 있는 줄 알고 아예 온 척도 하지 않았다. 그들은 보육학교 때의 동창이었다. 정선은 인사도 없이 가 버리는 연희가 얄밉기보담도 그들이 돌아올 때까지 집을 지키고 앉아 있어야 할 것이 더욱 야속했다. 자기 방은 없는 것을 밑천으로 삼는 전재민 방이라 두려울 것이 없지만 그렇다고 그 없는 중에서 무엇 하나 없어지면 기실은 아래층에서 소중한 것을 잃어버린 것보다 더더욱 뼈

아플 노릇이었다. 그러나 정선의 이성은 그러한 판정을 내릴 여유조차 없이 무엇인지 알 수 없는 대상에게 분노의 불덩어리를 던졌다. 집 많고 사람 많은 서울 장안에서 하필 집 없는 사람은 정선이래야만 될 조건이 무엇이며, 집 없는 자기가 집을 지키고 앉아야 할 의무는 무엇인가? 그는 서슴지 않고 목적도 없이 배우개 장으로 천천히 발길을 옮기었다. 집은 문을 닫아만 두고 나간 것이다. 정선이가 어느 골목길에 들어섰을 때다. 그럴 듯이 훌륭한 일인 가옥에서 또 그럴 듯이 차린 신사가 골목 밖에 세워 논 택시를 잡어 탔다. 어디서인지 꼭 기억에 남은 사람이다. 정선은 다시 돌아서 큰길로 나왔다. 택시도 역시 그때에야 방향을 바로 잡았는지 바로 정선의 눈앞에 그의 뒷모양을 비쳐주는 유리창을 갖다 대이듯이 뿡뿡거리며 가 버렸다. 정선의 가슴에서 쿵, 소리를 내는 듯 놀라는 것이 있었다.

"바로 그치다. 재작년 내 나를 울리며 남편을 잡어 삼키려는 반역자."

정선은 그때까지 막연하던 반역자란 것이 뚜렷하게 형상화되어진 것을 보았다. 북경 치안 기관에 있던 박희태. 풍문에 그가 해방 후 한동안 어느 부 요직에 있었다는 소식까지는 들었으나 그렇게 자기 앞에 나타날 것은 꿈에도 예상 못한 노릇이었다. 남편인 석진을 민족주의자라 하야 어떤 고관과 협의하고 일 년 동안 구금을 시키던 자가 아닌가. 일제의 충실한 앞잡이가 되어 바른 정신을 가진 조선 사람이면 덮어 놓고 가져다 죄명을 씌어서 자기들의 출세의 첩경으로 삼던 자가, 해방 후 아무리 사람이 없는 조선이기로니 그런 자를 요직에 두었다는 것은 아무리 관대한 피의 후예라도 분하기보담은 부끄러운 일이 아닐 수 없었다. 그러나 돌이켜 생각하면 권리만 잡는 자가 따로 있는 모양이었다. 어떠한 세상이고 어떠한 시대이고 문제될 것도 없이 자기의 생존 번영에 눈이 밝은 사람의 머리란 자유로 돌닐 수 있는 것이고 양심이란 아무렇게나 보자기로 씌워서 내놓을 수가 있는 것인지도 모른다. 이런 생각에 잠긴 정선이가 수표교 다리를 건너려 할 때다. 나이 한 삼십쯤 되어 뵈는 웬 여인이 치마가 끌려지는 것도 모르고 어떤 자의 목덜미를 잡고 죽어도 너를 놓치지 않는다고 악을 쓰며 파출소로 끌고 가는 것이었다. 양복천을 속여 판 것이 원인인 모양이었다. 그 장대한 남자가 약해 보이는 여자에게 끌려가는 것은 가관이었다. 그보다도 얼마의 돈 때문에 거의 실성한 것처럼 날뛰는 그 여자를 볼 때 돈이란 때로는 사를 초월하는 것만이 아니라 생 자체인 자기를 있게도 하는 듯했다. 자기도 그러한 무서운 힘을 가진 돈의 위력에 지고 마는 날이 올까 두렵기도 했다. 다리를 넘어선 정선은 젊은 청년 세 사람과 마주쳤다. 상긋한 냄새가 코를 푹 찔렀다. 정선은 무심코 그들을 돌아다보고 놀라지 않을 수 없었다. 향수 냄새와는 반대로 가장 저급한 첨단형의 차림일 뿐 아니라 백주에 잡가를 서슴지 않고 노래 부르고 다니는 청년들. 정선은 그 신분을 판정해 보았다. 스리, 밤도적― 어느 것인지 알 수 없는 형의 유민 청년들이다. 그들은 가장 정의감을 가지고 행동해야 할 청년들임에도 불구하고 한심한 노릇이었다. 그들의 저급성을 (고급한 그들의 저급성을) 향수만으로 써는 감추어지기커녕 오히려 향수의 입수 경로가 궁금했다. 나라를 좀 먹는 부류―. 정선은 묵묵히 생각에 잠긴 채 배우개 장 개천 거리로 나왔다. 어떤 전선대 곁에 이르렀을 때다. 바로 그 옆에 일본 옷들을 늘어놓고 파는 아이 업은 젊은 부부를 보고 정선은 깜짝 놀라지 않을 수 없었다. 그들은 북경에서 전기부분품상을 하던 조선인으로선 대단한 부자였다. 전시라 하루 종일 돈 세음을 하기에 바쁘도록 경기 좋던 상점 주인이 해방된 조국에 돌아와서는 한낱 노점 상인이 되어 생로를 구하고 있다. 어느 것이 정말 한씨 부부인지 정선은 잠깐 마음속에서 서성거렸다.

외지에서 자가용에 거드러거리는 것보다는 조국의 한 개 노점상인 편이 더 적절한 것 같기도 했다. 하늘에는 흰 구름이 송이져 흩어졌다. 정선의 마음속에 와 머릿속에 꼭 차 있던 모든 걱정이 그 찰나만은 구름처럼 시름없이 흩어져 버렸다.

정선은 발을 돌리어 집으로 향해 걸어왔다. 걸으면서야 집 비인 것이 생각났다.

사소한 감정이 그 순간의 자기를 이기지 못하여 외출한 것이 집 비인 시간이 너무 길었음을 그리고 하필 배우개 장을 가서 서울의 아름답지 못한 축소도를 본 것을 후회하면서 걸음을 빨리해서 집까지 왔다. 역시 아무도 없었다.

정선은 길게 안심한 한숨을 쉬고 창문턱에 걸터앉아 아무런 생각도 없이 벽을 보았다.

"앗!" 순간 정선의 머리엔 집에 있는 것이 모조리 없어진 것 같았다.

그 치마가 없어졌다. 정선은 오싹 소름이 끼쳤다. 잃어진 것을 찾아 볼 용기가 없었다. 되려 아직도 도적이 어디 숨어 있는 것만 같아서 우선 집 밖으로 나가고 싶기만 했다.

그는 단숨에 뛰어 내려왔다.

"왜 이리 덤벼" 하는 남편 석진과 마주쳤다.

"여보, 큰일났소 도적맞었소, 도적을."

"뭐, 도적을? 언제."

"지금 막 왔는데 어떻게 해요."

"떠들지 말고 찾어봐."

"벽에 걸었는데 없는 걸 어디가 찾어 보?"

정선은 흡사 아까 길에서 덤비던 여자처럼 머리가 뒤집혔다. 아래층 주인집 것까지 잃었으면 더욱 큰일이었다.

정선은 몸이 저도 모르게 와들와들 떨렸다. 석진은 떨고 섰는 정선을 몰고 방까지 들어왔다.

"없어진 것이 뭔데 잘 찾어봤어?"

"여기 걸어 두었었는데 뭐."

분명히 두었다는 설명보다는 애원에 가까운 음성이었다.

"사람이 언제 저렇게 침착지 못 헐까. 아니 옷이 걸어 둔 자리에 없으면 왜 도적맞었다구밖엔 생각되지 않는가 말이오."

정선은 그제야 남편이 의심났다.

"그럼 당신, 도적이오?"

급한 김에 소리쳤다.

"내가 누군데 도적은 왜."

당신이 치웠느냐는 말이 "도적요" 하고 외친 것이 우스웠다. 정선은 성큼 일어나서 오시이레 문을 열었다. 그러나 그곳에도 없을 뿐만 아니라 옷상자를 뒤진 흔적이 뵈었다. 정선은 상자를 열고 보았으나 그 속에도 없었다. 정선은 혹시 남편이 팔지나 않았나 하는 의심이 났다. 그는 그제야 냉정히 아주 경멸하는 어조로 석진을 노려보며 말했다.

"분명 도적은 당신이구려."

석진은 싱글싱글 웃으면서 정선을 끌어다 옆에다 앉히고는 딴청을 늘어놓았다.

"당신은 곧잘 신(神)을 내세우는데 신이 정말 인간을 맨들었다고 하지만 사람이란 누구든지 자기의 틀 속에서 살고 있는 것이 아닐까? 그렇소, 안 그렇소?"

"인제 한 벌 옷까지 팔아 버리고 아마 벗고 살 셈인가 봐. 없다든 신을 다 내세우고 누구든지 할 수 없이 없으면 그 속에서 사는 거지."

"그 할 수 없다는 그 관념이 습성화되면 그것이 숙명도 되고 운명도 되는 것 같애."

"누가 그런 학설 듣겠어요. 내 치마 내놔요."

"안 내놓으리. 내놓을 테니 내 말 좀 더 들우."

"들어요, 글쎄. 당신의 체념을 왜 나헌테 강요하는 거요."

"숙명론을 벗어나서 우리는 체념을 버리자는 거요. 체념을 벗어나서 보다 의욕적인 적극성을 갖자는 거예요."

"누가 들앉으랬어요. 그러기에 지게라도 지고 다니라니깐."

석진은 하는 수 없이 발악하는 아내를 꽉 껴안고,

"인제 관념적인 팔자타령을 안 하기오. 응."

그는 자기의 입술로 아내의 다음 말을 눌러 버리었다.

이튿날 아침, 정선은 어제 남편이 보자기에 싸 놓았던 석진의 양복만을 빼어 놓고 몇 가지되는 자기의 치마를 싸서 들고 배우개 장으로 걸음을 빨리해서 갔다. 사정목 다리를 넘어서 개천가로 접어들기가 바쁘게,

"아주머니, 팔 것 아닙니까."

마치 유월 파리 떼처럼 몰려드는 건달패에게 질겁이 나서 아니노라 머리만 내저으면서 한씨 부부를 찾았다.

정선은 자기들의 궁박한 사정을 얘기하고 주는 대로 돈 이천 원을 받아 쥐고 어저께 남편이 부탁하던 대로 그것을 밑천으로 새 출발을 하겠다는 것이었다. 그때 한패의 건달들이 지나다가 욱 몰려왔다.

"여보 감상. 우리 홍정 붙어 줌세."

그들은 뿔뿔이 옷 한 가지씩을 들고 제가끔 멋대로 금을 물어 가지고는 홍정을 붙이면 몇 푼의 구전을 먹는다는 것이었다. 마침 류삭크를 멘 젊은 사람 하나가 걸려들었다. 그들 말을 빌면 옭아든 것이다. 장마당 안에서의 건달 세력이란 상당한 것이라 한다. 그래서 가끔은 그들 비위를 맞추어 주어야 되는 모양이었다.

"당신, 그래 이 물건 얼마면 살래요?"

뚫어진 샤츠를 들고 하는 말이 묻는 것이 아니라 위협이었다.

그 사람은 쥐어진 자기의 한 편 손을 뻗치면서,

"여보, 난 그런 건 새 거라도 이백 원밖엔 안 줍니다."

대답이 나오기 바쁘게 이백 원 내고 가져가라고 다지었다.

이 사람은 분명 새 거란 말을 했는데 건달은 다 뚫어진 것을 그 값에 가져가라고 어르는 것이 정선의 상식으로 우습기 짝 없는 노릇이었다. 정선은 한씨 부인과 같이 실컷 웃고 나서,

"그분이 새 거라도 이백 원밖엔 안 낸다지 않았어요."

건달은 그제야 잡은 손을 살그머니 놓고 저이끼리 수군거리었다.

"이 사람, 그 작자 그래 뵈두 시굴때기 아니야. 괜ㅡ니 전기 안 걸릴 사람헌테 걸어야 되나."

그들은 웃고 흩어져 버렸다.

"거참, 이곳에 오면 웬만한 사람은 큰일납지요. 저마다 홍길동이거던요. 까딱 잘못하면 잃어버리는 폐단도 많지요."

한씨는 입맛을 다시며 말했다.

그날 밤, 정선은 다시 한 번 남편의 마음도 다질 겸 자기의 자리 잡히지 않는 마음을 견고히 하기 위하여 투정 비슷이 말을 했다.

"정말 당신은 이상과 또 어떠한 주장이고 사상이고 버릴 수 있수?"

"저것 봐. 내가 언제 그런 걸 다 버린댔어?"

"아니, 왜 전부 백지로 돌리고 생활을 개척하는 길 이외의 것은 관심도 안 갖고 헛눈도 안 판다든 건 뭐유."

석진은 씩, 하고 코웃음치고 나서는,

"난관에 처할수록 사람은 냉정한 비판력을 가져야 하는 거야. 생활에 대한 의식이 강하면 강할수록 길을 똑바로 찾어야지, 덮어 놓고 걸으면 도적질도 할 것 아니겠소?"

"말을 도로 먹는 법두 있수? 그럼 백지 운운은 뭐유."

"편히 ■■■라는 안정감을 버리라는 거요 무엇이고 간에 내 손으로 삶을 보장해 보자는 거지. 우리가 봇짐을 메고 가두에 나선다는 것은 생활을 위한 수단이고 방편이지 그것이 우리의 정신생활에까지 월경해서 침범시켜서는 안 되우?"

"저런 새삼스런 그런 침(侵)한 잔소리 그만둬요. 여편네를 가두에서 보따리 장살 시킬려고 별 수단 다 쓰면서도 어데서 그런 말이 나와요?"

"당신은 아니 여자란 별 수 없어. 아모리 뻐기어도 노예근성을 못 버리나 봐."

그날 정선은 연희의 집 장독대 같은 데서 김장하는 꿈을 꿨다.

이튿날 아침 일찍 석진은 귀국할 때 입고 온 신민복에다 룩삭크를 메고 정선이 내버려 두었던 소위 몸뻬를 꺼내 입고 무턱대고 잔뜩 긴장한 채 장마당으로 향했다. 벌써 장마당에는 많은 장사꾼들이 모이어 흥정이 벌어졌다. 그들은 두루 살펴본 나머지 밤을 받아서 거적 위에 펴 놓았다. 싸구려를 외치지 않아서임엔지 흥정꾼이 모여들지 않았다. 석진의 마음 같아서는 오히려 다행하기도 했다. 자기가 시작한 일에 의의를 붙이듯 마음을 굳게 먹고 앉았어도 사람이 오기만 하면 머리가 번쩍 쳐들어지지 않았다. 석진은 캡을 일부러 눌러쓴 채 밤만 깨물어 먹고 있었다. 석진이 마음 조이는 이상으로 정선의 마음도 조리었다. 동무를 만날 것이 제일 부끄러웠다. 아무리 떳떳한 노릇이라 스스로 타일러도 쉽게 머리가 쳐들어지지 않았다. 누구는 밤을 팔더라 하는 동무들 얘기가 들리는 것 같기도 했다.

저녁때쯤 되었을 때다.

"여보, 우리 풍로하고 쇠줄 소쿠리 사서 밤 구워두 팝시다."

그는 즉시로 필요한 것을 사다가 밤을 굽기 시작했다. 그러나 밤도 석진의 뜻대로 잘 구워지지 않았다.

석진은 밤을 구우면서 "에이, 못해 먹겠군." 그런 소리가 연발되었다. 기가 외서 사 주려니 하고 앉아 기다리는 노릇이란 어리석은 듯도 하고 안타까운 노릇이기도 했다.

그들이 날 밤 구은 밤 장사를 시작해서 사흘이나 되어도 밤은 별로 줄어들지 않았다. 석진은 하는 수없이 산 값보다도 헐하게 말로 팔아 버리었다.

정선은 줄어진 본전을 보자기에 싸서 들고 집으로 돌아오며 막연한 느낌에 사로잡혔다. 또 무슨 일을 해야 좋은지 아득한 것뿐이었다. 가두에 서서 이미 사흘. 처음 날의 부끄럽던 자긍은 어느 정도로 마비되어 버리고 살아야 한다는 의욕만이 강해진 듯했다. 그 저녁, 석진은 목욕을 하고 다시 세

비로로 갈아입었다.

"여보, 미안허우. 당신 치마만 없어졌구려. 내일부터는 그만둡시다. 우리가 가두에서 무엇이고 팔어 보았다는 것도 아름다운 추억이 될 수 있는 동시에 소중한 경험 재료가 된 것으로 만족하는 수밖에."

어이없어 빤히 쳐다만 보는 아내의 시선을 피해서 담배를 꺼내 물고,

"우리 차나 한 잔씩 먹고 옵시다."

정선은 속으로 그렇다니깐, 그저 도적질도 저마다 못한다고 속으로 중얼거리긴 하면서도 자기 역시 아무런 능력이 없음을 시인치 않을 수 없었다. 정선은 마치 깊은 구렁텅이 속에 빠졌다 솟아오르기나 한 듯 내일이야 어쨌건 우선 장사를 그만둔다는 것이 정말 좋았다. 속으로 '옳지. 인제 저이가 취직을 하려는 게다' 생각하면서 호기있게 걸어가는 석진의 뒤를 따라나섰다. 유성이 하나 곱게 흘러서 가 버리는 것이 보였다.

앞에 선 석진의 머리는 더욱 명랑했다. 마음은 이미 준비되었다. 숙고, 의기를 넘어서 다음은 행동이 있을 따름이다. 후회나 주저는 석진의 마음에서 추방될 셈이었다. 그는 새로이 민중의 생활 가두에서 자기의 주의를 배우고 또 내세울 것을 맹세한 것은 자기 외에 아는 사람이 없었다. 어떠한 방법으로든지 우선 아내부터 동화를 시켜야 하는 것이 자기의 급선무라 생각하면서 다방 문을 열었다.

— 《부인》 2권1호, 1947. 1.

그 전날

팔월 십일!

전기 시계가 오후 세 시를 가르키엿다.

훈(薰)은 뒤숭숭한 부하들이 안절부절을 못하는 이유를 잘 알고 있었다.

언제 공습경보가 날른지 모르는 경계경보중의 갈아앉지 않는 마음—언제 어디서 어데케 될지 모르는 불안은 초조로 변하고 그 초조를 나타내지 않으려는 노력이 오히려 무거운 공기를 비저냈다.

팔월의 찌는 듯한 더위와 더부러 서로의 숨소리만 노파 가는 오후 세 시.

"모리(森) 경시가 좀 오시랍니다."

은방울 굴리듯 또렷한 발음이다. 여자 급사 인자였다. 더위에 못 이겨 그 나란히 세우든 압머리는 추켜올려지고 땀이 기름처럼 배인 이마 아래서 깜안 눈이 훈의 반응을 기다려 내려다보고 서 있었다.

훈은 일급 사십 전과 해초(海草)방 세 개의 값 십오 전을 제한 이십오 전 짜리 어린 봉급자를 처다보며 가겠다는 뜻으로 머리를 끄덕여 주었다.

그는 이년 전부터 입기 시작한 경부옷 소매에 둘러진 검은 선을 새삼스러운 듯 눈여겨보았다. 그리고는 이러서는 차로 심호흡하듯이 기지개를 지엇다. 그것은 꾸겨진 마음의 주름을 펴는 안정과 여유를 가져 보겠다는 수단이기도 했다. 훈은 복도를 조금 걸어서 ×××도 경찰 부장실 또어를 열고 들어섰다. 부장실에는 경찰서장 미야모도(宮本)도 안저 있었다.

"요— 이랏샤이."

"요! 오—야마꿍, 자넨 그만큼 뚱뚱하니 더위도 남보다 더할 껄세. 어서 이리 앉게. 그래 요즘 어떤가?"

"어떻긴? 뭐가 어때요. 그저 그렇죠."

"가족 피난 안 보냈나?"

"인젠 벌서 시기가 느즌 걸이요 체면상 차일피일하다가 아주 못 시키게 됏서요."

"흠—."

미야모도 서장은 고개를 끄덕였다.

"그런데 오—야마꿍."

모리 경시는 뒤적이든 책을 딱— 소리 나게 접어노코 수건을 꺼내 땀 밴 얼골을 닦그면서 말한다.

"오늘 이러케 불른 것은 달음 아니라 며칠 전 ××서에서 스파이 세 사람이 도 경찰부로 넘어온 걸 자네 알지?"

"소련에서 넘어온 스파이 말슴이죠. 정보는 들엇습니다."

"음. 그런데 셋이 다 조선 사람일세."

모리 경시의 머리와 구두발이 동시에 올랏다 내렷다 조자를 마추며 흔들렸다.

미야모도 서장은 오—야마인 훈의 표정을 놓치지 않으려는 뱃속과는 부합되지 않는 겻눈질을 하면서 안경 속에서 끔벅이는 눈이 딴장보는 척하는데 그는 불쾌를 느꼈다.

"때가 때이니만큼 말성일세."

"그래서?"

그는 모리 경시만을 응시하면서 물엇다.

"그래서 우리 두 사람이 의논한 결과 자네에게 이 스파이들의 취급을 일임키로 지금 결정을 지엇네. 자네는 아다싶이 스파이들은 우리가 취급할 문제가 아니지만 요즘 헌병대에선 바뻐서 이런 문제에는 손댈 겨를이 업고 다음 고등게에서 취급할 성질의 것이나 그러케 부문을 따질 시기도 못 되고 봄매 부득이 자네에게 밖엔 맡길 수 업게 되엿서. 그 점 잘 고려해서 조처해 주길 바라네."

"사형을 하건 석방을 하건 전혀 군의 마음대로 하라는 말일세."

미야모도— 서장의 말이다.

"어쨌든 이 도에서는 조선 사람치고 자네가 경찰게에선 최고 권위자가 아닌가? 일시동인(一視同仁)의 고마우신 성은과 둘째로 대동아 성전의 의의를 모르는 이러한 반역을 도모하는 배(輩)들에게 자네로서의 의견이 잇슬 것이니 자네 의견대로 처분하란 말일세."

모리 경시의 엄숙한 명령이기도 했다.

너도 들어보라는 강의와 가튼 훈수이기도 했다.

훈의 마음속에는 수엄는 답변이 우글거렷다. 두만강 일대에 한 달 치고도 수십 명 잡히는 스파이들, 그 속에는 이 할까지는 일본 사람도 잇지 않은가. 하필 조선 사람이라 해서 부문 외의 내게 다 떠맞기는 것은 무슨 심사일까? 옅은 간교한—시험의 제물이 된다? 기회를 노리여 남의 뱃속을 알어내고 기회를 이용하여 자기들의 남은 명맥을 타진함에는 자기들에게 충실하든 자부터 시험할 필요도 잇슬 께다. 락타는 사막에선 물주머니를 가진 유리한 조건부의 동물에 지나지 못하는 때도 잇다. 자기를 이용해서 어깨에 금줄을 미끼로 표리(表裏) □연한— 범이 양의 가죽을 쓰고 양을 꾀이는 태도, 익을 대로 익은 감이 그 꼭지에서 물러나기 전 그 빛과 향기를 자랑한다.

불 꺼지기 전 밝은 등촉과 같이 그들 인심은 아직도 조타. 속이 비일스록 장고는 더욱 큰소리를 낼 수 잇스리라. 그러나 나는 최후의 날까지 그들의 장고를 메여야 한다. 그게 내 숙명일 께다. 어린애처럼 잔등을 두들기며 매만지며 "잘허지—" 식으로 손님이 미운 주인집 아희 어르듯 '사형을 하건 석방을 하건', 그것은 사형을 하라는 똑똑한 분부를 이 훈의 입을 빌어서 처단하라는 흉계가 아니고 뭐냐.

도마에 오를 고기가 도마에 오른 고기를 잘러지면 먹어 보겠다는 뱃장과도 같았다.

"네. 잘 알았습니다. 그 대신 어떠케 처분하든 일제 간섭이 업스시죠?"

"물론 우리가 과거에도 자네를 그만큼 신임햇고 지금도 역시 신임하는 까닭에 자네에게 일임하는 것이 아닌가?"

모리 경시의 대답이다.

"이 ×××도 치고도 검사와 의견을 다투는 경찰관이 자네뿐이 아닌가? 왜, 그 무슨 죄명이드라? 그때 자네 뜻한 바와는 너무 차가 많게 판결이 내렷다고 검사를 한바탕 먹여 준 자네어든!"

미야모도 서장의 말이다.

상대편을 추어올리려는 것이 상대편에게 진실감을 주지 않을 때는 추어올리는 편이 아첨이 되고 만다. 아무 말이고 그날의 ×××도 보안과 주임 대산훈(大山薰)에게는 반응을 일으키지 못했다. 너무 빤−히 건너다뵈이는 술책이였기 때문이다.

"그럼 내일부터 취조를 하겟습니다."

이 간단한 한마디 말을 남겨노코 그는 부장실을 나와 버렸다.

십일 밤엔 폭격이 더욱 심했다. 정거장과 그 부근 일대는 폭탄이 떨어저 끊어지고 기울어진 가옥과 건물들이 많았다. 원체 큰 도시가 아니였든 까닭으로 한 개의 폭탄은 열 개로 선전되고 따라서 민심의 소란은 거기에 정비례되엿다.

일반 시민은 전부 다−라고 하리만큼 부근 촌락으로 피난을 갓고 촌락에 피난 못 간 남어지 사람들은 산 밑 방공호 속으로 몰려갓다. 관청 직원들도 밤이면 의례 방공호 속에 숨어 잇섰다.

이따금씩 산 위 포대(砲臺)에서 대포 소리가 들린다. 마치 범보고 짖는

개를 연상시키는 소리였다. 공습경보로부터 경계경보로 바뀌어지면 살어 있다는 듯이 경방대원들이 수군거리는 소리가 들린다. 오직 사람이 살고 있다는 증명인 듯이 새까만 밤 고막을 울리는 사람의 소리였다.

훈은 '후' 한숨을 쉬고서 침침한 방공호 속으로부터 잠든 아히들을 안어다 방안에 뉘였다. 그는 그대로 유치장 안에 남어 있을 죄수들이 오히려 편한 잠을 잤스리라 생각하고 쓴우슴을 삼키였다.

밤은 무서운 폭격과 전률과 어둠에서 해방되여 산 넘으로 강아지 눈빛 같은 하늘이 뵈였다. 떠오르는 태양은 타는 불덩이처럼 붉었다. 어려서 보든 아침 솟아오르는 태양을 참으로 오래간만에 본 그였다. 그러나 마음은 오히려 어두운 밤이었다. 피할 수 업는 숙명이 일본의 패망과 함께 자기를 위협하는 것 같었다.

그는 출근하기 전 낮에도 되도록 방공호 속에 있스라고 안해에게 거듭 당부했다. 다시 맞날 때까지를 기약 못하는 공습경보 때문이였다. 그가 자전거의 페달을 눌러 도 경찰부 앞까지 왔슬 때는 부근 일대는 어저께보다는 더 한칭 산란하였다. 때는 닥쳐오는 것만 같었다. 서로 하루밤의 무사를 기적인 듯 말 대신 눈으로 주고받으며 "오하요"ー를 말하는 새처럼 외였었다.

십일 일 아침 열한 시경 대산 주임인 훈은 례의 소련서 왔다는 스파이 삼인을 밀실에다 불러놓고 취조를 시작했다. 한 사람식 불러야 할 것이엇만 어차피 사형시킬 자들이고 보면 일일이 캐여서 따질 필요도 업는 듯했다. 더욱 어저께 모리 경시와 미야모도 서장의 작난감 주물르듯 자기를 다루든 화푸리를 세 사람 스파이에게 한꺼번에 퍼붓고 싶었다.

"오마에다찌와ー." 그는 "너 이놈들." 알아듯건 말건 나는 일본말이 내 말이다라는 듯이 일본말로만 말했다. 일본을 염탐하러 오는 스파이가 일본말 모를 리는 만무할 것이고 또 자기가 일본 사람 행세를 해야만 더욱 강해질 수 있다는 타산도 석겨 있었다.

"이눔들아, 사지가 멀정한 놈들이 해먹을 노릇이 그래 겨우 고거야? 목숨보다도 돈이 좋드냐. 아모런 짓을 하기로서니 그래 남의 나라 개로 팔려 단여? 못난 자식들-."

그의 부릅뜬 눈 아래는 여윈 그러나 장대해 뵈이는 세 사람 죄수가 재롱 피는 아들에게 맞는 때에 웃을 수 있는 어버이 가튼 우슴을 웃고 있었다. 세 사람이 꼭 가튼 그런 우슴은 대산 주임의 성을 더욱 도두는 도움이 되였다.

"이 자식들 죽을 때는 웃기만 허겟다."

"우선 죽기 전 한 번 매밥이나 실컨 멕여 놔야지. 어디 그래도 웃나 두고 보자."

그는 가죽 띠를 골라 쥐였다. 그리고는 세 사람을 한꺼번에 굴리고 싶었다. 자기도 모르게 눈에서 시뻘건 불덩이가 이글이글 끌어서 악을 쓴 얼골까지 타는 듯 뜨거웠다. 가죽채는 높이 쳐들어졌다. 그리고는 적확한 목표도 업시 거저 후려 갈겼다. 또 후려 갈겼다. 누굴 때리는지 누가 맞는지도 모른다. 엇쨌든 때리는 것만이 그의 목적이였다. 그러케 사오 차 거듭 하였슬 때 그는 추켜올렸든 자기의 가죽채 든 손을 쳐다보았다. 팔에 기운이 빠졌슴에다.

'내가 이제 무슨 취조를 이러케 헌담. 미쳤나?'

이런 생각이 머리에 떠오르자 그는 잡었든 가죽채를 땅바닥에 내여던졌다. 바람이 쓱 지나가는 듯이 느끼여졌다.

경부옷을 입기 비롯해서 처음 든 매였다. 그는 의자에 걸터앉어 비로소 죄수들을 훌터 보았다. 마치 그들의 등은 한두 번식은 가죽매 맛을 보았노라는 듯이 웅크리고 앉어 있었다. 훈은 자기의 흥분이 약간 식어 감을 느꼈다. 얼마 동안은 파리 날개 소리만이 들리였다.

"군들은 군들의 행동이 얼마나 위험한 일이란 것을 아는가?"

아까와는 말 어조부터 달러졌고 그 무섭게 구울리든 눈도 침투성만을 간직한 듯이 쏘아보기는 하나 마구 돌지는 않았다.

아마도 죽여야 할 인간들이고 보면 자기의 감정의 희생을 강요한 것이 약간 미안하기도 했다. 그래서 그는 말소리를 부드럽게 고쳤다.

그들 중 두 사람은 조선 노동자 모양으로 변장하고 한 사람은 노동판 십장처럼 채린 것이 눈에 띠였다. 아마 알선인부를 거느리고 가는 것처럼 꾸민 모양이였다.

셋은 대산 주임의 말이 떨어지자 약속이나 한 듯이 극히 쩔븐 시간 서로 얼굴을 마조보고 눈으로 암호를 다 말하고 났다.

"네. 잘 압니다."

"알다니, 무엇을 어떠케 안다는 말인가?"

"……."

"대답을 해 보아ㅡ."

"우리는 보수에 팔려 다니는 개가 (훈이 조선 사람인 것을 알었다면 그들은 서슴지 않고 '당신처럼'을 넣었슬 께다) 아니오. 조선을 위해서 일하는 조선 사람입니다. 내 조국을 위해선 내 민족을 위해선 구태여 개 되기를 사양치 않는ㅡ 언제든 그 생명을 뚫어진 신짝보다도 헐하게 버릴 수 잇슴을 안다는 것입니다."

그중 가장 빛나는 눈을 가진 죄수 3호의 대답이다.

'머? 내 조국, 내 민족?' 그는 자기의 귀를 으심했다.

아무러키로서니 설마 이러케야 담대하랴ㅡ 무엇이ㅡ 그들을? 어디서 그 힘이? 나는 것일까.

훈은 걸어가다가 뜻하지 않은 장애물에 부딪친 감이였다. 의외였다. 침묵은 자기의 약점을 상대방에게 보여 주는 기회를 줄 것 가텄다. 그래서 그는 심문을 계속했다.

"너이들 행동이 소련을 위한 것이 아니고 조선을 위한 것이란 말이지?"

그는 군 대신에 너이들을 다시 사용하였다. 마음 한구석에 뭉쳐 있든 돌멩이가 움즉이기 시작한다. 마치 돌 밑의 풀이 그 돌을 치워 노면 자라날 가능성이 있는 것과 가튼 감정- 그것은 때의 교훈에서였다. 훈은 그 감정에 반발을 꾀하엿다.

"그렇습니다. 우리들의 행동은 그 어떤 나라를 위하는 것이 결코 아닙니다. 오직 조국의 재건을 위하는 것뿐이고 그것을 위하야 받칠 수 잇는 생명을 갖엇다는 것을 영광으로 생각할 뿐입니다."

죄수 2호의 대답이다.

"너이들이 지금 한 말의 결과를 알어?"

"우린 행동을 시작하기 전 성공치 못한 때의 결과를 미리 결정짓고 다니는 사람입니다."

죄수 1호의 대답이다.

"그래, 행동이 생명보다 소중허단 말이지? 그 소중한 행동을 어떠케(어리석게) 햇스면 이러케 잽혀서 죽느냐 말이야."

"아니외다. 사명은 생명보다 중하나 생명은 사명보다 귀허지요. 마는 우리의 귀한 생명을 내걸고 결행하는 행동은 오직 조선을 위해서, 조국을 위해서, 한 생명이 죽은 후의 여러 생명의 자유를 무엇보다 소중이 여기는 것이 우리들 행동의 원동력입니다."

죄수 3호의 대답이다.

"소련으로 건너간 동기는?"

"우린 중국으로 갓다가 거기서 소련으로 갓습니다. 사상불온 혹은 치안유지법 위반 등으로 이년 혹은 오년 징역사리를 하고 나서는 당국의 감시의 눈도 눈이려니와 첫재 생활도 할 수 업섯고- 그래서 갓습지요."

"세 사람이 다- 그렇다 말인가?"

"비슷합니다."

"쏘련엔 조선 사람이 얼마나 잇서?"

"자세한 숫자는 모릅니다. 허나 인젠 일본도 막다른 골목이고 우리도 어차피 죽을 목숨이고 보면 숨길 필요도 없겠지요. 소련서보다는 중국에서 조선 사람들이 의용군을 조직하여 직접 일본과 항전하고 잇습니다. 그 밖에 광복군 또는 무슨 ×× 공작대 등 적지 안은 공적을 세우며 련합군을 돕고 잇습니다."

그는 이러한 사실을 약간 알기는 했스나 그들이 이 자랑이나 하듯이 서슴지 않고 기탄업시 얘기하는 것을 들으면서 되려 자기가 심문을 받는 감이였다.

"조선이 독립된다고 믿는가?"

"카이로 선언, 폿츠담 회담 등 그것은 이미 약속되여진 사실이니까요."

죄수 2호의 대답이다.

"지금 전국을 어더케 생각하는가?"

"불원에 이중교(二重橋)가 허물어집니다. 바라는 바는 우리의 생명이 그 날을 보고 죽엇스면 하는 것이 유일한 히망입니다."

죄수 1호의 대답이다.

대산은 어처구니가 업섰다. 그 담대한 대답들. 자기가 그 이상 할 말도 없고 물을 말도 업섰다.

죽엄을 각오한 지 오래된 사람들에겐 죽엄이 한 청산(淸算)이나 되듯이 죽엄에 대한 공포는 조곰도 없었다. 그들에 비하여 자기의 불안은 너무 비겁한 듯 느껴졌다.

그는 그들의 마음을 꾀둘기나 할 듯이 맛처다 보았다. 그러나 세 사람의 얼골이 아물거릴 뿐 그가 보는 곳은 자기 자신의 과거였다. 그는 머리를 흔들어 교란된 두뇌를 정리하고 싶었다.

"나히는? 1호부터!"

"서른다섯."

"서른 살."

"서른 셋."

"오늘은 비공식이고 내일 한 번 다시 취조할 테니 그리들 알어."

이리하여 그날의 심문은 끗났다.

십일일 밤은 폭격은 십일 밤보다도 더 심했다. 멀ー리 해안 지대에는 쉬임업시 조명탄이 투하되고 불꽃이 큰 덩어리가 되어 날려졌다. 그는 그 밤도 그 전날 밤과 다름업시 방공호 속에서 밝히였다.

십이일 아침도 산머리로부터 밝어 왔다. 판에 박은 듯한 공식 생활은 그 전체가 문어지기 일순(一瞬) 전까지도 계속된다.

오하요ー. 여전한 아침 인사가 끗난 ×××도 경찰부 보안과 내부는 유난이 어수선했다. 더운 입김과 허턱대고 피우는 담배 연기만이 먼지와 갓치 실내를 떠돌아다닌다. 자리잡지 못하는 마음들을 안정시키려는 니코찐에의 의탁ー. 태연이 칼자루를 매만지며 걸어도 구두소리가 덜그럭거리는 것만 가텼고 거를 때마다 절그락 삐걱ー 하는 칼의 금속성조차 공포에 지진 신음성인 듯 훈에게는 생각되였다.

아들의 머리를 쓰다듬는 듯하던, 그 권위의 상징 위신의 벗이든 긴ー 칼자루의 감촉은 그날따라 미적치근하였고 다리를 차며드는 칼집이 짐스러웠다.

내다뵈이는 큰길 옆 반괴(半壞)된 가옥의 부스러진 기와ㅅ장은 자기의 애용하는 칼날의 잘라진 토막을 연상케 하였다.

경계공보와 공습경보가 연달아 울리는 하늘에는 더위가 숨매키게 차 있다. 눈 아래 보이는 큰길 아스팔트는 타는 입술처럼 말러든 곳도 있고 윤이 지르르 흐르게 녹아 나는 곳도 있섰다. 길에는 사람이라곤 경방대원뿐 제 ××사단 군인들은 어느 참호에 가서 숨었는지 이따금식 총소리만 들릴 뿐 길에는 얼신하지는 안했다. 가로수는 맥풀린 수족처럼 느러저 더위와 싸워 젓노라는 듯이 후적지근했다.

오후 세 시.

그가 스파이들을 취조할 시간은 되었다. 그가 앉은 밀실 한편 문이 열리고 죄수들이 간수에게 호위되어 들어왔다. 허리를 굽실할 줄 모르는 키 크고 여윈 친구들이다. 훈은 돌아서서 나가려는 간수에게 이상한 주문을 했다.

"붓채 세 개를 이리 갖어오두룩 하오."

"뭐요? 붓채를요?"

간수는 수상한데- 라는 듯이 표정을 지으며 반문한다.

"곳 나가서 디려 보내오."

간수는 눈이 휘둥그래졌스나 곧 명령이였다.

닫힌 창으로 바람이 통하지 않고 창 우엣창에서 파리가 들락날락하며 날기도 하고 안키도 한다. 자유로운 파리- 훈과 죄수들은 꼭 갓치 파리의 자유를 생각해 보지 않을 수 업는 최후의 날이였다.

간수는 부채를 가져다가 훈이 앉은 상 우에다 놓고 세 사람 스파이를 위압하듯이 험상궂게 삑- 둘러보고 나가 버린다.

훈은 비로소 그들을 앉으라, 의자를 손으로 가리키고 붓채를 집어다 붓츠라고 말했다. 그들은 서슴지 안코 붓채를 집어들고 의자에 앉았다.

죽이는 사람에게 던저 주는 붓채의 바람 가튼 위선 값안 독선적인 자선- 죄수 3호의 입가에는 이런 의미의 미소가 떠돌았다.

"내일 오전 열 시가 군들의 사형 집행 시간요"

예리한 칼로 뚝 잘르듯이 말을 끊었다. 그러나 훈은 그들의 표정을 살피지 아니치 못했다. 그들은 벌서 아노라는 듯이 태연이 붓채로 바람을 청할 뿐 얼골 근육 하나 움직이지 않았다.

"검사국으로든가 헌병대로 넘기지 안소?"

죄수 1호의 물음이다.

"그럴 경황(겨를)이 없오. 이번만은 특별 조치로 이곳에서 처단하게 되였소."

훈은 대답을 마치고 눈을 지긋이 감고 무슨 생각에 열중되였섰다.

그가 눈을 뜨고 그의 입으로부터 배터진 말은 그들 스파이를 놀래게 하지 안흘 수 업섰다.

"나도 군 등과 한 가지 조선 태생이오."

틀림업는 조선말이였다. 그는 조선 사람 아니 조선의 아들이라고 하고 싶었다. 그러나 그러기에는 그로서도 너무나 쑥스러웠든 것이다.

스파이들은 그의 입에서 조선말이, 더욱 그러게 능숙한 조선말이 나온 것은 실로 뜻밖이였다. 오히려 기적이니 싶었다. 그는 그만큼 일본말이 능숙했고 생김생김도 전혀 일본 사람 가텄든 것이다.

"내 손으로 검사국에 넘긴 조선 사람은 십오 넌간 수업시 많었고 일본 사람도 꽤 많이 있었소."

세 사람 스파이는 의론이나 한 듯이 부채 부치든 것을 꼭 갓치 멈추었다.

"허지만…… 사형 선고를 내 입으로 내리긴 이번이 처음이오. 이 과정이 내게 주어진 최후의 아니 조선 사람에게 주어진 마지막 시험일 것이오. 아모리 귀를 틀어막어도 들리는 저 소리가…… 일본이란 거대한 성이 문어지는 소리가…… 저 공습경보인 것만 갓소. 아모리 눈을 가려 보아도 부서진 조각이 발에 채이니 하늘에 오르려는 독수리의 날개는 이미 부러진 오늘도……. 나는 당신들을 처단할 권력을 갖엇고 당신들은 죽어야 할 운명이 아니겟소? 물론 당신들은 나를 동족의 피로써 살쩌진 인간이라고 생각는 줄도 아오. 그것은 사실인 동시에 거기에 구애되는 내 감정도 아니고 오직 이 길만이 내 유일한 활로이였소. 애매한 죄명을 똑바로 붙히기 위해 팔이 굵어질 정도로 매로 때렷다. 입 닫은 사람의 입을 버리기 위하야 자갈도 물리고 횃침(火針)으로 쑤석도 보고 참대로 손구락을 비틀어도 보고 구두발로 되는 대로 차 버리는 것쯤은 례사이고 죄인이건 아니건 한 번 의심만 나면 몇 해라도 가둬 두어도 아랑곳할 배 아닌 충실한 일본의 압잽이였소. 동요 간의 울화나 상관에의 화푸리는 언제든 죄수들이 그 대상이엿

스니까ㅡ. 자세 보시오. 나는 이러한 인간이요. 이곳 밥(祿)을 이만큼 먹엇
스니 무슨 짓인들 못하엿겟소. 아직도 이러한 내일망정 잊허지지 안흔 기
억ㅡ 그것은 시집온 지 삼 일 만에 남편의 죄 때문에 끌려와서 그 색동옷
고름을 무지한 농부가 풀포기 뽑듯이 잡아 끼곤 말업시 느껴 우는 신부의
뒤통수를 밀어 류치장 속에 집어넣고 야비한 웃음을 웃든 동요가 그때만은
나도 미웟섯소. 자, 이 내 어깨에 금줄과 별을 보시오. 이것이 조선 사람을
못살게 굴엇다는 표식일 것이오. 나는 아프로 얼마 안 되여 경시가 되리라
믿엇섯고 또 그것을 희망햇섯소. 그런데 래일 아침 여덟 시에 당신들을 처
단한 상으로 더 속히 될른지도 모르오.

　헌데 나두 나이 서른다섯이오. 내 이 서른다섯 해를 사는 동안 철이 들
기 전에는 산골에서 아버지를 도아 화전을 가는 농부이엿소. 내가 육다섯
되든 해 봄 그 산골에도 서당 비슷한 학교가 생겨서 덮어놓고 댕겻지요.
내가 공부를 잘햇는지 다른 아히들이 못햇든지 어쨌든 월반을 두어 번 한
덕에 열아홉 되는 해 봄 졸업을 햇고 이어서 회령 유선 탄광에 취직이 되
엿섯소.

　명목은 서기나 급사도 되고 도적직이도 되여 일급 이십 전 월수 육 원을
어덧소. 그럭저럭 일 년이 지난 어떤 날 일인(日人) 동료와 싸윗다는 리유
로 과장은 그른 배 업는 나를 되려 책망합디다. 그 길로 사직원을 내고 고
향인 무산 산골로 돌아갓드니 집에선 밥버리하는 아들의 며느리 가음을 골
러 놓앗다고 결혼을 하라는구려. 나는 그만두엇다는 말은 못하고 결혼은
안할 수 업고 아무튼 부모의 뜻대로 혼인은 하고 보니 놀구 잇슬 수도 업
구 생각해 낸 것이 순사이엿소. 생활뿐 아니라 일본 사람을 내 아페 무릎
을 꿀어 보고 싶은 야망도 잇고 어쨌든 그것이 생활과 어떤 야망을 이루어
볼 수 잇는 가장 첩경이라고 생각되여집디다."

　훈은 얘기를 중단하고 담배를 꺼내서 그들에게 피라고 권하고 자기도 피
여 물었다.

"참, 매우 시장들 허지요?"

그는 종을 눌러 급사를 불렀다. 무엇이든 먹을 것을 사오라고 그가 주머니에 손을 넣었을 때 인자(여 급사)는 기막히다는 듯이 웃으며 경계공보 중에 무엇을 파느냐고 되려 핀잔에 갓가운 엉석 비슷한 반박을 주었다. 그는 자기의 정신 상태를 의심하면서 다시 말을 계속한다.

세 사람 스파이들은 훈의 회고담 속에서 그의 량심의 동향을 차즈려 하는 듯했다.

뉘우침의 파편을 줍고도 남음이 있는 듯 느껴졌다. 한 경찰 관리의 회개쯤 그들에게 대단한 문제는 아니겠지만 그 밀실 속에서나마 자기를 얘기하는 감상을 그들은 역류하든 민족의 피가 똑바른 혈관에로 흐르려는 노력이라고 마음속에서 비판을 내리고 그가 말 끊기를 기다려 그의 핏줄을 바로 잡어 주리라 별르고 있섰다.

"바로 이 도청이엿소. 순사 시험을 치러 합격된 곳이……. 나는 이상하게도 해마다 시험을 치러 어깨에 별 하나씩을 늘구엇고 재작년엔 전 도에서 나 하나가 뽑혀 강습 일년을 마치고 이어서 이 도 보안과 주임이 되여 오늘에 이르럿소. 사람들은 빨리 진급하면 아주 못된 짓을 많이 하여야 즉 죄인을 잘 잡고 잘 다려야 속히 진급되는 줄 알지만……. 그도 물논 사실이지요. 허나 이 도내 치고, 아니 전 조선 경찰관 중에서 뛰여난 머리를 갖엇다고 자타 공인한 것이 나요. 이것은 나를 자랑하는 것이 아니라 나를 얘기할려니 하는 말이오.

오늘 조선 사람들이 누구 한 사람 하구 싶은 말을 하여 보는 사람이 업는 중에도 더욱 못하는 사람들이 우리 경관들이고 그 경관 중에도 나 가튼 게급에 잇는 사람이오. 민사 형사를 통해서 어느 검사가 부럽지 않으리만큼 통효(通曉)했고 붓대로 먹을 찍어 제법 종이를 훌륭히 검굴 줄 아는 도락도 하엿지만 나는 아직껏 남을 부러워할 줄 모르는 사람이엇소. 가끔 마음속에서 일어나는 분렬…… 민족에의 량심이 머리 들 때가 있기도 하엿지만 력사가 노예의 행세를 우리 민족에게 강요할 때 그 속에서 내 자신의 안일과 자라나는 명성과 함께 더욱 튼튼한 지위로 지반을 닦어서 량심적인 나를 눈감게 하고 그 지반 속에 묻으려는 스스로의 기만, 그 기만을 달관이라 하여 매일의 현실에 충실하엿든 것이오. 그러튼 내가 어저께 당신들을 심문하다가 진실로 가슴 아픈 질투를 느꼈섯소

조국 조선을 위한다는 말. 나도 이 길을 밟지 안헛드면 혹 당신들의 걸은 그 길을 걸엇슬 것이 아닌가고─ 혹─ 이러케 말하면 일본의 수명이 내다뵈이는 오늘이라서 기회를 노린다고 당신들은 생각하실른지는 몰라도 나는 아직까지 이러케 큰 자기분열 속에 봉착해 본 일이 업섯소. 조국 조선을 위해서 여러분이 받히려는 생명을 나는 조국의 원수를 위해서 빼앗서야 하는 내 입장은 이 얼마나 자랑스러운 자리오.

요즘 나도 한 번 당신들처럼 말이라도 속 시원이 해 보구 싶은 생각이 공습경보로 신경에 이상이 생겼는지 누구에게든지 하소연하고 싶은 생각이 낫섯소. 로련한 의사가 시체를 한 물질로 생각하듯이 경관도 법망에 걸리는 사람은 물질 이상으론 취급하지 안홈이 보통이오. 매일갓치 그 많은 죄수들 그 중에는 더러 애매한 죄수가 잇다손 치드래도 우리네 사회에서는 특별한 동정이 가는 가엽다든가 안됏다든가 하는 생각은 이 경관복을 갈어입는 도수가 잦어갈사록 소멸되고 마는 감정이요. 그러하던 내가 내 감정을 피력해서 내 스스로를 내세워 량심의 한 모퉁이를 뵈일러고 하는 것은 확실히 정상적이 아닌 신경의 소치인지는 몰라도 마치 눈 속에 든 티 모양으로 마음에서 굴러단니는 이 자갈돌을 주어 뿌리칠 곳을 차저봤오. 다시 말하면 하소연하고 싶은 상대자를 택한 것이 당신들이엿오. 왜냐하면 래일 아침 여덜시면 당신들은 이 세상에서 영원이 업서질 사람들이니까, 내가 한 말이 세상에 알려지지 안홀 것이고 따라서 책잡히지 안홀 것이 아니겟소

남의 약점에다 내 약점을 드리대는 것 갓기도 하지만─ 너무 군소릴해서 미안허우. 상대편 감정을 고려할 줄 모르는 것이 또한 우리네 이 사회

의 습성이여서 이러케 더운데 내 푸념을 하엿구려."

죄수 세 사람은 그때야 생각난 듯이 부채를 다시 부쳤다. 바람을 날려다 주는 붓채― 훈의 얘기를 듣던 그들은 내일 오전 여덟 시의 사형 언도는 딴 사람들의 이야기이기나 한 것처럼 그들 스스로도 모르게 잔잔한 달밤을 거니는 거와 가튼 감이였다. 훈이 오히려 우락부락 굴었스면 훈에 대한 련민과 증오에의 반발도 있으련만……. 따라서 죽엄에 대한 아무리 초연한 각오와 신념은 갖었다 해도 근친자의 모습과 미진한 생명에의 애착, 수행 못한 사명에의 초조, 보아야 할 약속된 건설에의 동경과 전(全)을 영(零)으로 바꾸는 고민이 있슬 게다. 그러나 그 고민 전에 그들은 새로운 허위의 감정에 봉착했다. 화전의 아들에 대한 동정― 그것은 동정이 아니다. 차라리 얄미움이여야 한다―. 때를 놓치지 않흐려는 기민한 수단― 일본의 세력이 강대할 때는 민족을 짓밟고 오른 그 벼슬의 계단을 일본이 운명이 내다뵈이는 날 그 계단에서 참회를 한다는 것은 여명(餘命)의 연명의 길을 닦그려는 수단일 께다.

그러나……. 훈의 얘기를 머리로 상영해 보는 그들은 화전의 아들―, 그 조고마한 동기가 그 바른 길을 잃게 한 외로운 조선의 아들이 화산 속 끓는 용암처럼 녹아 나는 그의 막음자리를 오히려 위로해 주고 싶은 마음이 컸섰다. 그것이 훈의 허영이라도 좋다. 수단이라도 좋다. 왜냐하면 사형 죄수에게 고백한 그 진실만은 살 수 있섰든 까닭에……. 훈의 두터운 입술은 꽉 담으러 버렸다.

날은 무풍지대갓치 숨매키게 더웁고 침묵은 좀체로 깨여지지 안헜다. 피차 할 말이 없섰다. 생각난 듯이 경계공보가 또 났다. 그때야 훈은 초인종을 울렸다. 문 밖에서 대기하였다는 듯이 간수는 곳 달려왔다.

"이분들을 이대로 곳 석방하시오."

간수는 물론 스파이 3인도 귀를 의심치 않흘 수 업섰다. 그들은 정신 나간 사람들처럼 서로 마주보고 훈의 표정을 눈도 깜박이지 안코 살피었다.

훈은 일어나서 문을 가르키며 웨쳤다.

"자―, 속히들 나가시오. 이분들을 속히 내보내시오."

간수에겐 곧 명령이었다. 기적은 그 질식할 것 같은 밀실에서 먼저 일어났다.

그 쌀쌀하든 스파이들……. 그들은 말업시 훈의 손을 교대로 잡었다. 순간적 흥분이 그들로 하여금 훈의 손을 잡게 하였는지 모른다. 훈은 사(赦)함을 받은 감이였다. 순간이라도 좋았다. 순간이 연장하면 영겁이 아닌가 그는 생각되었다. 더욱 자기가 최초로 베푼 남을 위한다는 일이고 보매……

그는 자기의 돈 지갑을 그 마지막 잡은 손 임자에게 꼭 쥐여줬다.

훈은 앉었든 자리에 그대로 앉어 있었다. 그의 눈아페는 봄에 서고녀(日人高女)에 입학한 큰딸 숙의 얼골이 떠올랐다.

소학교 삼학년 때 그네줄에서 떨어져 이마가 쪼개진 것을 험집이 안 남도록 고쳐 주노라고 아침마다 붕대를 끌러서 보든 일― 소학교 오학년이 된 큰아들 권의 모습, 금년 일학년에 갓 들어간 룡의 트집 쓸 때 버둥거리는 두 다리, 아내의 잔등에서 아빠 뽀뽀 하고 두 볼을 입을 오므려가며 쪽― 빨어 디려가는 작은딸 례자의 웃는 얼골―, 아내 량순의 남편을 믿는 그 순직한 얼골 모다 아침에 집을 나설 때 보고 온 모습들이다.

홍역을 시키다가 아들과 딸을 한꺼번에 잃든 때의 안해의 흙처럼 검든 얼골―. 남들은 맞지 안는 부부라고도 했다.

일헤를 집을 비여도 그만, 열흘 외박하고 들어가도 그만, 량순은 일체 뭇지도 않았다. 그저 반듯이 올 것이다, 이 믿음만이 그를 만족케 하였다. 언제든 웃는 얼골― 낡아 빠진 상이 윤나는 세상으로 변하고 까마잡잡한 냄비가 노르끄레한 알마이트 냄비로 변하는 날. 구하기 힘든 전쟁 후의 일이라. 그는 더욱 남편의 위신을 만족했고 또 그 위신을 때로 남에게까지 보혀 주고 싶은 남편이기도 했다.

"여보, 쌀! 여보, 냄비!"

량순에게 있어선 남편은 하늘이였다. 전쟁 후 남들이 어찌 못해서 그러케 애를 쓰는 생활 필수품도 남편의 명함 한 장이면 얼마든지 손에 들어왔다. 그렇다고 그것을 결코 함부로 청한 량순은 아니였다. 가져오는 것만으로도 충분했었다.

바로 얼마 전 소련 비행기가 날러오기 전이다. 그는 출근을 하면서도 집에는 가지 안헛다. 일헷 만에야 집에 들어갔을 때 량순은 업섰다. 아히들에게서 안해의 간 곳을 물어 가지고 개울을 차저 빨래하는 안해의 뒤에 섰을 때 기뻐하든 그 모양도 다시는 볼 수 업슬 것 가텄다.

"여보 이것 좀 이여 주."

훈은 빨래 함지를 받어서 길 위에 세웠든 자전거 뒤에 실었다.

"자 갑시다—."

량순은 맑은 하늘이 자기의 하늘인 상 싶었고 길이 자기와 남편을 위해 있는 것 가텄다. 길에 사람이 더욱 많었으면— 자기의 남편이라 웨치고도 싶었다는 얼골이였다.

훈의 눈아페는 산골작 언덕 집이 떠오른다. 화전을 가는 아버지, 감자씨 박는 어머니……. 이십 년 전 일이다. 사남매에게 입힐 옷이 업섰다. 어머니는 하나밖에 없는 광목치마에 검정 물을 디려 새 바지를 지어서 설빔해 주든, 그 어머니의 큰아들은 무엇스로 그 어머니에게 보답하였는가? 보답함이 없섰다. 그 겨울을 내내 베치마만 입고 지나신 그 어머니에게.

그가 집 떠나던 십오 년 전의 아침, 동생과 누이들은 큰 수나 생긴 것처럼 좋아라고 떠들든 그들에게도. 말업시 담배만 피여 아들을 보내든 아버지에게도……. 언제나 밧 가는 아버지, 언제나 씨 뿌리고 추수만으로 전 생애를 보낸 아버지의 촉망 많은 아들은 보답함이 없섰다.

그밖에도 수많은 죄수와 그 외의 동료와 부하와 상관이 필림이 풀리듯 나타났다. 슬어지고 슬어젓다. 나타나는 연쇄극이 자기의 두뇌 스크린에 빛의였다.

이제 아프로 자기의 길은 한 길뿐이였다. 그 어린 자식들이 역시 자기와 갓치 량심이 시인하지 않흘 길을 걷지나 안흘까? 남편의 날개 아래 보호만으로 살든 이름갓치 순한 아내 량순은 애비 업는 사남매를 거느리고 남편의 리롭지 못한 직업이 남긴 유산만을…… 물려밧고 어터케 살어갈 것인가? 숙명— 모다가 숙명이다. 이것은 역사의 윤회리라.

그는 연필을 들고 수첩에 적었다.

숙아, 권아, 룡아, 례자야, 애비를 용서해라, 너이들만큼 컷슬 때 애비는 이 길을 걸을 뜻도 두지 안헛다는 것을 알아다오. 호랭이 잡으러 갓다가 호랭에게 물리여 그 후론 호랭이와 더부러 살며 육식 동물이 되여버린 애비처럼 되지 말어라. 어리석은 애비엿다. 그러나 그게 너의들 애비엿다.

부디 잘 커다오

숙아 어머니를 도아 드려라. 애비와 바꾸는 더 큰 애비(나라)가 인제 올 것이다.

—1945년 8월 12일 5시

그는 아침에 갈아입고 온 흰 와이샤쓰를 안해를 만지듯 다시 바로 입었다.

공습경보가 또 울려 왔다. 넓은 도청 안엔 벌서 사람이 업섯다.

그는 칼을 떼여 수첩 우에 놓고 권총의 잠을쇠를 심장을 견양하고 댕겨버렸다.

십삼 일 오전 여덟 시, 도청서는 직원 해산령을 내리고 그의 죽음을 발견했다.

—《문학비평》, 1947. 6.

탁류기(濁流記)

　말이 끝나기를 기다려 경쟁이나 하듯 여인들은 잘 살 수 있노라는 것으로서 과거를 자랑하고 다음엔 맨주먹으로 삼팔선을 넘어왔기 때문에 두려움도 부끄러움도 없이 되었다는 것을 또한 자랑삼아 이야기했다. 구름에 끼인 숙경은 물건은 넘겨받고서도 그 집안 주인의 인생철학을 한바탕 들어야 했다.

　"전날의 내가 대체 무엇이었든가고 생각을 해 봤드니 무슨 그까진 서너 푼어치밖에 안 되는 재산을 가지고 가장 점잔은 척하고 툭탁하면 기래야 쓰겠나, 사람이란 체면이 있는 법이지 못써, 안 돼 식으로 누가 인사라도 오면 위의를 갖추어 점잔을 빼고 무릎을 도사리고 웃음을 지어 웃고 목소리는 가다듬고 이러한 것을 소위 내가 정의 가풍이라고 해서 밥 짓는 계집아이에겐 철저한 복종을 강요했습지요. 그랬드니 왼걸, 정작 전재민으로 이곳에 나고 보니 무슨 쥐꼬리만큼 밖에 모르는 것을 가장 아는 척하고 난 척하고 으레 나더러는 선생님이라고 존칭을 할 것으로 알았든 것이 우습드란 말이에요

　보시라요. 지금 내가 내 손으로 밥을 지어 먹고 빨래를 빨고 또 한동안 남편 덕에 호사했으니 이번엔 내가 나서 돈벌이 좀 해도 상관없을 것이고 피차 빤—한 처지에 체면을 차린다는 것이 도대체 아직도 여유가 있기나 그렇지 않으면 아주 못난 사람의 타령이지, 글쎄 당장 밥을 굶는 판에 어느 구수에 체면이 숨었드란 말이요. 남처럼 나두 이 장살 시작해서부터 정

말 사람이 됐다고 했어요."

안주인의 지루한 말이 끝나도록 억지로 참고 듣던 숙경이는 그제야 물건을 안고 일어섰다. 장사할 것도 잊어버린 듯이 말에 열중한 여인들도 따라 일어섰다. 그들은 밖에 나와서 모다 제각기 갈 곳으로 갈려졌다. 잿빛 하늘은 런던의 안개를 연상시키면서 낮게 서울의 거리를 덮고 있었다. 숙은 옆에 낀 보따리가 혹시 MP의 주의를 끌지나 않을까 해서 되도록 좁은 길을 택하여 자유시장 뒤 소위 미국시장이라는 장터까지 이르렀다.

해방을 계기로 지주의 아내는 봇짐장사로 전락하였다. 그러나 아까 밥 먹기 위한 인생철학을 논한 여인의 말을 빌면 그것은 전락이 아니라 갱생이라고 함이 타당할 것이다.

생활을 영위함에 있어 월급일 하기보다는 장사치가 나았기 때문에 택한 수단이었다.

그날따라 숙경은 어떤 생각에 사로잡혔다. 회의에서 오는 이렇게라도 살아야 하나 식의 의문이었다. 남부끄러운 시집을 가면서 동무에게 고백한 당시의 심경이 옳은지도 모른다.

"나는 인제 가면(시집) 대문 밖으로 안 나갈 테야. 웃물가에서 푸른 하늘을 쳐다보는 것이 내 세계라야 돼."

"너같이 명랑하던 애 입에서 그런 말을 듣는다는 게 거짓말 같구나."

"아냐. 참말이야 두고 보렴. 난 만약 성규 씨가 환경만 그렇지 않으면 이렇게 가슴 아픈 자책은 느낄 것 같잖아. 외롭게 자라난 그이에겐 정말 내가 태양이었을 게야. 그러게 편지마다 서두에 나의 태양이라구 그러지. 지금도 편지를 쓰구 있는지 몰라. 어머니는 은근히 다행해 하시는 것 같애. 일현 씨가 지주의 아들이라고 그러겠지. 그걸 보면 내가 나한테 분해 죽겠어. 하지만 어떻게 무슨 면목으로 성규 씨를 대할 수가 있어? 난 죄인이니까 벌을 받아야 해. 요즘은 사는 것이 싫어졌어. 아주 영영 눈감고 그리고 아무도 보지 말고 그렇게 살었으면 싶어."

회상은 꼬리를 물고 나왔다.

"몰라 뭣 때문인지, 내 잘못을 웨 운명에 다 떠메워야 할까. 내가 무슨 말할 자격이나 있어."

이 말을 수없이 울며 하든 자기였다.

김성규에 대한 미안은 미련이 되고 미련은 동경이 되었다. 자기만의 비밀. 언제나 김성규에 대한 궁금증은 고향을 그리는 향수처럼 그윽한 연막 속에 아물거리는 무지개 모양으로 가로놓인 감정이 끼어 있었다.

딸의 부정을 은근히 다행히 여기는 어머니의 배금주의는 남의 웃음도 그렇게까지 탓하지는 않았다.

처녀가 임신했다는 당시의 놀라운 사실도 우물쭈물해서 성규야 어쨌건 일현이와의 결혼을 기뻐하던 그 어머니가 지하에서 오늘의 자기를 보면 무엇이라고 할 것인가.

숙경은 그 당시에 운명의 작난을 벗어날 수가 없듯 오늘은 생활의 질곡에서 벗어날 수가 없었다.

아까 그 여인의 말을 빌면 일하고 먹고 사는 것이 전부라 했다. 자기의 생활을 긍정하는 것으로서 자족을 느낄 수 있는 것은 확실히 행복일 것이다. 숙경의 자신처럼 현재의 괴로운 생활에 대한 자기의 노력의 의의를 찾아 내세우려 하고 또 비판을 가하려 하는 것은 사실로 아직도 여유가 있는 까닭일 것인가. 그렇지 않으면 안일에 절은 과거가 오늘을 탓하게 하는 것인가. 그는 스스로 의아하였다.

속담에 올릿막이 있으면 내릿막이 있다고 하듯이 자기는 지금 거주로 평탄한 길로부터 올릿막길로 오르는 것일까? 만일 세상에 인과가 있다면 남의 순정을 짓밟은 자기는 벌을 받는 식으로 되었다. 그러나 그 벌을 자기의 자녀에게 물려주고 싶지 않음이 또한 어머니이기 때문이었다. 그는 보따리를 끌러서 몇 가지의 옷을 팔에 걸고 외쳤다.

"사세요. 양복 쯔봉이요. 사세요. 양복 치마요."

그는 남보다 못지않게 큰소리로 외쳤다. 대문 밖도 안 나오겠다든 지난
날의 처녀는 이리하여 암시장의 훌륭한 장사치로 변해 버렸다.

사고파는 사람이 밀물처럼 밀려들고 밀려나고 하여 양손에 든 짐을 간직
하기도 힘들었다. 이윽고 흐린 하늘에서 비가 내리기 시작했다. 그러나 밀
려들고 밀려나가는 사람들은 웬만한 비에는 조금도 동요가 없었다. 숙경이
는 팔에 걸었든 양복바지를 접어서 봇짐 속에 넣으려고 그 속에서 빠져 나
왔다.

한편에는 로전 음식점이 쭉 둘러앉아서 더운 김과 기름 냄새를 피면서
뭣이라고 외치며 고객을 청하고 있었다.

숙경은 오늘도 늘 하는 버릇 그대로 혹시 아는 사람이 있지나 않나 하고
주위를 한 바퀴 살피고 나서 보자기를 끌렀다.

그때 그 곁을 지나던 어떤 사람이 여러 번 주저주저하다가 마침내 결심
한 듯이 숙경이 앞까지 가까이 와서 말을 건네었다.

"그 물건 파실 것 아닙니까?"

"네. 팔 꺼올시다."

"그럼 그 쯔봉 구경 좀 합시다."

"그러시라요."

의무적인 대답을 하면서도 숙경은 어디서인지 아주 귀에 익은 목소리 같
아서 고개를 들고 사겠다는 사람을 쳐다보았다.

서로의 시선은 마주쳤다. 숙경은 머릿속이 '윙―' 소리를 내는 듯 피가
한꺼번에 얼굴로 모이는 것 같았다. 숙경은 벌떡 자리에서 일어났다.

옛날이나 지금이나 모자 안 쓰기는 변함없는 김성규였다. 숙경의 지금
막 회상한 과거가 현실로 옮겨졌다. 우연이 낳은 기적은 성규와 숙경이를
장사 터에서 부딪치게 하고 말게 하였다. 숙경은 자기의 자존심을 싸서 안
고 다니는 듯한 봇짐 그대로를 높은 낭떠러지에다 굴러 떨어트렸으면 시원
할 것 같기도 했다.

"아주 변하셨습니다. 어떻게 장사 세월 ■■ 좋으신가요?"

"네, 세월 좋습죠…… 선생님도 변하셨군요"

성규는 주머니에 손을 넣어서 지전뭉치를 만져 보는 모양이었다. 그리고는 뜻밖엔 말이 나왔다.

"그걸 제게 파시죠?"

하늘에서는 여전히 이슬비가 약간씩 나리고 있었다. 처음 성규가 물건 보겠다 한 것은 숙경인지 아닌지를 확실히 알려고 함이었을 게다. 숙경은 한동안 아무 대답도 하지 않고 깜앟게 햇볕에 끄은 마디 높은 손길만 바라보았다.

─《민성》 3권10호, 1947. 10.

회심(回心)

팔째타령을 아니할 수 없었다.

번연히 안 될 것을 짐작하면서도 마지막으로 혹시라는 요행을 바라고 그는 면소를 찾았던 것이다.

짐 속에서 빼어낸 채 주름살도 펴지 않은 구겨진 나단 두루마기에다 낡은 중절모를 쓰고 면소 문을 밀었다. 문은 몹시 우람차다. 그는 본래 안면 있는 면서기에게 자기의 딱한 사정을 누누이 설명했으나 결과는 뻔한 것이었다.

"작년에 농사 지은 실적이 없는 분에게는 안 드리는 게 원측이지만, 원래 이곳이 고향이시고 또 재작년에도 이곳서 농사 지으셋스니까 회가 끝나기 전만 같으면 모인 분들이 동정해서 조곰식 양보 받을 수도 있었을 껩니다마는 이제야 도리가 있습니까, 어떻게 어려우신 대로 한 해만 고생해 보시지요."

"한해라잉, 그 한해를 못 살아서 만주르 갔는데 어떻게 또 빈주먹으루 한해르 사우."

"글세 일자리라두 있으면 좋겠는데 촌인 것만큼 쉽지두 않구. 그러나 어디 알아봐 드리지요."

춘삼은 면서기의 호의만은 알 수 있었으나 누구의 호의나 동정하는 말만으로써 살아갈 수는 없는 것이다.

언제나 속은 한해, 이 해만 지나면, 설마 명년에사 하고— 그렇게 한해 한해를 속아서 살아온 것이 근 오십 년이 되었다. 바로 오던 날 저녁 배정 도가,

"어째 춘샘이는 발이 그리 짜루우."

하던 거와 같이, 그놈의 한 발 때문에 모든 것이 어긋나 버리고 말았다. 한 발이란 한 자욱(걸음)을 의미함이고 한 자욱은 한 시간을 뜻하니, 실로 이번 일은 하루 반의 상치로 인해 일어난 사고였다.

그는 오늘따라 다리가 더욱 말을 듣지 않는 것 같았다. 저번 날 올 때는 짐을 지었어도 걸음이 잘되던 것이 오늘은 곧장 옆으로 뻗히는 것만 같고 더 절룩거려지는 듯했다.

그는 걷던 다리를 멈추고 먼—산을 바라봤다. 거기에는 나지막한 벼랑이 있었다.

이 벼랑을 바라보는 춘삼의 눈에는 이상한 광채가 돌았다.

"그래, 그놈의 벼랑 때문에. 그 벼랑 사고만 없었어두. 다 팔째야."

팔째 아니구서야 실컷 다니던 길을 아무리 알밤 어둔 밤이라 해두 소와 술기(달구지)와 소고삐 잡은 자신까지 벼랑에 떨어질 리가 없었다. 그것도 하필 해방되던 해 봄일 것은 무엇이랴. 그 벼랑 사고로 인해 다친 허릿병 이 나중에는 다리에 와서 절름바리를 만들었고, 또 자기들 일가의 밥주머 니인 소가 죽고 만 것이 아닌가.

그래서 체세(車貰＝삯짐) 실이(운반)를 못하게 된 데다가 엎친 데 덮친다 는 격으로 한편 인부 공출 때문에 사촌 아우를 따라 간도성 왕청으로 나무 비히러 간 것이었다. 생각하면 그놈의 소가 살았어두 소작농 짓는 한편, 짬 짬이 체세 실이만 해도 큰 걱정은 면하고 살았을 것을 이 기미를 눈치 챈 팔째가 헤살을 놀아서 일마다 그르치는 것이 아니고 무엇이냐. 이번 일만 해도 그저 하루만 일찍 왔더라면 어떻게든 한몫을 차지했을 건데, 그 하루 가 늦었기 때문에 땅을 못 얻었으니 이것이 팔째 조작일세. 분명하지, 그렇

지 않고야 이렇듯 공교로울 수 없을 것이다.

이렇게 입 속으로 중얼거리는 그는 차츰 흥분되어 가는 감정과 절름거리는 다리를 끌고 집으로밖에 갈 곳이 없었다. 오늘은 그것이 그와 통한 오직 하나의 길이었다.

차가 하루만 일찍 왔더라도, 아니 차가 청진서 머물지만 않았드래도 자기들은 면민 회의가 끝나기 전에 왔을 것이 아닌가. 그렇거늘 그놈의 차가 무슨 허기증이 났든지 청진서 하룻밤을 지체하는 사이에 자기의 기구한 팔째는 자기를 이렇듯 허망한 구렁텅이에 차 넣고 "아이구 재미서라" 하면서 손뼉이라도 치며 웃고 있을 것 같다.

"팔째, 팔째, 이놈의 팔째."

그는 눈을 부라리며 허공을 노려보다가 문득 시선이 길 위에 떨어졌다.

그 길에는 햇볕 관계로 짤다막한 웅크러트린 절름바리 그림자가 자기와 같이 움직이며 자기를 따르고 있었다.

"이 추물이."

그는 몽둥이라도 있었다면 그것이 그림자건 말건 후려갈겼을지도 모른다. 일마다 어그러지고 빗나다 못해 해방이 준 농민의 위대한 향연, 가장 큰 잔치인 토지분배에조차 한몫도 볼 수 없게 되었다는 것은 팔짜로밖에 볼 수 없었다.

"그렇지 팔째야. 팔째, 팔째 소란이야. 모두가 다 팔째 소란이지."

애초에 그놈의 벼랑 사고만 없었어도, 아니 그 소만 안 죽었어도 자기는 고향을 떠났을 리도 없었고 고향을 안 떠났더면 의당당히 땅 분배에 한몫 볼 것이 아닌가.

원수의 벼랑, 사주에 그려 있을 벼랑, 팔째에 타고났을 벼랑, 벼랑, 그놈의 벼랑, 아니 그놈의 고약한 팔째를 어떻게 해 주었으면 안타깝고 원통하고 분한 자기의 감정이 풀릴 수 있을 것인가고 생각하여 보아도 가장 통쾌한 복수는 가장 잔인한 방법으로 스스로를 처단해 버리는 수밖에 없었다.

그러나 다시 생각하면— 그렇다면 자기는 영영 팔째에 지고 마는 셈일 것이다.

온갖 문제가 그 모진 목숨(하찮은)이 붙어 있다는 데 따르는 것이기 때문에, 어떻게 해서라도 그놈의 팔째에게 나 봐라는 듯이 살아 뵈워야 분풀이가 될 것 같았다. 번마다 져 주니까 번마다 더욱 칼을 갈고 달려드는 것이 아닌가. 그렇지만 번마다 번마다 져서는 안 되겠다고 혼자 당부도 해 보고 또 기운도 써 보고 그저 갈팡질팡하는 마음을 주체할 수 없어 반은 실신한 사람처럼 허둥거리는 것이었다.

그 후로 며칠 뒤였다. 양지바른 마당에는 보들보들한 흙이 햇볕을 맞고 있다. 그는 그 마당 안에서 뒤짐을 집고 왔다 갔다 하면서 그 보기 싫은 그림자를 벗삼아 오늘도 생각에 잠겨 있다.

농사군이 농사를 지어야 할 것은 물론이지만 또 그 팔짜와 싸워 가면서라도 기엏고 실로 기엏고 금년엔 농사를 지어 보겠다는 것이 나날이 더욱 뚜렷해지는 그의 욕망이었다.

설사 샀일이 있다손 치더라도 다섯 식구의 목숨을 이어갈 만하도록 연이어 샀일이 있을 큰 동리도 아님에 아무리 팔짜타령을 하면서도 농사짓는 팔짜를 또 붙잡지 않을 수 없는 것이 그의 팔짜인 모양이다.

그는 '땅이 꺼지도록'이라는 형용사에 맞도록 길고 깊은 한숨을 쉬고 나서 또 집을 둘러본다. 그토록 고심하고 자기 손으로 지은 집을 영영 남의 손에 넘겨야 할 것을 생각하면 가슴이 쪼기는 듯 아팠다. 이제 이 집을 내어 놓으면 어느 하 세월에 이러한 집일망정 자기에게 생길 것인가 생각하니 눈시울이 뜨거워졌다. 그렇지만 반항보다 (팔짜에 대해) 큰 제어심이 없고 또 그 집을 내놓아야만 로자가 생기는 것이매 애수하다는 감정만으로는 처리할 수 없는 살아 보겠다(농사지어 보겠다)는 의욕이 꿈틀거리는 것이었다.

"팔아야지 팔 수밖에."

이렇게 입으로 뇌이기까지는 실로 오랜 사고를 거듭한 뒤였다. 그는 이 결론을 배정도에게 알렸다. 배정도란 작년에 만주로 이주할 때 자기의 집을 맡겼든 사람이고 지금도 역시 그 집 한편 방을 빌어 있는 사람이다.

"우리 과목이 육년생만 아니면 후년부터는 두 집에서 못 쳐도 다 못 부칠 것을."

이렇게 고마운 말을 하며 입맛을 다시나 그에게도 도리는 없다.

그 뒤로 다시 열흘쯤 지난 어느 날, 그들은 지고 왔든 짐을 다시 지고 길을 떠났다. 삼월도 중순에 가까워 먼 산에만 눈이 남았다.

"어디메 가우?" 하고 누가 묻기라도 하면, "가다 떨어지는 데로" 하고 가는 곳을 아모에게도 밝히지 않았다. 그러나 아무리 팔짜타령을 하는 춘삼일망정 사람이란 상정에는 어그러짐 없이 그도 미지에 향해 또 요행을 바람으로서 떠나는 것이다.

춘삼은 땅을 찾아 남조선을 향해 떠났고 또 남조선이란 만주보다도 생소한 곳인지라 우선 서울에 내려서 다시 갈 곳을 정한다고 장충단 공원 널판집 한 귀퉁이를 점령한 것이지만 그것도 벌써 오래되었다. 밤이 되면 그 널판쪽 위에다 어린것 셋만 재우고 자기와 아낙은 별 돋힌 하늘을 쳐다보며 두만강물과 삼팔선에 가로놓인 어느 강물을 건너오든 일을 기억에서 추려 내어 팔짜 탄식을 하며 새우잠을 잔다. 그러다가도 날이 밝기만 하면 마음 조이며 농터를 구하는 것이었으나 물 떠 놓고 하늘에 절하기요 장대로 별 따기지 누구의 밭을 누가 준다더냐고 핀잔과 비웃음만이 춘삼에게 차례질 뿐이었다.

그렇다고 다시 이북으로 갈래야 여비도 없고 간대야 집마저 없어진 지금엔 몸도 마음도 공중에 둥둥 떠서 사는 듯이 도무지 가라앉힐 수가 없었다.

비 오는 밤이면 모두 차양 밑에 몰려들어 앉아서 날을 밝혀야 했다. 또 어느 때는 지붕에서 자든 사람들이 풋뽈처럼 굴러 떨어질 때도 있다. 으슥하고 평평한 곳만 찾어 다니는 그는 그들의 담력에 일변 놀래면서 흙냄새 풍기는 옛집을 그리는 것이었으나—.

그렇다고 그 심정은 아낙에게도 이얘기할 수가 없었다. 자기는 온 집안의 기둥인데 기둥이 한 노릇을 누구에게 불평을 말하랴. 그저 팔짜라 해두고 또 팔짜만의 상대인 것이다.

그는 한짓잠을 자다 못해 부근 방공호에다 가마니 뙈기로 방을 꾸몄다. 그때만 해도 방공호는 사처에 많이 있을 때다. 앞에다 조고마한 들창을 달고 거기다 유리 조각을 달어 태양을 내다보았다. 다다미 두 장 폭밖에 안 되는 방안은 비오는 날이면 구역이 나도록 습기가 차 있었어도 식구끼리 모여 앉을 수 있어 좋았고 게다가 쌀배급이 조곰식 나와서 이대로 버티면 꽤 살 것 같기도 하나 돈이 있어야 배급도 타는 것이 아닌가.

그는 화낌에 밖으로 뛰처 나올 때가 있다. 그래서 종로 진고개를 걷는다.

그곳은 불빛 찬란한 거리요 눈만 살찌는 장식창이 있을 뿐 "어 춘삼이" 하고 불러 주는 사람도 없는 자기와는 아무 관련이 없는 세계가 있을 뿐이었다. 한껏 해야 그저 눈으로 볼 수 있다는 것만이 자기의 몫으로 돌았다.

실로 서울이라는 도시는 무제한으로 사람을 흡수할 뿐 도모지 자기 같은 사람은 아른체를 안는다. 그래서 혹시 어느 시골이라도 가볼 뜻을 먹었다가도 시골 갔던 전재민들이 도로 서울로 모이는 걸 보면 그래도 큰집이 많은 서울이 나은 모양이다.

그는 어떤 땐 자신의 감정에다 요새말로 테로를 하여 본다.

아무도 자기의 불평을 받어 줄 사람도 없고 또 받어줄 의무도 없을 것이다.

모다가 팔째 소관이니까 자기의 상대는 팔째만이어야 하겠지만 그 팔째에 항거한다는 것이 늘 팔째 대신에 아낙이 걸려들어서 욕을 보는 것이었다.

"돈이 한푼 없으니 어찌하우?" 하고 아낙이 물으면

"낸들 아우." 하고서는 팔을 베고 벽을 향해 누어버리는 것이다. 마치 발로 바위 차기였다. 자기만은 팔째에의 항거지만— 그런 때면 그중 나은 옷가지가 날러가 버린다. 벌써 아낙의 애끼고 애끼든 열세새(아주 가는) 뵈 치마와 광목 여름사리가 다라났다. 이리하여 마지막 남은 춘삼의 나단 두 루마기를 팔 수밖에 없었다. 가까스로 생각한 나머지 그 돈으로 춘삼은 지 게 하나를 사서 지고 나섰다. 그럭저럭 살림은 유지되었다.

그대로 나가면 하루에 십원 정도는 저축이 될 것 같았다. 그렇게 되면 그것을 밑천삼아 아낙은 장사를 한다고 어서 날이 가기를 바랬다. 그러나 또 팔째의 히살인지 유월에 접어들면서부터 비가 자주 와서 벌이가 없었 다. 그날도 비오는 날이었다.

그는 소위 무슨 밥이고 간에 밥이랍시고 먹어본 지가 아득한 것 같았다.

그래서 출출한 김에 막걸리 한 되를 받어 가지고 그 이웃 움집 주인인 김 주사를 찾었다. 김 주사도 또 한 병 받어 왔다.

두 되 술이 거진 끝날 무렵 김 주사는,

"돼지 살림이야. 이거 보 춘샘이 좀 돼지루 변해야겠는데 그리누라믄 도독질밖에 쉬 없다잉."

"여기 오믄 농사를 지어볼까 했더잉 제게 없이사 아무데 가나 밤낮 그택 이지. 어디 간다구 돼애지를 면하겠소."

춘삼은 자신도 가끔 느끼는 도적에 대한 구미를 도꾸는 이주사 말을 억 눌러야 한다고 생각이 든 것은 만일 자기까지 선동하면 둘이서 무슨 일을 저질를 것 같기 때문에 자신에 대해 방패맞이를 한 것이었다. 그리고 또 첨부했다.

"다 팔째지, 팔째야."

춘삼은 떨리는 손으로 담배를 종이에 감아 춤을 발러 불을 붙여물고는 빈 병을 안고 절름다리를 비틀거리며 자기의 움으로 도라왔다.

그러나 이 시기는 그들에게 있어 가장 다행한 기간이었다.

칠월에 접어들자 비는 거이 매일같이 나리어 도모지 삯짐을 질 수가 없었다.

게다가 "짐꾼" 하고 불렀다가도 옆으로 가까이 가누라면 절름다리가 폭로되어 딴 짐꾼에게 짐을 빼앗긴 것도 한두 번이 아니었다. 그날도 짐을 뺏기고 화가 나서 을지로에서 정거장으로 향해 나가고 있을 때다.

"지게꾼 이걸 질만 하시오?"

그는 두말없이 지고 일어섰다.

일어서긴 했으나 짐이 어찌 무거운지 걸음이 되지 않았다. 짐 임자(여자)는 하도 못 걸으니까 옆에 와서,

"아니 왜 이렇게 못 걸으슈?"

하면서 나란히 서서 걷는다.

"오늘 첨으로 나왔습지요."

갑자기 툭 튀어 나온 거짓말이었다.

"함경도서 오셨군요."

"그랬습지요."

"아니, 이북서는 가난한 사람 잘 산다는데 뭣하러 오셨어요?"

"그런 모애ㅡㅇ인데 우리는 따(土地) 다 떼우고 살 쉬 없어 왔습지요."

또 거짓말이 나왔다. 그러나 이번 거짓말은 약간 계획적이었다. 만주에서 왔다거나 혹은 돈이 없어 왔다고 했다가 냉대 받아 본 경험이 있기 때문이다.

"저런 저걸 어째 예전엔 다 잘사시던 분이구먼."

하면서 대우가 나쁘지 않다.

"아이 딱해라. 그럼 예전엔 지주였세요?"

"별루 지주랄 것도 없지만 팽계채 잇습네다."

그는 작대기에 받쳐 놓았던 짐을 다시 지고 일어섰다. 그 시끄러운 질문에서 어서 벗어나고 싶었음에다. 그러나 걸어도 질문은 또 뒤를 따른다. 처음 말이 거짓말이었으니 끝까지 거짓말로 이어대어야 하였다. 서울 와서 병신다리로 짐을 지어 먹고 살 바에는 차라리 그곳서 아모 일이고 하였을 것을 하는 후회도 났다.

춘삼은 돈 삼십 원을 삯으로 받어서 넣고 대구탕 집을 지날 때마다 곁눈질하며 걸었다. 그때 시세로 한 그릇하고 반이었다.

쌀값은 삼백 원대로부터 오백 원대로 오르내리었다. 비는 매일같이 한샅고 내린다. 춘삼은 그 무거운 짐 진 날부터 옆구리가 약간씩 결리기 시작했다. 비는 여전히 계속되는 어느 날 밤, 방공호 한 옆구리가 그만 무너져 내렸다. 그 밤 춘삼은 다친 허리를 또 한 번 다치었다. 무너진 방공호를 제대로 고치지도 못하고 그대로 자리에 누어 버렸다.

하루 이틀 지날사록 옆구리는 더욱 결리기 시작했다. 생강도 찌어 붙이고 찜질도 하여 보았으나 소용이 없었다. 앞으로 짐을 지려면 몇 달이 걸릴지 몇 해가 걸릴지 알 수 없는 병이었다.

칠월 하순에 접어들어도 비는 여전히 왔고 팔월 중순을 넘어도 비는 여전히 왔다. 춘삼의 아낙은 병자인 남편과 어린것 셋의 끼니를 위해 가진 애를 다 써도 그 이상 연명할 도리가 없었다.

집안에 긁어 먹을 수 있는 것은 모조리 긁어 먹고 팔어 먹었다. 인제는 비는 수밖에 달리 도리가 없었다. 눈치도 체면도 병과 굶주린 때문에 탓할 게제가 아니었다. 그렇다고 차마 아이들에게만은 깡통을 채워 내놀 수가 없었다.

자신만이 거지면 족했다. 그는 소랭이를 이고 깡통을 안고 나섰다. 깡통 속에는 무쪽아리, 간지메, 고등어대가리, 김치 찌꺼기, 된장국물 같은 것이 들어 있었다. 양철소랭이에는 밀밥 국수, 찐빵 부스레기, 강냉이 썩은 것 혹 흰밥 떡 조각도 끼워 있었다. 일곱 살 먹은 막내 아들은 그것도 좋다고 소랭이와 깡통을 내려놓기가 바쁘게 손가락을 빨면서 주워 먹는 것이 재미나는 모양이었다.

이러한 그들의 생활과는 아무 관련이 없이 밤이 가고 낮이 오는 사이에 서리가 내리고 나뭇잎이 우수수 떨어지기 시작했다. 밤이면 기러기 우름 소리가 들려온다. 빌어먹고 살아 온 기간이 그들의 말을 빌면 수없이 긴 듯한 것이 아직 두 달이 채 못 되었다는 것이었다.

그런 어느 날 춘삼의 아낙은 이런 말을 했다.

"나르 어디서 왔능가구 하길래 북청서 왔다구 했더잉 또 어째서 왔느냐 구 뭇갰지비. 그래서 공출으 다 받히구 살 수 없어 왔다구 하익까 흥 비러 먹끼야 같을 게라능 게오. 그래서 그런게 앙이라 정말으는 토지를 다 빼아 끼구 할 쉬 없어 왔다구 그랬더이만."

그는 말을 계속했다. 그의 말 요령을 따면 이북서 온 사람은 열이면 아 홉은 토지를 빼앗겼다고 하는데 당신 옷 입을 걸 보니 토지 빼앗기고 온 것이 아니라 서울 오면 거저 살려 준다는 바람에 들떠 왔지요 하면서 핀잔 을 주더라는 것이었다. 그리고 나중에 한마디를 더 첨부했다.

"실루 벨 앙깐두 다 잇찌비."

아낙의 말을 듣고 춘삼은 앓기 전에 짐 지워 가지고 가던 여자의 말이 기억났다.

"그러면 지주엿세요?" 라는 물음 때문에 자기가 땀났던 것처럼 아낙도 오늘 땀을 낸 모양이다. 그는 누덕 이불을 허리에 감은 채 뒤처 누우며 탄 식하는 것이었다.

"어디로 가야 편히 살 것인고!"

세상이 자기를 어떻게 대우하던지 자기로서는 변함없는 농사꾼 노릇을 할려고 말하자면 농사꾼의 절조를 지키느라고 이남을 찾아 온 것이지만 농 사꾼도 못되고 애꾸진 병만 덧처 버렸다.

그는 눈을 뜨고 사면을 둘러보았다. 아무도 없고, 아무것도 없다. 있는 것은 무너지다 만 천장이요 낡은 가마니가 깔린 흙 봉당 우에 누운 자신들 뿐이었다.

"어나─ 없느냐." 그는 큰 소리로 외쳤다.

"어째 그러우?" 아낙은 들어서며 용건을 듣기도 전에 자기 말부터 꺼 냈다.

"옆에 김 주사 집에는 순사가 와서 조사르 하구 김 주사르 잡아 갔다잉."

"어째?"

"글세 벨일두 다 있지. 도독지르 하다가 들켔다우."

"음." 하고 그는 입맛을 다셨다.

노는 사람에게 있을법한 일인데다가 그 어느 술 먹던 날의 이얘기도 기 억났다.

"그렇다구 도독지르 정말 하다잉."

그는 돌아 누우면서 또 물었다.

"무스거 도독지르 했까ㄴ데."

"빈집에 드러가서 마선(자봉틀) 대가리를 때─가지구 왔다우. 아무래 눈 에 복미찐 모애─ㅇ지. 어째 나무 거 도독찌리사 하겠오. 간다르사잉(아무 러기루니)."

"홍 빌기보다야 낫째─ㅇ이리."

"그리문 아버지두 하겟능개─ㅂ소."

"베─ㅇ 나사야 하나 어찌나 하지."

"실루 밸일이 다 많다잉."

열한 살 난 큰 아들이 동생 손목을 잡고 들어오며 그들의 말을 가루 챘다.

"야 순사 무섭더라. 김 주사 손목에다 쇠 고리를 떼깍 체웁떼. 그 집 엄 마가 마선 때가리를 이고 가구."

"어떻게 알구 순사가 왔을까?"

춘삼의 묻는 말에 아낙이 대답한다.

"가지구 나오다가 순사께 들케서 잡히잉가. 글세 멍텅구리지 저 집으 대 줘서 다른 도둑지르 한 게 있능가 하구 왔다구 그리웁데."

"주사라능 게 멍텅구리다. 내 같으믄 앙이 대 주겠다. 막 다라나지비."

큰 아들 말이었다.

"나두 다라나겠다."

막내도 한몫 끼웠다.

"어어야. 비러먹구 살멘서 도둑질꺼지 하겠니?"

열네 살 먹은 딸도 한마디 내쏜다. 한 토막 촌극이었다.

"마르 마라. 비러먹구라두 살 수 있으믄 비러먹기라두 하겠다. 빌라간 어떤 집에서두 아아덜이 굶어서 누—렇게 통통 부숭 거 봤다. 체면으 채리다가는 죽지 못할 세상이더라."

춘삼은 속으로 쓸데없는 소리라고 아낙을 나무렸으나 입밖엔 내지 않았다. 나무릴 게제가 못되었기 때문이다.

그는 다시 눈을 감고 슬그머니 돌아누었다. 그의 감은 눈 속에는 맑은 시내가 떠오르고 바위와 길과 수레가 떠오른다. 그놈의 벼랑, 그가 만주에서 올 때 차에서 보든 벼랑, 운명의 벼랑—. 그때 떨어져 아주 죽어 버렸드면 이런 마지막 길인 거지행세는 안하고 죽었을 것이었다. 그리고 학교 마을 건너편에 배정도네 애송이 과목이 떠올랐다. 두 해만 지나면 반작이라도 지을 수 있을 게다—. 자기는 자기의 소유로만 땅이 차례진다고 받기는 싫었다. 자기는 팔째가 어찌 그런 호사를 자기에게 허락할 까닭이 없을 것 같기 때문이다.

"해방 죄선 독립." 몹시 좋고 또 기뻐서 목이 쉬게 만세를 부른 것이지만 그 만세 소리가 아픈 신음 소리로 변한 듯했다. 모두 팔째 소란이었다.

그는 속으로 '또 가 봐야지'를 부르짖었다. 그리고는 또 한 번 돌아누으면서,

"베─엥 낯는데루 또 도라가야지. 저것덜이 여기서 살다가는 무슨 짓을
하겠는지 한심해서……."

이렇게 아낙에게 말한다.

"간다잉 어디르. 벨소리를 다하우. 가아더니 무슨 짓을 하겠소 아바지
베─ㅇ 나스문 밑천을 모다서 나두 장사르 하겠소. 고향 가두 그렇지비 집
두 없으면서 어디 간다구 편할까."

"그래두 가야지."

"흥, 고향서 비러먹기는 더 슬타우."

"그러문 만주라두 가야지."

"되놈이 새앙이 난 모앵."

그 후 한 달쯤 지난 어느 쌀쌀한 바람 부는 날, 그들은 기엏고 어디로인
가 떠나고야 말았다. 올 때보다도 더욱 빈손이었다. 춘삼은 지팽이 하나뿐
이고 아낙은 마지막 남은 춘삼이 덮었든 누덕 이불을 앞에 끼었고 딸은 소
랭이를 들었다. 빌어먹으면서 가자는 것이다.

춘삼은 지팽이를 더듬으면서도 다 팔째 소란이라 했다. 떠나올 때의 패
기조차 없어졌다.

그저 소곳이 또 팔째에 이끌리어 가는 비틀 걸음뿐이었다.

─《백민》 제14호(4권4호), 1948. 5.

리라기(梨羅記)*

어느 항구에 다어야 할 것인가
출범의 징은 울리어졌다.
고달픈 여인의 여로
리라의 이야기는 신발로 비롯하여
파도 사나운 바다로 바다로
기어코 그는 떠나고야 말었다

1

차창을 닫아 붙여도 창 밖에 짙어 가는 가을은 달리는 차 안에 어른거린다. 가로 길이로 찢길 대로 찢긴 아픈 심장과 당국의 염탐의 제물이 되어 모[角]마다 떼운 듯한 흐릿한 정신만을 안고 마음은 무인도로 향해 떠난 길인 듯 외롭고 서글픔만이 그의 머리 우에 환등마냥 켜져 있었다.

어른거리는 창 밖, 푸르고 누른 오곡이 소곳이 머리 숙여 태양의 뜨거운 열을 무제한으로 받아들이는 만주의 가을 벌판 하늘과 맞닿은 지평선은 아득히 멀다.

어머니의 시름을 묻는 리라의 어린 딸 미사는 이 제한이 없는 넓은 벌에

* 이 작품은 ≪신천지≫ 제25호(1949년 5 · 6월 합본호)에 실렸으나 원본 상태가 좋지 않아 『리라기』(시문학사, 1949)에 수록된 작품을 입력하였다.

서 이상한 세계를 편력이나 하듯 쉬임없는 탄성과 질문에 지치어 삼등 침대의 한편 구통이에서 그새 벌서 잠이 들고 말았다. 리라는 문득 시선을 구두 우에 멈추었다.

가누— 독목주(獨木舟). 왜 하필 독목주라 했을까? 리라의 오늘을 제시하는 운명의 신발을 만들려고 붙인 이름이었든가? 새삼스러웠다. 능히 면할 수 있는 것을 그놈의 구두 때문에 당한 듯싶기도 했다.

시각을 쪼아서 보낸 듯한 륙년이란 세월은 실로 지루한 시일이었다.

바로 륙년 전 봄도 마지막 바람을 불리우든 날 남편은 새 것은 아니나 별로 낡지도 않은 구두 한 켜레를 사 가지고 왔다.

"엇때? 이거면 잃어버린 대용이 되지?" 결혼용 백구두 잃어버린 것을 앙가슴 앓는 것이 듣기 싫어 사 온 모양이었다.

"박아지 긁어야 때만 떨어지지" 하든 이영이가 구두를 사 가지고 왔다는 것은 놀랍기는 한 사실이나 낡은 것이 탈이었다.

리라는 덮어 놓고 남편을 나무랐다. 고물상 구두를 신는 사람의 신분에 대한 주까지 붙여가면서 핀잔을 주었던 것이다.

그것은 이영의 가난한 과거가 경멸을 받을 수 있는 전력이었기 때문이다.

이영은 드른 척 만 척 대답도 별로 없이 종이에다 무엇인지 쓰고 있었다. 쓰기를 마친 그는 그것을 입김으로 '후—' 불어서 고무풍선처럼 리라를 향해 날려 보내었다.

리라는 지금도 꾸겨진 종이 조각에 씨여진 그 글의 글자 모습까지 뚜렷이 기억한다.

헌명사(獻名辭)

샘물이 고여 흘러나린 곳
호수가치 잔잔해

내 마음 비겨 호수라 하노니
나는 호수 리라의 호수
배꽃벌 리라의 호수
새롭고 낡은 마음 물이라 갈아도 보리
흰 배꽃은 순이 그대의 모습
이 조그마한 신발은 이영이 만든
그대의 가뉘(獨木舟)

어제 능금나무꽃 피운 바람은
오늘 배나무꽃도 피우렷마는
시절을 몰라라 우리 집 배꽃은
배꽃벌 리라 순이는 리라
이름마저 퇴하는 마음이야 가렴으냐

—1941년 4월 8일 이영

　리라는 자는 듯이 눈을 감고 회고에 잠겼었다. 그 <헌명사>를 읽고 독목주를 환목주(丸木舟)라 고친 그 당시의 순이는 신도 이름도 퍽도 싫었다. 그래서 그는 또 새로운 공격 재료를 가지고 남편을 기다렸으나 밤이 늦어도 이영은 돌아오지 않았다.

　이튿날 자정도 넘었을 때 형사에게 가택 수색을 당하고 나서 비로소 남편의 잡혀 간 것을 알게 되었다. 벌써 여러 날 전부터 소문이 돌든 읍내 서편 공동묘지의 어떤 분묘 밑으로부터 연기난 것이 단서가 되어 이영은 주모자의 한 사람으로 판명되었다는 것이었다. 물론 후일에 안 것이지만.

　그 후로 순이는 이영이 조선 안 옥중에 있는 날까지 자기가 내는 편지에다 반드시 '리라'라 서명했다. 남편의 낭만성을 잘 아는 그로서는 그것이 자기가 바칠 수 있는 오직 하나의 성의라고 생각되었기 때문이었다.

그리하여 그 뒤로 순이는 자기를 '리라'라 불렀든 것이다.

리라, 그는 이영이 잽혔다는 소식을 듣고 신발에 대한 상서롭지 못한 생각이 머리를 들고 일어났다. 마지막 선물로 사다 준 것도 같았고 의식적으로 독목주라고 한 것도 같았다. 그래서 그는 헌 신과 함께 빈 석유 궤짝 속에 그대로 처박아 두었든 것이다.

이영이 잡혀 가서 삼년도 지난 어느 날 그는 옥중에서 연기처럼 사라져 버렸다는 소식과 함께 그 여파는 리라에게까지 미치었다. 온갖 수단으로 방조한 흔적을 찾으려는 리라에 대한 경찰의 무서운 추궁은 마침내 늑막염을 선물로 안겨 한 달 만에 내놓아 주었다.

그 뒤로는 병마와 싸웠고 적자생존인 세태와 싸우는 동안 그는 환경을 바꾸는 묘방을 생각해 내지 않을 수 없었다. 어언 세월은 또 삼년을 흘렀다. 그동안 경찰의 끊임없는 감시와 친정살이 륙년 동안의 눈칫밥이 치가 떨리도록 싫증이 났다. 그래서 만주에 있는 동무의 소개로 M여학원 교사로 가게 되기까지 진전된 심경은 실로 큰 비약이었다. 거기에선 이영의 소식을 알 수 있을 것 같은 일념도 들었다.

그리하여 막상 행장을 수습하고 보니 고무신보다는 구두가 나았고 그렇다고 새 것을 마칠 수는 없는 터라 문제의 가누―라는 그놈의 구두를 손질해 신고 떠난 것이었다.

지난날의 무수한 아롱진 꿈을 꾸든 왕년의 소녀는 어느새 인생에 지친 피곤한 행로병자와도 같이 자기의 운명을 방관하고 또 반역할 줄 아는 우울한 여인이 되어 미지의 운명에 과감한 막진(驀進)을 하였던 것이다.

아침 일곱 시, 한 사람의 지인도 없는 신경 역에 미사의 손목을 잡고 나려섰다.

어머니의 치맛자락 밑에서 엉석을 일삼든 어린 날의 그 아버지의 수염에 달린 고드름을 따든 막내딸 순이는 이십 년 후인 오늘 낯모를 호지에서 자기의 치맛자락을 부여잡은 미사를 보고 뼈아픈 고소를 짓지 않을 수 없었다.

2

복도를 조곰 걸어서 옥색 또어를 활짝 열어 제쳤을 때 까맣게 끄으른 실
내에 초졸이 둘러앉은 몇 사람의 교원들이 그때의 리라에게 공판정의 배심
원같이 무시무시했다. 마치 그는 심판을 받는 죄수와 같이 허리를 구부렸
을 뿐 한동안 자취를 감추었던 순진한 수줍음이 얼굴을 확확 붉히었다. 그
날 학교에서 한 자리를 점령한 리라는 그 저녁 여선생의 안내로 우선 하숙
을 정하였다. 저녁 후에 그는 조그마한 방 동쪽 유리창에 기대어 섰다. 미
사는 어머니의 두 손을 자기의 양어깨에 걸치게 하고 자기 손과 맞잡히는
곳에서 손길과 손길을 잡고 있었다.

가을 가로수를 슷치며 바람이 '솨―' 소리를 내며 지나간다. 오랫동안
초롱에 가쳤던 새가 초롱을 버서나서 자유로운 나라의 이름 모를 꽃나무에
앉은 듯이 자기를 모르는 사람들만이 사는 곳에서 호젓한 고적을 열락할
수 있다는 것은 리라에겐 모험적인 자족이기도 했다.

그는 상머리에 돌아와 앉아서 일기책을 폈다. 그 첫 페―지에 이렇게
썼다.

〈좌우명〉

― 지인을 만들지 말 것
― 남자 동료와 일인대식의 차를 마시지 말 것
― 골뱅이 세계에서 살 것
― 여인 동무를 경원할 것

〈9월 3일 드높이 맑은 날〉

편벽의 죽장 내던지고

긴 옷자락 거두어 붓치고
초연의 갓 벼보리

꾸겨진 오만스러운 고집과
가시 돋친 웃음을 아는 너
해바라기의 파멸의 밤은 가라.

그는 스스로 자기의 탈을 벗고 싶었다.

지긋지긋한 사슬에서 풀려나와 실로 창살 없는 로옥의 생활이 중심되어
주기를 바라는 마음에서 쓴 글이었다.

엄벙덤벙 며칠이 지나고 몇 순이 지났다. 그러나 꾸겨져서 주름 잡힌 마
음은 펴볼 도리가 없었다. 그것은 언제든지 이영의 어두운 그림자가 깃들
여 있는 그늘진 마음 때문이었다. 낮도 밤인 양 어두운 날이 며칠을 두고
계속될 때도 있었다.

그러는 사이에 큰길 앞 가로수가 새파랗게 푸른 채 낙엽이 되어 구르는
것을 보았다. 때로 추운 바람이 몰아쳐서 겨울 행세도 하였다. 이러한 날이
면 리라는 누구에게 앙갚음을 하고 난 듯이 속이 후련하기도 했다. 이영이
떠난 뒤로 사삭이 얼어 든 돌담 안에서 홀로 미사를 벗삼아 살아온 그는
가사(假死)로부터 소생이나 한 듯이 그저 덮어 놓고 그러한 기후까지도 좋
은 듯한 때가 있었다. 무엇이고 법규에 어그러진 정상적이 아닌 것이 좋았
다. 꼭꼭 빈틈없이 째인 것은 공허만으로 꿰매진 듯한 자기의 감정에 비추
어 숨막히게 가쁜 느낌을 받는 듯도 했다. 그것은 즉 남의 우월에 대한 발
성을 잊은 질투이었다.

몇 해 동안 잠자든 모든 의욕이 물오른 버들눈처럼 희미하게나마 시야가
열리었고 돌맞이 아기의 걸음발같이 허청거리는 율동을 시작했다. 이것은
또한 자기도 남같이 능히 살아갈 수 있다는 적은 자신에서였다.

3

뚫어진 신창에서 새어 흐르는 모래알을 터는 리라의 머릿속에는 신발 이전의 모든 기억이 또다시 새로웠다. 그러나 리라는 무용한 회고를 그만두기로 하고 새로운 계절에 대한 계획을 세우기로 했다. 독목주의 밑창이 뚫어졌으니 부득이 새 구두를 맡길 수밖에 없었다. 창을 가느니보다 방한화를 맡겨야 하였다. 그가 신경에 온 후로 세월은 벌써라고 하리만큼 황겁히 두 달하고 반이 흘러갔다. 난생 처음 만주에서 나는 겨울이라 우선 추위에 대한 두려움이 무엇보다 컸었다. 그는 엿장수의 가윗소리 쩔렁거리는 좁은 길을 빠져나왔다.

하늘에서 흰 눈이 소리 없이 나리고 있다. 그는 구두방을 찾아 방한화를 맡기고 돌아서 나오며 인제 새 구두를 신으면 리라의 낡은 이야기는 구두와 함께 끝막어 주기를 바랬다. 그러자면 이영이가 나타나야 하였다. 불가능한 일이었다. 그러나 그 낡은 얘기에서 뚜렷이 남은 것은 미사의 존재였다. 하숙집 딸하고 같이 나란히 누워 잠든 미사의 모양이 떠올랐다. 자기를 잃은 뒤의 새 생명의 성장이 그곳에 있었다. 동시에 고향에 어머니가 갑자기 그리웠다. 외로움이 전신에 스며들었다. 자기도 어머니의 새 생명이어야 할 것이지만 어머니의 사랑을 오히려 귀찮게 여긴 적이 한두 번이 아니지 않았던가.

앞날의 미사가 자기에 대해 그렇지 않으리라는 약속이 있는가? 한심한 것을 처음으로 느끼는 어머니로서의 비애였다. 자기가 가르치는 학생들 중에도 미사처럼 기른 애가 없으란 법은 없었다. 그는 새삼스러운 한숨을 '후—' 담배 연기처럼 뿜어보았다.

"강 선생."

리라는 뒤통수를 얻어맞은 듯이 소스라치게 놀라고 나서 뒤돌아보았다.

무인지경에서 만났으면 질겁할 만큼 우뚝한 키가 성큼성큼 걸어왔다.

여학원의 지력 선생 K였다.

리라는 대답 먼저 하늘을 쳐다봤다. 그새 내리던 눈은 멎고 별로 사람 없는 거리와 엷은 불빛에 하늘은 더욱 새카맣다.

"선생님은 어디 가십니까?"

그는 대답 대신 되려 물었다.

"글세요. 선생님은?"

"저두 글세요 어디라 했으면 좋을지! 참 하숙으로 가는 길입니다."

K는 희미한 어둠 속에서 번쩍 빛나는 눈을 들어 리라를 힐끗 쳐다보고는 픽 하고 웃었다.

"아마 제가 알긴 하숙은 반대편이 아니든가요?"

"네, 그렇지만 길이란 하나뿐일까요. 이 길루 이렇게 돌아서두 갈 수 있담니다."

대답도 아니고 묻는 말도 아닌 혼잣말이었다.

"공일이 하두 오래간만인 듯해서 저두 좀 걷는 중이외다."

K도 역시 혼잣말하듯 입속말이었다.

그들은 한참 동안 눈과 흙으로 얼룩진 길을 멀거니 서서 바라보다가 걷기를 시작했다. 얼마를 안 걸어서 페스트 경계 구역이었다. 샷줄을 늘이고 양철로 막고 그 복판에는 군데군데 반편 폭씨나 되는 숯불 무더기가 벌겋게 타오르고 그 주위에 번득이는 경관의 칼자루에서는 새파란 전율이 쩔그럭 소리를 내는 듯했다.

잊어 버렸던 기억이 꿈에도 생각지 않았던 환상을 그려 주었다.

칼날을 맨주먹으로 받아 잡고 야로를 하다가 붉은 피로 설야에 무늬를 놓고 국경에 쓰러진 남편의 형상이 눈앞에 보이었다. 리라는 이러한 자기 생각에 사로잡힌 채 K에게서 해방되고 싶었다. 그 해방되고 싶은 이유는 또 하나 있었다.

K와 걷기를 은근히 요구하는 마음 한편 구석이 불순한 것 같은 자기에

대한 항거이기도 했다.

요즘 자기가 때로 느끼는 고적도 의역이라는 의로운 배경을 가졌기 때문이라고 변명도 해본다. 만일 그러한 단순한 감정 이외의 느낌이라면 그러한 자기와는 싸워야만 하는 것이 또 하나의 자기의 무거운 의무였다. 여인의 길이란 실로 좁고 거친 길임을 또 한 번 새삼스럽게 느끼면서 리라는,

'신이 아니고 사람이다. 동시에 리라는 여인이 아니고 어머니요 십자가를 진 남의 아내이다. 이영의 사랑하는 안해이다.'

그는 이렇게 마음속으로 부르짖었다.

같은 시각에 옆에서 걷든 K의 껄껄거리는 웃음소리가 들렸다.

리라는 자기 생각에서 깨어나 K를 쳐다보았다. 눈은 다시 내리기 시작했다.

"한심해서 웃었습니다."

K가 앞질러 대답했다.

"무엇이 한심헌가요."

"선생님 머리에 쌓인 흰 눈이 마치 백발 같아서."

잠깐 침묵이 흘렀다.

"늙는 길 이외의 당연사는 또 없을 것이 아니겠어요? 한심(寒心)을 웃음으로 표현하는 것부터가 그것을 증명하는 것 아닐까요."

"그럴 듯도 합니다마는 기막힌 웃음도 있는 법이랍니다."

"……"

"……"

또 침묵이 흘렀다.

"좀더 걸어서 뜨거운 차나 마시고 가시지요, 추우실 텐데."

"미사가 잠이 깨였는지 가봐야겠어요."

"차를 마신다는 것은 죄악이 아니니까요. 눈 나리는 밤 이러한 길에서까지 조곰도 빈틈없는 현실에서만 산다는 것은 너무나 공리적이 아닐까요."

"아무런 말씀을 하셔도 좋습니다. 감격을 잃은 지가 오래되여서요. 말에 대한 반응을 잊은 마비된 신경이니까요."

"자기도취도 어지간 하셔야지요. 사람이 사람을 부인하고 사는 법도 있을까요."

"가능한 범위 내에서 그것을 실행하려고 했습니다. 제 생활과 관련이 없는 한."

"그럼 K라는 사람은 문제 밖이란 말씀이죠? 그러신 줄도 모르고 세 번이나 제의한 제가 바보였군요."

리라는 대답 대신 멈추었든 걸음을 다시 걸었다. K의 비꼬는 말에 설복되어서가 아니라 오래간만에 찻집 분위기에 쉬어 보고 싶기도 했기 때문이었다.

전부 보라색으로 장식된 실내의 복쓰마다 스탠드가 놓여 있는 알메니야에서 K는 케익을 찍어 입에 넣으며 말을 시작했다.

그곳에 둘러앉은 사람 전부가 일본말을 하기 때문에 그들은 조선말로 이야기했다.

"자기 고민이란 자기도취에 불과한 때도 있습니다. 자기의 감정 속에서 배회하고 자기를 숨기려고만 드는 경향을 저는 처음부터 강 선생에게서 느꼈습니다."

"저는 대답해 드릴 소재를 갖지 못했습니다."

리라는 들었던 잔을 상 우에 놓고 K를 쳐다보며 말했다.

놀리는 듯한 어조였다.

"남의 성실을 무시하시는 것도 선생 자유의사겠지요. 허나 할 수 있는 정도로 사정을 얘기하는 것도 때로 약이 될 때가 있습니다."

"그런 약으로 병 치료 헐야단 저는 정신병자가 될 것만 같군요."

"후회하실 얘기면 그만두시죠. 구태여 들을 의무는 없으니까요. 선생님이 그 평범 이상의 고민을 갖이신 듯한 데서 제가 흥미를 느꼈습니다. 이것은 제 버릇입니다. 솔직히 말씀드리면 잔인하다고 할까요?”

“솔직하신 것은 좋으십니다마는.”

“좋으십니다마는.”

K는 꼬리를 받아 물었다.

“실례가 되는 폐단도 있지 않을까요? 기탄없이 얘기허시고도 같은 정도의 응수를 바라신다는 건.”

“어떻게 하늘의 기온만 삶이고 씨를 뿌릴 수가 있어요. 우리는 현재를 향유했습니다. 내일은 또 다른 력사가 새로운 암영을 갖어올는지도 모르니까요.”

그는 말을 계속했다.

“반드시 괴로움만으로 현재를 메워야 한다는 법은 없겠지요. 슬픔을 간직했다는 것이 선생의 은밀한 량식이라면 그러한 처세술도 속인다웁지 않어 좋긴 허겠습니다마는 좀더 인간이 되어 보십시오.”

“어떻게 하면 선생님 말씀하시는 인간이 되나요? 전 현재도 인간이니까 차를 마신다고 생각허는데요.”

“툭 터놓고 고민을 남에게 하소연도 하여 보고 때로는 유희도 하여 보고”

“그런 치료 방법은 남의 우월을 받어야 허니까요. 설교는 그만두시죠. 유희란 아히들에게 필요한 거지 어른 세계에는 웃음꺼리에 지나지 못합니다.”

“그렇게 잘러 말씀하시면 말할 여지가 없습니다마는 행복을 가장하는 것도 웃우운 일이지만 불행을 고집하는 것도 웃우운 일입니다.”

“어폐가 아닐까요? 속인다웁지 않다느니 불행을 고집한다느니 행복을 과장한다느니 하는 그 전부가 결국은 과장을 의미하시겠지만 그렇게 깎거 보셨댓자 다시 날 수는 없으니 어떡헙니까?”

“얼마든지 있다고 봅니다. 선생뿐만 아니라 조선 사람 거의 공통한 버릇이라고 봅니다. 우리는 과거에 집혀서 구애될 필요는 없다고 생각합니다.”

“제 과거를 아십니까?”

"모릅니다."

"남녀가 함께 걸어도 상관이 없을까요?"

K와 리라는 웃고 일어섰다. 갈라질 때 K는 이런 말을 했다.

"찻집에 모시려는 제안을 내여 세 번만에 성공했습니다. 성공이 없으면 인생은 령에서 돌고 마는 것이 아니겠습니까. 유희라도 좋습니다. 인생의 판도 안에는 웃음거리가 대단히 필요하다는 것도 알아 두십시오. 그리고 참 언제든지 한 번 선생님 하숙을 습격하겠습니다."

4

리라는 집에 돌아오는 길로 우선 잠자고 있는 미사의 얼굴을 디려다본 다음 외투를 벗고 다시 그 이불 속에 손을 녹이고 나서 일기책을 펼치고 앉았다.

오늘 저녁 K와의 뜻하지 않은 만남으로 자기의 속에 어렴풋이 잠자고 있던 어떤 감정이 형상화된 듯싶었다.

냉정히 초연을 가장하고 넌즛이 길가에 비켜서서 남의 굿 구경하는 듯한 자기, 행동도 하기 전에 비판부터 하려고 드는 자기 또 어떤 때는 환경을 무시하고 그저 멋없이 삶을 강조하는 의욕을 내세워 놓고는 자기의 사념과 행동을 덮어 놓고 긍정하려고 드는 자기에게 손뼉 치는 자기도 보았고, 삶이란 죽음 이상으로 괴롭고 보잘 것 없는 형극의 연속이어서 그 자리에서 생을 저버리고 싶어 하는 가장 뚜렷한 자기도 보았다.

그러나 리라로서는 가는 세월에 끌려가는 한 길 밖엔 아무런 도리도 없었다. 의의를 잊은 생존은 보람 없는 삶이었다. 차라리 아무것도 생각할 줄 모른다면 잔소리밖에 안 되는 하잘것없는 감정의 소리거나 제 3자의 비위 거슬리는 소리에 신경을 쓰지 않아도 좋을 것이 아닌가? 미사 때문이라 스스로 의의를 첨부하나 그것은 전부가 아니었다. 관념적인 구실로 되었고

때로는 되려 미사 덕에 사는 것 같기도 했다. 유치장에서 나와 일년 가까이 병상에 누워 있는 동안

'살어야 한다. 살어야 한다. 그를 다시 만나는 날까지.'

이것만이 리라의 투병의 신조이었고 사는 목적의 전부라 했다.

밖에서는 찬바람이 눈과 대신 했는지 문풍지를 울리고 지나간다.

리라는 일기책 첫 페―지의 서명을 읽고 난 다음 쓰기를 시작했다.

<12월 3일 흐리고 눈 오는 날>

새까만 하늘이 흰 눈을 쏟는다
기적은 아니리라
이 밤 내 좌우명의 제2절을 범하다
약한 자여 그 이름은 여자니라고 허나
어머니는 강하다 했다
더욱 미사의 어머니는

나의 세계는 밤하늘
새까만 별조차 없는 밤하늘
이 밤 리라의 호수는 어느 곳에 잠잠히 고였을 것인가
내 아름다운 항해의 설계도 접히든 날
리라는 호수의 간 곳을 모른다네
그래도 꿈 너는 그림자마저
거두지 말어라

뚫어진 우산 속 하늘같이
내 세계는 좁고
돌려도 돌려도 비는 나려
모진 빗바람 뚫어진 우산에 부딪혀

사정없이 리라의 왼몸을 적시어도
꿈 너만은 그 꼬리를 거두지 말어라

다시 태양의 다사로움이
리라의 호수에 깃들이는 날을 위해
나는 꿈을 안은 여인이 되리라
나의 별 오직 하나인 리라의 별
미사를 위해
나는 꿈을 직히는 어머니가 되리라

며칠 후 리라는 이학년 수공을 가르치면서 가위로 마분지를 비었다. 가사 선생이면서도 그는 재봉 수공 할 것 없이 도맡았기 때문이다. 베인 마분지에다 헝겊을 씌워 스립피ー를 만드는 것이었다.

오글거리는 여생도들이 난방장치도 별로 없는 추운 방에서 입으로 손을 불어 가며 가위질도하고 풀칠도 하고 꿰매기도 하는 모양을 살피면서 그들도 자기처럼 가여운 듯이 느껴졌다.

남들은 시설이 구비된 실내에서 태양을 머리에 이고 배우는 것이나 그들은 어둠을 이용해서 추위와 불편과 고단을 무릅쓰고 나오는 야간 생도들이었다. 버림을 받은 잊어버린 지대의 자녀들이었다.

그것은 나라 없는 마을의 비극이었다. 그 많은 조선인 자녀들의 배움의 좁은 문을 열려면 여학교 하나쯤은 있어야 할 것이지만 그것은 하늘에 별 따기처럼 힘든 일이어서 야간이나마 여학교의 형식을 취한 학원이었다.

그는 수업을 마치고 사무실로 들어왔다. 다른 선생은 하나도 없고 K만이 담배를 피우고 앉아 있었다. 인사도 잊은 듯이 담배만 피면서 리라를 쳐다보기만 했다.

리라도 별로 말을 건넬 필요를 느끼지 않은 채 집에 갈 준비를 하고 있었다.

"선생님, 저 <왕자의 귀>란 동화를 아십니까?"

K는 타다 남은 담배꽁추 불을 끄면서 묻는 것이었다.

"<왕자의 귀는 당나귀 귀>란 동화 말씀이여요?"

"그렇습니다."

"읽은 듯합니다."

"다시 한 번 얘기해 드릴까요?"

"인제 가야겠어요. 아히들 소제 끝나는 대로 보내 주십시요 아마 오늘은 신생님 당직이시죠?"

"왕자의 귀는 당나귀 귀란 말을 하구 싶어서 병난 이발사 모양으로 요즘은 말이 많이 쌓여 있어 탈이외다."

그는 부탁하는 말엔 대답하지 않고 자기 말부터 꺼냈다.

"누가 왕의 권세를 잡고 있습니까. 말씀하시면 되는 거지요."

"왕의 권세라면 거역도 할 수 있으련만."

"그럼 신의 권센가요?"

"그렇게 먼 곳을 의미하지는 않습니다."

"그런 신화 같은 얘기는 먼— 얘기가 아닌가요?"

"선생님은 어째서 하필 만주로 오셨어요?"

"그게 하시고 싶은 말씀입니까?"

"글쎄 어째서 오셨어요."

"흥미입니까, 동정입니까? 제가 제 일을 어떤 분의 흥미의 재료로 제공할 의무가 있을까요."

K는 뚫어질 듯이 리라를 쳐다봤다.

"너무 심하신데요 솔직한 우정입니다."

"사시럽니까? 파시럽니까? 어느 편인가요?"

"무엇을요?"

"우정, 우정을요"

"사도 좋고 팔아도 좋습니다. 그렇지만 흥정을 못하는 것이 제 천성인가 봅니다."

"낙시대 거두시죠, 그러시면."

"……."

"우정을 미끼로 리라의 과거는 잡히지 않을 것이니까요."

어이없이 K는 눈 오든 밤의 웃음 같은 커단 웃음을 또 한 번 웃었다. 리라는 가방을 옆에 끼었다.

"대단히 독설가십니다. 그리고 무서운 고집이십니다."

리라는 사실 누구에게든지 자기에 관한 얘기는 안 하기로 결심했다. 이 야기한댔자 들을 것은 욕밖에 안 되는 동정이었기 때문이었다.

"사람의 뱃속에 찬 까스도 발산시키면 시원한 법인데 사람의 머릿속에 찬 녹쓴 감정을 토설한다는 것이 그렇게도 금단의 열매 따듯 어려울까요."

리라는 웃으며 대답했다.

"갈려는데 웨 밑도 끝도 없는 말슴만 하시는 거얘요. 싸힌 말슴이란 남의 과거를 캐시는 건가요. 이번엔 제가 들어드릴 테니 그럼 어디 말슴해 보세요."

리라는 다시 걸상에 주저앉었다.

K는 자기도취에 자기도 모를 무슨 말을 했는지 모른다. 그저 리라가 자기 말에 상대해 주는 것만이 요즘의 그에겐 큰 위안이었다.

"그러구 보니 참 드릴 말이 없군요"

그는 손으로 자기의 머리를 두들겼다.

소제를 마친 한 패의 생도가 몰려왔다. 그들은 모두 함께 문을 잠그고 나왔다.

하숙에 돌아온 리라는 자기란 대체 무엇이며 자기에게 있어 괴로움이란 대체 무엇인가를 생각해 보았다. 남편이 길 떠났다는 것으로 시작된 여인의 거리에는 언제든지 밝음을 등져야 할 것인가 단순히 떠나간 남편 때문에 자기의 생활이 어둡고 괴로운 것이 아니라 거기엔 생사의 기약이 가장 큰 문제였다. 산송장이라는 격으로 무엇으로 산 보람을 찾아야 할지 감수성이 강한 그로서는 항상 삶에 대한 짙은 회의가 어른거리었다. 거기에는 이영에 대한 애정문제도 가로놓여 있었다. 사랑이라는 것에는 아무런 변화도 없이 언제까지고 절대적일 수가 있을 것인가.

정신적으로 오는 사람에 대한 강박관념과 생활고에서 오는 불안, 남의 화제에 오르내려야 하는 불행한 예의 주인공 노릇을 하면서도 사랑함으로 얻는 보수가 고난 이외의 아무것도 아닌 경우라도 사랑은 변함이 없을 것인가. 부부 사이에는 사랑보다 의무감이 더 중요한 자리를 차지하고 있지 않은가. 사랑이 절대적이 아니기 때문에 사랑의 절대치가 규정될는지도 모르지만. 기다림에 있어 생존을 전제로 하였을 때에는 슬픔보다 보다 큰 희망이 있으니 생존이 애매한 경우에는 자기의 생애는 빛 잃은 세계의 편력이 아닐 것인가.

기다려야 한다는 감정의 강요가 또한 감정의 내면생활과는 별개로 시일이 오래되면 단순히 한 관념에 얽매여 의무를 다하는 것이나 아닐까.

여기까지 생각을 거듭한 그는 어쩐지 K와 자주 만나기를 꺼려야 할 것 같았다.

엄밀히 자기의 마음속을 뒤져 보면 반드시 K에 대한 관심이 여러 겹 보재기에 싸여 있는 듯했다. 그러나 리라 자신으로서는 그 보재기를 뱃겨 버리기는 영원히 못할 것이었다. 그렇지만 또 한편 그 때문에 K를 만나는 것까지 꺼릴 필요는 조금도 없는 듯하기도 했다.

K가 말하는 인간성이란 유희를 사랑하는 흥미 본위의 모삭인지도 모른다. 같은 저울에 다를 수 있는 유희라면 모르거니와 리라는 벌써 유희에 대한 흥미를 잊은 지친 여인이 아니든가. 유희란 아이들에게는 생활의 일부분일 수 있으나 어른들에게는 있어서는 안 될 노름이다. K의 우정이란 어떤 정도의 것인지 받아도 좋은 것인지 리라 자신도 알 수 없었다.

5

방학도 가까워 오는 어느 토요일 리라는 미사를 무릎 위에 앉히고 하숙집 딸 게옥이와 얘기하고 있었다. 그때 밖에서 누구인지 미닫이문을 노크하는 소리가 들렸다. 리라는 서슴지 않고 앉은 채로 문을 열었다.

그곳엔 K가 우뚝 장승처럼 모자를 벗어들고 서 있었다. 뜻하지 않은 방문이라기보다는 곧 침범이었다. 그 어느 차 마신 날 저녁 습격한다고는 했지만 정말 그렇게 찾아올 줄은 몰랐다. 리라는 그 뜻하지 않은 방문이 정말 싫었다. 앞으로 자기의 생활이 그로 인해 교란될 듯한 위구에서 오는 경계인지도 모른다. 또 하나는 이웃에 유숙하고 있는 학원 여선생이 알면 소문을 퍼트리지나 않을까 하는 걱정도 있었다. 음악 선생으로서 퍽 예민한 편이었다. 그러지 않아도 요즘 K와 리라의 눈치를 번갈아 살피면서 K 선생이 어쩐지 침울해졌다는 둥 새 학기에 들어서부터 사람이 달라졌다는 둥의 말로 화제를 끄집어내기도 했다. 그러나 이러한 모든 조건보다 자기의 생활 내면을 K에게 보이고 싶지 않음이 가장 큰 원인이었다.

리라의 쌀쌀한 표정과 아울러 전신에는 찬바람이 도는 듯했다.

"누가 언제 오시랬어요?"

"그야 오는 사람의 자유의사지요. 문전 축출이 주인의 임의대로인 듯이."

리라의 성격을 아는 그로서는 그만침은 각오하고 왔었다.

"그러시다면 저를 찾으시는 것도 자유일 수 있을까요?"

안 들여놓겠다는 듯이 앉은 그대로였다.

"시비하러 온 건 아니니까 가지요."

어느새 게옥은 나가 버리고 리라의 어깨 너머로 솟은 듯이 서 있는 K를 말끔히 쳐다보던 미사가,

"아저씨 들어오시래요, 엄마."

하고 조절을 시작했다.

그 엄마 소리에 이번엔 K가 놀랐다.

미사가 있는 줄 알긴 했어도 보긴 처음이었다. 설마 리라에게 그렇게 큰 딸이 있으리라고는 예상 밖이었다. 리라는 젊었다기보다는 차라리 어린 편이었다.

그는 모녀를 번갈아 보다가 또 한 번 놀랐다.

미사의 얼굴에서 너무나 이상한 기억이 활개치고 달아났다. 그리고 벽에 걸린 사진이 그의 눈에 들어왔을 때 이상스런 기억은 엄연한 현실로 변했다. 초상처럼 큰 이영이 얼굴이 거기 있었다.

"그럼 실례했습니다."

이번엔 들어오라 해도 다시는 발길을 돌리지 아니할 K였다. K는 일변 쾌활한 그러나 니힐리틱한 웃음을 남기고 가 버렸다.

리라는 까딱 않고 앉아 있었다. 태풍같이 일어난 마음의 격동이 가라앉기를 기다림에서이다.

'미사를 안고 K를 생각는 불순한 에미.'

실로 순간적이었다. 여자라기보다는 남의 아내요 어머니니, 따라서 자기의 인생은 이영을 위해 괴로움과 싸우는 인내의 길로 삼아야 할 그였다. 어느 감정선이 그것을 거부한다면 뼛속에 신경선이 모조리 일어나서 그러한 감정선은 거부하노라고 야단일 것 같았다.

그는 또 일기책을 폈다.

<12월 15일 별 얼어 드는 밤>

오지 말라는 길을 왔다가는 사람
우정 매끄러운 혀끝의 촉감
아름다운 어휘 우정 나는 너를 모르리
자기를 믿는 골뱅이는 때로

창자까지 내놓기도 하지만
자기를 믿을 수 없는 골뱅이는
더욱 굳게 제 발을 옹크리어야만 할 것이—

서글픈 기록의 제자(題字) 유랑
너는 천리마 바람 타고
이 뜻을 실어다 리라의 호수에 전해주렴
그림자 거짓과 벗 삼음은 아니어니
너는 리라를 삼키지는 못하리라
새까만 밤길에 한 가닥 빛
미사 너는 어머니의 등불이란다

이튿날도 그 이튿날도 웬일인지 K는 학교로 나오지 않았다. 뿐만 아니라 하숙에 찾아가도 역시 K는 토요일에 나간 채 들어오지 않았다는 것이었다. 알 수 없는 노릇이었다. 생각하면 할수록 수수께끼였고 또한 두려움을 가져오는 사실이기도 했다. 남편 이영이처럼 잡힌 것이나 아닐까. 페스트에 걸려서 길에 넘어진 것을 피병원에 수용한 것이나 아닌가. 리라는 자기의 신은 방한화를 내려다봤다. 그것을 맞추러 갔다가 K를 만나서 차 마시러 간 것이 또한 불길한 징조가 아니었는가. 불행에 시달린 리라로서는 사소한 일에도 신경이 남의 몇 갑절 쌓이는 것이었다. 학교에서는 수색원을 낼 것인가 경찰서마다 찾아볼 것인가 물의만 분한 채 며칠을 지냈다.

6

K는 리라의 집에서 돌아서 나오면서 자기의 감정을 정리할 필요를 비로소 느꼈다. 그는 그 길로 정거장까지 나와서 아무데고 찻시간이 있는 대로 탄다는 것이 사평가 행이었다. 복쓰에 기대어 눈 감고 팔짱을 끼고 앉아

생각하니 요즘 며칠 동안은 무서운 열병 환자 모양으로 안절부절 못한 자기 감정이 부끄러웠다. 홀로 상대가 없는 씨름을 한 셈이었다. 리라가 미사를 안고 딴 생각에 잠겼을 때도 자기는 리라만으로 머리가 꽉 차 있지 않았는가. 자기의 주관으로 자기가 찾던 여자의 형을 처음으로 외지에서 만났다는 것은 대단한 발견이었다. 그렇다고 자기 본위로 상대방을 움직일 수 없다는 것을 고려하지 않음은 어리석은 일이었다. 자기의 마음만으로는 리라의 원이라면 하늘에 가서 별도 따 올 수 있다는 자신을 가지기까지 했으나 참말로 별 따기처럼 리라의 우정은 얻기 어려운 것이었다. 그러나 자기의 우정이란 우정의 한계를 열 번 뛰어넘은 위험한 우정이었다. 그의 눈 앞에는 사진에서 어렴풋이 본 이영이 모습이 떠올랐다. 틀림없이 자기가 아는 이영 그였다. 외지에서 조국의 재건을 위해 훈련받고 있는 틀림없는 이영이었다. 어느 때인가 조선인만이 모이는 석상에서 군복을 입은 이영을 만난 것이 처음이요 마지막이었다.

자기의 책무가 따로히 있음으로 K는 현지를 떠난 후로 아직까지 돌아가지 못했다. 자기에게도 중대한 사명이 있었다. 쉼 없이 현지와 은밀한 연락을 하여야 할 것이어는 그새 한 달 동안은 허공에 떠서 산 것만 같았다. 만일 자기의 계획대로 일을 마치고 리라와 같이 그곳에 갔더라면 어떻게 되었을 것인가? 그러나 그러한 부대 조건을 말살해 버리고 현지로 가지 않으면 고만일 수도 있었다. 미련은 아직도 큰 파문을 그리며 헤쳐졌다. 모디이고 모디이다가 헤쳐진다.

차는 어느새 사평가에 닿았다. 차 위에 얼어든 아스팔트의 밤길은 자국마다 무슨 여운을 길게 주위에 뿌리며 갔다. 그는 가까운 일인 여관에 투숙했다. 리라와의 그간이 짤막한 꿈같기도 했다. 분별없는 어린애처럼 마음만이 쓰이는 날이 거듭되어 자기의 언행은 유혹히도 때로 필요하다는 론법이 어디서 나왔는지도 모른다.

그러나 그는 리라 아닌 딴사람에겐 그런 주관을 내세워도 좋다고 생각되었다. 인생이란 결국 산다는 것이 궁극의 목적인 이상 그 안에 웃음도 울음도 미움도 자랑도 거짓도 진실도 다 있어야 할 것 같았다. 분노와 싸움과 사랑도 있어야 하였다. 그것이 생을 장식하는 채색인 듯싶었다. 그것은 그에게 있어 조금도 새로운 감정은 아니었다. 밝는 날 그는 시가를 한 바퀴 돌았다. 찬바람이 전신에 새로운 자극을 주었다. 널찍한 길마다 일본군은 총을 메고 어깨를 쳐들고 행진하는가 하면 전차가 요란한 소리를 내며 굴러 가기도 했다. 어디나 다름없는 세상은 그들의 것인 듯 하늘과 땅이 그들에게 굴복하듯 기세를 올렸다.

그는 주머니를 털어 얼마까지 갈 수 있는가를 따져 보았으나 주머니 예산은 딴 곳으로 가게 못되었다. 그렇다고 한 곳에 오래 머물러 있기에는 또한 안정을 얻을 수 없는 마음이었다.

쉬울 듯이 어려운 시련이었다. 어려움을 이김에는 스스로를 천대하는 것이 가장 효과적이었다.

나흘째 되는 날에야 겨우 신경에 돌아왔다. 그는 딴사람같이 가벼운 마음으로 리라를 대하리라 했다.

사무실에 들어선 K를 대하는 다른 선생들이 의혹의 시선은 K에게 아무도 모르는 쓴웃음을 짓게 했다.

그는 몰래 리라의 표정을 살폈다. 리라의 눈에는 근심을 놓았다는 듯한 다정한 광채가 떠돌았다. 항상 K를 경계하는 그 쌀쌀한 표정도 볼 수 없었고 부드럽고 순진한 표정은 리라의 음성에까지 알리워졌다. 오랜 시름을 벗어 논 듯한 쾌활한 음성이었다.

"페스트에 돌아가신 줄 알았어요."

"그렇게 쉽게야 죽을 사람이래야죠."

딴 선생들도 모다 따라 웃었다.

7

방학이 되어 조선으로 떠나기 전 날 리라는 일부러 K를 초대했다.

"오늘은 드러가도 상관없읍니까?"

"갚음이 너무 심하셨어요."

"무었을 언제 갚었든가요?"

그는 외투를 버서 손에 들고 방에 들어갔다. 이영의 사진의 웃고 있는 듯했다.

"정말 어머님이 오셔서서 사평가에 가셨댔읍니까?"

리라는 밥상에 씨운 보를 벳기면서 묻기부터 했다. K는 문득 환상을 보는 듯한 착각을 이르켰다. 그래서 감었다 뜨는 눈앞에는 이영이 또 한번 빙긋이 웃고 있었다. 미사는 아버지를 닮은 얼굴에 별처럼 빛나는 눈으로 K를 보면서 웃고 있다.

"거짓말할 무슨 게제가 있읍니까?"

그는 젓가락을 들고 이렇게 물었다.

"없으시다면 다행이여요. 저는 제가 원인이 아니기를 바랬어요."

"만일 원인이었다면?"

그의 눈에는 아직도 그 무서운 빛이 번쩍이었다.

"오늘 저녁 이 환대로 사해 줍시사구."

리라는 일부러 미사에게로 시선을 옮겼다. 그리고는 말을 계속한다.

"전 K선생님만은 저를 알아주실 것 같었어요. 그것이 잘못이였을까요?"

K는 일즉이 이렇게 솔직한 리라를 본 일이 없었다.

그는 할 말이 없었다. 무었이라고 대답해야 좋을지 몰랐다. 의외였기 때문이다.

"어째 바람이 이렇게 누구러졌을까요?"

"거세야 할 필요가 없기 때문이겠죠."

리라와 K는 서로 마주보고 웃었다.

"아버지 어디 게시지? 이름은 뭐고."

미사는 어머니 눈치부텀 삶이었다. 말해도 좋으냐는 뜻이다.

"대답해 봐. 이름석건."

"저 먼 나라에 계신데. 이름은 이영."

K는 이미 아는 사실에 다시 놀랠 필요는 없었다.

"응? 그래!"

이상한 회랑에서 마조친 사람들이었다.

"아버지 보구 싶어?"

"아ㅡ니."

미사는 이외로 머리를 옆으로 흔든다. 밥상을 물리고 조선감을 내놓았다. 리라는 껍질을 벗기면서 미사를 흘기고 있었다. 가로 흔드는 미사의 머리ㅅ 때문이었다. 그것이 이외이기는 하나 또한 참말일 것이 나기도 전에 갈러진 아버지가 보고 싶다는 것은 거짓말 아니면 그렇게 해야만 된다는 어른 세계의 허위를 계승받은 버릇에서일 것이다.

"저런 기집애두 아버지 보구 싶지 않어?"

"난 아버지 모르는걸."

"댐에 아버지 오심 상주나 봐라."

"어머니 아버지가 비행기 타고 언제 와, 응?"

아무도 모르는 막연한 기한이었다.

"너의 아버지 인제 곳 오실 께다. 자 이렇게 한 해 두 해 세 해 다섯 해."

K는 일부러 손가락 다섯을 차례로 곱아 주고는 나오는 말을 입속으로 먹어버렸다.

'이영이는 ×××국 사관으로 출정했을 껍니다.'

그는 혼자 빙긋이 웃고 났다. 그리고 화제를 돌렸다.

"언제 떠나십니까?"

"내일 저녁차루 떠나겠습니다."

"전송해 드릴까요?"

"부질없어요. 말 만드는 일은 삼가야 한답니다."

"소문이 무서우신가요?"

"소문도 마음도 무서워요."

픽으나 중대한 내종의 말이었만 어렵지 않게 해내 치었다.

"그런 무게 없는 말슴도 하시나?"

"비꼬셔도 좋습니다. 사막에도 오아시스가 있듯이 리라도 오늘 저녁엔 할 수 있는 말이 아닐까요 그것이 우정이 아니겠어요."

말끝을 농으로 바꾸어 놓았다.

"가시면 편지나 주십시오."

"꼭 쓰겠습니다. 그리고 정거장엔 나오실 필요가 없어요. 음악 선생도 같이 떠나니까요."

리라가 거짓말하는 것을 K는 잘 알고 있었다. 음악 선생은 아침 차로 안동을 것처 가는 것을 알고 있기 때문이다. 남은 잉크를 담어 두는 것도 좋을 것 같었다. 그는 신발을 신고 문을 닫어 버리고는 뒤도 돌아보지 않고 가버리었다. 리라는 얼른 일기책을 펼쳤다.

<1944년 12월 20일>

상처 입은 내 좌우명 어느 강에 띠워 버려야 하나.
고은 물결이 흐름을 손으로 막어도
물은 구지 흐르기만 하나니!

(상편 종)

—『리라기』(시문학사, 1949)

현해탄(玄海灘)

1

가지고 온 물건을 처분하려 나간 상수의 뒤를 따라, 승헌은 혼자서 거리로 나왔다. 동경이 처음이니만큼 어디가 어딘지를 모르는 그는 마음 내키는 대로 발을 옮기다가 별로 복잡하지 않은 어느 골목길에 들어섰다.

이러한 골목길을 걸으면서도 그는 눈에 띄는 것, 마주치는 것이 거저 신기하고 놀라웠다. 거의 폐허로 화한 줄 생각했던 동경은 상상과는 달리 정론되고 자리잡혀서 그 피해의 흔적은 이미 소멸되어 버린 듯했다. 어느 집 담 너머로는 늙은 벚나무가 꽃핀 모습을 길게 땅 우에 그림자를 떨어트리고 있다.

아마 폭격을 면한 집이거니 생각하면서 큰 대문 기둥에 달린 문패에 시선을 보냈다.

'세와다꾸 쯔루마게쬬오 일정목 백번지 미끼 세이 사부로오(三鬼淸三郞).'

그는 깜짝 놀랐다. 몇 번이고 다시 보고 다시 보았으나 분명 그자인 듯했다. 만일 그 이름이 동성이명이 아니면 왜정 때 경성 미끼 방직회사 사장임에 틀림없을 것이었다.

승헌은 오던 길을 돌아다보았다. 아까부터 굉장히 걸은 듯하던 것이 역시 같은 구(區)를 돌았고 또 자기가 투숙한 구내에 예전 상전이 살고 있으리라고는 짐작도 못한 일이었다.

그는 다시 미끼의 주소와 문패를 살펴보았다. 그리고는 틀림없으리라는 자신이 생긴 다음엔 불현듯 어떤 아지 못할 반가움과 얄미움과 두려움과 또 궁금증이 한꺼번에 내닫는 듯 느껴졌다. 그는 자기의 옷차림을 살펴보고 나서, 얼른 그 자리를 피했다. 한 발 대문 안에 디려놓고 "안녕합시오" 하고 문안을 드리면서 오늘의 곤경을 통사정한다면 혹 '무슨 수가?' 그는 혼자서 열적게 웃으면서 걸음을 빨리했다. 가난 때문에 마음일망정 주머니를 차지 아니한 거렁뱅의 모방을 해서는 안 되겠다고 생각되기 때문이다.

그때다. 길을 지나던 어떤 뚱뚱한 친구하고 딱 마주쳤다.

"아니 이게 누구야. 설마하고 가까이 와서 봤더니 참말 승헌 군이군."

미끼는 별로 어색함이 없이 승헌의 손목을 잡아 흔드는 것이었으나 그는 어쩐지 몹시 서먹서먹했다.

'손에다 보재기를 씌었드라면!'

승헌이 이런 우스운 생각을 하고 선 동안 미끼는 다정스럽게 질문을 시작하고 있었다.

"해방 자미 좋은가, 참 언제 왔어. 어떻게 된 셈이야. 동경엘 다 오구."

"무슨 재미 있을 리 있어야죠. 두루 댕기러 왔습니다."

이렇게 대답하고 나니, 마치 옛날이 좋았다는 설명 투로 새기지나 않을까 해서 마음 한 모퉁이가 께름했다.

"괘한 소리지. 나쁠 리 있나. 참, 오래간만인데 점심이라도 먹으며 이애기나 좀 허세."

미끼는 뚱뚱한 몸집을 털썩이면서 전면만은 그럴 듯이 꾸며진 어느 요정 문을 밀고 들어갔다.

"여긴 쌀밥 파는 집은 없다네."

그는 노상 다정스럽게 웃으며 술하고 우동을 주문하고 나서는 밥으로 배를 채우리란 하루 천 원을 팔아도 안 된다는 말 끝에,

"식량난도 어지간해야지"

하며 술을 받아 마시고 나서,

"군. 그래, 조선은 어떤가. 가끔 이야기를 하군 하지만 역시 조선은 좋았어. 더군다나 내게는 제 이 고향이거든. 나는 될 수 있었으면 귀화하고도 싶었지만!"

그는 잔을 권하며 승헌을 쳐다본다.

승헌은 어이없었다. 강압으로서 남의 머리ㅅ통을 밟고 서서 긁어모은 재산 때문에 그 신발에 걸리는 대로 차버릴 수 있던 나라의 백성이 되어서까지 목숨에 달린 부대 조건을 잡고 늘어지고 싶도록 안타까웠던가 하고 새삼스레 그를 쳐다보며 말했다.

"그야말로 적수로 성공하신 고장이니까 그러시기도 하셨겠지요."

그는 슬쩍 비위를 맞춰 주었다.

"이르다 뿐인가. 처음엔 꿈만 같아서 도모지 믿을 수가 없었네. 우리 일본도 너무 큰 도박을 놀았지. 그렇지, 도박이 좀 지나쳤지. 허지만 역사의 묘미란 또 그런 데 있는 거야. 언제 어떻게 될 것을 예상도 못하고 있다가 무엇이 툭 튀여 나온단 말이야. 그 툭 튀여 나오는 놈 말이지, 그 놈이 제 패자에게는 두려운 것이기도 하지만 그렇기 때문에 희망을 갖일 수 있고 또 그다지 비관하지도 않지."

미끼의 말은 길어질사록 종잡을 수 없는 말 같기도 하고 따로 뱃장을 가지고 위협을 합친 골리는 말 같기도 했다.

"기왕지사는 엇잿든 간에 자네를 맞나니 마치 옛 친구를 만난 듯이 그저 기쁘이. 우리야 애초에 무슨 정치를 다룬 사람이 아니고 피차 같은 직장을 통한 교분이니까 말하자면 한 솥에 밥을 먹고 지내 온 사이지, 개인끼리 무슨 감정이 있을 리 없지 않은가. 이렇게 따지면 자네가 내 집을 먼저 찾어 주지 않은 게 섭섭하기도 하지만 사람이란 또 그럴 수도 있고 한 게니까. 자, 자네도 마시고 이야기 좀 하게나."

어지간히 말을 하고 나서야 승헌에게 말을 하라고 한다.

"찾어 뵈올래야 주소도 몰으겠구 또 계면적은 것두 사실인데다 이것두 뼈 젓한 거름이 아니구 밀행이니까 찾어뵌대야 궁한 소리 밖에 더 하겠습니까."

"그게 무슨 말인가. 내가 빈 주먹 하나만 갖이고 조선엘 건너갔다는 건 자네가 제일 잘 아는 일인데. 피차 궁한 때 찾어오고 찾어가는 것이 소위 우의라는 거야. 혹씨 독립국민의 긍지라면 몰라두."

"너무 과하신 말씀입니다. 아직 긍지를 가지기까진 때가 이르지 않은 것 같습니다."

"잘 알고 있네. 머 고깝게 들을 건 없구 참, 내 말이 좀 빗나가 돌았군. 그런데 요즘 조선은 아주 혼란하다고 들었는데 그게 사실인가!"

"남북이 갈린 데다 줏권(主權) 없는 나라의 과도기란 것이 혼란할 수밖에 더 있겠습니까? 전 이곳 와서 보구 참 놀랐어요. 생각하기엔 전쟁 피해가 심한 줄 알었는데 처음이 돼서 그런지 피해의 흔적이 눈에 띠이지 않는군요."

"그야 그렇지. 하든 살림이라 전시를 평화체제로 바꾸어 놓았으니 건설이 속하지 머야."

"그러구 보면 조선은 오래 남에게 매꼈든 살림이었으니까 서투러서 그런지도 몰으죠. 마치 국민성이기나 한 듯이 선전되고 있긴 하지만."

말은 이렇게 하면서도 서울 거리의 추잡하고도 사람이 사람을 믿을 수 없는 허망한 표정을 물리칠 수가 없었다. 어떻게 하면 남의 약점을 드러내서 먹을 구멍이 없는가고 눈이 빨갛게 충혈되어 덤비는 꼴이란. 짐생들이 맛잡고 먹을 것을 빼앗으며 으릉대는 것 같기도 하고 서로 법을 기만하면서도 또 서로 법을 내세우며 도의와 신의란 낡은 시대의 골동품 이상으로 천하고도 우스운 폐물이 되여 버린 마당에 법관들은 법을 사욕으로 채우는 망태로 알고 공공연한 비밀로 그 망태에다 자꾸 받아 넣다가는 이루 주체를 못해서 그 망태 끈이 끊어져서 그만 법망을 뒤집어쓰고 감방살이를 떠나는 어지러운 사실이 비일비재이거든ー. 그는 자기 감정에 사로잡혀 미끼의 이야기도 귀에 들어오지 않았다. 한참 뒤에야 "응, 그렇지 그래" 하는 미끼의 대답 소리에 자기로 돌아온 승헌은 미끼의 쭈벅대는 머리가 상하 운동을 하는 이상한 긍정의 태도에서 '지금이라도—' 하는 그 어떤 입맛 다시는 자부심이 엿보여서 미끼와 갈려지고 싶었다.

국권을 배경 삼고 착취로 쌓아 올린 경제가 정해 준 위치에서 행세하던 미끼 같은 인간은 언제든지 그 권력을 배경 삼고 남의 주림을 이용해서 감행할 수 있는 착취와 호령의 맛을 쉽사리 잊을 수 없을 것이다.

"그렇지만 식량은 충분할 테지?"

"그야 일본보다야 낫지요. 예전 푼수로 보든가 또 숫짜로 따지면 남을 것이 번연한데 간상배의 밀수출 때문인지 실제에 있어서는 부족된답니다."

"음, 그럴 거야. 우선 나부터두 밀수 쌀 덕을 톡톡히 보는 사람일세. 헌데 자네는 무얼 가지고 왔나?"

승헌은 미끼의 물음에 찔끔했다.

서울 거리의 비생산층의 대표자인 자기가 서울 인종을 타기하고 또 가장 초연하게 미끼를 식민 정책의 착취한으로 보는 자기는 도대체 무엇 때문에 동경을 왔드란 말인가. 밀항해서 천신으로 현해탄을 건너온 자기가 빈손으로 패전 후의 일본을 옛날 만주로 돈벌이 떠나든 식으로 막연히 한몫 볼려고 찾아왔다는 건 부끄러운 일일 수밖에 없었다. 뿐만 아니라 터놓고 이야기할 상대가 아님을 알면서도 그 물음에 응한다는 건 불평을 품은 어린애 같이 유치한 것 같기도 했다.

"아무튼 정말 반가우이. 우리가 조선을 떠날 때야 언제 이렇게 쉬 만날 것을 예상이나 했든가."

미끼는 참말 감개무량한 듯이 승헌의 전신을 훑어보다가,

"참, 우리 공장 잘 운영되어 가나?"

하고 아주 은근하게 묻는다.

"그 방면은 전연 모릅니다. 저는 벌서 그해(해방되던 해) 가을에 그만뒀

으니까요."

몇 달 전에 그만둔 것을 그는 일부러 이렇게 질문을 막느라고 시침을 띠었다. 그리고 속으로 '우리 공장, 우리 공장이 다 뭐야' 하는 '흥' 소리가 코 밑까지 나올려다 미끼를 보고 질겁을 해서 도루 들어갔다.

암만 그래도 간은 빼주지 않는다는 속셈이었다.

"사택들은."

"그것도 내여놓고 현재는 돈암정에 삽니다."

"왜?"

"사세가 그렇게 되더군요."

"흐흠, 그게 망발이야. 왜 군같이 유망한 청년 사무가를 조선서는 이용하지 않느냐 말이야."

마치 자기 공장이기나 하듯 기세를 올린다.

"제가 그만뒀습죠. 있었대야 월급으로 생활이 유지되어야죠."

"그도 그럴 꺼야."

미끼는 머리를 끄덕이며 잠깐 무슨 생각을 하고 나드니 또 묻는다.

"참, 이번 거름은 시찰행인가?"

"그럴 여유가 어디 있습니까. 그저 막연히 왔습니다. 좀 굴러 보구 싶어서요."

"막연히 왔다? 그럼 되나!"

"안 되면 귀환 동포의 트렁크나 매여다 줄 셈 잡고 왔지요."

"일이란 그렇게 단순이 생각해선 못 써! 무슨 목적이건 세여 놓고 최선을 다해 봐야지. 그렇게 심심푸리로 사는 고마운 세상이 아니야. 조선 속담에 날림 우에도 파리가 있다는 옛말이 있지 않은가. 이건 이기고 갓끈을 졸르라는 일본 속담과 비등한 말이야."

하고 미끼는 무엇을 한참 생각하고 앉았드니,

"모레쯤 한 번 여기로 찾어오게."

하면서 주는 명함은 아까 보든 문패와 꼭 같은 주소였다.

"요즘 나는 메리야쓰 공장을 경영중인데 공장은 '아라이야꾸시'에 있네. 본래는 별장이든 것을 공장으로 곤쳐서 쓰지만 매우 성적이 좋은 편일세. 어디 연구해서 좋은 방법을 강구해 볼 테니까 꼭 들리게."

그는 다정스럽게 말하고, 셈을 치렀다.

2

숙소로 돌아온 승헌은 기대를 갖지 않으리라 하면서도 그 모레가 기달려 졌다.

'좋은 방법, 대체 무슨 방법일까! 미끼가 무엇 때문에 그렇게 호의를 베 풀려 드는 것일까.'

그는 그 모레가 오기까지가 아주 오랜 것 같았다.

상수는 가지고 온 약품이 잘 팔리지 않는지 들락날락하면서 무척 바빠서 돌아만 다니고 방에는 별로 붙어 있지 않는다.

그는 숙소 주인인 조선 사람 부부와 이얘기도 하고 또 말로만 들던 은좌 (銀座)니 간다(神田)니를 구경하러 돌아다녔다.

그들 설명에 의하면 은좌는 오정목 위는 전부 타 버린 것을 다시 건설한 것이고, 서점 지대인 간다만은 이상하게 폭격을 면해서 서적과 문헌이 대 부분 그대로 보전되어 있기 때문에 학계에는 천만 다행이라는 것이었다.

상점에는 잡화가 가득이 쌓여 있고 길에는 전차, 자동차, 트럭, 찝, 연이 어 달리어서 어떤 때는 소음에 정신이 아찔할 때도 있었다.

승헌은 시내를 구경하면 할사록 이상스러웠다. 팔 할이나 폭격당했다는 동경이 동양에 있어서의 대도회의 면모를 훌륭히 갖추고 있다는 것은 경이 에 가까운 놀라운 사실이었다.

마치 큰 바다의 저류에야 어떠한 미생물이 존재하건 말건 푸른 바다가

도도한 소리를 내며 호호탕탕이 흐르고 있듯이, 동경도 어느 모퉁이에 외아들을 잃은 어머니의 눈물이 있건 말건, 헐벗은 전재민이 몰려 있건 말건, 어느 구석에 인테리의 야윈 손들이 도박과 씨름하는 절망적인 불행한 노름이 있건 말건, 동경의 행진과 건설보에는 별 지장이 없는 듯 느껴졌다. 그러나 그중에도 놀라운 것은 등을 밀어 내어 전쟁터로 몰아 낸 장정들이 돌아와서 피 묻은 군복을 갈아입지도 못하고 주린 이리떼처럼 눈만 번득이면서 몰려다니는 것이었다. 그들은 대개 공습에 부모와 일가친척을 잃은 갈 곳 없는 귀환병이고 게다가 성미가 횡폭해졌다고 일반 시민에게서는 경원당하고 있다는 것이었다.

마치 국물을 우려 낸 메리치 같기도 해서 슬그머니 동정이 가기도 하나 어느 죄 없는 백성을 무찔렀을 것을 생각하면 증오가 치밀기도 했다. 그렇지만 그것을 강요한 국권과 그 마음을 북돋은 원흉들은 대체 어느 곳에서 무슨 흉계를 또 꾸미지나 않는가 싶었다.

보도에는 치장한 여자들이 쓱쓱 활개를 치고 우리가 언제 패전국 여성이드냐 하는 식으로 뽐내며 걷는 것이 있는가 하면 옆에다 보텡이 같은 것을 끼고 가는 초라한 차림의 여자도 있다.

"저런 것들은 대개 다 '빵빵껄'이야."

하숙집 주인은 턱으로 가리키며 '빵빵껄'에 대한 설명을 한다.

'빵빵껄'이란 외인 상대의 밤의 여자를 일컬음이고 그 시세는 한 번 키스에 미국제 금시계를 받는 여자가 있는가 하면 담배 한 대에 몸을 내매끼는 여자도 있다는 것이었다.

"그럼 저 돌아다니는 게 다 그렇다는 말이오?"

하고 물은즉 전부는 아니지만 밤거리에 나와 보면, 이 미인계가 얼마나 활약하고 있는가를 알 수 있다는 것이었다.

이틀 뒤 승헌은 약속한 시간에 미끼의 집을 방문했다.

집은 전면보다도 안이 훨씬 훌륭한 저택이었다. 미끼는 기다렸노라는 듯이 반가이 맞아 주었다.

"참 훌륭한 주택이올시다."

이러한 승헌의 칭찬을 듣고 미끼는 코를 벌둥거리면서,

"내가 조선 가서 아마 적선을 많이 한 모양이지. 이 부근 일대가 거진 다 타 버렸거나 혹은 파괴되었지만 이 집만은 이상하게 남었드란 말이야."

그는 반 농으로 자기 운을 자랑한다.

승헌은 슬그머니 인과를 내세우는 이 미끼가 어린 조선 방직 여공들을 얼마나 가혹하게 부려먹었는지를 가장 잘 아는 한 사람이었다. 그러나 승헌은 그것을 따질 위치가 아니었다.

벙어리 속은 언제나 답답할 뿐 완전한 자기 의사를 표명 못하는 것은 남의 눈치로 살아온 사람들의 지녀야 하는 미덕이고 처세술이다. 승헌은 그 회사 인사계 계장으로 있었다.

"오늘 저녁은 잡담 거더 제치고 요건만 이얘기하지."

하면서 미끼는 말을 계속한다.

"종전 후(패전을 종전이라 한다) 귀국하자 나는 이어 메리야쓰 공장을 시작한 것이 상상 밖에 성과를 거두어서 현재는 동경에서도 아주 유망한 공장의 하나일세. 그런데 그 우리 공장에서 제품된 메리야스, 기타 양말 같은 것이 좀 있는 모양인데 그것을 이곳 도매 싯가로 한 십만 원 엇치 가지고 조선 가서 팔아 볼 의사는 없는가? 만일 원한다면 방법을 강구할 수 있단 말이야. 뭐 다른 의미는 아니구, 옛날 우리 회사 일을 고맙게 보아 주던 군의 곤경을 보고 내가 가만있을 수 있나. 참말일세. 이런 때 내가 군을 돌보지 않으면 인사불성이지. 뭐이 또 나로 말하면 앞으로의 상품 판로를 넓히려는 투자이니 내게 해로울 것도 없어. 그렇다고 머 거저 주는 것이 아니고 군을 신용해서 외상으로 어느 기간 물품을 맷끼는 거니까 별스럽게 생각할 것도 없구. 군의 수단으로 이익이 남는다면 동경 왔든 기념도 되구 좋잖나?"

승헌에겐 꿈 같은 이얘기였다. 그야말로 그림 속에 있는 떡에 발이 달려서 걸어나와 상 우에 놓이는 것이나 아닌가 싶었다. 그는 속으로 수없이 고마운 절을 하면서 말한다.

"너무 뜻밖의 호박이어서 믿기에 곤난한 정도올시다. 아마 때때로 인간에겐 기적이라는 것이 있는 모양이지요."

"천만에. 나야 외상 주는 것뿐인데 참, 군은 잇따금 시인다운 데가 있어. 말투가 재밋단 말이야. 나두 그러구 보면 사람을 아는 모양이지. 무척 군의 인품을 애꼈거든. 하기야 이번 거름만 단여오면 앞으로 길은 얼마든지 열릴 테니까 우리 어디 옛 정을 새롭혀 손잡고 일하여 보자구."

그 밤 숙소로 돌아온 승헌의 꿈은 너무 호화찬란했다. 며칠 후 조선 가서 물건을 처분하게 되면 그 만지기 힘들든 돈을 만지고 다음엔 운반에 편리한 약품 같은 물자를 구해서 다시 한 번 일본을 댕겨가면 몇 달 안 되여 조선 기와집도 사게 될 것이고 그리되면 아내의 검은 얼굴도 끄스럼 티를 벗게 될 것이고 다음엔 아들의 흙탕 발에도 늘 신이 갓순이 신기어질 께고. 그뿐인가.

우선 자기를 바른말 한다고 몰아 낸 지금은 한신 방직회사 인사 과장 녀석하고 사글세를 제대로 못 낸다고 긁어치고 들볶는 집임자 영감쟁이, 또 그 외에 몇몇 빚쟁이를, 자기의 새로운 기와집에 청해다 놓고 산해진미를 갖추어 대접하면서 돈을 휴지마냥 써 보고 싶은 허영심도 났다.

그리고 다음 걸음에 어떻게 쌀 몇 가마라도 사다 놓으면 미끼가 얼마나 좋아할 것인가. 아무튼 방법을 강구해 봐야겠는 걸. 사람이란 은혜를 알어야지. 설사 미끼가 착취해서 번 돈이라도 그것은 시대의 조류를 탓을 뿐이지. 눈 감기고 억지로 빼앗은 것은 아니었으니까. 우리가 약했다는 것과 그들이 강했다는 것은 죄는 비등한 것일 것이다. 어느 요순 때라고 도의가 존재해서 약자를 돕는 강자가 있드란 말인가. 모다 자기를 위한 수단이요 술책이지ㅡ. 이런 두서없는 생각으로 그는 가슴이 울렁거리면서 눈이 말뚱

말똥해지고 허튼 생각만이 꼬리를 달고 나와서 밤이 깊어도 잠들 수가 없었다.

상수는 그날 통행 시간이 넘은 지 벌써 오래되어도 들어오지 않는다. 아마 그 흔해 빠졌다는 빵빵껄에게 놀러 간 모양이다. 승헌은 잠을 청하느라고 무척 애를 써 보았으나 잠은 들어지지 않는다. 필시 너무 좋은 김에 잔뜩 흥분해서 잠이 제대로 날러간 모양이다. 이리 뒤적 저리 뒤적 하면서 즐거운 흥분 속에 밤은 그대로 깊어 간다.

그러다가 새벽녘에야 흥분이 약간 사라졌음인지 혹은 설계만으로도 흡족했음인지 미끼가 말한 시인다운 자기로 돌아왔다.

그간이 아무리 궁했기로니 그까진 물건에 그토록 정신이 알쏭달쏭해져서야 어디 큰일을 할 수 있겠다고 그는 혼자서 중얼거리고 나서 자려고 또 눈을 감아 보나 잠은 여전히 오지 않고 생각만 제대로 떠올랐다.

소화 오륙 년경 상해 어느 경마장에서 어떤 왜인 친구가 삼십만 원을 마치어 그 돈을 트렁크에 넣고 금의 환국하는 열차 속에서 돈을 꺼냈다 넣고 꺼냈다 넣고 하다가 미쳐서 죽어 버린 돈에 혼을 판 위인처럼 자기도 이 우연한 행운에 미쳐 버리지나 않을 것인가 생각하니 어떻게든 한잠 자야만 할 것 같았다. 그는 또 눈을 감아 본다. 그러나 잠은커녕 이번엔 일본으로 떠나오기 전 일이 빠른 속도로 영사되어지는 것이었다.

3

몇 푼 안 되는 밑천으로 소위 사설 PX라는 남대문 뒷골목에서 양키이 물건 장수를 하던 아내가 밑천이고 물건이고 할 것 없이 몽땅 압수당했다든 며칠 후였다.

"암만해도 내가 죽든가 달아나든가 해야지. 어떻게 당신 같은 사람을 소위 남편이라고 믿고 산단 말이오."

하고 바가지 긁는 소리가 안집까지 쨍쨍 울리었다.

"긁어 봐야 때밖에 떨어질 것 없어. 시끄러우니 곱게 긁기나 하자구."

"그게 당신이 해야 할 말이오?"

"그럼 당신은 왜 내가 간신히 얻어다 준 남의 변리 돈 만 원까지 떼었어……."

"그러지 말고 아주 날 죽여 주구려. 엠피가 쭉 둘러싸고 트럭으로 모조리 실어 가는 판에 내가 새라고 날겠소, 두더쥐라고 흙 속에 숨겠소? 남은 백만 원도 십만 원도 잘렸는데."

"그렇게 말을 색여들어요. 당신이 물건 떼인 것이 불가항력이라면 내가 돈삐리 못 하는 것도 불가항력이란 말이오."

"그만둬요. 여보, 말로 배가 차는 줄 아루. 어서 저녁 쌀 팔 돈이나 얻어 와요. 나는 한두 끼 굶어두 좋지만 아이가 학교에서 돌아오면 입가심이나 해 줘야지."

저녁 쌀이 없다고 눈물을 쏟으며 투정을 부리는 아내는 남편이란 돈 마련을 하는 재주를 가졌거나 한 듯이 쏘아붙이는 것이다.

"어디 가서 당신이 좀 꾸어 오우 그랴. 요즘 세상은 여자들이 낫다고들 하든데."

승헌에게서 이 말이 떨어지자 아내는 무서운 형상으로 변해 가지고 악을 쓰며 달려든다. 아마 돈 꾸러 다니느라고 뭇사람에게서 받은 일체의 모멸의 갚음을 남편인 자기에게 퍼붓는 모양이다. 그는 그런 줄 알긴 하면서도 자기 역시 자기의 못난 화풀이로 몇 개 안 되는 살림그릇만 부셔 버리었든 것이다. 그리고는 올바루 서면 머리가 천정과 부딪고 머리를 쳐들면 곱쟁이 걸음을 해야만 걸을 수 있는 기둥과 들보의 높이와 넓이를 치수를 정해 놓고 제한한 이조 오백 년 죄악의 건축물들이 모조리 무너져도 아깝지 않게 생각되는 굴 속같이 캄캄한 문간방을 뛰쳐나왔다.

뛰쳐나오긴 했어도 가 볼 곳이 없다. 그저 걸음만이 자기가 할 수 있는 유일한 행동이고 보매 서울 장안을 몇 바퀴라도 빙빙 돌다가 지쳐서 사지가 뻣뻣하기까지 자꾸 걸으리라 했다. 무엇이든 간에 또는 어느 한 곳도 마음 둘 곳이 없는 그는 이 걷는다는 것이 자기의 빈곤을 싫도록 고집하는 방법이었고 가장의 책임을 못 다하는 벌을 스스로 받으려는 자기 학대였던 것이다.

아무도 마주치기 싫었다. 별 사람을 만나도 말이 나올 것 같지 않도록 입이 다물어졌다. 그러나 짓궂게 그의 어깨를 치는 사람이 있었다.

"정신 차리게. 전선대에 부딪힐 것두 모르구 무슨 사색을 해ㅡ."

그는 뜻밖에도 은근히 생각하고 있던 상수였다. 그는 승헌을 끌고 가까운 목로집으로 들어갔다.

"아주 고단해 뵈는데 어디 불편한가."

나무 의자에 주저앉은 피곤해 뵈는 승헌을 보면서 상수는 다정스럽게 묻는 것이었다.

"꿈을 꾸었다네."

승헌은 말하기 싫어 이렇게 대답했다.

"무슨 꿈?"

"자네와 둘이서 한 여자를 쫓어댕길 때 꿈을."

"정말?"

그들은 옛날 학창 시대에 그러한 로맨쓰를 가지고 있었다.

"홍, 지금 나에게는 그런 여유 있는 이얘기가 꿈일 수밖에ㅡ. 참, 자네 좋은 수 있거든 날 살리는 셈치고 한목 끼여 주게."

"아니, 웨 회사 그만뒀나?"

"회사 단니면 밥 먹는다든가. 그나마 석 달째 룸펜일세. 백성들이 가난 꼴을 보고야 뱃속이 편해 하던 이조 정객들이 요즘 세상에 쉬파리처럼 들끓는 걸 자넨 몰으나. 나는 주제넘게 불을 보고 불났다고 한 번 외쳤다가 그만 쓰윽 보기 좋게 목만 잘렸다네."

승헌은 협잡해서 뚱땅거리고 살아 대면서 담벼락에 전깃줄을 느리어 도적 막음을 하는 판매 과장하고 입바른 말을 했다가 밀려나는 것이었다. 그는 한마디 더 보태었다.

"다들 뱃장이 마즌 걸 나만은 몰랐지."

"좋군 그래. 마음대루 소리라두 질렀으니 시원했을 께 아닌가."

"그 담이 없으면 좋지. 이 살아 있다는 굶으면 쪼루룩하는 신호 말이야."

이런 통사정 끝에 승헌은 상수를 따라 부산행 열차를 타고 혼란이란 두 자만이 연거푸 뒤를 잇는 역을 지났다.

4

한 십여 일 뒤였으니까 바로 사월 하순이었다. 그날은 해말쑥하게 맑은 하늘이어서 언제 이 땅 위에 전쟁이란 참혹한 사태가 있었든가 의심나리만큼 좋은 날씨였다.

상수는 가지고 온 물건을 판 돈으로 사들인 물건을 승헌의 짐과 같이 화물차에 실리고 피차 한숨을 내쉬었다. 무슨 일이고 간에 조선보다는 천양지차로 정돈되어 있기 때문이다. 정거장 모퉁이에 꼴사나운 최하급의 여성군이 있긴 하지만 군국을 봉대하던 어저께 경관들은 민주주의의 선봉이 되어 말씨가 겸손해도 이만저만이 아니다. 형사들의 겸손한 태도는 하관 여관에서 일본인 행세를 하면서 임검 받을 때부터 놀란 사실이지만 그들의 겸손이야말로 놀라운 패전의 선물인 듯했다.

억압과 폭력이 필요하던 군국 황금시대엔 사정없이 민중을 매질하고 오늘처럼 민주주의 구호 하에서 가장 겸손한 태도와 온건한 말씨로 민중에 접근하고 있는 것이라고 생각되었다.

그날 밤 승헌은 겨우 손에 넣은 양과자 한 상자를 들고 떠나는 인사차로 미끼의 집을 찾았다. 미끼는 한잔 했는지 눈초리가 거슴츠레해서 유달리 너털웃음을 웃어 가면서 승헌을 맞는다.

아직 채 어둡기 전 커어텐 밖으로 내다보이는 후원의 싱싱한 나무와 잔디는 푸르게 뻗이어 마치 그 집의 행운을 노래하는 듯했다.

나라가 패하건 흥하건 골른 놈은 따루 있는 법인지 미끼는 조곰도 패전민답지 않거니와 그 생활양식도 역시 그러했다. 초인종을 누르기 무섭게 하녀가 달려와서 곱다랗게 절하고 대령하여 섰다가도 분부가 나리면 제비 날르듯이 삽분이 또 절하고 물러가 버린다.

"어서 편히 앉게. 짐은 다 실렸지. 참, 내일은 떠나겠군."

그는 연상 반말을 쓰며 요람처럼 흔들리는 의자에서 몸을 가눈다.

말이 어지간히 끝났을 때 승헌은 과자 상자를 내놓으며 애기들께 주어 달라고 말하고 일어섰다.

"사 오긴 뭘, 어느 때라고 사람두 참."

이렇게 나무리고 나서는 굳이 일어설야는 승헌을 붙잡고 다다미방에 끌고 가서 차 한 잔 더 마시고 가라는 것이었다. 그새 창밖에는 어둠이 대신하였음인지 방 안엔 불빛이 더욱 화안하다.

미끼는 과자 상자를 끌르고 뚜껑을 열다가 이맛살을 찡기더니 금시 표정이 몹시 긴장해지면서 무엇을 한참 생각하다가 마누라며 아이들이며 심지어는 하녀까지 불러들인다.

"자, 모두들 저 아저씨께 인사디려라. 너희들이 그렇게 먹구 싶어 하든 과자를 사 오셨구나."

미끼는 아이들의 "고마워요 아저씨" 하고 인사하는 광경을 눈 부릅뜬 성난 소처럼 보고 앉았다. 아까까지도 그 허풍선이 같은 너털웃음을 웃던 얼굴은 무섭게 긴장된 채 이윽이 침묵을 지키고 나더니,

"승헌 군, 고맙습니다. 감사히 먹겠습니다" 하고 안 쓰던 경어까지 써가면서 깍듯이 절한다. 승헌은 도까비에게 홀리기나 한 듯이 얼떨떨해졌다.

그만큼 부유하게 사는 사람들이 이따위 과자 한 상자에 이렇게 정중한

사의를 표함은 수상한 일이었다. 미끼는 다시 꿇앉았던 무릎을 고치면서,

"현재 우리는 놈들에게 손발을 묶이우고 사는 거나 다름없는 처지에 이런 류의 과자까지 사들여 먹다간 영영 놈들 시장의 고객이 되고 말 것만 같어 한 번도 사먹지 않았을 뿐 아니라 숫제 맛보지 않으려고 한 거요"

미끼는 말을 마치고 덤덤히 앉았고 아이들은 제 방으로 돌아가 버렸다.

승헌은 무엇이라고 대꾸하기 거북해서 몸만 움츠리고 앉았다가,

"제 딴은 일껀 사오느라고 사온 것이 그런 과자가 되어서—."

말도 맺지 못하고 머리를 긁고 말았다.

"아니, 천만에. 그렇게 사온 뜻은 받는댓지 않았나."

"그럼 가 봐야겠습니다."

승헌은 거북한 자리를 어서 피하고 싶었다.

"승헌 군, 잠깐만. 다른 게 아니라 객지에서 출출할 테니간 이걸 갖이고 가게. 자네가 사 온 거라 생각지 말구. 이 미끼가 준 거라구 생각하면 되잖어. 자 받어 가지구 가지. 이게 우리 집에 두면 결국 버리고 마는 게니까."

승헌은 행길에 나와서 과자 상자를 동댕이쳐 버렸다. 과자를 먹지 않겠다는 생각에서가 아니라 자기의 처사에 대한 발악이었다. 그 흔해 빠졌다는 밤의 에로도 눈에 들어오지 않고 마치 큰 목덩이에 얻어맞은 듯이 짓부듯한 머리와 무엇이 매킨 듯한 가슴을 안고 숙소로 돌아오는 그의 머리에는 낮에 본 후까가와꾸에 벌어진 조선인 암시장과 서울 남대문 뒷골목에 있는 사설 PX가 떠올랐다. 그 혼란의 반대로 일본은 일용제품이 쏟아져 나오고 얼굴에는 만면 속없는 듯한 너털웃음을 띠우고 민주주의를 구가하는 듯한 그들의 검은 동자는 무엇을 노리고 있는지 알고도 남음이 있는 듯했다. 뱃속에서는 쉬임없이 시퍼런 칼을 갈아 그 날을 세우고 있으면서도 입으로는 "네, 넷" 하고 고분고분히 연합군의 비위를 맞추는 저 무서운 왜인들! 그러면서도 자기의 상품 시장을 조선에서 구하려는 그 배짱. "될 쑤 있으면 쌀을 좀 갖이고 오게" 하든 은근한 부탁을 어리석게도 자기는 "말

씀 안 하서도 그럴려고 생각했습니다" 라고 선선이 대답한 그 민족을 저버
린 비굴과 개인의 영달을 위한 파렴치한 비위가 어느 틈에 빚어졌든 것일
까. 그는 언제 방에 들어와 어떻게 자리 속에 누운 것도 모르리만큼 자기
무안에 취해서 잠은커녕 눈만 말뚱말뚱해졌다. 한참 후에 옆에 누운 상수
에게 "화물차에 실은 짐이 그만 떠났을까?" 하고 물었다.

"그럼, 벌써 떠났지. 왜?"

"도루 부리고 싶어서 못 견디겠어."

이렇게 대답하고 저녁에 미끼 집에서 지낸 일을 경과보고 하듯이 이얘기
했다. 이얘기를 다 듣고 난 상수는,

"못난 소리 말게. 야수 같은 놈덜 아직도 혼이 덜 나서 그래, 저이들이
그래봐야 별 수 있나. 실없는 생각 말고 잠이나 자."

"아니야. 나는 조선 가서 빌어먹는 한이 있어두 그 무서운 가시 돋친 뱃
속을 알구서야 참아 어떻게 그 물건을 받어 가지구 가나."

"흥, 얼마라두 주면 먹어야 돼. 조선은 상품이 부족하니까 어떻게던 걷
어들이는 게 수야."

"어디 거저 주는 건가. 밑천은 밑천대로 찾고 게다가 앞으로의 판로를
위한 상품 시장을 획득할려는 꿩 먹고 알 먹자는 수작이지."

"그래두 그런 공정 가격으로 가져가는 건 거저나 다름없어요. 우선 살구
볼 판이 아닌가. 꺼리끼긴 뭐이 꺼리껴. 별소린 다하는군."

상수의 말을 듣지 않어도 그의 모리적인 심경에다 자기의 양심을 아무리
털어놓는대야 거기에 공명할 상수가 아니라는 것을 알면서도 승헌은 말하
지 아니치 못했다.

"아니야. 그 작자, 나를 사 버릴 작정이었어, 그 뚱뚱한 친구의 엉큼한
뱃속에서 어째서 그런 너털웃음과 그런 호의가 나왔다는 걸 인제는 알 수
있어. 그놈이 나를 얼마나 만만히 봤으면 그렇게 주무를려고 들었겠나. 나
는 그게 분하고 그렇게 한목 잡혀 보이는 내 자신이 미워서 그래. 저의 놈

들은 양과자까지 원수로 취급하면서 저희들은 우리의 원수가 아니었다고 뻔뻔스럽게 조선에 판로를 구한단 말인가. 조선 사람도 밥주머니만을 차고 다니지 않는다는 실증을 보이기 위해서라도 그놈의 물건을 제대로 돌려 버려야지."

"이 사람, 말이 되는가. 자네 같으면 신선되겠네그려. 지금 교역 안하는 나라가 어디 있다고 그렇게 펄적 혼자 뛰는 거야. 집에서 가족이 굶주리며 기다리는 생각을 해."

타이르는 듯하나 또 빈정대는 말인 듯도 했다. 승헌은 마치 뗏장 쓰는 아이처럼,

"배에 실었드래도 바다에라도 쳐넣구야 말 걸. 가족─ 홍, 다 굶어 죽으라지 멀. 살아서 조선에 해를 끼치는 목숨이라면 다 죽는 게 좋와. 그 따위 부담 때문에 나는 두 번 다시 놈들 앞잡이는 정녕 안 될 테야."

"이 사람 왜 이리 홍분해. 그것도 다 자네 수완에 달렸지. 거꾸로 이용하면 되잖나."

"왜 자네도 나를 경멸하는가. 나는 자네 덕으로 왔을 뿐 미끼를 이용하려고 떠나온 거름은 아니니까 나를 내버려두게."

"몰라, 좋두룩 해─. 하지만 그런 뱃심 가지구 밥 걱정 안 하구 사는 사람 보지 못했어. 마음대루 하게나."

5

이미 부쳐 논 짐이라 승헌이도 할 수 없이 이튿날 아침 예정대로 차를 타기 위해 동경역으로 나갔다.

그들은 남은 찻 시간을 보내려고 신문을 사서 펼쳤더니 이면 탑으로 조선인 학교 폐쇄령이 보도되어 있었다.

승헌은 이 믿을 수없는 법령의 내용을 읽어 버려가면서도 '설마 군정하

에 이다지 방자할 수는 없을 텐데?' 하고 보도된 기사를 의심했다. 그래서 거기 있는 조간이란 조간은 모조리 사서 펼쳐도 그것은 오보가 아닌 틀림없는 사실이었다.

처음엔 조선 역사를 가르치지 말어라, 다음엔 조선말을 가르치지 말어라, 그리고 교과서는 일본 것을 사용해라는 등의 포악스러운 침략의 불길은 그 재연의 손을 뻗치려고 다시 위대한 만용의 억압 구호를 잊지 않고 들추어 내놓다가 마침내는 이를 실행치 않는 학교는 폐쇄해 버린다는 법령을 내놓은 것이었다.

어떤 신문은 의기양양하게 옛 식민지의 자제를 학대하는데 갈채를 보내어 마치 목 안에 걸려 있든 가시가 인제 조곰 삭았노라는 듯이 당국의 용단에 박수를 쳤고, 어떤 신문은 이 법령의 부당성을 지적해서 정부를 공격, 비난했고, 또 어떤 신문은 이러한 법령을 내린 까닭은 공산주의 사상을 생도들에게 가르치는 때문이라고 서슴지 않고 사상 선전을 베풀었다.

승현은 지난밤의 분도 아직 삭지 않은 데다 이러한 모욕의 전철을 다시 밟히려고 가진 수단과 방법을 짜내는 일제의 새로운 발악이 이 갈리도록 미웠다. 그러나 그렇다고 가슴을 두드려도 발버둥을 쳐도 아랑곳해 줄 무엇이 있더란 말인가. 그저 흰 구름만이 흘러가는 푸른 하늘을 우러러 소리 없이 외치고 또 외치며 마음껏 울고 싶었다.

"놈들 고약하기는 하지만 그 빨갱이 선전을 하니까 좋을 리 있겠나."

상수는 공산주의를 선전한다는 말에 그럴 듯이 넘어가서 그 타당성을 긍정하는 모양이었다. 승현은 너무 어처구니없어서 그의 말을 갚지 아니했다.

몇 분 후 동해도선의 연선을 끼고 차는 부지런히 달렸다. 연선집들은 파괴된 흔적도 없고 산에는 나무가 울창해서 대머리 조선 산과는 천양지차인 데다 올 때와 달라 나뭇잎이 더욱 푸르러진 듯했다.

동경 와서 어느 대신문 3면에서 본 것이지만 해방 다음 해 어느 달 어느 날인지는 기억할 수 없으나 '도적놈 열차를 타고' 라는 삼단 제호로 이 동해도선 열차 내의 한심한 풍경을 폭로하여서 패전민의 일면을 보인 것이 있었는데 오늘은 차내는 깨끗하면서도 사상적으론 잡다한 행색들이 끼어 있어 수술칼을 현 정부에 겨누는 청년이 있는가 하면 그를 제지하는 궁성 참배의 귀로패들의 "아이고 황공하옵서라" 하는 소리도 들린다. 갈 때는 밤이어서 이러한 광경은 처음 보는 구경거리기는 했다.

그러나 이런 류의 담화도 어지간히 듣고 나면 싫증이 나서 눈은 다시 창밖으로 옮겨진다.

가끔 산허리에 만들어진 논밭도 있고 뻗힌 아지를 갖준히 자른 과원도 있고 못자리 같은 다원(茶苑)도 눈에 띄었다. 귀환 장정들이 또 증산에 멸사봉공을 하는지도 모른다.

연선집들은 하얗게 분칠하고 울타리는 상록수로 배재를 절어서 둘르기나 한 듯이 묘하고도 운치있어 뵜다. 이 연선집들은 명치유신 이후 외국 손님에게 보이기 위해서 계획적으로 지어진 게라고 상수가 설명을 했다.

경부선 연선의 게딱지같은 집이 사람이 살 수 있는 집으로 변하는 날이 언제나 올 것인가 생각하니 가슴만 답답하였다. 국가를 내세우는 자가 민족의 부끄러움을 헤아리지 못한 이조 치정이 또 한 번 미워졌다.

시간은 보다 나은 진통제인지 그로부터 삼일 뒤 그는 "내가 제 놈에게 혼을 팔지 않으면 되는 거지" 하고 짐을 배에 싣고 다시 부산을 향해 어둠을 타서 밀항의 길을 떠났다.

삼사십 톤의 조그마한 배는 하늘과 바다 사이에 떠도는 검은 한 점이 되어 검은 바다 위를 흘러간다.

승헌도 상수도 배 안에서 몸을 멋대로 내던지고 뱃멀미를 진정하느라고 말도 별로 하지 않았다. 그렇게 몇 시간을 달렸을 때 배는 더욱 흔들리기 시작했다. 오르기 전에 먹었던 것까지 토하는 사람도 있었다.

시계가 오전 4시를 가리킬 무렵 배는 풍랑에 이끌려 제멋대로 흘러간다. 이십 명 남짓한 선객들은 누구 한 사람 머리 드는 사람이 없다. 그 적은 배에도 이, 삼등 구별이 있어 승헌과 상수는 널판으로 된 소위 이층에서 비스듬히 일어나 앉았다가는 또 거꾸러졌다.

바로 그때였다. 배는 어디 붙이는 듯 사십오 도 이상으로 기울어진 채 앞으로 쑥 내갔다가 도루 뒤로 밀린 채 다시는 앞으로 나가지도 않고 흔들리기만 하고 있었다. 그러자 기관실에 있던 선부의 외치는 "배가 걸렸다" 하는 소리가 들려왔다. 배는 기울어진 채 그 자리에 달라붙은 듯이 머물러 상체만 기우뚱거리는 듯했다. 풍랑도 윗것만 핥으면서 지나간다. 배 안 선객들은 황겁한 표정으로 눈이 등잔이 되어 있는 힘을 다해서 쑤군거린다. 이어서 젊은 선장이 나타나서,

"배가 암초에 걸렸습니다. 그래서 진퇴가 어렵게 되었습니다. 여러분의 귀중한 생명과 또 소중한 짐을 맡은 저로서는 무엇이라고 사죄드리기 힘듭니다마는 적은 배라 풍랑과 싸우다가 끝내 밀려 이렇게 되었습니다. 그저 있는 힘을 다해서 재조는 부려 보겠으니 되도록 진정하여 주십시오."

그는 말을 마치고 곧 기관실로 뛰어 들어갔다. 몇 시각을 지나도 배는 여전히 그 자리를 떠나지 못한다.

이런 때 거센 풍랑이 들이닥치면 배는 영락없이 부딪히고 마는 것이라고 생각되는 승헌의 머릿속에는 어떤 생각이 쓰윽 지나간다.

개도 아닌 내가 원수 놈의 상전이 던져 주는 떡 부스러기로 배를 불리겠다고 꼴사납게 과자를 사 안고 다니다가 이제 죽고 말어 그는 이 시급한 마당에서도 그 굴욕의 선물을 잊을 수가 없었다. 한참 후에 또 선장이 나타났다.

"여러분, 인제는 꼬옥 한 가지 방법이 남았을 뿐입니다. 그것은 여러분의 짐을 모조리 바다에 처넣는 방법입니다. 짐을 부리면 배 자체의 무게가 가벼워지기 때문에 배는 조금 뜰 수 있을 겁니다. 앞을 재어 보니, 지금 걸린 암초보다 높은 지대가 없습니다. 그러니까 짐을 부리우면 배는 뜰 것 같습니다. 마는 이것은 여러분의 의사에 달렸습니다."

사람들은 이 파선을 앞두고서도 어떻게 하면 짐도 목숨도 다 같이 건질 방법이 없을까고 쑤군덕거린다. 승헌은 선득 몸을 일으키고 일어 나섰다.

"여러분, 이제라도 풍랑이 쳐들어오면 짐은커녕 목숨을 일른 판인데 무엇을 주저하고 있습니까. 나는 내 짐만이라도 바다에 부려 버리겠습니다."

이렇게 말하고는 배 밑창으로 내려갔다.

그러자 앉아서 쑤군덕거리든 패들도 다 따라섰다.

이리하여 짐이 거의 바다에 부려졌을 때 배는 약 두 치 가량 솟아오르면서 배 밑창에 새알만큼 한 구멍을 뚫어 놓았다. 그러나 배는 암초에서 풀려 날 수가 있었다. 어느 포장이 약한 짐은 파도에 끌려 양말짝이 고스란히 열을 지어 흘러가는 것도 보였다. 짐 임자들의 쓰린 뱃속은 침묵으로써 간신이 가리어졌는가 하면 삼단 같은 한숨이 폭발되기도 했다.

승헌은 마치 무거운 짐을 벗은 듯이 거뿐하면서도 그 침침한 방구석 생각을 하면 그대로 바다에 풍덩 빠져 버렸으면 좋을 것도 같았다.

"원 이럴 법이 있나. 이렇게 재수가 빗나기는 처음일세."

상수는 자네 같은 재수 없는 인간하고 같이 탔기 때문이라는 말을 하고 싶은 것을 그렇게 돌려 대는 모양이었다.

어쩌다 잡은 우연한 요행은 독약을 탄 설탕이기는 했으나 그나마 안 된 대로 이용하려니 또 거품처럼 사라져 버렸구나.

어느새 날은 밝어 바다 한 끝에서 금물결을 헤치고 아침 해가 솟아올랐다.

배는 무서운 암초에서 풀려 나왔고 사람들은 사의 위기에서 벗어났다.

그러나 눈이 움푹하게 패인 화주들의 앓는 꼴이란 반 죽은 사람들 같았다.

승헌은 배 위에 올라서서 팔짱을 끼고 아득히 머언 바다와 하늘이 맞붙은 수평선을 노려보며 솟는 해를 구경하면서 언제까지고 서 있었다.

자기가 지금 현해탄 위를 달리는 것도 잊고.

―≪백민≫ 4권5호(통권16호), 1948. 10.

역류(逆流)*

1

햇빛이 물러 나간 툇마루에서 대롱에 담배를 재이고 앉았던 도유사(都有司) 이 영감은 또 가슴이 찌잉 저린 증세가 올라왔다. 그는 떨리는 손으로 대통에 불을 붙여 물고 성급히 몇 모금 빨고 났다. 그러나 여전히 가슴은 풀리지 않는다.

멀─리서 "와아, 와아" 하는 소리가 들려온다. 그는 귀를 틀어막고 그 소리가 들리지 않는 곳으로 숨어 버리고 싶었다.

"도대체 무엇이 어쨌단 말이냐. 아 웨 이놈의 세상은 마지막 날이 오지 않구, 왜 저 하늘이 문허지지 않구 저대로 떠 있드란 말이냐. 야속한 하늘, 무심한 세상. 오십 평생을 이렇듯 헛되게 맞었드란 말이냐. 성진아, 성진아, 정녕 네가……."

그는 아들이 며칠 전까지도 확실히 누워 있던 방문을 열어 제쳤다. 그러나 그 방엔 파리와 더운 김만이 훅훅 서리어 있을 뿐이었다.

"세상은 돌아간다. 비잉 빙. 해방, 으음, 해방. 그렇다, 해방이다. 만세, 만세."

그는 자그마한 몸집을 솟구쳐 하늘이 무너져라 소리치고 싶었고, 땅이

---

* 이 작품은 ≪신태양≫ 1권1호(1949년 1월)에 실렸으나 원본을 구하지 못해 『현역작가 10인 단편소설집』(일한도서출판사, 1949)의 수록본을 입력하였다.

꺼지라고 뒹굴고 싶었다. 그럴 때마다 그는 아들 이름을 부른다.

"성진아, 좀 더 오래 살지 못하고, 좀 더."

아들 성진이 장례를 치르고 난 이 도유사는 요사이 매일같이 혼자 중얼거리고, 또 호령질하고, 통곡하고, 또 혼자 화해해서 담배도 피고, 마당도 쓸고 하는 품이 흡사 실성한 사람 같았다.

그러한 이 도유사의 귀에 해방이란 말이 들어와서 지금 혼자 그 해방의 맛을 아들에게 이야기하고, 또 부글부글 끓는 가슴을 두들기면서 온갖 풀이를 하고 앉았다. 그것은 실로 병신이 성한 사람에게 부리는 질투의 심술에 지나지 않는 넋두리였다.

"성진아, 성진아. 좀더 오래 살지 않구. 우리 집 칠대 독자인 네가 나를 두고, 아비를 두고 가다니."

다음 순간 그의 머리는 파뿌리처럼 곤두서고, 눈은 어떤 희열에 넘치어 빛나고, 입가에는 아지 못할 웃음이 너그러이 떠올랐다.

"오오, 그렇다. 해방이다. 내 가슴에 꽂힌 칼을 뽑을 날이 왔다. 정녕 왔다. 네 가슴에 얹힌 흙이 무겁지 않게 내 원수를 갚으마."

그는 벌떡 일어났다. 다리가 후둘후둘 떨리고 눈에는 무섭게 살기가 어리었다.

그는 부엌으로 달려가서 식칼을 찾아 들고 나오다가 허둥지둥 쫓아오는 아낙과 마주쳤다.

"칼은 뭣하러 찾아 들구, 어디를."

"요망한 계집, 썩 비켜 못써."

"제발 칼만은 놔요."

그는 아낙을 향해 칼을 던졌다. 그리고는 그대로 밖으로 내달았다.

가슴이 아프긴 남편인 이 영감보다 어머니인 아낙이 몇 갑절 더 하지만, 저렇듯 실성을 한 듯이 덤비는 영감 때문에 울음조차 마음 놓고 울 수 없는 그였다. 횅하게 넓으나 넓은 집에 사람의 소리는 없고, 구석구석 귀신들이 돌려 앉아서 시시닥거리며 자기들 늙은 부부의 애타하는 광경을 구경하며 박장하고 있는 듯해서 아낙은 집안이 싫었다. 그러나 그렇다고 밖으로 나가려면,

"저런 거복사리 할미. 워낙 자식이 없을 팔재지 뭐. 그러게 그렇게 잘난 아들을 잡어먹지."

하는 소리가 눈짓으로 뵈어져서 사람의 얼굴을 마주치긴 귀신 상대하기보다도 더욱 싫었다. 그는 그대로 부엌 바닥에 주저앉아 땅을 파며 통곡한다.

이 도유사는 밖으로 내달았다.

멀리서 "우왕 우왕" 하는 소리가 들려온다. 그는 대문 밖에 나서도 거칠 것이 없다.

"아아, 그렇다. 우리 집 문 앞에 막어 놓았던 길 막음 담벼락이 허물어졌구나. 우리 부자를 감금한 생지옥의 이 흉측스런 집에 겨누어 지었던 총뿌리가 제절로 나리어지다니."

그는 팔을 설레설레 내저으며 앞을 향해 뛰었다. 마치 고열로 금방 죽어가는 아들을 위해 얼음 구하러나 가듯이 마음이 조급해졌다.

"늦지 않었을까. 그놈이 뛰긴 전에 가야지. 진작 생각지 못 하구."

그는 주먹으로 자기의 머리를 때리기라도 할 듯이 움켜쥐고 뛴다.

"성진아. 빨리 너두 같이 가자. 너를, 죄 없는 너를 잡어다가 골병을 디려 죽인 저 남가 놈을 그냥 둬서는 안 된다. 애비가 기엏고 그놈을 살려 두지 않겠다."

나중에는 목 안에서 두 갈래의 고함성이 터지면서 그만 목이 메어 버린다.

"그놈이 그 쓴 우슴을 언제나 입가에 띠우고 한 손을 바지주머니에 넣고 다니면서 산냥개처럼 귀를 벌룽이고 코를 즁깃거리던 남가놈의 손에 인제 포승은 없을 것 아니냐. 그 뒤에 앉었던 안경잽이 일본놈이 가 버렸으니까. 그러나 네놈이야 뛸 곳이 없지, 이놈."

그는 조급한 생각에 걸음이 바로 걸리지 않고 내디디는 발이 허겁지겁

술 취한 때처럼 허둥댄다. 그러나 그가 철로길을 넘어서 큰길에 올라섰을 때 사처에서 모여드는 사람들이 물밀 듯이 면사무소로 쏠리어 들어가는 것을 보고 그의 마음도 약간씩 진정되어 갔다.

"응, 때는 왔다, 때는 왔다" 하며 중얼거리는 그도 이윽고 그 군중 속에 덮치어 만세를 불렀다. 목이 터지게 만세를 부르고 난 이 영감은 아까까지도 그 무섭게 날뛰던 피가 좀 가라앉았다. 그는 모자가 곤두춤을 추는 아들 나이 또래밖에 안 되는 청년들의 즐거운 표정을 보면서 소리 없이 눈물을 닦고 나서,

"이보오, 나를 남가놈을 좀 찾어 주오" 하고 애원하듯 말소리가 처량했다.

"남가요. 벌써 삼십육계 줄행낭을 친 지가 언제라구요. 어저께 밤에 도망갔어요. 저의들이 새벽에 쫓어갔는데 집이 텅텅 비였어요."

"으음."

하는 이 도유사의 신음은 무거운 돌에 목이 지질러지어 다아 죽어 가는 사람의 마지막 발성같이 들렸다. 그의 낯색은 점점 침통한 빛으로 변해진다.

"내게 무슨 좋은 일이 있다구 만세를 불렀던 것일까. 성진이가, 성진이가 저어 흙 속에 있거든. 그놈의 가슴에 꽂친 채 빼지 못하구 있을 원한의 칼, 내 그 칼을 빼여 뉘게다 꽂으랴. 아아 이 천치야, 웨 진작 오질 못하구."

그는 땅에 펄쩍 주저앉어서 가슴을 두들기고 땅바닥을 치면서 통곡하였다. 청년들은 간신히 도유사 이 영감을 부축해서 집까지 데려왔다.

2

그는 그날도 아들 무덤을 찾었다. 한바탕 푸념을 하면서 울고 난 영감은 무덤 한 곁에 비스듬히 앉어서 담배를 피워 물었다. 그리고는 중얼거린다.

"그놈이 어디 갔을까. 도대체 어디를 제 놈이 생사람을 얼마나 많이 잡었는데 발이 제려서 멀리는 못 갔지. 하늘이 있는데 천도가 그다지 무심할

라구. 야, 성진아. 너두 애비를 따라나서라. 그래서 네 원수를 갚고, 애비의 가슴에 붙든 이 불을 끈 다음에 나도 갈 길을 가야지."

밤새 나리었던 서리가 녹아서 바람이 한결 차가워졌건만 그는 그대로 그 아들 무덤 앞에서 떠나고 싶지 않았다. 생각하면 거의 반생을 아들을 위해 바친 모든 노력과 정성과 기원과 희망이 그 조고마한 흙 속에 묻혀 버렸다. 학교가 멀어서 눈이 많이 쌓인 날이면 이십 리 길을 소를 태워다 주고, 바람 부는 날이면 안심이 되지 않아 중간까지 마중가다 못해 기여코 학교 동리로 이사를 왔고, 중학에 들어가서부터는 한 달에 세 번은 먹을 것을 해서 소포로 부쳤다. 그저 여름내 농사를 지어서는 하나에서 열까지 그 아들을 위해 바친 정성을 어찌 하늘이 몰라주었을까. 대학 공부를 한다고 해서 밭을 팔고 논을 팔아 학자를 대이다 못해 나중에는 고학을 한 갸륵한 내 아들 성진이를 너희 놈들이 학병으로 나가라고 쑤셔 박이다 못해 집에 돌아온 것을 그 남가놈이 붙잡아 갔지. 구실은 좋지. 가져서는 안 될 책 속에 또 무슨 불온한 말이 적혔다고. 이놈 도대체 무슨 말이 적혔드란 말이냐. 그래 하구 싶은 공부를 못하니 원망스러웠을 게고, 나라를 먹은 놈들을 도와서 죽으려 나가려니 안타깝고 원통할 것은 너무나 버젓한 감정이었을 게다. 그래 네 놈은 내 아들 성진이에게 그런 트집을 잡아 내지 않으면 입에 밥술이 들어가지 않고 벼슬이 오르지 않더란 말이냐. 아, 그렇다면 진작 진작 내게 말하지. 그랬으면 내가 우리 집 터전까지라도 갈아서 같이 먹을 수도 있었으련만 그렇게 죽기 싫어하던 성진이를, 그토록 살고 싶어 하던 성진이를, 너희들은 때려서 골병을 들여 내게 돌려주다니, 산도 소용없구나. 네 아무리 백 가지 약재를 가졌어도 내 아들 병이 낫는 약은 없지 않았느냐. 그놈이 죽자구 환장을 해서 그런 글을 그따위 책에다 썼지.

그는 문득 어저께 억울히 죽은 젊은이의 합동 위령제에 그 가족으로 참석하였을 때 <고 이성진 군의 유고>라 하고 한 청년이 나와 읽던 것이 몇 마디 기억에 떠올랐다.

"젊은이의 피는 대지에 꽃 피울 봄비, 강산을 살찌울 거름, 모오든 억눌린 족속의 자유를 보장하는 거룩한 힘의 원천이다. 어찌 한 방울일망정 소홀히 뿌릴 수 있으랴."

그는 아들의 책에다 쓴 이 글이 남가의 눈에 걸려 모진 고문에 골병을 얻은 원인이 되었다는 것을 비로소 알았다. 그래서 그는 무덤에 와서 산사람에게처럼 트집을 거는 것이었다.

"어리석은 놈. 수신제가 후에 치국가하라는 공자님의 글을 배웠던들 너는 자식된 도리로 늙은 부모의 가슴에 이 불붙는 불덩어리를 앵겨 놓지는 않았을 것이다."

이와 같은 그의 푸념은 몇 달을 두고 매일같이 하는 넋두리지만 날이 갈수록 늘어만 갔다. 그 후 찬바람이 섞인 눈갯비 휘날리는 늦은 가을부터 흰 눈이 덮이는 겨울로 접어들면서 그의 마음은 아프다 못해 칼로 간장을 도려내는 것 같았다.

이웃의 젊은이들이 몰려다니는 기운찬 발소리와 떠들썩하는 말소리가 그의 귀에 들릴 때마다 아들 성진이가 살아 있으면 반드시 자기의 동리를 주름잡는 으뜸가는 인물이 되었을 게고, 그리되면 늙은 자기는 조상에 대한 면목도 있을 것이요, 노후에 아무 걱정 없이 손자를 안고 다닐 팔자일 것은— 생각해야 소용없는 노릇이언만 또 생각하지 아니치 못했다.

어느 날 그는 선령(先靈)들을 모신 방에 뛰어 들어갔다. 시렁 위에 참대로 짠 자리를 깐 위에 열위(十位)도 넘는 사갑(나무 위패)들이 고스란히 앉아 있었다.

"이런 얼빠진 망령들. 칠대 독자를 잡아 가구두 뉘 손에 무엇을 받아먹으려고 팔자좋게 줄을 지어 앉아 있담."

푸념과 동시에 참대 멍석에 말리어 쌓인 사갑들은 달가닥거리는 마른 나무 조각 부딪는 소리를 내며 그들의 육대손 이 영감의 두 손아귀에 붙들려 뒤엄 무지 위에서 한 움큼 재로 화하여 버렸다.

3

요즘 마을 영감들은 공연히 마음이 심란한 데다 이 도유사가 선대의 사
감(위패)까지 불살랐다는 게 몹시 못마땅하였다. 가뜩이나 자식 놈들이 무
슨 주의를 내걸고 설치는 판에 늙은이까지 망령을 부리니 요새 젊은 놈들
이야 애비가 죽어도 제사상 안 차릴 것은 뻐언한 일이라구 저녁에 모이면
앙앙불락하는 노인네들의 한숨소리는 다시 이 영감을 비방하는 소리로 변
하는 것이었다.

어느 날 이 도유사의 아낙은 영감에게 조심조심 충고한다.

"여보. 자식이 죽었기로니 어찌 어르신네 위패까지 없애는 법이 어디 있
소. 그래두 우리가 살아 있는 날까지야 모셔야지. 다시 어르신네 위패만이
라도 모시기로 합시다."

"나더러 실성을 했다더니 맨 정신 빠진 것들만 깡그리 살아 있다니까.
귀신두 배고프면 자손에게서 제삿떡 얻어먹을 생각쯤은 할 게 아닌가. 흥,
새파란 젊은 놈이 흙 속에서 푹푹 썩어 가는데 그런 나뭇대기를 모시고 제
사를 지내. ─어떤 놈이."

그는 아낙을 나무라고는 그 보이지 않는 망령(亡靈)들에게 조전하듯이
가래침을 퉤퉤 뱉어 버린다.

아직 누구에게든지 발설은 하지 않았지만 그는 기여코 그 남가를 찾아
떠나리라고 벌써 마음먹은 지가 오래였다. 몇 달이 걸려도 좋고 몇 해가
걸려도 좋았다. 어떻게든 찾아서 자기의 마음에 서린 원풀이를 하고야 배
겨날 것 같았다. 아들이 살았을 때 그에게 바친 온갖 정성이 그 성질을 달
리해서 이번엔 그 남가에게 위치를 바꾸었던 것이다.

핑계 없는 무덤이 없다더니, 그는 아들 성진이가 죽은 것은 병도 아니요
그들의 항용 말하는 목숨이 젊은 탓도 아니요, 오직 남가가 죽인 것이라고
날이 갈수록 더욱 또렷이 그 남가에게 앙치³⁾를 걸고 있었다.

정작 떠나려니 벼르는 마음은 조급하지만 그에게 가로놓인 삼팔선이 있었다. 그것은 넘기 힘든 삼팔선이 아니요 얻기 힘든 노자였다.

그는 생각다 못해 집을 팔아서 노자를 만들고 아낙은 근친댁 사랑방을 얻어 유하게 한 다음, 눈 내리는 날 날기라도 할 듯이 가벼운 마음으로 집을 떠났다. 어떠한 곤란이 닥쳐와도 그것은 아들을 위한 길이요 패가 절대를 시킨 하늘에 사무친 원수를 갚기 위한 길이고 보매, 두려울 것이 조금도 없었다.

그는 그 넘기 힘들다는 삼팔선을 어렵지 않게 넘었다. 삼팔선을 넘으면 자유의 천지, 살기 좋은 이남이라고 사람들은 두 번째 해방이나 얻은 듯이 좋아하는 패도 있고, 또 만주에서 밀려오는 전재민 가운데는 가야 신통할 배 없다고 이맛살을 펴지 못하는 패도 있었다. 그러나 이 도유사는 원수를 찾아야 하겠다는 불타는 욕망에 삼팔선을 넘고 보니 자기의 목적의 반은 이루어진 것 같았다.

난생 처음으로 먼 길을 떠난 그였지만 서울역에 내렸을 때는 전장에서 돌아오는 개선장군인 듯 마음이 흡족했다. 마치 김종서 장군이 오랑캐 영에서 '삭풍은 나무 끝에 불고 명월은 눈 속에 차다, 만리변성에 일장검 집고 서서, 긴 파람 큰 한소리에 거칠 것이 없어라'고 읊던 심경과 흡사하였다.

"이놈. 이제야 네가 못 뛰지. 절대 못 뛰지. 서울 장안이 아모리 넓어도 사람 사는 거리겠다. 내 너를 찾아낼 테니 두고 보자. 흥, 너는 나를 초라한 촌 늙은이라구 업신여길지 모르나, 내 비록 늙었으되 총과 포승을 갖지 아니한 너라면 너 같은 것 열 놈이래도 재낀다. 재끼구 말구. 또 내가 내 혼자뿐인 줄 알면 안 되지. 내 아들 성진이놈하고 둘이 왔다. 아니 어쩌면 네가 불살러 버린 위패의 망령들이 정신을 차리고 나를 따라와서 너를 찾어 줄런지도 모르지. 이놈, 이번은 만나기만 하면 내 단매에 너를 때려눕힐 테니 어디 겪어 봐라. 정신 똑바루 차리구 단판 씨름을 해야 해."

여관 인객하는 사람의 뒤를 따르면서도 그의 마음은 몹시 흡족하였다.

---

3) '원한의 매듭'이라는 뜻의 북한어.

어찌하면 여관에서 불쑥 만날 것 같기도 하고, 또 길에서 딱 마주칠 것도 같아서 마음은 걸으면서도 어떤 기대에 가슴이 뻐근하도록 차 있었다. 그리고는 지나가는 낯선 도회지 사람들이나 또는 파수 서는 방망이 가진 순경까지도 인자하고 상냥한 품이 자기 일을 도와줄 것만 같이 생각되어 그저 걸음이 저절로 되는 것 같았다.

그것은 너무 오래 바라던 원수가 살고 있다는 곳을 찾아드는 이 도유사의 첫날밤 심경이었다.

4

이튿날부터 그는 장안을 헤매기 시작했다. 처음에는 남대문에서 종로로, 종로에서 충무로, 을지로, 다음엔 남대문장, 배우개장, 화원장을 샅샅이 뒤지기 시작했다. 간혹 아는 사람도 마주쳤다. 그렇지만 그는 아는 사람에게 남가의 주소를 묻는 것도 삼가리라 했다. 혹시 미리 내통을 하여 남가가 질겁을 해서 또 도망쳐 버리기라도 하면, 천오백 리 길을 더듬고 삼팔선을 넘어온 자기의 목적은 수포로 돌아가고 말 것이 아닌가. 그는 그저 자신의 발을 힘과 눈만을 신용하리라는 주의로 거의 반달을 길에서 보냈다.

그러나 어찌된 셈인지 남가는 쉽사리 만나지지 않고, 가지고 떠난 노자가 없어질 따름이었다. 그리하여 도유사 이 영감은 또 새로운 저주를 선조의 혼령에게 퍼부으며, 성진의 원혼이 자기의 원수를 찾아 내지 못하는 것을 한탄하였다. 어느 때는 길가에 앉아서 남가를 언제 만날 것인가를 점쳐도 보고, 일없는 사람들이 모여드는 공원에 가서 치운 해를 보내기도 했다. 그러는 사이에 한 달이 지났다. 그는 이제 돌아가려니 여비도 부족할 뿐더러 돌아가서 마음을 진정시킬 아무 건덕지도 없는 고향을 찾아들 생각은 꿈에도 없었다.

그는 몇 푼 남지 아니한 돈을 엿집에다 맡기고 엿판을 끌고 거리로 나섰다. 그렇게 엿판을 끌고 헤매노라면 언제든지 남가를 만날 것이라고 마음 깊이 믿고 가위를 쩔렁거리면서 서울 거리를 헤매어 무려 수백 날을 거듭하였으나 남가는 어찌된 셈인지 통 만날 수 없었다.

밤이면 다다미가 다 떨어진 좁은 방에서 오륙십 명씩 몰려 자려면 냄새에 숨막힐 때도 있으나, 대학까지 다닌 아들 성진이가 축축한 땅 속에 누워 있거든 자기쯤야 아무런 데서 자면 어떠랴 싶었다. 살아 있는 동안 자기의 골수에 절은 원한을 풀 수 있는 날이 오면 그만이었다. 때로는 아낙 생각도 났다. 그래도 모진 목숨이 죽지 못해 남편 돌아올 것을 기다리고 있을 가엾은 아낙. 두루 생각하면 가슴이 찢어질 듯 아프기도 하지만 이러한 비극이 실마리를 터트린 장본인인 남가는 하늘 속에 숨었는지, 모래 속에 새었는지, 삼 년을 두고 찾았건만 그의 종적을 찾을 길이 없었다. 그는 날마다 엿판을 밀고 먼지가 뽀오얗게 일어나는 큰길 옆에서 신사, 장사꾼, 노동자, 그리고 거지의 차별이 없이 남가의 모습을 찾아 언제나 눈을 두리번거리면서 가고 오는 사람들을 엿보고 있었다.

반드시 찾고야 말리라 하는 신념만으로서 날을 보내기 때문에 남가가 혹시 서울에 없으면 어떻게 할 것인가 하는 생각 같은 것은 그의 마음속에 새어들 틈이 없었다. 날마다 날마다 사람이 불어가는 서울에 남가는 반드시 찾아들 것이다.

박쥐처럼 밤과 낮의 옷을 변장하고 다닐지도 모를 것이고 또 그 약삭빠른 남가가 일확천금하여 양편에 호위병을 거느려 자동차를 타고 무역풍에 불려 다니는지도 알 수 없었다. 어떻든 남가는 반드시 서울 거리에 나타날 것이고, 나타나기만 하면 자기와 꼭 마주칠 것은 그의 살아가는 데 변함없는 의의요, 목적이요, 희망이요, 전부였다. 세월이 흐르건, 시대가 어떻게 변하건, 누가 대통령을 하건, 그의 관심할 배도 아니고 물가가 오르면 오르는 대로 돈값이 없으면 없는 대로 남가를 만나는 날까지, 그래서 원수를 갚는 날까지 목숨만 지탱하면 그만이었다.

5

네 번째의 팔월 십오일이 앞으로 얼마 남지 아니한 칠월도 마지막 무렵 스무 여드렛날이었다. 도유사 이 영감은 그날 파고다 공원 입구 문 앞에서 사는 사람이 없는 엿판을 잡고 서서 가고 오는 사람을 살피고 있었다. 멀리서 어떤 낯익은 얼굴이 가까이 곁으로 다가온다. 그는 환각이 아닌가 해서 눈을 부볐다. 가슴은 뛰고 사지는 떨려들건만 억지로 참고 점점 가까이 오는 그 낯익은 모습을 노려보고 섰다.

깃 넓은 맥고모자에 신사복을 입고, 신은 미군인 구두를 신고, 넥타이는 회색이다. 그는 바로 세 발자국밖에 거리를 두지 않고 다가선다. 도유사 이 영감의 눈에는 핏줄이 갈기갈기 일어서고, 입술은 새파랗게 질려, 와들와들 떨린다. 누가 곁에서 보는 사람이 있으면 간질병이 발작한다고 하였을 게 다. 그는 이 가까이 온 남가의 어디를 붙잡을 것인가 노렸다. 마치 고양이 가 쥐를 물어다 놓고 놀리듯이 그의 마음은 어떤 만족감에 자지러졌다. 다음 순간 이런 날 통쾌한 복수가 그의 왼 정신을 휩싸서 그는 그가 자기 앞을 두어 걸음 지나치는 것을 보면서도 여전히 서 있었다. 그는 허리춤을 고이고, 이빨을 악물고, 두 주먹을 단단히 쥐고 흡사 사자의 포효같이 우렁차게 외치었다.

"이놈 남가야. 나를 봐라."

무서운 포효였다. 길가는 사람들과 함께 남가도 선뜻 머리를 돌리었다. 그는 한발을 탕 구르면서 한 걸음 다가서서 또 외친다.

"이놈. 이 원수 놈아. 내 아들은 죽이구 네가 뻔뻔스럽게 이 하늘을 쓰구 아직두 살었드란 말이냐."

그는 비호같이 달려들어서 남가의 멱살을 잡고 늘어졌다.

어느새 주위에는 사람들이 여러 겹으로 몰리어 이 영감과 남가는 완전히 씨름꾼처럼 되어 버렸다. 그 중 젊은 씨름꾼은 버티고 섰기만 하고, 늙은 씨름꾼은 손짓과 넋두리가 꼭 같은 정도로 튀어나오는 것이지만, 젊은이는 늙은이의 뜻대로 맞아 주지 않는다. 그래서 이 영감은 악을 쓰면서 달려들었다.

"이놈 남가야. 이 삼 년 동안 하루두 빼지 않구 허구헌 날을 내 너를 찾아다녔더니 오늘이야 맞났구나. 오늘이야 만났어. 네가 골병을 디려 내 아들 성진이를 죽였으니 이번은 네가 죽을 차례야. 자, 봐라. 여기 칼이 있다. 너 죽고 내 죽는 판이다. 오늘을 위해 밤마다 갈아오던 이 뱃두칼(조고마한 칼)과 함께 나는 삼년을 살아왔다. 우후후."

이 영감은 칼을 내두르며 미친 듯이 날뛰었다. 구경꾼은 자꾸 모여들고 도유사 이 영감의 어성은 더욱 높아갔다. 나중엔 목구멍에서 허황한 군음이 새어 나왔다. 그리고 그의 피 서린 눈을 보아 넉넉히 그 남가란 자를 죽일 수 있을 것도 같았다. 젊은이는 처음에는 손으로 그 영감이 함부로 내려치는 주먹을 막다가, 나중엔 칼을 휘두르는 바람에 이 영감의 두 팔을 붙잡고 놓지 않는다. 몰려든 관중은 침을 삼키며 보고 있다. 아무도 선뜻 말리는 사람이 없었다. 서뿔리 나돌다간 칼에 찔릴 것 같아서 그러는지, 또는 이 영감이 말하던 죽은 혼령들이 도와서 이 영감의 소원을 풀어 주려고 함인지, 누구나 그들 사이를 가르려는 사람이 없었다.

그러나 이 어찌된 일이냐. 관객들이 눈 깜박하는 사이에 이 영감의 쥐었던 칼은 남가란 젊은 사람의 호주머니 속에 들어가고 이 영감은 입을 멍하게 벌리고 땅바닥에 뒹굴었다.

관중은 와아 하고 이 영감에게 가담할 기세를 보였다. 젊은이는 재빨리 무슨 증명서를 관중에게 제시하고, 쓰러진 이 영감의 손목에 포승을 걸었다. 그리고는,

"빨리 걸어!"
하는 젊은이의 호령 소리가 관중의 귀에 들렸다.

—『현역작가10인 단편소설집』, 일한도서출판사, 1949.

한계(限界)*

인호가 나가서 십 분도 못 되어 트럭이 왔다. 트럭 안에는 구 의사와 이 고장이 함께 타고 왔었다.

"예정보다 차가 좀 늦었지요."

시 서무과장인 이달배는 떠듬거리는 말씨로 인사를 치른다.

"정(인호)은 기다리다 못해 이 선생님 댁에 알어보러 갔는데 차와 어긋 나면 선생님 댁에서 기다리라구 하였어요."

인호의 아내 은희는 인호의 가장 친한 동무인 구 의사에게 한껏 친밀감 을 느끼면서 짐은 꾸려 논 개수대로 실어 줄 것이라고 생각하며 짐 있는 곳으로 그들을 안내했다. 그러나 짐을 보고 난 구 의사는 "허참—" 하고 못마땅한 듯이 뒷짐을 짚고 서서 "웬 짐이 이리 많습니까" 하며 이맛살을 찡기고 서 있다.

"어디 실는 대로 실어 봅시다."

이 고장이 구 의사를 재촉하나 구 의사는 앞배를 내밀고 섰기만 하다가,

"거 어디 샀군은 없나. 도랑꾸는 몰라도 고리짝이나 이불 짐이야 져 내

---

* 이 작품은 이후 발표된 「길 위에서 1」(≪신천지≫, 1949. 11)와 내용이 거의 유사하다. 인물 들의 심리를 좀더 구체적으로 묘사하였고, 결말을 약간 보완하였을 뿐이다. 제목에 '1'이라 고 명기한 것으로 보아 「한계」를 장편으로 확대하려던 계획이었던 것 같으나 이후 연재된 바가 없어 미완으로 그쳤다. 따라서 먼저 발표한 「한계」만 수록하고 「길 위에서 1」은 이 작 품집에 수록하지 않았다.

야지 들 수 없겠는데. 운전수를 불러서 내라고 해 보시오."

몹시 냉정하게 거드름을 피면서 명령조로 말하는 품이 술 마시고 수선을 떨며 놀던 사람 좋은 구 의사와는 전연 다른 사람 같았다.

"어디라 요새 만인(滿人)들이 말을 안 들어요. 둘이서 맛드러 실어 봅시다."

이 고장이 이렇게 서둘러도 구 의사는 몇 걸음 자국만 뗄 뿐 짐을 들려고 하지 않았다.

누구보다도 먼저 팔을 걷고 자기네 짐을 실어줄 줄 알았던 구 의사가 이러쿵저러쿵 튀기기만 하면서 짐에 손을 대기는커녕 딴청만 늘어놓는 것이 아닌가. '이상한데' 하고 이렇게 속으로 생각하는 은희는 인호가 와 줬으면, 아마 인호가 없어서 그러는 게지, 쯤으로 해석하고 있었다.

이 거동을 보고 섰던 옆집 주인이 어깨에 마대를 올려놓더니 짐을 둘러메었다. 그들은 트럭 위에서 짐을 받고, 은희는 작은 트렁크들을 나르면서도 구 의사를 힐끔힐끔 눈여겨보았다.

그는 손이 놀면 양복바지 줄에 앉인 먼지도 털고 양손을 마주 털기도 하고 또 뒷짐을 집고 서 보기도 한다. 직업이 의사라는 것과 키는 적고 몸집이 뚱뚱하다는 이유로 그는 언제나 세비로4)만 입고 있었다.

"응, 참 세비로 때문에 그런 게로군."

이렇게 해석해 보고는 몰래 웃고 난 은희는 채 실리지 못한 짐 한 짝을 아파아트 문 밖에 내버려둔 채 트럭에 앉았다.

이번에도 구 의사는 그 짐을 들여놓을 시간 여유를 주지 않고 빨리 떠나자고 하는 것이었다. 그래서 은희는 짐 저 날라 주던 옆집 주인에게 들여놓아 달라고 부탁만 하고 차에 앉아 가려니 뒤에서 뭣이 끄잡아 댕기는 것처럼 왼통 정신이 그 짐에 남아 있었다. 트럭이 이 고장 집에 닿자 그곳서

---

4) '양복'을 이르는 일본말.

기다리던 인호는 팔을 걷어붙이고 구 의사네 짐과 이 고장네 짐을 싣느라고 뛰어다녔다. 그러나 이번에도 구 의사는 역시 존대한 자기를 지켜 가면서 턱과 팔로 동생과 약제사에게 명령만 하고 있었다. 그러나 예정대로 스물여섯 짝의 짐과 스물한 명을 태운 시 방역고 트럭은 고유수로 향해 피난의 길을 떠난 것이다.

보통 트럭이나 따아차(큰 짐마차)로 남령(南嶺)을 지나게 되면 차를 정지시키고 남자들은 끄집어내려 방공호를 피우고 길을 허물리게 하고 또는 징용 보낸다기 때문에 일반 남자들은 버젓이 이 남령을 통과할 수 없었지만 시 방역고라는 기치를 견준 이들 트럭은 일본 군인들이 총을 메고 경계하는 어마어마한 남령 구역을 더욱 호기있게 질주할 수 있었다. 뿐만 아니라 이 트럭 안의 사람들은 높직이 앉아서 물같이 달리는 트럭을 탄 것이 자랑이나 되듯이 달각거리는 마차의 느림을 보면서 시시닥거린다.

"이 차는 까소링이라요. 다른 트럭은 다 목탄이지만."

이 고장은 잘 달리는 방역고 차를 슬그머니 자랑하고 앉았다. 여인네는 그 잘 달리는 차만큼 잘난 특권을 가진 계급인 듯이 뽐내며 좋아서 떠든다.

그래 봐서 그런지 은희네 근친 아주머니도 마차 위에서 은희네 일행과 마주치자 마지못해 약간 웃고 나서는 반대편으로 돌아앉아 버린다. 평소에 돈 잘 쓰느라고 뽐낸 갚음이나 받은 듯이.

차는 일본 개척촌을 쓱쓱 지나간다. 이 척촌의 안악네들은 빨래를 하여 참대에 꿰여 널기도 하고 빨간 게다를 끌면서 수없이 밀려 가는 피난행을 넌즈시 구경하고 서기도 하는 일천구백사십오년 팔월 십이일 한낮, 파랗고 혹은 검은 양철 지붕 위에는 새빨간 당호박이 어깨를 겨누어 놓여 있고 앞마당에는 토마토가 조롱조롱 열려 붉은 광채를 내며 익어 가고 있었다.

밝은 태양과 푸르고 흰 광선 아래서 전란의 태풍이 성난 물결을 몰고 오는 내일을 누가 예측하랴.

이 평화로운 풍경을 뒤두고 차가 달리는 양편 길섶에는 끝없는 강냉이

숲이 너울거리고 머얼리 아득히 푸른 평야에는 익어 가는 조들이 바다처럼 흐느적거린다.

그 사이 한줄기 흰 길이 있고 이 길 위에는 마치 모—세가 이스라엘 백성을 인도해서 갈라진 홍해를 건너듯이 수십 아니 수백도 넘은 짐마차와 트럭을 탄 조선 사람 피난민만의 대부대가 흘러가고 있었다. 그 중에는 륙삭을 매고 부지런히 마차를 따르는 보행부대도 있다.

"이제 꼭 반을 왔으니 앞으로 한 시간 남짓하면 고유수에 닿겠구만."

인호는 시계를 꺼내 보면서 반쯤 왔다는 것을 알렸다.

이 말이 떨어지자 차 안에 여인네들은 더욱 좋아했다. 이 많은 피난민들의 가는 곳이 꼭 같이 고유수이기 때문에 늦게 닿으면 방이라도 차례지지 않으리라는 타산에서였다.

"암만해두 우리 차가 제일인데."

의사 부인의 이런 말이 떨어진 바로 그때였다. 차 몸이 앞으로 푹 꺼꾸러지더니 탄 사람들도 일제히 앞으로 쏠렸다가 다시 또 뒤로 쏠렸다.

누구의 입에선지 "빵구다" 하는 소리가 나왔다. 차 안에 사람들은 서로 얼굴을 돌아보았다. 이어 만인 운전수가 차 안에서 내려오더니 빵구라도 이만저만이 아니라고 손을 휘휘 내저었다.

"자식, 그저 미치게 차를 몰드라니."

차에서 내리는 사람들은 차가 잘 달릴 때 쾌야를 부르던 사람 같지 않았다.

그러는 사이에 뒤에 두고 온 목탄 트럭이 앞을 빼어 달리고 짐마차의 차부는 누런 이빨을 내어놓고 웃으며 짜악하고 말을 갈기면서 옆을 지나가 버린다.

고장은 여분으로 다이야를 가지고 떠나지 않은 운전수를 책해 봤댔자 소용없는 노릇이다. 그리하여 서로 의논한 결과 인호는 신문사의 사원이기에 보도반이라는 완장, 이 과장은 방역반, 구 의사는 의료보국이란 완장을 각각 주름살을 펴서 똑바로 왼팔에 걷고 부근 주재소로 다이야 교섭을 떠났다.

그 사이 의사 부인은 참외 장사를 불러다 놓고 흥정을 해서 은희도 참외 한 개를 얻어먹었다.

"아가, 쯧쯧. 그놈 잘두 생겼다."

참외를 먹으면서 의사 부인은 고장 부인이 안고 앉은 아이를 얼려대는 게 우스워서 은희는 참외 꼭지를 길 저켠에 던지면서 '아이가 잘생긴 게 아니라 세도(勢道)가 잘 생겼지.' 속으로 중얼거리고는 빵구 난 다이야 구경을 떠났다. 다이야는 오분의 하나쯤 쪼개지며 흰 무릎을 군 절눔뱅이처럼 차 밑에 깔려 있었다. 다이야 교섭을 떠난 일행은 한 시간 반쯤 되어 두께 십미리도 못 되는 고무 다이야를 메고 참외를 먹으면서 돌아왔다.

"그만해두 주재소 부근에서 빵구 난 것이 천만 다행이지."

"완장 덕분인 걸. 그놈덜 어수룩해서 좋긴 해."

"권세에 아첨하기 잘하구 하지만 저이들 신세나 우리들 신세나 아장피장이지 별 수 없지."

얻어 가지고 와서도 고맙다는 말은커녕 일본인 등세를 이용하고 또 이용당한 만인들의 약점을 동정하듯 비웃으면서 쪼개진 다이야를 빼려 했으나 기계가 없어서 다이야를 빼는 도리가 없었다.

뒤에 오던 수많은 트럭과 마차가 이번엔 반대로 그들의 앞을 웃으며 지나간다. 아까 돌아앉던 일가 아주머니도 '거참 쌍통일세' 식으로 코로 힝하고 웃으며 지나간 지도 벌써 오래 전이다.

"홍, 저의들이 먼저 가면 소용 있나. 인제 고유수 가서 열흘만 있어 보라지. 고유수 돈은 다 우리 것 될 테니까."

의사 부인의 분통이 달아서 내던지는 말이기도 하지만 그는 남편의 기술의 효적을 믿고 세상 모든 것이 다 우스워 보이는 모양이다.

때마침 자전거 타고 가는 사람이 펜치를 짐대 위에 실은 것을 발견하고 그것을 빌려다 다이야를 갈아 넣을 때는 여섯 시가 거진 다 되었었다. 로상에서 무려 다섯 시간을 정거하고 있었던 것이다.

그러나 차가 제대로 달리면 한 시간 남짓해서 고유수에 닿을 것이라고 말도 끝나기 전에 트럭은 또 멈춰 버렸다.

이번엔 한꺼번에 너무 많은 인마와 짐을 넘겨 보낸 하천 다리가 무너져서 트럭은 모조리 정거하고 남자들은 풀을 베어다 깔고 흙을 져다 그 위를 덮으며 무너진 다리를 수리하고 있었다. 이 난판에 만인 운전수는 "새로 간 다이야가 간들거리는 품이 이대로 짐을 실고 가면 중간에서 또 터질 것 같아 그만 돌아 가겠노라"고 하여 고장이 암만 달래도 듣지 않았다. 고장은 할 수 없이 "인간 만사 색옹마(塞翁之馬)라더니 오늘 길운은 재수 빗낫군" 하면서 마차 얻기를 제의했다.

때마침 벌써 피난민을 실어다 놓고 돌아가는 네 대의 마차를 붙잡아 세 집 짐을 나누어 싣고 다시 길을 떠났다.

비로소 인호와 둘이만 한 차에 타게 될 은희가 앉기가 급하게 투정을 부리기 시작했다.

"야단났소. 피난 가서두 돈이 있어야 살지 돈 꿔 줄 영수증만 받는 법두 있수. 더군다나 만인헌테."

"지금 말해야 소용 없구 어떻게 되겠지. 그보다두 차 타구 멀찍암치 가는 게 좋기만 하군. 마치 몽고의 의동부락 같은데."

"어이구, 퍽은 좋겠구려. 이제 삼촌댁 신세나 지질이 질려구."

"뭘, 난 내일 첫 새벽에 도루 떠날 텐데. 당신은 쌀이나 한 말 사 놓구 먹음 되지."

"정말 내일 돌아가야 되우?"

"그럼. 이틀 휴가 맡은 형식으루 했는데 그보다두 사태가 미묘하니까 사(新聞社)에서 정국을 살펴야 해."

그들 세 집 마차 네 대는 어스름 밤길을 달리고 있었다. 의사네 마차는 은희네 마차 바로 뒤였는데, 마차 바퀴가 흙탕물 속에 빠지기만 하면 말은 아야 드러누워서 죽어라고 움직이지 않는다. 차부가 아무리 매채로 갈겨도 네 다리를 버둥거리면서 야로를 하고 겨우 가는가 하면 또 누워서 뗏장을 썼다. 이러는 사이에 뒤에 오던 몇 대의 마차도 가 버리고 알뜰히 네 대만 가고 있었다.

길에 나와서 이 피난행을 구경하던 만인들도 다 들어가 버리고 새카만 밤길에 마차 바퀴 소리만 들렸다. 간혹 마차와 마차의 사이가 뜨지면 차부가 도적이 될 것도 같고 어디서 비적이 나오는 것 같기도 하여 부쩍부쩍 겁이 나기도 했다. 이리하여 천신만고로 목적지에 닿았을 때는 새벽 한 시도 넘은 때였다. 그러나 아직도 이곳저곳이 개 짖는 소리가 들려왔고 마당에는 등잔불이 켜지고 외양간에서는 닭이 홰를 치며 울고 아이들은 배고프다고 졸라 댔으나 모두 물만 마시고 아무렇게나 누워 그 밤을 새웠다.

이튿날 아침에 보니 삼촌댁 사랑채도 사촌 시누네가 점령하고 웬만히 안면 있는 집은 신경 피란민으로 꼭 차였다. 안면 없이 무턱대고 온 사람들은 국민학교에 몰려 있다는 것이었다.

그러나 인호의 알선으로 이 고장네는 훈장댁에 방을 빌리고 구 의사는 삼촌댁 건넌방, 은희는 삼촌댁과 같이 벼룩이 날뛰는 안방에 유하기로 결정되었다.

인호는 곧 떠나야 한다고 돈 천원을 오백 원씩 나누어 가지고 돌아가는 추력을 타고 신경으로 가 버렸다.

그날부터 신경서 피난 나온 사람들은 세월이 마지막이기나 한 듯이 밀려다니며 참외요 소고기요 도야지 추럼이요 하고 먹자내기나 하듯이 떠들더니 하루 이틀 지나는 사이에 피난길일수록 돈이 있어야 되겠다고 다음은 또 주머니 끈을 조르기 시작했다. 그런 중에도 소문은 쉴 새 없이 떠돌아다닌다.

어디 누구네는 지폐를 도랑꾸 하나 넣어 왔느니, 어디 누구는 륙삭크 하나에 백 원짜리만 채워 왔느니, 그리고 그 돈들은 전부 공금이라서 앞일이 무섭다고 수군거리고들 끓어왔다.

또 한편 새로 나온 사람들은 신경을 빠져나오기 힘들던 이애기며 만인에게 쫓겨서 어린애를 버리고 왔다는 둥 집을 그대로 내버리고 왔다는 둥 마치 큰 대포처럼 요란스럽게 소란한 말소리가 나리는 빗소리와 더불어 불안을 덧치게 했다. 그럴사록 그들은 더욱 신경 사정이 궁금해지었다.

어느 날 의사 부인은 옆집에 가서 닭 한 마리를 사다 놓고,

"우리 선생님이야 신경서두 하루에 꼭 닭 한 마리씩 잡수셨는데 피란 왔다구 안 먹구 사나. 얘, 탄실아. 어서 닭 잡아라."

하고 일하는 계집에게 추상 같은 분부를 하고 섰는 품이 다들 들어보라는 말 같아 은희는 또 한 번 속으로 웃고 났다.

"어이구, 그 따위 월급쟁이들 돈 있으믄 얼마나 있을라구. 그래두 이 고장은 두껍이 상이라 복이 있지. 그게 그저 복댕이래서 그렇지. 네편네야 어디 복이 갚일 데가 있나. 어이구, 그 창고에 가뜩 찬 물건이 제 것처럼 누가 볼세라 가질세라 애끼는 언저리, 쯧쯧."

그는 아이를 업고 닭 튀 하는 것을 구경하면서 시공서 창고에 가득 찬 물건을 논아 주지 않았다는 투정을 혼자 핀잔과 대신하며 원통히 생각하는 모양이다.

이런 말을 자주 듣게 되자 은희는 슬그머니 비위가 상하고 어떤 때는 속으로 악이 오를 때도 있었다. 오늘도 의사 부인이 월급쟁이를 나무라는 것을 곧 자기들을 놀리는 것처럼 생각되었다. 그래서 그는 한 달 전 어느 날 밤의 자기들 부부의 대화를 혼자서 되풀이해 보았다.

"여보, 정말 구 의사란 좋은 사람이오?"

"암."

"그런데 닭찜은 하여 가지고 지(池) 참사관을 대접하면 무슨 수가 생기오?"

"여자란 할 수 없어. 므슨 수가 생긴다구 대접하나? 모처럼 조선서 왔으니 저녁이라두 같이 먹는 거지" 하는 인호는 시치미 떼면서 대답하였다.

"그러니까 말이지. 구 의사의 제일 가까운 동무가 당신이라고 피차 공인하는 사이인데 왜 닭찜 환영회는 빼놓는 걸까?"

"그야 자기들끼리만의 이얘기가 있으니 그렇지."

"으응, 참 그렇군. 그렇지만 나더러 바른 말을 하란다면 당신이 오늘 저녁 모임에 끼기면 닭은 자기들이 내고 인사는 같이 받는 게 싫어서 그런다고 하겠소."

"왜 나는 남의 걸 얻어먹어야만 돼?"

"그야 삼백 원짜리 봉급쟁이가 닭 값 빼구두 삼백 원 이상의 비용을 벌려면 재력 부족이니까."

"그래, 그렇게 꼬집어서 당신의 얻는 건 뭐요?"

"분절된 우정의 한계를 밝히기 위해서."

"다음엔."

"돈배를 두들기며 직권에 굽실거려지는 인간성이 미워서."

"또."

"막걸리로 남의 입을 틀어막고 돌옷 넝쿨처럼 자기의 지반을 막는 처세적인 값싼 우정의 도취에서 깨시라고."

"또."

"아아─멘."

그 밤 인호의 쓸쓸한 표정을 보고 은희는 공연한 농담이 악담이 되어 버린 것을 후회하던 기억도 났다.

그러나 은희는 어쩐지 요즘 구 의사의 인간성이 자기가 포착한 그대로인 것 같고 그 구 의사를 보이지 않는 밧줄로 조종하는 사람이 그 부인인 것 같은 느낌이 들어 몇 번 얻어먹은 참외가 마치 큰 욕덩어리처럼 꺼림칙하고 가슴에 걸려 있는 듯이 찌뿌듯했다.

바로 그 이튿날 선신은 마차 위에서 삐죽하던 일갓집 아주머니에게서 엿 백 원어치를 샀다. 마침 사람들이 많이 모였음으로 엿 백 원어치를 제사떡 돌리듯이 나눠 주었다. 그랬더니 저녁때쯤 의사 부인은 또 은희의 비위를 긁었다.

"아이구, 그 돈 백 원으루 딴 걸 샀으면 얼마나 오레 먹을라구. 그렇게 그 따위 간식은 소용없어요. 여자란 군것질하면 살림이 얼마나 쪼들린다구."

은희는 너무 얌체없이 빈정대는 의사 부인의 말에 그저 웃고만 있었다. 그리고 속으로 지난밤에 남편에게 알뜰한 살림꾼인 자기를 내세울 때 쓴 말을 기어코 내게 털어놓고야 마는구나 하고 오래도록 혼자 웃고 있었다. 그 웃음은 말 못할 슬픔이었다. 그러나 그 슬픔은 웃을 수 있는 슬픔인 것이 그대로 내 속은 '편할 걸' 하는 마음 때문이었다.

그때 마침 고장 부인이 아이를 업고 놀러 왔기에 그는 남은 엿 몽땅 다 안겨 보냈다. 의사 부인은 아이를 안고 머언 산을 내다보는 시늉을 했다. 그의 아니꼬운 때에 하는 버릇이다.

열나흘 날 신경 떠난 지 이틀 만에 도보로 은희네 집에 유숙하던 병일이라는 사회주의 문학청년이 은희를 따라 삼촌댁엘 왔다. 은희는 식구가 하나 더 느는 셈이었다. 그렇다고 쌀 한 말(오십 키로) 삼백 오십 원 주고 살려니 밑천이 결딴나는 거고 또 그렇다고 거러 먹기도 안 돼서 짐을 끌르고 옷감을 꺼내서 삼촌댁 아이들의 옷을 만들어 주었다. 그랬더니 의사 부인은 "어이구, 이런 좋은 감을." 참 아까워라 하는 품이 그 천을 팔면 쌀이 여러 말 될 것도 모르고 밑지는 장사를 한다고 나무라는 눈치였다.

저녁때가 가까워 오자 사랑채에 든 사촌 시누는 둘째 아이를 죽어라고 두들겨 주더니 나중엔 엉엉 울면서 정말 죽으라고 기 쓰고 두들긴다.

"아니 왜 이러우" 하고 말리는 은희에게 그는 푸념을 한다.

"뒤따라 선다던 저그 아버지가 올 사흘이 돼두 안 오누만. 저눔 애가 울어서 안 오지 와 안 올꼬 오다 잘못 된 게지 와 안 오겠노 와 우노, 와 울

어 쌌노. 죽어라, 죽어." 하면서 작구 때려 주는 게 안 되었으면서도 은희
는 속으로 몰래 웃고 나서 생각하니 인호 소식이 어찌 궁금한지 곤두박질
이 날 지경이었다. 바로 그날 저녁엔 물만 고인 논바닥 위에 폭탄이 떨어
져서 근방 벼가 손해를 봤다고 필시 희멀건 물을 양철 지붕으로 봤다느니
아무데나 던지고 갔다느니 좁은 촌에 우실거리는 사람들 사이를 팔은 바람
처럼 펴졌다.

그 이튿날 은희의 사촌 시누 남편이 왔다. 시누는 울며 웃으며 좋아했으
나 은희는 인호의 소식을 몰라 애가 부쩍부쩍 조여 들었다. 그래서 저녁이
면 무르팍까지 빠지는 길을 더듬어 큰길 역까지 나가서 지나는 트럭이 멈
춰 주기를 기다리기도 하고 뒤창에 부터 서서 자꾸만 지나가는 트럭의 불
빛이 기름 길에서 머물기를 바랐으나 불빛은 언제나 앞길을 비추며 그대로
가 버렸다.

날이 새면 또 말소리가 퍼진다.

그 이웃에는 일본인 가족과 함께 피난 온 관리가 있는데 그들은 비만 개
면 낚싯대만 매고 돌아다닌다고 수군거리고, 또 그 앞집에는 징용갔던 학
생들이 도망쳐 왔는데 며칠 실컷 자고 나서는 노래만 한다고 떠들고, 아낙
네들은 마늘이니 호박이니를 사 안고 다니고, 처녀들은 옷을 갈아입고 우
물가에 나오기도 했다. 은희는 우물가에서 그들을 대하고 문득 사막에 피
는 꽃을 연상하였다.

또 이번 패거리는 팟둔 조밥이 무한정으로 메키운다고 길 떠나니 궁상이
라고 우물가 회의도 각양각색이었다.

열엿샛날 구 의사는 어디 나갔다 오더니 병일이와 자기 동생을 불러놓고
붓글씨를 썼다. 그 내용은 '축 장주석 만세, 축 타도 일본 제국주의 만세,
축 장개석 장군 입성 만세, 축 장주석 군 승전 만세' 등의 문구로서 반지
같은 약봉지 싸는 종이에 무려 수십 장씩 쓴 것을 또 종이에 싸서 숨겨 두
는 것이었다. 그러고는 "이래 놔야 중국군이 들어오면 재빨리 이걸 문과

벽에 붙이고 가슴에 붙이고 다닐 수 있지, 음" 하면서 그는 자기의 지혜에 만족한 웃음을 웃는 것이었다.

은희로서는 실로 상상도 못한 일이어서 웃으면서도 그 용의주도한 자존(自存)의 방략에 감탄하지 않을 수 없었다.

열이렛날 오후 한 시쯤 되어서 일본이 무조건 항복했다는 소식이 들어왔다. 사람들은 우산을 받고 모두 학교로 달렸다. 별로 떠드는 사람이 없는 것은 그 소식이 사실 여부를 판단할 수 없기 때문인 듯했다. 그러나 오후 네 시쯤 해서 학교에서 돌아온 일행은 양손에 태극기를 들고 왔다.

꿈 이상의 꿈 같았다. 어느 틈에 태극기가 만들어진 것도 기적이었다. 있으랴 학교에 해방 기념식에 합세하지 못한 마을 사람들은 다시 어느 모퉁이 집 석마루를 중심으로 꾸역꾸역 모여들기 시작했다. 그리고는 구 의사를 추켜세우고 식을 거행하는 것이다.

어느새 어떻게 알았는지 모두 저절로 애국가를 일수 불렀다. 학교에서는 프린트까지 하여 돌리어서 은희도 병일에게 그것을 얻어 줬고 불렀다.

만세도 끝난 다음 구 의사는 석마루 위에서 사진기계를 가져오게 하여 정작 사진을 찍으려니 필름이 없어 그만 자기의 훌륭한 주도(主導)의 자기 입장과 그 ■매를 쳐다보는 군중을 박지 못한 것을 크게 유감스럽게 생각하면서 석마루 위에서 내렸다.

이튿날 아침부터는 몸빼를 입으면 일인으로 취급한다 해서 은희도 오래간만에 치마를 꺼내 입었다. 치마를 꺼내 입고 생각하니 기한 없는 피란길이 얼마나 무모한 길이었다는 것을 새삼스레 느꼈다. 전쟁이 그대로 몇 달을 계속했더면 이 많은 피란민이 다 어떻게 살았으랴 싶었다. 그러나 해방이 되어도 확연히 돌아갈 곳이 없는 이국의 피란민을 날마다 어떻게 했으면 좋을지 몰라서 서성거리는 판에 이번엔 토민들이 필시 비적이 되어 이 피란민들의 짐을 노려 부락으로 밀려오리라는 소문과 거기에 따르는 불안이 온 마을 공기를 무겁게 하였다.

자칭 유지들은 우선 돈을 내고 기부금을 모아 마을 안 중국인을 청해서 연회를 베풀기로 했다. 그래서 이튿날 즉시로 큰 도야지 한 마리를 잡고 술을 돈으로 장만하여 그들에게 안겨 주었다.

그러나 그것만으로는 안심이 되지 않아서 젊은이는 그대로 긴 장대를 무기 대신으로 들고 밤을 새며 마을을 지키고 마을과 마을과의 연락은 신호로 하였다. 여자들과 아이들은 무슨 신호가 나면 비가 오건 물이 질펑거리건 모두 수수밭 속으로 숨으러 간다. 수수밭 속에 숨어 있으면서도 아이들이 울어 서 있는 곳을 비적이 알아차릴까봐 제일 걱정이었다. 비는 매일같이 내려 밭은 발이 한 자씩 빠지었다. 신호가 해제되어 집에 들어오면 구 의사의 짐빠로 문을 얽어 메는 게 가관이었다.

그 밤은 어스름 달밤이었다. 은희는 문턱 네 개를 넘어서 소변보러 나섰다. 뭐 어떠랴 하고 마음먹기는 했으나 나중 문을 열고 밖에 나서기까지 오래 주저한 끝에 마당 위로 올라갔다. 그곳이 좀 밝기 때문이다. 그랬더니 굴뚝 송아지가 자고 있었다. 은희는 그 송아지의 시름없는 잠든 숨소리에 용기를 얻어 송아지 곁에 와 앉았다. 그리고는 것으스름한 아래편을 일부러 내려다보고는 그만 웃어 버렸다. 구 의사가 얼기설기 자기네 유리창만 짐빠로 얽어놓았기 때문이었다. 정말 비적이 온다면야 그런 것쯤 한 칼로써 끊어 놓을 것이고 또 다른 문도 얼마든지 있는데 그렇게 자기네 방문만 얽어 봐야 그것을 자신의 안심책 밖에 아무 효과도 없는 일이다.

이튿날부터는 마을 사람들은 온돌을 뜯고 옷을 감추기도 하고 부엌 마당을 파고 독을 묻고 그 안에 옷을 넣기도 했다. 은희네 짐은 외양간 다락과 볏짚 속에 삼촌이 감추어 주었다. 스무 이틀쯤 되어서부터는 피란민들은 마음이 달뜨기 시작했다. 그 중에도 구 의사네는 일본군이 아주 퇴각해 버리면 만주서는 다 사는 편이니 패잔병과 같이 통화로 해서 걸어 귀국한다고 짐을 꾸리느라고 법석이었다.

짐을 꾸리면서 구 의사는,

"가야 합니다. 있으면 살 줄 압니까."

이렇게 말하고는,

"뭐, 우리 집쯤이야 지 참사관이 마련해 주겠지. 일본집이 많이 비었을 테니까."

하고 부인과 속삭이는 것이었다.

그러던 차 그 이튿날 은희에게 인호에게서 편지와 해방 뒤에 나온 신문이 왔다.

편지는 구 의사에게도 왔다. 이 편지와 신문을 읽고 난 구 의사는 또 먹을 갈았다. 해방이 되니 붓글씨만 쓸 셈인지 편지도 붓으로 쓰되 "병원 집 한 채 그럴듯한 적당한 것을 접수해 주시오" 하고 곧 회답을 쓰는 것이었다.

그리고는 통화로 걸어서 귀국한다던 패들까지 이번엔 하루라도 속히 신경을 가야 좋은 집을 얻는다고 스무엿새 날엔 출발하기로 의논이 맞았다. 그리하여 그 부근에서만 스물아홉 채의 따ー차(큰 짐차)가 떠나게 되었다.

은희는 없어도 누구 덕 안 본다고 독차를 마련하였는데 삼촌은 찻세를 적게 내도록 하느라고 구 의사네 짐을 삼분지 일을 싣고 사촌 시누네 식구 셋을 앉도록 하였다.

그런데 이번에도 갈 때처럼 은희네 차는 한 번도 흙탕 속에 바퀴가 막히지 않고 그 형편없이 패인 길을 일수 달렸다. 반대로 의사네 마차는 갈 때와 같이 도무지 말이 말을 듣지 않는다. 은희는 어린애처럼 그 잘 달리는 말이 앞으로 자기에의 행운의 상징이기나 하듯이 자랑스러웠다.

그러나 길운은 은희에게만 있는 것이 아니었다. 이번엔 의사 부인이 쾌야 부를 사건이 돌발했다. 그것은 큰길에 빠져 나온 마차가 전부 늘어선 채 마차비 전액을 요구하는 것이다.

안 되느니 되느니 가느니 못가느니 시비와 언쟁 끝에 반액만 치르고 다시 가기로 문제는 낙착되었다.

은희는 식량을 산 나머지 백 원을 핸드백 속에 넣어 버렸기 때문에 마차비 치를 돈은 한 푼도 없었다.

딴 마차에서는 모두 돈을 거두고 있었다. 구 의사는 역시 배를 내밀고 점잖은 음성으로 은희에게 돈 마련을 하라고 이른다.

"지금 한 푼도 없는데 선생님 먼저 선대해 주셨으면" 했더니 그는 펄쩍 뛰는 표정을 하면서 얼굴을 찡기고 약간 떨리는 목소리로 돈이 동갱이 났다고 누구의 탓인 것처럼 성을 냈다. 은희는 빤히 들여다보이는 속을 더 캘 필요가 없어 다시 말하지 않고 뒤에 있는 의사 부인의 웃음의 눈에 보일 따름이었다.

그래서 은희는 또 한 번 버젓하게 웃고 났다. 우는 대신 웃는 것이었다. 그리고는 옆에 앉은 사촌시누더러 물어 봤더니 분명 엷은 치마 주머니 사이에 돈이 보이는데도 없노라고 머리를 내렸다. 자기들이 탔으니 아마 내놓기만 하면 받을 상싶지 않은 모양이다. 병일은 뛰어다니며 아는 사람마다 물어보는 모양이나 역시 돈 육백 원은커녕 한 푼도 얻지 못하였다. 이 고장도 머리를 내저었다. 구 의사의 안 내는 걸 보면 아마 받기 틀린 돈이라고 생각하는 모양이었다. 돈 거두는 사람은 다른 마차의 분을 다 거두고 은희네 마차로 왔다.

"아주머니 어서 돈 내세요. 이 차만 내면 인제 떠납니다."

"없는 걸 어떻게 내겠어요"

"아니, 그렇게 떼쓰면 되나요."

"있고 안 내는 게 떼지요. 정말 없는 걸 어떻게 합니까."

"아니, 돌리실 분 없어요."

"제가 아는 분은 오늘 신경 안 가면 모두 굶어 죽을 판이었는데 웬 돈이 있겠어요. 그렇지만 댁에서 돈 남았으면 좀 돌려 주셔요. 어떻게 해서든지 가는 대로 드리겠어요."

"그야 돌려 드릴 수는 있지만 신경 가면 될지 안 될지 누가 알아요. 젠장, 채용증서도 소용없이 될 판에 구두 서약이 무슨 소용이 있을라구."

은희는 속으로,

'말씀이 옳아요. 채용증서뿐입니까. 우정도 의리도 소용없는 판국에.'

이렇게 대답했다. 그때 저쪽에서도 재촉 소리가 났다.

"자, 빨리 떠나야지. 어서 돈이나 거둬 가지고 와요"

모든 사람의 시선이 일제히 은희네 차로 몰렸다.

"허참. 에라 모르겠다. 신경 가면 이내 주시소"

이렇게 큰소리로 다짐을 따면서 가 버리는 그는 은희네 이웃에 사는 인사 없는 수도 수리공이었다.

은희는 의사 부인의 만족한 표정을 보지 않으려고 영 뒤를 돌아보지 않았다. 없다는 것이 그처럼 부끄러운 일이라는 것을 그렇게 뼈아프게 얼굴 뜨겁게 느끼긴 난생 처음이었다.

일곱 시 경 바로 갈 때 다이야 빵구 나던 주재소 마을에 와서 만군이 중국군이 되어 무기의 유무를 조사하는 것이었다.

여덟 시가 되자 컴컴해서 더 가다가는 비적을 만날지도 모른다고 그곳서 밤을 새기로 했다.

이튿날 아침엔 다른 곳에서 온 마차와 합하여 약 사십 대가 열을 지어 떠났다.

열한 시쯤 되어 점점 신경이 가까워 오자 일본 개척촌의 보름 전 형상은 간 곳 없고 타다 남은 집은 기둥과 검은 양철만이 남아 있었다.

중국인이 불 질렀다고도 하고 일본인이 자기들 손으로 태워 버렸다고도 했다.

길에는 각좌한 자동차와 트럭이 무수히 있었지만 바퀴에 다이야는 모조리 빼어 가 버렸다.

간혹 시체가 있다고 하지만 은희는 하나만 봤다. 아 일본인인 듯 이역만리에 외로이 누은 죽엄은 모든 미움을 초월해서 측은하기만 했다. 임자 없는 강냉이와 호박밭에는 중국인들이 멋대로 익은 것을 골라 가서 천천히 따고 있다.

차는 남령 가까이 왔다. 그 사이 어떻게 된 셈인지 그 일행 중에 은희 차가 제일 앞장을 섰다.

그래서 그 무시무시하던 남령 고개를 은희는 누구보다도 먼저 바라봤다. 무수한 일본 패잔병들은 마차 혹은 보행으로 남령 고개를 넘어가는 품이 아마 통화 방면으로 줄행랑을 치는 모양이었다. 고개 밑에 이르자 "짜르릉 탕" 하고 총소리가 연달아 났다. 중국군(예전 만군)의 장난이었다.

고개를 넘어서자 "따아 비이즈 제뺀 라이" 하고 차부가 소리치며 가리키는 곳을 바라보니 쏘련군 하나가 걸어오고 있었다. 너무 신기해서 은희는 보고 또 보고 했다. 차는 어느덧 관사 마을에 닿았다. 그 많은 관사 집집마다 붉은 성조기와 청진백일기가 나란히 꽂혀 바람에 나부끼고 있었다. "꿈은 아니언만" 하고 은희는 중얼거렸다. 차가 미나까이 부근에 왔을 때 쏘련군들은 만인 참외 장사와 흥정도 하고 혹은 그냥 걸어가기도 했다. 한편 중앙은행 앞마당 대리석 위와 정문 앞에 만인들은 명절처럼 길고 깨끗한 흰 옷과 검은 옷들을 들추어 입고 본래의 평화롭고 느진 모습대로 한가로이 앉아서 일본 패잔병들이 구로마를 끌고 밀고 하며 부역하는 구경을 하고 있었다.

은희는 중로에서 병일을 시켜 인호에게 보냈는데 쉬 돌아오지 않아서 높이 앉아 구경은 하면서도 은근히 걱정되었다. 길에 여자들은 얼씬 못한다더니 보산 부근서부터 여자들이 눈에 띄었고 왼편 어느 집에 대한 민단이라는 간판이 붙어 있었다. 차는 치마로에서 머물렀다.

사에 보냈던 병일이는 인호를 만나지 못하고 돌아왔다. 아까 돈 꾸어 주던 수도 수리공은 돈 받으러 왔다가 다시 남아서 잔액까지 치러 주고 갔다.

구 의사는 자기네 짐을 다 부리고 나서 돈 이백 원을 가져왔다.

"돈 받으려고 실은 짐이 아니니 그만두셔요" 하고 은희는 마차에 앉은 채 기 쓰고 거절하였다. 구 의사는 좀 열적은 모양이었다.

은희는 병일이와 같이 차를 돌려 집에 들어가서 짐을 부리고 나니 이웃에 사는 같은 사람 K씨 댁에서 따로 사람이 왔다. 은희가 달려간즉 인호는 K씨와 같이 밥을 먹고 있었다. 평소에는 도야지고기를 안 먹노라고 거들떠보지도 않더니 오늘은 흰 기름 덩어리가 넘실넘실 입안으로 들어갔다.

"퍽은 곯은 모양이우" 하고 은희가 놀려 대니까,

"요즘 아즈까리 입만 먹고 살았는데 뭐 곯으면 천하껏 다 먹지" 하면서 지갑에서 돈 사천 원을 꺼내 주었다.

"웬 거요."

"위자료 오천 원 탄 걸 쓰고 나머지지."

"홍, 의리도 친구도 없는 세상에 위자료가 다 있구."

"그뿐 아니지. 박형이 사에 대표된 걸 모르시우" 하고 옆에 앉았던 K씨가 말한다.

"신문에서 봐서 알지만 까짓 월급쟁이 소용 있어요?"

"이제 소용있는 세상이 오겠지요."

"안 될 말, 우리가 만들어야지."

인호는 뽐내며 말한다.

은희는 올 때 유난히 잘 달리던 마차가 우연치 않게 생각되었다. 그리고는 곧 꾼 돈 일천백 원을 병일을 주어 보내고 나니 큰 시름을 벗은 듯했다.

"참, 집 좋은 걸 잡았다고 소문이 났던데 정말이우."

은희는 말머리를 돌렸다.

"집 가진 일본 놈을 알아야 집을 얻지."

그는 코웃음을 치는 것이었다.

―《신여원》 제1호, 1949. 3.

흉몽(凶夢)

"톱은 누르지 말고 당기어야 해여."

"암만해도 톱니가 먹어 줘야지, 뭐."

"워낙 굴어서 그래여어. 어디 그쪽을 잡고 댕겨 봐."

어머니는 얼굴에 배인 땀을 앞치마자락으로 닦고 나서는 금만 약간 어리어진 박 한쪽을 수련에게 내민다. 모녀가 서로 한켠씩 안고 댕기는데 원체 미끄럽고 둥근 것이라 만만하게 쪼개지기는커녕 되려 손아귀에서 벗어나기만 했다. 이 미끄러워 땅에 떨어진 박을 다시 끌어 잡은 수련은 갑자기 호들갑스럽게 비명을 질렀다.

"이게 웬일이여. 참 별일이야, 엄마. 지구덩어리 본보긴걸. 괜히 박이라구 그러시어. 쪼개 안 지기 다행이지 하마트면 오빠한테 경칠 뻔했수."

"원, 박이 이렇게 굳을 수 있담. 자 어서 쪼개야 해여. 군소릴랑 그만두구."

어머니는 여전히 박이라고 한쪽 켠을 그대로 수련이에게 내민다.

수련은 가운데 어리어진 금을 적도(赤道)거니도 생각하고 또 삼백팔십도 선이거니도 생각하면서 그 놓인 데를 잡고 빙빙 돌렸다.

"작난 좀 작작하구 어서 댕기여. 해가 저렇게 기우러졌는데."

수련은 어머니의 고집이 의아스러우면서도 그 한쪽 켠을 잡고 줄다리기꾼처럼 댕기다 보니 분명히 지구의의 놓임 대던 것이 또 박꼭지 같기도 했다.

바로 그때 군복을 입은 수련의 오빠 수만이가 부엌문으로 해서 뒤뜰에 나왔다.

"아니, 그까진 박 한 개를 못 쪼개서 진종일 야단들이여."

그는 웃으면서 옆에 찼던 그닥 길지 않은 칼을 뽑아 그 복판을 내리쳤다. 수련의 눈에는 박이 지구의 같기도 하고 또 박 같기도 했다. 그저 무엇인지 두루 희미하고 어렴풋하나 그것이 또 그대로 심상하였다.

그런데 웬일인지 박에 꽂힌 수만의 칼이 도무지 빠지지 않는다. 그래서 그는 그 칼자루를 마구 흔들어도 보고 당겨도 보나 칼은 통 뺄 수가 없었다. 수만은 그새 이마에 맺은 땀방울을 뚝뚝 떨어트리며 더욱 기쓰고 칼을 뽑으려고 온힘을 다하는 것이나 칼은 흔들리지도 않는다. 그는 잠깐 머뭇머뭇 하더니 어느 틈에 허리에 찼던 권총을 떼어 박을 향해 쏘았다.

"탕" 하는 소리와 동시에 박은 돈입만한 구멍이 뚫어지고 그 뚫어진 구멍으로부터 흙탕물이 흘러나오기 시작했다.

그들은 어이없어 서로 어안이 벙벙 격으로 그것을 서서 보고 있는 사이에 물은 점점 부피가 많아져 그 쏟아져 나오는 소리가 큰 냇물 흐르는 소리로 변해졌다.

갑자기 수련 어머니의 입에서 "으악" 하는 비명이 나왔다. 그러나 그 어머니의 비명 소리가 수련의 귀에 들어왔을 때는 수만은 이미 물 속에서 두 손을 내두르며 허우적거릴 때였다. 흙탕물은 삽시간에 수련의 집 뒤뜰과 앞마당을 넘어서 앞내와 합류되어 누런 거품을 치며 흐른다.

창자를 온통 끄집어내어 휘두르는 듯한 아픈 비명을 지르며 어머니는 내 저켠에서 발을 구르고 수만은 내 이켠에서 목이 터지게 오빠를 부르면서 잇따금씩 손끝만이 허우적거리는 수만을 붙잡으려고 물과 같이 달렸다.

물 속에는 그들이 쪼개려고 골라 놓았던 박들도 떠 있고 누구의 것인지도 모를 신짝도 떠 있었다.

수만은 물 속에서 상반신을 솟구쳐 거의 어머니 곁으로 헤엄쳐서 다가오다가도 다시 물결에 휩쓸려 버리고 휩쓸려 버리고 하다가 내종엔 커다란 군화만 물결에 거꾸로 뒤집히며 곤두춤을 춘다.

어머니는 목이 막혀 수만이 이름을 부른다는 것이 마치 산울림처럼 "아앙 아앙" 소리를 내어 두 주먹을 쥐고 자꾸 물줄기를 따라 내려가면서 처음에는 앞치마를 벗어 버리고 다음엔 신발을 집어 뿌리고 또 치마를 벗어 버리고 손을 내두르며 거의 실신한 사람같이 덤비다가 마침내 물 속으로 풍덩 뛰어 들었다.

수련은 "어이그, 엄마" 하고는 검은 물결을 덥석 팔로 껴안으면서 물 속에 뛰어들었다. 팔다리가 한꺼번에 꿈틀할 때 눈을 번쩍 떴다. 누구인지 "수련아, 수련아" 하는 소리가 아득히 들려온다. 그는 얼이 벙벙하나마 '꿈, 꿈인 것을' 이렇게 생각하면서도 어쩐지 그대로 느껴 울었다.

"왜 그래, 응? 누가 죽었는기여. 깨어서두 왜 운대여."

옆에 누운 인숙의 물음도 그의 귀엔 들어오지 않았다.

그 흙탕물 거품 속에 곤두서는 오빠의 군화며 옷을 벗어 버리며 달리다가 물 속에 풍덩 뛰어 들던 어머니의 모습이 그대로 눈 속에 새긴 듯이 점점 더 화안히 보여 설령 꿈이라 해도 그냥 울 수밖에 없었다. 마침내 그는 엉엉 소리치며 울었다. 그 쓰러질 듯이 가느다란 어머니의 허리가 거꾸러지며 달리는 것이 눈을 감아도 눈을 떠도 자꾸 눈앞에 보여 그냥 자꾸 울고 싶었다.

이윽고 수련은 울음을 멈추고 자리에서 일어났다. 인숙은 수련의 울음 까닭에 어떻게 말을 붙일 수가 없어 그대로 보고만 있었다.

수련은 일어나던 차로 이불을 훌훌 걷어 얹고는 세수하러 아래층으로 내려갔다. 그는 어느 때보다도 더욱 알뜰히 양치질을 하고 찬물을 마구 얼굴에 껴 얹었다.

마치 꿈을 씻어 버리기라도 할 듯이. 다시 방에 돌아와서 상머리에 앉은 그는 인숙의 존재를 완전히 무시한 뒤 창문을 열고 먼지를 털고 방을 쓸어

냈으면 좋을 것 같았다.

"꿈이란 암만 나빠도 이야기하면 삭는대여. 거 무언 꿈인데 깨어서꺼정 우능 기여."

인숙은 자리 속에서 걱정되듯이 말한다. 수련은 문득 옛날 신라 때 김유신의 작은 누이가 그 형에게서 꿈을 사 가지고 김춘추와 결혼하여 나중에 왕후가 되었다는 사화(史話)가 기억났다. 그래서 불쑥,

"너 내 꿈 살 테여" 하고 물었다.

"들어보구 좋으면 살 테여어."

"좋은 꿈이면 누가 판대여."

"누가 나쁜 꿈을 산대여어."

인숙은 천천히 자리를 개키며 느릿느릿하게 말을 계속한다.

"그저 사랑하는 사람이라도 죽는 꿈을 꾸었나베. 뭐이 그리 서럽대서어."

수련은 정말 꿈이었구나 생각하면서 인숙이도 아마 꿈 이야기를 들으면 언짢아할 것 같았다. 그것은 오빠와의 사이가 범연치 않은 때문이다.

수련은 고향에서 떠난 뒤에 같이 이사 와서 같은 학교에 다니는 인숙의 집에 유숙하면서 공부하는 의과대학 학생이었다.

수련은 층이 진 교실 맨 뒷자리에 가서 앉았다.

강사는 들어오던 길로 칠판에다 태양을 중심 삼고 지구와 그 외의 다른 위성들을 그려 놓는다. 첫 시간이 바로 물상학 시간이었다.

"저 유명한 큐─리 부인이 파리의 '소르본누' 대학에서 그 첫 시간에 받은 첫 강의의 말을 기억하는 학생이 없습니까?"

강사는 잠깐 실내를 둘러보고 나서

"큐─리 부인은 그 한마디 말로서도 '소르본누'에 온 보람이 있다고까지 감탄한 말입니다."

그는 설명을 첨부하고 또 실내를 둘러본다. 아무도 손드는 학생이 없었다. 강사는 별로 기대하지 않았다는 듯한 표정을 지으면서,

"앞으로 좀 더 독서들을 하십시요."

하고는 다시 강의를 계속한다.

"그것은 다른 말이 아니라 '만약 태양을 잡어떼어 지구 위에 동댕이친다면!' 이라는 말입니다."

수련은 후우 하고 한숨이 내쉬어졌다. 그리고 '꿈이란 이튿날 있을 일을 미리 예고도 한다더니' 마음속에서 이런 말이 속삭여졌다. 그의 마음은 다소 느긋해졌다. 다시 강의가 귀에 들어온다.

"과학이 정복할 수 있는 자연계는 인간이 과학할 수 있는 온갖 지능의 도전에 의하여 그 신비성을 벗기우고 또 그럼으로 해서 우리 과학자들은 천체와 지구와 그 사이를 이어 놓은 공간의 거리를 재고 그 구성체의 모든 비밀을 속속디리 캐내어 헤아릴 수 없을 만치 많은 발견과 발명으로써 인류에 지대한 공헌을 하였습니다.

또 근자에 와서는 그 사용 여하에 따라 능히 지구도 파괴할 수 있는 원자탄 같은 것도 만들어 냈습니다. 이 원자력을 이용한 원자탄을 오늘날 인류의 생존을 위협도 하고 또 반대로 보호할 수도 있는 무서운 절대의 힘으로 되어 있습니다. 다시 말하면 곧 세계의 평화를 위협하고 반대로 세계 평화를 유지하는 놀라운 것이 과학의 힘인 것입니다.

지구를 능히 파괴할 수 있는 이 무서운 원자력을 발견한 과학자들은 앞으로 더 크게 무서운 힘의 구성체를 자연계에서 발견하려고 분초를 다투고 노력하고 있는 것입니다. 앞으로 정말 저 태양을 잡어떼어 지구 위에 동댕이칠 어떤 원자력이 발명될는지도 누가 알겠습니까. 태양을 잡어떼어 지구 위에 동댕이친다는 엉뚱한 한마디 말에 그토록 흥미를 느끼고 자극을 받은 큐―리 부인의 라디움 발견도 결코 우연한 것이 아닐 것입니다.

그저 시간과 더불어 전진하는 것, 그것은 과학입니다. 여러분은 과학한다는 자존심을 가지고 이 책을 대하여 주십시오. 자, 책을 펼치십시다."

수련이는 그 이상 강의를 듣지 않았다. 간밤의 꿈과 오늘 선생의 강의

서두가 부합된 데 대하여 혼자 생각이 벋어나기 때문이다. 태양을 잡아떼어 지구 위에 동댕이치거나 혹은 원자탄을 사용해서 지구가 산산이 부서진다면, 그 무한량인 듯한 바닷물은 도대체 어디로 흘러갈 것이며 한꺼번에 없어질 지구 위의 모든 생명과 더불어 우주는 영원한 폐허로 화할는지도 모르고 또 요행히 화성에 사람이 산다면 옛 유태인 선지자가 "큰 성 소돔과 고모라여" 하고 한탄한 의(義) 없으므로 멸망을 당했다는 두 성의 이야기처럼 "큰 별 지구의 인간들은 끝내 멸망하였느니라" 하고 그들 자손에게 일러주는지도 모를 것이라는 생각이 들었다.

그리고는 마치 지구가 금시 깨어지기라도 할 듯이 마음이 불안하였다. 산산이 부서진 지구 안에는 흙 담장을 한 자기의 집도 어머니도 오빠도 다 없어질 것 같기 때문이었다. 그는 꿈에서와 같이 똑똑히 분간할 수 없는 것이 꿈처럼 지속되는 듯했다. 그는 또 꿈에 사로잡혔다.

그의 어머니는 무슨 일이고 간에 언제나 뒷마당에서 하신다. 자신을 학대하는 것으로써 그 생을 지탱하는 어머니의 유일한 위안의 반은 아마 그 뒷마당인지 모른다.

한켠 장독대에는 할머니 대부터 내리 쓰던 수십 개도 넘는 독과 독새끼와 단지들이 올막졸막 고스라니 뚜껑을 쓰고 앉아 무엇인가 그 몸에 지니고 있으면서 때로 외로운 주인의 매만짐을 받는 이것들은 실로 어머니의 아끼는 중요한 세간들이다.

헛간과 다락에는 바가지 짝들이 연대를 알리는 먼지와 끄렘이를 ■■고 엷게 쓰고 매달려 있는 집! 어머니는 해마다 가장 크고 잘된 박을 골라서 꼭 한 쌍씩 매달은 것이 이제는 다락과 헛간 천장을 아주 채워 버렸다.

이렇게 생각이 바가지에 미치자 그는 또 꿈이 생각나면서 그 꿈은 오늘 있을 일을 꾼 것이 분명하다고 주장하는 생각과는 달리 어쩐지 자꾸 불길한 해석이 그의 머리를 어지럽게 하였다. 그는 오전 중의 몇 시간을 간신히 치렀다.

점심시간이 되어 수련은 인숙에게 끌려 식당으로 내려갔다. 사람 좋은 인숙은 입맛이 없다고 조반을 덜 뜬 수련을 위해 빵을 청해 놓고는 어서 먹어라 권하면서 빵 값으로 꿈을 자기에게 팔라고 한다.

수련은 웃으면서 두 손아귀에 더운 물이 담긴 잔을 꼭 부여잡았다.

창밖이 눈 위로 보이는데 바람이 낙엽을 쓸어 간다.

깊어 가는 가을바람이 꿈에 보던 어머니의 머리카락같이 가락가락 흐트러져 부는 것이라고 느껴졌다. 지면보다 낮은 지대에서 보는 지상은 한결 서글펐다.

그는 눈을 잔 위에 옮겼다. 흰 김이 가늘게 가늘게 위로 뻗으면서 더운 기운이 손바닥을 통해 마음속으로 파고들었다. 무엇인지 모를 굉장한 일이 일어날 것 같고 또 그것이 결코 좋은 일이 아닐 것 같이 속으로 속으로 파고드는 더운 기운도 싫었다.

"어서 먹고 꿈을 달라니께."

인숙은 빵 접시를 밀어 놓으며 웃는다. 수련은 아침처럼 오빠와의 사이를 생각하면서 "정말?" 하고 물었다.

그들은 둘이 말할 때는 사투리가 꼭 달랐다.

"싫어, 애."

"웨 못 주능 게여."

"너 나쁘면 좋을 건 뭐여."

"나는 괜찮탕께. 그래 봬두 너같이 꿈을 꾸고 울고불지는 않지 뭐여. 과학자란 중같이 허황하고 체계도 연락도 없는 것을 안 믿는 거여."

"그렇지만 과학은 그런 허황한 것을 체계를 세우고 연락을 시키어 그 근본을 캐내능 게 아니여."

"그럼 꿈에서도 무슨 실증을 잡을 수 있다는 말이여?"

"아니여. 과학이라능 게 무슨 별다른 게 아니라 살고 있다는 것을 증명하는 게여. 그러니께 꿈은 물론 전부는 아니겠지만 그 한 부분인 것은 틀림없능 게여.”

“무언 이론이 그래여. 꿈은 현실과 정반대되는 거여어.”

수련은 인숙을 물끄러미 쳐다봤다. 인숙의 말처럼 꿈은 현실과 정반대되는 것을 꿈이라고 함에는 틀림없으나 어쩐지 간밤의 자기의 꿈은 꿈같지 않게스리 그대로 생생한 채 머릿속에 감돌고 있었다.

“그럼 정말 살 테여?” 하면서 빵을 먹으며 수련은 인숙에게 다짐을 땄다.

“으응, 정말 산다니께.”

수련은 어떤 방식으로 꿈을 인숙에게 줄 것인가를 한참 생각하다가,

“못해여. 나도 과학자니께.” 하면서 자리에서 일어났다.

“너두 오빠와 친하니까”를 그렇게 돌려 놓은 것이다.

삼층 교실로 올라온 그는 책 사이에 끼웠던 백 원짜리 지폐를 꺼내 놓고 ‘내 꿈을 당신께 팔았습니다’ 이렇게 연필로 가늘게 써서 집어 가지고는 책가방을 들고 학교를 나왔다. 큰길에 나온 그는 의식이 없이 전차를 탔다. 전차 속에서 ‘진작 생각할 노릇이지’ 하면서 속으로 좋아했다. 이제부터 간밤의 꿈을 줄 사람을 물색하는 것이다.

수련의 꿈에서와 같이 그들의 가정에서 수만을 뺏긴다는 것은 어머니의 생존을 전연 의무 없는 것으로 만드는 것이었다. 두 남매를 남긴 수련의 부친은 스무 살의 젊은 아내를 세상에 버린 채 영원히 저 세상으로 가 버렸다.

설마 그렇기로니 수련의 어머니처럼 언제나 외롭고 서글픔을 지닌 사람은 세상에 다시 없을 것 같았다. 그처럼 아들을 애끼는 어머니도 세상에 다시 없을 것 같았다. 수만은 곧 그의 심장이요, 사는 보람의 전부였다.

수련은 이 가엾은 어머니를 위해서도 또 자신의 감정을 위해서도 간밤의 꿈을 어떻게든지 처리하리라 마음먹었다. 그는 황금정 종점에서 내렸다. 그리고 길을 걸었다. 아무런 사람도 좋았다. 어떤 사람이고 간에 자기의 꿈을 떠맡길 수 있으면 그만이라고 생각하면서 길을 걸으려니 어쩐지 사람이 자

꾸 마주쳐졌다.

그러나 마주치는 사람마다 모두 무슨 일이 있듯이 분주히 걸어가고 걸어
온다. 늙은이, 젊은이, 신사, 숙녀, 노동자, 장사치, 대학생, 중학생, 소학생
할 것 없이 자기를 해칠 수 있는 장애물을 피해서 이리로 새고 저리로 빠
지고 또 머얼리 사라져 버린다. 누구나 생명은 하나밖에 없는 것이고 또
그 하나밖에 없는 생명의 뻗은 줄기를 밟힐까봐 길을 건너뛰고 달리는 사
람들뿐이었다. 그는 허턱대고 꿈을 아무에게나 줄 수 없는 것 같았다. 자신
의 아픔을 면하려고 남에게 자기가 맞을 매를 떠맡길 수 없는 것 같기 때
문이다.

사람이 많으면 많을수록 더욱 그러하였다. 그는 수도 극장으로 빠지는
삼정목 길에 접어들었다. 그리하여 극장 부근에 오자 거지 아이들 떼가 밀
려다닌다.

"아즈머니, 한 푼만."

그들은 때로 응석을 부리기도 하고 또 한껏 가엾은 표정으로 동정을 살
려고도 하고 또 의기양양하게 당연한 권리를 주장하는 듯이 덤빌 때도 있
다. 또 어떤 아이는 눈을 껌벅하고 "아즈머니 한 푼 줍쇼" 하면서 젊은 여
자가 지나면 반은 자미로 어떤 때는 위협까지 하면서 따라온다.

수련은 그중 어느 아이에게 자기의 꿈을 줄 것인가 두루 얼굴을 살피면
서 물색했다. 그러나 수련에게로 몰려드는 아이들은 모두 어리고 씩씩한
것 같아 그의 꿈을 주기엔 내언 앞날이 또한 애처로운 듯했다. 머뭇거리
며 선 수련의 앞에 저만치서 깡통을 흔들며 뛰어오던 아이가 불쑥 손을
내민다.

"아즈머니, 나 한 푼만."

수련은 손 내미는 아이의 얼굴을 힐끗 쳐다보고 몸서리를 쳤다. 입 한
모퉁이가 쪼개지어 살이 거꾸로 코밑에 붙은 것이 두 번 보기 싫은 얼굴이
었다.

"아이, 진저리야. 저리 가."

소리치고 얼른 돌아서서 생각하니 수련의 나쁜 꿈은 꼭 그 아이에게 주었으면 좋을 것 같았다. 왜냐하면 누구든지 보기만 해도 얼굴을 찡그릴 수밖에 없는 존재라면야 그 아이의 자신을 위해서도 차라리 죽는 것이 나을성싶기 때문이다. 그 아이는 돌아서서 생각하는 수련의 뒤를 따르며 깡통속에서 무엇인가 주워 먹는데 정말 꿈에 볼까 무서운 형상이었다.

수련은 그 거지 아이의 얼굴을 보지 않고, "넌 부모가 없니?"하고 물었다.

"있지만 우리 어머니 아퍼서 내가 벌어 살지요."

이렇게 말하는 거지 아이의 말소리는 수련의 말소리보다 훨씬 명랑했다. 수련은 예의 돈 대신에 오그라진 십 원짜리를 얼굴을 돌리고 줘 버렸다. 그랬더니 거지 아이들이 "나두, 나두" 하고 주루루 수련에게로 몰려오다가 그중 한패가 여자 대학생 둘이 걸어가는 그중 하나를 잡고 놓지 않고 야로를 한다.

몇 번인가 없다고 거절하던 예쁘장한 한 여학생이 벗어 들었던 장갑 한쪽을 날쌔게 끼더니만 그 손으로 잡고 놓지 않는 아이의 얼굴을 말도 없이 갈겨 준다. 맞은 아이는 비실비실 달아나면서 "왜 때려"를 거듭할 뿐이었다.

그 통에 수련은 다른 길로 접어 들 수가 있었다. 수련의 손에는 예의 백원짜리가 또 쥐어졌다.

어머님을 섬긴다는 말이 설사 거짓말이라 치더라도 그 말이 수련의 가슴에 걸려 그 보기 흉한 거지 아일망정 줄 수 없었던 돈이다.

수련은 또 한참 걸어서 화원 시장 가까운 어느 집 담 모퉁이에 이르렀다. 그곳엔 숱한 짐을 걸머진 정신 ■는 할머니가 대통에 넌지시 담배를 재어서 피어물고 무엇이라 중얼거리면서 태연하게 앉아 있었다.

수련은 한동안 물끄러미 그 할머니를 보고 서 있었다. 그리고 속으로

'옳다' 하고 외치면서 할머니 가까이로 갔다.

"할머니."

"……."

"할머니."

불러도 아무 대답이 없다. 그저 담배만 뻑뻑 빨면서 여전히 혼자서 중얼 중얼하더니 한 손으로 땅을 짚고 한 팔에 깡통 셋을 걸어 안고 일어난다. 머리는 말려든 쇠똥처럼 엉켜져서 뒤에 붙어 있었다.

수련은 한참 그 할머니 뒤를 따랐다. 수련의 생각에는 그 할머니 눈엔 아무것도 눈에 들어올 것 같이 않은데 그래도 용하게 자동차와 마차를 피 하며 걷다가 문득 어느 공중 수돗가에 발을 멈춘다. 수도는 잠겨 ■■ 이 따금씩 방울물이 떨어질 뿐이고 그 아래 질펀하게 패인 곳에 물이 조금 괴 어 있었다. 할머니는 그 괴인 물에다 세수를 하고 머리를 치켜 올린 다음 어느 깡통에 든 숟가락과 또 그중 어느 깡통 하나를 내어 흙으로 썩썩 문 지르면서 "에이 더러워"를 여러 번 말하는 것이었다.

수련은 수도전을 틀어 주면서 숟가락을 다시 씻으라고 말했으나 할머니 는 마이동풍 격으로 쳐다보지도 않고 닦던 것들을 한 번씩 다시 씻고는 중 얼중얼하며 돌아서 가 버린다. 그 할머니는 훌륭히 자기 세계가 있는 성싶 었다.

물이 어떻게 나오는 것인지 누가 자기를 이롭게 해주는 것에 개의할 것 없이 이따금씩 옛날 하던 버릇의 반추를 동작으로 표현하는 것이었다.

그러한 사람에게 꿈을 떠맡긴다는 것은 새나 닭이나 개나 돼지에게 시름 을 떠맡기는 것과 비등한 일 같아서 그만 단념하고 동대문 쪽으로 가는 큰 길에 나섰다.

그랬더니 온통 전신에 마대투성인 노인이 무슨 신음소리를 내면서 나무 때기로 쓰레기를 뒤지고 있었다. 그 맞은켠은 싸전이라 멍석 위에 하얗게 쌀이 쌓여 있다.

수련은 또 한참 그 쓰레기 뒤지는 노인의 거동만 살피고 있다가 노인 옆으로 바싹 다가섰다.

"노인, 거기서 무얼 찾으세요"

노인은 못마땅한 듯이 힐끗 수련을 쳐다보고 나서,

"혹 무엇이 있나 하구. 아가씨 한 푼 적선합시오."

하는 품이 표정과는 달리 말이 애걸조로 나온다.

"노인은 집이 없어요?"

"집이 있으면 이리구 댕기겠소"

"아들두, 딸두."

"아무것도 없소 한 푼 보태 줍시요. 죽지 못해 사는 늙은이에게 적선합시오."

수련은 예의 백 원짜리를 꺼내 쥐었다. 그리고 흥정을 걸었다.

"노인, 이 백 원짜리를 드릴 테니 그 대신 십 원짜리 한 장만 주세요 꼭 십 원 쓸 일이 있어서."

수련은 이 거칠 것이 없는 노인이야말로 자기의 꿈을 주어도 좋은 것이 그의 원은 죽음을 원하는 것이기 때문이다.

"예, 십 원이요? 어이구 고마워라. 자, 십 원 예 있소."

그는 어느 틈에 얼른 십 원짜리 한 장을 꺼내서 수련의 백 원짜리를 받기 전에 먼저 수련에게 내미는 것이었다. 군소리하다가 그 큰 협상이 틀어질까 겁이 나기 때문인지 모른다.

"고마워요, 아가씨. 적선해서 고맙소."

돈을 받아든 그는 자기에게 동정함으로 후세에 갚음을 받으리라는 것인지 아주 적선이라고 뚝 잘라 말하였다.

"아이, 고마울 것 없어요. 내가 싫은 돈이어서 노인 십 원하고 바꾼 거예요."

"예에?"

그는 수련의 말뜻을 알아듣지 못하고 다시 반문하면서 혹 못 쓰는 백 원 짜리나 아닌가 해서 눈 가까이에 돈을 대고 자세히 훑어보는 것이었다. 그 늙은 거지 노인은 살아온 과거의 일체를 잃어버린 가엾은 전재 귀환동포의 한 사람인지도 모른다.

수련은 거지 노인에게서 받은 십 원짜리를 덥석 몸에 지니기가 싫어 손 에 쥔 채 그 십 원의 용도를 궁리하며 걸었다. 김장철이 가까워 오는 때문 인지 거리는 배추와 무 실은 구루마가 길이 비좁게 줄을 쳐 있었다. 그 가 운데 어울리지 않게 엿 장사 하나가 멍하니 얼빠진 표정을 하고 껴 있었다.

그는 서슴지 않고 그 돈 십 원을 엿과 바꿔 쥐었다. 그러나 어쩐지 덥석 엿을 먹을 생각이 나지 않았다.

생각하면 엿이란 한없이 더러운 것이다. 고급 과자점 같은 데서는 통 안 에 든 것이라도 꼭 젓갈로 집어 주는 것인데 엿은 먼지 날리는 거리에서 알몸 그대로 진종일 판때기 위에 놓여 있다가 또 그대로 사람이 입속에 들 어가는 것이었건만 조선 사람은 어떠한 신사 숙녀라도 "더러워서 못 먹어" 하는 사람은 거의 없는 모양이다.

수련이는 굽으러 들려는 엿을 어떻게 처치할까를 망설이다가 문득 엿치 기를 해 보리라는 생각이 들었다.

그래서 바른손은 행운, 왼손은 불운이라 치고 만일 바른손 엿에 구멍이 많이 뚫리면 지난 밤 꿈은 오늘 받은 강의의 예고에 불과한 것 왼손 엿에 구멍이 많이 뚫리면 약간 걱정이 생길 것, 그러나 이미 꿈은 팔았으니까 대수로운 걱정은 아닐 것.

이렇게 속으로 정해 놓고는 큰 점이라도 치는 듯이 눈을 감고 가느다란 엿 한가락을 딱 잘랐다. 그리고 눈을 떴다. 그러나 엿은 그가 미처 생각지 못한 결과로 구멍이 뚫리었다. 실로 의외의 패나 다름없었다. 구멍이 양편 에 꼭 같이 뚫려졌기 때문이다. 수련은 기대에 어그러진 운명 감정에 약 간 실망을 느끼면서 왼편 손의 엿은 발로 밟아 버리고 바른편 손의 엿만

먹었다.

그러나 이것으로서 그의 모든 감정풀이가 끝났어야 할 것이지만 이번엔 또 엿 반 가락 내친 것이 후회나기 시작했다. 응당 꿈을 판 돈어치는 완전히 소화해야 될 것을 그만 그 절반을 내친 것은 어찌 생각하면 꿈을 판 효력의 반을 버린 것과 같은 일이라고 생각되어지기 까닭이다.

한참 길을 걸으며 생각하니 혼자 부끄럽기도 했다. 소위 과학하는 학생이 꿈에 사로잡혀 거의 반나절을 꿈 팔러 다녔다는 것은 어머니가 작대기에 못 한 개 새로 박기를 꺼리는 심사와 별다른 것이 아닌 듯했다.

모든 것을 끝냈음에도 불구하고 수련은 어쩐지 그대로 발길이 집을 향하고 싶지 않았다. 그는 일체 꿈은 생각도 말기로 하고 훌쩍 전차에 올라탔다. 노량진 간다는 소리가 그의 귀에 어렴풋이 들렸다. 그리고는 목적은 분명히 서 있으나 마음이 그것을 의식치 않으려 했다. 약 반시간 후에 노량진에 내리자 그는 곧장 저 ××군영을 찾았다. 그는 보초병이 가리키는 대로 안내소에 들어섰다.

"이분은 지방으로 이동되었습니다."

하고는 수만의 이름을 적던 안내계원은 종이 위에 펜을 딱 놓아 버린다. 그것을 보고 선 수련의 가슴은 공연히 떨리기 시작했다.

"사흘 전에 만났는데요."

"사흘 전에 떠났습니다."

"어느 지방인지요."

"글쎄요. 그건 기밀이니까 알어두 말씀 못 드립니다."

"좀더 자세히 알 수 없을까요."

"나 이상 자세히 아는 사람은 없을 겝니다. 그 부대에 내 동무가 있었고 그 동무의 상관이 바루 김수만 중위였습니다."

그는 돌아설 수밖에 없었다. 혹 지방에 가는 도중에 잘못된 것이나 아닐까, 아니 가서 연습을 하다가 중상 당하지나 않았을까? 아니면 제주도에서?

그러나 그새?

수련은 길을 걸으면서 얼굴이 자꾸 달아올랐다. 전차 정거장에서 차를 기다릴 마음의 여유가 없었다. 무턱대고 걸었다. 걸어서 서울역까지 왔다. 오면서 꿈을 팔았다고 혼자 여러 번 타일렀다.

그 이튿날 밤이었다.

서울역 대전행 플랫폼에는 수련이와 인숙이가 서 있었다.

"빨리 와, 응."

"빨리 온당께로."

"떡이랑 엿이랑 많이 갖구 와야 해여."

"그려 많이 가주오께."

음력 구월 스무 여드레 날이 수련의 아버지의 제삿날이고 그 전날이 어머니의 생일날이었다. 비록 대학생이라고는 하나 이렇게 멀리 집 떠나서 두 달 가까운 날을 어머니하고 갈라져 있기는 이번이 처음이었다. 그래서 그는 토요일을 이용하여 한 주일 휴가를 맡고 고향으로 가는 길이었다. 대전서 군산행을 바꿔 타고 다시 군산에서 순천행을 갈아탔다.

이튿날 저녁 무렵 순천 역에 내린 그는 밀령리로 향해 몸도 마음도 달렸다. 황혼의 짙은 조용한 마을은 벼 가을이 일단락을 지었음인지 언제보다 더 한층 아늑하였다. 그 아늑한 마을에 가을빛이 깊었다.

낙엽이 구르는 좁은 길을 돌아 김수만의 문패가 붙은 흙담장 집은 바람만이 담장 위로 넘나들 뿐 조용히 앉아 있었다.

앞은 분명 꿈에 보던 것처럼 흰한 벌판이고 그 사이를 인공으로 만든 조그마한 내가 흐른다. 흙탕물이 거품을 지며 그 벌판을 휩쓸며 흐르던 것이 아직도 눈에 선했다.

꿈은 팔았으니 다시는 말하지 않는다고 인숙이와 약속한 것을 생각하면서 수련은 대문을 밀고 중문에 들어섰다. 흙담장이 유난히 붉게 뵈었다. 마당에는 그가 떠날 때 없던 것으로서 벼 낟가리가 가려 있었다. 그는 어떻게 어머니를 놀래 줄까 하고 생각해 봐도 역시 "엄마" 하고 부르는 것이 제일 좋을 것 같았다.

"엄마."

부뚜막에서 옥녀와 같이 무엇인가 하고 계시던 어머니는 수련을 뻔히 보시면서, "누구여어" 하고 맞소릴 지른다. 한참 되었다. 뚝배기에는 쌀뜨물로 끓인 뽀얀 된장찌개가 화로에서 끓고 있었다.

"오빠가 여수루 간다면서 댕겨 갔어."

"그래여서."

수련은 서울서 느끼던 불안이 금시에 풀리는 것 같았다.

"몰랐능게여."

"찾어가니 이동되었다는 거여. 어디 갔는지여 알 도리가 있간디이."

어머니의 웃음은 다름없이 파리하였다. 저녁 후다.

"엄마, 우리 서울로 이사 가면 안 되나?"

어머니는 말없이 바느질손을 멈추고 한참이나 수련을 쳐다본다. 그리고는,

"그랬으면 좋겠다만 오빠 혼사라두 치른 뒤라야지. 집 세간을 어따 둘 수 있간디이."

말하는 어머니는 더 한층 처량해 뵈었다. 수련은 그 어머니를 즐겁게 하고 싶었다. 그래서 "엄마" 하고 불렀다.

"왜?"

'오빠는 인숙일 좋아해여. 인숙이두 그렇구. 혹시 오빠 주소를 알면 전하라구 편지두 가져왔어.'

그는 말을 속으로만 해 버리고,

"나두 시집갈 테여" 하고 둘러놓았다. 한쪽에서 옥녀가 씩 하고 웃었다. 어머니도 빙그레 웃으신다.

"공부하기 싫으냐."

"싫긴. 엄마가 외로워 하니까 그렇지."

"너이들 원대루 하면 그만이지 뭐. 에미 까단에 시집 장가 들겠니. 오래 비두 학병 다녀왔으면 하늘이 돌려 준 목숨인데 또 멋대루 군대에 가지 않았간디."

어머니는 홑청을 씌운 이불을 개키면서 이내 눈물이 글썽해진다.

"개키긴 내가 오늘밤 덮을 테여."

"내일 바람 씌워야 해여."

그는 바늘을 뺀 채로 덮으면 귀신이 엿본다고 지금도 믿는 모양이다.

"내일 떠날 터인데 뭐."

"아버지 제사두 안 보구? 그럼 뭣하러 왔대여어."

"살어 있는 엄마 보굽퍼 왔지 죽은 아버지 소용 있간디."

바로 그때였다. 마루 아래서 자고 있던 개가 컹컹 짖었다. 그들은 잠시 말없이 앉았다가 수련이가 말을 꺼냈다.

"엄마, 꿈에 흙탕물은 무신 게여?"

"밤엔 꿈 사설 안하는 거여. 너 솔챙이 야윗다. 웨 그러태여."

"야의긴 무슨. 그리구 어디 꿈 얘기여 묻는 건데."

"듣기 싫어."

"글세 뭐여."

"내가 뭐인지 알간디."

어머니는 언성을 높이며 대답을 거절해 버렸다. 앞마당에서 또 개가 짖었다. 수련은 집이 서울로 이사 갔으면 공일날엔 어머니랑 오빠랑 같이 놀러 다녔으면 얼마나 좋으랴는 생각을 하다가 잠이 들었다.

그가 눈을 떴을 때는 창문이 환히 밝았다. 수련은 일어나던 길로 어머니 있는 부엌으로 나갔다.

어머니는 제사 때 쓸 숙주나물과 콩나물에 물을 치신다.

창살처럼 성기게 벽에나 뚫은 연기 창에서 연기가 쭉 퍼지면서 쏟아져 나왔다. 옥녀는 얼굴은 찌그러진 채 부뚜막에서 일한다. 겨울에도 부엌에 종이 바르지 않는 들창이 있다는 것은 그곳 겨울 추위를 알아챌 수도 있지만 해마다 어머니와 옥녀의 푸르고 붉은 손잔등을 미루어 보면 줄곧 저런 들창에서 바람이 넘나들어도 무관하리만큼 겨울이 사뭇 더운 것도 아닌데 부엌에서 일하는 사람을 사람 취급을 아니 했던 까닭에 추위도 매운 내도 헤아려 주지 않던 시대의 유습이 그대로 남아 있는 것이라고 그는 오늘 아침에야 비로소 부엌에 대한 불만이 알려졌다. 그 속에서 청춘을 연기와 함께 날려 보내고 걸재와 같이 소모해 버린 어머니의 생애를 생각하니 그의 고달픈 과거가 뼈저리도록 가슴에 파고드는 것이 있었다.

집에 있을 때는 별다른 생각도 흠도 몰랐으나 한동안 보지 않은 탓인지 부엌 천장에는 십년을 껴도 그렇게는 안 될 것 같은 길고 굵은 먼지 줄이 삼오리처럼 갈기갈기 드리워져서 흔들어 놓은 그네줄모양 너울거리고 있다. 수련은 그 이웃에 사는 자기들의 소작인 박 서방이 함경도 다녀온 자랑 끝에 그곳 부엌 예찬하던 것이 기억났다.

"어디 연기가 이렇게 날라치면 살간다. 참, 처음엔 웃읍지라우. 온돌이 부엌에 달렸다니께. 그래두 거지반 밀창이 달렸서라우. 살어나믄 참 좋당께. 어디 부엌에 먼지가 저렇게 끼간디. 이 댁 부엌 내 좀 고쳐 드릴까 븨."

"박 서방 먼저 곤치지 그려어."

"히히……."

수련이는 박 서방이 '히히' 하고 웃던 생각을 하면서 학교를 졸업하면 돌아와서 여기 부엌 개량을 해야겠다는 생각이 들었다.

아침도 지나고 점심도 지난 지 이슥해서였다. 모녀가 제사 준비를 하고 있으려니까 좁은 대문 한 쪽을 밀고 함경도 부엌 예찬자인 박 서방이 나타났다. 그는 굽신 하고 인사 치르기가 바쁘게,

"저어 큰일났능게요. 장쇠가 인자 금방 왔지라오. 아침에 장보러 순천 갔드니만, 여수서 뭐 난리 터졌다능 게요"

수련은 몸이 찰싹 땅에 붙은 듯이 일어날 힘이 없었다. 어머니는 와들와들 떨고 섰다. 박 서방의 말을 다시 추리면 대강 이러한 것이었다.

여수에서 지난밤에 폭동이 일어났는데 수만이가 총에 맞아 어느 창고 뒤에 쓰러진 것을 장쇠의 동무인 누군가 하는 사람이 보고 왔다는 것이었다. 장쇠는 박 서방의 아들이었다.

앉으면 도저히 움직일 수 없는 발과 다리를 놀려 집 떠난 지 사흘 만에 여수 부근에 이르렀다. 간혹 트럭을 타긴 했어도 다리는 그저 의사만으로 움직일 뿐이다. 사람들은 주검이 앞뒤를 가로막은 듯한 지대에서 주검을 피해 주검을 건너뛰느라고 허둥대며 비실 걸음을 치면서 높은 지대로 떼를 지어 달아난다.

모녀는 그들과는 기역자로 어긋나는 길을 걸어서 겨우 찾아든 곳이 농사 시험장 창고였다. 주위를 열 번도 넘어 돌아본 그들은 사흘 동안 그 안에서 옴짝없이 숨어 있었다는 시험장 직원의 호의로 그 안에 들어 올 수가 있었다. 조금 전부터 그 부근 일대에서 들려오는 총소리와 지친 피로 때문에 창고 안에 쓰러진 모녀는 그대로 얼마 동안 몸을 움직일 수도 없었다.

저쪽 모퉁이에서 촛불이 간들거렸다. 부인은 어린것에게 젖을 물린 채 녹아내린 촛농의 좋은 덩어리를 뜯어 심지 주위에 둔다.

"껌쩍거려 그러지 말래두."

"초가 몇 대 안 남았는데 없어지믄 어떠하겠길래! 이러믄 좀 오래 타지 뭐."

"그냥 그 깡통에 몰아 뒀다간 못쓰나."

부인은 다시 말이 없다. 그들은 농사 시험장 직원의 가족들이다.

한참 후에 수련 어머니는 몸을 움직여 일어났다. 수련은 팔로 어머니를 꼭 붙잡고 또 쓰러졌다.

바닥은 딱딱한 시멘트 콩크릴이고 그 위에 가마니 대기가 하나 깔렸다. 밖에서는 총소리가 연이어 들려온다. 창고 한켠에는 너저분한 농구와 삿

줄이 쌓여 있고, 그 옆에는 비료 같은 것이 쌓여 있었다. 아직 탈곡 전인 때문인지 그 외에는 아무것도 없었다.

어머니는 이번엔 기쓰고 일어선다.

"좀더 가만 있장께. 총소리라도 멎으면 나가야 해여. 오빠가 어디 계신 중도 모르고."

"어서 찾아내야지. 죽어서는 안 되어."

그는 또 쓰러졌다. 그러면서도 자꾸 몸을 솟구치어 밖으로 나가려고 한다.

"노인 잠자꾸 계서요. 여기 당장 총알이 날아 올지도 모르는데 문을 열면 안 되요."

부인은 우는 아이를 어르다가 수련 어머니께 역정을 낸다.

앞마당에서 또 총소리가 탕탕하고 난다.

"아이고, 그만 죽이랑께."

어머니는 극도로 날카로운 신경 때문인지 아주 절망적인 비명을 지르며 일어 나선다.

밖에서는 격렬한 전투가 끊겼다 멎었다 하면서 두 시간 이상 계속 되다가 마침내 어느 한 편의 후퇴에 따라 총소리가 점점 멀어졌다.

"엄마두 새카만 밤중인데 어떻게 찾는대여. 좀 있으믄 날이 밝을 겐데 좀 참으랑께. 발바닥이 아파서 난 걸을 수 없는디."

"그럼 나 혼자 갈란다, 혼자 찾는당께."

수련이는 어머니가 완전히 자기의 존재를 잊은 것이라고 생각하면서,

"엄마, 진정하랑께. 오빠 별일없을 꺼여."

먼데서 "쿵" 하고 대포소리가 났다.

"아이고 맙씨사."

어머니는 소리를 지르며 목놓아 울다가 아래켠 촛불을 보고는 낮게 울었다. 조금 뒤에 어머니는 기어코 수련을 뿌리치고 밖으로 내닫는다. 수련도

따라나섰다.

붉은 불빛이 하늘을 가렸고 땅을 뒤덮었다. 무수한 불꽃이 공중에서 춤추며 돌아간다. 수련은 정신이 어리둥절해졌다. 흡사 꿈에서처럼 분명치 않은 것이 눈앞에서 돌아간다.

하늘도 별도 보이지 않는 허공에 불빛은 휘황찬란하게 온 시가를 핥으며 돌아간다. 불길을 타고 붉은 불귀신이 넘실넘실 춤을 추며 이 집 저 집에서 점화하듯이 불길은 또 새 불길을 낚아 올린다.

수련은 문득 꿈이거니 생각했다. 그리고 입속에서 정말 꿈이랑께 하는 말이 흘러나왔다.

곁에서 누가 손뼉을 친다. 이어 시험장 담 모퉁이라고 생각되는 지점에서 분명 사람의 신음 소리가 들렸다. 그는 의식없이 달렸다.

어머니가 수련의 손에 잡혔다. 어머니는 째힌 채 서 있다.

머언 머언 하늘을 덮은 불빛을 등에 지고 귀만 잔뜩 살리고 서 있다. 어디선지 무슨 모를 소리가 자꾸 쓸려 왔다.

연기가 몇 겹으로 여수를 둘러쌌어도 역시 동은 트기 시작했다.

차츰 밝아지는 해가 잿빛 얼굴을 연기 밑으로 내민다. 아침이었다.

항만과 도심 지대는 거의 연기 속에 묻혔다.

수련은 지구가 산산이 부서진다 하던 선생의 강의가 기억나고 다시 꿈 생각이 났다. 마치 서울 길에서 꿈을 팔던 때와 거의 흡사한 심경이었다.

조금 낮은 지대에 많은 시체가 누워 있는 것이다. 시험장 창고와의 거리는 그다지 멀지 않았다. 걸으면 십 분밖에 걸리지 않은 지점에 참혹한 주검들이 누워 있다.

그들은 수만이를 주검 가운데서 찾아내려고 이곳으로 온 것이기는 하지만 거기 누운 시체가 다 주검이라 해도 수만이는 그대로 살아 있을 것만 같았다. 더욱 수련은 팔아 버린 꿈 때문에 그렇게 믿을 수가 있었다.

그러나 주검을 봐서는 누가 누군지 찾아내기 힘든 시체들이 대부분이었다. 물론 그곳엔 살아 있는 사람은 하나도 없었다.

어머니는 어느 시체 가까이 가서 유심히 보고 섰다. 그에게는 슬픔을 잊은 오직 목적을 위한 행동만이 남은 듯한 동작이 있을 뿐이었다.

머리는 아마 부상당해서 길에 살아진 것을 어느 트럭이 지나다가 부리버린 상싶은 시체 앞이었다.

그 손이 꼭 수만의 손만 같았다. 윗저고리도 무기도 다 없어졌다. 그저 와이샤쓰와 아래 즈봉만을 입고 다리에 군화만이 신겨 있었다. 그것도 한 쪽이었다.

한참 이 시체를 훑어보고 있던 어머니는 혼자 중얼거린다.

"수만이가 집에 갔는지두 모른당께."

옆에 섰던 수련은 멀리서 시체를 찾아 올라오는 듯한 사람들을 보고 섰다. 그리고 속으로 이 시체가 저기 오는 사람들의 찾는 시체인지도 모른다고 생각하다가 꼭 그럴 것처럼 생각한다.

분명 자기의 불길한 꿈은 그 주검을 원하는 노인에게 팔았던 것이다.

분명히 팔았다. 수련은 꿈을 그 노인에게 떠맡기듯이 이 수만이 비슷한 손이며 또 비슷한 군화를 신은 사람이 꼭 저기 오는 가족들의 시체라고 틀림없이 그렇다고 혼자 주장하였다.

그 군화 한쪽만 있는 시체의 다음 시체였다.

그는 꿈인지 아닌지를 분간할 수가 없었다. 그러는 사이에 늙은 어머니 같고 젊은 아내 같은 차림새의 두 여인이 그들 가까운 곳에서 시체 하나를 부여잡고 통곡한다.

젊은 여인은 하늘을 우러러 호곡하고 늙은이는 땅을 파며 운다.

저쪽에서 또 한패의 사람이 이리로 향해 온다. 이번엔 분명 그 군화 한쪽만 남은 시체를 찾는 사람일 것이라고 수련은 속으로 생각하였다.

그러니 이번에도 아니었다.

수련은 두 다리를 뻗고 시름없이 울고만 있는 어머님을 재촉해서 다시 높은 지대로 올라갔다.

그는 분명 꿈을 판 것이었다. 흙탕물이 온 마을을 휩쓸어 가더라도 자기들은 높은 지대에 서 있는 것이고 수만은 또 집에 갔을지도 모를 것이라고 생각되었다.

지구가 산산이 부서져도 어머니와 자기가 살아 있는 한 오빠도 살아 있을 것이라고 믿어지었다.

그는 자기의 속옷 주머니에 들어 있는 인숙이가 오빠에게 보내는 편지를 쉬 전하게 될 수 있으리라고 믿어졌다. 그것은 틀림없이 꿈을 팔았기 때문에서였다. 꿈은 분명히 팔아 버렸는데 어째 지금이 바로 그 꿈속처럼 아득한 것일까. 모를 일이었다. 정녕 모를 일 같으면서 무엇이 무엇인지 체계를 세울 수 없는 사건들이 이 며칠 동안 보아 온 시체모양 흩어러져 있는 듯했다.

―≪신천지≫ 제37호, 1949. 7.

지류(支流)

　아직 쌓인 눈이 골작마다 무덱이져 있는 산에 나무 찍는 소리가 들린다. 한 사람만도 아닌 여러 사람이었다.

　해가 오류골 산등성이에 떴을 무렵 병조 부자는 도끼 소리 나는 곳을 향해 선달 부자를 앞에 세우고 달음질쳐 산에 오르며 소리소리 질렀다.

　"날판 도적놈들아. 벌건 대낮에 남의 산에 나무를 찍다니."

　김 선달 부자는 벌써 그중 두 사람의 허리를 안아 저만치 집어 뿌렸다.

　"저 놈이 언제부터 이 산 신령이냐. 저런 놈은 거저 도끼로 대갈통을 부숴 줘야 정신 차리지."

　힘깨나 쓸 것 같은 사람이 도끼를 멘 채 병조에게 달려든다.

　병조는 큰 나무 몽둥이로 도끼를 막아 내면서 나무 사이를 돈다.

　김 선달 부자는 주먹으로 발로 닥치는 대로 두들겨 눕히고는 병조에게 달려드는 나무꾼의 정강이를 차서 넘어트렸다. 이튿날, 그 이튿날도 싸움은 끊기지 않고 계속되었다.

　어떤 땐 양사 법 대서소라는 간판이 동댕이쳐지는가 하면 머리통들이 피투성이 될 때도 있었다. 조용하던 오류골 일대가 싸움으로 어둡고 밝는 것 같았다.

　마을 사람들은 한편 연판장을 만들어 불하 취소의 탄원서를 제출했다.

　병조 부자는 또 그들의 폭력을 낱낱이 고해 바쳤다.

　그러나 이 싸움에 있어 병조 부자의 상대는 석 노인 하나라 해도 과언이 아니었다.

우매한 몇 동리 사람을 충동해서 이렇듯 일과 말썽을 일으키는 것은 전부 석 노인의 지시라 했다. 아무 이해득실이 없는 석 노인이 마을 사람의 편을 들기 때문에 벌어진 싸움만 같았다.

싸움은 봄이 가까워 옴을 따라 더욱 치열해지는 듯 보였으나 이미 모진 고비는 넘었다.

그것은 김 선달 부자를 합한 병조 부자의 완력도 그들과 겨누어 손색이 없을 뿐더러 불하 취소의 연판 진정서가 각하되어 버렸기 때문이었다.

무슨 일에건 파당을 지어 폭력을 쓴다는 것은 당국 치시(治是)에 어그러진다는 훈수까지 받고 불려 간 마을 사람들은 머리를 숙이고 돌아 나왔다.

억울하고 맹랑한 일이었다.

원체 그들의 싸움 목적은 물이 질펑거리는 꼴과 갈대만 무수히 들어선 나벌보다는 몇 가호에서 조곰씩 나무를 얻어 때던 산림을 빼앗긴 데 원인이 있었다.

이와는 반대로 양병조는 비록 당장은 쓸모가 없다 해도 바라보기에 눈 모자랄 지경의 뉘 연한 벌판이 마음에 들었다. 물만 한 곬으로 몰면 밭이 될 수 있다는 것을 그는 알 수 있었던 것이다. 올막졸막 모여 사는 오류골 사람들은 하늘 넓이까지도 산에 가리워 제대로 보지 못하며 살아온 탓으로 비가 오면 벌판을 휩쓸어가는 물이 어디로 빠져 흐르는 것쯤 알 필요도 없었다.

하물며 석 노인의 익사 원인을 알 수 없었던 것은 너무나 당연하였다.

여울물에서 낚시질하던 노인이 물에 빠져 죽은 것은 발이라도 씻다가 잘못해서 죽었거니 쯤은 알 수도 있고 생각할 수도 있는 결과지만 그 이상의 부연이 달린 사실은 그들의 생각 밖의 것이었다. 그저 이로써 상고니 상소니 하던 그 시끄럽던 연판장이 어디 처박혔는지 다시는 나돌지 않고 그 시끄럽던 말썽도 차츰 잠잠해졌다.

암만 떠들고 싸워 봤댔자 인젠 소용이 없다고 아주 단념해 버린 모양이었다. 병조는 이따금 낚시질하듯 꼴과 갈대 등속의 잡초만 수없이 들어선 물이 질펑거리는 넓은 나벌을 가늘고 긴 몽둥이로 헤쳐 가면서 거머리, 골뱅이, 올챙이, 개고리 등을 놀라게 했다. 그것은 그의 불안을 잊는 방법이었고 또 재미있는 소풍이기도 했다.

오류골 초가집 속에 사는 사람들도 꼴과 갈대밭 속에서 사는 거머리, 개고리, 올챙이 못지않게 제대로 묻혀 살기를 좋아했던 것이나 양병조의 대서 간판이 붙은 뒤로는 마을에 시비가 생겼고 산등성이에 바람이 불어 와서 양 대서소 간판이 차츰 햇볕에 끄을어 가자 싸움도 대판으로 벌어져 주먹이 내밀고 돌팔매가 날리고 하였던 것이다.

세월은 물같이 흘러갔다.

잡초만 멋대로 퍼진 거머리와 개고리 천지였던 나벌 일대에 질펑하던 물이 둑을 높인 개울로 빠지게 되자 신작로가 벌 복판을 강줄기처럼 뻗어 올라가며 대끼어졌다.

철로가 개울 옆으로 깔리고 백두산 뫼뿌리에 닿은 듯한 산줄기는 허리 동갱이를 패여서 기차는 고함을 치며 굴속을 빠져 나갔다.

주민들의 눈은 점점 크게 띠어지고 골마다 산울림이 쩡쩡 울었다.

양병조의 손에는 측량 자가 말려 들려지고 김 선달 부자의 어깨에는 점심밥과 측량 도구가 메어졌다.

북쪽 산허리의 흙은 무한량으로 나벌 일대에 깔리고 톱과 망치 소리와 도로꼬 소리에 해가 지고 해가 떴다.

길을 중심으로 점포가 하나둘 붙어 가는 시가를 반절하여 웃촌은 사단(師團)에서 차지한 바 되고 아래촌은 관공서와 학교 병원 등이 들앉게 되었다.

산등성인 오류골 일대에 모여 살던 주민들은 꿈속에서처럼 어슴푸레하게 밀려드는 군대를 맞았다.

모진 비가 와서 물이 지면 벌판을 휩쓸어 가던 흙탕물 구피같이 큰길 하나 가득 퍼져서 군대는 구품을 치며 밀려 들어왔다.

꼴 갈대보다 그 수효가 더 많았다. 개고리 울음보다 더 요란한 발소리들이었다.

백두산 골까지 퍼져 올라가는 듯한 나팔 소리가 산 봉우리마다 울리며 돌아갔다.

웃촌 북쪽 일대는 말 달리는 채찍 소리에 해가 저물고 남쪽 통나무로 서까래를 얹힌 무덕전(武德殿) 집안에서는 참대 몽둥이로 칸살 투구를 두들기며 넘어가고 넘어트리는 기압성(氣壓聲)이 그칠 줄 몰랐다.

나벌 일대는 R읍으로 승격되었다.

오류골을 중심한 근처 주민들은 조심조심 산 아래 평지로 모여들기 시작했다. 부근 일대가 전부 군용지로 되어 그들은 차버린 돌처럼 굴리우는 셈이다. 그들의 살던 집은 허물리고 대신 포병창이 들앉았다.

주민들 이사 비용을 매 호당 삼백 원씩 주려는 군부의 회계와 술상을 같이한 병조는 이백 원이면 된다고 점잖게 건의했다.

그나마 이백 원 중에도 그는 오십 원씩 대가리를 떼어 먹을 생각을 하고 건의한 것이었다.

종이쪽지를 갖다 주었댔자 무엇을 대조해 보도록 눈 밝은 사람도 없으려니와 상부의 전달을 두말할 말썽꾸러기도 석 노인이 없는 지금은 없다는 것을 알고 있는 병조였다. 그곳 지리와 실정에 통했고 또 그 벌판 주인이나 다름없던 그는 당당한 군부의 고문 겸 안내자였으며 조선 사람 사이에는 권력을 분배하는 윗사람으로 행세하였고 웬만한 기업체에는 으레 그의 이름이 끼어 있었다.

무른 땅이 말발굽에 굳어지고 시위 행진하는 보병의 구두 소리와 행진 나팔 소리가 사람들 귀에 익을 대로 익은 무렵엔 양병조는 R읍의 개척자로서 공 일급에 속하는 인물이 되어 버렸다.

그는 R읍에 있어 너무나 위대한 존재이었다.

모든 군부 협력의 구호는 그의 입을 통해 퍼지고 부근 일대의 농산물은 그의 손을 거쳐 군부에 납품되었다. 암만 시세가 억울해도 누구나 일체 입을 다물어야 했다.

사단이 들앉아 자리잽힐사록 북촌 연병장에 말은 더욱 기쓰고 달리었고 통나무 서까래 집에선 간을 밟히기라도 하는 듯한 "야아하, 야아하" 하는 소리가 고막이 찢기도록 날카롭게 들려왔다.

지나가는 조선 사람들은 대개 뒷짐을 짚든가 혹은 다리를 비꼬고 저만치 서서 이 광경을 구경하고 섰다. 좁은 장터에는 주먹질과 욕지거리가 늘어가는가 하면 한편 옥상 이랏쌰이의 옥상 쟁탈전이 벌어지었다.

산과 벌의 국유지 몇 만 평을 자기 소유로 하기 위해 부락민 전체의 돌총을 맞도록 그악스럽던 대서업자 양병조의 아버지는 법의 정해 준 권내 안에서지만 아들이 출세하기 전까지는 별반 발 편 잠을 이루지 못했었다. 그러던 것이 아들의 출세한 덕분으로 영감 소리를 듣게쯤 되자 머리에는 여섯 모도 더 되는 뿔난 관이 씌어지고 옷은 자락 넓은 도포를 입었고 신은 감안 편리화를 신고 다녔다.

새로 모여드는 장사치, 면 서기, 학교 선생은 물론 도청이 생긴 후로는 도지사 이하 사처에서 찾아오는 지방 유지와 총독부 고관급 출장원들은 으레껀 병조의 집 대접을 받고 돌아가는 터라 R읍 양씨라면 마치 대대로 내려오던 명문거족의 집이기나 하듯 세도가 등등하게 으릉대었다.

예전 국유림 때문에 말썽을 피우던 사람들 중에는 그양 먼 배로 망을 보면서 슬슬 외면하며 도는 패도 간혹 있긴 하지만 대개는 지난 일이 잘못되었으니 앞으로는 잘 지도해 달라고 그들 앞에 머리를 숙였다.

그러나 병조는 이름이 날리면 날리는 대로 재물이 모이면 모이는 대로 덛치는 괴로움이 있었다.

그것은 사십이 넘도록 슬하에 아들이 없다는 것이었다.

출세와 사업을 위해서는 방법 여하를 가림없이 갖은 모략과 음모를 휘두른 그였지만 자식만은 뜻대로 되지 않았다.

겨우 딸자식 하나 있다는 것이 채머리 떨고 목이 비뚤어졌을 뿐 아니라 왼편 손이 마구 오구라 붙은 쨈손이었다. 인물이라야 병조 자신을 닮았으니 탐탁할 리가 없었다.

그의 탄식은 놋재떨이를 쩡쩡 울리는 것으로서 표현될 때가 많다.

집안에서 무당 푸리도 하였고 부처님에게 공도 드려 보았다.

그 지위와 재산을 상속할 아들을 얻기 위해서는 재물을 물처럼 써도 아깝지 않았다.

아들이 없으면 오늘 자기의 차지한 모든 권익과 재물이 아무 의미를 갖는 것 같지 않았다. 자기가 차지한 권익과 재물이 정당한 것이 아닌 것 같은 마음이 들 때 더욱 그러했다.

자기가 죽은 뒤 받을 것은 한껏해야 손가락질밖에 더 없을 것 같았다.

"어떻든 기어코 아들을 둬야지."

이렇게 마음먹을 때마다 늘 어딘지 모르게 걸리는 무엇이 있었다.

'원성.'

그것은 석 노인을 비롯한 많은 사람들이 자기들 부자의 행패를 받은 상실은 생각이 들기 때문이었다.

'인과일 것인가.' 그런 생각도 들었다. 뚜렷하게 연락되는 것은 아니지만 무슨 어슴푸레한 것들이 엄버물려 한숨이 쉬어지기도 했다.

"어쩌다가 저것 하나가 내 혈육인고." 딸 연이를 보면 이렇게 탄식하기도 했다. 차츰 그가 아들을 희구하는 마음은 갈수록 변해 갔다.

"대를 이을 혈육이 있어야지. 내 지반을 상속시킬 골육이 있어야지."

탄식은 점점 아들에 대한 갈구를 부채질하고 마음을 달뜨게 했다.

그가 이렇게 애태우고 있을 무렵 그 부친이 세상을 떴다.

장의 범절이 R읍 생긴 후 처음 보는 성대한 장례식이라고, 참 아들을 둔 보람이 있다고 노인들은 입맛을 다셔 가며 모이면 이야기 꺼리로 되었고 없는 사람들은 "어떤 사람은 죽어서까지 저렇게 호사하게 마련일까" 하고 서로 돌아보며 쓸쓸히 웃고 또 어떤 입바른 사람들은 "악한 사람이 잘 되는 세상이거든" 하고 빗죽대기도 했다.

병조는 상복을 입고 어엿하게 앉아 있으려면 돌아가신 부친이 부러운 생각도 들었다.

아들인 자기가 아버지에게는 있었음으로서 그 성대한 장례식을 치른 것인데, 이제 자기는 죽으면 아무 것도 없지 않은가. 외롭고 쓸쓸하기까지 했다.

그 후로 그의 놀이는 더욱 호화를 극하기 시작했다.

그는 집안에 있던 아낙 이외의 여자는 다 쫓아내고 새로 처녀장가를 들었다. 물론 아들을 보기 위함이다. 그러나 이 여자 역시 삼년이 지나도록 아들은커녕 딸도 낳지 못했다.

그는 다시 좀 떨어진 촌에서 아들 삼형제를 낳고 과부가 된 여자를 맞아들였다. 그러나 이 여자 또한 아이를 낳지 못했다.

연이 나이 열두 살이 잡혔다.

집안에 식구가 늘어가면 늘어갈수록 저마다 다른 각도에서 주는 사랑과 귀염을 받으면서도 연이의 울음은 몹시 구슬펐다.

그의 구슬픈 울음은 아무도 까닭을 몰랐으나 '목 비뚜랭이', '쬠손', '채머리' 등의 별명이 주는 불만에서 오는 설움이었다.

"저 계집애 청승맞은 울음 때문에 대손이 끊긴다니까."

연이 어머니는 그를 달래다가도 곧잘 이런 욕설을 퍼부었다.

연이는 좀 나이 든 뒤로 그 청승맞다는 말을 듣지 않으려고 아주 울음 울지 않기로 어린 마음에 결심했다. 이유는 또 있었다.

"죽어 버리든가 달아나든가 해야지" 하는 이따금의 어머니 말은 무섭게 슬프게 연이의 마음속에 박혔기 때문이다. 그러다 어느 하늘이 퍼러둥둥한 날 아버지와 대판 싸움을 하고 난 어머니는 끝내 떠나가고야 말았다.

연이는 보따리에 매달려 울었으나 어머니는 연이를 밀치고 보따리를 싸 가지고 어디론가 가 버렸다.

뒤에 남은 연이 작은 두 어머니의 권력 다툼은 천둥이 울 때처럼 온 집 안이 소란스러웠다. 알뜰한 물건이면 서로 제 것을 만드느라고 흡사 깊은 산골에 주린 호랑이같이 사납게 자고 깨면 으릉으릉 볼만 타면서 싸움질이 었다. 심지어는 병조의 양주소에서 대주를 퍼 날러다 도야지 치기를 하면 서 그 돼지 굴에 가서까지 법석대었다.

집안 꼴이 이쯤 되어도 병조의 아들을 보겠다는 염원은 더욱 견고해 갔 다. 병조는 이번엔 남의 유부녀를 빼어 왔다. 그 여자가 자기의 아들을 배 었다는 것이었다.

물론 그 대가가 얼마나 되었는지 아무도 모른다. 여자는 온 지 몇 달 안 되어 아이를 낳았다. 그러나 떠든 보람 없이 아이는 그만 딸이었다. 좁은 이마와 귀진 눈이 병조를 닮았다고 소문이 퍼졌다.

병조는 땅이라도 꺼질 듯한 한숨을 풀풀 쉬면서 며칠 동안 술을 들이켰다.

연이는 그런 아버지를 전에도 몇 번 본 일이 있다고 생각했다.

얽은 얼굴에 주름이 잡혔고 주독에 붉어진 눈과 낯빛은 흙처럼 검어 뵈 었다. 가늘고 길게 뻗은 두 눈초리와 또 그 눈초리같이 뻗은 윗수염이 파 르르 떨며 잠자리 날개같이 붙어 있었다.

연이는 할아버지 생존시엔 제사마다 띠 두른 옷을 입고 바른편 한 손으 로 술을 첨작하는 것이었으나 김 선달 부자가 끼는 제사 때만 그 첨작을 면하던 것이 문득 생각났다. 그것은 그 제사 때면 아버지의 수염이 저렇게 파르르 떨던 것이 생각나기 때문이었다.

그 제사는 무위한 노인을 위해 드리는 것이라고 들었다. 그렇게 제사들 지내면 아버지 후손이 있다고도 들었다.

그 제사 때면 김 선달도 별로 말이 없었다. 그저 그 아들 창쇠만 멋없이 히죽거리면서 심부름하던 것도 눈에 선했다.

아버지는 여느 때보다 눈초리가 빳빳하게 치켜졌는가 하면 스스르 덮이던 것도 생각났다.

어쨌든 이즈음의 아버지 표정은 김 선달과 더불어 지내는 제삿날이면 본 것 같았다.

연이 동생이 난 뒤 거의 달을 두고 이마에 주름살을 펴지 못하고 지내던 병조는 무슨 생각이 들었는지 사랑방에 독훈장을 앉히고 연이에게 글을 가르치게 했다. 연이가 국문을 떼고 천자 동몽선습 계몽편 등을 마쳤을 때 병조는 훈장을 돌려보냈다.

물 같이 흘러 간 세월에 R읍이 기복이 있었다.

창설 이래 이십 년을 격한 R읍은 지난날을 까맣게 모를 정도로 번창해졌고 기업체는 신흥 세력이 권리를 잡게 되었다. 뜨내기 일본 장사치들은 백화점을 비롯해서 료리점, 려관 등의 주인이 되었고 오복점 반또오들은 격식을 갖추어 손님 맞기에 여념이 없었다. 탄광 회사 등의 주주는 전부 일본 사람이었고 토건업자 명부에는 아주 조선 사람의 이름은 삭제되어 버렸다.

R읍의 개척자 병조의 이름도 인사 이동에 따라 군 수뇌부의 명부에서 지워진 지가 오래다. 그는 벌써 아무런 이용가치도 없는 조선 사람이요 점차 몰락의 길을 더듬는 무기력한 낡은 세력이었다. 좀더 이용할 면을 가진 사람들은 뽑혀도 평의원이 되었다.

창설자라고 떠받들리던 때는 한 세기 이전이기나 하듯 그는 한 개의 부유한 그러나 몰락을 앞에 둔 바람쟁이 시정인에 불과했다. 그저 느는 것은 술이요 탄식이었고 준 것은 권력과 수입이었다.

그는 일본말 잘하는 새로 날치는 신흥 조선 사람들에게 정신 못 차리도록 들볶이는 것만 같았다. 상가(商街)를 싸고도는 물건이 세차서 점점 자기는 노쇠를 느끼게 되고 힘의 부족을 깨닫게 되어 숨이 찬 것만 같았다. 오직 술과 여자를 벗삼으면 마음이 편하고 즐거웠다.

그러나 줄어든 그의 수입으로는 그의 씀쓰기를 감당할 도리가 없었다.

그는 가만히 앉아 그 가느다란 팔자수염을 쓰다듬으며 지난날의 용기를 다시 한 번 내어 보고 싶었다. 전력을 다해 자기의 운수를 시험해 보고 싶었다.

"남자 나이는 오십부터라지."

그는 혼자 중얼거려 보기는 하나 지난날이 아득한 꿈속처럼 그립고 또 희한하게 생각되어지기도 했다.

자기의 욕망을 채우기 위해 받은 괴로움은 그에게 있어 즐거움일 수도 있었다. 매일같이 두들겨 대며 먹자놀이로 세월을 보내 보았댔자 별 신통한 것도 없으려니와 때를 탄식하는 것은 더욱 어리석은 일만 같았다.

병조는 다시 한 번 R읍을 판칠 묘방을 생각지 않을 수 없었다.

"건곤일척. 안 될 것이 무엇이랴."

그는 김 선달 아들을 동반하고 산과 골을 헤매었다.

거의 십년 동안 병조가 떼어 준 목돈을 가지고 돌아다니던 김 선달의 아들 창쇠는 그 아버지인 선달이 세상을 뜨자 다시 병조를 찾아왔던 것이다.

병조에게 있어 창쇠는 다시없는 위협이기도 하고 가장 믿어지는 부하이기도 했다.

창쇠는 병조를 위해 광맥이 있다는 산은 샅샅이 뒤졌다. 뒤졌다고 하였다. 창쇠뿐 아니라 많은 광산 뿌러커―들이 병조의 사랑에 모여들었다.

그럴 듯이 반짝이는 돌들이 방 한 구석에 쌓아 올라갔다.

"요 눔은 틀림없어."

"광맥이 깊이 백혔다니까."

"어느 골엔 석탄광이 발견되였다지."

등의 말은 그의 귀에 빗발치듯 날아들어 투자를 서슴지 않게 했다.

며칠 혹은 몇 달 작업을 해 보고는 파헤쳐 산줄기를 내 버리고 다시 다른 골로 접어드는 것이었으나 광맥은 손쉽게 그에게 잡히지 않았다.

산림이 저당에 들어가고 부동산인 주택과 점포도 저당잡혔다.

그러나 R읍 복판에는 여전히 아침저녁으로 들려오는 군영의 나팔 소리가 산과 산골에까지 울렸다.

가슴에 가득 훈장을 붙인 말 탄 장군의 모습은 볼 때마다 위풍이 더해갔다.

아스팔트 위에 일본 여자의 게다 소리가 밤늦게까지 달가닥거렸다. 그 뒤를 따라 땀에 흠뻑 젖은 광목 적삼 입은 조선 소녀의 잔등에는 말쑥한 옷차림의 어린아이가 긴 띠로써 ×자로 묶였는가 하면 소녀의 발에도 게다가 신겨졌다.

이듬해 봄 병조는 나이 삼십이 넘은 창쇠와 딸 연이를 결혼시켰다. 신랑이 될 사람을 소개받고 방에 들어와서 우는 연이를 보고 친척들은,

"울지 말고 몸치장이나 하지."

하고 빈정대었다.

마치 네 몰골과 상이하다는 것만 같이 연이게 들렸다. 물에 빠지면 지프 레기라도 잡는다는 격으로 아버지가 아마 이 작자의 광산술에 넘어간 것이라고 느껴지던 생각조차 그 말을 듣고 나서는 부끄러워졌다. 그리고 이 몰골에 무엇을 어떻게 나무랄 권리가 있으랴 싶었다. 권리라는 것은 그가 타고 났어야 할 외모를 이름이었다.

아무리 기울어진 가운일망정 그래도 집 한 채와 약간의 토지가 딸 연이에게 분배될 것을 알고 있는 마을 사람들이었건만 누구 한 사람 연이에게 구혼하러 오지 않았다. 웬만한 집안은 신랑이 마다고 아주 가난한 사람들은 핀잔 받을까 겁낸 때문이었는지도 모른다.

신랑 창쇠는 신부에게 아무 불만도 없는 모양이었다.

연이는 그게 더 싫었다. 얼마나 못났으면 이런 병신을 아내로 맞는 데 불평이 없을 것인가. 분명 그는 천치가 아니면 사기꾼일 것이다. 그래서 돈

이나 쓸 배짱으로 결혼하려는 것일 것이다. 연이는 자꾸 이런 생각이 들었다. 그러나 아무리 싫어도 창쇠와 결혼해야 하며 또 죽는 것 이상으로 괴롭고 부끄러워도 성장한 모습으로 많은 사람 앞에서 창쇠와의 결혼식을 치를 수밖에 없었다.

모인 사람들의 시선을 맞기 싫어 그냥 눈을 감듯이 하고 있는 연이에게, "하 괜찮은데 뭐" 하고 사람들의 이야기가 들려오는 게 그를 더욱 못 견디게 슬프게 했다.

그러나 연이는 이를 악물고 참았다.

"울어서는 안 돼. 이제 천하일색을 낳아 이 마음풀이를 해야지."

굳게 혼자 맹세하면서 긴 한삼 속에 감추어진 쥠손을 약간 움직여 보곤 했다.

시집이라야 세 주었던 병조의 집에 옮겨 가면 되었다.

창쇠는 전과 다름없이 어디 가서 무슨 광석 부스러기를 얻어다 병조에게 보이며 여전히 허풍을 떤다.

연이는 속말을 혼자서 해 본다.

'나는 아버지 딸이긴 하지만, 나는 외모가 이렇게 태어나긴 했지만, 그러나 내 얼굴을 그대로 내가 쓰고 있는 한, 지니고 있는 한 남편의 됨됨이 탐탁치 못하다 하여 나무릴 수도 없고.'

그는 애달픔을 혼자서 소화시킬 뿐이었다. 머리는 언제나 그의 의사를 무시하고 내저어지고 가락 없이 오그라붙은 왼쪽 손은 덥석 머리 위로 올라가는 때가 있다.

그러나 한 번도 죽어 버리겠다는 의사를 가져 본 적은 없다.

'죽었으면, 죽었으면' 하던 마음이 차츰 '갚어야지, 갚어야지'로 변해졌기 때문이다.

갚는다는 것은 그가 살아온 치욕에 대한 것이며 어떻게 갚는다는 것은 생각할 필요도 없이 곧이곧고 코가 당실하고 열 손가락이 가지런한 아이를 낳는 것이었다.

병신이 죽어 봤댔자 병신 대우일 것이요 또 살기 싫어 죽는 것 이상으로 보람 없는 일이 없을 것 같았다.

연이는 마음을 도사리고 살리라 했다. 살아 보리라 했다.

창쇠는 장가 든 뒤부터는 거짓말 풍치기를 밥 먹기보다 더 쉽게 하고 돌아다녔다.

"양씨 댓손은 내가 이어야지." 말끝마다 이런 투를 달며 색시야 목 비뚠 채머리 떨기든 말든 쬠손이건 말건 그다지 마음에 새길 조건도 아니라는 듯이 히히 웃고 날뛰었다.

그러면 그럴사록 연이는 외롭고 슬펐다. 어떤 밤이면 단스 서랍을 뽑아 옷가지를 싸 가지고 그냥 지향 없이 훌훌 떠나가는 꿈을 꾸기도 했다.

아침 깨어 생각하면 필시 자기는 어머니를 닮은 것 같았다. 병신일망정 딸인 자기가 있었고 시앗을 봤다 해도 R읍을 주름잡는 크나큰 집의 당당한 주부의 권리를 헌신짝같이 박차 버리고 떠나가 버린 어머니의 핏줄이 분명 자기에게 섞인 것 같았다. 그렇지 않고야 이 하늘 아래 자기를 맞아 줄 사람이 어디 있겠다고 꿈일망정 떠나랴 싶었다.

연이 어머니는 떠돌아다니다 죽었다고도 하고 중이 되었다고도 했다.

연이 결혼한 이듬해 겨울 병조는 갑자기 뇌빈혈을 일으킨 뒤부터는 중풍에 걸려 버렸다. 때를 같이해서 연이 이복동생도 죽어 버렸다. 불행이 겹쳐 맞닥뜨렸다.

빚은 지고 일어날 수 없으리만큼 막대한 액수였다. 암만 가운이 기울어져도 병조의 압력은 먼 산불처럼 쉽사리 꺼지지 않고 벌이었었다. 그러나 병조가 중풍에 쓰러지자 빚꾼들은 떼를 지어 몰려들기 시작했다. 빗발치듯 몰려드는 것 같았다. 하나가 가면 또 하나가 오고, 또 하나가 가면 왔던 사람이 다시 오고 해서 빚꾼맞이에 눈코 뜰 새 없이 문턱이 닳을 만큼 몰려

들어서 못살게 굴었다. 한창 세력을 피울 무렵엔 인사 차 아첨 차 사람들이 밀려와도 말소리가 조용조용했고 문이 은근하게 열리고 닫혀 조금도 소란하지 않았는데 요즘 빚 받으러 오는 사람들은 상대가 병자이건 말건 주먹으로 방바닥을 뚜들기면서 목에 핏대를 세우고 덤볐다.

인제는 창쇠가 기운 쓸 마당도 아니려니와 써서는 안 될 판이었다.

그래도 창쇠는 며칠에 한 번씩은 그 동자가 눈 밖에서 노는 듯한 눈알을 굴리면서 주먹을 부르쥐고 웃통(虛勢)을 써보는 것이었으나 빚꾼들은 이미 이십 년 전의 산등성의 주민들이 아니었다.

손끝 한번 건드려도 올갬이로 얽을 준비와 용이가 있는 터로 창쇠의 무지한 웃통쯤 털끝 만치도 대견한 것이 아니었다.

"이제 장인이 일어나서 정리하면 빚 다 갚을 것인데 병자를 마구 볶아대니 병이 나을 수 있담."

창쇠는 실없이 야속한 생각이 들어 혼잣말 비슷이 연이 듣는 데서 말한다.

연이는 결혼식 날에 '갚어야지' 하고 맹세하던 생각이 문득 났다. 그것은 부친 병조가 갚음을 받는 듯한 느낌이 들기 때문이었다.

병신은 올바른 몸뚱이의 자식을 낳는 것으로서 병신에의 갚음을 하고 남에게 모질게 굴던 사람은 모질게 대우받음으로서 갚음을 당하는 것이 아닌가 싶었다.

병조가 앓아 누웠어도 집안에 싸움은 여전히 계속되었다.

연이 이복동생을 낳은 여자는 딸이 죽는 뒤로 한풀 꺾여 별반 싸움에 가담하지 않지만 위로 두 여자는 집안이 어수선할사록 더욱 말대거리와 욕지거리로 날을 보냈다.

어느 날 창쇠는 듣다 못해,

"에이 고약한. 거저 세상이 망할라구."

그는 안방을 향해 소리소리치며 발을 굴렀다.

"망하긴. 세상이 웨 망해. 양가 집안이 망하지."

연이 어머니 나간 후 비로소 정실이 된, 처녀로 시집 온 첫째 여자가 대든다.

"집안이 이 모양 되구야 될 일두 안 되는 거여. 먼지 하나 못 갈았지 못 갈았어."

창쇠는 기왕이면 내친 거름에 이 집에 있어서의 자기의 위치와 중요성의 무게를 스스로 알아 보는 것이었다.

"어이구 쿠려라. 구으려 온 돌이 백인 돌 뺀다더니, 이제 아주 세상이 막판인 줄 아나. 호령은 누구에게 하는 거야, 누구에게. 어익 고약스러워. 얼른 이놈의 집이 망해 빠져야지. 어서 망해 빠져라. 인젠 입에서 신물이 나두룩 지긋지긋해, 지긋지긋해. 지긋지긋하다니까."

여자는 정신 잃은 사람처럼 덤벼들었다. 참고 부대낀 억울한 젊은 날에의 발악인지도 모른다.

창쇠는 엣 퇴에 하고 가래침 뱉는 것으로써 움츠러든 위신을 보존하고 열적게 저의 집으로 돌아갔다.

병조의 병은 누운 지 달포 넘어도 별 효과가 없었다. 혀는 여전히 고부렸고 얼굴 근육이 실룩거릴 뿐 아니라 팔다리가 마구 떨렸다. 그러다가도 아주 반신이 새카맣게 죽으면서 부었다 내렸다 했다.

"추위가 지나면."

병조 자신도 봄이 오기를 기다렸고 연이와 창쇠도 봄이 오면 병이 나을 것같이 생각한 것이었으나 봄에 접어들자 병세는 더욱 변화가 심했다. 거의 자리에서 거동을 못하리만큼 중태에 빠져 버렸다. 빚꾼들은 더 참을 수 없다고 아주 파장을 내자고 덤볐다.

게다가 저당잡힌 토지와 산림과 가옥 점포 등의 이자를 2기분씩 밀려서 인제 곧 집행이 떨어진다고 빚꾼들은 병조 이상으로 날뛰었다.

병조는 의식이 분명한 어느 날, 그가 소유했던 일체의 동산 부동산을 일인 청부업자에게 매도해 버렸다.

현금은 저당금을 지불한 나머지를 빚꾼에게 그대로 맡겨 버렸다. 빚은 삼분지 일을 탕감받아도 다 갚는 도리가 없었다. 병조의 광산 바람에 덩달아 놀아난 빚 준 사람들은 울며 겨자먹기였다. 설마 병조가 그렇게까지 넘어갈 줄은 너무나 예상 밖이었다.

병조는 모든 결말이 자기에게 아들이 없는 탓이라고 한탄했다.

"아들만 있었으면야."

그의 생각에는 무엇보다도 빚꾼들이 그닥 야속하게 굴지 못했을 것만 같았다. 이십여 년 전 아들 없는 석 노인의 익사가 문득문득 가슴에 와 마쳤다.

사월 어느 날 연이가 몸을 풀었다. 아이는 제법 꼿꼿한 목과 열 손가락이 가지런하고 감안 머리털과 당실한 코와 눈알이 새카만 실로 잘생긴 아들이었다. 연이는 비로소 쬡손일망정 부끄럼 없이 그 왼손을 내놓을 수 있었다.

병조는 아이 이름을 태룡이라고 지어 주었다. 연이는 인제 이 아이만 제대로 큰다면 죽어도 한 될 것이 없을 것 같았다. 자기는 죽어서 다시 나기 전에는 병신 소리를 면할 수 없을 것이지만 자기가 낳은 아이는 세상 모든 사람과 조금도 다름없는 육체를 타고 세상에 나왔다는 것이 얼마나 놀랍고 장한 일인지 몰랐다. 이 자기의 희한한 공로를 딴 사람들은 그다지 헤아려 주는 것 같지 않았다.

우선 부친만 하더라도 "응, 잘 키워라" 할 뿐 그렇듯 아들을 바라던 사람 같지 않게 조금도 대견해 하지 않았다. 물론 병석에 누워 있는 까닭이기도 하겠지만 그저 심상해 하는 것만 같았다.

보는 사람들도 역시 "그놈 잘 생겼다" 할 뿐 목이 곳다, 손가락이 가지런하다, 손톱 발톱이 제대로 박혔다 등의 말은 해주지 않았다. 연이는 젖을 먹일 때마다 몇 번 아기의 손길을 꺼내 만져 보곤 했다.

연이가 이렇듯 즐거움 속에 묻혀 있는 동안 병조의 병은 조금씩 더해 갈 따름이었다. 차츰 생활에 쪼들리게 된 병조의 마누라들은 그냥 있어 봤댔자 병조의 죽음만 안겨질 것 같아서인지 끝으로 두 여자가 하루 동안에 저의 친정으로 떠나가 버렸다.

그것은 병조가 마지막으로 누워 앓던 집을 내어 놓을 기한이 닥친 탓도 있었다. 병조는 셋방살이나 다름없는 조그만 집으로 옮겨 누웠다. 떠나간 두 여자보다 실속 없는 병조였다.

연이가 몸푼 자리에서 일어나 며칠 안 되어서다. 창쇠는,

"인제 복순이도 돌려보내. 젠장, 식량을 댈 수 있어야지."

병조의 파산 후로는 생계가 끊겨 연이 시집올 때 가져온 자봉틀을 비롯해서 쓸직한 그릇과 입을 만한 옷가지가 야금야금 날려 갔건만 앞으로도 또 얼마나 한 세월을 그렇게 살아야 할지 막연한 나머지 그 병신 아내의 손같이 부리는 계집애를 돌려 보내라고 한 것이었다.

"밥과 빨래는 어떡할려고."

연이는 이렇게 튕겼다.

"내가 다 해. 빨래두 빨구 밥두 짓구, 내가 다 해."

연이는 남편 말대로 시집오기 전부터 데리고 있던 복순이를 보내 버렸다. 그리고는 바른편 손 하나를 놀려서 빨래를 빨고 밥을 지었다. 왼손은 책장 누르는 문진같이 놓여 있기만 했다.

창쇠는 어떤 때 흥이 풀어지고 부슬이 나면 빨래도 해 주고 불도 지피고 밥도 지어 줬다.

다시 겨울이 지나고 봄이 왔다.

병조는 인젠 아주 일어날 가망이 없는 반신불수가 되어 자리에 누워 있었다.

그들 두 집을 다 털어도 더 털릴 것이 없게쯤 긁어서 팔아먹었다.

창쇠는 어디 가서 며칠씩 처박혀 있다가도 돈푼이 생기면 종이 봉지에 쌀을 사 들고 오기도 하고 감자ㅅ개도 얻어 오곤 했다.

부근 사람들은,

"천생 배필이야. 흥, 처녀가 썩어 나는 판인데 누가 저따위 병신을 저만

큼 위해 줄 위인이 어디 있을라구."

"병조 그 사람 생각이 깊었거든. 망하긴 했어도."

"암."

이렇게 공론들이 있다.

그 주책없는 허풍선 떠는, 그야말로 야마시(山師)꾼이 시러뱅이로서의 오랜 세월을 보내는 동안 그도 하나의 성격으로 인정받는 듯했다.

그나마도 처음엔 병조의 사위 노릇하기 위한 장가인 줄 알았는데 처가 덕볼 수 없는 지금도 꾸준히 그 병신 안악을 위하고 병신 장인을 위해 주는 데서 얻은 칭찬이었다.

창쇠가 이쯤 남의 입에 좋게 오른다는 것은 돌려 생각하면 연이의 외양이 어느 만큼 우습게 그들 눈에 비쳐진다는 증명이기도 했다.

그러나 옛말에 겉볼안이라 하지만 연이는 그 외양과는 달리 마음은 누구보다도 어질고 착했다. 누구보다도 사리에 밝았다. 그는 아무도 모르게 언제나 마음속이 슬픔에 젖어 있었다. 그것은 아들을 낳은 뒤부터 더욱 그러했다. 차츰 살기 어려워짐에 따라 자기의 마음도 외모를 닮아 가는 것이 그 슬픈 원인이었다. 그의 마음이 외모를 닮아 간다는 것은 남편 창쇠와 동화되어 간다는 것이었다.

창쇠는 필요하면 절도도 사양치 않을 것같이 연이에게 느껴졌고 또 설사 절도질해서 채여 온 물건인 줄 알면서도 그대로 소비할 수밖에 달리 도리가 없는 자신인 것만 같았다. 웬만한 사기도박은 벌써 손댄 지 오랜 창쇠였기 때문이었다.

때로 됫박 쌀과 고기 꼬쟁이 같은 것을 널름 들고 들어와서는 동무 집에서 얻어 왔노라고 주먹으로 땀을 닦아 내며 하는 남편의 말을 연이는 그대로 믿을 수 없어,

"이다금 그런 동무가 어디서 튀여 나오나."

혼잣말 같이 중얼거리면 창쇠는,

"무얼. 있는 놈에게서 얻군 하지."

대수롭지 않게 말하는 거와 같은 동작으로 고기 꼬쟁이에서 축축하게 말려드는 고기를 쏙쏙 뽑아 놓기도 하고 화롯불에 얹었다가 뜯어 먹기도 하는 것이었다.

연이는 주림과 슬픔이 교체된 그 속에서 몰골이 주는 평생 겪어야 할 형벌을 받는 것 같았다.

남같이 제대로 외양을 타고 났다면야 창쇠 아닌 딴 남자에게 시집갈 수도 있었을 것을. 타고난 외모로 인해 생의 밑바닥에서 죄와 더불어 살도록 마련된 자신임을 한해 봐야 소용없는 노릇임을 너무나 잘 안다. 그는 왼손을 물끄러미 들여다보고 목을 돌려 봤다.

제대로 태어났더라면 아무 일이건 무슨 어려운 노동이라도 해서 바르고 옳게 버젓하게 살고 싶었다.

연이의 뱃속에는 또 하나 생명이 꼬물거리기 시작했다.

암만 가난에 쪼들리고 시정 밑바닥에서 헤매어도 태어난 생명은 고함을 치며 자랐다.

태룡의 쌔근거리는 숨소리만 들리는 어느 달빛이 환한 밤이었다.

가을이 되어 그런지 바람이 무슨 과일 향기를 풍긴다고 연이는 코로 바람을 마셔 보았다. 그리고는 이것이 풍월인가 하고 그 언젠가 배운 일이 있는 한문 글귀가 생각났다.

'화조월석.' 꽃피는 아침은 아무나 갖지 못해도 달뜨는 저녁은 누구나 누릴 수 있는 하늘의 은혜인 것 같았다.

연이는 창문을 닫고 곁에 누운 남편에게 말을 붙였다.

"여보, 나 같은 병신 여펜네가 차례저서 속상하지 않소."

"히히, 별 소리 다 듣네. 태룡 에미가 어디 병신이가데."

"병신을 병신 아니라 칠 수가 있소"

"성한 사람 병신이라 치면 되지. 사람이란 자꾸 보면 다 같애. 어디 별난 사람 있드라구. 우선 장인부터 보지."

그는 손으로 다리를 썩썩 문지르면서 말한다.

"누가 속사람을 말하나."

"그런 뜻이 아니야. 속, 겉 할 것 없이 그렇단 말이야. 우리 부자가 양병조 편들 때는 평생 병조 덕에 누워서 호사할 줄 알았는데, 지금은 우리 태룡이만두 못해. 방에서 똥오줌 싸구. 그러면서도 태룡이가 탐탁치 않은가봐. 달라는 이야기 없잖나."

"그야 내가 탐탁치 않은 탓이지."

연이는 아버지가 한 번도 자기를 자식같이 취급해 준 적이 없는 것 같았다.

"사위는 마음에 들고."

창쇠는 큰소리로 웃었다. 웃음소리가 방안에서 혼자 뒹구는 것 같았다.

창쇠는 먼 산등성이에서 달리는 차량 수를 세어 본다.

"하나, 둘, 열, 열넷. 어이구, 많이두 달렸다. 저 차 바구니마다 필시 군인들이 탄 모양이지. 그렇지 않구야 정거장에 머물지 않고 갈 리가 없지."

그는 또 몇 해 전같이 다시 삽과 괭이를 들고 산으로 돌아다니기 시작했다. 그날도 그는 깊은 곬을 헤매다가 뫼뿌리에 서서 차를 바라 본 것이다.

북지에서 사변이 터져 일본 군대가 화물차에 실려 북으로 북으로 달리기 시작한 며칠 뒤였다.

군부에서는 지난 달 R읍의 군부 협력사인 병조에게 표창장이 내리고 훈팔등의 종이쪽지와 금일봉이 전달되었다. 뿐 아니라 삼백육십원의 연금이 나오도록 되어 병조 부부의 생계는 이로써 해결된 셈이었다.

이 소문을 들은 사람들은 "경우가 밝거든" 하고 일본 사람을 칭찬하는가 하면, "약기는 참새 같지" 하고 말 속에 뜻을 숨겨 두고 웃어넘기는 사람도 있었다.

가까운 E항에서는 정어리가 산더미같이 공장으로 쏟아져 들어가 굴뚝에서 나는 검은 연기는 동해안의 하늘을 흐렸고 R읍과 E항의 중간 되는 바다를 낀 큰 벌판엔 동양 제 1위의 대 제철소를 설치키로 되어 거리는 공연이 숨가쁜 소란과 흥분 속에 허덕였다.

E항에는 이따금 군함이 드나들고 R읍 하늘에서는 비행기가 곤두박질 재주를 부려 본다.

병조는 자유롭지 못한 사지를 문지방에 기대고 하늘을 내다봤다.

변함없는 것 오롯 하늘뿐이었다. 오십여 년 간 하늘은 제대로 푸르고 흐리고 제대로 밝았다.

그는 마당에서 아장거리는 외손 태룡을 발견한다.

"하, 조 눔이. 그렇지. 아이들은 물 치듯 자란다고."

그는 손을 내밀어 오라고 손짓해 본다. 아이는 기웃이 들여다만 보고 놀음에 팔려 달아나 버린다. 새파란 하늘 아래에서였다.

창쇠는 요즘 장인에게 내린 훈 팔등의 종이쪽지와 연금통장으로 인해 받은 충격 때문에 그냥 거리로 쏴 다니기는 싫었다.

산에 가서 무엇 하나 뒤져내야 할 것 같았다. 자꾸 파며 돌아가면 하다 못해 곡괭이에나마 무엇이라도 묻어 날 것 같았다. 그는 수성 벌판을 끼고 흐르는 물줄기를 따라 산골을 파고들었다. 물가 흰 모래밭 속에 반짝이는 금모래는 필시 산골 어느 필시 광맥을 씻어 내리는지도 모른다는 생각에서였다.

그러나 뜻과 같이 광맥은 손쉽게 파낼 수 없었다.

그는 이따금 제철소 노동판에 나타났다가도 그 제철소의 무섭게 큰 쇠장들이 R읍을 격한 이백 리 지점에서 운반되어 온다는 것을 얻어 듣고서는 다시 산으로 헤매는 것이었다.

어떤 때는 해 저물 무렵 냇물가에 와서 발을 씻으며 밤들기를 기다려 남의 밭에서 감자를 파 가지고 집으로 돌아가기도 했다.

　밤이 되면 실없이 정거장 부근을 돌며 이 사람 저 사람의 짐을 공연히 바라기도 하고 대합실 나무 뻰취에 앉아 두어 번씩 코를 골다가도 와락 놀라서 일어나 허둥거리다가 집으로 돌아올 때면 남의 집 채양 밑을 고양이처럼 노리기도 했다.

　병조는 봄보다는 약간 차효가 있다. 하지만 그래도 대소변을 집안에서 보는 터라 그야말로 산송장이나 다름없었다. 그저 이미 잊어 버렸던 존재가 이번 군부에서 떠받친 바람에 한 때 바람같이 사람들의 기억을 흔들어 놓고는 다시 잠잠해졌다.

　다만 그로 인해 바람 맞은 사람은 창쇠뿐이었다. 공연히 가슴이 뻐근해지고 마음이 달떠 길을 걸으면서도 발에 돌이라도 채이면 속에서 무엇이 철렁 소리를 내며 부쩍 돌에 대한 흥미가 깊어 갔다.

　이듬해 본 연이는 딸을 낳았다.

　이번 아이도 목이 곧고 손발이 제대로 달리고 손가락이 가지런했다.

　연이는 인제는 이런 것 저런 것 생각할 것도 없이 아이들을 기르면 되는 것이라고 쬠손을 마구 쓰기라도 할 듯이 일에 달려붙곤 했다.

　봄이 되자 창쇠는 더욱 부지런히 산에 다니기 시작한 어느 날 반짝이는 돌 몇 개를 들고 와서 덩실덩실 춤을 추며 돌아갔다.

　연이는 또 산바람증이 난 것이어니쯤 생각하면서도 약간 궁금한 생각이 들어, "무엇이 됐소" 하고 물었다.

　"며칠만 가만 두구봐. 인제 큰 수 날 일이 생겼지."

　그 며칠 후였다.

　난데없는 자전거에다 쌀 한 가마를 싣고 집으로 달려들었다.

　이 몇 해 동안 말쌀은 고사하고 됫박쌀도 마음놓고 사 본 일 없는 연이는 까무러치게 놀라지 않을 수 없었다.

"이거 웬 거요."

"이것뿐인 줄 아나. 또 있어. 인젠 아무 걱정 없어."

어린애같이 어깨를 으쓱대며 쌀을 글른다.

"글쎄, 웬 거요."

연이는 어이없어 이렇게 묻기만 했다.

"금광이 마졌어. 내일부터 당장 인부를 얻어서 산을 파는 거야."

"돈은 누가 대는데."

"아무가 대던 웬 걱정인가."

"아버지가 그래서 망했는데 누구 한 사람 또 신세 조질려고 뛰어든 게지."

"재수 없게, 병신 바른 데 없다고 무슨 방정이야."

연이는 입을 다물었다. 정작 바른 말을 했는데 병신이 돼서 바르지 않다는 말이 기가 막혔던 것이다. 그러면서도 한편 정말 금광이 발견되었으면 얼마나 좋으랴 싶었다.

창쇠는 날마다 아침 일찍 산에 갔다. 돌아오는 길이면 으레껀 술이 얼근해 들어왔다.

쌀이 세 가마째 들어온 날, "시루떡을 쪄서 정씨 집 할머니께 좀 가져가라구" 하고 창쇠가 연이에게 말했다.

연이는 이따금 돈푼이 생기면 정씨 집에 가서 됫박 쌀을 팔아 오는 일이 있다. 그럴 때마다 정씨 어머니는 측은해서 쌀을 많이 주라고도 하고 어떤 땐 들어와서 밥을 먹으라고도 하고 혹은 떡을 먹으라고도 했다.

정씨 어머니는 연이 어머니와 어려서 같이 자랐노라고 하면서 정씨 부친이 연이 아버지와 틀린 탓으로 서로 모르고 지냈다고 만날 때마다 같은 이야기로 연이를 상대해 주었다.

연이는 늘 마음속으로 그것이 고마웠고 또 어떤 때는 창쇠에게 이야기삼아 말도 하였던 것이다.

그날 연이는 창쇠의 말을 그쯤 생각하고 며칠 후 떡을 쪄 가지고 미곡상 정씨의 집을 찾았다.

그즈음 연이는 얼굴에 약간씩 화장을 하고 다니었다. 창쇠가 화장품을 사다 주면서 하 큰소리치며 돌아가는 바람에 연이 머리도 차츰 남편 말이 정말로 들려졌고 또 앞으로는 어쩐지 그런 운이 트일 것도 같아 며칠 주저 주저하던 끝에 시집가던 날을 제하고는 난생 처음 화장품을 손에 댔다. 남편 말마따나 무엇이 어째서 분을 못 바르랴 싶었다.

세 살 된 아들이 있고 갓난 딸까지 둔 자기가 분쯤 좀 바르기로니 시비 될 것이 무엇이랴 싶었다.

그것도 몇 달 전같이 생활이 궁하다면 모르거니와 남편 말을 들으면 자 동차도 문제없고 집 저당잡힌 것도 내달이면 빼낼 뿐 아니라 가을이면 아 버지가 살던 집을 도루 산다고 땅땅 울리는 것을 자꾸 듣고 있는 탓인지 창쇠 말이 모두 정말만 같았다.

그래서 그날도 연이는 옅은 화장을 하고 떡 그릇을 안고 나서다가 머리 가 좀 허전해서 다시 돌처 들어갔다.

그는 내내 쓰고 있던 머리 보를 여러 번 생각하고 벗은 것이지만 아무래 도 그놈을 써야만 허전하지 않을 것 같아서 도루 쓰고 태룡을 앞에 세우고 딸 옥순을 업고 걸었다.

지나는 사람마다 "고눔, 고눔" 하고 태룡이를 얼려 줄 것만 같이 연이 눈엔 귀하고 중한 태룡이었다.

정씨 집에 이르자 안에서 벅작 곱는 소리가 들렸다.

"왜 쌀은 스무 가마씩 외상을 주고 어떻게 돈을 받는다는 말이냐. 더군 다나 광산 야마시 꾼들게."

정씨 어머니가 아들을 보고 호령 대령이었다.

연이는 아마 광산주가 이 집 쌀을 날라다 쓰는 것이어니쯤 생각하면서도 마음이 찔끔했다.

연이는 안이 잠잠해진 틈을 타서 들어갔다. 떡을 내놓고 정씨 어머니께

인사를 하고 났는데 정씨 마누라 눈이 자꾸 연이를 쏘아보았다. 그렇게 한참 쏘아보더니만,

"살림이 많이 폐인 게로군. 분을 다 바르구 단니게."

눈같이 쏘아붙이는 말이었다.

"며누리두. 시럽슨 말을."

노인은 좀 거북스러워서 며느리를 나무라나 며느리는 떡은 거들떠보지도 않고, "소경이 제 닭 때려 먹어두 분수가 있지" 하고는 다른 방으로 들어가 버린다.

연이는 무안해서 더 앉아 있을 수 없었다.

"어이구, 그놈 잘생겼다" 하는 노인 말도 그닥 기쁘지 않았다.

연이는 돌아오면서 아마 정씨가 광산에 돈 대는 것을 마누라만 알고 자기에게 그렇게 말한 것이라고 생각했다. 노인은 쌀 스무 가마를 외상 준 줄만 알고 어서 돈을 받아오라고 야단치는 것을 보면 필시 정씨가 광산에 투자한다는 것은 비밀에 부친 것이라고 생각되어졌다.

일은 작은 일이 아닌 것 같았다. 정씨라야 빤히 내다보이는 밑천에 무슨 돈으로 그 무한정코 파야 할 광산에서 금이 나오기까지 뒤를 받칠 수 있단 말인가.

연이는 돌아오던 길로 아버지 병조를 찾아서 사연을 말했다.

밤에 창쇠를 불러 앉힌 병조는

"그래 언제부터 금을 캐게 되나."

하고 물었다.

"요즘은 우기가 되어서 아나(광)에 물이 차기 때문에 이제 배수기를 놓을 준비를 하고 있습지요."

"밑천은 넉넉한가."

"우선 파누라면 광맥이 제대루 나오게 되겠지요 뭐 광맥만 바루 잡으면 총독부에서 다 알선해 줍니다."

"당장 내일루 그만둬."

창쇠는 일찍이 자기에게 그렇게 위엄있는 말로 호령하는 장인을 본 적이 없었다.

창쇠는 무릎을 바로 고치고 나서,

"광맥이 오늘 낼 나오게 됐어요."

하고 병조를 쳐다본다.

병조의 눈은 먼 허공을 노려보고 있다.

"광주가 일본 사람이라드니 왜 정씨 집 쌀가개를 들어먹었단 말이냐."

병조의 목소리는 여전히 쩡쩡 울린다.

"정씨가 광주노릇 한다고 서둘러서 그랬지요."

"멀쩡한 협잡꾼에게 넘어간 게지. 뻔히 남 망해 울 줄 알고 하는 일이 아니고 뭐냐."

병조의 음성은 아까보다 훨씬 낮아졌다.

"파 봐야 알지요."

창쇠는 이렇게 대답하면서 언제부터 장인이 저런 성인이 되었나 싶었다.

병조도 창쇠의 뱃속을 보는 듯이 알 수 있었다. 그래서 더 말하지 않고 누우려는데,

"이제 그만두면 정씨는 정말 망합네다. 좀더 파서 광맥을 잡아야 팔게 되었으니까 벌써 구경하러 온 일본인 광주들이 여럿 댕겨 갔어요."

"곯아 빠지기 전에 썩 그만 못 둘까."

병조는 또 한 번 소리 치고는 그만 자리에 누웠다.

누워서 생각하니 자기의 지른 소리는 창쇠에게보다 자신에 대해 지른 소리였다. 창쇠의 바탕이 시거5) 먹어리로 생겼어도 위인이 그다지 모질지는 못하던 것을 자기들 부자와 한편이 된 후로는 그 조금밖에 타고 못난 지혜

---

5) 무능하여 하는 일 없이 벼슬자리에 머물고 있음.

를 비뚤어지게만 써먹기 시작했던 것이다.

"아무 이해득실이 없는 일에 석가가 무엇 때문에 날치는지 몰라. 인젠 석가만 없으면 일은 완전히 이쪽 승리야."

병조는 이십여 년 전 부친 도순과 김 선달을 앉혀 놓고 하던 이야기가 잊히지 않은 채 그때 일이 기억에 떠올랐다.

"석가 말씀이요."

병조 일이라면 목숨 떼어 놓고 다니던 때의 김 선달 말이었다.

"석가가 그래도 유림 선비란다. 문 안은 물론 문 밖에까지 명성이 자자했다. 옛날엔 원님두 그 석가 때문에 송사 판결을 올바루 했다는 이야기가 있었다. 슬하에 소생이 없는 늙은이가 되어 그런지 이번 일두 남의 일을 제 일같이 충동하여 가며서 대든 것이어든."

"무얼 얻어먹자고 그러누."

김 선달의 물음에,

"동리 사람들이 먹여 살리지 않나. 요즘두 아마 오류골 사람들이 가서 이번 불하 건을 필시 부탁한 모양이여. 제딴은 옳은 일을 한다는 거지."

병조 부친 도순의 말이 끝나자,

"염여 없어요. 그따위 석가쯤."

이런 이야기가 있은 지 열흘도 못 되어 석가는 낚시터에서 빠져 죽었다고 했다. 김 선달 부자가 늘 망을 보고 있다가가 물에 밀어 넣었던 것이다.

병조 부자는 이 사실을 알고는 속죄의 뜻으로 내내 제사를 지내 왔다. 연이 어려서 김 선달 부자와 아버지가 같이 지내던 제사는 석 노인의 제사였던 것이다. 석 노인이 그렇게 처치된 후 병조는 언제나 마음 한쪽이 썩고 있었다. 그 노인의 원한이 자기에게 절대를 시키는 것만 같이 생각되었기 때문이다. 그래서 어떤 땐 그 죽은 사람과의 대립에서 더욱 아들을 갈망했으나 아들은 고사하고 패가망신이 되어 버렸다. 병조는 누워 있는 삼년 동안 자기의 몰락의 원인도 득병한 원인도 모두 캐고 보면 자신에 있는 것만 같았다.

'죽기 전에 받으면 죽어서는 면할 형벌일 것인가.'

오랜 병석은 그를 변모케 하였고 지난 일을 개과케 하였다. 그러나 그렇다고 창쇠에게 그것을 토정(吐情)하기는 싫어 큰소리로 꾸짖었던 것이다.

집에 돌아온 창쇠는 장인이 어진 척하는 것이 메스껍도록 우스웠다.

오류골 사람들에게 맞아 죽을 뻔한 것을 살려 놓은 것도 자기들 부자요 석 노인을 처치한 것도 자기들 부자기는 하나 모두 병조 부자가 시켜서 한 노릇인데 이제 와서 자기는 부처님이나 된 듯이 나이 사십 줄에 드는 사람을 어린애 다루듯 호령하고 나무라는 품이 평생을 제 손에 놀 줄 아는가 싶어 분이 치밀었다.

창쇠는 연이를 앉혀 놓고 한밤 내 장인 욕을 퍼부어 가며 정씨의 됨됨이 장인보다는 훨씬 웃줄 간다고 써서 올리기도 하고 깎아내리기도 했다.

"정창호가 양병조보다 못해서 광에 손댄 줄 아나. 모다 조선 사람의 말을 조선 사람이 믿지 않기 때문에 결국 광산은 죄 일본 사람께로 넘어가는 것이라고 그래서 돈 댄 거야."

창쇠는 말은 이렇게 하면서도 요즘 삯전이 좀 밀렸다고 광부들이 일도 잘 안 하고 벌이는 판인데 정씨가 병조의 말을 드르면 이상 출자치 않을 것은 뻔한 일만 같아 양쪽으로 마음이 쓰였다.

"고 쥐꼬리만한 푼돈을 가지고 금광주가 되겠다고. 에튀위."

정씨가 아니었더라면 아주 뒤 든든한 자본주가 나왔을 것같이 자기가 정씨를 꼬일 때의 일은 까맣게 잊고 나무러 보기도 한다.

"배수기라도 갖다 얼른 놓고 물만 뽑아냈으면 광맥 파는 것쯤이야."

그는 갈피 잡을 수 없는 말을 횡설수설하면서 밤을 새었다.

아침 정씨를 찾아야 정씨는 밤에 집에 들지 않았다고 했다. 그는 천지가 무너지는 듯 아득했다.

"파면 나올 광맥인데."

미친 사람같이 중얼거리면서 산으로 올라간 그는 해질 무렵 이십여 명 광부를 줄을 쳐 달고 내려왔다. 그들은 제각끔 몽둥이 하나를 들고 정씨 집 마당에 와서 늘어지기도 하고 버티고 서기도 했다.

"삯전을 내라. 밥을 먹어야 일한다."

창쇠는 그들을 달래는 척하면서 정씨를 찾았으나 정씨는 나타나지 않았고 또 암만 야단법석을 쳐봐야 정씨 집 상점 방엔 좁쌀 한 알갱이도 없었다.

이 사실을 안 경찰서에서는 협잡 폭동의 죄명으로 창쇠를 끌어갔다.

창쇠가 경찰에 걸리자 알고 속은 많은 사람들의 밀고에 그는 마침내 일 년 징역을 받았다.

감옥에 옮겨간 그는 옥 안에서 석공 노릇을 했다. 천생 인연이 돌이기나 한 듯이. 돌을 쪼으며 한하고 돌을 쪼으며 생각하니, 때는 이십여 년 전의 오류골 시대가 아니었다. 벌써 오류골은 사람이 살던 흔적이 없을 뿐 아니라 군에서 무엇을 거기다 묻었는지 사람을 얼씬도 못하게 한 지가 오랬고 동해안의 바위를 허물어 바다를 메우고 새로 자동차 길을 닦고 있는 때인데 양 사법 대서소라는 간판을 에워싸고 쌈질할 때를 본떠 광부를 몰아서 정씨 집을 에워싼 것이 얼마나 어리석었던가 싶었다.

한껏 장인 병조에게 대든다는 것이 일찍이 병조가 받던 힐난을 숭내낸 것밖에 못 되었다.

미일 전쟁이 터지자 사람들은 이마에 사리를 펼 수 없었다.

헌병이 어깨를 으쓱거리고 관청 나리들은 일본말 아니면 명함도 드릴 수 없고 심지어 할머니네는 차표 한 장 살 수 없었다.

무거운 전차 소리에 귀가 멍멍해지고 젊은이를 몰아 죽으러 가라고 들볶는 바람에 너나없이 사람들 이마에는 주름살이 잡혀 있었다.

날마다 날마다 정거장엔 목멘 소리 없는 울음이 늘어 갔다.

일찍이 개고리 터전이었던 이 지대에 요즘 개고리같이 등 곱은 노인들이 아들을 손자를 찾아서 쌀떡과 엿태를 둘러메고 제주도 지리산 등지에서까지 단 한 번 그리운 모습을 보려고 몰려들었다. 동해안 정어리떼의 이동으로 산에 소나무는 모조리 하얗게 껍질이 벗기웠다.

제 이, 제 삼의 양병조의 세력을 이은 사람들은 방방곡곡 돌아다니며 개 암톨까지 공출을 시키면서 아들을 내놓으라고 눈을 부라렸다.

사람들은 등골에 진땀을 족족 흘리면서 참고 견딜 수밖에 없었다.

연이는 남편 없는 일년 동안 집을 팔고 셋방살이를 하면서 그가 타고난 바 육체의 불완전에서 오는 천시와 불편함을 더욱 알뜰히 받았다. 살아 있다는 것이 기적만 같았다.

생선 야채 배급 타는 줄에 어쩌다가 끼어 서게 되면,

"아이구, 냄새야. 오머니, 저만치 비키시오."

옥쌍패들은 그를 뻐돌리고 코를 막고 선다.

연이는 아무 항거도 없이 줄 밖에 나섰다가도 못 타는 때가 많았다.

창쇠는 만기가 되어 집에 돌아왔지만 사기 협잡꾼으로 몰려 아무도 사람 상대를 해 주지 않았다.

간혹 연이 꾼 돈 때문에 누가 빚 받으러라도 오면 그렁그렁 가래를 긁어 올리다가는 "엣 튀위" 하고 뱉으면서 "어이구, 가슴이야. 인젠 폐병이 들어 죽을 판이다" 해서 찾아오는 사람을 모조리 쫓아 버린다.

그러나 그가 아무리 병탈을 선전해도 그는 구주 탄광 인부로 알선되어 버렸다.

이년 뒤다.

연이의 아들 태룡이가 소학교에 입학되었다. 딸 옥순이도 곧잘 자랐다. 연이는 태룡이와 옥순을 굶기지 않기 위해서 자신은 거의 굶다시피 얻어먹었다. 길에는 왼통 전투모 천지요 군인 무리로 꽉 찼다. 아침 일찍이나 저녁나절이면 하얀 납골 상자가 줄을 지어 올라갔다.

연이 아들 태룡은 별반 글은 배우는 것이 아니고 거저 만세만 부르며 돌아다니는 것 같았다.

병조는 태룡을 은연중 귀해 하기는 하면서도 "이 애가 내 외손이오" 말은 한 번도 하지 않았다. 없기보다 낫다 식으로 어떻게 될지 하고 바라보기만 했다.

연이는 그게 퍽은 슬펐다. 그래서 어떻게든 저애는 아버지가 감탄하도록 훌륭한 사람을 만든다고 마음으로 별렀다. 어미는 병신이요 아비는 사기 협잡꾼이지만 그 아들만은 그렇지 않다는 말을 듣게 하고 싶었다.

그것만이 자기가 사는 보람이요 앞으로 사는 목적이어야 하였다.

연이는 아이가 학교에서 돌아오는 길로 책보와 호주머니 속을 죄 뒤져서 보고 무엇이나 자기가 준 것 이외에는 하나도 몸에 지니지 못하게 했다.

연이는 학교 다니는 아이가 얼마나 자랑스러웠는지 모른다.

태룡의 방학이 되어 며칠 안 되어서부터 연이네도 산 밑 방공호에 숨으러 다녔다. 누구보다도 부지런히 다녔다.

그런 어느 날 사람들은 해방이 되었다고 했다. 학교에서는 학생들을 모으고 기 행렬을 했다.

병조는 오래간만에 마루에 나와 앉았다. 큰길에 학생 행렬이 끊일 줄 몰랐다. 두 손에 태극기를 들고 아이들은 조선말 노래를 하면서 자꾸 밀려갔다. 병조는 정신이 앗질한 때같이 갑자기 뽀얗게 되면서 왼 몸이 땅 속에 푹 가라앉는 것 같았다.

일찍이 저렇게 깃대를 내두르며 자기가 반겨 맞아들인 누른 복장 한 사람들은 오류골 사람들을 야위게 한 대신 분명 자기는 살찌게 해 주었었다.

그러나 그것도 한때뿐 그 한때를 가장 앙칼지게 잡고 늘어진 사람도 병조 자신이고 또 늘어진 채 다시 일지 못한 사람도 자신이었다.

그러면서도 여전히 병든 육체를 바로 어제까지 아니 지금 이 시각까지도 이만큼 부지해 왔다는 것은 전연 그 누른 옷 입고 거센 물굽이같이 밀려들어온 사람들 덕이 아니었던가.

몇 백 년, 몇 천 년을 그런 풋기세 속에서 살기나 할 것처럼 바르고 옳은 사람을 억울이 죽여 가면서까지 이 병조 한 사람을 위해 싸웠다는 것은 자신이 생각해도 씻을 수 없는 그릇된 일이었다.

"무엇을 했다고 그자들이 주는 쌀을 오늘까지도 먹고 있었드란 말인가."

생각할수록 모질고 미운 목숨이었다.

그는 자꾸 자지러지는 듯한 몸을 두 팔로 뻗치다시피 하고 고쳐앉기를 여러 번 하면서 먼 과거를 왕래하던 시선이 그냥 학교 마당으로 쏠리기 시작했다. 그는 하던 생각도 멈추고 흡사 얼빠진 사람처럼 다시 행렬에만 온 정신을 팔았다. 그 행렬이 시가를 돌고 돌아들어 갈 때 그 맨 앞에서 양손에 태극기를 휘두르는 태룡이 끼어 있는 것을 발견했기 때문이었다.

병조는 몸이 자유롭지 못하던 것도 잊고 상반신을 일으키려 하다가 펄쩍 도루 주저앉았다.

만세 소리가 하늘을 찌를 듯 들려왔다. 병조는 눈이 부셨다.

"내 외손자가, 저 놈이 저렇게 컸던가."

입 속에서 말이 저도 모르게 흘러 나왔다.

"저 놈이 내 핏줄을 이었지. 분명 내 손자겠다. 잘 먹지두 못했는데 어느새 저렇게 컸나."

병조는 눈을 껌벅거리며 눈물을 그냥 눈 안에 담고 있었다.

개고리, 올챙이 수보다 더 많은 꼴과 갈대 수보다도 더 많은 아이들이 자꾸 학교 마당으로 밀려들어 갔다.

"모다 뉘 집 애기들인고."

그는 또 중얼거렸다.

"모다 뉘 집 후손인고."

—《문예》 1권2호, 1949. 9.

삼대(三代)의 곡(曲)*

1

'오빠한테서 왜 소식이 없을까?'

마치 붓는 부채에게 그 책임이 있듯이 옥경은 탁탁 숯불을 붓고 났다. 빠지직 싸악 하고 피어 오는 숯불 위에 냄비를 올려놓고는 툇마루에 걸터앉는다.

남은 햇발이 지붕 위에서 가물거리고 쌀쌀한 바람이 마당 복판에 와서 매암이 돌고 간다. 제법 봄인 것 같다.

"옥경이!"

뜻밖에 영식의 목소리가 들려왔다.

대문 안에 들어선 영식을 보면서도 옥경은 갑자기 말이 나오지 않는다.

"잘 있었소?"

영식은 모자를 벗어 손에 구겨 쥐면서 옥경이 앉았던 마루에 걸터앉는다.

"웬일이세요. 여길 다 오시구!"

냉정한 자기를 회복한 옥경의 인사말이었다. 그러나 아직도 전신에서 맥

---

* 이 작품은 ≪민성≫ 5권11호(1949년 11월)에 실렸으나 원본 상태가 불량하여 『리라기』(시문학사, 1949) 수록본을 텍스트로 삼아 입력하였다.

박이 콩 볶듯 방맹이질한다.

"왜 나는 여기 오면 못 쓰오?"

"너무 뜻밖이어서."

"기다리지 않았으니 뜻밖일 수밖에."

"무엇 때문에 기다려요."

"참 그렇든가. 그렇지만 지척도 천리라고 하니까, 천리두 지척이 될 수 있지."

"모르는 말씀 두 번 꼬시면 속임수가 됩니다. 제게는 자장가가 소용없어요."

"그런 또 무슨 말이오."

그는 담배를 꺼내 피어 물었다.

"우리 오빠 별일 없으시죠"

옥경은 묻는 말엔 대답하지 않고 박철의 소식을 물었다.

"저번 무슨 껀으루 들어가긴 했어두 별일 없을게요. 아마 삼일절이 지나면 나오겠지."

옥경은 요즘 꿈이면 어머니가 자조 뵈이든 것이 생각났다.

"남들은 일을 하면서두 사랑두 하는데 오빠는 소갈머리 없이 잽혀 댕기기만 하구."

그는 부풀어 오른 냄비 뚜껑을 바로 놓으면서 혼잣말한다.

영식은 자기의 소문을 듣고 옥경이가 빈정거리는지도 모른다고 생각되자 가슴 아프기도 하지만 두고 보면 알 일이라 변명하지 않고 다시 오겠노라고 총총히 돌아갔다.

그는 삼일 행사 준비 때문에 파견되서 온 것이라 했다.

그 밤, 옥경은 아궁에다 불을 사르려다가 그만두고 일어났다. 그것은 널판에서 자는 오빠에게 죄스러운 생각이 든 때문이기도 했지만 스스로 자기를 만지려 드는 감상에서 벗어나 보고 싶은 수단이었으며 또 한편 자기 학대로 인해서 과거의 자기를 청산하려는 행동이기도 했다.

아까 영식이 왔을 때 취한 자기의 태도는 너무 경망한 것이 아니었던가 생각하니 얼굴이 확확 달아지어 찬 손을 엇갈아 대어 식히면서 방안에 들어서기 바쁘게 문을 꼭꼭 잠그고 앉았다. 방이 몹시 차가우나 이러한 형식으로나마 마음의 띠를 졸라매는 것으로써 오빠에 대한 괴롬을 나누는 의리 겸 그새 사로잡혔던 안일과 잡념을 몰아내려고 하였으나 푸어도 고여 드는 물처럼 잡념은 짓궂게 꼬리를 물고 나왔다.

정녕 그 길이 옳은 길일지라도 좀 더 방법에 있어서 포용과 어느 정도의 타협은 설사 굴복일지라도 있어야 할 것이 아닌가고 요즘 인수에게서 들은 지식과 아량으로서 자기의 상식적인 판단을 합친 회의가 기웃거리며 오빠인 박철이와 영식에 대한 이반을 꾀하는 무슨 덩어리가 뭉치어 마음 한켠 구석에서 움직이고 있었다.

정말 그늘진 곳이 없이 골고루 햇볕을 받을 수 있는 길이란 영원히 없을 것 같기 때문이었다.

그러나 어쨌든 간에 이러한 비판을 가하려는 생각 자체부터가 주제넘은 짓이라고 꾸짖는 자기가 있는가 하면, 또 비판을 무시한 행동이란 없을 것이란 답변도 나왔다. 이렇게 이도 저도 아닌 속에서 그는 범죄의 즐거움을 가만히 음미하는 시간을 가졌다. 범죄란 그들의 길 곧 오빠에 대해서고 즐거움이란 영식이가 아직도 가지고 있을 일에 관한 요구의 희망에 속한 미련이었다. 미진한 스스로에의 애착을 몰아내고 영식이 외의 딴 남성을 사랑할려는 사실은 영식 자신이 감행한 방법을 자기가 모방한 것뿐이지 믿음에 대한 모독은 아닐 것이라 했다. 사람이란 불완전을 그대로 받아들여 자기의 감정만으로 자기에 대해 갚을 수 있는 조치는 자연적인 과정일 것이고 또 억지로 무슨 도(道)와 학(學)을 자신에 강요할 필요가 있다면 정의가 현세에서 승리한다는 신념 뒤의 일일 것이었다.

출발이 어떤 성질의 것이었든지 어쨌든 자기가 결혼할 수 있는 대상을 가졌다는 것은 정당한 귀결이라고 믿어졌다. 그러나 인생의 길은 장미꽃을 뿌린 통로가 아니라고 한 로맨 롤랑은 장미꽃을 아름다움의 상징으로 하였겠지만, 장미 깔린 길 우에는 비단 옷을 찢을 가시가 얼마든지 몰려 있을 것이 아닌가. 임의 선택을 마친 자기의 길에 무슨 꽃이 피거나 어떤 가시가 서렸거나 자신의 역설을 고집하기 위해서도 인제는 그대로 걷는 도리 밖에는 없다고 생각하다가 문득 자신이 부끄러워졌다. 하찮은 자기의 감정을 별 것처럼 떠받들고 매만지는 것이, 생각하면 자기 본위에서였다.

　　달은 따다 대문에다 달고
　　별은 따다 추녀 끝에 달자
　　우리 우리 아버지가 구름 타고 오신다

어려서 부르던 오빠 박철의 노래가 기억에 도사린다. 돌아가신 아버지가 예수처럼 구름 타고 오신다고 저녁노을이 붉게 하늘을 덮는 날이면 기인 장대를 내저으며 덤빈 철이었다.

또 어머니가 마지막 병석에서 자기들 남매를 불러놓고 울면서 하시던 이야기도 생각났다.

　　육십이 넘으신 너희 할아버지는 삼일만세 때 옥에서 돌아가시구 너의 아버진 그대로 배겨나는 도리가 없어서 이 간도 땅에 밀려와서두 편한 날이 하루두 없이 들볶이어 우기만 하다가 끝내 그놈들 손에 돌아가시고 말았다.
　　청산리 난리 뒤에는 늘 숨어 사노라고 노는 아이들이나 묶어 놓고 천자를 가르쳤는데, 그게 바로 삼월 초사흘 날이다. 수비대 헌병 하나와 조선 순사가 와서 글쎄 아무 말 없이 닷자곳자로 결박을 지어 가지구 가드구나. 그날 이후로 나는 너희 아버지를 만나려고 유치장마다 찾어 헤매었다. 그러나 너희 아버진 찾을 수 없더라. 후일에 알고 보니 수비대 안에 가둬 둔 것을 영사관 유치장만 찾었으니 있을 리 있니.

너희 아버지가 잽혀 가서 엿새째 되던 날 남대천에서 붓잡어 간 사람들을 총살한다는 소문이 들리길래 나는 옥경을 업고 철의 손목을 잡고 나섰더니 행색도 사람 같지 않은 사람들이 한 이십 명 가량 삽으로 모래를 파고 있드구나. 뒤에는 일본 군인들이 총을 메고 섰는데 나는 혹시 너희 아버지가 있지 않나 행시 자세히 훑어보다가 마지막으로 세 번째 사람이 너희 아버지임을 발견하고 그대로 막 뛰어 갈려는데 철이가 달라붙으며 울기 때문에 뛰어 가지 못하고 망설이는 판에 총소리가 탕탕 나길래 다시 보니 금시 일하던 사람들이 자기가 파 놓은 구뎅이 속에 죽어 넘어지드구나. 마치 허잽이처럼. 꿈엔들 그런 무섭고 허망한 꿈에 또 어디 있겠니. 그놈들은 총을 맞고 쓰러진 사람 위에 또 다시 칼을 박아 아주 죽은 것을 살피고 나서 그들의 자기의 무덤을 파던 삽으로 시체의 허릿통만 묻어 놓고 가 버리드라.

그때 너희들이 없었더면 나도 같은 총에 맞아 죽었을 게지만 너희들 때문에 그 후에도 픽은 오래 산 것 같다. 사람이 독이 오르면 무서운 것도 없고 눈물도 나지 않드구나. 나는 사람을 시켜서 아직 채 식지도 않은 너희 아버지를 마차에 싣고 와서 삼일장을 치르고 나니 일체는 눈에 통 뵈이지 않더라. 철아, 너는 부디 네 목숨을 애껴라. 옥경이를 돌보구 너희들 손으루 할아버지나 아버지의 원수를 갚는다는 생각은 아예 잊어버려라. 반드시 하늘이 갚아 주는 날이 올 게다.

이만큼을 마지막으로 그 후 며칠이 안 되어 그들의 어머니는 돌아가시고 말았다. 사람의 도살장이던 남대천은 인제는 빨래터가 되었고 물 건너 습진 땅에는 만주사변 뒤에 몰려선 부락이 이루어졌다. 간도 국자가 남대천은 이리하여 많은 선렬의 피를 씻고 흘러갔다.

삼월 초하루! 옥경은 가만히 입속으로 외이고 났다. 그날은 할아버지의 원수를 갚는 날이라야 하겠고 또 아버지를 빼앗아 간 일제를 자기들의 무서운 원수로 더욱더 미워해야 한 날이었다. 그러나 어째 그들의 폭악한 맷채의 상흔이 자기들에게만 한하랴. 그러거늘 두 번째의 삼월 초하루를 맞게 되었어도 마음속 단단히 품고 닦아 오던 그 칼날은 왜인이 남긴 손때 묻은 자욱 하나도 깎아 내지 못한 채 무디어지는 것이 무슨 까닭일 것인가.

거기에는 시간적으로 어제보다도 오늘의 과제가 중요시되기 때문인지도 모른다. 오늘의 과제란 일마다에 내가 중심이 되어 이루어질 형태의 사회의 질서요 나를 유지하려는 욕망이 나라보다 앞선 때문인지도 모른다.

생각하면 자기 역시 그런 과정이 있었다. 무엇이라고 누구를 탓할 아무런 권리도 없는 것이었다.

그 이튿날 저녁 부녀동맹 그곳 위원장인 명순이가 찾아왔다.

그는 박철의 검속된 것을 위로하고 나서,

"삼일절 준비를 해야겠는데 선생님이 거들어 주셔야 하겠습니다."

하고 시선으로 옥경을 쓰다듬으며 말한다.

"글쎄요. 웬일인지 무엇에나 흥미가 없어졌어요. 제가 안 나가도 일할 분들이 많으신데, 뭐."

"무슨 말씀을 그렇게 하셔요. 선생님 같으신 분이 앞장스세야 부녀들이 많이 나온답니다. 누구는 뭐 흥미를 문제 삼고 일헌답니까?"

"흥미란 열의를 말했어요. 어쨌든 어서 시작이나 하십시오."

"소문은 사실이 아니겠지만 선생님이 요즘 모임에 통 나오지 않으시길래 필유곡절이 있는 게라구 찾아왔으나 그렇게 말씀하시니 정말 섭섭해요."

"제가 뭐라고 했나요."

"우리들더러 하라구만 할 일입니까. 나라를 위해 피검된 오라버님을 위해서라도 먼저 팔 걷고 나오실 분이."

"소문이 뭐라고 났는지 들을 일이 있으면 들어야 하겠지요. 그러나 삼일절이야 잊어버릴라구요."

명순은 웃고 돌아갔다.

2

생각하면 운명은 자기들 일가에는 짓궂게 야속했다. 할아버지와 아버지를 왜인에게 빼앗기구 세 식구가 쓰린 상처를 간신히 꿰매어 다시 새 희망을 가질 무렵 박철이 중학 졸업을 며칠 안 남기고 아버지의 최후를 이야기로 남긴 어머니마저 그들에게서 빼앗아가지 않았던가. 그 뒤로 남은 두 고아의 서글픈 기록은 끝없는 슬픔에 속한 이야기였다.

이 박철이가 성인이 되기 전부터 걸핏하면 경찰에 걸려들어 옥경이를 울리던 것이 해방 후에도 벌써 몇 번째인지 모른다.

그 어떤 피의 계열이 박철이로 하여금 안온한 생활에서 몰아내는 듯이 옥경에게 느껴지기도 한두 번이 아니었다. 때로는 투우를 연상시키는 투지만으로 구성된 듯한 오빠와, 한편 역시 약한 인간 면을 가진 오빠를 볼 때 그는 어머니처럼 애처로운 정을 금할 수가 없었다. 또 그러면서도 모르는 사이에 오빠의 사상은 자기의 사상이라 믿어지기 때문에 한편 어버이요 스승으로 섬기기도 했다. 그렇든 자기가 요즘 와서는 차츰 돌려지는 마음의 각도를 보고 있어야만 하고 또 완전히 돌려지기 위해 과거의 자신을 새로운 자기의 무게로서 눌러 앉아야만 하는 것이 자기의 길이어야 한다고 거듭 주먹다짐을 하는 그였다.

옥경은 차가운 온돌에 손을 얹혔다. 바로 얼음장이다. 억지 쓰는 아이처럼 불 안 때는 것으로서 맞선 상대도 자기 자신이어서 필요 없는 씨름은 부질없는 피로만 덧치는 것 같았다. 우선 치운 현실을 견디어 보리라는 것은 자기를 괴롭히기 위한 억지요 뗏장이었다.

무엇 때문에 누구를 위해서인가. 내세운 상대는 오빠요 감추어 논 상대는 옥경 자신이 아닌가. 옥경은 이 보이지 않는 자신의 위선이 미워서 성냥을 그어 아궁지에 불을 살렸다. 치운 현실에 견디다 못하여 그 괴롬에서 벗어나려는 왼갖 충동은 대수롭지 않게 지조를 설복시켜서 자신이 편하도록 결론을 짓는지도 모른다.

그에 며칠을 두고 굉장히 무엇을 생각했다는 것이 결국은 자신의 신변을 빙빙 돌면서 무엇인지 알듯이 모를 것을 포개어 뭉치고 또 포개서 굴리는

데 멈추고 있었다.

그것은 곧 자신의 행동과 사념을 합리화하려는 노력이요 아무것도 아니었다. 오라버니인 박철은 유치장 안에 있고 인수는 박철의 계열을 때리기 위해 필요 이상의 붓대를 놀리는 사람, 그런 줄 번연히 알면서도 사상을 초월하고 그와 결혼하려는 자신은 육친에 대한 반역이요 사상에 대한 배반이며 모독이 아닐 것인가. 그러면서도 인수와 결혼하려는 것은 자기 방편의 이용 행위가 아닐 것인지 생각할수록 자기도 모르는 구렁텅이 속에서 신음하는 것 같았다.

"아직 사에서 안 나왔으면 어쩌나 했어!"

굵직한 저음이 등 뒤에서 났다.

"아이 깜짝이야. 알면서두 놀랬어요."

"알면서 놀라다니 마음이 뜬 게로군."

웃는 얼굴이었으나 어딘지 모르게 옥경이를 질책하는 눈이고 한편 다정한 어조이었다. 퇴색한 검정 외투에 회색 캡을 썼지만 누구보다도 단정해 뵈는 그는 두드러진 이마가 얼음같이 차가운 의지를 간직했고 그 이마 아래 칼보다도 예리한 비판력을 가진 눈이 번쩍이고 있었다. 그는 박철의 가장 친한 동무이고 또 스승이기도 한 영식이었다. 옥경은 무슨 숙제를 푼 듯이 새삼스레 영식을 쳐다보면서 '이이는……' 하고 속으로 뇌삭였다. 자기의 괴롬과 모든 변화의 열쇠를 가진 사람이라는 뜻인지도 모른다.

마음속 깊이 맡아 둔 그 모습, 그 음성은 자기를 불러가 버리었고, 그 오년 동안 알뜰히 쌓았던 정성의 성도 허물어 버려야만 하던 날의 괴롬을 안고 시간은 흘러갔다.

"지금 명순 씨를 만나고 오는 길인데."

방안에 들어온 영식은 앉기가 바쁘게 말부터 꺼냈다. 그는 모자를 한 손에 꾸겨 쥔 채 넓적다리 위에 손을 얹고 단정히 앉아서 심문하는 투로 말이 엄숙해졌다.

"일에 열의를 잃었다는 게 그게 박철의 누이인 옥경의 입에서 나와야 할 말이오?"

"형제란 사상으로도 반드시 매어야만 되나요. 저는 따로이 규정된 인간은 아니니까요. 제게두 제 세계가 있구 제 마음이 있답니다."

옥경의 마음속에서는 세찬 반항이 불길같이 일어났다.

"그렇게 쏘지만 말구 냉정히 생각해야지. 누구와든지 친교는 자유일 수 있으나 옥경의 행동은 내가 좀 구속해야겠어."

"무슨 권리루요?"

"일의 필요상. 일이란 저마다일 수는 없지 않소? 이번 삼일절두 할 수 없이 두 패로 갈렸으니 우리는 우리로서의 준비가 있어야 할 게 아니오?"

"저하구 무슨 관련이 있어요."

옥경은 영식의 비위를 긁기에 무심했다.

"관련이 너무 많아 걱정이지. 첫째, 이 나라에 태어난 관련, 다음 의로운 조상의 핏줄기 물려받은 관련, 박철의 누이 동생인 관련. 왜 이만해도 부족하오?"

"조상의 유지는 싸움으로 일삼으라지 않았을 것입니다. 어디 누구는 불의의 핏줄을 계승 받았던가요. 다 정의를 위한 것이랍니다. 허지만 저는 그런 투쟁 속에 휩쓸리기는 싫어요. 흥, 나라가 다 무엇이에요. 내가 있기 때문에 있는 나라가 아니든가요. 양대(兩代)의 피값두 몰라주는 나라, 이러한 나라는 저주받어두 좋아요. 우리들의 조상을 빼앗구 또 우리 두 남매의 청춘을 빼앗구 태양을 빼앗구 자유를 짓밟어서 어두운 ×× 속에 몰아넣는 나라가 고마울 것이 무엇인가요!"

영식은 너무 뜻밖이어서 웃으면서 대답했다.

"사리에 어그러진 그런 트집은 그만두어요. 권리를 잡은 자의 법률에 배치되는 행동을 할 때는 구속을 가하는 것이 그들 자기 방위의 의무가 아니겠소 대체 누구를 원망하는지 슬픈 자기도취라 할까? 인류 역사의 갈래길

에서 우리가 원망할 상대는 나라도 아니요 직권을 행사하는 법관도 아니
요 정의를 미워하고 불의에 가담하는 자들뿐이오. 자연적인 과도기적 현
상을 정상한 입장에서 개개인이 분개하고 옥경이처럼 돌아만 앉을 수는
없지 않소?"

"그럼 우리에게 삼대의 희생을 강요할 권리를 가진 자는 누구란 말씀입
니까? 정의도 일방적인 것은 아닐 테니까요."

영식은 말문이 막히고 가슴이 아팠다. 마치 에덴동산에서 쫓기지 않겠노
라고 몸부림하는 이브를 연상할 수 있는 순간이었다. 이윽고 그는 다시 입
을 열었다.

"애국심만이 그 권리를 가졌다구 보우. 불가피한 경우를 제외하고는 희
생이란 자발적인 것이어야 보람 있는 것이지만 우리 조상의 희생은 그저
죽음만이 유일한 무기였으니까. 우리들은 그 죽음의 대가를 찾기 위해서
싸우는 것이오."

"동족상잔의 희생의 대가인가요."

"그야 시류겠지."

"그렇게 체념하시고 피차를 이해하시고 일하신다면 문제는 다르겠지요
그렇지만 저는 제가 살았다는 사실을 알고 있고 앞으로도 살아야 하겠기에
가장 안전한 지대로 제가 옮겨 앉는다고 아무도 제게 대해 눈 흘길 권리는
더욱 없을 것입니다. 오빠의 젊음이란 너무두 비참허니까요. 가난에 쪼들리
구 정의(情誼)에 굶주리구 인격을 무시당허구 그러면서도 저마저 겨레를 위
해야만 할까요?"

얼마 동안 침묵이 흘렀다.

"그렇게 흥분할 거야 있소? 옥경이가 비참하다구 생각은 박철 군의 현재
를 군 자신은 영광이라구 생각할는지도 모르니까."

"영광? 자기만의 영광이면 될까요?"

"어째 대중을 위한 일이 한 개인에 끝이고 말겠소?"

"그야 자위에 불과한 거지요. 이론보다 현실이 실정에 맞지 않을 땐 그것이 어느 정도의 정당성을 가졌는지 그것을 비판하고 수정할 용의도 있어야 할 것이 아닐까요. 덮어놓고 소 코를 꿰고 끌 듯이 강령만을 내세운 고집은 다 정당한 것일까요. 이북서 넘어온 사람들은 다들 이남이 좋다니 그건 무슨 까닭일까요. 제도란 만민이 살기 좋두룩 만들어야지 국한된 사람만이 좋을 수 있는 제도를 누가 찬성하겠어요. 저의 오빠도 불의에 가담하는지 자신도 모를 겁니다."

"소수의 복리를 조장시키는 사회를 찬양하는 것은 그 소수들뿐일 게요. 피땀을 흘리며 농사를 지어도 일생을 두고 굶주리는 사람들에게 균등한 권리를 부여한다고 눈꼴이 사납다는 게 정당한 일이오? 등허리를 밟히고 섰던 자들이 등살을 펴고 섰는 게 보기 싫어서 버린 곳이니 나쁘다고 할 수밖에 구실이 있어야지."

"먹을 것이 없어 온답니다."

"그야 예전처럼 놀구 먹을 생각을 하니 먹을 것을 갖다 주던 일꾼들이 없어진 오늘에 헐 수 없는 노릇이지요."

"정말 그렇게밖에 해석할 수 없어요?"

"물론 개개인의 사정을 들으면 억울한 것도 있기야 하지. 허지만 그러한 불만으로 옥경 자신의 처사를 변명할 셈이오?"

그는 일부러 말머리를 돌렸다.

옥경은 목이 콱 막혀 버렸다. 얼마든지 돌격할 수 있지만 이론이 서지 않는 자기의 항변이 반대로 이용당할 뿐 아니라 영식과의 시비는 하나 자기의 감정에다 옷을 입어 내세운 허수아비이고 정말 하고 싶은 말은 따로 있기 때문이다.

"공과 사를 혼동하지는 않습니다. 제 머릿속에 떠다니는 구름이 걷히지 않기에 여쭤 보는 게지요. 설마 그게 저의 답변이라 치더래도 스스로 제 자신을 합리화시키려고는 하지 않습니다."

"옥경 자신이 그렇게 답변해야만 될 무슨 과오가 있소?"

"과오요, 그야 규정짓기에 달렸겠지요. 그리고 아까 그 영광이란 것도 자기만의 것이면 족할 수도 있겠어요. 무슨 일이건 자기를 버린다는 것은 자기를 유지한다는 것보다 훨씬 어려울 것이니까요. 그렇지만 옥경이가 전례가 되리라고는 생각지 않습니다."

영식은 옥경의 되는 대로 내던지는 반박을 지혜의 싹이라 새기고 관대한 웃음을 웃으며 말한다. 그것은 옥경이를 설복할 수 있다고 자신하는 까닭이다.

"그럼 또 전례를 만든 사람이 따로 있군 그래. 그야 얼마든지 있겠지. 그래서 옥경이는 모방이란 말이오?"

"천만에요. 그런데 무엇을 추궁하시는 건가요. 정체는 보재기에 싸 놓으시고 왜 절더러 그르다구만 하세요."

"또 내가 대답을 해야 하나. 보재기에 싸는 것이 무엇인지를 알고 있는데 내가 끄낼 필요가 없지 않소?"

"필요 없으면 그만두세요. 구태여 알려고 하지 않습니다."

바로 영식이가 시계를 꺼내 보는 같은 시각에 밖에서 말소리가 들려왔다.

"선생님, 저녁 안 지시우?"

원채 주인 할머니가 요즘 밥도 잘 안 지어먹고 다니는 옥경에게 동정하여 그야말로 노파심에서 나온 걱정인 모양이다.

"지금 곧 짓겠어요. 참, 저녁 잡수시구 가세요."

"가 봐야지. 설교하려 왔다 되려 받구 가는 셈이군."

"제가 무슨 자격으루 설교하겠습니까. 설령 오른 말이래두 다 역설이라 치면 고만이지. 참 언제 떠나시죠?"

"한 점 두구하는 말이군. 봐서 삼일절을 예서 맞고 갈까 하는데 아직 미정이오."

"서울서들 기다리실 텐데 괜찮으신가요?"

"누가?"

"이 여사랑. 또."

"또."

"동지들이랑."

"물론 기다리겠지."

그는 웃으며 일어났다.

"저녁에 저리(회관) 나와야 하오."

"나가죠."

3

그곳은 철도 연선에 있는 조고마한 도시 K읍이었다. 그래도 남녀 중학은 물론 농과 대학도 창설되었고 또 그곳 사람들의 여론을 주름잡고 있는 신문사까지 있는 곳이었다.

옥경은 바로 그 신문사의 여기자로서 그 지방에서는 이채를 띤 직업여성이었다.

물심양면으로 영식의 도움을 받다 못해 옥경 남매가 의논한 결과 학교도 마치고 아무런 곳이고 취직한다는 것이 지방 신문사였던 것이다.

와서 얼마 동안은 도루 서울로 올라간다고 박철이와 영식에게 트집을 부려 보았으나 그의 트집을 받아 줄 한가한 사람은 없었다.

그럴 지음에 옥경은 인수를 알게 되었다. 학교 시절에 이미 그의 이름을 들었었고 시인 평론가라 해서 그의 시도 한두 편 읽어 본 기억까지 가지고 있었다. 인수는 새로 된 농과 대학에서 몇 시간은 안 되지만 문학 강좌를 맡아 보는 강사이었고 또 몇 달 전부터는 그곳 신문 평론란은 거의 차지하다시피 하고 있는 사람이었다. 일설에 의하면 그는 중앙에서 어떤 사명을 띠고 지방에 온 거라고도 하지만 그건 낭설이라 치더라도 어쨌든 그가 박철 및 영식이와는 전연 사상도 입장도 다르다는 것만은 알 수 있었다.

옥경은 같이 이야기하면서도 그 모순된 주관을 어떤 조소를 띠고 듣는 때도 있었다. 이러한 인수와 옥경이가 친해졌다는 것은 인간적으로 인수가 우수한 사람이었는지 또는 옥경의 감정의 반발로서 맺어진 결과인지 그 자신도 모른다. 어쨌든 그는 태연하리라 했다.

그러나 막상 영식을 대하고 오빠가 피검되었다는 소식을 들은 그의 양심은 자꾸 무슨 트집을 내걸고 말을 하려고 든다. 시세가 유리한 편에 기울어지는 것은 반역배와 상인의 근성이지 조상의 교훈에는 없으리라는 등 변절함으로 사는 것은 인생을 벗어난 여인만의 취하는 길이라는 등. 그러면 또 들리는 대답이 있었다. 여인인 자기는 한낱 여인에 머무르면 그만이라는 것이었다. 그러나 이 모든 마음의 소리가 부딪고 난 곳에는 낙엽만 구르는 정원을 보는 느낌이 있었다. 또 옥경은 영식에게 무엇을 갚으려 함인가. 외로운 자기들의 집행이 노릇을 했다고 그의 전부를 옥경이가 아랑곳할 무슨 권리가 있다는 말인가.

옥경이가 만일 현영식을 존경했다면 그것은 옥경의 자유이고 임의였지 영식의 지령에서 나온 것이 아닌 이상 자기의 변절을 내세워 마치 득세나 하듯이 그가 하려는 일을 비웃으며 돌아서서 돌매를 던져야 할 필요가 어디 있으랴. 그것의 어려서부터 자기들을 위해 주던 이에게 취해야 할 갚음은 아니어야 할 것 같았다. 그렇지만 누가 누구를 사랑하라고 강요한 것이 아닐지라도 자기가 영식의 세계에서 추방당했다는 것은 엄연한 사실이 아닌가? 연안서 온 아녀자와의 결혼설은 거의 확정적인 이상 인간이 인간을 배반하는데 인간이 가졌던 사상쯤 (상대편을 골리기 위해서라도) 버리면 어떠랴. 믿음을 배반한 자는 자기가 아니라 차라리 영식이어야 옳았다. 그러나 언제 영식이가 옥경이와 무슨 약속을 한 적이 있는가? 그저 영식에 대한 애정의 변형이 절대의 존경이었던 만치 그에 관한 일신상의 약정이 자기를 괴롭히는 사실 앞에서 아무런 의욕이건 잃었다는 게 가장 타당한 결론인지 모른다.

동기야 어쨌건 현재 인수를 허혼자로 정하고 있는 이상 스스로 자기의 행동을 변호하려고 드는 것은 이러한 모순에서 헤어나려는 하찮은 노력과 감정이 무슨 구실을 찾아서 가책에 대한 전가 대상을 내세우려는 수단에 불과했다.

그러나 머릿속에는 박철의 누이동생이라는 관록이 쌓여 있었고 뿌리 깊이 박힌 사상의 줄거리가 굳세어져서 좀처럼 휘어들지 않는 옥경이언만 요즘은 흑백의 가부를 논할 자격도 방법의 시비를 논의할 용기조차 없는 것만은 움직일 수 없는 사실이었다. 마치 간첩에게 잡힌 간첩 같기도 하였다.

그는 문을 열고 밖으로 나왔다. 오빠가 추녀 끝에 따다 단다던 그 밤의 별은 유난히 고왔다. 북만주에서 자라난 그에게는 그것은 퍽이나 머언 남쪽나라였고 또 남쪽나라 밤하늘이었다. 그는 이곳에 오기 전엔 이렇게 많이 별 돋친 하늘을 본 적이 없는 듯했다. 가늘게 서쪽 한편에 하현의 조각달이 그림처럼 떠 있었다. 그의 감은 눈 속에는 생의 무상이 달리었다. 쌀쌀한 밤바람이 움트려는 나무를 건드린다. 이러한 밤, 수은같이 잔잔한 나일 강변엔 '크레오파트라'의 등촉을 끈 꿈을 실은 배가 고요히 흘러내렸을는지도 모르고 또 이러한 밤에 '나폴레옹'의 정복의 칼날은 닦기를 멈췄을는지도 모른다. 그러나 또 이러한 밤 조선은 당파 싸움에 터진 골을 싸매고 살육을 꾀하여 귀人속말을 하고 있을 즈음 세계 지도 위에는 '아메리카' 대륙의 거대한 풍모가 나타나서 지구의 제패자로 군림하고 대로제(大露帝)는 자객에게 그 목숨을 바쳤는지도 모른다. 그는 눈을 뜨고 보이지 않는 그림자를 밟고 섰다. 새삼스레 오늘밤 나가지 않은 것이 후회되기도 했지만 별은 여전히 하늘에서 깜박였다.

4

이튿날 옥경은 사에서 나오는 길로 회관에 들렀다. 그러나 그곳엔 아무도 없고 명순네 집에 모여서 일을 한다는 것이었다. 그래서 옥경도 명순네 집으로 갔다. 너나없이 그들은 옥경을 반가이 맞아주긴 하면서도 옥경에게서 무슨 냄새를 맡으려는 듯이 코를 벌름거리기는 하나 모다 박철의 피검을 위로해 주었다. 그래서 옥경도 일을 시작했다.

태극기며 표식 기치 등, 자봉침으로 혹은 손에 풀을 발라 가면서 저마다 바삐 돌았다. 그만해도 시골 사람들이니만큼 감정을 보이지 않을 뿐더러 훌륭한 사람들이 많이 없는 탓으로 즉석에서 의견 일치를 볼 수 있는 게 좋았다.

뿐만 아니라 옥경에 대해서는 이내 다정해지었다. 한참 옥경이가 분주히 일하고 있는데 영식이가 몇 사람 청년하고 같이 들어왔다.

"수고를 하십니다" 하고 모다 인사를 한다.

"이런 수고쯤이야 기꺼운 수고조." 명순의 대답이다.

"이런 수고로 독립이 된다면 날마다라도 일하지요." 한 여자가 가위질을 하며 말한다.

그들은 혼성 웃음내기나 하듯이 웃고 났다. 한편에서 부지런히 바늘을 돌리던 옥경은 방심한 듯이 이 광경을 바라보면서도 그 웃음 속에 뛰어들지 않았다.

그의 얼굴은 능금처럼 매끄러운 윤을 내면서 이따금씩 영식을 찾는 눈이 약간 충혈되어 있었다.

이 옥경을 곁눈질해 보던 영식은 무슨 결심을 한 듯이 그의 옆으로 가까이 왔다.

"급한 일이 생겨서 저녁 차루 상경하게 됐는데 떠나기 전 좀 이야기할 수 없소?"

"여기서?"

"조용히."

"언제?"

"지금 곧."

"그럼 저희 집으로 갈까요."

머리만 끄덕이고 돌아서는 영식을 보면서, '무슨 기별이 왔을까' 하고 갑자기 가슴이 두근거렸다.

'혹시 오빠가 고문치사를?'

옥경은 곧 영식이와 같이 숙소로 돌아왔다. 같이 걸으면서도 영식은 한 마디도 말을 건네지 않는다. 옥경은 더욱 가슴이 두근거렸다. 방안에 들어 와서야 영식은 비로소 입을 열었다.

"옥경이."

"네?"

"나를 봐야지."

"말씀하시면 들어요."

"시골이 싫어지지 않았소?"

옥경은 그제야 책상을 등에 두고 돌아앉았으나 가슴은 아직도 뛰었다.

"얼마 전까지도 갑갑했어요, 무척."

그는 땅만 보며 대답한다.

"요즘은?"

"예가 좋습니다."

"왜?"

"제가 편히 살 수 있는 곳인 듯 해서요."

"박철 군은 이번에 나오는 대루 신문사에 취직하기로 내정되었으니까 그리 되면 옥경이도 곧 불러다가 원대루 실컷 공부시킨댔으니 그쯤 알고 경망한 행동은 하지 말아야 하오."

옥경의 가쁜 숨은 조금 편해졌다.

영식은 일부러 옥경의 하려는 말을 미리 막아 놓았다. 그러나 옥경의 입에선 의외의 말이 나왔다.

"늦었어요. 인젠 저는 스물하고 셋이어요. 학력은 전문학교 다녔다면 그만이죠. 배웠건 안 배웠건 간판은 가지구요."

"그래서."

"시집가기로 했어요!"

그는 이번엔 영식을 똑바로 쳐다보며 말한다. 영식은 대수롭지 않게 내던지는 옥경의 말에 경탄하지 않을 수 없다.

그는 떠나기 전 옥경의 심경을 타진해서 그 마음을 돌려 보리라는 생각으로 만난 것이었으나 반대로 옥경의 부동한 심경을 알게 되었다.

"저는 오빠처럼 자기를 버린 생활은 싫어요. 저는 저대루 살 테니까요 남의 옷 입고 헛춤을 안 추겠어요. 다들 실속 채리는 판에 유독 저의 남매만 떠서 살겠어요."

영식은 옥경의 입에서 오빠란 소리를 듣는 것이 이상한 여음을 가지고 울려왔다. 그러나 다시 생각하면 그 말이 이상한 것이 아니라 옥경의 말투 전체가 이상했다. 무엇 때문에 그처럼 자기와 거리를 두고 말하는지 일변 놀랍고 일변 알 수 없는 수수께끼였다. 뿐만 아니라 누구를 위한다는 말은 그의 신념으로는 아주 싫은 말이었으나 그대로 덮어 두고 이렇게 말했다.

"후회 없는 상대자라면 결혼해두 좋지."

"그걸 어떻게 단언합니까."

"그럼 사랑할 수는 있는 상대요?"

"결혼이란 반드시 사랑을 전제로 한다면 저는 그러한 결혼을 저주하겠어요."

"그건 무슨 뜻이오?"

"과거에 제가 주제넘은 사랑을 했던 까닭이에요. 그이는 자기가 사랑할 수 있는 상대자를 발견하구 멀리 가 버렸어요. 그래서 저는 사랑에 대한 탁상을 버리고 결혼할 수 있는 상대자를 택한 거예요."

"그이란 누구 말이오?"

"필요 있을까요, 영식 오빠헌테."

"그만두오. 내가 모르는 경지를 임의 답사한 옥경의 세계에 뛰어들 권리가 정녕 없는가 보오. 언제던지 나는 내 친누이 동생 이상으로 옥경의 신변을 보호할 의무를 느끼고 있었는데 그렇게 내게 빈정거리는 까닭을 모르겠소."

옥경은 입속까지 나오는 영식의 결혼설을 꺼내려다가 자존심이 그것을 눌러 버리고,

"제 말이 그렇게 들리신다면 제가 말할 줄 몰라서 그랬나 봐요."
하고 사과하는 투로 말을 돌렸다.

"언제쯤 결혼하우."

"그것은 미정이여요."

옥경은 일부러 그 날짜를 숨겼다.

영식은 모자를 집어 들고 일어났다.

"참 몇 시 차에 떠나시죠?"

"필요 있소?"

아까 옥경이가 '필요 있어요' 오빠한테 하던 갚음이었다.

옥경은 콧잔등이 찌잉 하며 까닭 모를 설움과 함께 눈물이 쏟아졌다. 어디 갇혔던 눈물인지 굉장한 양의 눈물이 마구 쏟아져 내린다.

"내 말이 섭섭해서 그러오?"

그는 은근하게 묻는 것으로서 위로를 대신했다.

"아니, 갑자기 오빠 생각이 나서 그랬어요."

한참 흐느껴 울고 나서 옥경은 대답했다.

"여덟 시 차루 떠나는데 정거장엔 나오지 마오. 몰려서면 재미없으니깐."

영식은 가 버리었다. 마치 영식이가 자기의 넋까지 가지고 간 듯 허전했다.

그는 자기의 마음이 의심스러웠다. 자기가 언제 인수를 사랑한다고 고민한 적이 있었던가. 지난날 일이 모다 꿈 속에 있은 일만 같았다. 그러나 옥경은 다시 자기의 현실을 찾으리라 했다. 그래서 그는 즉시 인수의 거처로 찾아갔다.

인수는 무엇을 쓰다 말고 반가이 옥경을 맞았다.

"요즘은 어떻게 꼼짝 안 하셨소?"

"선생님은?"

"내야 여자의 숙소를 찾기 거북하니까."

"그런 얘기는 그만두구요. 혼인 날짜 언제든가요?"

"혼인 날짜 잊는 색시가 세상에 있다?"

인수는 어이없다는 듯이 머리를 기웃하며 반문은 하면서도 무슨 트집의 전제라고 생각했다.

"아니, 좀 미루구 싶어서 그럽니다."

"왜?"

"오빠가 피검되었는데 기소되면 징역 살지도 모르니까요. 제가 암만 반역을 하기로서니 오빠가 옥살일 할 때 시집갈 수야 없지 않어요."

"얼마던지 있다고 보는데."

"오빠라두 부모 겸이니까."

"부모 없는 색시는 시집 못 가겠군. 대체 언제쯤 나오는데."

"누가 압니까."

"그럼 몇 해래두 나온 담에야 식을 하나."

"뭐 몇 해예요. 몇 달이죠."

"우리 결혼하면 오빠하구는 예전처럼 친해지지 못할 것두 각오했소?"

"누가 아니래요."

"나는 옥경 씨한테 불만이 꼭 한 가지 있어. 왜 무조건하구 내 말을 추종만 하는지 모르겠어."

"그럼 인제부터는 반대만 하죠. 좋지요?"

그런 이야기를 인수하고 주고받는 동안에도 옥경의 귀는 기차의 기적소리만 엿듣고 있었다.

5

해방 후 두 번째의 삼월 초하루를 K읍에서도 맞게 되었다. 조선의 민족혼을 세계에 떨친 그날은 슬프고도 기쁜 날이었다. 그날을 우리의 손으로서 버젓이 기념할 수 있다는 사실만도 엄청난 즐거움이긴 하지만 삼팔선이 가로막힌 탓으로 이날 K읍의 경축 행렬도 두 갈래로 갈리어 마치 편쌈이나 하듯이 서로 상대편을 누르려는 기세가 경축보다 앞질러 행렬은 피차 살기가 등등한 것 같았다.

옥경은 그날도 침울한 채 기념식에 참가했다. 나가고 싶지 않았지만 이날을 자기를 길러 준 오빠와 자기들을 지도해 준 영식에 대한 의리에 사는 마지막 날로 정하고 식이 끝난 다음 가두 행진에까지 참가했다. 그런데 어떻게 된 셈인지 부녀들은 그를 기어코 선두에 갖다 세웠다.

이상한 것은 막상 행렬 선두에 서고 보니 무슨 알지 못할 힘이 자기를 지배하는 것 같았다. 그는 이윽고 깃대를 휘두르며 만세를 절규하는 자신을 발견했다. 모르는 새 골수에 절은 사상 때문인지 그때만의 편당 심리인지 자기로서도 알 수 없었다.

저쪽에서 또 다른 행렬이 이쪽을 향해서 '타도 적귀당, 타도 무엇무엇'을 절규하며 욕설과 고함이 터질 때 그도 열이 나고 기가 났다. 두 손에서 깃대가 윙윙 바람 소리를 내며 내저어지고 욕 마중을 나가듯이 분이 치밀어 '민족 반역자 타도, 반동 백색 타도' 등의 욕설이 나왔다.

그러는 사이에 돌이 날아오고 떨어졌다. 경관대는 한사코 이를 제지하고 있었으나 그중 날아오던 돌멩이 하나가 옥경의 콧잔등에 맞아서 떨어졌다.

꼭 주먹만큼 한 돌멩이였다. 그 돌이 땅에 떨어지는 같은 시각에 옥경이도 돌멩이와 같이 길에 쓰러지고 말았다.

"앗" 하는 소리와 함께 고꾸라진 옥경의 코에서는 붉은 피가 터진 뚝에서 밀물이 밀리듯 콸콸 소리를 내며 흘렀다. 행렬은 흩어져서 혼잡을 이루고 간신히 열 밖에 안아 내 온 옥경의 끊어진 코허리에서 쏟아지는 피는 막는 도리가 없었다.

몇 시간 뒤 읍내 병원 침대 위에는 잠자는 듯 고요한 옥경의 사체가 높이여 있었다. 거짓말 같은 사실이 삶과 죽음의 경계가 백짓장보다도 엷음을 증거나 하듯이 그렇게 젊음을 고집하고 자기를 주장하던 생명은 간 곳 없이 점점 차가워만지는 해쓱한 그의 주검 앞에 몇 사람 부녀들이 소리없이 흐느끼고 있었다.

피해자는 양편에 다 있는 모양이었다. 그러나 아무도 뜻하지 않은 희생 앞에는 항의할 대상이 없었다. 시체는 옥경의 살던 방으로 옮기어졌다.

밤 늦게야 이 급보에 접한 인수가 신문사 사원들과 함께 뛰어왔다. 그들의 약혼은 공식 발표가 없었으니만큼 그저 우인으로서 철야할 뿐이었다.

문 밖에는 경관이 교대로 지키고 있었다. 서울서 이 참변의 부보를 받은 영식은 이튿날 밤중에야 겨우 옥경의 주검 앞에 무릎을 꿇었다. 그는 가만히 산 사람에게처럼 속삭였다.

"옥경이, 당신은 정말 불행한 나라의 영영 불행한 딸에 그치고 말았소. 당신의 원수를 갚는 것은 이러한 불행이 삼대로서 끝맺게 하는 것뿐이오."

향을 사르는 그의 눈에서는 굵다란 눈물이 방울져 흐른다. 옆방에서 명순 외 몇 사람은 수의를 짓고 있었다.

이튿날 장례식장에는 인수도 끼어 있었다. 이윽고 관은 땅속에 놓여지고 흙이 그 위를 덮었다. 가까이서 이를 보고 섰던 인수는 자기의 젊음의 한

토막이 그 속에 묻히는 것이라고 속으로 눈물을 마시고 있었다.

삽으로 옥경의 관 우에 첫 흙을 덮어 주던 영식은 삽을 내던지고 말없이 서 있다. 우주 공간과 시간 사이에 이러한 허무가 가로 놓였던가 싶었다. 자신의 젊은 희망도 함께 묻어 버리듯이 허무한 마음이었다. 영원한 허무 우에 하늘만이 푸르렀다. 그는 부녀동맹에서 준비해 가지고 간 꽃다발을 무덤 앞에 놓았다. 이른 불빛은 동그랗게 다슬리워진 새 무덤 우에 머물러 있다.

"삼대의 희생을 누가 강요했던가?"

"삼대의 희생을 강요할 권리를 가진 자는 누구입니까?"

하던 말이 들리는 듯했다.

"동무여, 편히 쉬라. 그대는 나라와 더불어 영원히 살리라."

이렇게 쓰인 표식을 명순이가 갖다 꽂았다.

영식은 친족 대표로서 인수에게도 굳은 악수를 주었다. 인제는 옥경에 대한 모든 절차는 끝나고 말았다. 무덤을 뒤 두고 돌아서는 영식은 그 무덤 곁에서 언제까지고 떠나고 싶지 않았다.

명순과 함께 다시 옥경의 거처에 돌아온 영식은 옥경의 짐을 정리하면서 서랍 속에서 엷은 비단에 싸인 큰 봉투를 발견했다. 그 속에는 박철과 영식의 사진이 있었고 편지 한 장이 끼어 있었다.

"영식 씨는 또 지방으로 가셨단다. 모 여투사와 함께. 그이는 연안서 온 이 여사이다. 아마 근근 결혼할 것이라고 네 마음을 알기에 이 사실을 알린다."

대개 이러한 내용이 저켜 있는 영식이도 아는 옥경의 동무가 보낸 편지이다.

영식은 그간의 옥경의 행동에 대한 모든 숙제를 풀 수 있었다.

"무슨 편지입니까."

그는 명순에게 말 대신 편지를 주었다.

"이건 저두 알구 있는 이야긴데요. 사실이 아니던가요"

"웃어 버린 풍설이 한 사람 동지에게!"

"왜 옥경 씨가 무슨."

"아니, 그저 풍설이란 말이외다."

그는 옥경의 목소리가 또 들리는 듯했다.

"주제넘었던가 봐요"

그는 사진을 뒤집어 봤다. 자기의 사진 뒤에는 '피안의 존재' 이렇게 썼고 박철의 사진 뒤에는 '오빠는 기리 평안하시라' 이렇게 쓰여 있었다.

잉크 색으로 보아 요즘에 쓴 것 같았다. 그는 마치 죽을 것을 미리 알고 쓴 것처럼 생각되어졌다.

'웃어 버린 풍설로 해서 과중한 짐을 지고 영원히 가 버린 피안의 그'

자기가 옥경이를 몰랐던 것같이 옥경이 역시 자기를 모른 것을 생각하니 눈물이 작구 앞을 가리어 그는 끝내 밖으로 뛰어나오고 말았다.

—『리라기』, 시문학사, 1949.

속 리라기(續梨羅記)

1

이영(李英)이가 탈옥하여 감옥에서 연기처럼 사라져 버린 지가 손꼽아 칠년째 잡혔다. 그의 아내 리라는 그가 지어준 리라라는 이름과 함께 남편이 조선 안 옥중에 있을 때 낳은 딸 미사와 더불어 또다시 기약 없는 이영의 돌아옴을 친정살이 눈칫밥을 먹어 가면서 기다리고 있었다.

다시 신경 여학원으로 가려 해도 외적 조건으로 건강이 부족했고 내적 조건으로는 K라고 불러 온 진성(陣成), 본명은 권진(權俊)이가 무서웠던 것이다. 아니 진성이가 무서운 게 아니라 리라 자신의 마음의 동요가 무섭다고 하는 편이 똑바른 견해일 것이다. 그의 일과는 한껏 고요하였다. 남의 지어 주는 밥과 어머니의 싫증이 나도록 매만지려고 드는 애무의 감시를 받으면서 겉으로는 평온한 날을 보냈다. '어느 새'라고 하는 말은 반역을 꿈꾸는 어휘처럼 머릿속에서 자신의 마음속에 새어 들기를 주저하면서도 또 다시 새봄을 맞아 계절의 속절없음을 느끼지 아니치 못했다. 날은 날마다 봄다워져 채양 밑에는 제법 봄볕이 다사롭게 비치었다.

봄, 봄이었다. 햇볕이 물결처럼 흐느적거리며 리라의 마음속에 파고드는 날이었다. 그는 또 일기책을 폈다.

<하늘이 이맛살 펴는 날, 3월 15일>
봄이어라 땅 속 깊이 또 깊이 묻혔던
생의 타오르는 정열 속에 봄은 있어 만상(萬象)의 기복이 거센 물결을 타고
산과 들과 내를 지나 한없이 달린다.

그는 문득 쓰던 손을 멈추고 여학교 시절에 쓴 봄눈이란 시를 외었다.

오시자, 가시는 애닲은 님의 자최를 마음 속 깊이 담어 보려고
조각조각 모았드니만
쌓였던 옛 꿈이 묽어짐같이
살어짐이 너무도 허무하외다.

그때는 무엇이 슬퍼서 이런 글을 썼는지 알 수 없었다. 어쩌면 자기의
오늘을 노래한 것이 아니었을까. 그러나 봄눈이 사라진 땅 속에서 푸른 생
명이 머리를 드는 것이 아닌가. 리라에게는 미사가 있다. 그렇다. 리라의
누리야 어둡고 차도 미사는 봄풀처럼 자라나서 리라가 열지 못하는 그 여
인이란 숙명의 문을 열리라. 열어젖혀라. 안개 낀 리라의 누리가 길면 길수
록 너의 앞길에 광명이 있어라.

두 번 다시 이 좁은 길이 부디 여인을 위해 마련되지 말아라.

그는 마음속으로 두서없는 기원을 하고 앉아 있었다. 그러는 사이에 낮
이 오고 밤이 가고 또 밤이 가고 낮이 왔다.

<거짓말을 엮어도 죄 없는 날이 있다던가. 그러나 그날도 지나간 지 반달. 4월 15일>
봄풀을 뜯어 오랴
봄 미나리 캐여 오랴
봄마다 오는 추억의 향수 속에
장수암(長壽岩) 마주보는 내 고장 살진 길이 있어

뫼꽃 꺾어 들고
뫼싹 파먹든 어린 벗들
수첩은 없을 망정
기억은 새로워라.
세월이야 가건 오건
기억은 새로워라.
그 길하고 바꿀 더 좋은 새 길이 아마도 없었기에 기억은 새로워라.

<1945년 5월 15일>
발돋음을 저어도
발돋음을 지어도
푸름이 아득히 차 있는 하늘에
흰 구름만이 시름없어라.
백양나무도 한껏 푸르러만 가는데
눌으면 고이는 물처럼
부풀기만 하는 마음을
어떻게 가둬야만 하리.
미사는 초롱꽃처럼 큰 눈으로
말없는 에미의 천기(낯맥)를 삶일 줄 알고
어른거리는 창에는
이영과 진성(권의 별명)두 분의
환영이 슷친다.
여인이여 리라에게 돌을 던지라.

<1945년 6월 12일>
쑥떡에 콩가루 무처 먹는 단년절(端年節)이었만
들리느니 군화 소리 싸이렌 소리
폭탄도 어서 쏘다지라
우박처럼 쏘다지라

하늘도 뭃어지고 땅도 꺼지라

다음에 오는 새날이 더 어둡고 차거워도 리라는 이 오늘을 이길 수 없어

이 이상 정녕 더 이길 수 없어

나의 호수여(이영).

리라의 신화는 칠년을 두고 가시밭 속에서 피투성이가 되어 쌓아 온 이 야기외다.

이야기 속에 어떤 기사가 나타나서 리라의 몸에 감긴 모진 가시넝쿨을 걷어 버리려 들기에 리라는 한사코 이를 막느라고 또한 더 무서운 가시넝 쿨을 쓰고야 말았답니다. 피 흘린 자욱이 누구의 눈에 띄일까 보아 리라는 미사라는 등불 뒤에 숨은 줄 아무도 모르리다.

2

그 후 며칠이 지난 어느 날 진성에게서 봉투 편지가 왔다. 피차 엽서 편 지 이외는 내지 않기로 약속한 것이지만 정작 봉투 편지를 받고 나니 리라 는 뜯기 급하도록 반가웠다.

엽서로 제한한 마음을 백지엔들 표하지 못하리까만은 오월의 하늘이 너무도 정답고 바람이 못 견디게 접어 넌 마음 자락을 들추어내어 기엏고 무슨 표백을 아니 넋두리를 하고야 견딜 상싶어 펜을 들었습니다.

선생의 이름으로 이 지면을 왼통 검구어도 부족할 듯한 날개 돋친 마음은 또 하나 잔인하도록 선생이 오늘을 갈채하고 있습니다. 선생의 그 평범하지 않은 길이 선생을 위해 마련되었다는 것은 내게 있어 차라리 불행한 다행이었나이다. 사고할 수 있는 나의 세계는 셋찬 물결[情熱]에 휩쓸리어 모진 비약을 꿈꿀 때도 있긴 하지만 나의 비약이 선생에게 무슨 아랑곳입니까. 어떤 로파심의 원로(元老) 는 음악 선생하고 결혼하라구 성가시게 굴기도 합니다만은 넌센쓰의 한토막이겠

지요. 내 마음은 나의 우주이며 나의 세계외다. 보는 이도 없고 알려는 이도 없습니다. 선생에게 부담이 될 것도 없고 나의 마음속에 물 한 방울일망정 선생에게 튕기는 일은 없을 꼅니다. 이로써 선생의 즐거운 시간을 빌어 드립니다. 진성.

단숨에 편지를 읽고 난 리라는 몇 번을 다시 읽었다. 그는 마치 무슨 요술에 걸린 듯이 자기도 편지를 썼다.

사막에도 비는 나린답니다. 그러나 그 사막이 옥토가 될 수는 정녕 없을 꼅니다. 잊어버린 기억 속에서 물 흐르는 소리를 추려 내실 필요가 무엇입니까.

눈 감고 새인 밤에 저 피안의 살진 땅이 모래밭이 되었다면 선생님은 그 모래밭을 오아시스로 꾸미실 수 있습니까.

리라의 슬픔을 알어주는 이언만 리라의 슬픔을 이얘기할 수 있는 이언만 웨하필 선생의 괴롬을 리라에게 묶어 보내야만 될까요 두 번 다시 이런 편지는 제발 쓰지 말어 주십시요 이것을 위선이라 하시어도 할 수 없습니다. 선생님은 지력을 전공하시었으니 어떤 지질의 땅에서 무엇이 난다는 건 아실 터이니까요 리라.

그 뒤로도 일력(日曆)은 날마다 뜯겼다. 그 일력이 한 장씩 뜯길 때마다 일본의 공영권선은 점점 좁아 들고 최후의 발악이 신문 지상을 통해서 귀에 들리고 보이지 않는 맷채를 들고 시시각각으로 사람을 들볶는 도수가 늘어 갔다.

팔월 초 열흘날 마침내 리라의 친정에서도 고향인 봉이골로 피난길을 떠났다. 기차도 만원이고 길도 피난 가는 사람들로 꽉 차 있었다. 하늘에서는 비행기의 시위가 잦아지고 또 폭탄이 투하되기 시작해서 세상은 마지막 장날처럼 어수선했다. 피난 가서 엄벙덤벙하는 며칠이 지나자 팔월 십오일이 왔다.

"와아와아" 하고 팔 벌리고 목이 터져라 만세를 부르는 봉이골 사람들은 만세를 부르다가도 손을 멈추고 한참씩 뒤를 돌아보고는 또 만세를 부른다. 해방이라고는 하나 그 무서운 일본 군대가 다시 그 칼날같이 번득이는 눈을 부릅뜨고 달려드는 것 같은 착각 때문이었다.

쏘련군이 쳐들어온다고 하여 용이골과 봉이골을 끼고 흐르는 큰 냇물에 놓인 다리도 허물어 버리고 산 속에 숨어서 산허리를 파며 방벽을 쌓던 일본군이 부실부실 마을길을 지나서 내려오건만 그들에 대한 공포는 아직 삭지 않았었다. 그 이튿날 리라는 미사의 손목을 잡고 해방 기념 축하 겸 태극기 구경을 학교 마을로 갔다.

학교 마당에 몰려 든 군중들은 그새 프린트되어진 애국가를 손에 들고 거침없이 부르면서 모두들 울고 있었다. 감격에 가슴이 터질 듯한 리라는 마음 깊은 골에서 '일제는 물러간다, 우리들로부터' 라는 생각이 번개처럼 솟구쳐 나왔다.

일제는 물러간다. 저 무섭던 경찰의 감시로부터 풀려나온 우리 조선 사람들, 아니 이영이와 리라와 미사. 아! 태풍이 불어서 어느 지대의 살진 흙을 사막에다 쏟아 놓는다. 아니 십년이면 물도 제 곬으로 돌아든다고 홍수에 밀려 간 진흙은 홍수를 타고 다시 옛 밭으로 밀려올 것이 아닌가.

"미사야, 인제는 너이 아버지가 오신다."

"정말?"

"이번엔 정말, 정말이다. 너의 아버진 네가 보구 싶어두 저 일본 사람이 무서워서 못 오셨어."

"무었이 무서워?"

"오기만 하면 잡어 가둘려 드니까."

"왜 그럴까, 응."

"가만있어. 다음에 아르켜 주께."

그는 미사를 데리고 바쁜 일이나 있듯이 숨이 차게 뛰어왔다. 그리고는 곧 R읍으로 돌아 들어가자고 졸랐으나 찻길이 막혀 어떻게 할 수가 없었다.

그는 오래간만에 일기를 썼다.

<1945년 8월 16일>
어둡고 험하고 외롭고 쓰린 가시밭을 헷치며 당신을 기다린 칠년은 길기도 하였소
인제는 돌아오실 것을 정녕 오실 것을
아아 마음은 웨 이리 조급하오

그러나 하루 이틀 지나는 사이에 해방이 온 것처럼은 이영이가 선뜻 자기 앞에 나타날 듯 싶지 않았다. 지금까지는 막연히 어디 살아 있다가 언제든지 돌아올 것이다라고쯤 믿어 왔지만 이제는 살아 있으면 반드시 돌아와야 할 그이기 때문에 마음은 더욱 불안해지기 시작했다. 또 어떻게 반드시 살아 있다고 단언하랴. 한 번도 소식을 듣지 못한 채 칠년을 손꼽지 않았던가. 그의 생존을 믿어 온 것은 믿어야만 견디어 날 수 있는 마음 때문이 아니었던가. 벌써 죽어서 흙이 되어 버린 지 오랜 것을 자기만 모르고 우상처럼 마음속에 그의 실재를 모셔놓고 기다리고 있었는지도 모른다. 그는 생각하면 할수록 해방은 자기만을 빼돌리고 하늘과 땅과 산과 들과 그리고 자기 아닌 딴 사람들에게만 가져온 거라고 느껴져 그의 개이지 않는 울적한 마음은 주름살을 펼 수 없었다.

그 뒤 며칠 후 그들은 끝내 백리 길을 걸어서 R읍으로 돌아왔다. 길에는 일본군 대신 붉은 군대의 범람이었다. 밤이면 생지옥같이 무서운 날도 지나가 버리고 여인들은 모임으로 쓸려나가고 들앉아서 얼굴을 닦던 아주머니 패들은 가두에서 장사치로 변해 가지고 한풀 꺾여 물건을 팔고 도속(道屬) 고관들은 모조리 뺑소니쳐 버렸다.

하루, 이틀, 세월이 가는 사이에 일본 사람들의 거지떼가 밀리어 다니어 호화롭던 얼마전의 거만하던 죄과를 알뜰히 받고 있었다. 아는 사람이 밥

한술이라도 떠 줄려면 '친일파'라는 소리에 모두들 문을 닫아 매고 '그렇지만 가엾어서' 하면서도 문을 열고는, "쌍통이지. 저것들이 우리를 못 살게 굴던 생각을 하면 그래두 부족하지 뭐야." 하고 말을 주고받는다.

정말 그들의 행패의 자취를 들추면 그들이 받아야 할 죄과는 그래도 오히려 부족할 것이지만 가엾은 것만도 또한 사실이었다. 그것이 인간의 상정인지도 모른다. 그러나 돌이켜 생각하면 동경진재 때의 모략 학살과 삼일만세 때에 태워 죽인 수많은 원혼이 있으면 그들의 오늘을 보고 만세를 부르리라, 목메어 부르리라. 이런 생각을 하고 앉았던 리라는 일어나서 창가로 갔다. 모난 유리창 밖 하늘에 독수리 한 마리가 원을 그리며 머얼리 날아가고 있었다.

3

리라는 이영이가 살어진 그때 당시의 '그는 로서아로 갔다'라는 풍문을 지금까지 믿고 있었기 때문에 그가 돌아오지 않는 것이 날이 갈수록 새로운 슬픔이 되어 그는 다시 우울한 날을 보낼 수밖에 없었다.

확실히 죽은 사람을 기다릴 듯도 하고 또 "리라!" 하고 불러줄 것도 같은 안타까운 날이 거듭되어 마음은 매일같이 타는 등심(燈心)처럼 바작바작 조여들기만 하고 얼굴에는 검은 점이 내피어 그의 흰 낯색은 얼룩이 지기 시작했다. 사람들은 그것을 잠이라고 한다.

"웬일이시어 아직도 안 돌아오실까. 누구누구는 돌아와서 어떻게들 되었는데."

일없는 할머니들은 리라의 어머니를 만나면 실없는 질문과 공연한 선전을 퍼트려 그 어머니의 걱정 소리가 또 리라를 괴롭혔다. 해방이 되어 석달을 잡은 시월이언만 진성에게서조차 아무런 소식도 없었다. 그는 일기도 쓰기 싫었다. 바람이 불어 가로수의 낙엽을 휩쓸며 지나간다. 사람들은 폭탄에 무너진 집의 기둥을 뽑아 가고 문짝을 부숴 가 버려서 거리는 엉성해졌다. 십이월 초이튿날이었다. 진성이가 리라를 찾아 현관에 서 있었다. 꿈 같은 사실이었다. 방으로 안내되어 들어온 그는 "미사가 어디 갔습니까?" 하고 미사부터 찾는다.

"외할머니하구 예배당에 갔어요."

"참, 오늘이 공일이죠."

그는 리라가 예전에 세례교인이었다는 것을 잊지 않았다. 리라의 방 벽에는 여전히 웃는 이영이가 걸려 있었다. 그는 벽에서 마치 리라의 모든 사고 행동 일체를 감시하듯이 빙긋이 웃고 있었다. 진성은 약간 어색한 듯이 또 신기한 듯이 방의 꾸림새를 둘러보고 나서,

"저는 이곳 교육 책임자로 부임해 왔습니다. 엄청난 출세이죠."

말꼬리를 낮추며 언젠가 하던 니히리틱한 웃음을 웃었다.

"어떻게 이곳으루."

리라는 얼른 믿어지지 않아서,

"무엇이라고 하셨지요?"

하고 다시 물었다.

"언제나 저는 강 선생이 못 알아듣는 말을 하는 게 장끼인가 보지요. 이 방은 퍽은 행복스런 주인이 사는 방만 같아요."

"무엇이!"

"전부가 이영 씨를 위주한 생활 같아서요."

"제가 마음 놓고 호흡할 수 있는 오직 하나의 방까지 나무려야만 세상은 마음이 편안한가요. 어떻게 여기 오셨지요?"

진성은 리라의 얼굴에서 오오래 시선을 떼지 않고 바라보다가,

"이영 씨의 소식을 가지고 왔습니다. 저는 이곳 교육 책임자루 부임해 왔구 이영 씨는 앞으로 한 달 후면 오시게 됩니다."

리라는 도깨비에게 홀린 사람처럼 한참 진성을 마주보고 앉았다가, "정

말인가요” 하고 묻는다.

“틀림없이 정말입니다. 제가 거짓말을 꾸며 낼 무슨 필요가 있읍니까!”

“그가 지금 어디 있는데요.”

“길림에 있습니다.”

“어떻게 아셨습니까.”

“모스코바 시대부터 알았읍니다.”

리라는 진성을 쏘아보았다. 그의 눈에는 원망이 깊어 있었다.

“그럼 웨 그 전에 알려 주지 않았습니까?”

“락타가 바늘 구녕을 기어 나가든 시절에 그것을 제가 선생에게 말할 수 있었을까요.”

“퍽은 진실하셨습니다.”

리라는 온갖 증오로써 그를 조롱했다.

“오해하지는 마십시요. 진실은 우리들의 일과 결부시킬 성질의 것은 아니었읍니다. 그럼 저는 가보겠읍니다. 엽서 이상의 대화를 해서 죄송합니다.”

그는 스프링을 접어들고 일어섰다.

리라는 진성의 하는 양만 바라보고 앉았다가 어쩐지 피잉 눈물이 고였다. 그는 몰래 그것을 닦아 내고,

“용서하세요. 다 알겠어요. 투설을 방지하시노라고 하신 뜻을.”

“그뿐입니까.”

“아르켜 주지 않으신 리유는 그뿐이라고 믿습니다. 잠깐만 더 앉아 주십시오.”

리라의 진심이 통했는지 분연히 일어났던 진성은 다시 자리에 앉았다.

“해방은 어디서 맞었읍니까.”

“신경 복판에서.”

“저를 생각하셨든가요.”

"상대적 원리가 통하지 않는 경우에는 조롱을 사게 되니까요. 대답을 안 합니다."

"저는 선생님을 생각했습니다. 주소는 어디신가요."

"아직은 려관에 묶고 있습니다. 래일쯤 결정되겠지요."

"기억하십니까. 작년 이맘때 선생님은 절더러 사람이 되라고 하셨지요. 인제 봄이 오면 정말 사람이 될 것 같아요. 그리구 앞으로는 선생님하구두 친할 수 있을 껍니다."

"언제는 불안하셨습니까."

"그럼은요. 저도 신이 아닌 사람이였으니까요."

진성은 내어 놓은 사과를 깎지도 않은 채 먹고 가버렸다.

4

그가 돌아간 뒤에 리라는 어린애처럼 뛰어다니면서,

"이영이가 온다."

하고 소리치고 싶었다. 예배당에서 돌아온 리라의 어머니는 이내 눈물이 글썽해지면서,

"그렇겠지. 설마 안 올 리가 있겠니."

하며 느껴 우신다. 리라는 미사를 껴안고 "아버지가 오신다, 너희 아버지가 오신단다" 하고 한바탕 떠들었다.

미사는 전에 없이 어머니가 떠들어 대는 것을 보면서 어리둥절하고 있었다. 그는 일기도 쓰기 싫고 일도 하기 싫고 그저 마음이 허공에 둥둥 뜬 것처럼 일이 손에 잡히지 않았다. 그렇게 한 달을 보냈다. 그러나 이영은 돌아오지 않았다. 그는 어느 날 진성을 찾아가서 이영이 있는 곳으로 찾아가면 어떻냐고 의논해 봤다.

"뭐 곳 오실 것을 칠년도 기다렸는데 그렇게 급하실 건 없지 않습니까"

하면서 리라를 쳐다본다.

리라는 한동안 잊어버렸던 그이 모습을 본 듯해서 이내 돌아오고 말았다. 그 뒤로 며칠 안 되어 큰길에서 자동차가 굉장히 많이 달리는 날이 있었다. 바로 그 사흘째 되는 날이었다. 흰 눈이 소리 없이 내려 자꾸 쌓이기만 하는 십이월 십칠일 저녁 때 진성에게서 저녁 사령부에 파아티이가 있으니 나오라는 초대장이 왔다.

장교들 가족과 도속 고관들 가족만 초대하기로 되었는데 자기는 가족이 없으니 대신 좀 나와 달라고 사연까지 써서 사환 애를 시켜 보냈다. 리라는 눈 나리는 길을 혼자서 걸었다. 지난해 그 어느 눈 오던 날 밤에 진성과 함께 걷게 되어 오늘에 이른 친교를 생각하면서 사령부까지 걸어왔다.

파아티이는 곧 시작되었다. 그는 새카만 비로오드의 위아래를 입었기 때문에 울긋불긋한 옷보다 더욱 눈에 띄었다. 리라는 진성의 옆에 숨는 듯이 앉았다. 그는 웬일인지 모든 시선이 자기에게만 쏠리는 듯해서 시선을 떨어트린 채 주위를 살필 사이도 없이 이내 사처에서 박수소리가 나면서 사회자의 인사말이 시작되었다.

"오늘 저녁 주빈은 이영 소좌올시다. 이분은 우리 도의 출신으로서 일즉이 일제의 감금의 마수를 버서나서 망명 후 소식이 묘연하던 것이 금번 이곳 부사령관의 사명을 띠고 금의 환국하셨습니다. 여러분은 충심으로 환영하여 주십시요."

하는 사회자의 말이 흥분된 리라의 귀에 청천 벽락같이 울려 왔다. 하마터면 기절할 뻔하도록 놀랜 마음은 "앗" 하고 처음에는 분명 리라가 소리 지른 듯했다. 어떤 전광이 머릿속에서 번쩍 빛을 내었다.

'그가 왔다.'

무의식중에 일으킨 리라의 상반신은 도루 의자에 주저앉았다.

'분명히 그다. 틀림없이 돌아왔다. 그러나 웨 나를 먼저 찾지 않았을까?'

"어찌된 셈입니까?"

"이영 소좌가 지금 이얘기하실 테니 들으시죠."

진성은 침착하게 타이른다.

"친애하는 여러분."

리라는 어린애처럼 "와아" 소리를 지르며 울고 싶었다.

"저를 용서하십시요."

일어나서 밖으로 나가려는 리라를 진성은 간신히 달래어 도루 자리에 앉혔다.

"좀더 냉정하십시요."

리라는 진성의 말소리가 잔인하게 들렸다. 어떻게 냉정할 수 있으랴. 시각을 쪼아 보낸 칠년이 아니었던가.

"친애하는 여러분 나는 만 육년 만에 고국에 돌아왔습니다. 오늘을 위하여 싸워 온 과거가 헛되지 않어 이 땅의 흙을 다시 밟게 되었습니다. 여러분 중에는 혹 저를 아시는 분도 계실 것입니다만은 이곳에는 일즉이 저의 사랑하던 아내가 남어 있어 여러분의 보호 하에 나를 기다려 주었습니다. 한편으로 감사를 드리며 앞으로 미력이나마 조국을 위해 받치려고 하오니 여러분은 많이 편달을 애끼지 말어 주십시요."

말을 마치고 동시에,

"자, 리라."

이렇게 부르면서 가벼운 걸음으로 리라 있는 곳으로 걸어왔다. 리라는 그에게 끌려 인사를 끝내고 이미 준비되어진 자리에 앉았다. 마치 <춘향전>의 이 도령의 재판 같기도 하고 어쩌면 꿈 같기도 하고 또 영화의 한 장면 같기도 해서 리라는 정신이 어리둥절했다. 그저 틀림없이 이영이가 돌아왔다는 사실만이 그의 머리에 남어 있었다. 둘러앉은 사람들은 박수를 치며 열광했다.

파연 후 이영은 다른 손님과 마찬가지로 리라에게 악수를 청하면서 내일 찾겠노라고 인사하고 갈렸다.

리라는 마치 유리 구두를 신고 왕자의 잔치에 몰래 참석했던 처녀가 벗어진 구두 한 쪽을 찾아 신을 사이도 없이 남의 눈을 피하여 도망해 온 동화에 나오는 처녀처럼 이상하게 마음이 설레었다.

"그렇게 쉽게 내가 행운의 열쇠를 맡을 수 있었더란 말인가―. 아아, 이토록 무겁게 비쳐진 나의 성격을 그는 무엇이라고 할 것인가. 진성 씨는 웨 그 침침한 고뇌 속에 잠긴 내 성미를 좋와했을까."

그는 집에 와서 이 꿈 같은 저녁의 일을 보고하고 흡사는 소녀처럼 날뛰었다.

칠년이 눈앞에서 사라졌다. 서양 사람이면 이런 땐 돌아가며 춤추고 껴안고 소리지르고 법석일 것이지만 조금 후의 그는 미사를 만지며 중얼거리기만 했다.

이튿날 아침 신문은 이영 소좌에 관한 기사로 찼었고 리라와의 만난 장면도 그대로 보도되었다. 아는 사람들은 달려와서 부러운 치하를 하고 간다.

그날 점심 때쯤 이영은 정말 약속한 시간에 찾아왔다.

사위는 귀객이라 하지만 오늘의 이영은 귀객이라도 이만저만한 귀객이 아니다. 전 시민의 쳐다보는 위대한 사위였다.

그는 찾아온 게 늦었다는 것과 공적인 사무가 산적하여서 환담할 시간도 없어 유감이라고 하면서 자기를 닮은 미사를 무릎 위에 안고 앉았다.

"얼마나 고생들 했습니까."

"고생은 매 일반이지만 실로 얼마나 고생했소"

리라의 어머니는 울면서 대꾸를 한다.

리라는 울어야 할지 웃어야 할지 자신을 주체할 수가 없었다. 그렇게 기다리던 남편이 아무리 공직에 매였기로니 저렇게 범연할 수가 있을까.

점심을 몇 술 떠먹은 이영은,

"집이 결정되면 다시 잔치를 차리고 신혼처럼 살림을 꾸밉시다."

이런 말을 남기고 가버렸다.

5

리라는 그러한 이영의 담담한 방문을 몇 번 받은 뒤로는 이상한 느낌이 들기 시작했다.

'그는 확실히 옛날의 이영이 아니다. 그 꿈꾸는 듯한 표정도 없어지고 그 다정한 음성도 달러지고 될 수 있는 한 구실을 만들어 나를 맞나지 않으려고 노력하고 있다. 아니, 내가 이게 무슨 이런 망녕된 생각을 하고 있을까. 그 오랜 동안의 해외의 생활에서 그는 얼마나 고닮었으랴. 그 거친 전쟁터에서 그는 몇 번이나 죽엄과 싸웠으랴. 그가 칠년을 세인 것만도 나를 사랑하기 때문일 것이다.'

그 뒤로 사흘이 훌쩍 지난 어느 날 저녁 군인 하나가 차를 타고 이영의 편지를 가지고 왔다.

"차에 앉어 곳 오십시오. 이영."

바로 크리스마쓰의 밤이었다. 하지만 기독교를 믿지 않는 그들에게 크리스마쓰가 있을 리 없었다.

리라는 따라온다는 미사를 어머니에게 달어 예배당으로 보내고 혼자만 갔다.

미사를 데리고 가고 싶기도 하지만 일부러 미사를 내세워 자기의 공을 세우려 드는 것 같은 어머니로서의 또는 여인으로의 속된 대변을 삼가리라 했다. 차는 군인들이 지키고 있는 문을 지나서 바로 어떤 양옥 현관에 갖다 대었다.

그는 곧 응접실에 안내되었다. 이영은 의자에 앉았다가 리라의 이름을 부르면서 손목을 잡다 의자에 앉히고 자기는 자리를 바꾸어 리라와 마주 앉는다.

"오래간만에 옛날로 돌아가서 이얘기 좀 합시다."

그는 담배를 꺼내서 붙여 물었다.

"리라는 조곰도 변하지 않았어. 리라, 당신은 지금도 나를 사랑하오?"

그들은 서로 마주보고 웃었다.

"당신은 아마 연애가 하시구 싶으신 모양이죠. 웨 자기를 사랑하는지 안 하는지도 모르는 여자를 밤에 불러 디렸어요."

리라는 처녀이기나 하듯이 맞장구쳐 주었다.

"그럼 당신은 이렇게밖에 맞지 않는 내 처사가 이상하다고 생각되어지지 않소?"

이영의 음성이 떨리며 얼굴 표정이 굳어지었다.

"생사의 여부도 모르고 칠년을 기다렸는데 살어 계신 당신이 지척에 있을 뿐더러 또 신혼처럼 새살림을 꾸미자구 말슴하셨으니 그 이상 무엇을 바라겠어요. 가뜩이나 군무에 바쁘신 당신을."

리라도 아까와는 반대로 터져 나오는 웃음을 이빨로 꼭꼭 입술을 깨물어 막으면서 이렇게 대답했다.

"지옥에라두 같이 갈 수 있단 말이요? 그러나 나를 용서할 수 있을까 몰라!"

그는 손에다 정성스런 키쓰를 하면서 말한다. 방바닥엔 어느 왜인이 깔았던 수단인지 호화로운 무늬가 새겨진 것이 눈물어린 리라의 발 아래서 아물거렸다. 그는 자신이 어떤 예감이 들어맞은 듯해서 정신이 아찔해지었으나 일부러 부드럽게 표정을 고치면서,

"무엇을 용서해야 돼요, 새삼스레."

"나는 당신의 믿어 온 이영이처럼 훌륭한 남편두 아니구 게다가 당신이 아까울 정도로 순결하지 못한 사람이오."

리라는 이영의 다음 말을 기다려 빠안히 쳐다보고 앉았다.

"다른 게 아니라 나는 리라 아닌 또 하나 사랑한 여자가 있었소"

그는 리라의 얼굴을 보지 않고 벽만 보며 말한다. 리라는 꼼짝을 않고 이영이만 보고 앉았다가,

"나는 가겠어요."

하고 자리에서 일어났다.

"좀더 내 이야기를 들어 주고 다음에 어떻한 구렁텡이에 나를 차 넣어도 좋소. 이 이야기는 일천 구백 사십 삼년 이월 십삼일 와루소―전에서 네가 복부에 관통상을 당하고 출혈이 심하여 거이 죽게 되었을 때 어떤 간호원 의 수혈로 기적적으로 다시 소생된 뒤로부터 시작되었소. 그날 나는 어느 야전병원 침대 우에서 만 사흘 만에 비로소 눈을 떴는데 그때 나의 눈에는 어렴풋이 어떤 얼굴이 비치었었소. 나는 갑자기 나두 모르는 새 '리라' 하 구 그만 소리를 질렀소. 그랬더니 그때 한 간호원이 '꿈을 꾸신 모양이지 요. 말슴하면 안 됩니다. 나는 니이나라고 부릅니다' 하면서 손에 익은 간 호를 하여 주었소.

그 후 알고 보니 그는 이세 조선 여성으로서 모습이 거이 당신과 흡사했 고, 말소리도 그때의 나에게는 꼭 당신 말소리만 같이 들렸소. 그는 내가 혼수상태에 빠졌을 때 헛튼소리한 것으로서 조선 사람이라는 것을 알아채 렸다고 합니다. 그 뒤로 나는 처음에는 고마운 간호인으로 다음엔 친이 부 를 수 있는 여자 동무로서 사괴는 동안에 나는 그만 그 여자의 정렬에서 헤엄쳐 날 수 없게쯤 되었소. 내가 여자의 애정에 휩쓸렸다는 게 비겁한 말이지만 내 마음 속엔 언제나 당신이 불상처럼 앉아 있기 때문에 나는 당 신의 상을 물리칠 수가 없어 휩쓸렸다는 말을 썼소.

그러나 내종엔 나두 그를 사랑하구야 말었소. 그 뒤로 오는 고민, 나는 사랑이란 자체가 그렇게 흔들리는 성질의 것이라면 리라 역시 나 아닌 딴 사람을 사랑할런지도 모를 것이다 하고 마음속으로 나를 기다려 주지 말기 를 바랐소. 이것은 내가 당신을 사랑하느니 안하느니 문제가 아니라 내 양 심의 가책에 대한 면제의 방법이 그것밖엔 길이 없었기 때문이었소."

"지금 그 여자는 어디 있어요."

"길림서 일 보기로 되었었는데 어저께 통신 반원으로 이리 왔구만."

마치 자기와는 아무런 관계도 없는 듯이 이영의 이야기를 듣고 앉았던 리라는,

"오뇌의 절대치가 잔인 그것으로 답이 되어 나왔습니다."

이렇게 말하고 자리에서 벌떡 일어났다.

"리라."

"제발 다시는 리라라 부르지 마셔요. 왼갓 괴롬을 엮어온 이름이기에 치가 떨리도록 인제는 실증이 났어요. 당신의 이야기도 이 이상 더 듣구 싶지 않어요. 당신은 한갓 나를 괴롭히기 위한 그 무슨 숙명적인 존재였는지도 모르죠. 그 내가 오늘 당신 앞에서 버림을 받어야 할 판국이 되었으니 좋와요. 인제 다시는 당신 앞에 나타나지 않을 테니."

리라는 솟구치는 울음을 억제할 수 없어 그대로 흐느껴 울었다. 그의 머리에는 그 불길한 예감을 주던 카누(獨木丹)가 떠올랐다.

'싫어, 싫어. 아아, 모두가 싫어.'

그는 살아 있다는 사실에서 풀려나고 싶어 마음으로 이렇게 부르짖으며 달음질치듯 문 앞까지 왔다. 그러나 문은 꽉 잠겨 있었다. 리라는 잠겨진 문 앞에 그대로 펄쩍 주저앉고 싶은 것을 억지로 버티고 서서,

"권력으로 가두어지는 마음은 아니니까 어서 이 문은 열어 주세요."

발을 동동 구르다시피 하며 소리쳤다. 이 리라의 거동을 멀거니 보구만 않았던 이영은 혼잣말하듯이 낮게 말한다.

"지난일을 다 용서받을 수 있다면 어떠한 조롱두 달게 받겠소. 당신은 좀더 나를 이해할 수 없겠소."

"무슨 권리루 내가 당신을 용서하겠어요. 기다린 것두 죄스러운 일인데 무슨 육갑을 할 줄 안다구 내가 당신을 리해할 수 있겠어요. 당신의 론쪼루 나가면 사랑한다는 것은 누구나 다름없는 일일 테니까."

잔뜩 흥분되어 함부로 말을 내던지던 리라는 문득 자기의 말이 가슴에 걸렸다.

"사랑한다는 것은 누구나 다름없는 일."

그럴 수가 있을까. 그때 리라의 머리에서 진성의 환영이 번개처럼 스치고 지나갔다.

'아아.'

리라의 마음이 어떤 탄성을 발한다. 지난 일년 동안의 자기의 마음은 과연 순수하였던가. 이영이처럼 저렇게 고백도 할 수 없는 자신의 감정인지도 모른다.

'마음이 원하는 것만으로도 그것이 불의인 경우에는 이미 그것은 범죄라고 분명 성경에 씌어 있었다. 그렇지만 자기는? 확실이 모든 감정을 눌으고 살어 왔었지 않었든가. 그 눌렀다는 것은 물리쳤다는 것도 될 것이다. 내가 이영에게 나와 비슷한 처신을 하라고 바라고 있었던가. 거저 그의 생존만을 원하고 있은 것이 아니었던가?'

리라는 다시 자리에 돌아가 앉었다.

"당신을 리해하지요. 원이라면 주제넘게 용서라도 하리다, 그렇지만."

이영은 모진 바람이 지나간 뒤의 고요한 바다마냥 진정된 리라를 보면서 그도 일어나서 걷던 걸음을 멈추고 자리에 앉었다.

"그렇지만 당신은 웨 나를 이 집에 들이지 않으면서 그 여자 니나는 이 집에 디렸든가요."

리라는 이영의 말하려는 것을 가로막으며 말을 계속한다.

"그것이 당신의 사랑의 비중에서 나온 해답의 표현이라면 이 이상 말할 것두 없습니다. 나는 나대루 살겠어요."

"통신반원으루 왔다구 그랬지 내가 언제 이 집에 디렸다구 그랬소."

"그럼 이 집을 삿삿치 안내해 주세요."

"얼마던지."

그는 신발을 신은 발로 뚜벅뚜벅 앞장섰다.

"그만둡시다. 없은들 무엇하며 있은들 무엇하겠습니까. 한 비극을 땜질하기 위해 또 다른 비극이 빚어질 따름이죠."

"그러나 내겐 당신 이외의 여성이 있었다는 게 그저 태양의 주위에 한 위성이 떠 있었다는 것 이상으로 중요하지 않았다는 것을 알어 주오."

"나를 돌려보내 주십시요. 그렇게 말씀하시니 내게도 아마 그런 위성이 있었든 것 같습니다. 내가 간 다음에 혼자서만 생각해 보세요. 그 여자는 당신의 생명의 은인이었다면서요."

"그것은 서로 알기 이전의 일이었으니까, 그때는 간호원으로서 환자를 구원하는 의무를 다했을 뿐이었지."

"그럼 어떡하시자는 거예요."

"당신이 나를 오해하고 있는지도 몰라서 사실을 이야기한다는 게 이렇게 되였소."

"글세 어떡하라는 말씀입니까."

"당신의 힘을 빌리고 싶소."

"어떠한 힘을 어떠한 방식으루."

리라는 거의 조롱에 가까운 반문을 한다.

"좀더 관대히 나를 받어 주오. 니나가 이영이를 단념할 수 있도록."

"그게 혁명가인 당신의 말씀이여요?"

"그렇소. 이영이의 말이오."

"내가 당신을 단념하지요. 어서 문을 열고 가게 해 주서요. 그러한 당신이 처음에는 웨 나를 받어드리지 않었어요."

"이 자리는 그 사정을 대답할 위치가 아닌 것 같소. 어쨌던 지금 당신을 돌려보낼 수는 없소. 불안해서."

이영은 리라가 자기의 곁을 떠나면 금시 죽을 것만 같어서 보낼 수도 혼자 둘 수도 없었다. 그러나 리라의 성화에 배겨내다 못해 끝내 통행 시간이 지난 밤길을 자동차로 바래 주었다. 집안 식구는 모두 잠들었고 어머니만이 걱정되듯이 깨어 있었다. 그는 놀다 왔노라고만 말하고 하염없이 흐르는 눈물을 닦으며 오래간만에 일기책을 폈다.

<1945년 12월 25일>
공기까지 얼어붙는 밤
리라의 배는 항구 없는 바다로 바다로 떠서만 간다.
마음이여 리라의 마음이여
너는 사벌이 되어 버려라
오오랜 시달림의 물결에 씻기여
거저 하아얀 사벌이 되여 버려라.
리라의 머리 우에 하늘이 맞닿고
리라의 발 아래 진흙이 밟히지 않느냐
어디 공간이 있드냐.
모오든 번뇌가 오오랜 물결(風波)에 씻기여
거저 아름다운 사벌이 되여 버려라. 사벌이 되여 버려라.

그는 펜을 내던지고 마침내 흐느껴 울었다. 얼마를 그렇게 울고 나니 마음이 거뜬해진 것 같았다. 자기가 칠년 동안 이영이를 기다렸다는 것은 이영이를 위해서가 아니고 결국은 자신을 위한 것이 아니었던가. 그것을 빼놓으면 이영이를 공격할 무슨 재료를 가졌더란 말인가.

사람이란 감정을 어떤 틀 속에 가둬 놓지 못하는 이상 '웨 리라만을 생각하지 않았소'라는 류의 언행은 우습고 부끄러운 투정이 아닐 것인가. 그 밤을 뜬눈으로 새인 리라는 이튿날 진성을 찾았다.

"모든 것을 다 아시면서 왜 숨겨 두시고 말씀해 주시지 않았습니까?"

진성은 얼음이 얼어 든 창문을 바라보면서 태연히 대답한다.

"제가 안 것은 이영 씨가 강 선생을 얼마나 애끼고 있다는 사실뿐이었습니다."

"니나라는 여자가 그적게 왔다면서요."

진성은 가늘게 한숨을 쉬었다. 니나의 입장과 자기의 입장이 비슷한 듯해서 은근히 동정이 가기도 했다. 생각하면 자기는 리라의 그어 논 경계선을 한걸음도 뛰여넘을 수 없는 자신의 신의를 가지고 있었기 때문에 이영이만 돌아오면 리라는 지나치게 행복스러우리라 믿었다. 그러나 길은 이상하게 옆으로 뚫렸다.

"마술에 걸린 왕녀가 왕자의 주문으로 깨어나서 왕후가 되어 가는 것은 천일야화가 아니면 동화겠지요. 웬걸, 제게 행운이 있을라구요. 저를 어느 학교로나 보내 주세요."

"이영 씨의 고백을 들었습니까?"

"들었습니다."

"리해할 수 없었나요."

"설사 리해한다 하더래도 믿음을 저버린 이영의 감정에 대한 미움은 어떻게 처리할 수 없어요. 이것이 질투라는 건지!"

리라는 어느 여학교로 보내 달라고 재삼 당부하고 집으로 돌아왔다.

6

어느 날 저녁 진성은 니나가 투숙하고 있는 호텔로 찾아갔다. 길림에 있을 때 이영이와의 관계를 알긴 하였어도 만나는 것은 이번이 처음이었다. 얼른 보기에 리라와 비슷했다. 그러나 좀더 키가 크고 눈이 컸다. 어색한 인사말도 끝나고 피차 할 이야기가 없어 덤덤히 앉아 있다가 한참 후에 진성이가 말을 꺼냈다.

"결혼하실 의사는 없으신가요."

"조선 법은 남편이 있어두 결혼하나요."

"경우에 따라서는 할 수 있지요."

"어떠한 경우 말씀이죠?"

"중혼인 경우 남편이 딴 여자를 더 사랑하는 경우에는 리혼할 수 있으니까 그리되면 결혼할 수 있지요."

"그런데 웨 그런 걸 물으세요. 초면에 하필 결혼 문제를."

니나는 이상하다는 듯이 콧방울을 불룩이며 새빨갛게 달아오른 전기난로를 보면서 말한다.

"나하구 결혼해 주십시요."

진성은 니나를 보지 않고 얼른 말해 버렸다. 말하고 나니 큰 시름을 논 것 같다. 하루 종일 직장에서 몰래 되풀이해 본 말이지만 입 밖에 내기는 몹시 힘든 거북한 말이었다.

니나는 놀랜 표정으로 빠안히 진성을 바라보고 앉았다. 진성도 니나를 마주 처다봤다. 이윽고 그는 자기의 정신 상태에 이상이 없다는 것을 증명하기 위해 기인 설명을 하지 않을 수 없었다.

"칠년 동안 남편의 생사도 모르고 살아 있으면 반듯이 돌아오리라는 신념만을 가지고 살아 온 여자가 있습니다. 나는 같은 직장에서 작년부터 그 여자를 알게 되었습니다. 그리구 당신의 이영 소좌를 사랑하듯이 무척 그 여자를 사랑했습니다. 그러나 내가 그 여자를 사랑한다는 사실은 그 여자에겐 한낮 번거로움이었고 내게는 슬픈 량식일 뿐 평범한 교제를 하여 오늘에 이르렀습니다."

진성은 말을 끊고 담배를 피워 물었다. 니나는 눈치를 채었는지 혹은 아주 모르는 이야기인지 눈만 깜작이며 듣고 있다가 익숙한 솜씨로 담배를 붙여 문다. 진성은 담배 연기만 자꾸 뿜어낸다.

"그래서요."

기어코 니나가 먼저 재촉을 했다.

"그이가 바루 이영 씨의 부인 리라라는 여성이올시다."

진성6)은 또 새 담배를 붙여 물었다. 니나는 손가락 새에 끼웠던 담배를 방바닥에 보기 좋게 내던졌다. 던져진 담배가 널마루에서 타고 있었다. 니나는 의자에서 벌떡 일어나 두어 번 왔다 갔다 하더니 닫혀진 커어텐을 밀치고 유리창을 열어젖혔다. 찬바람이 실내를 쏴아 소리치며 몰려든다. 머언 밤하늘에 몇 개의 별이 깜박인다. 니나는 창밖에 얼굴을 내밀고 한참 섰더니만 이윽고 커어텐두 다 제대루 닫고 도루 자리에 와 앉았다.

"그래서요."

또 니나가 물었다.

"나하구 결혼할려구 제의했읍니다."

"잘 알겠어요. 당신이 말씀해 주셔서 숙제를 풀었읍니다. 그가 리라라구 불으는 것을 몇 번 들은 기억이 있읍니다."

"그 외는 전연 몰랐읍니까?"

"알 필요가 없도록 그는 나를 사랑했읍니다."

"이번엔 웨 따루 오셨던가요?"

"여기 오기 전 두어 달 전부터 그는 별로 말을 하지 않고 집에 들어오기만 하면 무슨 생각을 골똘히 하구 있길래 종종 싸움이 났지요. 그래서 약이 올라 내가 뛰여 나간 새 지금 당신이 하신 처두 머리 말씀 같은 편지를 남기구 떠났더군요."

"통 모르셨던가요."

"전연 몰랐어요."

"요즘 만나시는가요."

"워낙 일두 바쁘겠지만 숫제 만날 수가 없어요."

"그럼 어떡하실 작정입니까."

"그런 건 묻지 말어 주십시요. 그것은 남의 권리를 침해하는 것입니

---

6) 원문에는 '이영'으로 되어 있으나 오기인 듯함.

다. 만약 당신이 리라라는 그분보다 나를 먼저 아셨드라면 어떡하실 번 했어요?"

진성은 타다 남은 담배꽁초를 재떨이에 집어 던지고 따라 논 홍차를 마시며 대답한다.

"열 백번 햇수를 뛰여넘는 정열이 있더래도 이영 소좌와 리라 씨의 경우는 어떻게 할 수 없을 겜니다. 이영 씨에게 있어 당신이 저 밤하늘에 별 같은 존재라면 리라라는 여성은 태양이라구 말했다니요."

니나는 앉은 채로 금시 두 눈에서 불꽃이 튀는 듯이 어떤 광채가 흘렀다. 진성은 또 말한다.

"당신이 당신의 감정을 존중한다면 이영 씨의 감정도 존중해야 할 것 아닐까요."

"그만 돌아가 주십시요. 세상에 당신처럼 못난 남자는 보기 처음이여요."

"나와 결혼하지 않으시려면 당신두 이곳을 떠나 주십시요."

"으악" 하고 낮게 소리를 지르면서 니나는 자기의 풀어헤친 머리를 두 손으로 싸안고 달음질쳐서 옆방으로 달아났다. 아까부터 참았던 감정이 돌발적으로 폭발하였던 것이다. 한참 후에 니나는 눈물을 닦고 다시 진성이와 마주앉았다.

"당신은 나무작대기 이상으로 감정이 없는 인간이 아니면 낡은 도까비 감투(은신할 수 있다는)를 쓰고 단니는 분입니다. 어서 가세요, 가 주세요."

"칠년을 두고 겪은 풍랑 속에서 고뇌로 짜인 슬픈 여자의 기록을 이 이상 연장시키어 길게 씨인다는 것은 인간의 비극을 무제한으로 연장시키는 거와 마찬가질 것이요 당신도 역시 해방군의 일원이 아니오? 대의를 위해 살아 온 과거를 가진 당신이 그 적은 자기를 버릴 수 없다는 것은 공연한 감정의 고집이 아니면 사랑의 뿌리에 병균이 들끄러서 만성이 되였는지도 모르지."

니나는 두 손으로 무릎 위에 깍지를 틀고 앉아서 한참 진성7)을 노려보

다가,

"그 여자하고 나하고 무엇이 어떻게 달은가요?"

"문제는 이영 씨의 태도에 있는 거고 다음 당신의 받은 교육과 환경은 자신을 좀더 자유롭게 처리할 수 있다는 것이외다."

"제발 돌아가 주십시오. 나는 내 자신의 처리법을 알구 있으니까요. 당신같이 한 면밖엔 보지 못하는 분의 지시는 받지 않습니다."

"감정의 분산법이 자유는 아닐 껩니다."

진성은 인사도 하는 둥 마는 둥 나와 버렸다.

7

주위의 사람들의 말리는 것도 굳이 듣지 않고 리라는 기어코 떠나리라 결심했다. 그의 결심이 움직일 수 없음을 안 진성은 그를 H읍 여학교 국어 선생으로 임명하였다. 시간은 보다 나은 소방제(消防劑)일 수도 있을 것이니 원대로 시켜 보는 것도 무익하지 않으리라는 타산에서였다. 말썽 많은 고향 사람들은 이영이가 높이 됐으니까 아마 리라를 돌보지 않는 모양이라고 있는 말 없는 말 그럴 듯이 꾸며 대어 간 곳마다 쑤군덕거린다. 거기에는 이영에 대한 동경과 리라에 대한 질투가 훌륭히 한몫을 끼어 남이 잘되는 것을 까닭 없이 배 아파하는 여인들의 우물가 화제는 한창 가경으로 들어가고 있었다.

"어쩐지 거저 그런 것 같애. 글세 그렇게 높이 돼 오면서 알리지두 않구 아닌 밤 홍두깨 내밀듯이 연회에서 불쑥 맞났으니 어쩔 수 없어 순이(리라)를 내세웠지 머야."

"아니야. 순이가 만주가 있을 때 좋와하던 남자가 있은 게 탈로나서 돌

---

7) 원문에는 '이영'으로 되어 있으나 오기인 듯함.

보지 않는대."

"뭘. 그런 게 아니라 쏘련 색시게 장가들어서 아이까지 있다는데 이영이가 암만 높이 되면 쏘련 색시를 뗄 수가 있어?"

제가끔 그럴 듯한 논리로서 리라가 언젠가 생각해 낸 삼류 부락의 아낙네들의 화제의 주인공으로 그는 또 다시 등장하고야 말았다.

연민과 동정과 경멸과 질시에서부터 오래 지속되지 못하는 감격에서 선망과 아첨 그리고 다시 시기와 경멸의 순서로 이들은 쉽사리 그를 전락시켜 버렸다. 리라의 어머니는 그런 이야기가 듣기 싫어서 마을 나가기도 싫고 또 한동안 같이 있던 리라를 미사와 함께 떠내우고 보니 마음이 허전하여 앉으면 곧잘 이영이를 원망하다가도 남이 오면, "사위는 군무가 바뻐서 아직 살림을 차리지 못한다우."류의 어색한 변명을 하는 것이었다.

H읍 여학교의 기숙사 한 방에 행장을 끄른 리라는 실로 오래간만에 일기책을 폈다.

<1946년 정월도 마지막 가는 날>
리라와 미사와 그리고 행리와 짐빠
너의들은 그예 정말 또 떠나와 버렸다
앞도 뒤도 그리고 옆도 왼통 산으로 마키어 버린 날
넓은 하늘도 싫다, 푸른 내도 싫고
엷은 잎으로 모디인 울밀향(쭈림)을
싸고도는 푸른 잎새의 보호도 싫구나.
리라를 아니 순이를 행세케 하던 첩첩이 접어진 낡은 옷들
너의는 또 나를 싸고도는 것이 정녕 싫지 않으냐.
접어진 그 속에 서린 리라의 하소연은
영원이 잠긴 의문의 잠을통
나는 다시 너를 내 마음 속에 옴기련다.
그리고 웃으리라 웃어 보리라.

이튿날 아침부터 리라는 출근하게 되었다. 강당의 교단에 올라 자기 소개를 하는 그는 자기에게 집중되는 수많은 눈총을 보았다. 모두 자기와 같은 여인들만인 눈총, 무엇인가 갈구하여 마지않는 희망과 기쁨에 넘친 눈들. 그는 입을 열었다.

"여러분, 지금까지의 우리들의 할머니와 어머니는 실로 좁고 험하고 거친 인생의 길을 걸었습니다. 그들은 여자이기 때문에 한낮 집안이란 울에 가친 사색과 행동과 자기를 잃은 죄수에 불과했습니다. 그러나 오늘 이 자리에서 저를 맞어 주시는 여러분은 춥고 덥다는 것을 느낄 줄 아는 감성의 소유자로 싫고 좋은 것과 미운 것과 아름다운 것을 분별 선택할 수 있는 자신의 의사를 표명해도 무방한 자유로운 단계에 서 있습니다. 이러한 우리 여인들의 성장은 곳 조선이란 국가의 성장이 되며 다시 지구 우에 생존하는 모오든 억눌린 자들의 성장일 것입니다. 저는 임의 한 세기의 세분의 하나를 뒤떨어진 여자이올시다. 여러분은 나를 선생이라 생각지 마시고 그저 한 연구의 벗으로 사괴며 나를 뛰어넘어 주십시요."

자기의 말에 사촉된 눈물을 몰래 닦아 내며 그가 인사말을 끝냈을 때 박수 소리는 오래 멎지 않고 계속되었다. 그 뒤로 리라는 모든 것을 잊어버리고 가르치는 데만 남은 정열을 바치리라 생각은 하면서도 마음은 무시로 R읍으로 달렸다. 남편이 돌아오면 당장 자기를 비단 방석에 앉힐 듯이 생각하고 기다린 배도 아니었지만, 어찌 생각하면 친정에서 얻어살이 생활을 했다는 것부터가 잘못이었다. 쾌애니 화로를 끼고 앉아서 화젓가락으로 재만 뚜지며 마치 입김을 불어 넌 고무 풍선인 양 감정을 닫칠세라 싸서 안고 있은 게 우스꽝스러운 노릇이었고 또 자기를 싸고도는 남성을 지나치게 경계함으로써 항상 적대시하며 대하여 온 것은 모르는 새 골수에 절은 묵은 도의의 파편이 아니면 어려서 유달리 수줍어하던 버릇의 변형이었는지도 모른다고 생각은 하면서도 이곳 여학교에서도 남보다 배나 남선생을 경계하는 그였다. 그뿐 아니라 마음속에는 언제나 덜래야 덜 수 없는 수심이 연기처럼 그를 싸고돌아서 마음 편한 때는 한 시간도 없었다. 그렇게 한 달이 지나고 두 달째 접어든 삼월 하순, 학제가 바뀌어 졸업식은 없고 춘기 방학이 있었다. 먼 산에 아지랑이도 끼고 가까운 산에 진달래 봉오리가 맺혔다고 젊은 여선생들이 법석 고으면 리라는 그들이 부럽기도 하고 또 그 젊은 고비를 넘기는 동안 얼마나 많은 풍파를 겪을까 생각하면 쓴웃음이 지어졌다. 방학식이 있는 날 저녁 그는 기숙사 방에서 상에 턱을 괴고 앉았다.

"어디로 가야 할 것인가! R읍엔 가기는 싫고."

리라는 문득 경옥이를 생각해 냈다. 여학교 때 가장 친하던 동무 경옥이가 해방 후에 어떻게 사는지 벌써 서신 왕래를 끊은 지도 오래되었지만 어찌되었던 그를 찾으리라 결심하고 나서 생각은 다시 자기의 주위로 돌아든다. 이영이가 오기 전엔 미사만이 자기의 생존의 보람이었고 또 사는 목적이라고 내세워 미사만 몸성히 자라면 그만이라는 생각으로 지내 왔지만 지금은 자기가 없어도 미사는 능히 자랄 수 있을 뿐만 아니라 저의 아버지께 맡기면 더 호사할 수도 있을 것이 아닌가. 그는 처음으로 자기와 미사와의 거리를 느꼈다. 물론 미사를 한낱 자기의 인형으로 또는 늙은 뒤에 생활의 지팡이로 삼으려는 보수를 위한 낡은 모성애로써 길러 온 것은 아니었지만.

8

그 이튿날 여덟시 경 S역에 나린 그들 모녀를 역두에서 경옥은 반가이 맞아 주었다. 엉터리로 친 전보가 시간 전에 배달되었던 모양이다. 경옥의 집은 마당이 넓은 조그마한 초가였다.

그는 두 남매의 어머니로서 시어머니를 모시고 군청에 다니는 남편을 도와서 살림 잘 사는 얌전한 주부로 변했다.

"난 다 늙었지. 넌 그대루 있구나. 참 어떻게 우리집엘 올 생각을 다 했니."

밤참 치다꺼리를 마치고 화루에 손을 맞잡고 안다시피 한 경옥은 감개무량해서 말한다.

리라는 화젓가락으로 기억에 떠오르는 사람의 이름을 썼다 지우고 썼다 지우면서 지나간 그간의 이야기를 대강 말했다. 리라의 이야기를 듣고 난 경옥은,

"이애는, 고집을 어지간이 세우럼으나. 남자란 그렇지 식으루 단념하면 되잖어."

"난 그러기 싫어. 그렇게 무조건으루 남자를 추켜세우구 받어드리긴 감정이 허락지 않는 걸."

"그렇지만 결국 여자란 할 수 없는 거야. 그래서 택하는 다른 길은 언제나 더 험하기 매련이니까."

"실제루 따지면 그럴런지두 몰라. 하지만 그러한 여자의 약점 때문에 받어 온 고난만으로도 지겨워 견딜 수 없는데 그 이상 그의 마음과 방종까지 두 내가 아른 체해야 되니."

"나는 어려운 이애기는 몰라. 그런데 이영 씨는 웨 처음엔 너한테루 오지 않았을까. 난 그게 의문이야."

"너는 연꽃을 아니."

"보기만 하였지."

"그전 소학교 다닐 때 학교 바루 앞에 큰 연못이 있었는데 여름방학이 지나면 연꽃 씨가 한창 맛있게 익는단다. 작난꾸레기 애들은 그 꽃씨를 먹으려고 아직 꽃잎이 채 지지 아니한 연꽃을 따다는 그 꽃잎을 한꺼번에 모주리지 않고 한 잎씩 한 잎씩 제쳐 버린 후에 가위에 뚤린 노오란 꽃살을 따 버린 다음에 꽃씨가 백인 집을 쪼개는데, 너는 그 한 잎씩 따버리는 동심을 리해할 수 있어?"

"꽃잎이 고우니까 아까워서 그러지 않을까."

"그래. 정말 따 버리긴 아깝도록 고운 꽃잎이니까. 이 아깝다는 말은 잔인하지 않다는 말과 통할 수 있을 것 같지 않니? 그런 리치를 아는 이영이라는 심리학자는 그 자신이 잔인하지 않기 위해서 나의 자기에 대한 너무 진한 마음을 여러 겹 벗기는 수단을 쓴 거구. 색옷이라면 지우기 위해서 비눗물에다 여러 번 삶아 내는 방법을 썼다구 할까. 그래서 알맞게 꽃잎을 떨어트리고 이만하면 견딜 상 싶을 때에 쿠욱 칼을 박았다 빼여 보는 식으루. 그리구 헝겊이라면 다른 빛깔을 디린다구 할까!"

"그렇지만 먼저 찾어도 관사에 있으면 마찬가지가 아니냐."

"그러면 가장 두꺼운 매앤 우엣 꽃잎은 안 벗기는 거나 같지."

"그만하면 너두 이영 씨 같은 숙제의 인물을 남편으로 섬기게 마련이야."

"섬기긴 내가 뭐 종이냐, 지금 따루 사는데. 이 이상 더 옛 도의에 리용 당하구 그 제물이 되기는 정녕 싫어."

그들은 밤이 새는 것도 모르고 이야기로 날을 밝혔다.

9

다시 새 학기가 시작되자 날은 날마다 봄다워 갔다. 방학이 지난 뒤로 진성에게서 두어 번 엽서 편지가 있더니 그날은 봉함 편지가 왔다. 뜯어 보니 니나의 편지가 동봉해 있기에 리라는 니나의 편지부터 읽었다.

경멸과 동정을 동시에 느낄 수 있는 타잎의 여성으로 오인한 것을 자백합니다.

나는 지금 내가 자라난 곳으로 떠나갑니다. 당신을 위해서도 아니고 나를 위함도 아니지만 어쩐지 떠나면서 두어 줄 쓰고 싶어졌습니다. 더 쓸 말이 없습니다.

추이(追而) 나는 지금도 이영을 예나 다름없이 사랑하고 있는 것 같습니다. 사랑한다는 자신있는 말과 사랑하는 것 같다는 모호한 말의 차(差)로 인해서 떠나는지도 몰으죠 당신의 해방을 비나이다.

1946년 4월 15일, 니나.

진성은 니나의 이야기는 한마디도 언급하지 않고 간단히 문안만 썼다.

그 뒤로 두 달이 잽히었다. 그 간에 토지개혁 문제, 숙청 문제 등으로 정치부면은 눈부시게 돌아가는 모양이나 리라는 여생도들과 함께 겉으로는 평온무사한 날을 보냈다. 그게 바로 오월 십구일이었다.

'이영 병 위독.'이란 전보가 왔다. 리라는 무슨 계책 같아서 그대로 하룻밤을 지냈더니 이튿날 또 전보가 왔다.

'이영 위독 지급래.'

이번엔 오라고 분명히 썼다. 그는 억지로 참은 하룻밤을 두 번 맞을 수는 없어 그날 미사와 같이 R읍으로 돌아왔다.

"아이구, 왜 인제 왔니. 인제는 아마 숨이 갔을 께다."

리라의 어머니가 목놓아 운다. 그는 곧 이영의 입원했다는 병원으로 달렸다. 이영은 고열로 인해 혼수상태에 있었다. 감기가 갑자기 폐렴으로 변했다는 것이었다.

"히망이 없습니까?"

"지금 마지막 시험 주사를 났습니다. 아마 이번에 효과 없으면 무망일 것 같습니다. 갑자기 약이 드러오지 않아서 때를 놓치었습니다."

군의는 침통한 어조로 변명하듯 말한다. 리라는 깎아 맨든 사람처럼 조용히 이영이를 보고 앉았다. 그리고 마음속으로 외친다.

'돌아가서도 상관없어요. 나두 곳 따라 죽을 테니까. 당신하고 같이 가기 위해서보담두 짓구진 가혹한 악랄한 내 운명에의 반역이여요 염려 마셔요 지금 곳 당신을 따를 테니까.'

미사는 옆에서 앓는 아버지와 말없는 어머니의 얼굴을 엇갈아 보면서 큰 눈에 눈물이 글썽해 있었다.

"미사, 금년에는 너두 학교에 가지. 그때는 이름을 곤쳐야 해! 뭐이라고 지을까! 귀순이라구 하지. 무었이든 평범한 게 좋와."

그는 마지막 끝을 맺지 못하고 미사를 껴안고 끝내 울고야 말았다.

초조한 시간이 무겁고 숨가쁘게 흘러간다. 의사는 이영의 머리맡에서 코에다 손을 대어 본다. 간호부는 조금 떨어진 곳에서 의사의 눈치만 살피고 섰다. 이어 의사의 눈짓으로 곧 간호원이 달려와서 주사 놓는 시중을 든다.

'제발 살려 주소서. 나는 어떠한 형벌이고 받겠나이다.'

리라는 수없이 마음으로 빌었다. 다시 십분이 지나고 이십분이 지났다. 의사가 가만히 손맥을 짚어 보고는 또 청진기를 가슴에 대었다 나더니 리라의 귀에다 속삭인다.

"주사가 효력을 냈습니다. 분명이 히망이 있는 것 같습니다."

리라의 눈에는 새로운 눈물이 고였다. 그는 그 후 며칠 동안은 이영의 간호에 전심전력이아니라 전령(全靈)을 다했다. 이영은 인제는 말할 수 있으리만큼 회복되었다. 그는 리라의 손을 붙잡고,

"제발 나를 혼자 두고 가지 말어 주오."

하면서 간곡한 청을 한다.

"신체가 허약하시니 마음도 약하시오? 당신의 마음이 무조건으로 나를 받어드리지 못한 날이 있었음 같이 나두 무조건으루 당신을 받을 수 없는 날이 있답니다. 그날이 몇 달이 될지 또는 몇 해가 될지 아직은 나두 알 수 없어요."

"그럼 몇 해, 아니 일생이라도 이번엔 내가 당신을 기다릴 번인 것 같구려."

"마음의 일을 예고하구 단언할 수는 없지요."

"어쨌던 두고 봅시다. 어디 저 창장을 걷고 밖을 좀 보여 주오."

"아직은 바람이 해로울 테니까."

리라는 일어나서 창장을 걷고 다시 자리에 앉았다. 마치 삭상처럼. 그의 눈앞에는 진성, 경옥, H읍 여학교의 선생과 생도들이 달음질하며 지나갔다. 그 다음 마음속에서 말소리가 있었다.

'좀 더 내가 받은 오뇌의 갚음을 해야지. 남을 괴롭히는 것도 내 자신의 괴롬을 받는 것도 너무 인생을 달게 엮어 온 제재의 벌인지두 몰라. 하지만 나는 정녕 나의 인생을 달게 엮인 적이 있었던가? 아직두 괴로워해야 할 필요는? 맥박이 뛴다는 리유로 인해서?'

그는 고개를 들고 창밖을 보면서, '오월은 즐거운 달이언만.' 입속으로 가만히 뇌이고 H읍으로 갈 차 시간을 생각했다. 다시 오는 날이 있어두 우선은 가야 할 것 같은 마음 때문에.

—『리라기』, 시문학사, 1949.

고갯길

한 푼 두 푼 모아지는 대로 동사(동업)하는 쇠돌 엄마에게 맡겼던 돈이 오만 원으로 뭉치어 지금 갑숙의 품에 안겨져 있다.

그는 스스로 감격한 나머지,

"하늘이사 알지 진정 하늘이사 알지."

이렇게 입속으로 뇌이며 걷는 그의 발걸음은 날기라도 할 듯이 가벼웠다.

그렇게 빽빽하고 사람이 오글거리던 장마당과 서울 길이 지금의 그의 눈엔 흡사 한없이 넓은 아직껏 한 번도 보지 못한 새로운 천지만 같았다.

어쩌면 발이 허공을 디디는 것도 같고 또 세상이 갑작스레 넓어져서 자기도 능히 사람 구실을 하고 살 수 있을 것 같은, 즐겁고 장한 그리고 놀라운 자신이 마음속에서 물거품같이 뒤누우며 소리쳐 흐르는 것도 같았다.

이러한 즐겁고 장한 자신은 그의 발걸음을 더욱 재촉했다.

"괜히 남이 싫다는데."

그는 마치 큰 유혹의 구렁텅이 속에서 겨우 빠져나온 사람같이 공연히 가슴이 뻐근하고 숨이 차오르기도 했다.

"흥, 내 팔짜에 금가락지라."

이렇게 뇌이며 직의를 품은 어조로 혼잣말을 하는가 하면,

"오만 원……." 또 이렇게 중얼대며 그야말로 치맛바람에 먼지라도 날릴 기세로 재빠른 걸음을 치는 그의 가슴엔 허수름한 보따리 하나가 목숨을

안은 이상으로 꽉 안겨져 있었다.

하늘은 군데군데 거무스름한 구름이 벗기어 푹 낮게 가라앉아 있는가 하면 해가 엉뚱한 곳에서 얼굴을 내밀어 즐거움에 허둥대는 갑숙의 꾀죄죄한 몸매를 비춰 주고 있다. 그러나 이어 햇볕이 갑숙의 얼굴에 쫙 펴질 때마다 이 즐거움에 잠긴 갑숙의 어느 모에선가 분명히 풀리지 않는 어떤 불만과도 같은 의혹과 수심이 어린 그늘을 발견할 수 있었다.

조금 뒤 집에 들어온 그는 집이라야 방 하나지만 아이들도 보지 못하게 보따리를 오시이레 안 이불 속에 감춰놓고 저녁밥을 지으면서 아이들과 함께 시시덕거리며 부풀어 오르는 온갖 감정을 아이들을 매만지는 것으로써 가라앉히고 있었다.

아이들은 엄마가 다른 때보다 좀 좋아하는 눈치를 채자 신이 잔뜩 났다. 중에도 갑숙의 품 안을 빠져나온 다섯 살짜리 꼬마는 "엄마, 흥" 하고 엄마 잔등에다 제 잔등을 마주대고 무엇인가 조른다.

그러자 둘째 것이,

"엄마, 용이가 뭘 사 달래."

하고 줄을 단다.

"뭘, 준이 제가 먹구푸니까."

제일 큰 아홉 살내기 덕이가 튕긴다. 갑숙은 주머니에서 백 원짜리 한 장을 선뜻 꺼내 덕이를 주면서,

"자, 사다 논아들 먹어. 언니는 이제 좀 있으믄 학교 가니까 군것질하잔 말 않지!"

그는 벌써 학교에 보내야 할 덕이를 아홉 살이 되도록 보내지 못한 것을 생각하면 억울도 하지만 금년에나마 학교 보내게 된 것이 너무 좋고 장해서 이런 다짐을 따는 것이었다.

아이들은 고작 해야 십 원 한 장이 나올까 말까 의심하던 엄마 주머니에서 백 원짜리가 쑥 꺼내지는 것을 보고는 주춤 한 걸음 물러서서 돈 받기

를 주저하며 서로 얼굴을 마주볼 뿐 덥석 돈을 받으려 들지 않았다.

그러나 용이는 그대로 오래 참을 수 없어 춤을 한 번 꿀꺽 삼키고는 엄마 손에서 돈을 빼앗듯이 받아 쥐었다. 그러자 서로의 표정만 살피고 섰던 두 아이도 그 백 원짜리 한 장이 정말 자기들에게 주어진 것인 줄 알아채리고 용이 손목을 잡아끌며 곤두박질 거름으로 밖에 밀려 나갔다.

갑숙은 세 아이의 뛰어 나가는 모양을 얼이 빠진 사람 같이 보고 있었다.

문득 죽은 남편이 생각났기 때문이었다.

아까 길에서 그렇게 급하게 무인지경을 달리듯 하던 걸음걸이도 또 마음 가득히 혼자 중얼댄 것도 캐고 보면 남편과의 이야기였던 것이다.

앞마당에는 원체 집에서 심어 놓은 아직 피지 않은 봉선화 위에 벌 한 마리가 날아와서 빙빙 돌고 있었다.

밤이 되어 아무렇게나 누워 자는 아이들 위에 한 벌 이불을 꺼내 덮어 주고 나니 아까 이불 속에 감춰 두었던 돈 보따리가 댕그랗게 오시이레 안에 남아 있다.

갑숙은 이 댕그랗게 남은 돈 보따리가 눈에 띄자 갑자기 가슴이 두근거리며 행여 누가 문틈으로라도 들여다볼까 해서 얼른 오시이레 문을 닫고,

'대체 저놈(돈)을 얻다 감춰야 하나?'

하는 생각을 골똘히 하고 섰다.

'옷짐 속에 넣을까? 그랬다가 도적놈이 옷짐째 날름 들어 가 버리면 어쩌자고…….'

그는 혼자서 도적도 되고 또 돈 임자도 되어 자기가 이쯤 생각하면 도적도 그쯤 알아차릴 것만 같아 차츰 자꾸만 불안이 덧치기 시작했다.

그렇게 불안이 덧치기 시작하니까 도무지 안심하고 감춰둘 곳이 없는 것만 같았다. 그래서 정녕 도적이 온다손 쳐도 이 돈만은 도저히 가져갈 수 없는 곳에 두어야 하겠다고 단단히 마음먹고 다시 생각을 거듭하는 것

이었다.

'벼개 밑은 어떨까? 안 돼? 되놈 도적놈은 벼개 밑부터 살핀댔으니까 조선 도적놈이라고 모를 리가 있나.'

그는 혼자서 머리를 가로세로 저어 가면서 돈 묶음을 끄집어내어 위선 이불 속에 감춰 놓고 앉았다.

그렇게 돈 보따리를 몸 가까이 지니고 앉았으려니까 아까 장마당에서 가락지를 해서 끼라고 권고한 사람들이 갑작스레 미워지기 시작했다.

'벙어리 속은 에미도 모른다고 내 돈이 어떤 돈인데 저이같이 가락질 해서 끼라구, 참.'

그는 억울함을 마치 누구에게 하소연이라도 하는 듯이 혼자서 풀이하는 것이었다.

"네 돈 오만 원이 남의 돈 수백만 원도 넘는데 왜 돈값 떠러지는 구경만 하고 있을 셈인가?"

쇠돌 엄마는 오만 원 뭉치를 내어 놓으며 이런 따위의 말까지 써 가면서 돈보다 금이 낫다고 금가락지 해 끼라고 권하는 것이지만 갑숙은 끝내 "못해" 하는 한마디로 버티었던 것이다. 그가 쇠돌 엄마의 말뜻을 고맙게 새기지 못하는 바는 아니지만 이 "못해" 하는 갑숙의 대답은 '난 너와 달라' 하는 것이었고 그 다르다는 것은 남편이 없다는 뜻이었다. 남편이 없다는 것은 도와줄 사람이 없다는 것이었다. 그럼으로 해서 그는 현금을 가지고 있는 것이 제일 좋을 것 같았다. 설령 금값이 앞으로 지금의 몇 배가 된다 하더라도 그 오만 원 뭉치를 헐어서 가락지 해 낄 생각은 아예 하지 않는 것이 당장에는 가장 마음 편한 노릇이기 때문이었다.

암만 생각해도 오만 원 뭉치를 차마 헐 수 없어서이기 때문이었다.

그렇게 귀중한 오만 원 묶음이 만약 그럴 리는 없겠지만 맘으로 도적을 맞는다면⋯⋯. 갑숙은 갑자기 전신에 오싹 소름이 끼쳤다.

그러나 다음 순간 그는 '내가 이게 환장을 했나. 도적이 무슨 말라빠진 궁상바가지 도적놈이 이 집엘 온담' 하고 생각을 늦추어 보기도 하니 불안은 그 늦추려는 마음과 꼭 같은 정도로 그를 위협하는 것이었다.

바로 그때 방 한구석에 놓인 휴지통이 그의 눈에 들어왔다. 이 휴지통은 한참 그의 눈을 머무르게 할 수 있었다.

"글쎄 우리 남편은 밤에 잘 때면 지갑에 있는 푼돈을 죄 털고 시계를 끌러서 휴지통에 넣고야 안심이란다."
하고 한탄 비슷하게 어떤 동무가 자기 남편의 사람됨을 이야기하던 것이 기억났기 때문이었다.

"참 그렇다. 저거야 설마 누가 집어 갈라고"

그는 이렇게 혼잣말을 하면서 돈뭉치를 휴지통 안 깊숙이 감추고 신문 부스러기와 무 껍질, 파뿌리 같은 것으로 그 위를 덮어 놓았다.

그러나 어찌 된 셈인지 '인제 됐다' 하고 안심이 되지 않을 뿐 아니라 무엇인지 못마땅한 것이 머리를 옆으로 꼬며 그렇지만 하고 또 무슨 항의를 하는 것 같았다.

갑숙은 선 채 한참 물끄러미 휴지통을 들여다보고 있다가 이번엔 아주 성급히 휴지통을 뒤지고는 되려 돈을 끄집어내는 것이었다.

그리고는 마치 돈에게 큰 죄라도 저지른 듯이 마음이 섬찟했다. 그것은 돈을 휴지통같이 불결한 속에 잠시라도 넣어 두었다는 게 몹시 께름칙했기 때문이다.

그의 생각엔 돈에도 귀신이 있어 자기가 이따위로 돈을 하대하는 것을 알면 돈 귀신이 그만 노여워서 달아나 버리지나 않을까 하는 위구에서였다.

휴지통도 어느 상점에서 버젓하게 돈 주고 사온 것이 아니기 때문에 더욱 그러했다.

어떤 날 놀러 나갔던 덕이가 어느 집 쓰레기 무더기 위에서 주웠노라 하며 들어온 것이다.

처음엔 무엇에 쓸지 몰라 그냥 아이들이 굴려가지고 놀다가 또 덕이가 어떤 집에서 보고 왔는지 코 풀어 내친 부스럭 종이 같은 것을 그 속에 넣으라고 하면서부터 방 한편 구석에서 휴지통이 되어 버리긴 했지만……. 본래는 어느 왜인집 꽃바구니였다.

그렇기 때문에 이 집에는 어울리지 않는 지나치게 호사스런 휴지통이기는 하나 갑숙은 그것이 본래 꽃바구니라는 것은 까맣게 모른다. 그래서 그저 불결하게만 생각되는 휴지통에서 성급하게 돈을 꺼내 쥔 뒤,

"잠깐 실수했으니 제발 노여 마세요"

하고 고사 지낼 때보다 더욱 경건한 마음으로 돈에게 수없이 사과하는 것이었다.

세 아이는 쌔근쌔근 숨소리를 내며 다리와 팔을 서로 엇걸고 곤히 잠들어 있다. 그는 앉은 채 다시 잠근 문을 눈으로 더듬어 보았다. 문은 여러 겹 쇠줄로 단단히 얽어져 있다.

그는 또 쌀독과 밀가루 통을 속셈으로 생각해 냈으나 돈 오만 원 뭉치를 숨겨 두기엔 그 향이 너무 적은 것만 같았다. 그는 생각다 못해 나중엔 돈 보자기로 전대를 만들어 허리에 띠었다.

그리고는 약간 안심이 되어,

"이러구 자면 되는 걸."

이렇게 혼자 중얼거리고 나서,

"그렇지만 십만 원이나 이십만 원이 되면 비구 잘 수도 없을 텐데" 하고 엉뚱한 걱정을 하는가 하면,

"내가 미쳤나. 이걸 오만 원 만드는 데도 만딱 세 해가 걸렸는데 언제 십만 원이 모디어질 것이라고."

또 혼자 이렇게 나무라고 이불을 댕기어 아이들께 바로 덮어 주고는 눈을 감았다.

그러나 감은 눈은 잠들어지지 않고 머릿속은 말숙한 채 혼잣말을 계속

했다.

"옳지. 참 금가락지가 좋긴 하겠군. 도적놈이 오거나 혹은 난리가 난다 해도 손가락은 목숨하고 같이 붙어 다닐 것이니까. 정말 쇠돌 엄마 말대로 가락지 마켜서 끼어 볼까." 이렇게 마음이 솔깃해지는가 하면 또 금방 "못 해" 하고 머리가 옆으로 저어졌다.

"무엇 무엇해도 돈이 제일이지. 가락지 해서 낌 소용 있나. 다 팔자를 타 구 났어야 가락지두 해서 끼는 거지. 흥 그까진 두 돈중 가락지루 팔짜가 곤쳐진다믄 몰라도."

그 이튿날 아침 그는 또 돈을 어떻게 하느냐를 생각지 않을 수 없었다.

'가지고 나갔다가 도둑 물건 모르고 사게 되어 통째 빼앗겨 버리지나 않 을까. 또 잘못 간수해서 스리맞지나 않을까' 하고 그야말로 돈 귀신의 눈치 코치를 샅샅이 살피고 재며 온갖 생각을 하다가 암만해도 그대로 돈만 끼고 집에 앉아 있을 수는 없는 것 같아 어저께 들어올 때와 마찬가지로 목숨을 껴안은 이상으로 꽉 보따리를 가슴에 끼고 장에 나갔다.

그러나 물건 사는 것조차 별로 마음이 내키지 않았다.

그저 어떻게든지 오만 원 묶음을 헐지 말고 그대로 자기가 끼고 있고만 싶었다. 무엇 사느라고 만 원 뭉치 툭 터뜨리면 아주 부스럭 돈이 될 것도 같고 또 혹 남에게 속아 넘어갈 것도 같아 장사조차 시들한 생각이 들었다.

쇠돌 엄마는 가락지 해서 끼란 말 대신 "올으느니 금 시세란다" 하며 고 름에 찬 금가락지를 만지작거리며 갑숙의 구미와 비위를 돋우는 것이었으 나 갑숙은 속으로 '아무려면 내 돈 간수를 내가 못할까 봐서' 하고 대꾸를 하지 않았다.

그는 오늘따라 장사하던 사람답지 않게 장삿속의 자신조차 없었다. 그 래서 그냥 남들이 주고받는 이야기에 전 신경을 쓰며 아는 전방에 앉아 있었다.

이럭저럭 한 세 시쯤 되었을 무렵이다. 요즘 새로 쇠돌 엄마와 동사하는 옥순 엄마(그는 목이 길다 하여 왜가리로 통했다)가 얼마 전 맡긴 금가락지를 찾으러 금방에 다녀오자 손가락에 금가락지를 낀 패들은 한풀 꺾이어 시무룩해지었다. 금값이 오른다는 통에 금이 막 밀려든 탓으로 시세가 떨어지기 시작한다기 때문이었다.

갑숙은 갑자기 숨이 화아 놓이면서 속이 떨리도록 좋고 다행했다. 그래서 그는 일찌감치 집으로 들어가려고 장마당을 빠져 다리께로 나왔다.

다리 위의 돌난간엔 움직이는 그림처럼 장사치와 그들의 곁에 놓인 바구니 깡통 궤짝 등의 그림자가 아물거리는 유월 볕 아래 홍청이고 있다.

'무엇 좀 사다 아이들을 줄까.'

갑숙은 전에 없이 이런 헤픈 생각까지 하면서 장사치들의 바구니 속을 기웃기웃 들여다보며 청계천 다리 위를 걸었다.

허스름한 보따리를 가슴에 껴안듯이 끼고 걷는 그는 다리 양 가위에 죽 늘어앉은 장사치와 직접 대해 보고도 싶고 큰소리로 누구와 이야기라도 실컷 하고 싶도록 마음속에 기쁨이 홍청거리고 있었다. 어제까지 그렇게 소리치며 오르기만 하던 금 시세가 떨어진다는 것이 마치 큰 짐이라도 벗은 듯 마음이 가벼웠다.

까맣게 꺼른 밤알같이 윤나는 그의 얼굴에 유월 볕이 마구 내려 쪼인다.

돌다리가 다하고 약간 굽은 길을 벗어나와 큰길에 나섰다.

길도 어쩐지 좀 더 넓은 것 같고 자동차가 먼지를 함부로 씌워 주며 달아나도 전같이 밉살스럽지조차 않았다. 길 양가 위에 둘러선 가로수도 한결 푸르게 눈 안에 들어왔다.

"희한한 일이지."

그는 혼자 이렇게 중얼거리며 보따리와 이야기를 시작했다.

"네 식구 먹고 산 것만도 장하고 놀라운 일인데 가외로 통돈 오만 원을 내 손으로 만들어 묶어 놓다니."

그는 생각하면 할수록 정말 희한한 일만 같았다.

돌이켜 보면 삼년 남짓한 세월을 하루같이 동대문 장에서 장돌뱅이 노릇을 하여 살아 왔었다. 그러나 그는 구태여 삼년을 손꼽으려 들지 않았다.

보따리가 몇 번 무허가 장[市]조사원의 서슬 푸른 발길에 채여 청계천 개굴창에 빠졌던 것쯤 기억을 새로 할 필요도 없었다. 싹싹 빈손 들고 지까다비 하나 발에 걸치고 어떻게든 살아 보겠다고 나선 장돌뱅이 첫날을 회상할 필요도 없었다. 한여름 내내 지까다비만 신고 다녔다고 해서 지까다비란 별명을 들었고 또 그 별명을 듣기 비롯해서부터 그의 운은 트이기 시작했었기 때문에 지까다비는 장마당에서의 그의 돌림 별명이었건만 그는 그 별명이 갑숙이란 자기의 본명보다 더 정다운 듯도 했다.

네 식구 굶지 않고 먹었다는 것, 벗지 않고 옷을 입었다는 것, 만약 입었다는 게 맞지 않는 말이라면 걸치고 다녔다는 것, 그리고도 백 원을 천 원으로 천 원을 만 원으로 이렇게 불려 온 돈이었다.

마치 돌이 자라듯이라고나 할까. 실로 힘들게 불은 돈이었다.

비 오는 밤바람이 몹시 낡은 문창지를 흔들어대는 밤 천둥이 금방 집을 허물어뜨릴 듯이 요란한 밤 아이들이 엄마 품으로만 기어들면 그는 세 아이를 두루 매만져 놓고는 '고되오, 살기 힘드오' 하고 마음속으로 죽은 남편에게 하소연해 보다가도 '어서 자야지' 하고 부질없는 생각을 아예 하지 않으리라 했다.

그렇게 마음먹고 살아 온 보람이 있어 그 바라고 바라던 오만 원이 통으로 묶이어 어저께부터 그의 보따리 안에 들어 있는 것이 아닌가.

뿐 아니라 금가락지 유혹(그는 인제는 제법 유혹이라고 붙였다)에도 걸리지 않은 게 더욱 다행했다. 이렇게 생각하며 걷는 사이에 그가 늘 넘어다니는 고개 아래까지 이르렀다.

고개라야 대단한 것이 아니지만 평지보다 높으니까 고개랄 수밖에 없었다. 그가 이 고개 기슭을 한 서너 발걸음 앞에 두었을 때 고개 너머로부터 먼지가 뿌우옇게 일면서 트럭이 우르르 소리를 내고 지나가 버린 뒤를 이어 짚차가 쌩하고 눈앞에서 사라져 버렸다.

갑숙은 맞은편 정육집을 막연히 머릿속에 두고 길을 넘을까 말까 생각하며 주춤거리던 판이라 짚차가 쌩 소리나게 달아나 버릴 때 몸 상반신을 쌩하는 소리가 잘라가 버리기라도 한 듯이 두 다리가 흠찟하고 뒷걸음쳐지었다. 바로 그때였다. 웬 사람이 갑숙의 어깨를 탁 부딪고 지나가 버렸다.

그리고는 힐끔 뒤돌아보면서 못마땅한 듯한 이맛살을 찡긴 얼굴로 갑숙을 가릅떠보면서 한 손을 내저으며 빠른 걸음을 쳤다.

중절모자를 비스듬히 쓴 이마 언저리에 덴 자욱이 있는 것 같은 사람이었다. 갑숙은 이번엔 몸이 흠찟해졌다.

그리고는 보따리를 안은 팔에 힘이 주어졌다.

마치 그 사람이 보따리에 눈독을 들인 것이나 아닌가 하는 생각이 들었던 것이다.

그는 또 그 짚차 바퀴에 치이지 않고 무사한 대로 있는 발을 내려다봤다. 버선발에 파아란 코고무신이 뽀오얗게 먼지를 뒤집어쓴 채 땅을 디디고 길 위에 가지런히 놓여 있다.

"하마트면" 하고 혼자 입속말을 끝막기도 전에,

"하마트면 아주머니 큰일날 번했수다. 길에 나서 자칫 헛눈을 팔았다야 큰일납지요."

수건으로 머리를 질끈 동여매고는 걷어 올린 팔이 고기 배창이라도 따고 싶은지 칼판을 쓱쓱 칼로 긁어내며 생선 가게 주인인지 점원인지 혼잣말 비슷이 말을 거는 것이었다.

갑숙도 실은 아무렇지도 않은데 허둥댄 것이 좀 열적어서

"뭐 큰일날 일 있었게요"

하고는 고개를 오르며 힐긋 뒤돌아봤다. 아까 마주친 사람은 어느 골목으

로 사라졌는지 이미 보이지 않고 생선 가게 사람만이 팔짱을 끼고 서서 또 무엇인지 보고 있었다.

고개를 넘은 갑숙은 약간 꾸부정한 넓은 골목길을 접어들자 부산스럽도록 부지런히 걸었다. 그러다가 문득 걸음을 멈췄다.

그가 늘 지나다니는 병원 한 모퉁이에 웬 우는 여자를 중심으로 사람이 너덧 둘러섰기 때문이었다.

그는 호기심에 끌려 그 모여선 사람들 틈에 끼었다.

우는 여자는 한 손에 빈 장광우리를 들고 그 앞에 무슨 종이 곽 하나를 놓고 앉아서,

"아이고 어짜꼬, 이를 어짜꼬" 하며 발버둥이라도 칠 듯이 서둘면서 무엇이라고 지껄여댔다.

그의 지껄여대는 말과 옆 사람의 끄다는 주를 합하면 그 여자는 금 시세 오른다는 바람에 남편한테 억지를 써서 가락지 해 낄 돈 사만 원을 얻은 것을 지금 사기꾼에게 걸려 몽땅 떼워 버렸다는 것이었다.

이 여자가 마침 장도 볼 겸 금방에 갈려고 이 병원 가까이까지 왔을 때 웬 낯모를 남자가 지금 그의 앞에 놓인 종이 상자를 내밀면서,

"아주머니, 이건 베니시링 주사약인데 시가 삼십만 원 하는 거지만 우선 급하니까 아주머니가 이십만 원에 사든가 그렇지 않으면 이 병원에다 팔아서 이십만 원 더 받는 건 아주머니 쓰십시요"

하고 말하므로 밑천도 수고도 들지 않는 일인지라 어쩌면 생길지도 모르는 이익의 액수를 '오만 원? 혹은 십만 원?' 이렇게 따지면서 그는 병원에 들어가 보겠노라고 선뜻 대답을 했다는 것이었다.

그래서 그 여자가 바로 병원 큰 대문 안으로 들어서려 할 때 "아주머니 잠깐만" 하고 이 낯모를 남자는 여자를 다시 불러내다 놓고,

"아주머니, 내 아주머니를 못 믿어 그러는 게 아니라 세상이 협잡꾼 세상이니까 그 아주머니 핸드빽을 내게 마껴 주시면 어떨까요?" 하고 아주

공손스레 묻는 것이지만 여자는 하도 어이없어,

"왜 내 핸드빽을 당신한테 마껴요. 참 별 양반 다 보겠네. 그럼 당신이 즉접 가 보시지." 하고 다가세웠더니,

"나는 남자라서 좀 거북한 점이 있지요. 워낙 비매품이거든요. 아주머니 뭐 그렇게 화내실 꺼 없이 내 이야기 좀 들어보세요" 하면서,

"이 병원은 저쪽으로 통하는 문이 있습니다. 그런데 아주머닌 지금 내 물건 삼십만 원어치를 가지고 이 문으로 들어가시지만 현금을 받은 뒤 저쪽 문으로 해서 나가 버리신다면 나는 닭 쫓던 개 격도 못 되지 않아요 물론 아주머니야 천만에 그러실 리 없겠지만 아시겠어요, 나는 세상을 못 믿는다는 거애요"

하고 말하는 것을 들어 보니 그도 그럴 듯해서 별로 깊이 생각하지도 않고 현금 사만 원이 든 자기의 핸드빽을 맡겨 놓고는 병원에 잠깐 다녀 나와 보니 그 남자는 벌써 삼십육계 줄행랑을 치고 없더라는 것이었다.

"이건 베니시링도 아니고 무슨 주사약인지 모르겠는데" 라는 약제사의 말을 듣자 여자는 가슴이 떨리기 시작했지만 설마 하고 달아 나왔다는 것이었다.

그 여자의 울고 앉은 사정 이야기를 들은 갑숙은,

"흥 가락지 탈이거던."

하며 흡사 심술 사나운 시어머니 같은 심사로 길을 걸었다. 그러다가 문득 아까 그 고개 밑에서 마주친 사람이 바로 그 협잡꾼이 아닌가 하는 생각이 들자 공연히 귀신 이야기 듣는 것 같이 오싹 전신에 소름이 끼쳤다.

그는 아까와는 딴판으로 걸음이 허둥대어졌다.

그래서 집에 돌아와서도 공연히 마음이 설렐 뿐 아니라 또 어저께 밤과 다름없는 온갖 생각을 자아내는 불안한 밤이 왔다. 벌써 하루하고 반나절을 돈 묶음대로 가지고 있어 봐야 위험하고 또 불지도 않았다. 그렇다고 해서 "내 돈 불거 주시오" 하고 턱 누구에게 내맡길 수도 없는 노릇이고

보매 역시 그 돈뭉치를 헐더라도 장사를 하는 수밖엔 없군, 이렇게도 생각이 들고 또 '어떻게던 그대로 끼고 있다가 한몫 볼 수 있을 때 선뜻 이용할 수 없을까' 하는 생각도 들고 '누구 실한 사람에게 마끼어 이자라도 불거 먹을까' 하는 생각도 들지만 또 그렇게 믿을 수 있는 사람이 없는 것 같아 그는 밝는 날 아침 일찍 남대문장에 나가리라 생각을 하면서 역시 돈은 허리에 둘러 띠고야 잠이 들었다.

그가 남대문 장에 나타났을 땐 벌써 이른 장 보는 사람들로 장마당은 꽉 차 있었다.

옷 파는 장으로 해서 구둣장, 담배장을 거쳐서 그는 다시 옷장으로 들어가려다가 양키 물건이나 사 볼까 하고 양키장으로 넘어왔다. 아침이니만큼 대개는 넘겨받는 사람들로 장마당은 난장판같이 법석이었다. 갑숙은 여름 샤쯔 있는 곳에서 기웃하고 들여다보고 있으려니까 뒤에서,

"야아 아이구."

목구녕으로 창자를 끄집어내는 듯한 아이의 비명에 소리나는 곳으로 머리를 돌렸다. 한 댓사람 건너 양말 장수 있는 곳이었다.

"아 요 녀석이 첫 새벽부터 재수없이 소매치기를 하다니."

아이의 비명보다 못지않게 큰소리로 아이의 팔을 잡은 좀 억세게 생긴 남자는 사투리 말로 아이를 꾸짖으면서 아이의 두 팔을 뒤로 모아서 무슨 끈으로 비끄러매려 한다.

아이는 잡힌 팔을 뺄 수 없는 줄 아는지 모르는지 그냥 앞으로 고개와 다리를 내두르면서 묶이우지 않겠노라고 소리를 지르며 악을 쓰고 있다.

"요런 망종의 새끼, 거저 발로 비벼 죽여도 시원치 않갔우다레."

옆에서 양말 짐을 두 팔로 가리고 앉은 여자가 구경꾼들을 둘러보면서 말한다.

"여보 빰따귀나 때려서 보내소. 거저 흔해빠진 난리라니까. 흥, 세상에

미울 놈 하나두 없다더니 쓰리꾼 패거리 등쌀두 엥간해야지."

곰방대에다 담배를 꽂아 뻑뻑 빨고 선 웬 남자가 넌지시 말을 건다. 여럿의 시선은 이 곰방대에 몰렸다. 모두 이맛살을 찌푸리고 곰방대를 노려보는 품이,

'저놈 웬 참견이야' 하는 눈치였다.

울던 아이는 맞은켠 뺨을 겨우 풀려난 한 손으로 막고 팔로 눈물을 닦으며 저쪽으로 사라진다.

갑숙은 보는 것 하나하나가 모두 가슴이 덜컥덜컥 내려앉는 일뿐이었다. 팔로 눈물을 닦으며 가는 아이는 덕이보다 조금 더 큰 것 같았다.

'내가 없으면 덕이두 저렇게 굴러다닐 것이 아닌가.'

문득 이런 생각이 들자 그는 보따리를 껴안은 채 몇 자국 성큼성큼 걸어 내려 왔다.

"에이구, 정말 쓰리꾼인 줄 알아두 말 못한다니까. 놈들 등쌀이 엥간해야지."

울며 가는 아이를 바라보면서 화장품을 안은 여자들이 수군거리는 소리가 갑숙이 귀에 들려왔다.

갑숙은 남대문 장이 서투른 탓인지 무시무시한 생각이 들었다. 다른 장보다 양키장이 더 그런 것 같았다.

아침 일찍들 나온 탓인지 눈에 핏대가 어리어 있고 '흥, 제기' 하는 말투도 무척 억세어서 잘못하다간 마음에 들지 않는 물건이라도 걸리기만 하면 사야 배겨날 것같이 느껴지어 그는 빠른 걸음으로 장마당을 빠져나왔다. 더 알아 볼 것 없이 낯익은 동대문 장으로 가기 위함이었다.

그는 언제 충무로 일가를 지나 명동 골목에 접어들었다.

그냥 충무로로 해서 갈까 하다가 입은 옷도 허줄한데 혹시 아는 사람하고 마주칠까 보아 이렇게 길을 꺾어 든 것이었다. 길에는 별로 사람이 없었다.

그는 돈 보따리를 한 팔로 단단히 끼고 나머지 팔로 활개를 쳐 가며 아까 물건 훔치다 들킨 아이 생각을 막연히 하면서 길을 걸었다. 그때 뒤에서 "아주머니, 아주머니" 하고 부르는 소리가 났다. 갑숙은 아무 의식없이 뒤돌아봤다. 웬 낯모를 남자 둘이 뒤따라오며 또 말을 건네는 것이었다.

"아주머니, 물건 안 사시겠소?"

그들은 갑숙의 곁에 나란히 서서 걸으며 양키 여름 샤쓰가 몇 벌, 조선 옷감이 얼마 있는데 값도 싸고 물건도 좋으니 살 맘 있으면 같이 가서 구경하자는 것이었다.

갑숙은 문득 어저께 주사약 팔아 달라던 어떤 여자를 속여넘긴 사람들만 같아 대꾸하지 않았으나 차츰 말을 듣고 있는 사이에 '따라가서 구경만 하고 안 삼 그만이지' 싶어 약간 구미가 동하기 시작했다.

"물건은 어디 있는데?"

그가 이렇게 물었을 땐 벌써 시공관 있는 데까지 왔다.

"왕십리에 있어요. 아침에 가지고 나올려다 행여 빼낄까 보아 장에 나와 아는 친구를 끌고 들어 갈랬더니 마침 그 친구 알아눕고 안 나왔대요." 하고 둘 중 키 작고 캪 쓴 편이 말하자,

"워낙 물건이 좀 많아서 들구 나오기 힘들어요." 하고 키 크고 얼굴 뾰죽한 중절모 쓴 남자가 말한다.

갑숙은 암만해도 수상쩍은 것 같아,

"물건이 많다니까 나 혼자 다 살 수도 없고 또 시세도 모르고 하니 동대문 장에 가서 우리 형님벌 되는 이하고 같이 가면 어떻소?" 하고 물었다. 형님뻘이란 쇠돌 엄마를 이름이다.

"하, 그럼 그러지요. 참 부인네는 혼자 가기 안됐지요. 요즘 세상이 하 수상하니까요."

키 큰 사람은 고개 방아를 찧으면서 키 작은 사람에게 동의를 구한다.

"암, 그렇게 하셔야지요. 참 아주머니네 같은 이는 남에게 꿈에도 속는

법 없겠군요.”

키 작은 사람은 갑숙이 얼굴을 들여다보면서 웃으며 말한다.

“속이우고 어쩌고 할 것 있나요. 거개 미천이 짧으니 말이지요”

갑숙은 형님하고 같이 가겠다고 대답한 자기가 참 빈틈없이 말 잘한 것이라고 생각하면서 어서 장마당에 가서 쇠돌 엄마를 만나면 일은 되는 것이라고 길을 부지런히 걸었다.

그들은 어느새 육군사령부 앞 조금 못 미쳐까지 왔다.

저쪽 정문 앞에 보초가 허리를 쭉 펴고 선 것이 갑숙의 눈에 들어왔다.

바로 그때였다.

“어이쿠 이건” 하면서 옆에 걷던 키 큰 남자가 별로 크지 아니한 종이뭉치 하나를 집어 올린다. 갑숙의 생각엔 분명 그것이 그 사람 발에 채이던 것을 본 것 같았다.

“허어 이게 뭘까?”

“글쎄.”

두 남자는 눈짓으로 뜯어볼까 말까하고 말하는 것이라고 갑숙은 생각되어졌다.

“뭐 별것 들었을라구. 어디 뜯어 봐.”

키 작은 이가 앞을 가로막으며 말한다.

“그래, 그럼 뜯어보지. 어째 돈 같애.”

키 큰 남자는 신문 한 껍데기를 죽 찢어내던 손을 멈추며 흡사 무엇을 숨기려는 듯한 표정을 하고 두 사람을 힐긋 쳐다본다.

갑숙은 부쩍 호기심이 났다. 그러면서도 그는 혹시 자기 보따리에서 빠진 것이나 아닌가 해서 몰래 보따리를 만져보았으나 보따리는 제대로 자기 손에 들려 있었다.

“자 빨리.”

캡짜리가 눈짓으로 말하니까 중절모는 손으로 신문 위 껍데기를 쭈룩 찢어 내었다.

찢어 낸 속에는 의외로 백 원짜리 지폐가 차곡차곡 묶인 채 찢어진 신문 속에 싸여 있다. 얼른 보기에 도장도 찍혀 있는 것 같고 또 액수도 거진 십만 원이 넘을 것 같았다.

중절모는 얼른 찢어 낸 신문 위를 한 손으로 덮으며,

"자 빨리 갑시다. 아주머니 보셨지요?" 하고 걷는다.

보초는 여전히 똑바로 앞만 보고 섰다. 그들은 힐끔힐끔 보초를 쳐다도 보며 그 앞을 지났다. 갑숙은 가슴이 두근거리기 시작했다. 출근 시간이 되어 좀 사람이 많아진 것도 같았다. 그는 숨이 차기 시작했다. 뒤에서 금방, "여보시오" 하고 불러 낼 것도 같고 쫓아와서 덜미를 잡을 것도 같았다. 그래서 그는,

"그걸 경찰서루 가저갑시다."

이렇게 말했다. 말하고 나니 좀 숨이 놓여졌다. 아직 그들이 나눠 가지자고 말도 안 했지만 만약 임자가 나서고 순사가 오는 경우 자기는 분명 경찰에 가져가자고 말했다고 대답할 수 있었기 때문에 좀 겁이 삭은 것 같았다. 그러나 여전히 속에선 방망이질한다.

"박 상, 괜이 따 보자구 해서 허어 웃읍게 손해 봤는데. 아주머니 할 수 없다. 기왕 왔으니 우리끼리 처분할 수도 없고 하니까 이걸 우리 셋이 논우면 어때요"

하고 중절모가 묻는다.

갑숙은 물론 그렇게 하고 싶었다. 그래 봐야 알 사람도 없을 것이고 또 자기만 싫다고 해서 안 가진다면 결국 이 사람 둘만 가지고 말 것이니까 손해는 혼자만 보는 셈이 되고 말 것 아닌가.

그러나 갑숙은 또 한 번 튕기었다.

"얻은 물건은 경찰서에 가저가야 하지요" 하고 뒤에 무엇이 쫓아오는 것 같아 뒤도 돌아 못 보고 말만 했다.

중절모와 캪은 서로 눈짓이었다.

"괜이 따 보자구 해서 말성 피우고 돈 못 먹고" 하는 뜻으로 말하는 것 같이 갑숙에게 느껴졌다.

"아주머니, 그럴 것 없어요. 이건 우리에게 생긴 돈입니다. 우리에게 생긴 돈은 괜이 왜 남에게 주겠어요? 이건 들어온 복을 발루 차두 분수가 있지."

캪은 뒤에 무엇이 쫓지 않나 해서 힐금힐금 뒤를 살피며 말한다.

"그럼 어떻게 논아요."

갑숙은 무슨 생각을 더 할 필요도 여유도 없었다. 그저 덜덜 마음이 떨려들면서도 오만 원에 삼만 원을 넣으면 팔만 원, 또 혹시 그 안에 든 돈이 십오만 원이면 십만 원, 이십만 원이면 십만 원도 넘는다고 같은 생각을 수없이 수없이 되풀이하면서 자꾸 뒤만 돌아다보게 되었다.

"앗다 이 아주머니 겁은."

말은 이렇게 하면서도 중절모는,

"어 박상, 뒤 살피라구."

이렇게 캪에게 주의시키고 나서,

"우리 어느 골목에 들어가 논을까요?" 하고 제의한다.

"그래 그러지" 하고 캪이 동의하자 셋은 이정목에서 청계천 나가는 어느 골목으로 빠졌다. 그래서 어느 집 문간 벽에 붙어 서서 돈을 나누려는데 하나 둘 사람이 연달아 지나간다.

"허어 이거 안 되겠는 걸. 저 아래 골목으로 갑시다."

갑숙은 점점 가슴이 더 떨리고 정신이 알쏭달쏭한 것 같았다.

그래서 그는 좀 가슴을 진정시키느라고 일부러 뒤를 돌아보았을 때 신사 둘이 힐긋 갑숙을 쳐다보면서 지나간다. 갑숙은 또 가슴이 덜컥 내려앉았다.

중절모와 캪은 앞에서 걷다가,

"아주머니 안 되겠오다. 암만해도 우리 집에 가서 노느는 게 제일 낫겠오다."

하고 중절모가 말한다.

"아 나는 혼자 못 가요. 그럼 장마당에 들렀다 갑시다."

하고 갑숙이가 말하자,

"원, 이 아주머니가 정신 있소, 아니 왜 광고하러 장마당엘 가요? 그리고 우리가 무슨 아주머니한테 죄지었나요, 장마당까지 따라가게. 아주머니 싫음 고만두시지오. 우린 물건 아주머니한테 안 팔어도 괜찮어요. 이것(돈을 가르키며) 얻은 것 아주머니가 보셨으니까 할 수 없어 그러는 거지."

하면서 앞으로 가 버린다.

갑숙은 그들을 따를까 말까 하고 망설이는데,

"아주머니 빨리 와요. 괜이 남 콩밥 먹일라구. 파출소 가실 생각이시요?"

하며 중절모가 쫓아온다.

갑숙은 마지못해 또 쫓아가나 어쩐지 가슴은 여전히 두근거린다.

"아주머니, 그럴 것 없이 아주머니 그 봇짐 속에 돈도 여기 한데 넣읍시다. 그리고 같이 갑시다."

하고 캡이 말한다.

갑숙은 깜짝 정신이 들었다. 그리고는 어저께 '주사약 스리가 이와 꼭 같은 행동으로 그 여자를 속이고 돈을 빼섰는데 이 사람들도 그런 수단으로 내 돈을 빼았자는 속이구나' 생각하면서,

"아니, 내 돈을 당신들께 매껴요. 아니 내 돈을, 하 참 그 양반들. 아니 왜 내 돈을 당신들께 매껴요?"

골목을 빠져나와 이렇게 다지면서 여전히 그들을 따라 청계천 큰길을 걸으며 반 코웃음 섞인 악을 썼다.

"하아, 이 아주머니 참. 아주머니가 우리를 경찰에 고자질할려니까 그렇지요. 우리는 돈없는 탓으루 꼭 이 돈은 먹어야 하겠구 한데 길에서 노늘

수는 없고 우리 집까지 가자니 싫다 하구. 그래서 우리도 안심이 될 겸 아주머니 돈을 여기 넣으라는 거지요."

하며 중절모와 캪은 입맛을 다시며 딱한 듯이 말한다.

"그래두 내 돈은 못 매껴요. 내 돈이 어떤 돈인데 함부루 매껴요. 자 얼른 가까운데 가서 그 돈 논읍시다."

갑숙이 말이 약간 소리가 높았던지 지나는 사람들이 힐끔힐끔 돌아보는 눈들이 모두 수상쩍어 하는 것 같다.

"쉬이, 아주머니두 참 그럼 이렇게 합시다. 아주머니 돈 보따리 안에 이 돈 함께 싸지요. 그러면 문제없지요?"

갑숙도 그건 되는 말이라 싶었다. 그 돈을 자기가 안고 간다면야 쫓아 못 갈 리도 없을 상 싶었다.

그래서 그는 자기 돈 보자기를 끌르되 돈은 따로 감추어 보자기 한 귀퉁이에 싼 채

"여기다 넣으시오." 하고 보자기를 벌렸다.

"아주머니두 참. 아주머니 돈두 봐야 되지 않아요. 아주머니 돈 한 푼 없으면 우리가 어떻게 아주머닐 믿을 수 있어요?"

들어 보니 참 그도 그런 것 같았다.

그래서 그는 보자기를 활 풀고 돈을 보였다.

뒤에서 웅얼웅얼 사람들의 떠드는 소리와 급한 발소리가 난다.

캪의 눈이 등장이 되어 뒤를 돌아보면서 중절모에게 눈짓을 하는 품이 무엇이 쫓아오는 것이나 아닌가 하고 그는 약간 고개를 돌려 뒤돌아봤다. 아주 눈 깜짝만이지만.

"자, 아주머니 얼른."

중절모의 재촉소리에 그는 허둥지둥 보자기를 도로 싸서 안고 그들을 따라 걸었다.

동대문 장이 바로 건너다 뵈는 사정목 큰길까지 왔다.

"아주머니 황금정 사정목 가서 전차를 타지요"

그들은 나란히 서서 찻길까지 왔다. 그때 마침 주문이라도 한 듯이 바로 그들 앞에 전차가 다가왔다.

"아주머니 옛수다. 전차표요" 하고 중절모가 내미는 차표를 받아들고 탈 차례가 오기를 기다리는 갑숙의 마음은 큰 죄라도 저지른 듯이 그냥 떨리기만 했다.

"아주머니, 얼른 따라서요"

중절모가 두 팔로 전차 문을 막듯이 올라서서 외치는 소리를 듣고 갑숙이가 한 발을 차에 올려놓자 차는 이내 움직이었다. 갑숙은 겨우 올라서서 문설주에 짚고 기대어 서자 전차와 반대 방향으로 돌아서 가는 꼺이 갑숙의 눈에 띠었다.

얼핏 보기에 그의 입에는 아까 남대문 장에서 본 곰방대가 물리어 있는 것 같았다.

어쩐지 갑숙은 가슴이 섬찍했다. 그래서 또 보따리를 만져 봤다.

분명 자기의 보따리 안엔 돈이 들어 있었다. 그는 안심은 되나 좀 이상해서

"저 양반은 왜 안 타나요?"

하고 중절모에게 묻자,

"그 양반 갑작이 급한 일이 생겼대요. 그 양반 없음 상관있소, 곧 올 텐데."

하고 중절모가 픽 웃는다.

"자, 안으로들 들어서십시요"

차장의 말에 의해 자리가 바뀌기 시작했다. 갑숙은 행여 스리를 맞을까 보아 돈 보따리만 단단히 안고 잠시도 정신을 돈 보따리 이외의 것에 두지 않았다. 전차가 육정목에 닿았다.

사람들은 앞을 밀치고 내렸다. 갑숙이는 내릴 건가 어쩔 건가하고 물어

보려고 금방 곁에 있던 것 같던 중절모를 찾았다. 그러나 중절모는 어디로 새었는지 보이지 않았다. 갑숙은 정신이 아찔해지며 사지가 바들바들 떨리기 시작하는 것을 억지로 참고 허둥허둥 차에서 내렸다.

꼭 중절모에게 속은 것만 같기 때문이었다.

'분명 돈 봇다리는 자기가 안았는데 도대체 왜 중절모가 살아졌을까.'

순간 그의 얼굴이 흙빛으로 변하며 갈피 잡을 수 없는 무슨 생각이 번갯불같이 머리를 스치고 지나갔다.

그래서 전차내리는 돌에 내려서기 무섭게 보자기를 끌렀다. 보자기 안에는 아까 신문에 싼 돈 뭉텡이가 틀림없이 들어 있다.

그는 보따리를 안고 가로수 아래까지 와서 신문장을 쫙쫙 찢었다.

백 원짜리 지폐 밑에 돈처럼 자른 백노지가 한 묶음 나왔다. 그리고 또 한 묶음 나왔다.

"도대체 내 돈 오만 원은?"

갑숙은 머리카락 한 오리 한 오리가 앙상하게 곤두서는 것을 느꼈다.

전차 속에서 비비대어 흠뻑 잔등에 배였던 땀이 금시에 살 밑으로 죄 기어들어 버렸는지 전신에 오싹 소름이 끼쳤다 나더니 검은 얼굴을 붉어직직해지기 시작했다.

그의 눈엔 형용할 수 없는 절망의 빛이 떠돌았다.

그는 쾅 소리 나도록 보도 위에 주저앉았다. 그리고는,

"이 노릇을 이 노릇을!"

하면서 땅을 쥐어뜯다가,

"그놈들을 찾아야지. 발바닥이 달아 떨어지드래도 그 협잡군놈들을 찾아내야지!"

그는 갈기갈기 핏줄이 어린 두 눈을 두리번거리면서 보따리 낀 나머지 한 주먹을 쥐고 사정목 쪽으로 도로 올라 달렸다.

터럭도 전차도 그의 눈엔 없었다. 그저 먼지가 자욱한 무슨 어릿광대 같

은 것들이 한사코 달음질치는 자기의 걸음을 막아대는 것만 같아 쥐었던 주먹을 펴고 마구 한 팔을 내두르며 올려 달린다. 그렇게 올려 닫는데 무엇인지 발부리를 잡아챈다고 느끼는 순간 그는 보기 좋게 길 위에 나 늘어져 버렸다.

보따리가 저만큼 동댕이쳐지었다.

어느새 우우 몰려든 사람들은 별로 상한 곳이 없는 그를 발견하자,

"하마트면."

이렇게 지껄이며 그를 스치고 지나간 자전거가 핸들을 돌리는 것을 멀거니 바라보다가 가 버린다.

먼지를 털고 일어난 갑숙은 보따리에 든 종이 뭉텅이를 털어 버리고 보자기만 손에 감아 쥔 채 발걸음을 옮기며,

"쇠돌 엄마 왜가리이이."

하고 가느다랗게 부르다가 금시에 눈알이 튀어라도 나올 듯한 긴박한 표정을 한 그의 중심을 잃은 눈동자가 다시 주위에 던져지었다. 바로 옆집 엉성한 소 등뼈 하며 두둑한 소 다리고기가 정육집에 가득 차 있는 게 불꽃이 뛰는 그의 눈에 들어왔다.

그는 갑자기 실신한 사람같이 손뼉을 짝짝 치며,

"하늘이사 하늘이사!"

하고 흡사 성난 소같이 향방 없이 달음질쳤다.

—≪문예≫ 제6호(2권1호), 1950. 1.

투전(投錢)

징 소리가 멎자 배는 천천히 움직이기 시작했다. 부두와 배 사이에 걸놓인 오색이 영롱한 테─푸들은 소리도 없이 끊기어 중유에 흠뻑 더러워진 바닷물 위에 사뿐사뿐 잠겨 버린다. 보내고 또 떠나는 사람들은 흰 손수건을 흔들기 시작했다.

정란은 난간에 붙어 선 채 손을 흔드는 것으로써 전송 나온 친지들에게 인사를 연신 했다.

배는 미끄럼 타듯이 부두와 멀어져 물결이 한결 푸르러졌다.

"자, 드러가지."

준식은 뱃전에 붙어 서서 차츰 멀어지는 부둣가를 바라보고 섰는 정란을 재촉해서 잡은 자리로 안내했다. 앞, 옆 할 것 없이 선객이 북적대는 삼등 선실이었다.

그들 일행은 고학을 하는 천석이와 맹아학교로 간다는 장님이 한 분 끼어 도합 넷이었다.

물결이 맞은켠 동그란 창 위에 하이얀 거품을 멧다 때린다. 배는 어지간히 육지와 멀어진 모양이었다.

뱃길에 익숙지 못한 사람들은 대개 잠옷으로 바꾸어 입고 누울 차비를 하고 있었다.

정란은 자기의 담요를 꺼내어 몸을 돌돌 말다시피 하고 얼굴을 수건으로 가린 채 공기베개를 받아 베고는 꼼짝 움직이지 않았다.

"왜, 멀미가 나오."

준식은 좀더 앉아서 이야기하고 싶어 묻는 말투 같았으나 정란은,

"아니예요."

라고 대답해 버리고는 기억과 시각에 남은 지난 한 달 동안의 황겁한 날들을 회상하고 있었다.

"인사 디려라."

하는 오빠의 말에 마지못해 머리만 디밀고 굽실하면서 상대편을 힐긋 바라보다가 준식의 시선과 마주치고 난 뒤의 불안한 마음은 그의 시선을 대할 때마다 기억이 새로운 듯했다.

"정말 그를 따라 어디로 가는 것일까. 먼 낯선 고장엘 아무런 주저도 없이……."

약혼식을 치른 저녁부터 백화점으로, 여관으로 준식은 정란을 끌고 다녔다. 마치 큰 득세나 한 듯이 큰길을 다 주저 없이 나란히 서서 걸었다.

어느 날인가 그는 또 냇가로 놀러 가자고 졸랐다.

"싫어요"

정란은 가자는 말이 채 떨어지기도 전에 딱 잘라 거절해 버렸던 것이다.

왜 못 갈 것이냐고 준식이가 캐어물어도, "이 댐에 가지요"쯤 대답해 놓고는 다시 생각해 봐도 그와 같이 냇가에만은 가기 싫었다.

하얀 모래밭 위에 앉아서 손 사이로 자꾸 물을 거슬리며 생각하던 그 아득한 동경과 절망적인 슬픔을 준식은 도모지 이해할 수 없는 사람같이 얼핏 느껴졌기 때문이었다.

그러나 지금은 그 사람을 따라가는 길이 아닌가. 준식의 운명이 곧 자기의 운명이고 준식의 즐거움이, 괴로움이 곧 자기의 것이라는 생각까지 들었다. 그와 동시에 그의 머리엔 너무나 생생한 기억이 하나 떠올랐다.

바람이 거세게 불면 홀랑 바람에 안겨 갈 것만 같은 고향 정거장에서 시

골 사람들의 간을 뒤집어 놓으리만큼 멋진 차림을 한 신부가 희고 긴 베일로 얼굴로 가린 채 기차 시간을 기다리며 서 있는 여섯 자 거리 밖 칸살진 나무 장의자에는 갓난이네가 검정 보탱이 위에 바가지 두 개를 대롱 매달고 또 그 바가지 옆에 갓난이와 그 동생 오월쇠가 콧때에 절어 녹아 나는 아스팔트같이 윤나는 소매 끝으로 여전히 흘러내리는 코를 닦아 내며 이 신행 구경을 하고 있었다.

갓난 에미는 넋이 빠져 버린 듯한 무표정한 얼굴로 이따금씩 헌 회색 보탱이 위에 어린것 하나를 메고 섰는 남편을 힘없이 바라볼 뿐 부러움도 부끄러움도 또 슬픔까지도 거의 잊어버린 사람같이 앉아 있었다.

정란은 이 만주로 이사간다는 갓난이네가 좋은 날짜를 고른다는 것이 자기의 결혼 날짜와 같더라는 이야기는 이미 들어서 알긴 했지만 방향이 다른 그들과 하필 이렇게 역에서 마주친 것이 그닥 유쾌한 기억으로 남아 있지 않았다.

"베일은 가서 쓸 테야."

하고 면사포를 벗어 던지듯이 동무에게 떠맡겼다.

"써야만 신부 같지. 뿐인가, 오늘 하로 이외엔 두 번 다시 쓸 수 없는 거야."

동무와 늙은이들은 무슨 광대놀이라도 구경하는 듯이 꽃과 진주로 장식된 베일을 덮어 놓고 쓰는 것이라 하였다. 정란은 속으로 그게 우스워 싱겁게 웃고 났더니 신부가 저렇게 좋아하는 걸 처음 봤다고 놀려댔다.

남에서 북에서 차는 고함을 치고 달려들어 또 다시 남과 북으로 떠날 땐 남행 이등실에는 정란의 신행이 타 있었고 북행 차에는 갓난이네 일행이 삼등실 한구석을 차지했던 것이다.

정란은 그 갓난 에미의 얼빠진 양이 눈에 환히 보여졌다. 동시에 왕왕 하는 말소리가 귀에 들어왔다. 옆에 누웠던 준식이가,

"여, 저녁 먹어요, 저녁."

하며 정란을 흔든다. 정란은 여전히 말없이 일어나 앉았다.

장님인 태수는 갑자기 일어나서 서둘며 손 씻으러 세수간으로 가려 한다.

"그냥 먹어. 손은 제기, 뭐 갈비 뜯을 셈인가."

하며 준식이가 면박을 주어도,

"난 씻어야 된다네."

하면서 나무로 된 얕은 난간을 넘으려는데 천석이가 팔을 댕기어 앉힌다.

"자, 밥상 받어."

태수는 손수건을 꺼내어 넓은 이마와 납작한 코허리와 손을 닦고 나서 젓가락을 찾아 들고는 반대 방향으로 돌아앉으려 한다.

"아니, 누가 뺏아 먹나. 돌아앉긴 왜?"

하고 준식이가 면박을 주자,

"밥 먹는 걸 아즈머니 뵈여 드리기 안돼서 그래" 한다.

정란은 "아즈머니"란 말이 가슴에 와서 꽉 마쳤다.

"걱정에 머리까지 셀라."

그들은 이 장님을 제법 거리낌 없이 놀려 대었다.

장님인 태수는 밥 소만을 한 손으로 잡고 저까락으로 찬 그릇 위를 더듬고 천석은 코웃음만 치면서 살구 절린 것을 날름 드러다 먹는다.

정란이가 웃으니까, 천석은 더욱 신이 나서 이것 저것 두루 집어다 먹으면서,

"장님은 장님이야. 이봐, 너 저 아즈머니가 얼굴이 긴지 동근지 좀 마쳐 봐."

하며 또 놀린다.

"흥, 모를까 봐서. 내가 다 알아. 목소리만 드르면 대번 다 알지."

하면서 아이처럼 뽐을 낸다.

준식은 그냥 싱긋거리며 웃기만 하다가,

"천석이, 그만두지. 자넨 코가 빗둔 품이 천생 봇다릴 싸 지고 박아지나 꾀매 차고 북간도 사리할 상이야."

하며 화제를 돌리려 들었다.

"아니, 내 코가 비뚜다니. 이래 봬두 천석은 틀림없지."

하면서 정란을 곁눈질해 본다.

정란은 웃기만 하면서 이 자화자찬의 인간상 속에 자신은 도대체 무엇인가 싶은 생각이 문득 들었다.

이튿날은 날씨가 무척 좋았다.

정란은 준식의 뒤를 따라 배 맨꼭대기 갑판까지 올라갔다. 넓은 갑판 한쪽 켠에 등의자가 놓여 있었다.

정란은 서슴지 않고 주저앉았다.

준식은 선 채,

"인제 그만 구경하고 내려가지" 한다.

"왜요. 흔들리지도 않구 참 좋은데. 난 여기 있을래요" 하고 일어나려 하지 않았다.

"여긴 일등선실 휴게소 비슷한 곳이라서 삼등 선객은 있기로 되어 있지 않은데" 하며 열적게 웃는다.

정란은 빤히 준식을 쳐다봤다. 그리고는 말없이 일어나 난간에 가서 붙어 섰다. 일본 작가 모 씨가 태평양 어느 지점에 이르면 물색이 하 곱길래 아내의 옷을 그 바닷물 같은 빛깔로 만들어 입히고 싶다는 글을 읽은 생각이 나서 그는 자꾸 바다 속만 들여다봤다.

새파란 바닷물 밑에 고기떼가 꼬리를 저으며 배와 같이 흐르고 있었다.

"자, 내려가자니까."

준식은 딱한 듯이 서서 재촉한다.

정란은 또 하늘을 쳐다봤다. 맑게 개인 구월 하늘도 바다 복판에선 바다

같이 푸르렀다. 그는 문득 그 바다의 푸른 물결 속에 뛰어들고 싶은 충동을 느끼면서, "싫어요" 했다.

그러나 말은 그렇게 하면서도 무엇이 싫다는 것인지 자신도 모르게 한 말이었다. 그 뒤로도 정란은 일어나기만 하면 이 맨꼭대기 갑판에 와서 자꾸 바다만 들여다봤다. 그럴 때마다 그는, "왜?" 하는 것을 혼자 되풀이해 보곤 했다.

그 뒤로 반년이 넘은 어느 날이었다.

아침부터 햇살이 정란의 걸터앉은 창문턱에 머물러 있어 야글야글 끓는 듯한 뜨거움을 두 뺨 위에 느끼면서도 그대로 그 문턱에서 일어나고 싶지 않았다.

이따금씩 바람이 햇볕을 흔들 때마다 흙냄새도 같고 어쩌면 아카시아 냄새도 같은 것이 쏴아쏴아 소리치며 방안을 한 바퀴 휘도는 것 같았다.

하늘은 그대로 마음속에 쏟아지기라도 할 듯이 그가 걸터앉은 문턱 너머 얕고 다정하게 떠 있었다.

아래층 채양 밑에는 새하얀 비둘기 두 마리가 눈 깜짝이나 하듯이 잠잠히 마주보고 앉았다가 푸드득푸드득 날개를 두어 번 치고 나서 전선주 위에 가 앉는다.

때앵 하고 벽에 걸린 괘종이 울었다. 정란은 앉은 자리에서 훌떡 일어났다. 흡사 꿈에서 깬 사람같이 그는 벽시계를 돌아다 봤다. 그의 눈엔 그 시계 바로 곁에 남편 준식의 양복과 나란히 걸린 자기의 분홍빛 나들이옷이 들어왔다.

그는 무슨 할 일을 잊고 있었던 것처럼 옷을 갈아입고 되도록 소리 안 나게 창문을 닫고는 잠깐 거울 앞에 가 섰다.

거울 안에는 준식의 그 커다랗고 호화로운 책상과 그 위에 놓인 몇 개의 양서와 그 옆에 놓인 책장이 자기의 얼굴과 딱 마주서 있었다. 중에도 그

맨 끝줄에 금전 출납부가 나는 "예 있지" 말이라도 하는 듯이 그 딴딴하고 얄미운 모습을 거울에 비추고 있었다.

정란은 약간 미간을 찌푸린 채 한참 거울 속에 비치는 금전 출납부를 보고 섰다가 지갑과 보재기를 들고 층층대를 내려왔다. 그는 문득 어느 층계 위에서 발을 멈추고는 오싹 몸을 떨고 났다.

마치 갑자기 속없는 깊은 구렁텅이 밑으로 그렇게 층계를 밟고 내려가듯 자신이 빨려 들어가는 것만 같았다. 그는 자신도 모르게,

"싫다니까."

이렇게 중얼거렸다. 그리고는 이런 것이 미치는 도정이 아닌가 하는 생각이 또 문득 났다. 그래서 달음질치듯 층계로 뛰어내렸다.

조금 뒤에 포도빵 한 근을 사 들고 다시 층층대로 해서 방안에 들어온 그는 까스대 냄비 위에서 끓는 우유를 내려 큰 유리 사발에 담고 빵 반 근 분량을 잘라서 그 우유 속에 띄운 다음 신문을 덮어 식탁 위에 올려놓았다.

그리고는 밤낮 밥상에 마주 앉으면 이맛살을 찡기는 준식의 표정을 상기하면서 오늘은 어떤 표정을 할 것인가 하는 어떤 기대에 자주 시계의 분침을 쳐다봤다.

시계처럼 정확한 준식이 오늘이라고 늦을 리가 없었다.

정란은 약간 그늘이 지기 시작한 창문을 반쯤 열고 여전히 창턱에 걸터 앉아 있었다.

"어디 안 나갔댔소?"

준식은 노트를 상 위에 던지면서 약간 눈웃음을 쳐 보인다.

"나가긴."

정란은 '흥, 나가면 죽을려고 상을 찡기면서' 하는 나중 말은 입 속으로 삼켜 버리고, 준식의 시선을 피해 자기의 발을 내려다보며 말했다.

"나갔다 마요이꼬8)가 될가바 걱정했지."

그는 점심을 달라고 턱으로 밥상을 가리키면서 방석 위에 앉으며 말하는

것이었다.

정란은 그 말엔 대답하지 않고 상 위에 덮은 신문을 벗겨 놓으며 준식의 눈치만 살폈다.

"이게 뭐야? 응."

준식은 어느새 그 하이얀 귀 밑에 새파란 핏줄을 세우고 독이 서린 시선을 정란에게 보냈다.

"우유에 빵 재운 건데 뭐."

정란은 약간 붉어진 얼굴에 불안과 부끄러움을 삭이지 못한 채 그러나 어떤 항거의 선도 충분히 그려진 복잡한 표정을 지으며 볼멘 대답을 했다.

"이런 걸 누가 먹는댔어?"

"입맛 없을 때 넘어두 잘 가구."

정란은 다시 하얗게 질린 얼굴빛에 알맞은 쌀쌀한 표정을 지었으나 아까 그 칭찬 받으려고 서둔 것을 생각하니 눈물이 쏟아질 것만 같아 얼른 일어서서 책꽂이에 있는 금전 출납부를 무의식중에 쑥 뽑아 들었다.

그는 이 금전 출납부를 대할 때마다 마치 원수나 대하듯이 싫고 역증이 나지만 번번이 꾹 참고 지출을 일일이 기입했다.

그리고는 속으로 "싫어"할 버릇같이 뇌였다. 오늘도 "포도빵 한 근, 이십 전"이라 적고는 짜악 소리나게 책을 집어 테―불 위 유리 위에다 주루룩 밀어 놓곤 회전의자에 가 털썩 주저앉아 버렸다.

"점심을 먹어야지. 아침밥이라도 줘."

등 뒤에서 준식의 날카로운 음성이 정란의 귓전을 때렸다.

"갖다 잡수시구려. 당신은 손이 없소?"

정란은 돌아앉은 채 싸늘한 대답을 했다.

"에익, 조선여자란 배우면 저렇다니까."

---

8) 미아 : まよいご[迷い子].

"진작 일본여자를 얻으시지."

정란은 이렇게 빈정대고 나서 찬밥을 공기에 담아 상 위에 올려놓고는 까스불 위에서 끓고 있는 주전자를 상 위에 올려놓았다.

"점심 안 먹을 테야."

"싫어요."

"왜?"

"남의 윗속 참견은 안하서도 좋와요."

"아니 웨 그따위로 맛서는 거야?"

"몰라요."

"뭐?"

하는 준식의 말소리와 동시에 그의 손길이 정란의 뺨을 찰싹 보기좋게 후려 갈겼다.

정란은 아프다기보다는 뺨이 잘잘 끓는 것 같고 마음 전체가 무슨 산이라도 허물어지는 이상으로 우루루 무너져 내려앉는 큰소리를 들으며 상머리에 가만히 앉아 있었다.

일분, 이분, 삼분, 준식의 숨소리는 점점 높아가고 정란의 숨소리는 점점 낮아갔다. 흡사 깊은 물 속에 잠기는 물건처럼 해는 이층 채양을 넘어 지붕 복판을 넘었는지 방안엔 햇볕이 완전히 가서 있었다.

정란의 눈앞엔 분홍빛, 보랏빛 그리고 노랑, 파랑색의 무수한 동그라미가 잠자리같이 파르르 떨며 눈앞 두 자 거리 내에서 아롱아롱하였다.

눈을 깜짝거릴 때마다 그 무수한 동그라미는 또 다른 색채로 변하곤 했다.

"나두 신경질이긴 하지만 그따위로 맞서는 이유를 나는 알 수 없어. 다시는 손부침 안할 테니까 얼굴 고치구 영화 구경이나 가지."

준식은 정란의 곁에 와서 그의 눈물을 닦아 주며 아까 독 사린 눈총과 말소리와는 딴판으로 상냥한 말씨로 정란을 달랬다.

그러나 정란은 달래면 달랠수록 그는 점점 더 크게 흐느끼며 울기 시작했다. 그리고는 또 "싫어요" 하고 대답해 버렸다.

"왜."

"몰라요."

정란은 이런 대답을 하면서 속으로 금전 출납부 생각을 했다. 그리고는 준식의 팔을 뿌리치고 아까 닫아 버린 창문을 다시 열었다. 햇볕은 저만치 떨어진 지붕 위에서 감실거렸다.

정란은 무심코 천석이 하숙하고 있는 집 지붕 위를 바라봤다. 그랬더니 천석이가 지붕 위에서 손짓하며 고구마를 벗겨 먹고 있었다.

정란은 그냥 인사도 없이 서 있으려니까, 그는 먹던 고구마를 싸 들고 마당으로 뛰어내려 정란이네 집으로 달음질쳐 왔다.

"난 배가 곯아서 이걸 사다 먹다 아즈머니한테 들렸어" 하고는, "어째 공기가 수상해" 한다.

정란은 쪼루루 달려가서 식탁에 씌운 신문지를 벗기곤, "이 우유 잡수세요" 하며 빵 든 우유를 내밀었다.

"허, 오늘 내 생일인가배" 하며 그것을 받아 마시고 나서는,

"그놈의 엉터리 구쯔 나오시⁹⁾도 잘 안 되는 걸. 도무지 걸리지 않는단 말이야."

하며 혼자 신이 나서 떠들며 장님인 태수는 제법 공부 잘한다는 이야기를 널어놓았다.

"자, 빨리 구경 가자니까."

"싫대두."

천석이 간 뒤에 여러 번 이런 대화가 거듭되었다. 준식은 다시 노오트를 들고 나가 버렸다.

---

9) 구두 수선공 : くつなおし[靴直し]

　　정란은 옷을 갈아입고 혼자 거리로 나섰다. 그는 가까운 공원을 찾아들어 참대숲 가까이 있는 뻰취 위에 앉았다.

　　다풀머리 일본 계집애 둘이 정란의 곁에 와서 조잘댄다.

　　"아줌마, 옷 참 이뻐. 어디 양복이야, 응."

　　"이거 조선옷이야."

　　"뭐? 조선옷?"

　　다풀머리 계집애들은 서로 눈알을 왜왜 굴리면서 믿을 수 없다는 듯이, "정말?" 하고 묻는다.

　　"그럼 정말이 아니구."

　　"아니야. 조선옷이 뭐 저럴라구? 응, 그렇지!"

　　이렇게 서로 주고받더니만 둘이서 화제를 돌려 가지고 시집가는 이야기를 주고받기 시작했다.

　　"난 크면 시집갈 테야. 엄마가 그러는데 시집가야 한대."

　　"난 싫어. 언니가 그러는데 시집가는 게 좋지 않다 그랬어."

　　그들은 돋아나는 잔디를 손으로 모즈리면서 자기들이 알기엔 너무도 벅찬 어른의 세계를 이야기하는 것이었다. 정란은 쓴웃음을 웃으며 그들의 이야기를 듣고 있다가 어디로 발길을 돌릴 것인가 생각하면서 대밭 가까이로 걸어갔다.

　　"조선분이시구려, 당신은."

　　댓가지를 휘어잡은 젊은 청년이 정란의 앞을 가로막으며 이렇게 말을 걸었다.

　　정란은 말없이 그 사람을 쳐다보고는 큰길로 빠지는 길에 접어들었다.

　　"조선옷은 언제 봐도 좋군요. 나는 조선서 온 지 얼마 안 됩니다. 조선이야기 좀 하시지 않으실래요?"

　　뒤따라오는 청년의 말에서 그는 문득 이상한 향수를 느꼈다. 그래서 그는,

"조선은 당신들의 식민지이니까. 아마 거드럭거리든 맛의 기억이 남아 있겠지요. 그렇지 않고야 이 옷이 이곳 와서 환영 받을 리 없지요."

돌아서서 이렇게 말해 버리고는 큰길로 빠져나왔다.

"그럼 당신은 일부러 모멸을 받을려고 그 옷을 입으셨어요?"

하고 쫓아오며 묻는다.

"모멸을 받을 줄 알면서도 이 옷을 입는 건 모멸하는 편을 모멸하기 위함이지요."

"당신은 좀 이상하군요."

"그런지도 모르지요."

그때 바로 정란의 앞에 택시가 지나갔다. 정란은 그 청년이 무섭다는 느낌과 동시에 손을 들었다.

차가 멈추기 바쁘게 올라탄 정란은 지갑 안에 든 오십 전짜리 은화 두 잎의 사용 한도를 생각했다.

"오십 전만큼 달려 주세요. 그리고 전신좌 앞에 멈춰 주세요."

차는 착실히 자꾸 달렸다.

어디로 어떻게 도는지 몰랐다. 약 사십 분 뒤 시계가 세 시를 가리켰을 때 전신좌 앞이라고 내리라 했다.

정란은 나머지 오십 전 중에서 삼십 전짜리 구경표를 샀다.

그날의 푸로는 그의 마음과 우연한 일치로 <여성의 반역>이라는 영화였다.

그는 속으로 수없는 갈채를 보내며 앉은 대로 두 번을 거듭 봤다.

그가 영화관을 나올 때는 밤 아홉 시 경이었다.

그는 가까운 대중식당에 들어가서 십이 전짜리 저녁을 먹었다.

그의 지갑 안엔 아직도 일전짜리 동전 세 잎, 오전짜리 백동화 하나가 남았다.

"자, 어디로 가야 하나."

그는 자꾸 밤하늘 별을 쳐다보며 스미다가와(隅田川)를 끼고 내려갔다.

언제 그렇게 걸어왔는지 그도 몰랐다. 또 무슨 생각으로 냇가를 찾았는지도 분명치 않았다.

그는 딱 발을 멈추고 북두칠성의 위치를 살폈다. 별들은 바로 오른편 어깨 위에서 새까만 개천을 내려다보고 있는 것만 같았다.

물은 먼 불빛을 반사하여 어른어른했다.

그러나 그는 조금도 거기 뛰어들고 싶지 않았다. 아침마다 보는 그 흐리고 검은 물빛이 머리에 배어 있기 때문에 그 검은 물에 자신을 내맡기기 싫었던 때문인지도 모른다. 그는 문득 이곳으로 올 때 배 위에서 보던 그 바다의 푸른 물결을 연상하면서 지갑에 든 일전짜리 하나를 꺼내어 물 위에 던졌다. 아무런 반응도 없었다. 또 한 잎 던졌다. 여전히 반응이 없었다.

그는 마지막으로 오전짜리 백동화로 동그랗게 동그라미를 그리면서 던져 버렸다. 그리고는 이건 금전 출납부에다 무엇이라고 적나 하고 생각해 봤다.

'랑비 투전(投錢).' 어느 편을 쓸 것인가 망설이다가, "투전, 투전" 이렇게 외이며 천천히 자기들의 거처하는 집을 향해 걸었다.

약 삼십 분 뒤였다. 정란은 가만가만 층대를 올라 소리 안 나게 방문을 열었다.

방안엔 커단 이불짐과 각을 뜯긴 책상이 짐 바로 얼기설기 동여져 있는 복판에 정란이가 좋아하는 바나나와 과자가 널려 있고, 그 옆에 준식이가 번듯이 팔짱을 끼고 누워 있었다.

정란은 이불짐 위에 털썩 주저앉았다. 둘이 다 서로 말을 꺼내지 않고 노려보기만 하다가 준식이가 먼저 입을 떼었다.

"어디 갔다 왔어?"

"어딜 가실 참이예요?"

"어딜 갔다 왔어?"

"투전노리요."

"뭐?"

"투전노리요."

"모를 소리 그만두고 짐꾼 불러 와요."

"불러 오지요. 그런데 여기 바가지 달아맸음 좀 더 운치있겠는데."

"그 대신 대야를 달지."

준식은 일어나 짐을 끌렀다.

정란은 코허리가 찡 하면서 갓난 어미의 무표정한 얼굴이 모로 옆으로 우뚝우뚝 나타났다.

"자, 좀 거들어. 난 죽은 줄 알고 스미다가와를 자꾸 끼고 돌다가 어떻게 못해서 이렇게 짐을 꾸린 거야."

그는 큰 시름을 놓은 듯이 말한다.

정란은 일어나서 서성거리다 자신의 그림자를 발견했다.

그림자는 정란이보다 앞질러 움직인다.

'저런 망한 놈의 그림자. 혼의 슬픈 투신(投身)도 모르고 속없이 나대기만 해.'

정란은 속으로 이렇게 혼잣말하며 책을 도루 책꽂이에 꽂고 있었다. 물론 금전 출납부도…….

─《문예》 제9호(2권4호), 1950. 4.

야미ㅅ장에서*

　말이 끝나기를 기다려 경쟁이나 하듯 여인들은 잘 살았다는 것으로서 과거를 자랑하고 다음엔 맨주먹으로 삼팔선을 넘어왔기 때문에 두려움도 부끄러움도 없이 되었다는 것을 또한 자랑삼아 이야기했다. 그 틈에 끼인 숙경은 물건을 넘겨받고 나서도 도매장사 여자의 인생철학을 한바탕 들어야 했다.

　"전날의 내가 대체 무엇이었든가고 생각을 해 봤드니, 무슨 그까진 서너 푼 어치밖에 안 되는 재산을 가지고 가장 점잖은 척하고 툭탁하면 그래야 쓰겠나, 사람이란 체면이 있는 법이지 못 써, 안 돼, 식으로 누가 인사라도 오면 위의를 갖추어 점잖을 빼며 무릎은 도사리고 웃음은 지어 웃고 목소리는 가다듬고 하던…… 이러한 것이 소위 내 가정의 가풍이요 자랑이었습지요. 그랬드니 왼걸, 정작 전재민으로 이곳에 오고 보니 무슨 쥐꼬리만큼 밖에 모르는 것을 가장 아는 척 내세우고 난 척하며 으례껀 나한테는 선생님이라는 존칭이 붙는 것을 당연지사로 알았던 것이 우습드란 말이에요. 보시라요. 지금 내가 내 손으로 밥을 지어 먹고 빨래를 빨고 또 한동안 남편 덕에 호사했으니 이번에는 내가 나서 돈버리 좀 해도 상관없을 것 안애요. 피차 빤한 처지에 체면을 차린다는 것이 도대체 아직 여유가 있거나

그렇지 않으면 아주 못난 사람의 타령이지 글세 당장 밥을 굶는 판에 어느 구석에 체면이 숨었드란 말이요. 남처럼 나두 이 장살 시작해서부터 정말 사람이 됐다고 했어요."

그 여자의 지루한 말이 끝나기를 억지로 참고 듣던 숙경이는 그제야 물건을 안고 일어섰다. 장사할 것도 다 잊어 버린 듯이 입을 벌리고 그 여자의 열변에 열중했던 다른 여자들도 따라 일어섰다. 밖에 나오자 여자들은 제각기 흩어져 버렸다. 잿빛 하늘은 런던의 안개를 연상시키면서 무겁게 서울 거리를 덮고 있었다.

숙경은 옆에 낀 보따리가 행여 아는 사람의 눈에 띠일까 보아 되도록 좁은 골목으로 해서 자유 시장에 이르렀다. 고향에서 쩡쩡 울리며 살던 지주의 아내는 해방을 계기로 봇짐장사로 전락한 것이었다. 아까 그 여자의 말에 의하면 그것은 전락이 아니라 갱생이라 할 수 있으나 그런 이론과 마음은 천 리도 넘는 거리에 있었다.

그는 요즘 가끔 형벌을 받는 듯한 생각이 자주 머리에 떠오르곤 했다. 아이들을 굶기지 않으려니 남편만 믿고 앉아 있을 수도 없고 해서 내친걸음이긴 하나 그 커다란 봇짐을 옆에 끼기란 암만 타일러도 도저히 용납하려 들지 않는 자존심이었지만 그렇다고 자존심만으로 사는 수는 없었다.

사고파는 사람이 밀물처럼 밀려나고 밀려들고 하는 자유 시장에서 그도 소리를 높여 고객의 눈을 끌어야 했고 자기에게 끌리는 고객이 많아야만 장사가 되는 것이었다. 새삼 '부끄럽다, 쓰다' 해서 그만둘 수도 없는 처지였지만 그렇게 팔에 미국인이 입던 옷가지를 걸치고 외치지 않으면 안 될 것인가 생각하면 할수록 모든 것이 거짓말만 같았다. 그러나 일단 시장 안에 가서 사람의 물결에 휩쓸리면 그러한 생각은 날라가 버리고 한 가지라도 팔아야겠다는 생각이 앞서 그도 남 못지않게, "사세요!" 하고 외칠 수 있었다. 하늘에서는 약간씩 빗방울을 내려 보내기 시작했다.

그러나 밀려들고 밀려나는 사람들은 이만 정도의 비에는 조금도 동요가 없었다. 숙경은 마음이 무거운 탓인지 물건들을 그대로 팔에 걸고 있기 힘들어 양복바지를 접어 봇짐 속에 넣으려고 그 속에서 빠져나왔다. 한편에 몰아쳐 있는 노점 음식점에서는 더운 김과 기름 냄새를 풍기면서 고객을 청하고 있었다.

숙경은 오늘도 늘 하는 버릇 그대로 혹시 사람이 있지나 않나 하고 주위를 한바탕 살피고 나서야 봇짐을 끌렀다.

그러나 아까부터 이 숙경의 하는 양을 지키고 섰던 사람이 있었다. 그는 여러 번 주저하고 망설이다가 마침내 무슨 결심이라도 한 듯이 숙경의 앞에 와서 발을 멈추고는 그 물건 팔 것 아니냐고 했다. 숙경은 봇짐을 싸느라고 한창 정신이 팔렸던 터라 묻는 사람을 쳐다보지도 않고 "네, 팔 거예요. 사시죠" 하면서 별 기대도 갖지 않노라는 듯이 의무적인 대답만 했다.

"그 양복바지만 구경합시다."

옆에서 묻던 사람은 좀더 숙경 가까이 와서 옷가지를 들여다보며 말한다. 그제야 숙경도 바짝 팔 욕심이 생겼는지 쥐여 매고 있던 손을 멈추고 사겠다는 사람의 얼굴을 쳐다봤다.

숙경은 머릿속이 윙 소리를 하는 듯 피가 한꺼번에 얼굴로 모이는 것 같았다. 그는 얼김에 두 손을 내려뜨리고 벌떡 일어나 섰다. 일어나서도 마음이 달달 떨렸다. 눈 아래 싸다 말고 있는 봇짐과 함께 높은 낭떠러지에서 굴러 떨어지기라도 한 듯이 얼이 빠져 서 있었다.

"참 많이 변하셨습니다."

숙경은 대답이 나오지 않았다. 그리고는 그렇게 묻는 성규가 되려 야박한 것만 같은 생각이 들었다. 동시에 맞아야 하는 매는 마땅히 맞는 수밖에 없다는 생각이 들었다.

출가할 때 아무런 형벌이고 받을 각오를 했음과 같이 어떠한 치욕이라도 받을 결심을 하고 나선 길이 아니었던가. 그는 물건을 팔리라 속으로 생각하면서 "선생님도 변하셨어요" 했다.

"변하지 않고야 감이 내가 숙경 씰 대할 수 있겠습니까."

성규는 시선을 숙경의 싸다 만 봇짐 위에 두고 말했다.

'비겁해요. 이러한 자리에서 과거의 홍정을 하신다는 건.'

그러나 입속말이었다.

벌써 햇수를 따지면 열 해 전이다. 널찍한 동요곡집을 옆에 낀 숙경의 걸음걸이에는 아름다운 선율이 고여 있었다.

머리로부터 발끝까지 깍듯이 세련된 차림은 아무나 가까이할 수 없는 거리를 두었고 말과 웃음과 몸가짐이 끝없이 젊음을 추구하는 아름다움의 상징인 듯 처녀로서의 긍지를 밀림의 유란(幽蘭)처럼 간직했고 또 지는 봉선화같이 단순히 웃기도 잘했다. 하늘 한복판으로부터 흰 구름이 부풀어 올라서 희망처럼 지평선 위로 떠다니는 첫 여름이었다. 아득하고 평화로운 마을 공회당 내 유치원, 서숙경의 박자에 맞추어 원아들의 율동이 시작되었다. 즐거운 인생의 첫 무대에 어린 발과 손이 첫 기교를 놀리는 마당엔 울음도 웃음으로 마감하는 기꺼운 놀이터의 여왕으로서 숙경은 부끄럼 없는 오히려 지나치게 화려한 보모였다.

노는 시간이면 창문턱에 걸터앉아 원아들의 노는 모양이 우습다고 소리쳐 가며 웃다가 나중엔 배가 아파 못 웃겠노라고 호소하면서도 그대로 웃음을 계속하는 웃기 잘하기로 유명한 보모이기도 했다.

이 숙경이가 남편 일현을 알게 된 것도 이때였다. 한 번, 두 번 거듭 일현이와 만나는 사이에 마음속에는 일현의 그림자가 짙게 깃들이고 그 그림자는 점점 자기의 터전을 넓히고 있었다.

그러나 결코 그 그림자가 성규의 자리를 밀치기에는 이르지 않을 것이라 자신하면서 숙경은 일현과 어울려서 곧잘 놀러 다녔다. 어느 별 총총한 밤이었다.

하늘에는 은하의 상(床)이 엷은 구름처럼 깔렸고 앞산 바위를 감고 도는 시냇물은 잘랑잘랑 다정스러운 행렬을 지어 계곡을 넘어온 고달픔도 잊고 끝없이 흘러가고 있는 밤이었다. 벌써부터 이 시냇가는 그들을 위한 쉼터요 때로 거니는 장소이기도 하다. 그들은 모래판 위에 나란히 앉아 이야기를 주고받았다. 숙경은 물장난이라도 치는 것과 같은 기분으로 왜 남녀가 함께 걸으면 반드시 사랑을 논해야 되느냐고 그런 사랑보다 높은 우정은 없을 것이냐고 일현의 말을 번번이 앞질러 막아 버렸다.

일현은 숙경이가 자기의 고백을 들으려 하지 않음은 성규 때문인 것이라고 알고 있는 터라 그는 어떠한 수단으로라도 숙경의 마음을 자기에게로 돌리고 싶었다.

그는 반은 농, 반은 진정으로 숙경에게 협박을 시작했다.

"주위에는 아무도 없습니다. 어둠만이 악마를 몰고 올 수 있습니다."

마치 무슨 선언을 하는 것 같았다. 숙경은 앉았던 자리에서 일어나 자기는 악마를 물리칠 수 있는 자신을 가졌으니까 무엇이 겁나겠느냐고 했다. 일현도 따라 일어서면서 정말 자신이 있느냐고 다지었다. 그 뒤로 숙경은 일현이와 놀기를 꺼려 만나지도 않고 있었으나 일현의 부모는 숙경의 부모에게 매일같이 사람을 보냈다.

본래 성규는 숙경 부친이 그 사람됨을 아껴 학자를 대어 줬을 뿐 정식으로 약혼한 사이는 아니었으나 남들은 으레 성규와 숙경이가 성혼하는 것이라고 알았다. 성규도 그렇게 믿었고 숙경도 그렇게 믿었다. 그렇던 것이 의외로 숙경 부친이 일현 일가와 성혼하는 것을 영광으로 생각하는 눈치를 챈 숙경은 기쓰고 반대했으나 부모의 언약은 법령 이상으로 숙경의 힘으론 벗어나는 도리가 없었다.

출가 후의 숙경의 생활은 평온무사했다. 한창 전쟁시에도 숙경 일가는 식량 때문에 애쓴 일도 없고 또 별로 그리운 것을 모르고 지냈다. 남편은 징용을 면하기 위해 소학교 정도의 학원을 만들고 거기 책임자로 있은 이외는 아무 한 일이 없었다.

시집가면 대문 밖도 나서지 않는다고 하던 숙경은 두 아이의 어머니가 되어 무사분주한 불평 없는 주부가 되었다. 그러나 세월은 언제까지고 그들에게 평온만을 주지 않았다.

해방과 더불어 그들의 넓은 터전은 오히려 그들을 살던 곳에 머무를 수 없게 하는 원인이 되었다.

재산을 배경으로 삼던 모든 토대는 뜬구름처럼 허물어졌다. 그 뒤부터는 그들도 남같이 어려움을 겪어야 했고 산다는 것이 힘들다는 것을 알았다.

숙경은 장터에서부터 집에 돌아오려니 걸음이 제대로 되지 않았다. 어떻게 성규와 인사하고 갈렸는지 또 무슨 힘으로 봇짐을 싸안고 떠났는지 그냥 꿈속만 같았다.

그때의 숙경을 누가 본다면 '정신 차려요' 하고 소리지를 정도로 그는 허둥대면서 골몰히 생각에 잠긴 채 걸었다.

남이 약할 때 그 약점을 꼬집으려는 신사적이 아닌 행위를 성규는 무엇 때문에 한 것일까. 숙경은 마치 자기만이 아는 비밀한 보자기에 오래 싸두었던 고귀한 향수에서 냄새가 날아난 것 같은 서운함을 느꼈다. 그러나 돌이켜 생각하면 아직도 자기는 얼마나 요행을 바라고 있다는 것을 알 수 있었다. 숙경이가 파는 물건을 성규가 사겠다 하는 것으로 무안을 느끼고 분하게 생각한다면 차라리 그 여인의 철학처럼 굴어야 옳았다.

자기의 결혼 청첩을 동경서 받은 성규는 자기의 부친에게 "학자 필요 없소, 보내도 돌려 보내겠소" 라는 전보를 그것도 지급으로 칠 때 얼마나 분하고 원통했을 것인가.

발표는 없었다 해도 내정되나 다름없는 사이의 숙경이를 잃는다는 게 외로운 성규에게는 천지가 무너지고 태양이 깨어진 이상으로 어둡고 허무한 일이 아니었을까. 그 성규가 우연이건 고의이건 장터에서 알은체했다고 나무란다는 것은 실로 사회에 대한 응석이요 오만이라 싶었다.

그는 얼마든지 좀 더 아픈 보복을 받아도 좋다는 생각까지 들었다.

아침 나올 때 수다스럽다고만 생각한 그 도매장사 여자의 말은 허영의 굴레를 벗어 버리고 진실한 삶의 태도에서 얻은 진리라고도 새겨졌다.

이튿날도 그 이튿날도 그는 빠짐없이 장터로 나갔다. 마음속에야 우박이 내리건 장마가 개이지 않건 그 모든 것을 뛰어넘어야 할 두 아이의 어머니요 아내인 것 이외에는 생각지 않으려 했다. 그가 장사를 시작해서 두 달도 넘는 어느 날이었다. 미군 창고에서 굉장한 양의 물자가 도난당했다는 이유로 자유시장을 엠피가 쭉 둘러쌌다.

한편으로는 추럭을 들이대고 물건, 사람 할 것 없이 모조리 실었다. 양복, 담요 등은 물론 분, 만년필, 전구, 구두약, 크림, 향수 심지어는 빈침10)에 이르기까지 모조리 싣는 판이었다. 이들 장사치에게는 그 한 가지 한 가지가 핏줄을 뽑아 실리는 듯 아팠다. 아프니 어쩌잔 말인가. 울며불며 아우성칠 따름 그들도 트럭에 실려 갔다. 엠피는 물건만 빼앗고 사람은 서로 넘기었다.

잡혀 간 많은 사람들 가운데는 숙경이도 끼어 있었다.

'산다는 것은 이렇게 욕되는 날이 많구나.' 생각은 드나 얼마 전 성규를 대했을 때보다는 오히려 태연할 수 있었다. 사람이란 막다른 골목에 이르면 감정이 물러서는지도 모른다. 통역이 엠피와 같이 무엇이라고 지껄이며 지나갔다. 문득 숙경은, '만일 저 통역이 성규 씨라면 ― 그래도 나는 태연할 수 있을가?' 생각만 해도 얼굴이 화끈 달아올랐다. 숙경이가 눈을 떴을 때 여자, 남자 할 것 없이 용서해 달라고 순경에게 손이야 발이야 빌었다. 잃어버린 것은 물건이니까 이제는 몸이나 빠져나가고 싶은 생각도 생각이려니와 벌금이나 받지 말아 달라고 비는 모양이었다.

숙경이는 될 대로 되려무나 하는 생각이 들어 잠자코 앉아 있었다.

---

10) '핀(pin)'의 북한어.

'벌을 받아야 옳지 뭐야. 누구의 탓이건 남의 순정을 짓밟은 죄? 또 포고령 위반죄.'

그는 벌금 오천 원을 치르고 나왔다.

"안됐이다. 내가 외상으로 얼마간 드릴 테니 팔리는 대로 주시구려."

그는 스스로 이렇게 상호 부조하는 것이 이 암(闇)사회의 도덕이요 그래야만 수많은 이재민이 살 수 있다고 자기는 그 본을 배우는 것이라 했다. 뿐 아니라 설사 엠피에게 물건을 때우는 한이 있다손 쳐도 당신이야 어디 누구의 물건 값을 떼어먹을 사람이냐고 자기를 추키는가 하면 또 숙경이를 추켜세웠다.

숙경은 고맙다는 인사와 더불어 또 때우면 어떻게 하느냐고, 뭘로 갚느냐고 말하고 나니 그것도 역시 남에게 부리는 일종의 응석이요 떼만 같이 느껴 언제나 이 버릇을 고치나 싶었다. 도매장사 여자는 "뭘 매일 떼일까 봐서. 거 다 운입네다" 했다.

"혼이 다 빠졌어요. 장마당에 나갈 걸 생각하면 몸서리나도록 싫구."

"아직 배부르외다. 거 무슨 그런 소릴 말이라구 하우. 아니 싫구 좋구가 어딨어. 싫구 좋구 하다가 애기들 뭘루 멕일려구."

말이 옳았다. 싫고 좋고가 있을 리 없었다.

—《부인경향》 1권6호, 1950. 6.

윤금숙 ●●●

- 1936년 용정 광명여고 졸업
- 주요 경력—《만선일보》 문화부 기자(1940), 《민생공론》 편집위원(1953), 《주부생활》 주간(1955)
- 대표작—「파탄」(1949), 「불행한 사람들」(1950), 『여인들』(1976) 등 다수

●●●

파탄(破綻)*

전재민에게 있어서 서울의 지붕 밑에 한자리 차지하기란 여간 어려운 노릇이 아니었다. 해방이 되자 아이들만 달랑달랑 질머지고 빈손으로 서울 한복판에 뚝 떨어진 뒤, 일 년도 채 못되는 그동안에 혜숙은 벌써 방구석을 네 번째 옮겼다. 이번만은 영주를 꿈꾸고 실력에 부치는 대금(10만원의 권리금)을 융통하여, 그도 순전히 혜숙의 주선으로 얻어 들은 뒤 며칠 동안 혜숙은 너무나 좋아서 매일같이 집 가꾸기에 부산스러웠다. 도심지를 벗어난 동리인데 방 셋에 제법 넓은 뜰까지 끼어 있어서 아이들이 기를 펴고 모여 앉아 소꿉놀이를 할 수도 있고 또 약간의 채소를 심을 수도, 마음대로 빨래를 널 수도 있는 것이 무엇보다 기뻤다.

셋방에서 추방 명령을 받았을 때마다 어린것을 업고 낯선 이 골목 저 골목을 목표도 없이 헤매이며 아무개라도 뻐젓이 붙은 누구 집 문패를 바라볼 적마다, 그 앞에 오두마니 멈춰 서서 그 속에 살고 있는 사람들을 끼웃이 엿보고 부러워하던 일을 생각하면, 이 집 한 채를 차지한 것이 혜숙에게 있어서는 한 나라를, 아니 한 우주를 온통 차지한 것보다 못지않게 즐거웠다.

때는 바야흐로 봄이라 옆집에서 삽을 빌려다가 틈틈이 흙을 파헤치고 돌

---

* 이 작품은 1949년에 창작되었다. 하지만 게재지가 정확히 밝혀지지 않아 1976년에 간행된 작품집 『여인들』에 수록된 작품을 입력하였다.

멩이를 주워 내고, 생전 처음으로 거름이라는 것도 퍼 주었다. 낮에는 차마 눈에 보여서 비위가 거슬림으로 주지 못하고, 밤이면 치마를 정강이까지 질끈 걷어 올려 동여맨 뒤에 세수수건으로 입마개를 하고 팔을 걷어부치고 거름을 퍼 주었다.

그날도 일찌감치 집안일을 끝내고 나서, 인제 돌이 갓 지난 서울내기 젖먹이를 마당 한가운데 자리를 깔고 앉혀 놓은 뒤에 옥수수, 호박, 고추, 생추 같은 씨를 골고루 흙 속에 심었다. 그러다가도 혜숙은 며칠이고 돌아올 줄 모르는 남편 형식을 생각하고는 움직이던 흙손을 멈추고 울적한 심사에 잠기곤 하였다.

그러나 어느 때이고 찾아올 날이면 애써서 가꿔 놓은 이 뜰 안을 자랑하고, 훤하도록 쓸고 닦아 놓은 남편의 방도 보여 주리라는 생각을 하면 모든 회색 잡념은 연기같이 사라지고 만다.

무한히 기쁜 마음이 솟을 뿐이었다.

매일같이 해질 무렵이면 이제나 저제나 하고 울타리 밖을 지나가는 구둣발 소리를 한 번도 놓치지 않고 가슴을 선뜩 놀래가며 남편을 기다려 오던 어느 날 저녁 때였다. 뜻밖에 남편의 친구 R씨의 부인이 문으로 들어서자 마자 앉기도 전에, 남편 형식에게 여배우 화실이라는 애인이 생겼다는 것, 벌써 임신 삼개월이나 되었다는 뉴스를 전하였다. 혜숙은 너무나 뜻하지 않은 이 말에 처음엔 다소 의아하였지만 차츰 그대로 미칠 것같이 냉정을 잃고 말았다.

그리하여 부글부글 끓어오르는 가슴을 붓안고 그래도 한 가닥의 눈먼 희망을 품은 채 남편을 기다리던 며칠 후 어느 날 밤, 드디어 형식은 아이들에게 줄 사과 봉지를 들고 돌아왔다. 혜숙은 조용히 화롯가에 그를 불러 앉히고 모든 것을 물어보았다.

"혜숙이 용서하우. 일주일만 내게 여유를 주면 내가 다 해결을 짓고 당신한테로 돌아오리다."

하며 부끄럽고 미안하여 어쩔 줄을 모르겠다는 듯이 손목을 꼭 잡고 밤을 새우다시피 사죄와 맹세를 거듭하고, 이튿날 아침 일찌기 나간 것이 열사흘이 지난 오늘까지도 그는 돌아올 줄을 모른다. 그동안 혜숙은 입술이 타 들어가도록 울며 몸부림치기도 하고 혹은 남편의 초상화 앞에 단정히 무릎을 꿇고 앉아 무슨 염불이나 외우듯이,

"여보 나는 어떻게 하면 좋소?"

하고 중얼거려 물어도 보았지만 이렇다 할 해결책이 뛰어나오질 않았다. 드디어 혜숙은 이 고역을 견딜 수가 없었던지 지옥 속에서 빠져나온 유령 같은 얼굴에다 분칠을 좀 하고 머리도 쓰다듬은 다음, 그동안 보아 줄 사람조차 없는 세 아이를 방안에 몰아넣고 마루방 밖으로 열쇠를 단단히 잠근 뒤에, "내가 돌아올 때까지 기다려야 해, 착하지……" 하고 그는 남편을 찾아 대문을 나섰다.

날씨가 따뜻하여 문밖을 나와 다니는 사람들도 많았다. 하루에도 몇 번씩 서투른 물지게를 질머지고 먹고 살겠다고 기를 쓰며, 오르내리던 언덕길에는 여전히 햇빛이 가득 내려쪼이고, 군데군데 아이와 어른들이 몰려져서 웃고 떠들며 작난치고 있었다. 혜숙은 자기 혼자만이 슬픈 운명을 짊어지고 허덕이는 낙오자인 듯 머리를 뚝 떨어뜨리고 후들후들 떨리는 발걸음을 거리 편으로 옮겼다.

많은 사람 틈에 끼어서 전차를 타고 내리고 하며 몽롱한 의식 가운데 남편이 근무하는 회사 문 앞까지 찾아왔다. 혜숙은 사무실 앞에서 두근거리는 가슴을 한참 진정한 뒤에 용기를 내어 살그머니 노크를 하였드니 조그마한 급사 아이가 나왔다.

약간 떨리는 음성으로,

"저어, 이형식 씨는 나오셨어요? 좀 보러 왔는데…….."

하였드니, 급사가 들어가서 한 오 분쯤 되어서야 남편은 더부룩한 머리를 치켜 울리며 다소 불안스런 안색으로 나왔다. 그래도 혹시나 맞아주는 남

편의 얼굴에서 반가운 시선을 찾으려고 더듬어 보았지만 형식은 몹시 불유쾌한 표정으로 말소리마저 퉁명스럽게,

"오지 말라고 그랬는데 왜 왔어?"

하며 창피하니 따라오라는 듯이 쿵쿵거리고 계단을 내려간다.

혜숙은 왈칵 치미는 울분을 걷잡을 길이 없어 그냥 그 자리에 주저앉아 발버둥치며 울고 싶었지만 입술을 꼭 깨물고 눈동자에 듬뿍 서리는 눈물의 얼굴을 돌려 얼른 닦아버리고 남편 뒤를 쫓아갔다. 계단을 다 내려가서 변소 모퉁이에 몹시 어둡고 우중충한 구석으로 온 형식은 조금 음성을 누그려서 타이르듯이,

"그동안 일이 바뻐서 야근을 하노라구 돌아가지 못했는데, 오늘 저녁에는 꼭 갈 테니 어서 돌아가라구. 아이들만 집에다 두고 나오면 그동안에 무슨 일이 생길 줄 알구 그래?"

혜숙은 원망스러운 시선으로 남편을 바라보며,

"기다리는 것도 분수가 있지요. 모르구야 일 년도 기다릴 수 있겠지만 알구서 하루를 기다리는 것은 죽을 것만 같아요. 너무하세요. 그렇게 냉대하시지 않아도 어련히 갈라구 그러세요."

간신히 이렇게 말하고, '사람 마음이 변하며 저렇게도 달라지는 것일까' 하는 야속한 생각에 획 돌아서서 빠른 걸음으로 뒤도 안 돌아보고 나와 버렸다. 이런 말 한마디를 하고자 별르고 별러서 뛰어나온 것은 아니었지만, 딱 마주쳐서 그 뿌루퉁한 얼굴로 '귀찮고 보기 싫은 흉물 어서 사라져라'는 듯한 표정을 보자 혜숙의 자존심은 단 1초라도 그 자리에 서 있을 수 없었던 것이다.

혜숙은 전차 정류장까지 와서 쭉 늘어선 사람들 뒤에 얼이 빠진 사람 모양으로 한참 섰다가, 갑자기 무엇에 놀라 깨인 사람처럼 휘잉하니 되돌아서서 동쪽으로 달렸다. 그것은 순식간에 결정된 일이었다. 미리부터의 아무런 계획도 없이 남편의 연인이라는 그 여자를 한번 만나 보아야 하겠다는

생각이 번개같이 머리에 떠오르자 혜숙은 그 여자가 살고 있는 골목으로 접어들었다. 그 다방 문 앞에 주춤 섰다. '그저 얼굴이라도 한 번 보고 가는 것이 무슨 죄랴' 하는 어리석은 마음에 얼른 문을 밀고 들어섰다. 바로 정면 카운터에는 혜숙이가 보고자 하는 그 여인이 앉아서 허수룩한 혜숙의 꼴, 월급쟁이의 아낙인 그를 빤히 쳐다본다. 아마 이런 다방에 나타나 차 맛을 음미할 종류의 손님이 아니기 때문에 다소 수상쩍은 표정이다.

그러나 혜숙은 용기를 내어 그 여자와 제일 가까운 테블에 자리를 잡고 앉았다. 그 여자는 샐쭉한, 약간 경멸에 가까운 눈으로 무엇을 먹겠느냐는 뜻의 표정을 혜숙에게 보내므로 "코히"라고 자신이 청하였다. 그렇게 말하고 나서야 '코히'는 일본말 발음인데 왜 '커피'라고 못하고 이렇게 어리둥절하여 정신을 못 채리는 것일까 하고, 배짱 없는 자기 자신의 비겁함이 미웁기까지 하였다.

화실을 대상으로, 자기와 비교하여 애정의 도수를 따져보아 자기한테 어떠한 결단을 내리기 위하여 찾아온 혜숙이가 이렇듯 중심을 잃고 흥분해서야 될 말인가? 못생긴 자신을 채찍질하며 마음을 가다듬은 연후에, 혜숙은 어글어글한 눈을 쳐들어 화실을 훑어보았다. 전보다 다소 늙기는 하였지만 살이 찌고 여전히 예뻤다.

자기 이외의 사람, 가령 남편이나 자식을 위하여 저라는 것을 희생하지 않는 그의 생활은 그 여자에게서 젊음과 미를 아직도 빼앗아가지 않았지만, 가난에 쪼들리고 오로지 남편과 자식을 위하여 발돋움하며 기를 쓰고 살아온 혜숙, 더욱이 이번에 남편의 치정문제로 해서 생긴 고민이 몹시 컸기 때문에 북어와 같이 바짝 말랐다.

십여 년 전, 혜숙은 희망과 동경에 부풀은 가슴을 안고 노루마냥 북국의 거리를 마음대로 뛰어다녔다. 하루는 회사의 근무를 마치고 밖으로 나오려니까 남자 사원 몇 명이 뒤쫓아 오며 카페라는 곳으로 가자고 했다.

"조선서 화실이라는 여배우가 여급으로 굴러 들어왔는데 한 번 가서 보지 않겠오?"

혜숙은 소녀 시대 그 여자의 모습을 스크린에서 가끔 보고 감격한 적이 있은 터라 호기심이 내키는 대로 끌려갔다. 카페 문을 열고 들어서니 술 취한 남자들이 테이블마다 꽉꽉 차다시피 앉았고, 일본 여급들이 사이사이에 끼어 앉아 웃고 떠들고 있었다. 사원 일행도 한자리를 점령하고 있자, 여급 하나가 쪼루루 쫓아왔다.

"얘, 화실이 나왔니? 화실이 좀 불러 줘."

하고 한 명이 그 여급을 보고 말하자, 그는 자기 이외의 사람을 찾는 것이 몹시 약이 오른 모양인지 쌀쌀한 태도를 보이며 저편으로 가더니,

"화실아, 너 찾는다."

하고 톡 쏘는 소리로 불렀다.

얼마 안 있어서 한 여자가 일행이 있는 쪽으로 가까이 왔다. 까만 드레스를 입고 좀 야윈 체격이었다. 혜숙은 '옳지, 화실이구나' 하고 우선 반가운 시선으로 그를 마주 쳐다보았다.

"저를 부르셨어요?"

웃음을 띠인 얼굴과 의아한 표정으로 사원 일행을 번갈아 바라보더니 그중 한 명과 시선이 부딪치자 전부터 안면이 두터웠던 모양으로 서로 오래간만이라고 반갑게 인사를 하던 것이었다. 화실은 반갑기는 하지만 약간 불안스러운 듯이 그 안면 있는 사원 옆에 멋쩍게 앉아 있으려니까, 저쪽 구석 테이블에서 술 취한 음성으로 "화실이, 화실이" 하고 부르는 소리가 들려왔다. 그러자 화실은 "잠깐 실례합니다"라고 하며 얼른 일어나서 그쪽 테이블로 가버렸다. 그쪽 테이블로 간 화실은 "아, 노래 한 곡조 불러" 하는 취객의 요구를 물리치지 않고 무슨 노래인지 저급한 일본 유행가를 고운 목소리로 부르고 있었다.

혜숙은 소녀 적에 동경하던 여배우니만큼 현재의 그 결코 향상되었다고

는 볼 수 없는 그의 모습을, 같은 여성의 입장으로써 슬픈 마음으로 바라보았다.

같이 왔던 사원들은 거나하게 취하여서 웃고 떠들고만 있다. 혜숙은 한 인기인의 수명이라는 것을 생각하고 울적한 심사를 금할 길이 없었다.

술 취한 일행의 한 명이 문간 쪽에 놓여 있는 피아노로 달려가서 한 곡조 친다고 건반을 두들기며 법석을 치자, 노래 부르던 화실은 얼른 달려와서 주인이 야단친다고 애가 타서 말했지만 이 지꿎은 취객은 들은 척도 안하고 여전히 풍땅거렸다.

혜숙도 화실이한테 혹시 욕됨이 돌아갈까 봐 화실과 같이 협력하여 간신히 이 술꾼들을 이끌고 밖으로 나온 일이 있었다.

그때의 혜숙은 그저 어떤 이야기를 보고 듣는다는 그런 단순한 호기심으로 찾아갔지만, 십 년이 지난 오늘의 혜숙은 금방 심장이 폭발이나 될 듯이 괴로움에 지치고 시달려 있었다. 그러나 참으로 오래간만에 다방에 앉아 커피를 마시며 기를 쓰고 쌓아 올린 십 년 간의 역사가 한 움큼의 흙으로 허물어진 오늘, 혜숙은 울고 싶도록 슬프기만 하였다.

남편의 손길이 닿은 자국이라도 있나 하고 보려고 다방 안 이모저모를 살펴보았으나 그럴싸한 장치는 없고 그 여자의 영화 스냅 한 장과 구석진 벽에 남편이 그린 장미의 그림과 근무하는 회사 카렌다만이 눈에 띠었다. 카운터에 앉은 화실은 약간 시름이 잡혀 있으나 어여뻤다. 흰 당목 치마에 옥색 저고리를 입은 화실을 혜숙은 바라보면서, '저 여인이 나와 동등한 위치에서 남편의 사랑을 똑같이, 아니 더 많이 분배받고, 또 나만이 아는 남편의 온갖 정력을 한가지로 느낄 수 있는 여자인가' 하니 왈칵 질투의 불길이 가슴을 치밀어 더 앉아 있을 수가 없었다.

이런 곳에 와 앉아 있는 자기 자신이 어쩐지 추한 것 같기도 하여 얼른 일어나서 바로 그 여자 코밑에 가서 돈을 치르고 문밖으로 뛰어나왔다.

몇 발자욱 걸었다. 걷는다는 의식조차 없이 주춤주춤 큰길 변화가까지

나왔다. 그러나 어디서인지, "에익, 못난이, 바보, 그래 말 한마디도 못해 보고 그냥 돌아간담. 남들은 때리고 욕하고 물고 뜯기도 하는데……." 하는 소리가 귀에 쟁쟁하였다.

혜숙은 지남철에 끌린 듯 어느새 또 그 다방 문 앞까지 와 있었다. 바로 그 앞에서 조그마한 계집아이 둘이 뜀뛰기질을 하며 놀고 있었다. 혜숙은 그 계집아이 얼굴에서 어딘지 그 여자의 모습을 발견하고,

"애, 너의 엄마 있니?"

하고 물었드니 머리를 끄덕끄덕하여 보였다.

"너 착하지. 엄마한테 가서 누가 찾아왔으니까 나오시라고 그래 응."

하고 달랬드니 쪼루루 다방 안으로 들어갔다.

혜숙은 뒷문으로 드나드는 골목인 듯한 좁은 뒷길에 비켜서서 기침을 해 가며 이제부터 벌어지려는 어떤 사태를 수습하고자 마음을 조이고 서 있었다.

안에서 누가 나오는 듯한 기척이 나드니 화실이가 나타나던 것이다.

"바쁘신데 미안합니다. 나는 이형식의 아내 되는 사람인데 할 말이 있어서 왔으니 좀 조용한 방으로 들어갈 수 없을까요?"

"네에, 그런데 무슨 일로……."

하며 그 여자는 난처한 안색으로, 그러나 태연하게 손목시계를 들여다보며,

"두 시부터 전 약속이 있는데 무슨 말씀인지 여기서 들려주실 수는 없을까요?"

라고 거절하려는 눈치였다. 혜숙은 이 기회를 놓쳐서는 안 되겠다고 기운을 내어,

"별로 오래 걸릴 이야기는 아니어요. 나도 집에 젖먹이를 두고 왔으니까 곧 가야 할 테니까요. 간단히 용건만 말하지요."

하였드니 할 수 없다는 듯이,

"그럼 이층으로 올라오시지요"

하고 앞장을 선다. 궁색스러운 다방 부엌으로 따라 들어갔드니 차 끓이는 남자 쿡, 식모 같은 여인이 서서 물끄러미 이 이상한 뒷문 출입 손님을 쳐다본다. 이층 계단을 다 올라가니 꽤 넓은 다다미방 둘이 눈앞에 나타난다. 저편 옷장이 있는 방에는 혹시나 남편 형식의 냄새를 풍길 세간이나 없을까ー 하고 힐끗 보았더니 얼른 사이문을 닫고 만다. 형식과의 사랑을 마음껏 즐기는 비밀실을 엿보인다는 것이 싫었던지 문 닫히는 동작이 아주 빨랐다.

다 낡은 다다미 위에는 커다란 나무 화로가 하나 놓여 있고 화롯가에는 동그마니 놋주발이 외롭게 얹혀 있을 뿐, 별로 눈에 띄일 만한 물건이라곤 없었건만, 어느 구석에고 남편의 숨길이 서리어 있는 듯 혜숙은 설레는 가슴을 걷잡을 수가 없었다. 이런 저급한 감정도 질투의 부류에 속하는 것일까?

"돌연히 찾아와서 놀래셨지요? 어디선가 저를 본 기억은 없습니까?"

"네에. 글쎄 아까부터 어디서 많이 뵌 일이 있는 것 같았세요"

"그러시지요? 만주에 계실 때 제가 그 직장으로 놀러 간 일이 있었지요"

차마 카페라는 말은 나오지 않아서 격에 맞지 않게 직장이라고 불렀더니

"네에……."

하고 우물쭈물하여 버린다.

혜숙은 되도록 팽팽한 마음줄을 늦춰 가지고 말한다.

"이야기라는 것은 대강 짐작하겠지만 지금 저의 입장으로서는 남편의 말이라는 것을 어느 정도로 믿어야 할지 모르겠고, 또 암만 기다려야 해결되지 않으므로 오늘을 제가 직접 화실 씨를 만나서 터놓고 이야기하고 싶고, 또 듣고도 싶어서 찾아왔습니다. 화실 씨는 형식 씨에게 아내가 있다는 것, 또 아이가 셋이나 있다는 것을 알고도 그이를 좋아하셨습니까?"

"네에, 다 알았습니다. 그렇지만 그이는 당장 지금이라도 이혼장을 내

게 갔다 줄 수 있다고 말하였읍니다. 연년생으로 계속하여 낳던 아이가 세 살을 먹도록 아이를 낳지 않는 것을 보드라도 벌써부터 애정이 없는 생활이었다는 것을 알 수 있지 않느냐고 하고, 또 그 여자(혜숙)는 만주에서 저의 어머니가 데리러 오면 곧 만주로 돌아갈 사람이라고 하던데요. 그뿐만 아니라 그 여자도 퍽 영리한 여자이므로 우리들의 관계를 알기만 하면 자기 쪽에서 이혼을 해 달라고 요구하리라고 하기에, 저는 애정을 허락하였어요."

하며 눈을 내리깔고 또박또박 말을 했다.

사랑 앞에는 모든 것이 맹목이라 얼마든지 대담할 수 있는 모양으로 그는 조금도 주저하지 않고 말하던 것이다. 혜숙은 벌어진 입을 다물 수가 없으리만큼 놀랬다. 모두 거짓말이다. 젖먹이 애기가 집에 있고 남편 한 사람만을 의지하고 사선을 두 번이나 돌파하며 따라 나온 혜숙이가 무엇 때문에 그 아이들을 다 버리고 다시 만주로 돌아갈 것인가―. 그렇게까지 비열한 수단을 쓰지 않으면 저 여자의 애정을 차지할 수는 없었던가? 혜숙은 너무나 어이가 없어서 그저,

"네에, 그래요. 그렇다면 아이 셋을 다아 맡아 기르실 각오까지도 하고 계신가요?"

하고 그 여자를 똑바로 쳐다보았다.

"할 수 없지요. 맡는 수밖에……."

혜숙은 정말로 어안이 벙벙하였다. 화실이라는 여자의 과거를 더듬어 보아서 그저 일종의 연애 유희에 불과한 것일 줄 짐작하였던 혜숙의 생각은 모두가 오산이었다. 이런 경우를 말하여 완전히 패배라고 하는 것일까―. 그 당장에 혜숙이 같은 못생긴 계집은 문제도 안 된다, 내가 이기고 말껄 ― 하는 어떤 승리욕에서 그런 어려운 대답이 아무 주저 없이 굴러 나왔는지는 몰라도 아이 셋까지 맡아 길러 보겠다는 그 불타는 애정이랄까에 혜숙은 그만 맥이 탁 풀리고 말았다.

그러나 될 말이냐. 내가 낳아서 알뜰살뜰 키운 자식을 한 장의 이혼장과 더불어 탁탁 떨어 버리고 나설 수가 있을 건가. 사치스런 생활 속에서 길이 든 저 여인이 어찌 남이 낳은 자식을 위하여 희생을 각오할 수 있을 건가. 혜숙은 한참 동안 말문이 막혀서 옷고름만 만지작거리다가,

"<트라비아타>라는 소설 읽으신 일이 있으세요?"

하고 물었더니 그 여자는 빠안히 혜숙을 쳐다만 볼 뿐이었다.

"화실 씨는 아이를 가지셨지요? 우리 아이 셋을 위하여 트라비아타와 같이 그이를 억지로라도 잊으실 수는 없을가요?"

혜숙은 어리석게도 애원하다시피 또한 말하였다.

그러나 그 여인은 혜숙이의 뜻을 알았음인지 혹은 몰랐음인지 아무런 대답도 없이 눈을 나려깐다. 바로 그때에 질식할 듯이 공기를 찢고 아래층 계단 밑에서,

"화실이, 화실이……"

하는 귀에 익은 음성으로 부르는 소리가 들렸다. 화실이가 허둥지둥 일어서서 문을 열고 내려가는 쪽을 혜숙은 바라보니, 형식이가 이층을 쳐다보고 서 있었다.

그도 화실의 등 뒤에 쭈그리고 앉아 있는 혜숙을 발견하였음인지 주춤하는 표정이었다.

"지금 손님이 오셔서 못 가겠어요. 홀에 나가서 조금만 기다리세요" 라고 어린아이 달래듯이 등을 밀어 보내려 한다. 형식도 그야말로 진퇴유곡에 빠진 입장이었던지 잠자코 할 수 없다는 듯이 홀 쪽으로 사라지고 화실은 다시 올라왔다.

"제가 아마 나이를 헷먹었나 봐요. 모두 속은 것만 같아요. 그러나 저는 이중생활은 절대로 못하겠어요. 이혼을 전제로 한 결합이였었는데……."

하며 머리를 옆으로 돌리고 우는 것인지 잠깐 눈시울을 닦는다.

홀로 밀려갔던 형식은 그 이상 더 참아서는 자기의 모든 이중성격이 여

지없이 폭로되어 사태가 불리하리란 생각에서인지 다시 계단 밑으로 와서,

"아, 내려와요. 안 내려와!"

하고 도리어 혜숙을 노려보며 소리를 발칵 질렀다. 문 앞에 앉아 있던 혜숙은 손으로 자기 가슴을 가리키며,

"누구 말이요, 저를 말이예요?"

하고 물으니까 그는 혜숙이를 내려오라는 쪼로 머리만 끄덕여 보인다. 혜숙은 일어서며 화실에게 향하여,

"하여튼 그이한테 맡기기로 합시다. 해결의 열쇠는 그이가 쥐고 있으니깐요. 애정을 더 많이 차지하고 있는 사람이 결국은 승리할 테지요. 실례했어요."

말해 던지고 계단을 내려 문밖으로 나왔더니, 거리엔 벌써 형식이가 기다리고 있었다.

아무 말도 없는 뒷모습이 어쩐지 살기가 등등하였다.

혜숙이도 상기된 얼굴에 자포자기한 마음도 들어 주저하지 않고 그의 뒤를 따라갔다. 얼마쯤 가다가 그는 길가에 있는 다방으로 들어간다. 혜숙이도 따라 들어갔다. 의자에 한참 동안 앉아서도 형식은 똑바로 쳐다보지 않고 외면한 채 담배만 뻑뻑 피우고 있다가, 곧 돌아올 테니 잠깐 기다리고 있으라 하면서 일어서 나갔다.

얼마 만에 다시 들어온 형식의 손에는 종이 몇 장과 펜이 쥐어 있었다. 그는 종이와 펜을 테블 위에 던지다시피 놓으며 그대로 외면을 한 채,

"알지. 여기다 무엇을 써야 할지 알구 있을 테지……" 한다. 혜숙은 번뜩 직각적으로 '이혼장'을 쓰라는 말인 줄을 알면서도 잠깐 똑바로 쏘아보며,

"무얼 써요? 덮어 놓고 쓰라면 무엇을 쓰람인지 알 수 있어요?"

형식은 우악스러운 목소리로,

"그래 정말 몰라? 이혼장도 몰라. 어서 써!" 하고 소리를 질렀다.

"죄는 누가 지어 놓고, 죄인 노릇은 누가 하며, 천벌은 누가 하며, 천벌

은 누가 받는단 말이에요!"

남편은 테블을 탁 치면서 우겨댄다.

"쓰라니까. 왜 안 써. 써!"

"그렇게까지 당신이 몰락할 줄은 몰랐어요. 이혼장을 왜 내가 이런 구차스런 곳에서 아무렇게나 써요? 정당히 이혼하겠거든 집으로 오세요. 얼마든지 써 드릴께요!"

하고 침이라도 '탁!' 뱉을 듯이 혜숙은 다방 문을 열어젖히고 거리로 뛰어나갔다.

그 다음부터는 어디를 어떻게 돌아서 집으로 왔는지 혜숙은 기억조차 없었다. 악몽에 시달리는 사람처럼 전차, 자동차 소리, 떠들고 아우성치는 그런 소리 속에 끼어서 헤엄치듯 달려왔던 것이다. 어스름 언덕길에는 저녁 연기가 떠돌고 있었다. 집으로 접어드는 비탈길을 다 올라와서 대문을 열고 들어섰다.

마루방 유리창 속에 다박머리 셋이 몰켜서서 늦도록 돌아올 줄 모르는 어미를 기다리노라 바깥만 내다보고 있는 여섯 개의 눈동자가 확 혜숙의 눈으로 들어왔다. 엄마를 발견한 그 눈동자들은 일제히 "엄마! 엄마!" 하고 들창을 뚜들기며 어서 들어오라고 손짓하며 날뛰고 있었다. 혜숙은 긴장하였던 마음이 금시에 탁 풀리었다.

슬픔에 미친 사람과도 같이 펑펑 쏟아지는 눈물 속에서, 잠근 문을 열어젖히고 방으로 달려 들어가니 세 아이는 한꺼번에 "와!" 뛰어나와서 엄마의 치마에 등에 매달리는 것이었다.(1949년 봄)

—『여인들』, 성공문화사, 1976.

들국화(菊花)*

　나무잎새가 누런 빛으로 물들면서부터 앞뒷집 살림꾼 서방님들이 장작 마차를 몰고 드리닥치고, 알뜰한 아낙이 살고 있는 집 문깐과 툇마루에는 가지, 호박 썰은 것이 가을 햇볕을 흠뻑 들이킨 채 너저분하게 널려선 쪼글쪼글 말라 들어가고 있다.

　하늘은 한껏 맑고 푸르고 드높다.

　양지바른 마루에 걸터앉은 옥경은 앞집 지붕 너머로 활짝 열린 푸른 하늘을 마치 무슨 명화나 바라보듯 눈부시게 바라본다. 정말 옥경이에게 있어서 하늘이란 한 개의 큰 화폭일 수도 있다. 지난날의 온갖 구김살 많은 생활의 환영을 그 하늘 한 구석에 마음대로 펼쳐 놓고 바라볼 수가 있기 때문이다.

　옥경은 아내의 위치와 권리를 어떤 숙명적 원인이랄가로 해서 포기해 버린 말하자면 아무런 렛델도 붙을 수 없는 일종 허물어진 형의 여인이다.

　혼자 사는 여인의 생리란 여름철을 다 겪고 난, 지금쯤은 어느 구석에 그 퇴색하고 낡은 모습을 틀어박고 있을지도 모를 가을 부채와 같이 한없이 쓸쓸맞은 것이어서 남편을 위하고 자식들을 생각하며 이른 아침부터 부엌에서 방으로 마루에서 마당으로 팽이처럼 구르던 옥경이의 육체는 아내

---

* 이 작품은 1951년 11월 ≪신생공론≫에 실렸으나 원본을 구하지 못해 작품집 『여인들』(성공문화사, 1976)에 수록된 것을 입력하였다.

의 자리를 뚝 떠나던 바로 그날부터 전신의 긴장은 올올이 풀리어 늘어날 대로 한껏 늘어진 고무줄처럼 하루하루의 낮과 밤이 그저 지루하게 교차될 뿐이다.

날이 갈수록 더욱 이즈러져 나가서 텅 비인 것 같고 윤택이 없고 울적한 마음은 가을이라서 더 절절히 느끼는 심사일까.

옥경이의 파리한 얼굴은 언제나 수심에 쌓여 어둡고, 가냘픈 몸집에 느슨하게 드리운 치마저고리는 그나마 중량도 겹다는 듯 늘어져서 권태에 지친 팔다리, 마치 동면하는 벌레의 육체보다도 더욱 무료해 보인다.

옥경은 스르르 일어나 방문을 열고 들어가더니 신문 몇 장을 들고 나와서 도로 그 자리에 앉는다. 금방 사그라질 물거품과도 같이 살며시 앉은 그의 모양은 매우 애잔하다.

그는 한 장 한 장 신문을 뒤적거리며 훑어보더니 사회면 복판에 '고개를 숙이고 추수를 기다리는 조 이삭'이라는 사진으로 시선이 멈추자, 불시에 하늘 끝까지 탁 트인 들판을 — 끝이 없는 아득한 지평선을 — 그리고 곡식이 무르익어 넘실거리는 기름진 들판을 보고 싶은 마음이 날쌘 선풍(旋風)에 실린 것과도 같이 맴돌며 가을 들판으로 휘몰려갔다.

옥경은 부리나케 방으로 들어가서 데리고 있는 소녀에게,

"탄실아, 너 나하구 어디 좀 가자. 빨리 옷 갈아입고 나와."

하며 급히 서둘러서 그를 길 앞잡이로 내세우고 나섰다.

선들선들한 가을바람이 얼굴과 옷깃을 스친다. 오후 세 시쯤이라 햇살은 한창이련만 덥지 않다.

골목을 빠져나오니 서울 거리는 여전히 오늘도 삶의 과정을 짊어진 고달픈 사람들이 웅성거리고 제각기 자기의 운명이라는 그물에 얽히어서 동에서 서로 남에서 북으로 이동하며 설레인다.

남대문 앞 전차 정류장에서 사람들이 주렁주렁 매어 달리다시피 겹쳐 섰다. 탄실은 전차표 사러 아래편 쪽으로 가고 옥경은 그 많은 사람들 뒤에

따라 서서 '어디로 갈까' 하고 망설인다.

바로 그때, 역 쪽에서 속력을 내어 달려오는 한 대의 상여 자동차와 옥경이의 시선이 맞부딪치자 텅 비인 산골짜기에서 울려 나오는 산울림과도 같이 옥경이의 가슴 한복판을 떠다 밀치며 "미아리 고개 영실이……" 하는 소리가 들려왔다.

칠년 전, 옥경이와 영실이는 R전문 문과 이학년이었다. 오월의 꽃밭과도 같이 활짝 피려든 그들의 한창 시절인 그때 영실과 옥경은 어느 잡지사 주최인 좌담회에 출석하였다가 젊은 시인 한명수를 알게 되었다.

정열의 씸폴 같은 한명수의 모습 그의 섬세한 신경, 조리 있는 말솜씨, 날씬한 체구에 재기가 담뿍 고인 상냥스러운 눈은 두 처녀의 가슴을 동시에 뒤흔들어 놓고야 말았다.

영실과 옥경은 처음에는 둘이 서로 약속하고, 같이 명수와 만날 기회를 다방이나 혹은 야외로 선택하여 그와 더부러 문학 이야기를 하고 자연을 감상하며 산책하는 것으로 그들의 사귐은 시작되었지만, 날이 갈수록 영실은 영실이대로 옥경은 옥경이대로 서로 한명수를 독차지하고픈 마음에서, 차츰 좀먹어 들어가는 우정을 어찌할 도리가 없었다. 마침내 옥경과 영실은 한명수를 사이에 놓고 사랑의 총뿌리를 겨누게 되자 영실이보다 미모를 가진 옥경은 보기 좋게 연적을 쓸어트리고, 졸업을 일 년 앞둔 늦가을 단풍으로 물들은 서울 거리를 떠나 머얼리 북간도에서 사랑의 보금자리를 폈던 것이다.

그곳서 명수는 어느 여학교 선생이 되고 옥경은 시골 교원의 아내로 차츰 두 아이의 어머니로 평범한 생활을 엮어 나가다가 해방을 마지하고 다시 서울로 도라오게 되었다. 물론 전재민이라는 서글픈 신세가 되어서—.

그동안 영실은 실연의 고배를 마시고 오로지 두 남녀에 대한 증오와 질투에 불타는 마음을 억지로 달래 가면서 R전문을 졸업하자, 일류 신문사 여기자로 입사하였다. 옥경이가 서울로 돌아왔을 그 무렵에는 벌써 영실은 뚜렷한 여류 시인으로 그 존재를 신문과 잡지에 내걸고 있었다.

옥경은 가끔 영실이의 시를 읽을 때마다 차라리 사랑에 지고 말은 영실이의 삶이 결과로 보아서 훨씬 가치 있는 생활같이 여겨졌다. 그만큼 생활력에 있어서는 남보다 약하면서 분방한 정열만은 그 몇 갑절 지니고 있는 한명수와의 결혼 생활은 오로지 실망투성이었다.

간도 여학교에서도 여학생도와의 추문이 잦았고, 해방 후 서울에 와서부터는 더욱 그의 방종한 생활이 불에 기름을 끼었은 듯 기세를 올렸다. 그럴수록 옥경이 자신의 생활은 비참과 비굴 속으로 자꾸만 저락되어서 마치 경사진 언덕을 굴러 내리기 시작한 돌처럼 것잡을 수 없는 불행이 종말을 지케끔 사태는 벌어지고야 말았다. 그것은 명수가 여류 무용가 '조미라'와의 사이에 벌써 애기까지 낳게 되자 옥경이에게 거듭 정식 이혼을 강요하기 때문이었다.

이와 같이 옥경이의 심경이 헝클어진 실뭉텅이보다도 더 갈피를 잡을 수 없을 만큼 한창 복잡한 고비에 빠졌을 그때, 영실은 수년래 알어오던 폐병으로 사망되었다는 소식이 신문에 보도되었다. 옥경은 진작 용기를 내어서 한번 영실이를 찾아 옛날의 우정을 되살려 보지 못한 자기가 퍽 원망스러웠다. 그러나 자기 자신의 결혼 생활이 허무러짐으로 해서 육박해 드리밀리는 큰 진동으로 말미암아, 그 뒤로 영실이에 대한 엷은 우정과 추억쯤은 바람보다도 더 가볍게 옥경이 가슴 속에서 날러가 버리었다.

그랬든 것이 오늘, 갑자기 들판을 보구픈 마음과 낯모를 상여차와의 우연적 연결이 옥경이로 하여금 다시 영실을 생각케 하고 그의 무덤에를 찾아가게 맨들어 놓은 것이었다.

"애, 너 미아리로 가는 길 잘 아니?"

"네에. 미아리에는 일가 아즈머니 집이 있어서 전에 늘 놀러갔댔어요"

"응, 그래. 무덤 있는 데두?"

"네에."

탄실이는 죽은 사람도 없는데 무덤으로 가자는 옥경이가 퍽 수상쩍단 듯이 빠안히 쳐다보며 대답한다.

전차는 왔다. 그리고 살인적인 만원 전차는 떠났다. 옥경은 한 발 내어 드디자 좌우 옆 사람들에게 떠받들리어서 고무풍선처럼 둥둥 뜨다싶이 밀려 올라탔다. 꿰어질 듯이 사람을 실은 전차 한 모퉁이에 간신히 발을 붙인 옥경이와 탄실은 뿌우연 유리창 너머로 스치는 거리를 내다보았다.

한 달 동안 꼬박이 집 울타리 밑에서만 살아온 그 사이에 거리는 완연히 가을 단장을 하고 획획 지나간다. 골목 어구 여러 군데에 주욱 늘어선 군밤장수, 과일 가게 앞마다 빛 오른 햇과일들이 옥경이의 눈을 황홀케 한다. 밀짚모자 흰 양복은 모조리 자취를 감추고 색 짙은 춘추복으로 폭은히 몸맵시를 돋꾼 신사들과, 잠자리 날개 같은 숙녀들의 여름 옷들도 껌정 베르벳드 혹은 유동치마로 바꿔진 채, 구두 뒤축도 가벼이 가을바람을 콕콕 차며 내딛는다.

전차 한 구퉁이에 지질리어 선 채 여름에서 가을철로 옮아가는 거리 풍경을 바라보는 옥경은 매일같이 안진뱅이 노릇만 하고도 살았다고 허세를 부리는 자기 자신과, 단 일 초라도 머무를 줄 모르고 달리는 '때의 흐름'이 야속스럽게 대조되어서, 마치 아침 햇살을 받고 빛을 잃은 달처럼 자기가 아주 초라하게만 여겨졌다.

전차가 을지로 사가에 와 닿자 옥경은 흐트러진 옷자락을 바로 여미며 내렸다. 그리고 전차, 자동차, 츄럭들이 끊임없이 몰려오는 큰 길을 조심조심 건너 서서 돈암동행 정류장 쪽으로 왔다.

퇴근 시간 직전이것만 전차는 여전히 만원이어서 세 번이나 그대로 놓쳐 보내고 간신히 네 번 만에야 올라탔다. 옥경이보다 앞서서 올라간 탄실이가 사람들 틈을 뚫고 나아가는 뒤를 밟아서 가운데 출입문 앞까지 온 옥경은 잠깐 주위에 느러선 사람들을 두루 살피노라니까, 옥경이 바른편으로는 나이 한 사십쯤 되어 보이는 헙수룩한 아낙이 무거운 배추 보따리를 이고 꽈악 끼어 서 있다. 고생에 찌드러 쑤세미같이 구긴 얼굴을 잔뜩 찌프리고 있었다.

그렇지 않아도 이 거리를 잡아들면서부터 옥경은 어떤 섬찍한 추억에서, 비를 청하는 하늘처럼 점점 흐려들던 마음이 뜻하지 않은 이 배추 보따리의 출현으로 그의 가슴 속에 파묻어 두었던 옥경이의 옛 모습이—저 여인과 같던 지나간 날의 옛 생활을 그여히 다시 불러일으켜 주고야 말았다.

을지로 사가에서 돈암동까지의 길은 옥경이가 해방이 되어 서울에 오자, 누더기 옷을 걸치고 우들우들 떨면서 몇 겨울을 보내며 오르내리든 길이라 옥경에게는 그립기도 또한 그보다 몇 갑절 슬프기도 한 그 길들이었다.

깨여진 바가지쪽 하나도 아쉬운 그런 뼈저린 살림을 끌어 나가노라고 단하나 혈육으로 서대문 쪽에 사는 언니를 바라고 찾아가면 언니는 언제나 배고픈 듯한 동생이 가엾어서 쌀과 밀가루를, 김치와 된장을 꾸려주면 그것을 야윈 어깨에 질머지기도 혹은 더부룩한 머리 우에 이고서 힘에 겨워 바들바들 떨다싶이 하면서 그래도 산다는 살아야만 한다는 살 수밖에 없는 — 피투성이의 가시밭길이었만 그 삶의 굴레를 벗어 놓을 길이 없어서 눈물을 먹음고 내다보든 그 거리, 그 지붕, 그 간판들이 아닌가.

그때도 옥경은 이 배추 보따리를 인 여인처럼 언니가 준 무거운 김치 자백기를 이고 을지로 사가에 왔드니, 벌써 돈암동 막차는 떠나고 말았다. 옥경은 무거운 것을 이고 어두운 거리에서 떠나버린 전차가 울고 싶도록 야속스러워 불빛에 반사되어 번뜩이는 전차길만 초조히 바라보고 있을 그때, 신호 소리도 요란스럽게 옥경이가 섰는 쪽을 향하여 전차 한 대가 달려 왔다. 옥경은 그쪽 정류장으로 곤두박질하듯이 급히 뛰어갔다. 옥경은 꾸역꾸역 내려오는 사람들 틈을 헷치고 다가서서 어디로 가는 거냐고 운전수에게 물었드니 동대문 차고로 들어가는 것이라 하며, 탈테면 타라고 차장은 퉁명스럽게 재촉했다.

옥경이의 집은 신설동과 이마를 맞대인 돈암동이라서 청량리 행을 타고 동대문을 걸쳐 갈 수도 있다는 생각에 어쨌든 그쪽 코―스를 밟아서라도 갈 수밖에 없다고 급히 올라탔던 것이다.

전차에는 요행히 막차를 얻어 탄 사람들이 하로 노동에 지쳤음인지 꾸 벅꾸벅 졸을고들 앉았고, 간혹 술 취한 사람도 섞여 큰소리로 짖걸이고 있었다.

동대문 정류장에 와 닿자 한 사람도 남지 않고 와르르 죄다 일어서는 사 람들 뒤에 섞여서 옥경도 내려왔다. 굴속 같은 동대문이 어둠 속에서 쓰윽 나타나선 옥경이의 앞을 웃뚝 가로막자 옥경은 처음 가보는 그 길이라 동 서를 구별할 수 없으리만큼 눈에 설어서 길 잃은 어린 아희같이 겁에 질려 가지고 '집을 못 찾아가면 어쩌나' 하는 생각에 가슴만 두근거렸다. 한참 눈을 화등잔같이 뜨고 좌우를 노려보노라니까 웬 낯모를 할아버지가 다정 스럽게,

"밤 늦게 어디로 가는 길이요?"

하고 물었다. 그리고 신설동으로 빠지는 길을 자세히 가르켜 주었다. 그대 로 옥경은 전찻길을 따라 걸어갔다.

큰 길에는 드문드문 내왕하는 사람이 있어 그닥잖지만 신설동으로 꾸 부러지는 골목길에서부턴 가게 문도 닫혀 캄캄하고 방향은 잘 알 수 없어 머리카락이 쭈뼛하도록 무서웠다.

옥경은 어둠 속을 더듬더듬 허우적어리고 얼마를 걷노라니까 등 뒤에서 웬 사람이 뒤쪼처 오며 친절한 목소리로,

"아즈머니, 아즈머니, 어디까지 가십니까?"

하고 불렀다. 옥경은 몹시 겁도 났지만 또 약간 반갑기도 하여서 주춤 서며,

"네에, 돈암동까지 가는데요."

하였드니,

"나도 거기까지 갑니다. 동행하시지요."

옥경은 다소 의심쩍기는 하였지만 갈 수밖에 없는 그 길이고 또 몸에 지

닌 것도 없는 협수룩한 채림새라 용기를 내어서 대답한 뒤에 떨어질세라고 바삐 그 사나히의 뒤를 쫓아갔다. 그러나 원체 무거운 짐을 인 몸이라 자꾸 뒤떨어지기만 하는 옥경을 뒤돌아보며 사나히는,

"아주머니 뭐요? 무거운 것이라면 내가 좀 들고 갈가요" 했다. 옥경은 차마 김치라는 말이 입에서 떨어지지 않아 우물쭈물하였드니, 대답은 들을 필요도 없다는 듯이 옥경이 머리 위에서 번쩍 자백기를 내려들고 "꽤 무거운데" 하며 앞장을 섰다.

옥경은 고맙기도 일변 딱하기도 하였지만 우선 잔뜩 지질려서 옴츠러들었던 고개부텀 쑤욱 뽑으며 뒤따랐다.

이월이라 쌀쌀마진 암흑의 거리는 북극의 겨울 들판같이 춥고 호젓하고 별 하나 보이지 않던 하늘에서는 거센 바람이 일며 콩알만큼씩한 진눈깨비가 추위에 빨갛게 얼은 옥경이의 귀와 뺨을 선뜩선뜩 후려쳤다.

어쩌다가 지나치는 자동차 헷드라잇이 비쳐 줄 때면 낯모를 사나히와 옥경은 서로 얼굴이나 어디 좀 보자는 듯이 시선이 마주 부딪쳤다. 스물 서넛밖에 안 되어 보이는 동생 또래의 어린 청년임을 살핀 옥경은 아까보다 훨씬 마음을 눅으려트리고 쫓아갈 수가 있었다. 그렇게 얼마를 묵묵히 걸어가노라니까 청년은 불쑥,

"나히가 많으신 아즈머닌 줄 알었더니 젊은 아즈머닌데…… 밖앗양반의 직업은 무엇인가요?"

그도 옥경이의 윤곽을 어느 정도 캣취한 모양이었다. 옥경은 그렇게 묻는 청년의 말이 잡된 희롱같이 여겨져서 사뭇 불쾌하였지만, 고맙기도 하고 한편으로는 또 겁도 나는 길동무라 되도록 아무렇지도 않은 듯이,

"별로 하는 일 없이 놀아요"

"아희들도 있지요?"

"그러믄요. 둘이나 있는데요"

"거짓말 마시우. 그렇게까지는 안 되었을 텐데……"

하며 어둠 속에서 눈동자의 초점을 옥경이 얼굴에 두고 쏘아보던 것이었다.

"목소리만 듣고도 젊고 늙은 것을 아나요? 내일 모레면 사십인데."

"왜 이러슈우, 퍽 이뿐데. 어두워도 그만 껀 다 알어봐요."

하며 점점 더 실례의 도수를 올린다. 옥경은 그만 왈칵 무서운 생각이 들며 가슴이 선뜻하였지만 김치 그릇을 내여 매끼고 뛸 수도, 또 뛴댔자 도리어 불리할 것을 아는지라, 이 무례한 청년을 어떻게든지 잘 구슬려서 목적지까지 끌고 가는 수밖에 도리가 없다는 생각에 되도록 약점을 잡히지 말아야겠다는 듯이 잔뜩 마음을 도사려 먹고 있으려니까,

"아즈머니 정말 남편 있어요? 내 생각에는 꼭 없을 것 같은데……."

옥경은 그제야 이 젊은 청년의 가슴 속에 엎드려 있는 흉측스러운 궁리가 몹시 비위를 거슬렀지만 어리석고 잡스러운 여인인 척하고,

"그렇게 궁금하시거던 우리 집까지 같이 가 봅시다. 없으면 더 좋지 않어요? 그러나 그런 말 함부로 하다가 밤말은 쥐가 듣는다는데 괜히 챙피해요."

하고 슬쩍 따둑거리는 체하였드니, 청년은 '엑키, 이거 오늘밤 수지맞게 잘 걸려들었나 부다'고 어둠 속에서도 잇발을 내놓아 희색이 만면한 듯, 가벼운 동작으로 무거운 것을 든 채 낑낑거리며 쫓아온다. 옥경은 마음속으로 '어서 파출소만 나오너라' 하고 초조로히 별렀드니 과연 얼마쯤 가서 머얼리 빨간 등불이 보이고 그 앞에 보초를 선 순경의 모양이 눈에 뜨인다. 노도(怒濤) 우에 방향을 잃고 헤매든 난파선은 드디어 등대를 찾고야 말았다.

옥경은 잔뜩 공포에 오므러들었든 신경줄을 도로 제 위치에 늦춰 놓고 숨을 활— 내쉬었다. 그제야 기운이 난 옥경은 뒤돌아보며,

"무거우실 텐데……."

하고 보재기 한쪽 편을 잡았드니 청년은 좋은 미끼나 잡은 듯이,

"아 뭐 괜찮어요"

한다.

파출소 앞까지 왔다. 옥경은 보초 선 순경 옆 몇 발자욱 앞에 오자 돌연히 지금까지의 태도를 변하여 가지고 아주 쌀쌀맞게,

"도루 이여 줘요. 우리 집은 바로 이 파출소 옆이니까" 하고는 뺏다시피 받아 이고 파출소 옆 골목으로 횡하니 들어섰다.

청년은 웬 영문인지 모르겠다는 듯이, 그러나 파출소 옆이라 켕겨서 아무 소리도 못한 채 순경과 떨어진 행길 건너편 쪽으로 비슬비슬 건너갔다.

옥경은 줄다름을 치다싶이 그 골목에서 옆 골목으로 빠져나와 가지고 집으로 달려갔을 때에는 물에 빠진 생쥐처럼 전신이 흠뻑 땀에 젖어 있었다.

김치 자백이를 미어 치듯이 부뚜막에 내려놓은 옥경은 후들후들 떨리는 몸을 설산이 무너지듯 허무러트렸다. 엄마를 기다리다 지친 아이들은 얼음장 같은 방바닥에 변변치 못한 이불 쪼각들을 뒤집어쓰고 잠들어 있었다.

가을바람을 호기 있게 박차며 전차가 혜화동 근처를 달리고 있을 무렵에야 옥경은 꿈에서 깨인 사람처럼 꿈틀 놀래는 자세를 취하며 옆에 섰는 여인과 배추 보따리, 그리고 탄실이를 번갈아 훑어보았다.

진흙 구뎅이와 같이 기를 쓰고 허비적어리면 그럴수록 더 깊이 빠져 들어가기만 하든 그 생활이 뼈에 스민 옥경은 가끔 이렇게 눈에 부드치는 현실(배추 보따리 같은)로 해서 현재(미아리로 가는)를 잊고 지난날로 도루 끌려간 것이었다.

전차는 혜화동에 와 닿았다.

바로 동소문 길 옆에는 옥경이의 소학교 동창이 세탁소를 벌이고 살므로 옥경은 반가움에서 그 집 들창이라도 보아 둘 생각에 그냥 지나칠까봐 발돋움을 하며 내다보았다.

그런데 웬일일가. 한여름 지나는 사이에 세탁소 간판은 떨어져 버리고 무슨 전기공업소라는 낯선 간판이 붙어 있지 않는가.

그 집 앞에서 뛰놀고 있으려니 하였든 동무의 딸 순이의 모양도 보이지 않고 웬 낯모를 아낙의 뒷모양만 우두커니 앉아 있다.

옥경은 고정된 그대로 몇 대를 물려 가며 낙을 누리던 튼튼한 서까래도, 보금자리도, 같은 하늘 밑에는 얼마던지 살고 있것만 항상 이렇데 쉴 새 없이 변모되고 유전하지 않으면 안 되는 사람들도 마을도—나라도—있는가 하는 생각을 하는 사이에 전차는 삼선교를 획――획 지나 돈암교에 와 닿았다.

그전 옥경이가 무수히 오르내리던 곳이다. 변심한 남편인 줄도 모르고 젖먹이는 업고 어린것은 걸리며 날마다 저녁때면 나와 서서 기다리든 곳, 눈이 아물아물하기까지 전차에서 쏟아져 내려오는 사람을 바라보며 이번에는 꼭 내릴 것이라고 믿다가 번번히 실망하고 이렇게 전차를 셋, 넷, 열 대까지 헛탕을 친 뒤에야 그래도 못 잊은 듯이 뒤를 돌아다보며 또 돌아보며 칭얼대는 어린것의 손목을 이끌고 쓸쓸히 발거름을 돌리던 곳, 바싹 붙어서서 마음을 조리던 저 전선주, 저 다리, 저 길……

옥경은 못 볼 것을 본 듯이 얼른 눈을 감았지만, 마음은 한 장 한 장 슬픔으로 얼룩진 회상의 수첩을 번개처럼 번쩍번쩍 넘기는 것이었다.

'아, 몇 해라는 세월은 나에게 무엇을 남기고 소리도 없이 물러갔을가? 오늘 지금 이 시간부터 나에게는 또 어떠한 생활이 자죽소리도 없이 닥아오고 있을가? 인생이란 역시 해결 지을 수 없이 답답하고 설거프기만 한 것이 아닌가?'

옥경은 이렇게 혼자 자문자탄하여 보았다. 돈암동 종점에 와서 전차는 품고 왔던 승객을 모조리 내려놓았다.

옥경은 이곳서부터 미아리까지의 길은 초행이라,

"애, 픽 많이 걸어야 하니?"

"그럼은요. 한참 가야 돼요."

"그래. 어서 가자."

하면서 두리번두리번 사방을 살펴보며 언덕길을 바삐 올라갔다.

구석구석으로 사람의 살림은 뻗어 나가서 가도 가도 인가는 끊일 줄 모른다. 올리막길을 다 올라가서야 왼쪽 편으로 호랭이 잔등처럼 얼룩진 산이 보이고 병풍처럼 둘러선 바위들이 나타난다. 와글거리고 복잡한 전망에 지쳤던 옥경이의 눈은 금방 생기가 돌며 번쩍 뜨여지는 듯하였다.

길 막다른 편쪽으로 무수히 널린 히끗히끗한 것은 무얼까 하고 유심히 바라보던 옥경은 탄실에게,

"저어기 봉긋한 것은 무덤이고 그 앞에 하이얀 것은 비석들이지?"

하며 손을 들어 가르켰다.

옥경과 탄실은 먼지를 드날리며 달리는 뻐스 뒤를 쫓아 타박타박 얼마를 걸어가서 저승과 사파가 이마를 맞대인 묘지 길로 잡아들었다.

한참 올라가서 묘지 옆 잎사귀 무성한 속에 무언지 하얗고 둥글둥글한 것이 떼굴떼굴 흐트러져 있었다. 옥경은 탄실이의 어깨를 덥석 잡아당기며,

"아! 해골!"

하고 주춤 놀랬더니 탄실도 놀래서 한참 쏘아보고 나서.

"아주머니두, 박이야 박!"

하며 호들갑을 떤 옥경이를 나무라듯이 흘겨본다. 그제야 옥경이도 자세히 보니 과연 그것은 마른 넝쿨에 붙어있는 박 덩어리였다. 박이 묘 틈박 풀속에 주렁주렁 엎드려 있는 것이 무덤 옆이라서 옥경이 눈에는 꼭 해골같이 보였던 것이다.

산(山) 사람의 생활욕이라는 것은, 참으로 끈기 있고 무서운 것임을 이 뜻하지 않는 곳에서도 발견한 옥경은 그저 놀랄 따름이었다.

김, 이, 장, 윤— 온갖 사랑하는 사람의 피눈물을 동이로 짜냈을 이런 성명들이 크고 적은 무덤 앞에 외롭게 서 있고 그 무덤 위로는 청초하고 가련한 들국화가 가을바람을 안고 소리도 없이 한들거리고 있다.

찬바람에 고히 피는 들국화— 보아 주는 이 없어도 쓸쓸히 무덤 위에 홀

로 피었다 지는 들국화―, 그의 아련한 모양은 마치 죄스런 마음을 지니지 않고서도 타고난 운명이 너무나 거칠고 모질어서 불행 속에 홀로 피었다가 남모르게 살짝 애달프게 꺼져 버리는 박명한 여인의 모습같이만 옥경에겐 여겨졌다.

옥경은 알지도 못하는 사람들이 누워 있을 무덤 사이를 이리저리 돌아다니며 영실이의 무덤을 찾아보았다.

해방 후의 서울 거리는 마치 산월을 바라는 임신부의 배처럼 팽창할 대로 팽창하여 있지만 이곳 미아리 또한 죽은 사람의 무덤으로 산정에서부터 마을 어구까지 꽉 들어찬 것을 보는 옥경은 그 삶의 후면원리(後面原理)랄까― 나날이 푸라쓰되면서 또 한편으로는 쉴 사이 없이 자꾸 마이너쓰되어 가는 거역할 수 없는 조물주의 섭리를 다만 경건한 마음에서 머리 숙일 따름이었다.

옥경과 탄실은 술래잡기하는 아이들 모양으로 이리저리 휘돌았지만 같은 빛깔에 똑같은 모양, 그리고 암만 외쳐 불러 보아도 아무런 응답조차 없을 그 수많은 무덤 속에서 영실이의 무덤을 골라내기란 기적에 가까우리만치 힘든 노릇이었다.

그러나 영실이의 넋이라도 남아 있어 옥경이를 꼭 불러 줄 것 같기도 했다.

옥경이가 머얼리 하늘 끝까지 바라볼 수 있는 꽤 높직한 곳까지 올라왔을 때, 한 열아믄 발자욱 저쪽에 유난히도 들국화로 폭 덮인 들국화투성이의 무덤이 그의 눈을 이끌었다.

옥경은 신바닥에 듬뿍 고인 흙을 툭툭 털어 신고 재빨리 그리로 뛰어갔다. 예감은 들어맞았다.

'최영실'이라는 묘표가 무성한 들국화 속에서 빵긋이 영실이의 얼굴인 양 반갑게 옥경이를 마저주었다. 그 앞에 머리를 숙으린 채 묵묵히 섰는 옥경이 눈에서는 하염없는 애수가 흐르고 소리도 없이 한숨이 흘러 나왔다.

탄실이는 몇 발자욱 떨어진 곳에 쪼구리고 앉드니 서글푼 목소리로,

"아즈머니, 울지 마세요. 저도 돌아가신 아버지 생각이 나요."

하며 코멘 소리를 쿨쩍어린다.

그렇게 얼마만의 시간이 흐른 뒤에 옥경은 치마자락으로 얼굴의 눈물자국을 닦으며, 붉어진 눈을 돌려 아랫마을 — 산 사람이 살고 있는 쪽을 내려다보았다.

빽빽이 들어앉은 마을에는 저녁연기가 한 많은 사람의 한숨처럼 피어오르고, 무엇을 사라고 떠드는 소리련만 옥경이의 귀에는 무슨 슬픈 넋두리나 울음소리같이 들리고, 구름은 어디로 향하여 가는 건지 푸른 하늘 아래에서 고요히 서쪽으로 떠내려 간다.

옥경은 모든 숙원을 죄다 버리고 무덤 안에 고이 누워 있을 영실이가 오히려 부러웁도록 그새 가진 풍상을 다 겪은 여인이 되고 말았다. 고요하다. 까치도 어디론가 날아가 버리고 무덤만이 누워 있는 묘지에는 옥경을 나쁘다고 나무랠 아무런 욕설과 시비도, 이유곡절을 캐묻는 이도 없었다. 가식도 위선도 승패도 없는 오로지 무에서만이 올 수 있는 정적이 회색빛으로 흐르고 있을 뿐 —.

무덤 옆에 두 다리를 쭈욱 뻗고 앉아 있는 옥경은 어느 때까지라도 한 개의 산 무덤 노릇을 하고만 싶었다.

탄실은 어디로 가는 건지 일어서서 저편으로 가드니 무덤 틈 사이에 몸을 꾸부린 채 꾸무럭어리고 있다.

'아아 여기서 자구 싶어……'

속으로 중얼대며 누워서 머언 하늘가에 명상의 시선을 그윽히 보내고 있던 옥경이, 그의 눈앞엔 문득 옛날 — 소녀 시절의 환상이 환등처럼 나타났다.

영실이 — 그는 일즉 어머니, 아버지를 여이고 언제나 핏기 없는 얼굴에

웃음을 모르는 소녀였다. 영실이는 공일날이면 의레히 일과처럼 묘지를 찾아가서 하로종일 무덤과 가치 이야기하구 울구 어르만지기도 하다가, 해질 무렵이면 집으로 돌아가는 길에 옥경이한테 늘 들르군 했다.

옥경이가 꽃을 무척 좋아하는 것을 아는 영실은 가을이면 가끔 무덤에 핀 들국화를 한 아름씩 꺾어다가 옥경이 팔에 안겨 주었다. 옥경은 좋아서 얼른 받아들고 웃으며,

"애 영실아, 넌 꼭 이 들국화같이 애달퍼 보이는구나."
라고 말하면,

"그래……. 난 차라리 들국화로나 태여났던들 얼마나 좋았겠니……. 어머니 아버지 옆에서 살 수도 있고……."
하며 입가에 쓸쓸한 웃음을 짓던 그 영실이었다.

그때의 옥경은 아버지와 어머니 무릎 아래에서 마음대로 어리광을 부리던 때라 그 무덤과 딩굴다가 돌아가는 그의 심정을 도모지 알 배 없었다.

그러나 그동안 이십 년이란 세월은 구름과 같이 흘러 영실이는 지금 한 우쿰의 흙이 되어 무덤 안에 잠자고 영실이의 넋인 양 가련한 들국화만이 가을바람을 안고 하느적어린다.

그때 슬픔과 눈물이라는 것이 세상에 있는 줄 모르고 자라던 옥경도 지금은 고독이라는 가장 자기한테 잘 맞는 의복으로 부러진 쭉지를 감추고 이렇게 무덤을 찾는 여인이 되고 말았다.

빈부와 더부러 히비애락도 돌고 돌아 어제와 오늘— 그리고 또 내일은 어느 것이 다시 채려질는지 그 누가 사람된 자 감히 헤아릴 수 있을 건가. 유구한 세월 속에서 사람의 운명쯤 티끌만이나 하랴!

옥경은 점점 더 애수에 잠기고 주위는 점점 더 어둠만 짙어간다.

탄실은 그새 무덤을 한 바퀴 뺑 돌아서 들국화를 한 다발 꺾어들고 무덤 사이에서 나타나 옥경이 옆으로 사푼사푼 걸어왔다.

탄실은 아까 그 모양대로 잠들은 듯이 누워 있는 옥경이의 어깨를 조심

스럽게 살살 흔들었다. 옥경은 깜짝 놀라며 눈을 크게 뜨고 바라본 순간, 들국화를 한 아름 안고 섰는 소녀를 향해,

"아, 영실이!"

하고 부르지즈며 벌떡 일어나 앉드니, 두 손을 소녀에게로 내밀었다. 그의 눈은 그의 넋을 아주 머언 곳으로 실고 가 버린 듯한 몽롱한 눈이었다.

탄실은 어리둥절하여 놀랜 목소리로,

"아즈머니, 웨 그러세요. 꿈꾸섰어요? 인제 어두워졌으니 그만 돌아가세요."

"응―"

옥경은 치마와 머리에 달라붙은 마른 풀닢을 툭툭 털며 일어섰다.

그제야 사방을 둘레둘레 살펴보며 자기의 착각을 깨닫고 영실이 아닌 소녀 탄실이를 물끄럼이 바라보았다.

말 없는 무덤하구나 친할 수 있는 그의 마음이라서 그런지 옥경은 짙은 황혼 속에 희미하고 둥그런 곡선들을 몇 번이고 뒤돌아다 보며 아우성 소리 들끓는 마을 쪽으로 한 발 두 발 옮겨 놓았다.(6 · 25전(六 · 二五前) 구교(舊橋)에서)

—『여인들』, 성공문화사, 1976.

명동 주변(明洞周邊)*

　팔 일오 해방은 꺼져 들어가는 등불 심지에다 기름을 부어 주었다. 우리
는 모두 소생의 환희 속에서 강토가 터져라고 만세를 불렀으며 손에 손을
웅켜잡고 새 출발을 다짐했다. 그러나 사년이란 햇수가 흐름에 따라 조국
애로 부풀었던 가슴은 다시 멍들기 시작해서 희망의 등불은 또 꺼질듯 가
물대기만 하던 어느 달 일요일이었다.

　현경은 오래간만에 영화 구경을 갔다가 말 타면 경마 잡히구 싶다는 격
으로 어쩌다가 걷는 명동거리를 그냥 훌쩍 지나치기엔 좀 아쉬운 생각이
들어서 레코드라도 들을 겸 음악다방 룸바에 발을 들여놓았던 것이다.

　혼자라 어쩐지 쭈뼛쭈뼛 하면서 입구에 서성거리고 있으려니까, 바로 정
면으로 마주 보이는 전축 밑 테블에서 요염한 꽃송이 같은 한 여인이 일어
서며 웃고 손짓한다. 마치 약속이나 하고 기다렸다는 듯이…….

　현경은 서먹해서 주춤거리던 차라 구원이나 받은 듯 달려가서 그 여인의
손을 잡았다.

　그 여인은 현경이가 작년 여름 영어 학원에서 강습을 받을 때 벼락으로
사귄 미스 구(具)였다. 어여쁘고 말 잘하고 짙은 화장과 화려한 몸채림을
즐겨하는 그 여자는 음악광이라는 딱지가 붙을 만치 음악이라면 사죽을 못

---

* 이 작품은 1949년 가을에 창작되었다. 그러나 게재지를 확인할 수 없어 부득이하게 『여인
들』(성공문화사, 1976)에 수록된 것을 입력하였다.

쓸 지경으로 즐거워도 노래, 슬퍼도 노래, 괴로워도 노래, 때로는 길을 걷다가 귓가에 부딪치는 바람 소리에마저 음악적 감흥을 느끼어서 '라라라'를 부르는 여인이었다.

미스 구는 해방 몇해 전 E여전 음악과를 중도 퇴학하고 시인 박효운(朴曉雲)이라는 사람과 결혼을 하였는데, 해방이 되자 그는 좌익 계열의 선봉 분자로 날뛰어서 아내에게 아무런 암시와 약속조차 없이 삼팔 이북으로 가버렸다. 그 뒤에 미스 구는 남편의 실종을 슬퍼하기는커녕 도리어 앓던 이가 빠진 듯 개운한 마음이었다는 것, 형식적 처녀로 행세를 하니까 '어떨꾼' 하는 놈팡이 신사들이 열 손가락이 모자랄 정도로 들꼬여서 값진 요리만 바친다는 것, 그래서 몸은 점점 살찐 생선처럼 푸들어만 간다는 것이다.

교제 범위는 무슨 고관급으로부터 대학 교수, 모리배, 인기 남배우, 유행 가수, 애송이 화가에 이르기까지 광범위하다는 것이며, 영어 강습소에도 미국인과 교제하기 위하여 필요상 부득이 나온다는 것, 나이는 현경이보다 칠, 팔 세가량 더 위라는 것 등……

현경은 얼마 안 되는 사교에서 대략 이런 정도로 미스 구의 정체를 채취하였다.

강습이 끝나자 현경은 곧 고려 신문사 문화부에 취직되어 그의 단정한 용모는 나날이 직업 여성으로서의 교양이 아침 이슬처럼 맑게 아로새겨졌고 미스 구는 또 그에게 마련된 길…… 즉 첨단적 고급 매담으로 유한층 사교계에 치마폭을 휘날렸다.

현경은 잡았던 그의 손을 놓고 맞은편 의자에 앉으며,

"오래간만이예요. 너무도 이뻐져서 처음엔 누군지 몰라뵈었어요. 그런데 웬일이세요. 여왕님께서 오늘은 거느린 시종이 한 사람도 없으니……."

굽실굽실 멋지게 말아 올린 미스 구의 머리를 황홀한 듯이 바라보며 현경은 말하였다.

"룸바는 나의 응접실이니까, 아마 미구에 멋쟁이 기사가 나타날 거요 그건 그렇고 학자님께선 또 웬 망녕으로 이런 델 다 나왔수?"

"그러게 말이애요. 격에 맞지 않게 음악이나 들을려구……."

현경이가 말끝을 채 맺기도 전에 미스 구는,

"오오라 됐어, 학자님도 사람이니깐 그럴 때도 있겠지. 어디 오늘 나한 테 유혹쯤 당해 볼 테유? 인생이란 무대 위에 올려놓은 배우들이거든. 우 리는 되도록 그럴사하게 무대 화장을 하고, 흥미진진한 연극을 놀아 봐야 지. 변화무쌍한 생활의 창조! 그것만이 오즉 인생의 즐거운 과제야. 현경이 도 인젠 좀 그 따분한 생활 방법을 내동댕이쳐 봐요."

만나자마자 이렇게 자기의 삶을 자신만만하게 조잘대는 미스 구의 빨간 입술을 현경은 수집은 미소로써 바라볼 뿐이었다.

담배 연기 자욱한 그 속에는 바야흐로 경련을 일으키려는 눈동자처럼 허 공을 노리는 음악 감상가, 혹은 숨 끊어진 꿩 목아지처럼 기억자로 목을 꺾은 다방 명상가, 또는 백화점 지배인같이 다듬고 매만진 신사숙녀들이 애상적 멜로디에 혼합이 되어 복작거리는 그 속에, 또 하나 이 집을 내 집 문 드나들 듯하는 한 인물이 등장하였다.

그는 지금 마악 부산서 해방자호로 서울역에 실려 온 대일 무역가 미스 터 황(黃)이었다. 그는 얼마 전에 밀선으로 일본에 건너가서 비단 옷감, 화 장품, 양품, 심지어는 일인들이 빠는 솔방울같이 생긴 곰방대까지 한 배 가 득 싣고 며칠 전에 부산으로 돌아왔다. 짐은 배에서 풀어 놓기가 무섭게 다 처분되었다. 예상보다 훨씬 좋은 이득을 본 그는 대단히 의기양양한 자 세로써 서울역에 내렸다.

자동차를 휘몰아 그의 크럽들이 몰켜 들어 진을 치고 있는 룸바로, 묵직 한 돈 전대가 들은 앙가슴을 되도록이면 거만스럽게 내밀며 들어왔다.

입구 카운터에서 백 원 지폐를 조무락조무락 헤고 앉았던 주인 마담은 그를 보자 반색을 하며,

"아이구 이게 누구셔, 그렇잖아도 요새는 매일 우리 집 주인하구 미스터

황이 나타날 때가 넘었는데 웬일이냐구 걱정을 했다우. 그래 재미 많이 보셨서요?"

"재미요? 좀 본 셈이지요. 룸바는 그 동안 별일 없었나요? 여전히 대 번창이구먼요."

그는 게슴츠레한 거적눈으로 홀 안을 한 바퀴 둘러보고 나서 이렇게 말했다.

"그럼요, 여전하지요. 서울 다방이 죄다 문을 닫는 일이 있더라도 우리 룸바야 까딱없지요, 없어."

주인 마담은 손때가 깜으스름하게 낀 다이야몬드 반지가 번쩍이는 앙상한 손을 내저으며 뽐낸다. 미스터 황도 사뭇 동감이라는 듯 기름을 병채 들어부은 듯이 번질번질한 머리를 몇 번이나 끄덕이더니,

"그런데 우리 패들은 한 놈도 보이지 않는군. 어디로들 몰렸을가― 아마 딱터 장네 집일 테지. 어쨌던 차나 한잔 마시고 볼까. 아차, 내 단골 자리는 웬 여왕들이 앉으셨군 그래……."

마담도 미스터 황의 시선을 좇아 그 쪽을 바라보며,

"참 어쩌나, 한쪽 의자가 비어 있으니 우선 가 앉으세요. 저 바른쪽에 앉은 미인은 미스 구라고 요새 룸바의 단골손님이 되었는데, 아마 미스터 황 못지않게 음악을 좋아할 껄요."

미스터 황은 그 말을 듣자 벌한테나 쏘인 듯이 꽈리처럼 부풀어 오른 입술을 금방 실룩거리면서 대단히 거룩한 걸음걸이로 미스 구와 현경이가 쏙닥거리는 테블 옆으로 갔다.

미스터 황은 먹음직스러운 음식을 발견한 식보가 좋아라고 저절로 벌어지는 그런 유의 군웃음을 입가에 짓더니 고개는 또 무슨 엄숙한 장례식에나 온 듯 가장 정중하게 수구리며,

"저어, 미안스럽습니다만 비인 자리에 좀 앉아도 괜찮을까요?"

두 여인은 깜짝 놀랐다는 듯이 마주 쳐다보며, '웬 꼴불견이야!' 하고 서로 쨍긋 눈짓을 교환하고 나서 미스 구가 쌀쌀맞게,

"빈 자리니까요……."

흡사히 무대에 올라선 서투른 가수의 제스추어처럼 두 손을 마주잡고 서서 하회를 기다리던 미스터 황은 사뭇 황송스러운 듯이,

"그럼 실례합니다."

하며 멋진 여인 맞은편 의자에 새색씨처럼 조심스레 앉는다. 상당한 체중을 지닌 모양으로 의자는 그가 움직이는 대로 삐걱삐걱 소리를 낸다. 번쩍번쩍 윤이 도는 여자 구두코처럼 뾰족한 쵸코렛빛 칠피 구두, 검은 바탕에 짙은 회색 줄이 선명한 고급 양복, 노란빛과 자줏빛 문이 알록달록 교차된 넥타이, 양복저고리 윗 포켙에 삐죽이 내어민 하늘색 손수건 등……. 너무도 지성과는 머언 거리에 놓여 있는 그 차림새를 경멸이 담뿍 고인 눈으로 현경은 훑어보았다. 그러나 미쓰 구의 관상 점수는 현경이의 그것보다 훨씬 달랐다.

첫째, 푼돈이나 있을 것같이 윤이 흐른다는 것, 둘째, 여자 손아귀에서 오뚜기처럼 잘 놀 것 같다는 것, 셋째, 의외로 음악적 소양이 다소 있어 보인다는 것 등이다.

미쓰 구는 꽤 입맛이 댕겼다. 테스트를 해 볼 생각에 레코드에 마춰 들릴락 말락 나직이 콧노래를 불러 보았다. 아니나 다를까, 미스터 황은 눈을 번쩍 뜨더니 자세를 바로 고쳐 앉으며 전축보다 미쓰 구에 귀를 기울이는 모양이다.

이별의 슬픔으로 흐느껴 우는 듯이 그 노래가 끝나자, 미스터 황은 개기름이 번지레 내돋힌 얼굴에 함빡 미소를 지으며,

"저어, 목소리가 퍽 아름답습니다. 이렇게 음악을 잘 아시는 분하고 한 자리에서 노래를 들으면 참말로 기분이 좋아요……."

미쓰 구는 슬그머니 마음속으로 '옳지, 화살은 바로 적중하였구나' 하는 일종의 만족을 느낀다는 교태를 지으면서,

"왜 이러세요. 비행기를 태시는 겁니까. 저도 퍽 좋아하는 노래인데 선생님께서도 그러신가 보지요."

그 다음부터 두 사람은 서로 호흡이 일맥상통하는 점이 많은 모양으로 '쏠베지송'이니 '사랑의 기쁨'이니 하고 맞장구를 치기에 진짜 음악 소리는 귓전으로 흘리고 있던 현경은 어쩐지 그들과 함께 휩쓸려지지도 않을 뿐더러 또 그 자리에 더 앉았다는 것마저 불쾌해서 딴 볼 일이 있다는 핑계로 다방을 나와 버렸다.

어둠이 깃드린 늦가을 날씨는 꽤 싸늘하여서 명동을 무슨 산보로나 거닐 듯 진종일 오르내리는 식당 마네쟈 차림의 명동 뽀이, 양부인같이 차린 명동 껄들의 으스대는 어깨들도 약간 움츠러들어 보였다.

그 뒤 몇 번째 공일도 지난 어느 일요일 저녁때였다. 현경은 재동 이모 댁에 어머니 심부름을 갔다가 돌아오는 길에, 종로 헌책사에서 들러서 책을 몇 권 사들고 마악 화신백화점 앞을 횡단하려 할 때, 이쪽으로 건너오는 한 쌍의 남녀와 마주쳤다. 미스터 황과 미쓰 구였다.

그들은 외국 남녀들의 풍속 그것과 같이 사나이는 여자의 어깨를 껴안기나 할 것처럼 부축하고 걸어온다. 미쓰 구는 현경을 보자 약간 무안쩍은 듯이 얼굴을 붉히며 스르르 미스터 황 품에서 풀려 나온다.

"참 잘 만났구면. 젊디젊은 여자가 만날 노는 재미도 모르구 그렇게 옆구리에 책만 끼고 댕기우? 아, 인제 얼마 안 가서 이마에 주름살이 잡힌 뒤에 후회한들 소용 있수? 난 지금부터 이분(미스터 황)하구 아주 재미있는 곳으로 놀러 가는 길인데 같이 갑시다."

현경은 미쓰 구의 손가락이 가리키는 방향을 따라 그 미스터 황이란 인물을 건너다보았다.

가슴에다가는 무슨 훈장처럼 카메라를 늘이고 그 꽈리같이 부풀은 입술을 벙글거리면서 미쓰 구의 어깨 너머로 현경을 엿보다가 현경과 눈이 맞부딪치자 능글맞은 목소리(현경에게는 그렇게 들렸다)로,

"함께 가시지요. 퍽 흥미진진한 곳이랍니다."

미쓰 구는 현경이 옆으로 바싹 다가서며 귓속말로,

"그런데 현경이, 저 미스터 황의 첫 애인이 현경이 얼굴과 비슷하였다나. 접때부터 나더러 현경일 소개시켜 달라고 졸랐다우, 호호……. 인상은 아주 노긋이지만 금고(金庫) 파도론으로는 만점이야, 만점."

현경은 최면술에 걸린 사람처럼 어리벙벙하여서 두 남녀의 얼굴만 번갈아 쳐다보았다.

미스터 황은 그 사이 마침 앞을 달리는 고급차를 손을 번쩍 들어 불러 세우고 문을 열고 서둔다. 미쓰 구는 자동차 속으로 현경이를 떠밀어 집어넣었다.

차는 화신 앞 로타리를 카브하였다.

폭신폭신한 감촉이며 아무런 진동 없이 허공을 날기나 하듯 미끄러져 가는 차 속에서, 현경은 약탈당해 가는 듯한 불안과 분노도 없지 않았으나 기왕 이쯤 된 바이라면 그 흥미진진하다는 곳을 어디 좀 보아두리라는 쩌너리스트의 호기심도 일었다.

미쓰 구는 또 자기대로 오늘 저녁만은 군혹 격인 미스터 황을 현경이에게 맞부쳐 놓고 자기의 미남자 딱터를 독차지하여 보리란 계획에서 벌써부터 가슴이 설레었다. 미스터 황은 두 여인을 독차지하였다는 기분에서 대만족이었다.

운전대에 장치된 라디오에서는 목이 터질 듯한 목사의 설교가 한참 최고조에 달하였는데 미쓰 구는 오늘밤 버러질 갖가지의 즐거운 공상이 라디오의 부르짖음으로 해서 중단되는 것이 약이 올랐던지 날카롭게,

"여보, 운전수 양반. 그 라디오 좀 꺼 버려요. 시끄러워서 원……."

"나도 설교는 딱 질색이야. 지금 세상에 하느님은 다 언제 믿겠노— 밤낮 하느님 아부지 불으면 돈이 생기나, 쯧쯔쯔……."

운전수는 라디오 스윗치를 비틀고 나서 얼른 야무진 시선으로 세 남녀를 훑어본 다음 혼잣말 비슷이,

"신앙심을 갖는다는 것은 이렇게 살기 힘든 세상일수록 더 가질 필요가 있지 않을까요."

현경은 굴르는 차 속에서 사회의 바닥을 흐르는 곰팡이 같은 존재의 두 남녀와, 또 사회의 깨소린 같은 청년과의 대화를, 크리스챤은 아니건만 그와 다소 다른 각도에서 운전수의 대답을 긍정하고 싶었다.

차는 을지로 입구를 지나서 동화백화점 쪽으로 속력을 낸다. 어둠 속에서 휙휙 지나치는 건물과 길가의 사람들은 모두 하루의 역사를 쌓아 올린 뒤에 오는 노곤한 피로에서 깜박깜박 졸고 있는 것 같았다. 명동 뒷길 해군 본부 앞에서 남산 쪽으로 카브한 지 얼마 안 돼서 별안간 미스터 황은 "스톱⋯⋯." 하고 외쳤다.

무슨 병원이라는 간판 앞에 세 사람은 소복이 내렸다. 병원 정면에서 한 열아문 발자욱 떨어진 후문을 미스터 황이 주먹으로 쿵쿵 뚜들긴다. 이윽고 대문 빗장이 덜컥 하더니 젊고 희끄므레한 사나이가 얼굴만 내밀고 보더니 반가운 목소리로,

"아, 황 선생. 어서 들어오십시오."

그리고 나서 미쓰 구에게도 약간 고개를 숙여 인사하는 품이 초면은 아닌 듯⋯⋯. 현관을 들어서자 미스터 황과 미쓰 구는 신발 신은 그대로 윤이 도는 이층 나무 계단을 서벅서벅 올라간다.

현경은 어쩐지 흙발로 남의 면상을 짓밟기나 하듯이 송구스러웠지만 명동 주변의 풍습을 따를 수밖에 없었다.

이층 열 칸도 넘는 마루방에는 촛불이 분홍색 색종이에 가려서 저녁노을처럼 피어오르고 쌍쌍이 껴안은 남녀들이 탱고 스텝을 밟으며 호물호물한 곡선을 그리고 있다. 현경은,

"아하, 바로 이것이 그 말성꺼리의 땐스파티로구나."

하면서 주위를 두리번거렸다.

이윽고 레코드 소리가 멈추자 춤추던 남녀는 서로 떨어지기가 아쉬운 듯 부둥켜 안은 자세를 한참씩 그대로 허무러트리지 않다가 비실비실 자기 자리로 돌아들 간다.

여기저기서 미스터 황과 미쓰 구에게로 달려들어 악수를 하며 기중에는 큰소리로,

"야아, 미스터 황. 오래간만일세. 부산서 올라왔다는 소식은 벌써 들었는데 왜 인제야 나타났나? 아마 재민 혼자만 보는 모양이지."

하고 눈살을 이상야릇하게 찡긋거리며, 주로 시선은 초면인 현경이를 주시한다. 미스터 황은 그런 말을 듣는 자기가 퍽 자랑스러운지 어깨를 으쓱으쓱 들먹이며 현경이를 쳐다본다. 현경은 무슨 불결한 물체를 보았을 때처럼 얼굴을 찡그리며 피해 달아나듯 고개를 벽 쪽으로 돌려 버렸다.

다음 곡이 시작되자, 잠깐 동안 몸을 쉬고 앉았던 남자들이 여기저기서 우쭐우쭐 일어선다. 그들은 자기 비위에 맞는 여인 앞으로 먼저 달려가서 약간 머리를 숙여 보인다. 그러면 기다렸다는 듯이 비단치마를 나풀거리며 미용사 손에서 금방 빠져 나온 듯한 유들유들한 여인들이 팔을 벌리고 그들 품에 사푼 안긴다. 어느새 미스터 황과 미쓰 구도 정답게 얼싸안는다.

떡 벌어진 사나이들 어깨에 매달린 여인의 치마는 물결처럼 출렁거린다. 왈츠, 탱고, 부르스, 발과 발, 허리와 허리, 뺨과 뺨, 손과 손, 껌 씹는 소리, 외국 말 농지거리, 킬킬대고, 툭탁거리고, 담배, 술로 젊은 육체의 문(門)들은 활짝 열린 채 하느적거린다.

미스터 황은 미쓰 구를 딱터 장한테 뺏길 적마다 현경에게로 와서 손을 내밀어 보았으나 막무가내였다. 새침해서 고개만 좌우로 흔들 뿐 거들떠보지도 않는 자세라, 미스터 황은 단념하는 수밖에 없었다.

이 집 주인 딱터 장은 외국 영화배우같이 후리후리한 스타일에, 까만 세비로가 그려붙인 듯이 몸에 맞았다. 깊숙한 눈, 말숙한 피부, 그윽한 미소를 입가에 띠운 그는 확실히 미남이었다. 미쓰 구는 처음 몇 번만 미스터 황의 상대를 하였을 뿐 줄곧 딱터 장 가슴을 떨어지지 않았다.

미스터 황은 슬며시 자기의 존재가 화가 났던지 양주 컵만 자꾸 들이킨다.

현경은 혼자 이역에나 온 듯 모두 눈과 귀에 설어서 살짝 들창께로 걸어

와 카텐을 들치고 밖을 내다보았다. 선선하다. 맑고 밝다. 늦은 가을 둥근 달이 하늘 높이 떠 있다가 현경을 반겨 맞아주는 듯하였다. 빛을 받아 안고 번득이는 높고 낮은 지붕들을 바라보며 '아, 이곳이 삼천리강산의 수도 서울이던가' 하는 일종 애수랄까 슬픔이랄까 환멸이랄까가 복받쳤다.

열 시 반 넘어서야 무진장한 그들의 정력도 지쳤던지 춤은 끝났다. 그러자 끼리끼리 몰려서 쑥덕공론을 하더니 미쓰 구는 미스터 황과 현경이한테로 다가와서 정답게 현경이의 어깨를 껴안으며,

"현경이, 미안하지만 나는 또 이차 회까지 참석해야 하겠으니 미스터 황하구 함께 가 주어. 미스터 황, 부탁해요. 내일 저녁때 또 룸바에서 만납시다. 빠이빠이⋯⋯."

그리고 어리둥절한 미스터 황을 들창께로 끌고 가 미쓰 구는,

"오늘밤 소원을 푸세요. 역사는 밤에 맨들어지니까⋯⋯. 약간 질투가 나지만 양보하지, 호호⋯⋯."

하더니 제 이차 회 회장인 듯한 다음 방으로 바삐 걸어간다. 그러는 사이에 그 여러 사람은 모두 어디로 도깨비처럼 사라졌는지 넓은 홀에는 미스터 황과 현경이만이 남았다. 현경은 미쓰 구의 태도가 몹시 불유쾌하였지만 하는 수 없었다.

미스터 황을 앞장세우고 거리로 나온 그는 정말 도깨비굴에서 빠져 나온 듯한 가벼운 발걸음이었다. 미스터 황은 택시를 부르려고 지나가는 차마다 손을 들어 보았으나 꽤 늦은 시각이라서 차마다 사람이 실려 있었다.

행길은 은회색 비단보로를 쪽 깔아 놓은 듯 달빛이 교교하여서 그대로 자꾸 걸으면 월궁(月宮)으로 들어갈 것만 같은 착각을 일으킨다. 그렇게 얼마쯤 가서 아직도 스텝의 흥분이 가시지 않아 미끄럼 치듯 발을 옮겨 딛는 미스터 황에게,

"오늘 저녁 모인 사람들은 대개 무엇 하는 분들이지요?"

하고 물었다. 미스터 황은 말 떨어지기를 고대하였던 판이라 얼른 현경이

옆으로 필요 이상 바싹 다가서며,

"네에, 모두 고상한 분들뿐이지요. 여자들은 대개가 가정 부인이구요. 그 중에는 모 장관 며느님도 있답니다. 칼레지 걸도 몇 명 섞였구. 남자는 의사 패들, 그리고 또 나 같은 외국 무역가, 은행 지배인, 관리, 대개 그렇습죠"

"제 이차 회에서는 무얼 하나요?"

미스터 황은 자기의 전문 과목이라 거침없이,

"마작하는 회지요. 춤이 끝나면 대개 밤을 새워 가며 돈내기 마작들을 한답니다. 딱터 장의 부인은 어젯밤 10만원이나 잃어서 오늘 홧병에 골을 싸매고 드러누웠다나요"

미스터 황의 설명을 중단이나 하듯이 현경은 또랑또랑한 음성으로,

"난 의사라면 밤낮으로 병 고칠 생각만 하는 줄 알았더니 그렇지도 않군 요. 초저녁엔 춤추고 밤이 깊으면 마작하고 낮에는 낮잠 자고, 환자는 언제 보나요? 까닥하다간 사람 잡겠네요."

미스터 황은 피어 물었던 담배를 발로 쓱쓱 비벼 끄고 나서,

"허허…… 무얼요. 조수와 간호부가 다 적당히 하여 주거든요. 요지막 세상일이란 죄다 그렇게 하게 마련인걸요."

그게 정당한 상식인 양 주워섬기는 미스터 황의 말을 들으며 현경은 병 고치러 의사를 찾아갔다가 도리어 송장이 되어 나오는 그 어떤 환상을 눈 앞에 그려 보았다.

이런저런 생각에 사로잡혀 시무룩해 걷고 있는 현경이의 옆얼굴을 흘끔 흘끔 엿보고 있던 미스터 황은 혼잣말처럼,

"아— 달도 밝다. 이런 밤은 정말 집에 가고 싶지가 않은걸……."

현경은 들었는지 못 들었는지 여전히 아무런 대꾸가 없다. 미스터 황은 또 한참 달빛으로 채색된 현경이의 얼굴을 눈부시듯 바라보며,

"현경 씨는 정말 내가 하루에도 몇 차례씩 그리워하는 그 여인의 얼굴과 비슷하단 말이야. 그 여자는 해방 전에 상해에 있는 나를 찾아서 중국 만

주를 헤매다가 그만 스파이로 몰려 총살당하고 말았지요. 아— 가엾어…….
현경 씨, 오늘밤 나에게 시간을 주십시오. 그러면 나는 이 밤을 새워서라도
나와 그 여자의 로맨스를 이야기하지요. 네, 현경 씨…….”

　현경은 황의 고백이 꼭 무슨 연극만 같이 여겨져서 대꾸조차 하지 않고
되도록 그와의 거리를 멀리하면서 걸었다. 그러나 황은 또 현경이 옆으로
찰싹 달라붙거나 할 것처럼 붙어 서며,

　“딱터 장하구 미쓰 구는 오늘밤 재미 많이 볼 텐데……. 나도 나쁜 사람
은 아니니까 좀 더 터놓고 교제하여 주십시오…….”
하고 점점 자기의 본바닥을 털어 놓는다. 통금 시간이 가까워서인지 내왕
하는 사람도 드물고 달빛은 점점 더 푸른빛을 뿌려서 건물과 그밖에 온갖
물체가 모두 투명체로 보이는 것 같았다. 한발 앞선 미스터 황의 향락적
생리— 그 썩은 피가 엉킨 심장 속까지도 꿰뚫어 보이는 듯하였다. 그 사
이에 두 사람은 명동 입구까지 왔다. 현경은 그대로 무겁게 닫혔던 입을
열어 불쑥 말했다.

　“저어 황 선생, 짚으로 맨든 가마니 있지요. 그 가마니의 용도가 무언지
아세요?”

　미스터 황은 껄껄 웃으며,

　“왜 갑자기 쌀 모리를 하시렵니까? 가마니가 혹 소용되신다면 제가 얼마
든지 구해 드리지요”
하고 농쪼로 웃어넘기려 하였으나 현경이의 얼굴은 어딘지 그가 감히 침범
치 못할 무겁고 엄숙함이 서리어 있어서 슬며시 정색을 하고,

　“글쎄요. 쌀, 숫, 무우, 소금, 그런 것들을 담는 용도밖에…….”

　“그 밖에 또 한 가지 아주 절박한 용도가 있다는 것을 선생님은 아마 모
르실 것입니다.”

　‘연애는 단 십 분 동안에 성립될 수 있다’라는 신조 하에 오늘 또 하나
의 야화를 꾸미고저 음탕한 눈을 휘번득거리며 쫓아온 미스터 황은, 무슨

영문의 가마니인지 알 길이 없었다.

낮이면 신호종이 우는 십자로까지 다가왔을 때, 길 옆 큼직한 삘딩 앞 보도 위에는 무언지 쭉 깔린 것이 있다. 자세히 보니 가마니다. 꿈틀꿈틀 한다. 그 옆에는 지게가 벽에 기대어 있다. 미스터 황은 그제야 섬쩍한 생 각이 들어 현경이에게로 눈을 옮겼더니 현경은 이제야 알았느냐는 듯이,

"매일 밤 도회의 찬 꿈이 서리는 이불이랍니다. 나라가 암만 건설 의욕 에 불타드라도 오늘밤과 같은 사교장이 서울의 구석구석을 차지하고, 한편 에는 또 야윈 몸덩어리들이 의지할 지붕조차 없어서 이렇게 떨구들 잔다는 것을 선생님은 어떻게 보구 계십니까? 국민의 생활이 이처럼 균형이 잡히 지 않구서도 이 나라가 밝아질 수 있을까요?"

얼이 빠진 듯 입을 벙긋이 벌린 채 무슨 우둔한 짐승처럼 서 있는 미스 터 황에게 현경은 다시,

"실례했습니다. 저의 집은 바로……" 하고 앙칼지게 잠깐 쏘아보더니 그 대로 발꿈치를 날려 전찻길을 건너간다.

미스터 황은 닭 쫓던 개 지붕 쳐다보기였다. 점점 희미해지는 현경이의 뒷모습만 노리다가 탁 가래침을 길바닥에 내뱉으며,

"에익! 재수 없다. 오늘밤엔 개도 구럭도 다 잃었는걸!"

그는 그대로 치미는 분노를 가라앉힐 수가 없어서 그 뾰족한 구두발로 가마니 한편을 힘껏 걷어차고 뒤로 물러섰다. 가마니 속에서는 금방 비명 이 터져 나왔다. 그러나 가마니를 떨치고 쫓아 나올 기운도 없는 사람이었 던지 비명은 차츰 "으흐흐……" 하는 신음소리로 잦아든다.

때마침 휘몰아치는 북풍은 진종일 도회지 구석구석에 몰리고 쌓였던 먼 지와 티끌과 휴지나부랑이를 안아다가 거적 위를 덮는다. 그리고 또 거적 을 휘날리곤 한다.(1949년 가을)

—『여인들』, 성공문화사, 1976.

얼굴

　자식에 대한 애정이 남 유달리 더 자별하다고 하여서 집안사람들은 물론
이고 이웃 아낙네들 입에까지 오르내리던 준이 엄마였다. 전재민의 곤궁한
생활 속에서 어린것들이 헐벗고 굶주리는 것이 몹시도 측은하여서 늘 서러
울세라 하고 "호-호-" 불다시피 하여가며 키우던 것을, 남편에 대한 온
갖 피를 뽑는 듯한 고투 끝에 드디어 동그마니 에미 없는 방구석에 그것들
을 내버려두고 집을 나오게 된 준이 엄마의 마음은 그냥 늘 깊은 슬픔 속
에 잠겨 그것들의 얼굴을 눈앞에 그리고 있었다.

　한 남편한테 배반당한 준이 엄마것만 항상 마음만은 그것들이 살고 있는
하늘 아래를 더듬고 있었다. 가본다, 가본다 하면서도 훌쩍 일어나서 가보
지 못함은 갔다가 돌아설 때의 미칠 듯한 괴롬에서였다. 오래 전부터 세
아이의 양복을 차곡차곡 개켜서 꾸려 놓은 옷 보따리와, 그림책 몇 권과,
빵, 과자, 캬라멜을 꾸려 안고 준이 엄마는 집을 나섰다.

　간밤부터 아이들 볼 생각에 잠도 못 이루고 두근거리는 가슴은 무슨 슬
픈 일을 겪으러 가는 사람처럼 가끔 찌르르 저려오고 팔다리마저 후들후들
떨렸다.

　뜨거운 여름 대낮이었다. 되도록 번잡한 거리를 피하여서 뒷골목으로 잡
아들었더니, 발이 닿는 대로 길바닥에서는 몬지가 풀석풀석 날려 숨이 막
힐 지경이다. 예순 날을 참고 버티며 살아온 마음이 한 발자국 내어디딤으
로 해서 이다지도 조급한 것인지, 이마에 솟구치는 땀방울도 감각치 못하

는 양 준이 엄마의 발걸음은 M동까지 바쁘게 내달아 졌다.

멀리서 집 문간이 보일 때부터 그것들이 행길에 나와 노는 모양이 혹시나 보일까 하고 그쪽에만 정신이 팔려 있었기 때문에, 하마트면 저쪽에서 마주 오는 웬 낯모를 할머니와 맞부드칠 뻔하였다.

문간 밖에는 모두 알지 못할 아이들이 뛰고 짖거리고 있을 뿐, 그리움에 갈증 들린 준이 엄마의 마음을 축여줄 그것들의 얼굴은 통 보이질 않았다. 혹시나 하는 불길한 생각에 문간으로 달려 들어섰다. 그것들이 아침저녁으로 콩콩거리고 오르내리던 이층 계단이 눈앞에 나타나자 가슴은 반가움이 거센 물결처럼 출렁거려서 다리는 중심을 잃어 자꾸 헛놓으며 허우청거릴 뿐 빨리 올라가지질 않았다.

바로 방문 앞 넓은 복도에는 다박머리 셋이 몰켜 서서 유리창 밖 저 뒤쪽을 내다보며 이야기하고 있었다. 준이 엄마는 와락 달려들어, 등으로 두 팔을 벌려 마치 병아릴 품으러 가는 암탉처럼 세 아이를 한꺼번에 얼싸안고 "준아! 윤자! 옥아!" 하였다. 깜짝 놀래어 쳐다보는 눈, 눈, 눈. 그 눈은 처음엔 반가웁고도 놀라운 듯한 눈이었지만 웬일인지 차츰 그 눈들은 증오에 물들은 빛으로 변하여 가고 있다.

준이 엄마의 두 팔은 그만 힘을 잃고 부러진 날개죽지처럼 스르르 풀려지고 두 눈엔 담뿍 이슬이 맺혀졌다.

방 쪽을 끼웃이 살펴보니 방문엔 자물쇠가 굳게 잠겨 있었다.

"준이야, 할머닌 어디 가셨구나, 너희들은 밖에서 놀라고 하시든?" 하고 물으니까 준이는 시무룩한 얼굴로 머리만 끄덕여 보인다. 일곱 살 난 윤자와 그 동생 옥이는 오빠 옆에 밧싹 달려붙어 서서 낯설은 사람이나 쳐다보듯 준이 엄마와 오빠가 서로 말하는 눈치만 번갈아 살피고 있다.

"열쇠 두고 가셨거든 이리 줘, 들어갔다 가게."

손을 내밀었더니 준이는 호주머니를 훔치럭훔치럭하고 열쇠를 끄내 준다.

방안은 낮에도 불을 켜지 않으면 물체의 윤곽을 구별할 수 없으리만큼 캄캄하였다. 삼면이 벽으로 둘러싸였고 한편에만 드나드는 창문이 뚫려 있지만, 그것도 복잡한 앞마루에 막혀서 햇볕이 직사하지 못하여 낮이나 밤이나 별로 다를 것이 없을 정도다.

준이 엄마는 이 구석 저 구석을 한참 더듬어서 간신히 성냥을 찾아 가지고 조그마한 등잔에 불을 켜 놓았다. 구석구석을 지키고 있던 초라한 이불 꾸덱이, 책 덤이, 옷 보퉁이들이 꿈꾸다 놀라 깬 흉물처럼 을스녕스럽게 죽— 나타났다.

준이 엄마는 이마에 흘러내리는 땀을 손으로 문질러 닦으며 휘— 하고 숨을 돌린 다음에 뒤쫓아 들어올 줄만 알았던 아이들이 하나도 보이질 않아서 실망에 빠진 목소리로,

"준이야, 준이야!"

부르며 마루로 나왔다. 준이란 놈은 쌀쌀맞진 눈초리로 한 번 쓰윽 쳐다보구, 구찮게 왜 와서 이러느냐는 듯 성낸 표정, 요란스러운 발소리로 계단을 구르며 달려 내려간다. 준이 엄마는 불시에 뺨이나 얻어맞진 사람처럼 화끈 달아오르는 뺨을 어루만지며,

"윤자야, 너 이리 온."

하고 손을 내밀었더니 그것마저 이번에는 엉엉 소리까지 질러가며 울고 도망친다.

"왜 그래, 왜 그래."

뒤쫓아 가며 불러도 곤두박질이나 할 드시 급히 계단 밑으로 사라지고, 울음소리마저 멀어진다. 제일 어린 옥이만 '왜들 저럴까?' 하는 듯이 어리둥절하여 가지도 오지도 못한 채 그 자리에 서 있었다.

기막힌 일이다. 두 달 안 보는 그 동안에 에미를 이렇게도 잊을 수가 있을까? 그것들이 에미를 보면 반가워서 "나도, 나도" 하고 뛰어들며 품에 안길 줄만 알았는데, 준이 엄마는 넋 잃은 사람처럼 그냥 그 자리에 우뚝 서고 말았다. '아무리 토라진 어린 마음들이라 할지라도 이렇듯 지나친 냉

대를 에미에게 할 수 있을까?' 준이 엄마는 뼈에 사모치는 어떤 전률에 몸이 그만 옷싹 하여졌다.

"옥아, 우리 옥이 착하지. 방에 들어가 있어. 엄마가 가서 오빠하구 언니를 데리구 올께, 응."

하며 반짝 안아다가 방안에 앉혀 놓고 조그만 등어리를 똑똑 두들겨 준 다음에, 도망간 아이들이 궁금하여 뒤쫓아 나갔다. 준이는 문간에서 뽀루통한 얼굴로 비슬비슬 하고 있고 윤자는 어디로 갔는지 보이질 않았다.

"그게 무슨 짓이야, 준이가 그러니까 윤자도 그러잖어? 내 가서 윤자를 데리구 올께. 방에 들어가 봐, 옥이 혼자 있으니."

하고 타일렀더니 못 드른 척하고 섰다가 할 수 없다는 듯이 방 쪽으로 걸어 올라간다.

길 옆 담배장수 영감이 저 큰길 쪽으로 울며 갔다고 일러 주어서, 횡—하니 그쪽으로 쫓아갔지만 통 보이질 않는다. 좌우 옆을 자세히 살펴보아도 없다. 애가 타서 허둥지둥 큰길을 다 나와 시장 앞까지 왔을 때 길가 으슥한 판장 밑에 쪼쿠리고 앉아서 분주히 왔다갔다 하는 사람들을 물끄러미 바라보구 있는 초라한 윤자의 모습이 눈에 뜨인다. 이름을 부르면 또 울고 도망갈 것 같아서 준이 엄마는 사람들 위에 바싹 붙어 살금살금 기어가서 불시에 두 손을 꼭 잡았드니 펄석 땅에 주저앉고 만다.

"윤자야, 이게 무슨 짓이야, 너 엄마 말 잘 듣지? 어서 일어나 응, 저것 봐. 길 가는 사람들이 보구 웃지 않어. 어서 일어나. 응, 어서…… 오빠도 방에 들어갔는데 그래."

하고 애원하다시피 달랬더니 머리를 숙으린 채 부시시 일어선다.

"아, 착하다. 어서 가자."

꼭 잡고 오는 손목은 흐물흐물하도록 살이 빠졌다.

"윤자야, 너 웨 이렇게 말렀니? 어딜 앓았었니?"

하였드니 누르틋한 얼굴을 비죽어리며,

"기침이 나서 그래……" 한다.

"아버지 약 사다 주잖던?"

"아―니."

"왜 엄마 보구 도망갔니? 엄마가 보기 싫어졌어?"

"아―니, 아버지가 야단쳐. 엄마 보구 말하지 말랬어."

"괜찮아. 오빠두 방에 들어갔으니 너도 들어가자, 응."

그제서야 에미의 정이 통하였든지 머리를 끄덕여 보이고 불안에 쌓였던 얼굴이 풀리며 약간 부드러워진다.

"윤자야, 엄마가 뭐 나쁜가? 아버진 엄마가 보기 싫다고 나가라고 칼을 가지구 엄마를 찌르려던 그 생각 안나?"

난처한 듯이 조고마만 머리를 끄덕여 보이며,

"그래두 아버지는 엄마가 자꾸 나쁘대."

"어쩌면……."

"넌, 엄마가 보구 싶지 않던?"

"……."

대답은 하지 않고 입을 비죽거리며 울려고만 한다.

오래간만에 만져 보는 조고마한 손, 앙상하게 뼈만 남은 손, 에미의 피와 살로 만들어진 그 손, 꼭 붙잡고 걸어가는 준의 엄마의 마음은 한없이 서글펐다.

길가에 늘어앉은 담배장수, 사탕장수들. 준이 엄마가 집을 나가기 전, 회사로 가고 올 때 언제나 눈에 뜨이는 꼽추 담배장수 여인도 여전히 꼬부리고 앉아 있었다. 몸은 비록 병신일망정 마음은 언제나 즐거운지 오늘도 그 거북스런 등을 잔뜩 짊어지고 히죽히죽 웃고 있다.

"아! 모두들 변함없이 살고 있구나!"

준이 엄마는 자기 혼자만이 눈에 보이지 않는 불행을, 저 꼽추 등처럼 무겁게 짊어지고 허덕이는 것 같아서 저절로 한숨이 후우 나왔다.

집으로 돌아오니 두 아이는 캄캄한 방 속에 쭈그리고 앉아 있다. 세 아이를 나란히 앉혀 놓고 빵과 과자를 골고루 나눠주며 그처럼 그립던 아이들의 얼굴을 번갈아 쳐다보았다. 오랫동안 보고 싶고 어루만지고 싶던 얼굴들이다.

준이 엄마는 낮에 길을 걷다가도 문뜩 등 뒤에서 자지러지게 "엄마!" 하는 소리가 들리면 얼떨결에 제절로 "응, 왜 그래" 하고 돌아다본 순간, 그만 밀쑥해서 자기의 착각을 뉘우치며 가슴이 메어질 듯이 보고 싶어 하던 그 얼굴!

또 어떤 날 밤에는, 하늘에 반짝이는 무수한 별을 쳐다보며 어린것들이 그리워서 안타까이 잠든 날 밤에는, 그 무수한 별들이 준이, 윤자, 옥이의 모습으로 변하여 날개 돋힌 천사처럼 준이 엄마의 품을 향하여 날아들면 두 팔을 벌리고 껴안으려다가 그만 소스라쳐 깨고 말았을 때에 잠을 못 이루고 그리워하던 그 얼굴들이다.

준이 엄마는 미친 듯이 그것들 뺨에 이마에 입을 대어 문지르고 쓰다듬는 것이었다. 꼬지지한 치마저고리를 벗기고 갖고 온 양복도 갈아입혔다. 두 아이는 준이 엄마가 하는 대로 만족한 듯이 고분고분히 말을 잘 듣지만 준이만은 아직도 퉁명스럽게 부르터 가지고,

"안 먹어, 그림책도 도루 가져가!"

너무나 잔인한 학대다.

"양복도 안 입어."

탁, 배았듯이 말하고 저편 구석에 가서 벽을 향해 돌아앉고 만다. 조그마한 머리, 조 조그마한 입에서 어쩌면 저런 말이 나올까! 준이 엄마는 한참 말문이 막혀서 처량한 얼굴로 앉아 있을 뿐이었다.

열어 놓은 방문 앞에는 무슨 구경꺼리나 난 것처럼 조무래기 동무들이 뼁 – 둘러서서 앞을 다투어 끼룩어리고 있다. 새 양복을 입은 두 아이가 과자를 먹으며 밖으로 나가자 그 중 몇 아이가 쭈르르 뒤쫓아 가며,

"늬 엄마가 사 왔늬? 참 이쁘다."

"응, 우리 엄마가 사 왔단다."

하며 오래간만에 보는 엄마와, 뜻하지 않은 호사가 자랑스러웠던지 의기양양한 목소리였다.

그러나 준이는 완강한 태세 그대로 꼼짝도 하지 않고 머리를 숙으린 채 여전히 침묵을 지키고 있는 것이다. 준이 엄마는 가슴이 꽉 막힐 지경이었다.

"아버지 요새 자주 들어오시냐?"

"오실 때도 있고 안 오실 때도 있어."

"어저께 밤에는?"

"안 들어오셨어. 오늘 오실런지도 몰라."

"학교에 다니지 않아서 어떻거니."

"괜찮아. 집에서 공부해."

"오! 그래. 삼 학년에 들어도 딸아갈 수 있을까?"

"그럼!"

자신만만한 대답이었다.

"빵 좀 먹어, 응."

그는 빵을 집어서 얼른 준이 입에다 갖다 대었지만 입을 꼭 다물고 여전히 거절한다.

준이 엄마는 드디어 그 맹낭스런 고집을 꺾을 도리가 없어서 그만 단념하고 일어서 나오다가 준이더러 종이와 연필을 달래 가지고 한 장의 편지를 적었다.

아이들을 길르시노라 수고하십니다. 모두들 아버지의 교훈이 골수에 배이어 못난 어미를 철저히 배격하는 데는 그저 놀랄 따름입니다. 그렇지만 너무나 비극이 아닙니까? 제 어미를 보고 울며 도망가는 아이들의 마음인들 오직 어색하고 괴로우리까? 십 년 동안 정성껏 가꿔 놓은 가정을 먼저 짓밟아 버린 자는 물론 당신이것만 자식을 두고 나온 에미의 마음은 항상 모든 죄가 자기에게만 있는 듯싶어 마음이 아픕니다. 부모들의 싸움으로 해서 자식마저 그 싸움의 갚음을 받는다는 것은 너무나 참혹한 일입니다. 에미의 날개를 잃고 사는 어린것들이 불쌍치 않습니까? 솜과 같이 부드럽고 연약한 어린것들 마음에 어른들이 독기 품은 손톱으로 너무 자욱을 내지는 마옵소서. 어렵하겠소이까만은 둘은 건강이 좋지 못한 모양으로 뼈와 가죽들만 남았으니 애처롭습니다. 건투하소서.

7월   일 준이 모 드림

편지를 접어서 책상 설합 속에 넣어 놓고 맥 풀린 발거름으로 그는 복도를 나오니 준이도 슬며시 뒤쫓아 나왔다. 유리창 가에 선 윤자와 옥이는 새 양복 입은 것이 너무 좋아서 연성 양복을 쓰다듬고 만지작거리고 있다. 손들이 새 옷에 반사되어서 몹시도 까맣고 더러웠다.

"아이, 어쩌면 세수도 안했어!"

하며 준이 엄마가 대야에 물을 떠다가 차례차례로 손발을 싯처 주고 있는 그 옆에 우두커니 서서 새침해 바라보는 준이 얼굴은 세파에 시달린 노인과도 같이 좁은 이마에 실주름이 잽혀 있는 듯하였다. 웃음이라고는 전혀 웃어 본 일이 없는 것 같은 응달진 그 얼굴을 힐끗 쳐다본 그 순간, 준이 엄마는 와락 솔개와 같이 덤벼들어 뽀루퉁한 준이의 입술에다가 쪽 하고 입을 맞췄다. 준이는 얼굴을 옆으로 돌리고 더러운 것이나 닿은 듯이 손으로 입을 문질러 닦고 있다. 그러나 참을 수 없는 애정에 준이 엄마는 행동으로 발동되는 심정을 막을 길이 없어 조금도 사양치 않고 그 조그마한 어깨를 거칠게 잡아 나꾸고는 두 번 세 번 거듭 힘차게 입을 마추었다. 그제야 준이도 이마의 주름살을 스르르 펴고, 입모습을 실룩하더니 빙그레 웃으며 쳐다보는 것이었다.

그러자 서름으로 동결되었던 준이 엄마의 마음은 불시에 탁! 풀리며 산물이 터져 내리듯 펑펑 쏟는 눈물 속에서 아들을 끄러안고 쓰러지는 것이었다.

—《민성》 5권10호, 1949. 10.

불행(不幸)한 사람들

먼동이 트면서부터 이 집 열 식구의 입도 사격을 시작한 포구처럼 왓짝 열리는 것이다. 그 밖에 닭이 홰를 치며 울기 시작하고, 개마저 서까래가 울리도록 으르렁대고 울부짖는다.

쏘푸래노, 알토, 테너 가진 음색이 한꺼번에 수통물 쏟아지듯 터져 나와서 제멋대로 장단을 치는 난리 속에 해가 솟고 달이 뜨는 K전무네 집이었다.

체격 좋고, 성미가 걸걸한 K전무는 새벽에 제 일착으로 벌떡 일어나서, 속바지 끈을 단단히 묶으고 아직도 새벽이슬이 뿌─옇게 서린 마당으로 팔을 걷어부치며 웃뚝 나섰다.

소같이 부지런한 소박떼기 식모가 한 달에도 몇 번씩 몸살을 아러가며 부즈런을 피워도 미처 감당 못하던 집안일이, 그 식모가 좋은 혼처 자리가 있다는 핑게로 몇일 전에 나가 버리고 말자 그 뒤부터 K전무의 손에는 주판과 펜만 쥐여지는 것이 아니라 이렇게 매일 빗짜루와 걸레 쪼각을 들고 나서지 않으면 안 될 형편이다. 말하자면 식모의 몸살을 물려받은 셈이다.

우선 마당비를 들고 앞뒤 뜰을 뿍─뿍─ 쓸어 가며,

"어서 일어들 나. 해가 어느 때라고─."

하며 소리소리 지른다. 그러면 이 방 저 방에서 싸이렌(아희들이 K전무를 부르는 별명) 소리에 놀래여 이불을 걷어차고 모두 일어나서 웅성웅성한다. K전무는 마당 소제가 끝나면 다섯 개나 되는 방과 앞마루, 뒷마루, 변소 등을 뺑뺑 돌아가며 쓸고 닦고, 또 간만에 오줌, 똥을 싸서 수통까의 빨래돌

위에 소북이 무덱이 지여 놓은 간난이의 기저기를 빨아 널고, 그담 년년생
으로 튀어나와 까궁거리며 자라나는 코흘리개 아들, 딸의 세수까지 씻겨 놓
구서야 허둥지둥 숟가락 소리도 요란스럽게 밥 한 주발을 말끔히 다 처분
한 뒤에, 회사로 출근하는 부즈런하고도 알뜰하고 믿엄직스러운 남편이다.

K전무의 부인도 남편만 못지않게 가정으로서는 씩씩하고 일 잘하는 여
자지만 갓난이를 울리며 조반을 짓는 것만 해도 정신이 오락가락하도록 바
빠서, 축— 늘어진 젖통을 뒤룩어리며 아희들고 신경질이 나서 소리만
버럭버럭 지르는 판이라 남편이 이만큼 자상스럽게 거들어 주게 망정이지
그렇지도 않다면 남 유달리 극성스러운 아희들로 해서 집구석은 도야지우
리와 같이 어즈러울 것이다. 어쨌든 짜징 한 번 내지 않고 집안일을 이만
큼 돌봐 주는 모범적 현부(賢夫)를 모신 덕에 변소 같은 곳도 티끌 하나 없
이 판대기가 늘 반들반들했다.

그러나 원체 K전무도 안팎일을 한꺼번에 걸머진지라 콧피가 터지고 몸살
이 자저서, 가까운 시골이나 서울 각처에 아는 사람을 통해서 식모를 구해
드리려고 무척 서둘렀지만 마땅한 사람이 없고, 혹 더러 누구의 주선으로 말
이 오고 가다가도 아이들이 많다는 이유로 거절을 당하는 때가 많았다.

그러든 어느 날 저녁때, 열다섯 살 먹은 소녀가 하나 굴러 들어왔다. 무
슨 금융조합 이사집에서 3년 동안이나 꾸준히 살아오다가 하룻저녁에 야학
교에서 늦게 돌아온 것이 죄로 그만 내쫓기고 말았다는 소녀였다. 야학교
에를 가기 때문에 한창 바쁜 저녁 시간에는 그 손을 바랄 수도 없지만, 우
선 K전무는 '날 살려라'고 두말 않고 붓잡어 놓았다.

소녀의 인상은 퍽 얌전하게 생기고 침착하지만, 어딘지 몹시 쌀쌀마졌다.
아마 고아로서 남의 집 부엌사리를 하며 겪은 가진 눈물겨운 풍상과 고난이
그의 얼굴에서 '정'이라는 다사로운 껍질을 홀딱 베껴 놓은 모양으로, 언제
나 얼굴은 미—라와 같이 찬바람이 서리어있었다. 소녀의 이름은 정순이라고
부른다. 그 소녀가 오면서부터 아침밥은 짓지만, 간얄핀 소녀의 열 손까락이

이 집에 더 붙었댔자 K전무의 손에서 기저기 빼는 그 '조목' 하나만은 물러 갔을지 몰라도, 비짜루와 걸레쪼각은 여전히 인연 깊게 따라다녔다.

그리고 이 집엔 좀 색다른 식구로 두 사람이 끼어서 살고 있는데, 바로 K전무의 누이동생 되는 영옥이와 그의 세 살 난 딸이었다. 영옥이의 남편은 어느 기생과 정분이 나서 가정을 통 돌보지 않을 뿐더러 혹시 술이나 취해 가지고 바람과 같이 집에 들면 공연히 생트집을 잡고 가뜩이나 영양부족으로 골골하는 영옥을 차고 때리며 난폭하게 굴다가, 그만 한 쪽 다리를 잘못 얻어맞진 것이 원인으로 복사뼈가 닳쳐서 다리를 잘룩거리게 되었다. 그래서 영옥은 남편이 나타나기만 하면 염라국에서 붙잡으러 온 사자나 만난 것처럼 오금을 떨다가 끝끝내 그 우악스런 매를 견디다 못하여, 어린것을 데리고 오빠네 뜰 아랫방으로 피해 나온 일종 아내로서의 낙오자였다. 영옥은 중병을 치르고 난 사람처럼, 늘 기운을 잃고 밥을 주면 먹고 안 줘도 먹은 듯이 뜰 아랫방 구석에 그림자처럼 웅크리고 앉아 꼼짝 안 하는— 참으로 이 집으로서는 유해무익한 존재였다.

영옥은 언제나 슬픈 표정으로 보슬비 나리는 들창 밖을 내다보기도 하고, 앞집 지붕 위로 푸드덕푸드덕하며 날아왔다 날아가는 자유스런 참새떼를 바라보기도 하고, 또 여름 하늘에서 갖은 요술을 다 부리며 피어올랐다 무너지고, 어디론지 흘러서 사라지다가도 다시 뭉쳐 빙산 같은 형체를 이루는 구름장을 넋 없이 바라보면서 천길 물속에나 가라앉은 듯 기척 없이 세월을 보내고 산다. 철모르는 어린 자식은 방구석이 갑갑증이 나서 밖으로 나가기만 하면 K전무의 조무래기들이 우— 몰려와서 텃세나 하는 건지 때려 주고 할퀴고 꼬집어서 만날 조그만 낯작엔 상처와 눈물자욱이 마를 날이 없었다. 영옥은 그것이 울며 쫓겨 들어 올 때마다 가엾은 생각으로 가슴이 저렸지만, 역성을 들고 나설 게재가 못됨으로, 그저 소곳이 학대를 받아야만 하는 자기 신세를 어린것과 더부러 설어워 할 따름이었다.

영옥은 충청도 어느 시골 여학교에서 교편을 잡은 일도 있었다. 그는 이 목구비가 고르게 생긴, 말하자면 예쁘장한 올해 스물여섯 되는 여자였다. 몸집도 간얄푸지만 성격마저 만지면 바서질듯이 연약하였다. 이 불우한 영옥이와 정순이는 서로 아침저녁으로 대하는 처지래서 자연히 친근해졌다. 그것은 영옥이가 과거에 학교 선생 노릇을 했던 까닭에 정순이의 모르는 글을 가르쳐 주는 일이 종종 있었기 때문이기도 했다.

그런데 어느 날 K전무의 집은 갑작이 식모 사태가 났다. 충청도와 전라도, 또 서울 이 세 곳에서 한꺼번에 식모가 드리밀렸다. K전무 부인은 어느 식모를 골라잡아야 할지 몹시 어리둥절하였다. 외모로 보는 인상은 서울 식모가 제일 음전할 것 같았지만 세상엔 간혹 빛 좋은 개살구도 있는 법이라 그 점수 놓기가 대단히 어려웠다. 하여튼 이왕이면 그중에서 식모로서의 성능을 가장 최고 한도로 발휘하는 자를 뽑아내고자 소위 시용(試用)을 하기 위하여 세 사람 다 몇일 동안 잡아 놓았다.

충청도 식모는 키가 크고 몸집도 뗑뗑하여서 한 번 동작을 하려면 대단히 시간이 걸렸다. 커―다란 궁뎅이를 주체할 수가 없는지, 언제나 낑낑거리고 뒤룩어려서 일하는 것을 보는 사람이 제절로 그와 더불어 숨이 가뿔 지경이었다. 얼굴빛은 검푸르고, 퉁퉁 부은 듯한 눈두덩과 양쪽 볼에 푹― 파묻힌 납작코, 더욱이 입술마저 별스럽게 돋우려져서 심통깨나 부릴 듯한, 말하자면 고르게도 못생긴 편이었다. 금년에 스물다섯 살인데 시집가서 두 해도 못 살고 소박맞아 친정으로 쫓겨 온 뒤에 남편은 작으마하게 벌려 놓았든 반찬가게를 싹 팔아 가지고 어느 색주가와 눈이 마져 서울로 휙 날르고 말아 버렸다는 것이다.

그 뒤 친정 눈치사리를 몇 해 하다가, 그래도 남편의 일이 궁금하여 한 번 찾아 만나라도 본다고 서울로 올라왔지만 전차, 자동차, 사람들로 왼통 난리나 난 듯이 쿵쾅거리고 와글거리는 서울 거리에서 어느 하늘 밑으로 발을 옮겨 놨으면 좋을는지 정신이 앗뜩하여 몇 시간이고 거리 한 모퉁이에서 서성대다가, 어느 여관집으로 찾아 들어간 것이 아주 그날부터 그 집 식모로 취직을 하였던 것이다. 식모살이 몇 달 후에 서울 거리에도 얼마간 낯을 익힌 어느 날, 남대문 시장으로 채소를 사러 갔다가 하필 자기가 사려고 골라잡은 야채 구루마꾼이 자기 남편일 줄이야―

열무 한 단 쓰윽 뽑아 쥐고,

"여보 열 단에 얼마씩이나 하우?"

하고 흘끔 쳐다보니 보든 얼굴이었다. 그 협수룩하게 채린 모습 속에서 전에 자기를 늘 못 마땅히 여겨, 보기만 하면 눈을 부릅뜨고 얼러메든 그 눈망울이 예전과 같이 노기를 함빡 띠운 채 내려다보구 있지 않은가? 그러나 되도록 얼굴에 담뿍 애교를 살살 피워 가지고 히죽이 웃어 보였더니, 남편은 시치미를 딱 떼고 모른 척하고 만다. 너머나 야속하고 기가 배컸지만 그래도 용기를 내어서,

"날 몰르겠시우?"

하고 수작을 걸었더니,

"네깟년 알 게 뭐냐."

고 하며 가래침을 탁 배았고, 구루마를 드르룩 밀어 가지고 가슴과 가슴을 안고 도돌며 부비는 사람들 속으로 살어지고 만다. 그는 뒤를 딸어 갔댔자 괄세만을 받을 것 같아서 그냥 서걸픈 마음을 붓안고 여관집으로 돌아왔던 것이다.

남편의 구지레하고 초체한 그 몰골로 미루어 보아서, 가지고 올러온 미천을 그 색주가한테 몽탕 다 까불리고 채소 구루마나 밀고 다니는 모양이니 붓잡고 바동거려야 아무 소용이 없을 줄 알고 서울을 단념한 것이었다. 시골로 내려가서 또 친정엘 찾아갔으나 물 우에 떠도는 기름 모양으로 궁뎅이를 붙일 자리가 없어서 다시 식모라는 그물에 걸려 K전무 집으로 온 것이다.

전라도 식모는 일견에 새침보라고 할까, 몸집은 조고마하고 간얄푼 편이

지만 안차고[11] 다라진 인상이었다. 빼꿈한 눈망울이 무엇에 놀랜 톡기처럼 항상 좌우를 할깃할깃 노리고 새무룩한 입술은 금방 독이라도 뿜을 듯이 매섭게 다물어져 있었다. 이 집 갓난이가 옆에서 앉아 놀다가 방바닥에 코방아를 찧고 나가 떨어져도 자기 하는 일 이외에는 외눈 하나 깜짝 아니하고 모른 척하는 여자였다. 그는 수물여덟인데 시집가서 십 년이나 지나도록 아이를 낳지 못하여, 결국 이혼 당하고 나온 소박데기의 한 여성이었다.

그러나 이중에서 서울 식모만은 남편 있고 세 살 먹은 아이까지 있지만, 남편이 양복점 직공으로 살기가 어려워서 시어머니한테 어린것을 맡기고 나온 여자다. 살빛도 하얗고 얼굴도 동글납작하고 도둑한 코에 흠이라면 귀바퀴가 몹시 엷은 것인데, 성질도 안존한 편이어서 주인댁 마음에 흠뻑 들었지만 집이 서울이라서 오래 붙어 있을가가 문제라 하였다.

성질과 행동이라는 것도 대개는 그 용모와 인상에 좌우되는 모양으로 충청도 식모와 전라고 식모는 닷새 만에 그만 낙제를 먹고 몇 푼 안 되는 돈을 받아 쥐고 어디론가 티끌처럼 날려 갔다.

영옥은 그들이 대문을 나서는 쓸쓸한 뒷모양에서 피투성이의 어떤 처참한 운명을 보는 듯하여 몸서리를 쳤다. 한 생명체로 태어나서 저다지도 축복받지 못할 운명을 무겁게 질머지고 이 고장에서 저 고장으로, 이 부엌에서 저 부엌으로 부평초같이 떠돌아다니며 쓰레기와 같이 천대만 받고도 살아야 하는 인생! 저들도 다같이 희비애락을 느낄 수 있는 사람일 바엔 좀 더 즐겁게 자기 생명이라는 것을 꾸려 나갈 무슨 좋은 도리는 없을 건가ㅡ하는 생각이 영옥의 좁은 가슴을 괴로움의 밧줄로 결박이나 하듯 하였다.

서울 식모는 바지런하게 손발을 잘 놀릴 뿐더러 극성스러운 아희들의 비위도 곧잘 맞춰 나가 주인댁은 인복 많은 자기가 자랑스러워서 늘 큼직한 입술이 헤ㅡ 벌어져 있었다.

---

11) 겁이 없고 야무짐.

서울 식모가 들어와서 한 열흘쯤 지낸 어느 날, K전무도 걸레와 빗자루를 면하여 한숨 후− 돌리고 있을 무렵, 저녁 때 별안간 대문을 뚜들기는 요란스런 소리가 났다. 식모가 나가서 문을 베끼자 벽력 같은 사내 목소리가 좁은 골목 속이 금방 터지기나 할 듯이 폭발하였다.

"이년아, 이 개같은 년아, 그래 미처도 분수가 있지, 어린것을 집에다 내여 던지고 너만 호사하면 제일이냐?"
하며 막 때리고 차는 소리가 굉장히 야단스레 들려왔다. 이 집 식구는 있는 수효대로 문이 미여저라고 한꺼번에 밀려 나왔다.

웬 낯모를 사내가 서울 식모의 머리채를 휘어잡고,

"이년아, 가자. 당장 가서 치독을 앤겨 쪽 발개벗겨 내여쫓구 말어야지. 그래, 옷탐이 나서 사내도 자식도 모르는 년이 어디 베루벳드 치마나 하나 얻어 입었느냐. 화냥년같으니, 당장에 이걸……."

흡사히 미친 즘생과 같이 '예편네 생긴 것들 다들 좀 똑똑이 보아 두라'는 듯이 부릅뜬 눈을 동서남북으로 굴리며 날뛴다. 중간에서 이 집으로 소개한 노파를 앞장세우고 그 식모의 남편이 찾아와서 이 포악이었다. 그 노파는 내 딸이 얻어맞기나 하는 것처럼 측은한 마음에 엉엉 울면서,

"때리겠거든 나를 때려 주우, 돈푼이라고 버을려고 한 짓을……. 오죽하면 에미 맘에 자식 떼구 남의 집 살겠수, 쯔쯔쯔……."
하며 애걸애걸한다. 그 사나이도 얼마 후엔 기운이 지쳤든지 잔뜩 감아쥐었던 손을 풀어 놓고,

"이년, 냉큼 이러나. 아 어서 썩 것지 못해."
하고 여전히 들먹어리며 재촉이다.

어둑어둑한 골목에는 구경꾼들이 꼭 차다시피 에워싸고, 사정없이 채우고 뜯긴 몸둥아리를 이끌은 이 가엾은 여인은 그대로 사라졌다.

불의의 봉변으로 꿈이나 꾸는 것이 아닐까 하고 멍−하니 느러섰든 이 집 식구들도 그제야, "에그, 가엾어라!" 하면서 울상이 되어 돌아섰다. 왁

자짓걸하든 골목 속도 조용해지고 언제 그런 일이 있었드냐는 듯이 어둠만 무심히 짙어 갔다.

영옥도 부자유한 다리를 이끌고 돌아섰다. 제 자신이 욕을 당한 것처럼 분하고 또 슬펐다. 그 깜으스름하고 코 밑에 짜프링 쉬염을 달은 보잘 것 없이 생긴 손바닥만한 낯작이 자꾸만 눈앞에 어른거려 좀처럼 흥분이 가라앉일 않았다. 개선장군처럼 살기등등하여 으스대며 아내를 개 끌듯 끌고 가던 그 모양이 연겹퍼 눈앞에 아물거려,

"에익, 무지한 야만종!"

이렇게 부르짖으며 마당 쪽으로 향해서 걸음을 옮겨 놓을 때, 문뜩 마당 한가운데서 숫닭이 먹을 것을 발견해 놓고 구구구하며 암닭을 부르더니 암닭이 쪼루루 쫓아와서 콕 찍어 먹자, 숫닭은 만족한드시 날개를 푸드득어리며 또 다른 먹을 것을 찾으러 가는 모양이 눈에 띄었다. 영옥은 그제야 마당 한옆에 우뚝 못 박은드시 서 있는 자기를 발견하였고, 조곰 전 일어난 그 사람들의 모습이 '크로즈업' 하여 대조되는 순간, 사람으로 태어난 자기가 얼마든지 부끄러웠다. 온갖 추와 악을 가슴이 미여저라고 지니구서도 만물의 영장이라고 뽐내는 인간들……. 아니 자기 자신이 스스로 우습고 미워만 진다.

변화무쌍한 이 집에는 또 그 뒤 몇일이 지나서 혼자 남은 정순이에게마저 변동은 일구야 말았다. 야학에 댕기는 관계로 별로 일에 도움이 안 되어서 주인댁이 탐탁지 않아 하던 중에, 이 집 열세 살 난 큰딸과 싸흠을 한 이유로 해고령이 내렸다.

그날도 영옥은 방에서 여름날을 자즈러지게 울어만 대는 매암이 소리에 기울이며 인생의 슬픈 밑바닥을 의시하고 앉았노라니, 방문이 빵긋이 열리며 정순이의 수심 띤 얼굴이 나타났다. 그는 모기 소리만치 가늘게,

"아즈머니, 저 가요……. 안녕이 계서요"

하더니, 책 꾸레미와 작으마한 옷 보텡이를 끼고 비실비실 대문 쪽으로 나간다. 영옥은 오래 가르키던 제자나 보내듯 맘이 씨윘다. 얼른 들창을 열고 서글픈 목소리와 표정으로,

"잘 가……. 몸 조심하구."

하며 내다보았드니, 대문 밖으로 막 나가자마자 정순은 판장에 기대서서 얼굴을 가리고 흑흑 느껴 운다.

영옥은 가슴이 찌르르하여 그냥 장승처럼 벌떡 일어났다. 잘룩거리는 다리를 빨리 놀려 대문 밖으로 쫓아 나왔다. 부자유한 다리가 잘 말을 듣지 않아서 대문 밖에 나왔을 때에는 벌써 정순이의 모양이 골목에서 살어지고 없었다. 영옥은 잠깐 망서리다가 그대로 골목을 빠져나가서 큰길까지 쫓아 나왔다. 부자유한 다리가 잘 말을 듣지 않아서 대문 밖에 나왔을 때에는 벌서 정순의 모양이 골목에서 사라지고 없었다. 영옥은 잠깐 망설이다가 그대로 골목을 빠져 나가서 큰길까지 쫓아 나왔다. 그제서야 멀리 한 백 발자욱 저 편에 양쪽 손에 보퉁이를 들고 타박타박 맥없이 걸어가는 정순이의 뒷모양이 보였다. 영옥은 창피스러운 줄도 모르고 잘룩거리는 발을 끌고 급히 쫓아가며,

"정순아!"

하고 고함을 질렀드니, 세 번 만에야 정순은 고개를 돌리고 이쪽을 바라본다. 정순은 가든 길을 되돌아오고, 영옥은 앞으로 몇 발자욱 더 나아가서 길 옆 가로수 그늘 밑에 기대 선 채 가쁜 숨을 돌리며 땀을 씻었다. 정순은 의아한 표정으로 가까히 왔다. 영옥은 공연이 가는 걸 붙잡아서 미안한 듯한 얼굴로 덥썩 정순이의 손목을 잡고,

"너 딴 데 갈 곳은 마련되었니?"

"네에. 야학 동무가 사직정 아는 집에 소개해 준다고 하였어요."

"응, 그럼 잘 됐구나. 어디던지 가서 제 양심을 잃지 말고 힘껏 일하면 좋은 수가 있을 거다. 너 지금 이 학년이지?"

"네. 아직도 이 년이나 더 댄겨야 졸업해요"

"어떻게 하든지 공부는 하여라. 앨써 하다하다 너 혼자서는 감당 못할 어떤 사정, 다시 말하면 어머니나 언니가 계셨드라면 의논해 볼 텐데— 하는 일이 생기면 나 같은 것도 도움이 될 듯하면 찾아와, 응."

말을 채 맺기 전에 영옥의 눈에는 구슬 같은 눈물이 서리었고, 정순이도 따라서 기어이 울음보를 터뜨리고 말았다.

"울지 말어. 고생하는 사람이라고 다 장래가 불행한 것은 아니야. 성공할 수도 있어. 공부만 잘하면 반드시 좋은 일이 있을 거야! 그럼 어서 가봐. 나라는 사람이 혹시 머리에 떠오르거든 찾아와, 응."

다소곳이 머리를 숙이고 눈물을 훔쳐가며 정순이는 돌아섰다. 영옥은 그가 멀리 사라질 그때까지 바라보구 있었다. 바로 그때 서대문 쪽에서 질주하여 오는 고급 자동차가 제비 같은 속력으로 영옥의 눈앞을 스치고 내달려 간다. 자동차가 지나가자, 훅 코를 찔르는 고급 향수 내음새에 영옥의 까부려졌든 머리는 금방 정신이 홱 돌며 코는 그 내음새를 의심이나 하는 듯이 자꾸 벌름거린다.

'지나치는 차체에서까지 향수 내음새가 발산할 때에는 그 속에 멋드러지게 앉었는 저 이국 여인의 몸은 꽃의 요정으로 맨들어졌을가? 그는 사람이 아닌 무슨 귀한 보석이나 또 별같이 찬란하고 아름다운 것으로 꾸며졌을가?'

영옥은 풀리지 않는 수수께끼를 조바심하듯 머리를 이쪽저쪽 기울여보았다.

보퉁이를 들고 길거리에서 갈팡질팡하는 온갖 불행한 사람들의 행렬을 꿰뚫고, 몬지와 향수 내음새를 날리며 질주하는 자동차—. 그 뒷모양을 얼마 동안 바라보든 영옥은 쓸쓸히 움츠러드는 마음으로 잘눅거리는 발길을 골목 쪽으로 돌렸다.

—《백민》 6권1호, 1950. 2.

춘수(春愁)

세 아이가 아침밥을 먹고 떠들석하면서 학교로 가버린 뒤에, 정임(貞任)은 설거지를 끝마치고 나서 대야물에 걸레를 첨병 당궈 가지고 방으로 들어갔다.

그가 아내 노릇을 시작한 뒤부터 매일 거듭하는 그 일과─. 걸레 짜서 골고루 방바닥을 훔처 나오다가 문뜩 창밖으로 활짝 티인 푸른 하늘에 시선이 멈췄다.

오월의 다사로운 햇빛을 타고 조으는 듯 흐르는 흰 구름덩이가 어쩌면 그렇게도 하얗던지 눈이 부시어서 제절로 눈은 감겨졌다. 꽈악 감겨진 안막 속에서는 번쩍번쩍 번개불 같은 것과 또 무슨 구슬방울 같은 것들이 가로세로 빗발치듯 쏟아지고, 또 와글와글 피어오르군 한다.

오월의 훈훈한 바람은 뜰 안의 화초밭 속을 스며들어 푸른 입김을 흑─ 흑─ 끼얹고 있다.

정임은 한참만에야 눈을 떴다. 그의 선량한 눈매에는 수심이 안개처럼 끼여 있고 야윈 두 볼에는 금방 눈물이라도 방울방울 흘러내릴 듯하다.

어떻게 보면 도툼한 입술은 추위에 떠는 문풍지처럼 바들바들 떨고 있는 듯도 하다.

걸레를 쥔 채 방바닥을 짚고 있는 그의 손은 부엌살이 반생을 여실히 말해 주기나 하듯 굵어진 손매듭과 꺼칠꺼칠한 피부, 툭 불그러진 심줄이 배암처럼 손등에 얼켜 있다. 얼굴에도 드믄드믄 까만 기미마저 끼어 있어 중년고개를 접어든 여인의 고달픈 생활 자죽이 자욱히 연기처럼 서려 있다.

그때 정임의 머릿속에는, 날쌘 회오리바람이 맴을 돌며 날뛰듯 며칠째 밤잠을 못자고 가슴을 조이며 별러오던 그 일에 대한 결심이 굳어져 갔다.

"오냐, 오늘은 그 송춘화(宋春花)를 만나 봐야지!"

나지막하게 이렇게 부르짖더니, 모든 번뇌와 슬픔을 활활 털어 버리기나 하듯 대야를 들고 마당으로 횡하니 내달았다.

수통까에 대야를 팽개치듯 내던진 다음 부리낳게 안방으로 건너갔다.

방 아랫목 자리 속에 누워 있던 시어머니는 눈을 송곳 끝처럼 날카롭게 치뜨고 며느리의 얼굴을 쏘아본다. 심한 해소병으로 가래가 끓어오르는 숨을 가쁘게 몰아쉬면서, 또 무슨 트집이나 며느리 얼굴에서 꼬집어 내려는 듯이……

시어머니 옆에서 장난감을 빨고 앉았던 젖먹이는 엄마를 보자 반겨 매달린다. 그는 얼른 애기를 껴안고 건넌방으로 건너왔다.

정임은 부리낳게 아이에게 새 옷을 바꿔 입히고 자기도 깨끗한 옷을 갈아입고 나서 아이를 등에 업고 마루로 나섰다.

나직한 목소리로 안방 문을 향하여,

"마루에 점심 진지상 봐 놨세요. 저 잠깐만 어디 좀 다녀오겠어요."

대답을 기다려선 안 된다는 듯이 정임은 다름박질하다싶이 대문 쪽으로 달려갔다. 골목 어구를 다 빠져나올 때까지 등 뒤에서 금방 대문 소리가 삐걱 울리며,

"되지 못한 년, 잘난 서방이 저만 지키고 앉아 있담. 흥, 기생첩을 했기로서니 제 년은 구구로 밥이나 먹고 집구석에 들앉았을 것이지. 꼴에 쌍심지가 다 무슨 쌍심지야!"

하는 시어머니의 앙칼진 목소리가 목덜미를 잡아나꿀 것만 같았다. 큰길 전차 정류장까지 와서야 정임은 호랭이 굴을 벗어난 듯이 숨을 돌리었다.

작년 가을부터 남편은 며칠에 한 번씩 집을 비우기 시작하였다. 그럴 때마다 그는 거기에 적절한 이유— 즉 연회에 갔다가 늦어서 동무 집에 잤다

던가 혹은 회사일이 바빠서 밤일을 하였다는 이유로 정임을 속혀 왔다.

전보다 다소 당황해 하는 듯한 남편의 동작과 충혈된 눈이 좀 수상적기는 하였지만, 수면 부족으로 오는 것이려니 하는 생각에서, 도리어 한 가족을 등에 질머지고 허덕이는 남편이 측은하여 그럴 때마다 시어머니 진지상에도 놓지 못하는 달걀을 몰래 몇 알씩 사다가 남편 밥상에 놓아 주기까지 하였다. 그랬는데 남편의 외박은 차츰 하루가 이틀이 되고 이틀이 사흘로 되더니 올 봄을 잡어들면서부터는 한 달에 며칠밖에 집에 들지 않았다. 그럴 때도 번번이 이유는 있었다. 돈을 좀 벌어 볼 생각에 무슨 모리배와 결탁을 하여서 장사를 하느라고 부산을 갔다 왔다는 것이다.

머리에 빗질조차 하지 않던 그의 머리엔 기름이 질질 흐르고 화려한 넥타이가 목에 감기는가 하면, 양말 같은 것도 정임이가 뚫어진 구녕을 정성스레 기어서 신긴 것은 어디다 벗어 던지고 번번이 새 양말을 갈아 신고 들어오곤 하였다. 뿐만 아니라 과연 돈을 벌기 위하여 잠잘 겨를도 없이 분망한 것이라면 집에 들어올 때마다 다문 몇 천 원일망정 손에 쥐고 와야할 것인데, 그와 반대로 비인 손은 고사하고 때로는 정임이한테까지 얻어서 이자돈이라도 좋으니 좀 돌려올 데가 없느냐고 안달을 하는 일도 종종있었다.

그런 때의 이유는 또− 종이 몇 만 돈이 들어왔는데 세관장을 좀 급히 교제해야겠다, 또는 은행 절수[小切手]가 있기는 하지만 마침 시간이 지나서 문을 닫쳤기 때문에 내일이면 곧 돈이 된다, 이번 기회를 놓치면 지금까지 밀어 넣은 몇 백만 원이라는 돈은 모두 허사가 되어 버리고 만다고 하면서 입술이 바싹 말라 가지고 조바심하는 것을 볼 때, 정임은 모질지못한 마음탓으로 반반한 옷가지를 한 보따리씩 꾸려다가 맡겨 놓고 이자돈을 얻어다 주기조차 하였다. 그러면 남편은 정임이 같은 현처가 세상에다시는 없다는 듯이 아주 힘 있게 포옹을 해주며,

"인제 얼마 안 가서 우리 마누라를 내가 금 방석에 앉혀 줄 때가 있지!"

하며 등까지 뚝뚝 두들겨 주고 나갈 때엔, 정임은 대문설주에 기대선 채 믿음직스러운 남편의 뒷모양이 다 사라지고 만 골목을 넋 없이 바라보며 즐거운 공상을 하는 것이었다.

그러나 정임의 호화스러운 바람이 완전히 깨어지고 말 그날은 오고야 말았다. 며칠 전이었다. 남편은 집을 나간 지 한 두어 주일 만에 부산서 돌아오는 길이라구 하면서 들어오던 길로 겨울양복을 벗어 놓고, 춘추복을 갈아입더니 또 급한 볼일이 있다고 하면서 허둥대며 뛰어나갔다.

정임은 미처 그동안 그립던 남편의 모습을 살펴볼 겨를도 없이 나가 버리는 남편이 퍽 야속스러웠지만 인제 얼마 안 가서 흐뭇한 행복에 실컷 호사할 때가 올테지 하는 기대로써 스스로 자기 마음을 달래 보기도 하였다.

벗어 놓은 겨울 양복을 햇볕이나 쏘여 가지고 옷장 속에 넣을 생각으로 마루에 걸터앉아 호주머니 속 먼지를 털고 있으려니까, 양복 윗저고리 안 호주머니에 무언지 딱딱한 것이 만져진다. 얼른 끄내 봤더니 하얀 종이에 얌전스레 싼 것이었다. 조심조심 헤쳐서 바라보던 정임이의 손은 갑짜기 와들와들 떨렸다. 눈은 무슨 연막이나 가려진 듯 금방 뿌ー옇게 흐려들고 심장은 천둥을 치는 하늘처럼 우직끈 우직끈한다. 팔다리도 실타래 꼬이듯 자꾸 비비 틀려 들어가는 것만 같았다. 무슨 악몽이나 아닐까 하고 넙적다리께를 꼬집어 보았으나 아니었다. 전신은 모닥불을 질러 놓은 듯 뜨겁게 뜨겁게 타올랐다.

정임은 얼굴을 두 손 사이에 파묻고 눈을 감아 보았다. 고막 속에서는 무언지 모기소리 같은 것이 앵ー앵ー 하고 요란스럽게 울려왔다.

마침 건너방에다가 재워 놓은 어린것이 깨어서 우는 소리에 그는 반동적으로 벌떡 일어나서 방으로 들어갔다.

아이에게 젖을 물리고 천정을 바라보던 그의 눈에는 남편과 가지런히 앉아서 쌩끗 웃고 있던 그 여인의 얼굴과 또 그 여인 옆에 밧싹 다가붙어 만족한 미소를 짓고 있는 남편의 얼굴이 사진 고대로, 아니 사진 그것보다 더 뚜렷하게 금방 그들이 속삭이는 말소리마저 들려오는 것 같았다. 사진 뒤에는 '송춘화 34세 남산동 180번지'라고 적혀 있었던 것이다.

정임은 어린것을 업고 두 시간이나 실히 남산동 주위를 오르내리며 헤매다가, 간신히 '송춘화'라는 문패를 골라내었다.

남산 기슭을 정면으로 바라보는 대문에는 '송춘화'라는 문패가 내로라는 듯 그 여인의 눈동자처럼 뽐내고 내려다보았다.

어린것은 등에서 쌔근쌔근 잠들었것만 정임이의 가슴은 원수의 집으로, 몰래 불이나 지르러 온 듯 두근거리고 얼굴은 확확 달아올랐다. 그만 돌아서서 가고 싶은 서글픈 마음도 일었다.

그러나 '저 문패, 저 대문 저 지붕 밑에서 남편과 그 여자는……' 하는 생각을 하자 정임은 울컥 돌발적인 용기가 치밀었다.

덜커덕—덜커덕—하고 대문을 밀었더니 안으로 걸린 모양으로 열리지 않았다. 두어 번 더 흔들어 보았더니, 마당에서 잘—잘— 신발 끄는 소리가 나며, 빗장이 덜컥 하고 대문은 열렸다. 헙수룩하고도 짝달막한 곰보 할머니가 얼굴을 내민다. 정임은 약간 떨리는 음성으로 얼핏 그 할머니 어깨 너머를 엿보면서,

"주인아씨 계세요?"

하고 묻자,

"누구네 집을 찾으시는지……."

빠안히 얼굴을 디려다 보면서 정임이 같이 추레한 여자는 이 집 쥔아씨와 아무 상관이 없을 것이라는 듯한 표정을 짓는다.

정임은 얼른,

"전에 동무가 이 집에 살구 있었는데요……. 그전에 사시던 분들은 어디로 이사 갔나요?"

"난 이 집에 온 지가 얼마 안 돼서 잘 모르겠는데요. 어디 엿줘 볼까요?"

하더니 마당 쪽을 돌아다보며 한발 비켜선다.

마당 화초분 옆, 세면대 앞에는 금방 머리를 감구 난 여인이 검은 머리를 활활 풀어헤치고 정임을 마주 바라본다. 사진보다 다소 야윈 듯하지만 틀림없이 그 모습이었다. 쌍가풀에 까만 눈동자가 선명하게 생긴 서늘한 눈, 콧날이 상큼하고, 얇고도 뾰쪽한 입술이 몹시 차겁고 야무진 인상이다. 그러나 선이 퍽 뚜렷한 얼굴이었다. 정임의 정체를 알아마치기나 하려는 듯 주의 깊게 쏘아보는 그의 눈은 번쩍번쩍 이상한 광채마저 돌았다.

그 여자는 구찮기는 하지만 대답해 준다는 것인지 양미간을 찌프리며 냉정한 목소리로,

"몰르겠는데요. 저이는 작년 가을에 이사 왔어요."

어서 가라는 듯이 똑 잘라 말한다.

그리고 방안을 향해서,

"여보, 인제 그만 일어나요. 세수물 떠 났으니, 어서 세수하고 밥 먹읍시다. 아이, 배고파. 빨리 좀 나와요."

하자, 그 여자 등 뒤의 방문이 왈칵 열리며 푸른 무늬가 얼룩얼룩한 파자마를 입은 사나이의 얼굴 하나가 내밀었다. 정임이는 주츰하였다. 그 사나이도 정임이의 시선과 맞부드치자 금방 얼굴이 헬쑥해진다. 눈은 '날 살려달라'는 듯이 애원을 띠운 채 어쩔 줄을 모르고, 목은 점점 자라 모가지처럼 어깨 속으로 옴츠러 들어가고만 있었다.

남편이었다. 헝클어진 머리와 불그레한 눈이 지금까지 그 여자 이불 속에서 단꿈을 꾸다가 일어난 모양이었다.

'설마 대낮에야 들어앉어 있지 않으려니?' 하였던 정임이의 짐작이, 아니 그나마의 기대도 여지없이 아스러지고 말았다. 저 비굴한 표정, 저 허둥대는 꼴을 한 사나이가 내 남편이었던가! 이 세상의 그 어느 호걸 미남보다 믿음직스럽고 다정한 나의 유일한 남편이던가!

오늘까지 십 수 년간 정임이 정신과 육체 속에 쌓이고 넘치던 애정과 존경 그리고 신뢰의 탑들은 일시에 와르르 허물어지구야 말았다. 여지껏 온

갖 거짓 이유와 핑계로 정임이를 속혀 오던 허위의 '탈'은 순간에 그 정체가 폭로되고야 말았던 것이다.

그것은 모두가 한 찰나(刹那)에 폭발된 사실이었지만, 정임의 가슴에 던져준 환멸(幻滅)의 파문은 영원의 것이었다. 정임은 자기가 지금까지 받들고 위하던 금빛 우상(偶像)이 눈 깜짝할 동안에 썩은 나무토막으로 변해 버린 것 같은 그런 마음이었다. 그 실망의 분량이 너무나 크고 무거운 것이어서 일종 허탈 상태에 빠져 버리고 말았다. 정임은 그곳에서 아무런 시비도 추태도 부리고 싶지 않았다. 오직 그 자리를 급히 뜨고만 싶었다. 그 여자에게마저 '저 사람'이 내 남편이라는 것을 알려서는 안 될 것만 같았다. 정임은 얼른 안색을 수습하고서,

"미안합니다. 시굴서 오래간만에 찾아왔더니 모두가 변해 버렸군요……."

하고 조용히 그 집 문턱을 물러섰다. 등 뒤에서는 아무 일도 없었다는 드시 빗장 거는 소리가 퍽 요란스럽게 덜컥 한다.

정임은 꿈에 곳잘 알지도 못하는 낯서른 거리를 헤매는 그때와 같이, 앞으로 걸었다.

오고 가는 사람의 모양들도 흡사히 꿈의 그것처럼 희미하였다.

그는 얼마 후에 남산 둔덕까지 올라왔다. 나무 밑에 아무렇게나 한 자리 잡고 쓰러질 듯이 앉는다. 등에서 아이를 내려서 젖을 물렸다. 이러한 모든 동작이 마치 감각을 잃은 사람처럼 무슨 기계 놀 듯한다. 등에서 실컷 자고 깨인 아이는 무척 시장하였던지 젖을 꿀컥꿀컥 들이킨다.

회색 지붕들이 쪼각쪼각 수없이 널린 아랫마을에서는 사람 소리, 개 짖는 소리, 전차 소리들이 한데 범벅이 되어 먼─ 곳에서 들려오는 천둥소리마냥 웅─웅─ 울려온다. 지평선 저─쪽, 가이 없는 맑은 하늘 아래론 군데군데 봄빛이 연두 물깜을 풀어 놓은 듯 지트다.

──《부인경향》 1권6호, 1950. 6.

이선희 ●●●

이선희(1911~?)
- 1928년 원산 루씨 여자고등보통학교 졸업
- 1931년 이화여전 문과 3년 중퇴
- 1934년 「가등」(《중앙》 12월호)으로 등단
- 주요 경력—《신여성》 기자(1933), 《조선일보》 학예부 기자(1938), 월북(1946) 이후
  행적 불명
- 대표작—「계산서」(1937), 「매소부」(1938), 「탕자」(1940), 「창」(1946) 등 다수

●●●

창*

　김 교사의 일흠은 김사백(金思伯)이다. 그러나 이 동네에선 그의 일흠을 아는 이가 드물다. 그저 김 교사고 김 교사네 집이고 김 교사 처고 김 교사네 아이들이고 심지어 기르는 개까지도 김 교사네 개라고 했다.

　이러한 김 교사는 8·15의 해방을 당하자 이십사 년간 교사 노릇에 궁상 맞은 기름때가 쪼르르 흐르던 얼굴에 왈칵 붉은 피가 용솟음을 쳐서 왼 몸에 꽃이 피는 것 같았다. 그는 부들부들 떨기도 하고 왼 몸이 옷싹 추워 오한이 나는 것 같기도 하고 또 몇 번이나 두 손으로 얼굴을 싸고 울기도 했다.

　지금 조선 천지는 다 그럴 것처럼 이 동네에도 남녀노소 할 것 없이 집 안에 앉았는 사람은 없다. 사람이란 있는 대로 밖으로 몰려나와 혹은 뉘 집 토방 마루에 혹은 마을 앞 큰 나무 밑에 이렇게 떼를 짓고 패를 지어서는 제가끔 좋아라고 떠든다.

　"인제 무시기구 무시기구 병정 안 나가게 됐으니 좋다. 그 간나색기들이 저이 쌈에 누길 내세우는 게야. 백관 남의 자식들을 다려다 생목숨을 끊을 나구. 생 간나색기들."

　"야— 신냇집 큰 아들이랑 수채동집 창수랑 병정 나갔든 게 오겠구나. 이 동내서 모두 몇이나 나갔능가?"

---

* 이 작품은 ≪서울신문≫에 1946년 6월 27일~7월 20일까지 연재되었다. 그러나 원본 상태가 좋지 않아 여기서는 『해방문학선집』(종로서원, 1948)에 수록된 것을 입력하였다.

"야듧이 나갔는데 만주로 다섯이 가고 그 담엔 아직두 라남부대(羅南部隊)에 있다드라. 그 색기들이 집으루 오느라구 눈을 허옇게 뒤집어썼겠다."

동네 사람들은 일본이 항복했다는 바람에 조선 독립보다 우선 먼저 생때 같은 자식들이 병정으로 뽑혀 나가 죽지 않을 것과 북구주의 북해도니 만리타국에 가기만 하면 모질고 악한 고역과 배고파 굶주리다가 죽어서 원혼귀가 될지언정 다시 돌아올 기약이 없는 그 무서운 징용을 면할 것이 일당백으로 기쁘고 즐거웠다.

"내 원 한뉘료 농새ㅅ군으로 농새를 해 먹이도 금년 모낼 매처럼 배고픈 법은 첨 봤당이. 이 간나색기들 공출 받은 놈으 색기들은 죄대 때려 죽이야 한당이."

"좋다. 면소ㅅ놈의색기들이 그랬능가. 일본 간나색기들이 그렇게 시키니 할 수 없지비."

"듣기 싫다. 일본놈으색기들도 그렇지만 면ㅅ소놈으색기들이 더 하드라. 참대꼬챙이를 해 가지구 쩡양간(뒷간)꺼정 쒸시든 최가놈으색기, 이제 대가리가 터지두 터지니라."

한여름에 불을 뿜는 열풍이 수수밭 고랑을 지나 큰 나무 밑으로 울타리 밑으로 물결처럼 밀려든다. 일손을 놓고 이얘기판을 퍼트린 마을 사람들은 해가 벌써 한젓치 지냈건만 돌아갈 생각들을 않는다.

이 동네는 허허벌판이 눈이 모자라는데 크다란 봉(峯) 하나가 그 벌판 가운데 섬처럼 놓여 있고 그 봉을 의지하야 꽤 큰 마을이 예로부터 대대손손 살아오는 곳이다. 봉 우에 울울한 푸른 솔이 들어서고 잔디를 입은 옛 무덤들이 자고 있고 골짜기마다 맑은 생수가 젖처럼 흐르는 곳, 아름다운 땅이다. 더구나 이 벌판 가운데로 만리정강이 여울을 지며 흐르고 그 강 위에 근대식으로 된 인조 대리석의 흰 다리가 장관으로 놓여 있다.

마을 사람들이 둘러앉은 뒷길로 본래부터 불구인 다리를 살룩살룩 절며 이쪽으로 오는 것이 있다.

김 교사는 본래 얼굴이 창백하고 별로 말법이 없이 사람 틈에 끼이기를 싫어하는 성미다. 더구나 김 교사는 어렸을 때 홍역을 하다가 그 바람으로 다리를 못 쓰게 되어 아이 때부터 동네 안에서도 잘 다니지 않았다. 그렇든 김 교사가 오늘은 화색이 넘쳐서 이쪽으로 오는 것을 보고 노인들은 김 교사가 어려서 다리를 못 쓰게 됐을 때 그 자친이 날마다 업고서 침 맞이러 다니며 울기도 울든 생각을 한다. 벌써 그 자친도 돌아간 지 이십여 년이나 됐지만.

　"아바이 절으 받수다."

　"교사 절은 무슨 절으 합네."

　김 교사는 얼떨떨해 하는 동네 노인들께 돌아가며 절을 했다.

　"우리나라가 독립이 됐으니 그 인사로 아바이들게 절을 앙이 하고 어쩌겠소. 우리 아바지, 어마이 산소에 가서도 지금 절으 하고 오우다."

　"교사, 우리나라가 독립이 됐으니 인제는 어떻게 하는가?"

　"글세우다. 일본 놈들이 쫓겨 가고 무슨 대통령을 세우든지 하겠지비. 어쨌든 외국에 가 있는 사람들도 다 도라와서 인제는 한 번 잘 살게 됐수다. 아바이랑 오래 앉아서 이런 좋은 세상을 보시니 복이 많수다."

　"서울에는 나라가 들어앉겠지. 그때는 되우 볼만할 걸. 그런 구경으 한 번 해 봤으면 좋겠당이."

　이제까지 면사무소에서 일본말이 아니면 행세를 하지 못하든 면사무소스 직원들이 오늘은 갑자기 이 동네의 애국자들이 되었다. 그들은 자랑삼아 입에 서투르다든 조선말을 쓰며 내일 독립 기념 축하 행사를 한다고 야단들이다.

　이 행사 준비 본부는 이 동네에서 제일 큰 국민학교 사무실에 두었다. 지도자 몇 사람은 우선 태극기를 그리노라고 먹물과 꼭두선이 다홍 물감을 푼 사발을 들고 다니고 한편으로 또 집집이 적은 태극기를 그려 내일 행진할 때 들고 나서라고 분부했다.

김 교사는 마을 사람들과 이야기를 하다가 급하다고 이내 일어나서 언덕 위 국민학교 쪽으로 간다. 김 교사는 이 국민학교 훈도가 아니다. 그는 언제나 이 학교에서 깔보던 명성학원이란 사립학원의 교사였다. 그러므로 그는 이십사 년 간 사립 학원 교원생활에 이 국민학교를 적개시해 왔던 것이다.

그러든 그가 오늘은 날개가 돋쳐 이 국민학교 사무실로 드나드는 것이다. 김 교사는 우선 내일 아침에 자기 학원 아동들을 모아 축하식을 하고 오후 한 시부터 한다는 일반 축하식에 학생들과 자기네 선생들이 함께 참여해서 식을 할 것을 작정했다.

김 교사는 눈코 뜰 사이 없이 바빴다. 동네에선 소를 잡는다고 야단들이다. 큰 나무 밑에 모여 앉았든 노인패들은 소 잡는 데로 담뱃대를 들고 모여 왔다.

"쇠고기를 한 번 실컨 먹자. 넨ー장, 간나색기들이 쌈으 하느라구 몇 해를 가야 괴기 한 점 못 먹게 해서 늙은 사람은 소ㅅ증이 나서 죽겠당이."

날이 벌서 저물어 마을에선 저녁연기가 한창이건만 국민학교 사무실엔 아직도 사람들이 들끓는다. 더구나 까까중머리 젊은 선생들은 처음으로 불러보는 애국가니 독립가니 악보를 펴 놓고 풍금을 빽빽하며 노래를 배우노라 야단들이다.

이튿날은 희한히 맑은 아침이었다. 김 교사는 머리 깎고 수염 밀고 아래위를 베로 지은 새 양복을 입고 명성학원으로 향했다. 길가 감자 밭엔 아직도 이슬이 비처럼 쏟아지고 아침 풀을 뜯는 소 잔등이에 학원 학생놈들은 주먹 같은 눈곱을 단 채 저이 선생님께 인사를 했다.

명성학원은 크다란 조선 개와집 두 채이다. 완전한 국민학교가 못되고 학원인 이 학교는 모든 설비도 불충분하고 가난도 하지만 그동안 일본 정치에 몹쓸 천대와 굴욕을 무수히도 받았다. 그리하야 창설 이래 삼십 년 동안 열세 번 폐배 명령을 받고 김 교사는 세 번이나 감옥에 갔었다. 그러는 동안 김 교사의 나이는 벌써 사십을 넘었다.

김 교사는 우선 각 교실로 돌아다니며 문들을 활짝 열어 놓았다. 좁은 교실에 때가 끼고 모서리가 떨어진 소나무 책상들은 눈들을 깜박이는 것처럼 오늘따라 귀엽게 생각된다. 얼마 후 이 학원엔 종이 울리고 학생들이 모여 왔다. 김 교사는 엄숙하게 정열한 아이들 앞에서 일장 연설을 했다. 그동안 삼십육 년이란 오랜 동안 일본이 얼마나 우리를 학대했든 것과 이번 우리가 여러 나라의 힘으로 독립한 것과 또 앞으로 얼마나 더 열심히 공부하고 일을 해서 우리 조선을 아름다운 나라로 만들어야 할 것을 혹은 주먹을 쥐고 울면서 말했다. 아이놈들은 저이 선생이 운다고 꾹꾹 찌르며 웃었다.

이렇게 긴장하고 즐겁고 또 다시 생각해도 고마운 몇 날이 지났다. 김 교사는 날마다 그 인조석의 흰 다리를 건너 읍으로 서울서 오는 '라듸오'를 들으러 다녔다.

그런데 어느 날 '쏘련'의 붉은 군대가 함흥으로 들어왔다고 야단들이다. 다시 '쏘련' 비행기가 북으로부터 남으로 까맣게 날러가고 쏘련은 조선에 삼팔도선까지 진주해서 일본의 무장해제를 시킨다고 함흥의 '라듸오'는 방송했다.

북조선에 왼 천지가 그렇듯이 김 교사네 이 부락도 다시 한 번 발끈 뒤집혔다. 북조선의 모든 행정은 인민위원회에서 하고 북조선의 모든 자원과 재산은 전혀 우리의 것이라고 연설했다. 읍에는 거리거리 방이 붙었다. '쏘련' 주둔군 장관의 조선 동포에게 보내는 인사말과 격려의 말이 붉은 잉크로 대서특서하야 이발소 앞이나 가겟방 널빤지에 찬란하게 붙었다. 농민조합은 왼 부락이 송두리채 일어나 날마다 대회를 열고 일본인 토지 문제, 수리조합 문제 등을 토의했다. 함흥과 원산에서 지도자들이 트럭에 실려 달려오고 농촌의 청년들은 당면한 정치 문제를 간단히 강습 받았다.

"공산주의가 된다지? 공산주의가 되믄 어떻게 살겠능가."

"그러기 말이오. 공산주의가 되믄 땅은 다 뺏는다는데 우리 같은 사람은 땅을 뺏기믄 빌어먹었지 별 수 없당이. 이게 지금 나서서 공산주의니 머니 하고 개나발을 불고 다니는 아색기들이야 전에 죄다 감옥소에 가든 놈으색기들이지비. 그 놈으색기들이 돈량이나 있는 사람 것은 덮어놓고 뺏어서 논아 먹는다니 그런 도둑놈으색기들이 어듸 있소?"

"그놈으색기들이 남이 돈을 모둘 적에 저이는 멀 했능가. 뉘기 돈을 모두지 말래서 못 몽았능가. 돈 모두는 것도 다 제 팔짜지."

공산주의, 공산주의. 김 교사의 귀에라고 이 요란한 새 시대의 소리가 아니 들어갔을 리가 없다. 아니 이 부락에서는 누구보담도 식자가 반반한 김 교사의 귀에는 더 예민하게 들어갔던 것이다.

공산주의— 언뜻 귀에는 반가운 말이다. 지난날 정답든 친구의 이야기처럼 익숙하고 서툴지 않은 말이다. 그러나 지금 김 교사는 "공산주의가 싫다" 하고 소리를 지르고 싶었다. 김 교사는 본래 가난한 농부의 아들이었다. 자기의 아버지와 어머니는 시집 장가오든 날부터 남의 땅을 소작했다. 이 동네에서도 제일 적고 가난한 산벌 초가에서 그들은 타고난 팔자가 소작인인 것처럼 남의 땅을 부쳤다. 그리하야 지주의 몫을 바치고 나머지로 한평생 칠남매나 되는 자식색기들을 데리고 연명했던 것이다. 그들이 소작하든 지주ㅅ댁은 남도 아니요 비록 자기네 문내 안 동생벌 되는 사람이나 그들은 한평생 촌수를 따지지 못하였다. 그저 상전의 상전으로 지줏댁 마당에 들어서면 저절로 기가 움츠러들고 두 손 끝이 마조 부벼지는 것을 어찌하지 못하였다.

칠남매나 되는 아이들은 허구한 날 쌍닭알을 먹으니 콩짜개가 우지지한 똥을 싸고 크나 적으나 아랫도리는 벌거벗어 올챙이 배처럼 툭 나간 배를 그대로 내어 놓고 다녔다.

김 교사의 뼈 속엔 가난이 배었다. 기골이 장대하고 마음이 사내처럼 서글서글한 자기 어머니는 한평생 아기를 등에 처매고 일을 했다. 아이를 업고 농사를 짓고 삼을 삼고 베를 짜고 방아 찧고 감자 캐러 다니고 수수ㅅ대 모가지를 잘으고 돼지를 길으고— 이리하야 치마 ㅅ뒤가 오줌에 삭어서 꺼멓게 썩어나되 두벌 옷이 없든 그러한 광경을 늘상 잊지 못했다.

김 교사는 차츰 어른이 되어 자기의 가족을 멕여 살려야 할 의무가 생길 때 그는 왈칵 가난이 무서워졌다. 가난하야 하로 두 때에 끼니가 간데없고 아이들이 빈 밥그릇을 사타리에 끼고 서로 싸우는 그러한 꼴은 생각만 하여도 무서웠다. 그러나 김 교사에게 있어 이 가난보담도 더 무서운 것이 있었다. 그것은 돈 번다는 일이다. 김 교사는 어떻게 해야 돈을 버는지 자기도 수염난 사내지만 그것은 깜깜무지였다. 무슨 재간으로 돈을 버는지 생각만 해도 자신이 없고 무섭고 끔찍하기만 했다.

더구나 자기는 다리 하나가 부자유한 불구자이다. 이러한 여러 가지를 생각하야 그는 일즉부터 학교 선생 노릇하기로 뜻을 세웠든 것이다. 스무 살이 반 젊은 나이에 그는 벌써 지금 명성학원에 선생으로 있었다. 김 교사는 총명한 사람이다. 단 한 가지, 부모에게서 받은 유산으로 그는 명석한 두뇌를 소유했다. 그 명석한 두뇌보담 좀더 비참하고 불행한 그의 생활은 그에게 책을 읽고 공부하는 정열을 쏟게 했다.

김 교사는 학원의 아이들이 돌아가고 선생들마저 가 버린 뒤 빈 사무실에 혼자 있기를 좋아했다. 그리고 책을 읽었다. 책을 읽되 자기의 가난과 불행을 정복할 만치 열심히 읽었다. 해가 지고 사무실 '람포'에 불을 켤 때까지.

'가난한 것은 우리 아버지와 나뿐이 아니다. 김가나 최가나 박가가 부지런히 일을 한다고 이 가난히 면해지는 일은 없다.'

김 교사는 그때부터 이 부락에서 사회주의자니 공산주의자니 하는 명칭을 얻었고 그 자신 일본 제국주의의 착취와 자본주의 경제 조직을 끔찍히 미워하고 원망했다. 십 년 전에 그러하든 김 교사가 십 년이 지난 오늘 조선이 꿈같이 해방되고 다시 그가 그처럼 갈망하든 세계가 실현되나 그는 도모지 즐겁지가 않었다. 무섭기만 했다.

'공산주의가 된다? 공산주의가 되면 이거 큰일낫군.'

김 교사는 북조선의 정체가 각각으로 급변해 가는 것을 보고 가슴 속이 새까맣게 타들어 갔다. 읍으로 가는 그 인조석의 흰 다리 위로는 가슴에 붉은 헝겊을 붙인 새로운 애국자와 정치가들이 날개가 돋쳐 쏘다니는 것을 볼 때마다 그는 전율을 느끼고 낙심했다. 얼굴을 외면하고 보지 않았다.

김 교사에겐 동생이 있었다. 일흠은 김사연이고 나이는 서른두 살 셋째 동생이었다. 김사연은 키가 크고 힘이 장사며 깨끗하게 잘생긴 사내다. 늘 상 어수룩하고 우둔해 보이나 덧드리기만 하면 큰일날 사람이다. 그런데 김사연은 가난했다. 가난하되 너무도 가난하고 또 어쩌면 그 아버지가 살던 그 살림살이를 그대로 물려 오는지 신기할 지경이었다.

김사연은 아버지와 꼭 같이 소작인이었다. 또 천지가 개벽을 하기 전에는 김사연의 이 소작은 한평생 면할 길이 있을 리 없고 한평생 손바닥만한 남의 땅을 소작해서 연명하는 것이 그 아버지의 사주팔자였든 것과 마찬가지로 또 젊은 김사연의 사주팔자도 되었다.

김사연은 아버지가 돌아가신 후 아버지가 부치든 그 일갓집 땅을 그대로 부쳤다. 아버지가 그 일갓집 줜 영감의 형님뻘이 되면서 한평생 촌수를 캐지 못하든 것처럼 김사연은 다시 그 아들이 자기에게 동생뻘이 되나 또한 한 번도 촌수를 따지지 못했다. 지주의 아들은 동경 가서 어느 사립대학을 마친 얌전한 지식 청년이었다. 그는 항상 건강이 좋지 못해서 별로 하는 일 없이 이 전원에 와서 있었다. 그리고 펄펄 뛰는 생선회를 먹고 능금나무의 신선한 열매를 따 먹고 벌들이 모아 온 밤나무 꽃의 꿀을 먹으며 몸을 정양했다.

그런데 이 부락에선 이 청년의 일흠을 불으는 사람은 노소를 막론하고 한 사람도 없다. 벼슬 일흠을 불렀다. 그의 벼슬 일흠은 '학—사'다. '학—사' '학—사'하고 불으는데 아마도 대학을 마쳤다 하야 이러한 벼슬 일흠이 붙은 모양이다.

만 리로 뻗쳐서 흐르는 강의 범람을 막기 위해 이 땅엔 가도 가도 푸른 제방이 놓였다. 김사연은 그 제방 및 수수밭과 조밭에서 늘상 김을 매고 있을 때면 간혹 그 제방 위로 자기의 동생뻘 되는 그 청년이 지나간다. 김사연은 얼른 일어나 "학사 어디 가시오" 하고 인사를 한다. 그 청년은 "예" 하고 얼굴은 그대로 앞을 보는 채 지나가고 만다. 한번도 "형님 수고하시오" 하는 것을 들은 적이 없다. (학사, 학사, 개수작이다.)

김 교사는 저녁을 먹고 동생 집으로 가려고 나섰다. 동생에게 가서 요즘 돌아가는 공산주의 이야기를 듣자는 것이다. 김사연은 일본 정치시대에 농민조합사건으로 감옥에 가서 육 년 동안 징역하고 온 경력이 있었고 아직까지도 등덜미에 고문으로 주리를 틀려서 상처받은 흠집이 있고 열 개의 손가락과 열 개의 발가락이 얼어 빠져서 지금도 겨울이 되면 가렵고 아파서 견디지 못하고 황소 같은 그 힘이 지금은 한 가마니를 겨우 들도록 골탕을 먹은 사람이다.

김사연은 해방 후 농민조합에서 주야를 가리지 않고 몸이 으스러지도록 일을 했다. 그는 서른두 살을 먹도록 어수룩하고 우직하게만 살았다. 남들도 그를 어수룩하게만 보아 왔다. 그렇던 김사연이가 지금은 표범의 새끼보다 영맹했다. 그는 인민의 절대다수의 농민의 이익을 옹호하는 정치를 위해선 나만 죽지 않으면 사는 그 한 가지 길밖에 몰랐다.

김 교사는 이러한 동생에게 요즘 맹렬히 토의되는 토지혁명이니 토지개혁이니 하는 이야기를 들으러 가는 것이다. 듣는다느니 보담 슬금슬금 눈치채러 가는 것이다. 땅마지기나 있는 사람은 요즘 밤과 낮으로 가슴을 졸이고 주먹을 치는 판국이다.

김 교사가 동생의 집 가까이 갔을 때 동생의 집에선 싸움이 벌어진 모양이다. 왁자지껄하는 것이 대단한 싸움이다. 동생의 벼락 같은 목소리와 제수의 울음소리가 들린다.

‘또 그 쌈이로군.’

김 교사는 동생 내외의 그것도 다른 싸움이 아니고— 그냥 모르는 체하야 옳을 것이나 사실 그동안 몇 해를 두고 모르는 체해 왔지만 이제는 심상치 않게 되는 것 같다. 그리하야 그냥 집으로 되돌아서지 않고 울타리 밖에서 듣고 있었다.

“그놈을 따라 서울로 가거라. 발 쿠린내 나는 양말이나 빨아 줘라.”

“가라믄 가지. 무서워서 못 갈가. 난 죽어두 촌에선 못 산당이.”

“이런 쌍간나, 너는 본시 촌간나지 언제 대처서 살었늬?”

“촌간나게 서울로 가구 싶다지.”

“학—사 아즈방이, 학—사 아즈방이, 내 원 귀스구녁이 쏴시. 이 간나야, 학사 아즈방이랑게 다 멍야. 학사 아즈방이 되우 잘나 보이듸?”

“당신은 어째 동생 되는 사람보고 학사, 학사 했소 그 아즈방이 언제 당신 보고 형님이라구 하는 소릴 들어 왔소?”

사연은 사실 이 말엔 말이 맥혔다. 자기도 땅마지기나 얻어 부치는데 아첨하야 학사, 학사 하지 않었나. 그것은 바로 어제ㅅ일이다. 그러나 그 어제란 매에 오늘이 있을 것을, 그 존대한 학사를 몰아내는 제도가 있을 것을 꿈엔들 생각할 수 있었으랴. 생각하면 이가 갈렸다.

“이렇게 의ㅅ증을 내는 건 첨 보겠당이. 그 아즈방이 나 하구 무슨 일이나 있었다구 그러오? 인제 서울 갔으니 씨원하겠소.”

“에이ㅅ, 개간나. 아직도 그놈을 못 잊어 우늬.”

사연은 벌떡 일어나며 아내의 아모데나 차며 때리며 한참 죽는 걸 몰랐다. 코ㅅ피가 터지고 머리가 뜯기고 사연은 ‘에익’ 외마디 소리를 질으고는 그만 웃방으로 올라갔다.

사연의 처는 나이가 젊은데다가 이곳에서는 인물이 일등 가게 잘났다. 인물이 고흔 탓인지 또 어딘가 바람끼가 있었다. 꽃처럼 피는 얼굴에 흰 이ㅅ속을 뵈이며 희살거릴 때는 누구나 다시 한 번 보게 된 여자다. 사연은 자기 아내를 끔찍이 사랑했다. 그러나 그의 아내는 학사를 좋아했다.

사연은 학사로 말미암아 자기 아내의 마음이 자기를 떠나 파란 많든 지난날을 회상하지 않을 수가 없다.

사연은 자기 아내가 인물이 잘나서 남들이 다시 쳐다보는 것이 싫었다. 더구나 아내의 그 희살대는 표정을 학사의 눈에 아니 뜨이게 하려고 얼마나 겁을 내고 노력했던가를 생각한다. 그러나 그 아내는 잠시도 붙잡을 틈이 없이 미꾸라지처럼 놓치기만 했다.

"남들이 본다구 마주 뻔-히 쳐다보진 말나구. 무슨 얼마나 잘난 줄 알어?"

"눈을 가진 게 보지 않구 어쩌겠소. 내가 뉘기 잘났다오. 그럼 나보담 더 잘난 에미네를 얻어 사오."

이렇게 가끔 말다툼을 하나 이것보담 더 큰일은 학사 아즈방이가 온 다음엔 자기 따위는 헌신같이 차 내버리고 자기 처가 그 집으로 자조 드나드는 것이다.

'학사 아즈방이, 학사 아즈방이, 설마 그럴 리야 없겠지. 한 집안인데 설마 그런 무모한 일이야 없겠지.'

사연은 처음엔 그런 일이야 없을 게라고 자기 스스로를 꾸짖고 머리를 흔들었다. 그러나 자꾸 귓속에 남아 있는 것은 "학사 아즈방이, 학사 아즈방이" 하는 아내의 들뜬 목소리, 즐거운 말소리다. 자기가 낮에 밖으로 일하러 나간 새에 아내는 어디로 가는지 모른다. 그러나 저녁이 되어 집에라고 모이면 아내는 학사 아즈방이 이야기로 꽃을 피운다. 학사 아즈방이로 말미암아 가슴속에 무슨 요술이 들었는지 아내는 취하고 들뜨고 행복했다. 그 구두, 그 양복, 그 손목에 차는 시계, 길다랗게 기른 머리, 흰 얼굴, 모도 다 가슴을 뜨겁게 하는 사랑을 가지게 하는 듯했다. 더구나 분과 향내나는 머리ㅅ기름과 뺨에 바르는 연지, 생각만 해도 고왔다. 한 번 발러 보았으면 죽어도 한이 없을 것 같았다. 그는 사흘이 멀다 하고 인조견 분홍 저고리, 옥색 저고리를 갈아입었다.

사연은 괴로웠다. 분명히 자기 처는 자기를 떠났다. 뀌어진 베 잠뱅이를 노닥노닥 기워 주든 성은 옛날이야기요 지금은 아니었다. 이때까지 우둔하고 어수룩하고 순박하기만 하든 사연의 폐부ㅅ속엔 무서운 괴롬이 빚어져서 일을 하다가도 문득 그 생각을 참노라고 낑낑 안간힘을 쓰기를 자조 했다. 어느 날 사연은 밭에서 김을 매었다. 김을 매는데 고약하게 그 생각이 머리에서 떠나지 않는다. 지금 집에 있을까, 또 갔을까. 아무리 생각해도 모르겠다. 손에서 천재가 된 호미ㅅ자루가 그냥 사연을 끌고 밭고랑으로 나갔다. 그러나 세 고랑을 매는 품에 겨우 한 고랑의 김을 마치지 못했다. 사연은 지금 이 시각에 자기 아내가 그 집에 있는 그 현장만 제 눈으로 보고 싶었다. 그것만이 모든 소원인 것 같았다. 사연은 우뚝 일어섰다. 그 집으로 달려만 가면 된다.

'그리다가 아니면 어찌능가. 아니면 어찌능가. 내 행색을 학사가 눈치채른 이 소문이 동네에 퍼지믄 무슨 면목으로 학사집 땅을 부치능가?'

사연은 생각이 이에 이르자, '내가 미쳤군, 그럴 리가 없다—' 속으로 부르짖고 다시 밭고랑에 물러앉았다. 그러나 아니다. 분명히 아니었다. 그는 저도 모르게 일어서서 비실비실 동네로 들어왔다. 누구 눈에 띄일까 가슴이 울렁거리는 법도 없이 천치처럼 비실비실 학사 집을 향해 걸었다. 마을 앞 우물께서부터 학사 집 큰 대문이 보일 매 사연은 후끈 상기가 된다. 지금 저 대문 속에 자기 아내가 있기를 축수했다. 사연은 울타리 아래ㅅ쪽 돼지우리 있는데서 안마당을 들여다보았다. 두 눈이 등잔같이 열린 그 속으로 확 들어오는 광경이 있다.

'있다. 있다.'

사연은 자기 아내가 지금 이 집에 있는 것으로 일종 자기 자신과 재판을 걸어 이긴 것처럼 통쾌하고 만족했다. 그러나 그것은 미치기 알맞은 심경이다. 다음 순간 사연은 두 눈을 멀뚱히 뜨고서 마루 우에 그린 풍속을 구경하고 있었다. 양복바지, '노—타이'를 입은 학사가 조고마한 사진기계를 들고 자기 처를 사진을 박는 모양이다. 그 네모진 조고만 것이 사진기인 것은 전에 여러 번 보아서 단박에 안다. 학사는 기계를 요리조리 돌리며 손으로 잡고 자기 아내에게 무엇을 가리킨다. 제 아모리 잘났다고 해도 교육을 받지 못한 그 무지한 육체는 학사가 시키는 동작과 표정을 지을 줄 몰랐다. 이렇게 앉으라면 저렇게 앉고 눈을 아래로 뜨라면 당황하야 어쩔 줄을 모른다. 학사는 고요한 웃음을 머금고 아름답되 야생적인 이 여인을 바라보았다.

사연은 돼지우리를 걷어차고 담박에 뛰어 들어가야 옳을 것이다. 그러나 학사의 그 희고 소명한 얼굴을 볼 때 그는 푸시시 힘이 빠졌다. 기운골이나 쓰는 자기는 짚으로 만든 허수아비처럼 픽 쓰러질 것 같다. 무엇인지 학사에겐 이기는 것이 있다. 그 이기는 것을 사연은 주먹으로 때릴 수는 없었다. 주먹으로 때릴 수 없는 것을 가진 학사는 이겼다. 돼지들이 우리 안에서 꿀꿀 쩝쩝거리며 물을 먹는다. 갑자기 돼지우리의 시궁창 냄새가 코를 물신 찌른다.

사연은 픽 돌아서서 누가 따라오는 것처럼 밭으로 달려왔다. 와서 다시 호미 자루를 들었으나 그도 사람이었다. 그대로 우두커니 밭머리에 앉아 있었다. 하루 품의 김을 매지 못한 수수밭에 풀들은 조곰도 쉬지 않고 하루만큼 더 자랐다.

그날 밤, 사연은 아랫목에 앉아 바느질하는 아내에게로 가서 그 무릎을 베고 누웠다. 아내가 싫다고 톡톡 쏘는 것을 굳이 당겨 베었다.

"오늘 집에 있었소?"

"있지 않구. 저 낮에 새골집(학사집)에 좀 갔다 오구."

"인제 그 집에 너무 가지 말라구."

"어째서? 가서 점심이랑 얻어 먹구 좋지 앵소. 그 집에 댕겨서 밋지는 일이 있소?"

"글세 가지 말라구."

"또 강째르 놓소? 내 학사 아즈방이께 일르겠당이."

"강째는 무슨, 형제간에도 강째르 놓능가."

"말이사 옳지비, 그러나 속으로는 강짜르 놓는 걸. 내 학사 아즈방이보구 싹 다 이얘기를 해야지."

사연은 슬그머니 비겁해진다. 정말 이것이 무에라고 지껄이는 날엔 자기의 생활은 뿌리째 뒤집히는 판이다. 그래서 그는 되려 아내를 달래고 슬그머니 빌붙었다.

"그 학사 입든 양복이나 한 벌 얻어 오라구."

"당신이 입게? 당신이 양복을 입으면 개가 다 웃겠소"

이러한 세월이 오래 흘렀다. 그동안 사연은 얄구진 사람이 되었다. 울뚝 성내기를 잘하고 표범의 색기처럼 영맹해지고 돌같이 굳은 사람이 되었다.

그러나 그렇든 세월은 가고 팔 일오의 역사는 왔다. 사연은 감연히 일어섰다. 북조선의 정치에 몸으로써 주초돌이 되고저 했다. 대지주이든 학사는 토지혁명으로 일조일석에 다른 처지가 될 것을 각오하고 어느 날 행방불명이 되었다. 마을 사람들은 학사가 서울로 갔다고 수군댔다.

사연의 처는 밤새도록 울어서 두 눈이 소북이 부었다. 사연은 인제야 아내와 마음놓고 싸울 수 있는 것이 유쾌했다. 그러나 슬펐다.

'이 간나야, 인제야 내가 그놈보다 더 잘났다.'

김사백, 김 교사는 동생 내외의 싸움을 울타리 밖에서 듣다가 그대로 집에 돌아갔다. 그리고 다시 그 이튿날 밤에 동생의 집을 찾았다.

사연의 집엔 사연 이외의 댓 사람의 청년들이 웃목에 모이고, 아래 정주엔 노친네들 마슬군이 눕기도 하고 삼도 삼으며 숙덕숙덕 남의 집 숭보기에 정신이 없다.

"형님 어떻게 오시우?"

사연과 방안 모든 사람들은 반색을 했다. 이 근래에 김 교사가 통히 동생집과 거래를 끊었다는 것은 동네 안에 퍼진 소문이다. 그렇든 김 교사가 이 밤에 불숙 동생집에 오니 누구나 반색했던 것이다. 웃방과 아래 정주간 엔 '까스'를 양철통에 넣은 '간데라'의 등불이 파란 불꽃 꼬리를 뽑아 방안 이 유난히 밝다.

"멋들 하나?"

"농민 정치독본을 가지고 야학을 한당이오. 요즘 정치에 대해서 좀 알아 야이 앙하겠소."

"농민 정치독본? 이건 농민위원회에서 만든 책인가?"

"에— 농민위원회에서 농촌 청년들을 위해 만들었당이."

김 교사는 십여 년 전 사회주의 과학을 열독하든 솜씨라 오늘 이 '팜프 렛'이 결코 낯설은 책이 아니었다. 그러나 김 교사는 책장을 달갑지 않은 표정으로 뒤적였다. 목차엔 '카이로' 급, '포츠담'의 선언, 농민문제, 토지 문제, 사음(舍音)문제, 여러 가지가 있었다.

"그래 토지문제는 어떻게 되는가? 토지혁명이 정말 되는가?"

"토지혁명이 돼요. 조선이 지금 토지혁명을 하지 않으면 언제 하겠소."

"그럼 국유로 되겠군."

"아니. 농민에게 무상으로 노나 준답듸다. 소작제도를 없애야 봉건제도 에서 버서난당이."

"땅을 다 몰수해서 농민을 주면 지주는 어떡허게. 도둑놈들 같으니라구. 남 애써 돈 모아 땅 살 때 저이는 멀 했어. 남의 걸 공으루 뺏어 먹으려구. 아직 중앙정부가 서지 않아서 몰라."

김 교사는 누르고 눌렀던 걱정이 쏟아져 체면 없이 욕설부터 나왔다.

"아이, 어느 사람은 제 에미 뱃속에서 나올 때부터 밭뙈기, 논뙈기를 지 고 나왔겠음. 몇 십 년씩 놀구 먹었음은 됐지비. 이제 땅을 내놔두 원통한 게 없당이."

"그렇쟁이구. 학사네랑 봅세. 그게 벌서 오대째 내려오는 땅인데 해마다 늘어나서 그 돈은 어디다 주체를 하겠소."

"세상이야 잘 됐지비. 농샛군이 땅을 앙이 가지고 뉘가 가지겠소."

"지주들이 땅을 내뇌서 죽는다 산다 하지만 그만치 해먹어두 좋지비. 그렇지만 속이야 쓰겠당이. 손톱 하나 까닥않구 거들거리드니."

아래 정줏간 노친네들이 입을 모아서 김 교사를 들으란 듯이 오금을 박는다. 이 노친네들은 한평생 소작인의 아내로 소작인의 어머니로 늙은 부인들이다. 이러한 사람들은 늙으나 젊으나 요즘은 김사연네 집으로 모여서 밤마슬을 했다. 그들은 같은 처지에 사람들인 까닭이다.

김 교사는 성이 파랗게 났으나 그까짓 늙은이들 말은 치지도외하는 것처럼 했다.

"그래 언제부터 토지혁명인가 토지개혁인가 실시가 되능가?"

"아마 삼월부터 유월까지 걸쳐 끝이 나나 봅디다."

사연은 형의 날카로운 시선과 부딪쳤다. 그는 이내 눈을 아래로 떨어트렸다.

김 교사는 동생집에서 나왔다. 토지개혁을 목전에 당하게 된 이매 다른 경황이 없었다. 김 교사의 안색이 몹시 창백하다. 사연은 형을 따라 일어섰다.

"형님 내 바래다 드리께요."

"야, 오지 마라. 일없다."

그래도 사연은 형의 뒤를 슬금슬금 따랐다.

"야, 일없다. 일없어. 오지 마라."

형은 손ㅅ살을 내저으며 딱 질색을 한다. 토지개혁을 좋다고 하는 동생이 진실로 정남이 떨어졌든 까닭이다. 사연은 그만 멍청히 서서 형의 가는 뒤ㅅ모양을 바라보았다.

사연은 가슴이 뭉클하고 아팠다. 가난한 아버지의 아들, 가난한 아이들의 아버지. 그는 24년 간 사립학원의 교사였다. 스무 살의 홍안의 교사이던 그는 이제 사십을 넘어 마흔다섯이 되었다.

김사백 김 교사는 지주였다. 소지주였다. 김 교사네 논은 큰 다리를 건너 읍으로 들어가는 행길 바로 옆에 있었다. 본래 학사네 논이었으나 김 교사가 샀었다. 고추장덩이처럼 기름진 일등답이다.

김 교사는 이 땅을 잃을 것이 무서웠다. 첨엔 잃지 않으리라 뻣댔으나 나중엔 불가불 잃게 될 때 김 교사는 다른 여러 지주들과 같이 발악했다. 북조선의 정치를 침식을 잊고 반대했다. 죽어도 그 땅은 못 내놓으리라 했다.

'도둑놈들, 내가 어떻게 하고 뫃은 땅이기에……'

'인제 땅은 뺏긴 땅이라 하기야……'

김 교사는 그까짓 이론이 문제가 아니었다. 자기 땅을 뺏길 것이, 자기 땅만 뺏기지 말고 해마다 몇 섬의 추수라도 받았으면, 이것만이 소원이었다.

김 교사는 집으로 왔다. 등장불이 아직도 켜져 있다. 식구들은 다 자는 모양이다. 밥이라구 한 술씩 얻어 먹으면 그 자리에 쓰러져 자는 게 일이다. 공연히 불을 켜서 기름을 없애느니 일찌감치 자는 게 풍속이었다.

김 교사는 등잔에 기름이 졸고 솜으로 비벼 놓은 심지가 기름 속에 움으러지다 불이 가는 것을 꼬챙이로 각죽이려 뽑아 놓았다. 아이들이 여기 저기 뒹굴며 자고 아내도 헌 치마를 벗지 않은 채 자고 있다. 짭짤하고 퀴퀴한 냄새가 방 속에 배었다.

김 교사는 웃방으로 올려가다 말고 새문터에 기대 앉아 담배를 피웠다. 큰놈의 헌 양복 궁둥이에 희끄무레한 것이 보인다. 김 교사는 손가락 끝으로 문질러 보았드니 이다.

'이런 놈의 색기들. 웬 이가 이리 많어.'

그는 한 놈씩 잭겼다 엎었다 하며 헌 옷 위에 기는 이를 잡았다. 그리고 이불을 잡아다려 어린 놈 위에 걸쳐 주었다.

'한결 집이 (기워) 입재두 헌겁이 있어야지.'

아내가 노상 기울 헌겊만 있으면 얼마나 좋겠느냐고 탄식하듯이 인제 참 더 기울 헌겊이 없으리라 생각했다.

자든 아내가 눈을 뜬다.

"인재 왔소 어째 앙이 쉬오?"

겨우 이 한마디를 하고는 또 돌아누워 잠만 잔다. 밤이 인제 꽤 깊었다.

김 교사는 그 후로 유난히 침울해졌다. 그냥 침울해질 뿐만 아니라 얼굴은 더 창백해지고 눈시울이 검푸르게 되고 눈은 움푹 들어갔다. 그의 초췌한 모양이 심상치 않건만 아모도 그러한 기색을 살핀 사람은 없었다. 촌사람이란 들것에 맞들고 다닐 만큼 돼야 비로소 병든 줄 아는 형편인 까닭이다.

김 교사는 학교에 갔다 와선 몇 시간씩 방 속에 우두커니 앉았거나 그렇지 않으면 그 넓은 들판으로, 읍으로 들어가는 그 큰 다리 양편으로 십리의 제방이 놓인, 그 제방 우으로 철 없는 아이들처럼 혼자서 쏘다닌다.

어느 날 그는 여전히 제방 우에 앉아 있었다. 제방 우엔 말들이 여기저기서 풀을 뜯는다. 붉은 갈색의 나락 같은 말들이, 모가지와 네 족만 성큼한 망아지들을 사타리에 끼고 풀을 뜯는다. 강물 저쪽 제방은, 눈이 모자라서 아물아물 보이는 우엔 소들이 풀을 뜯고, 눈ㅅ곱이 달린 송아지들이 역시 엄매의 젖꼭지를 물며 한사하고 따라다니는 좋은 풍경이다. 누가 작정한 것인지 강 이편 제방에선 말들이 풀을 뜯는 것이 엄격한 규칙이다.

김 교사는 푸른 강물을 나려다 보고 있었다. 이 강물은 머지않아 바다로 들어간다. 이 제방이 끝나는 곳엔 바다가 있고 그 바다 위엔 작은 섬들이 있다. 때로 바다가 심술을 부리면 짠물이 이 강으로 거슬러 흘러 연어와 은숭어를 그물에 몰아넣고 하늘이 푸르고 바람이 맑을 때면 해초의 바다 냄새가 신선한 호흡을 가져온다.

김 교사는 무슨 생각인지 벌떡 일어나서 말들을 쫓아다녔다. 망아지의 꽁지를 따라 쫓아다니니 망아지는 놀라서 껑충 뛰기만 한다.

'쌍간나 말색기들……'

그는 다시 공허한 눈을 들어 그 초록의 풀들이 발이 빠지는 제방을 둘러

보고 후유 한숨을 쉰다.

김 교사는 또 무슨 생각인지 비실비실 다리를 건너간다. 김 교사의 몽롱한 머릿속엔 지금 분명히 떠오르는 것이 있다. 십 년 전 기억이다. 십 년 전 기억이 소생될 때 그는 머릿속에 등불을 켠 것 같이 화ー ㄴ해지고 즐거웠다.

그는 불구인 다리를 끌고 활개ㅅ짓을 해 가며 다리를 건너 저쪽 제방을 나려가고 있다. 이쪽 제방을 나려가면 바다로 들어가기 전에 진실로 아득하고 끝이 없는 갈밭이 초록바다를 이루어 물 위에 흔들리고 있다. 이 갈밭 밑으론 언제나 검고 흐린 강물이 흐르지 않고 있어 강 밑은 태고 그대로의 비밀이다.

김 교사는 이 갈밭으로 나려오는 것이다. 아직 갈은 자라지 않아 멀리서 보면 벼처럼 푸르고 연하게 보였다.

김 교사는 무슨 급한 일이나 있는 사람처럼 걸었다. 본시 이 근방은 어느 때고 사람의 그림자가 드문 무인지경이다. 진흙탕 길 우에서 사람을 만나면 되려 무섭고, 간혹 물오리떼가 요란히 달아나서 이 광막한 들에 소리를 만든다.

"휘ー 휘ー."

그는 물오리 떼를 쫓아서 한참이나 물ㅅ가로 다러나다가 숨이 차서 그 자리에 주저앉았다. 그러다간 다시 강물에 발을 씻고 있다.

김 교사는 사방을 휘ー 둘러보았다. 갑자기 정신이 든다.

'내가 이 무인지경에 뭣하러 왔어?'

김 교사가 무인지경 갈밭으로 달려간 것은 곡절이 있는 일이다. 그는 본시 불구자요 가난한 소학교의 선생으로 그 박한 봉급이 그들 가족을 기를 수가 없었다. 그러나 김 교사는 사립학원 교사 노릇을 하여 최소한의 수입을 만드는 외에 돈을 버는 일에 아무런 엄두가 나지 않았다.

이렇게 궁핍한 김 교사의 생활을 반이나 돕는 것은 그의 아내였다. 그의 아내는 일을 하기 위해 세상에 난 것처럼 일을 하는 여인인데 일상 낙천적이고 부드러운 것이 대단한 특징이다.

"복순 아버지."

아내는 불러만 놓고 나서 말이 없다. 글이 많고 선생 노릇하는 남편을 그는 평생에 이렇게 대해 왔다.

"무슨 말인지 말을 하겠었소?"

아내는 위선 얼굴에 웃음을 띠고 무엇인지 잠시 더 생각한다.

"우리 아이들은 많고 이대로 가면 평생 고생이겠당이."

"그런 줄이야 몰우. 더구나 아이들 공부는 시켜야겠는데. 또 내 꼴이 됐지, 별 수 있소?"

아내는 가난은 했지만 공부야 자기 남편이 대단히 많은 줄 아는데 또 내 꼴이 된다고 탄식하는 뜻은 잘 이해하지 못했다. 공부야 저의 아버지만 하면 넉넉하다고 생각하는 까닭이다.

"그런데 덕골 집에서랑 노존을 절어 파누라고 밤잠으 앙이 잔당이."

"노존을 절어 팔믄 돈버리야 좋겠지. 그럼 우리도 노존을 젓자오?"

김 교사 내외는 마주보고 웃었다. 글이 많은 김 교사가 노존을 젓는다는 것은 좀 안된 일이기 때문이다.

노존(방에 까는 자리)을 젓는다는 것은 이 지방에 특수한 생산품인데 북조선 방에 자리를 이 노존을 깐다.

노존은 가을까지 까는 것으로 갈밭이 무궁무진히 있는 이 지방이 아니고는 다른 곳에서는 생산을 못 하는 물건이다. 그런데 이 노존은 북조선 일대에 절대로 수요되는 것이다.

이 지방 사람들은 대대로 노존을 짜서 생계를 해왔다. 근년에 천리옥야에 농사도 짓지만 아직도 이 노존을 짜는 족속이 아니다. 그들은 누대의 숙련된 기술과 또 전통을 가지고 이 생산에 매진해 온 것이다.

"그럼 내가 갈이랑 까서 놀께 복순 아버지 방에 앉아 짜기만 하실라오?"

그들 부부는 학교 교사이기 때문에 이때까지 엄두도 못 내든 이 일에 달려들기로 했다.

"그럼 위선 개경(갈밭)을 사야지."

"개경이야 갈밭에 내려가 비기만 하믄 되지비. 돈이사 얼마 주겠소"

시작이 반이었다. 이렇게 그들은 노존 짓기 시작한 것이 지금으로부터 바로 십 년 전이다.

십 년 전―

그해 가을이다. 갈밭에 갈들이 모질게 여물었을 때 어느 날 김 교사 내외는 갈밭으로 갈 비려 내려갔다.

며칠을 두고 두 자루에 낫을 벼르고 밧줄을 꼬고 또 점심 두 그릇과 기타 여러 가지 준비를 갖춘 뒤에 두 사람은 갈밭으로 내려갔다.

그 십리 제방을 지나 물오리떼가 요란한 소리를 내며 달아나는 언제나 흐르지 않는 검은 강물을 따라 내려갔다.

"여기가 작은집 개경 밭이오."

"여기서 비능가?"

"복순 아버지는 앉았소. 내가 빌께."

김 교사는 잠자코 낫을 들고 일어났다. 이 들판엔 사람의 자취가 없다가 가을이 되면 갈 비는 사람들이 오게 된다.

갈밭에 갈은 사람의 두 길이나 된다. 그 무궁무진한 갈밭은 바다를 이루고 흰 솜 갈꽃이 소소한 가을바람에 돌을 덥혀 나를 땐 여기가 이국인 것 같은 곳이다.

김교사 내외는 낫 한 자루씩 쥐고 갈밭으로 들어갔다. 사람은 보이지 않고 갈 비는 소리만 싹싹 난다. 그들은 비인 갈을 척척 눕히며 자꾸 비어 나갔다.

"심이 드오?"

"앙이 일없소."

반나절을 비었다. 인제 점심을 먹자고 해서 두 사람은 밥 보퉁이를 들고 밭머리에 앉았다.

"옛날에 기차가 없을 땐 이 나루터를 건너 무실고개를 넘어 원산을 육로로 다녔는데."

"원산이 여기서 일백십 리요?"

"한 백리 되지. 그땐 사람이 간혹 다녔는데 지금은 아조 무인지경이 됐거든."

그들은 그날 하루 종일 갈을 비어 눕혀 놓고 해질 무렵에 집으로 돌아왔다. 그 이튿날은 어제 비인 갈을 잎사귀를 쳤다. 갈꽃이 하얗게 날리고 김 교사 내외는 머리와 얼굴과 왼 몸에 갈꽃이 덮였다.

"옛날에 이 갈꽃을 솜으로 옷에 두어 입힌 계모가 있었다우."

"내가 죽으면 그런 예편네로 얻지 마오."

그들은 이런 농담도 했다.

"인제 묶을까?"

"묶어두 좋지비."

그들은 갈을 묶었다. 채가 길어서 묶기는 묶지만 가져갈 일이 난처했다. 그날도 해가 질 무렵 아내가 싸우듯 말리는 것도 듣지 않고 김 교사가 한 단 졌다.

"무겁아서 어찌 가겠소?"

아내는 두 단을 이었다. 두 단이면 무겁기도 하려니와 채가 길어서 자칫하면 한쪽이 땅에 끌리기 쉽다. 아내는 갈을 이고 앞서서 다러난다. 적은 몸이 갈 속에 묻혀 몽축한 아래ㅅ도리만 흘낭흘낭 보인다.

"무겁소?"

"괜찮소."

이렇게 그들은 가을 내, 그것도 김 교사는 학교에 간 다음에 그 아내 혼자서 갈을 비어 집으로 날렀다. 그리고 겨울방학엔 내외가 죽자구나 노존을 절었다.

김 교사가 우스방에 구부리고 앉아 밤새도록 노존을 절으면 아내는 그 곁에서 짜악짜악 소리를 내며 갈을 까서 대었다.

"우리 논을 삽니다."

"노존으 절어서 논도 사겠소."

"어째서 못 사오. 이렇게 십 년만 하면 사지비."

그들은 등잔에 기름을 세 번 네 번 다시 부었다. 그러다가 창문이 허-옇게 밝아 올 무렵에 아내의 권고로 김 교사는 온 밤 펴놓았든 이불 속으로 들어간다. 아내는 그 등잔을 그대로 들고 부엌으로 가서 조반을 짓는다.

'논을 산다. 논을 사야지. 학교를 그만두시드래도 굶어죽지 않지. 살림 미천을 작만해야 월급이 없어두 살아가지.'

김 교사 내외의 굳은 뜻으로 그들은 십 년이 못 가서 논을 샀다. 행길 옆에 닷 마지기 논을 장만했다. 노존을 절어서 논을 장만했다. 이것은 십 년 전부터 시작한 이야기였다.

김 교사는 십 년 전 기억을 따라 갈밭으로 달아나던 그 후에도 말이 없었다. 다시 동생을 찾지도 않고 다시 누구의 토지 뺏기는 이야기도 하는 일 없이 그대로 입을 다물어 버렸다.

이제 북조선의 토지개혁은 완전히 끝이 나서 소작 제도는 소멸되고 토지는 호미스 자루를 든 농민의 손으로 돌아갔다.

김사연은 농민조합에서 이 일로 불철주야 노력했다. 그들은 조선의 혁명은 토지혁명으로부터라고 매를 놓치지 않았다.

어느 날 밤, 사연은 자다가 깨었다. 밖에서 누가 급하게 부른다.

"아즈방이, 아즈방이!"

사연은 옷을 주워 입으며 문을 열었다. 형수가 얼굴이 파랗게 되어 달려든다.

"어찌 그러오?"

"복순 아버지가 없소."

"형님이 없어요, 쩡냥간에랑 가 봤소?"

"아무리 차저두 없당이. 아무래두 큰일났소."

형수와 사연은 왈칵 불길한 생각이 든다. 요즘 김 교사의 신색이 몹시 초췌하고 행동이 수상한 데가 많았다. 사연의 머릿속엔 형의 날카로운 시선이 번쩍한다.

사연은 잠시 생각하다가 그대로 행길로 나섰다. 나섰으나 막연했다. 다시 급하게 걸었다. 읍으로 가는 큰 길에서 그는 달음박질했다.

'어듸 갔을까. 혹시…… 죽지나 않었을가.'

사연은 또 줄달음을 쳤다. 길에는 개색기 하나 어른대지 않는다. 다시보니 달도 떴다. 그는 다리목까지 갔으나 아무 소용이 없었다.

사연은 오든 길로 되돌아서 왔다. 어찌해야 좋을지 도시 막막하나 무섭고 불길한 생각은 도시 떠나지 않는다.

'물에 빠졌나? 정신에 이상이 생겨서……'

사연은 갑자기 며칠 전 형수가 하던 말을 생각했다. 형이 자기를 칼로 죽이고 자기도 죽겠다고 하든 것을, 농민조합에 있는 자기를 칼로 찔러 죽이고 자기도 죽겠다구 하든 것을.

'칼로…….'

사연은 또 조급하게 걸었다. 칼로 자기 형이……. 그러나 그럴 리야 없으리라 생각했다. 그는 미친 듯 사방을 살펴며 걸었다. 달빛에 행길 옆 논에 희끄므레한 덩어리가 보인다.

'저게 무엘가. 이거 큰일낫구나.'

사연은 논으로 뛰어들었다. 사람이 꼬꾸라졌다. 더 말할 것 없이 형 김교사였다. 사연은 그대로 업으려 했다. 피ㅅ비린내가 확 끼친다. 달빛에 검은 것이 번쩍번쩍 한다.

저고리로 형의 몸을 싸서 그대로 업고 집으로 달려 왔다. 울고 아우성을 치려는 형수에게 떠들지 말고 사람을 구하자고 했다.

"방에다 눕힙시다. 아직 숨이 있소."

사연과 형수는 김 교사를 맞들어 방에다 뉘었다. 목으로부터 온 몸이 피로 말았다. 김 교사는 얼굴이 조회처럼 희고 숨을 목에서만 헐떡거린다.

"내 읍에 가서 의사를 다려 오겠소."

이 말을 들었는지 김 교사는 눈을 뜬다. 눈을 뜨는 바람에 사연은 "앙" 하고 울음이 터졌다.

"형님 정신이 드오?"

"가지 마라."

형은 가지 말라는 뜻을 얼굴에 표했다. 그러나 그보다 먼저 죽음이 왔다. 김 교사의 눈은 몽롱하게 흐려 오고 마지막 호흡이 목 우에서 끓었다. 마침내 살아있는 사람들의 눈을 뽑아 청명관을 만들고 김 교사는 운명하고 말았다.

김 교사의 장의는 학원의 아이들이 열을 지어 오고 왼 동네가 들끓어 지냈다. 마을 뒷산 소나무 떡갈나무 그늘이 얼룩지는 곳에 그의 무덤을 만들었다. 필시 소년시절 김 교사가 기대앉아 책도 읽었을 곳에.

김 교사의 장사가 지나간 날 저녁, 사연은 저녁밥을 먹고 마당으로 나왔다. 오늘 밤은 다시 보지 않아도 달이 환이 떴다. 사연은 스적스적 마을 앞 행길로 걸었다.

탁— 트인 들과 강물에 달빛이 층층 차서 출렁거린다. 사연은 형의 죽음이 육체에 배어서 눈과 코와 모두가 다 죽음의 냄새뿐이다. 이승과 저승의 갈내ㅅ길에 선 것처럼 아득하고 미묘한 검은 길이 보이는 것 같다.

사연은 자연 발길을 학원 쪽으로 돌렸다. 이십사 년간 형의 학원 교과서를 끼고 다니든 길이다.

사연은 청맹과니처럼 눈을 멀뚱히 뜨고 그저 걸었다. 아픈 것이 도를 지나 칼 끝으로 후리어도 감각을 잃은 가슴을 안고.

가난한 아버지의 아들, 가난한 아들의 아버지, 다시 가난한 아이들의 교사— 그는 발작적으로 자살했다. 동네엔 김 교사의 죽음에 대하야 구구한 추측이 많았다.

'형님은 가난이 무서워 죽었다. 가난이 형님을 이겨서 마음을 허트려 놓았다.'

학원 집은, 그 오랜 기와집은 달빛이 비쳐서 앞마당 주초돌 우에선 바늘 이래도 끼이게 환히 밝은 것이 멀리서도 보인다. 비바람에 이끼가 끼고 풀들이 쑥쑥 올라온 지붕에 기와ㅅ장들도 번쩍번쩍 빛난다.

학원 뒤에 웃둑 앉은 그 산봉오리는 잠을 자고 검은 숲 속에선 부엉이도 울지 않는다. 한평생 쓸고 공구르고 정성을 들이던 마당엔 아직도 기다란 교의가 백양나무 밑에 뉘었다.

아이들을 다리고 손수 나무를 깎고 쇠몽치를 끼이고 해서 만든 철봉ㅅ대도 두 귀를 반짝 들고 그대로 서 있다.

사연은 그대로 걸었다. 문득 보니 학원 창문에 불빛이 환히 비쳐 있다. 그 네모진 유리 창문에 불빛이 비쳤다.

'누가 불을 켰을까?'

그러나 달빛과 어둠으로 짜진 이 밤이 고풍스런 학원에 귀신도 올 것 같은데.

사연은 불빛이 비치는 유리창을 유심히 바라보았다. 형 김 교사의 희고 가는 손이 이 불을 켠 것같이만 생각된다. 그는 잠시 형의 흰 손이 이 불을 켰다고 생각했다.

사연의 어둡든 마음이 웬일인지 평안해진다. 그는 오든 길을 되돌아서 걸었다. 우리들의 앞날도 누가 켠지도 모르는 그 창문에 빛처럼 밝아지는 것을 느꼈다.(1946. 7. 15.)

—『해방문학선집』, 종로서원, 1948.

해방기 여성문학의 생생한 증언

김경수(서강대학교 국어국문학과 교수)

자신이 사는 시대가 말 그대로 '역사적인' 시대인지를 알고 살아가는 개인은 없다. 시간이 흐르고 나서야 자신이 살아냈던 그 시대가 '역사적인' 시대로 해석되고 평가받는 것을 우리는 사후적으로 인지하고, 당시의 경험을 재구조화하기 마련이다. 그리고 그 재구조화를 통해 우리의 삶은, 그것이 다행스럽든 비통하든 간에, 비로소 하나의 전체로 재해석되게 마련이다. 해방이라는 사건과 그 시기 또한 이런 '역사적인' 시기임에는 틀림없다. 하지만 개인의 정체성은 물론 국가적 정체성도 급변한 이 시기가 우리에게 사적으로 온전히 정리되었다고 보기는 힘들다. 이런 사정은 그 분야를 문학사로 한정해도 마찬가지인데, 어떤 의미에서는 근대국가의 출범과 더불어 그야말로 명실상부한 '근대문학'의 여명기일 수도 있는 이 시기의 문학에 대한 이해는 여전히 제한된 채로 남아 있는 것이 사실이기 때문이다.

이런 의미에서 그동안 문학사의 영역에서 미봉된 상태로 남아 있던 해방기 문학 자료의 발굴과 해석은 무척 의미 있는 작업이라고 할 수 있다. 다양한 형태의 자료집과 작가 개인별 전집이 속속 간행되고 있는 것은 사실이지만, 해방에서 한국전쟁에 이르는 시기의 시대적 특수성으로 인해 아직 그 전모가 복원되었다고 하기는 어렵기 때문이다. 그 가운데서도 '한국 여성문학' 자료의 집성은 그 작업이 갖는 의의가 더욱 크다. 그것은 1910년대, 남성작가들과 거의 같은 시기에 첫발을 떼어놓은 우리 여성소설이 해방기의 현실을 어떻게 조명하고 있는가를 보여주는 것은 물론, 그간 주류 문학사의 영역에서 일정한 평가를 받아온 남성문학과 변별되는 여성작가들만의 현실안과 전망은 어떠했는지를 증언해주는 소중한 자료이기 때문이다. 또한 이런 작업에 대한 해석이 오늘날 우리가 향유하고 있는 여성소설의 성격을 새롭게 이해할 수 있는 중요한 발판이 될 것은 두말할 나위도 없다.

『해방기 여성 단편소설 Ⅰ』에는 해방기에 발표된 여성작가의 작품 37편이 실려 있다. 주요 작가는 강신재와 김말봉, 박화성과 손소희, 그리고 윤금숙과 이선희 등이다. 이선희와 김말봉, 박화성 등이 1930년대에 작품활동을 시작한 작가들인데 반해 손소희와 윤금숙, 그리고 강신재는 해방기에 비로소 작품활동을 시작한 작가들이라는 점이 일정한 의미를 가질 수도 있을 것 같다. 식민지 말기 우리 문학 전체의 위축을 감안한다면, 이런 여성작가의 활동의 면모는 그것 자체로 여성문학의 지속성과 새로운 세대의 문학적 방향을 가늠할 수 있는 근거가 돼 주기에 족하기 때문이다.

비록 수록된 작품 편수상의 차이는 있지만, 이 책에 수록된 여성작가들의 소설은, 그 주제론과 거시적인 이야기 문법 면에서 우리가 이미 나와 있는 여러 권의 문학사를 통해 알고 있는 해방기소설의 그것과 크게 차이가 나지 않는다. 해방의 문학적 형상화는 일제의 핍박을 피해 국외로 떠나갔던 유민(流民)들의 귀환의 이야기와, 그들의 유입으로 인해 심각한 주거난에 직면한 서울의 생활난, 그리고 일제잔재의 청산이라는 당위로 요약할 수 있다. 이것은 정비석의 「귀향」이라든가 계용묵의 「바람은 그냥 불고」, 김동리의 「혈거부족」과 황순원의 「두꺼비」, 그리고 채만식의 일련의 반성소설들에서 확인할 수 있는데, 이런 성격은 이 책에 수록된 여성작가들의 경우에도 크게 다르지 않다.

윤금숙과 손소희의 작품들은 특히 전재민, 즉 전쟁이 끝난 뒤 만주와 중국 등지에서 고국으로 귀환한 사람들의 삶을 인상적으로 포착하고 있으며, 강신재의 「성근네」와 김말봉의 「낙엽과 함께」 같은 작품은 삼팔선이 고착화되기 직전 남북을 오가며 살아가는 사람들의 삶을 그리고 있다. 김말봉의 「성좌는 부른다」는 이른바 소매치기가 극성인 서울 장안의 풍경을 보여주며, 강신재의 「분노」는 미군 주둔과 더불어 양공주가 태어나는 과정을 그리고 있고, 윤금숙의 「명동 주변」은 댄스홀을 드나드는 남녀군상의 삽화를 통해 해방 직후 서울에서도 여전히 욕망을 부나비처럼 좇는 무리가 횡행하고 있었다는 것을 보여준다.

하지만 그 구체적인 형상화 측면에서는 기왕의 남성작가들의 작품과 대별되는 국면이 또한 존재하는데, 전재민 이야기에 대한 집중적인 관심과, 귀환한 뒤 서울에서의 삶에 대한 여성적 관점에서의 묘사가 일단 거론될 수 있을 듯하다. 손소희와 윤금숙에게서 거듭 반복되고 있는 전재민 이야기는 그간 남성작가들의 작품에서 많이 발견할 수 없었던 테마라는 점에서 특별하다. 그리고 이 두 사람에게 전재민의 삶이 문제시되었던 것은 이 두 작가의 개인적 체험과도 무관하지 않다. 손소희는 1942년 ≪만선일보≫ 기자로 문필활동을 시작했으며, 윤금숙 또한 같은 신문의 문화부에서 근무했는데, 이런 경력으로 인해 이들의 작품에서는 만주국의 수도 신경(新京)에서 다른 민족들과 함께 살다가 해방을 맞아 조국으로 돌아오는 사람들의 삶과 의식이, 특히 여성인물의 시각에서 꼼꼼하게 그려지고 있는 것이다. 손소희의 「리라기」와 「가두에 서는 날」, 「회심」, 「한계」 등과 윤금숙의 「파탄」, 「들국화」, 「얼굴」, 그리고 「춘수」 등의 작품이 대표적이다.

해방이 기점이 되고 있기는 하지만, 물론 이 소설들에서 보다 문제가 되는 것은 그들의 귀환 후의 삶이다. 조국이 해방과 더불어 귀환할 그 수많은 전재민들을 위한 삶의 여건을 미리 준비해두었던 것이 아니었던 만큼, 이들은 그야말로 생존 그 자체가 위태로운 지경에 처하게 되고, 급기야는 온전한 옷가지라도 거리나 '야밋장'(암시장)에 나가 팔아야 하는 처지에 놓이게 된다.

손소희의 「가두에 서는 날」과 「탁류기」는 그렇게라도 생계를 유지해야 하는 전재민들의 삶이 전경화되어 있는데, 그 과정에서 작가는 몇 가지 외면할 수 없는 진실을 독자들에게 알려준다. 그 하나는 해방후 서울로 몰려든 사람들 가운데에는 비단 전재민뿐이 아니라 이북지방에서 내려온 사람들도 다수 있었다는 사실과, 그 혼란의 와중에도 일본인들이 남기고 간 재산을 아무렇지도 않게 매매하는 사람들과 해방 전 양심적인 동포들을 핍박하던 사람들 또한 그들과 같은 하늘 아래 아무렇지도 않게 삶을 유지했다는 사실이다. 손소희의 「가두에 서는 날」의 주인공 부부의 아래와 같은 대화는 이 점을 여실히 보여준다.

　　"우린 언제 부엌에다 솥 걸구 그렇게 살어볼까? 조선서 산 사람들은 얼마나 좋아. 우린 그렇게 하구 살어 못 본 것만 같애."
　　처량한 울림을 가진 목소리였다.
　　"조선서 못 살어서 남의 나라에 갔지. 이웃서 여럿이 살 수 있었으면 만주고 내지고 왜 가니?"
　　"더 잘 살어 볼려고 갔지. 또 일본놈 등쌀에 못 배겨도 가고."
　　"그만두어. 핑계 없는 무덤 없단다. 일본놈 등쌀에 못 배겨 간 건 혁명가란다. 어쨌든 결론은 못 살겠으니 간 거 아니냐. 헌데 요즘은 정말 전재민이 아닌 반전재민이 더 많아. 이북 부자들은 다 오는 셈인지 일본놈들 권리금 턱턱 내 놓고 사는 바람에 정말 전재민이야 어디 집 잡을 수가 있니? 그저 돈이 사는 세상이야."

위와 같은 인식은 해방이 되었다고 해도 한국인의 삶은 여전히 유민의 그것과 다름없었다는 것을 단적으로 보여준다. 손소희는 「도피」에서, 신경에서 노무주임의 일을 맡고 있는 같은 조선인의 생각을 빌어, "흡사 유랑의 민족이었다. 살아야 하는 민족의 생명을 고집하여 새로운 땅을 찾는 거와도 같이 느껴졌다. 아주 죽은 놈은 버둥거리지도 않는다. 사람도 죽어 버리면 모든 그 많은 원에서 해방 받을 것이다.//살기 위해서, 그 살아 있다는 사실 때문에 온갖 굴욕을 던지는 대로 받아야 하는 민족…. 받지 않을 수 없는 부류에 속한 인간. 처음에는 체증으로 소화불량에 걸리기는 하나 마침내는 그것에 길들여져서 그 굴욕을 집어삼킨다."라고 진단하고 있는데, 어떤 의미에서는 이런 인식이야말로, 한국인의 삶의 본질적인 위기상황에 대한 그것이라고 해도 과언이 아닐 것이다.

전재민들의 삶에 대한 여성작가들의 관찰은 비단 이 정도 선에서 그치지 않는다. 여성으로서의 정체성이 작동을 했겠지만, 이들 여성작가들은 그 와중에도 해방후의 삶이 신산스러웠던 이유 가운데 하나가 남편들의 무능과 무분별한 외도였다는 사실을 반복해서 증언하고 있다. 윤금숙의 「파탄」은 전재민이 되어 돌아온 남편이 다른 여인을 만나 급기야는 본부인에게 이혼을 요구하는 정황을 보여주며, 「얼굴」은 남편의 배신을 보다 못해 집을 나왔으나 아이들이 눈에 밟혀 아이들을 보러가는 여인의 심사를 그리고 있다. 단편적으로 그려져 있어 어떤 특징적인 정황을 소개하기는 쉽지 않지만, 대체로 그 풍경은 일종의 의식의 마비증세라 할 만하다.

하지만 이 책에 수록된 다른 작품들은, 남편의 출분에 대해 개인적으로 어떤 해답을 도출하기가 쉽지 않은 상황에서 남편의 체면을 위해 자신이 본처임을 숨기거나 적정한 선에서 물러나주는 정도의 행동만을 포착하고 있다. 역으로, 남편의 출분에 응분의 책임을 묻거나, 해방후의 현실을 자기성취를 위한 기회로 생각하는 전향적인 여성들도 또한 존재한다. 이런 태도를 보여주는 대표적인 작품으로는 강신재의 「안개」와 손소희의 「리라기」, 「속 리라기」 연작을 들 수 있다. 「안개」는 현진건의 작품 「빈처」의 후일담이라고 할 만한 작품이다. 해방후 소설을 써서 잡지에 발표한 아내 성혜와 달리, 남편인 형식은 시인으로서 등단하고자 하지만 말처럼 쉽게 되지 않고 연거푸 퇴짜를 맞는다. 아내 성혜의 문학적 능력을 시기하는 형식은 자기가 아내의 소설을 읽고 이곳저곳을 고치라는 의견을 내는 것으로 가장의 권위를 회복하고자 하지만, 아내 성혜는 그것을 반영하지 않고 잡지사에 작품을 보내고 잡지사는 그것을 아내의 뜻대로 잡지에 게재한다. 이 작품의 결말 부분은 우연

히 마주친 잡지사 관계자의 말을 들은 남편이, 골목의 전등불 아래에서 자신
이 지시한 대로 아내의 작품 수정이 이루어지지 않은 것인지를 부리나케 확
인하는 것을 아내 성혜가 고통스럽게 쳐다보는 장면으로 구성되어 있다. 그
순간을 작가는 다음과 같이 적고 있다.

> 길에는 한 사람의 행인도 보이지 않는다. 어둠과 자옥한 안개에 싸여서 거리
> 는 숨을 죽인 듯 고요하다. 형식은 불 밑에 책을 바싹 들이대고 그저도 정신없
> 이 책장을 재껴 넘긴다.
> 성혜의 가슴으로 날카로운 고통이 스치고 지나갔다. 그 아픔은 처참한 비명이
> 되어서 일순 잔잔한 거리를 진동케 하였다. 아니 진동케 하였다고 생각한 것은
> 성혜의 착각에 지나지 않았으나 실로 그 순간 성혜의 영혼은 아픔을 못 이기어
> 몸부림을 치면서 비명을 울렸던 것이다.

현진건의 「빈처」가 이른바 문학청년의 대책 없는 낭만적 자기최면의 어처
구니없는 현실을 그려보고 있다면, 강신재의 이 작품은 그런 문학청년의 치
기가 아내에게 철두철미하게 폭로되는 현실을 그린다고 할 수 있다. 1930년
대 여성작가의 탄생과정에 대해서는 별도의 고찰이 필요할 테지만, 「안개」는
어떤 측면에서는 전후 보다 본격화되고 예각화되는 여성소설의 발생환경에
대한 일정한 암시를 제공해주고 있다고 할 수 있다.

손소희의 연작소설 또한 이와 유사하게 전향적인 여성의 각성을 전면적으
로 그린 작품이다. (독립)운동으로 투옥된 남편이 자취를 감춘 오랜 세월 동
안 딸을 데리고 신경(新京)에 가서 교사로 일하면서 남편을 기다렸던 리라는,
해방후 남편이 돌아와 자신이 부상당했을 때 간호를 맡은 인연으로 사랑에
빠진 다른 여인이 자신을 따라왔다는 말을 하자 남편의 친구인 진성에게 부
탁하여 H읍의 국어교사로 가버린다. 여기서 그녀가 남편으로부터 사태의 전
말을 듣고 보인 별거결행의 마음은 교사로서 처음으로 학생들에게 자신을
소개하는 발언을 통해 엿볼 수 있는데, 그 부분은 다음과 같다.

"여러분, 지금까지의 우리들의 할머니와 어머니는 실로 좁고 험하고 거친 인생의 길을 걸었습니다. 그들은 여자이기 때문에 한낱 집안이란 울에 갇힌 사색과 행동과 자기를 잃은 죄수에 불과했습니다. 그러나 오늘 이 자리에서 저를 맞어주시는 여러분은 춥고 덥다는 것을 느낄 줄 아는 감성의 소유자로 싫고 좋은 것과 미운 것과 아름다운 것을 분별 선택할 수 있는 자신의 의사를 표명해도 무방한 자유로운 단계에 서 있습니다. 이러한 우리 여인들의 성장은 곧 조선이란 국가의 성장이 되며 다시 지구 우에 생존하는 모오든 억눌린 자들의 성장일 것입니다. 저는 임의 한 세기의 세분의 하나를 뒤떨어진 여자이올시다. 여러분은 나를 선생이라 생각지 마시고 그저 한 연구의 벗으로 사괴며 나를 뛰어넘어 주십시요."

작품에서 서술되고 있는 사정은 다소 애매하지만, 리라가 자신이 오랜 세월 기다려온 남편을 거부하고 여학교 교원이 되어 학생들에게 내뱉는 일성은, 외견상 신지식의 세계를 받은 신여성의 목소리를 연상시키지만 그 뜻은 전혀 다를 수밖에 없다. 무엇보다도 해방된 조국이라는 환경이 그 가능성의 영역과 맥락을 보장해줄 것이기 때문이다. 작품에서 리라는 남편이 위독하다는 편지를 받고 잠깐 다시 남편의 곁으로 돌아가지만, 그의 뜻은 여전히 자신이 근무하는 학교로 향해 있다. 그만큼 그녀의 결심은 확고하다.

앞서도 말했지만, 강신재와 손소희 소설의 이런 면모는 1930년대 여성문학을 추동했던 여성의 각성과는 다른 차원에서 향후 본격적으로 전개될 새로운 여성문학의 탄생을 예고하고 그 방향을 알려주는 가늠자가 되기에 족하다. 이것은 해방기의 현실을 바라보고 증언하는 데 있어서도 일종의 젠더적 시각이 작동했다는 것을 증명하는 것이기 때문이다. 그런 의미에서 이 책에 수록된 강신재와 손소희 등 해방기 여성작가들의 소설은, 그간 우리가 알고 있던 해방기에 대한 소설적 응전의 폭이 섬세한 여성의 감정에서부터 사회적 자아의 문제에 이르기까지 아주 넓었다는 것을 알려주는 확실한 증거라고 할 수 있다.

하지만 그렇다고 해서 이들 여성작가들의 시선이 여성인물들의 의식과 각성에만 배타적으로 매달렸던 것은 아니다. 곧, 손소희의 「현해탄」은 패망한 일본으로 건너가 밀수의 루트를 개척하는 인물을 주인공으로 설정하여 해방을 맞는 민족적 자존심의 문제를 추적한다. 그리고 1930년대부터 활동했던 이선희는, 「창」을 통해 예외적으로 해방후 북한지방을 무대로 토지개혁 전후의 비극적 사건을 냉철한 붓끝으로 그려내고 있는데, 이 작품들은 그것 자체로 해방기의 현실에 대한 생생한 증언으로서 손색이 없다. 그 중에서도 「현해탄」은 해방된 조선을 떠나 패전을 맞은 일본 도쿄(東京)를 무대로 하고 있다는 점에서 이색적이면서도, 주제면에서 해방을 맞은 조선과 패전국인 일본의 상이한 위기대응을 대조시킴으로써 주제의식을 선명히 드러낸다.

물품부족의 현실을 이용해 밀무역에 손을 대는 승헌은 일본 도쿄 시내를 거닐던 도중 우연히 자신이 일했던 조선의 방직회사 미키[三木]를 만나게 되어, 그로부터 일본의 메리야스를 조선에 가지고 가 팔 것을 제안 받는다. 주인공은 패전 후의 일본을 "옛날 만주로 돈벌이 떠나던 식으로 막연히 한몫 보려고 찾아왔다는" 부끄러움에 원수임에 분명한 미키에게 자신이 다시금 앞잡이 노릇을 하게 되었다는 자괴감에 고민하면서, 외상으로 받은 그 물건을 버리겠다고 하면서 친구인 상수에게 다음과 같이 말한다.

"아니야, 그 작자, 나를 사 버릴 작정이었어. 그 뚱뚱한 친구의 엉큼한 뱃속에서 어째서 그런 너털웃음과 그런 호의가 나왔다는 걸 인제는 알 수 있어. 그놈이 나를 얼마나 만만히 봤으면 그렇게 주무르려고 들었겠나. 나는 그게 분하고 그렇게 한목 잡혀 보이는 내 자신이 미워서 그래. 저의 놈들은 양과자까지 원수로 취급하면서 저희들은 우리의 원수가 아니었다고 뻔뻔스럽게 조선에 판로를 구한단 말인가. 조선 사람도 밥주머니만을 차고 다니지 않는다는 실증을 보이기 위해서라도 그놈의 물건을 제대로 돌려 버려야지."

비록 홧김에 내뱉은 말이기는 하지만, 이런 승헌의 태도는 해방을 맞은 식민지 주민의 복합적인 심사를 여실히 반영한다. 그리고 작품에서 승헌은 고국으로 돌아오는 길에 배가 고장이 나 물건을 모두 버려야 하는 상황이 되자 솔선하여 자신의 짐을 바다에 버림으로써 일종의 자기 갱신의 기분까지를 맛보는데, 이런 결말처리는 해방기 소설로서는 예외적으로 어떤 통쾌함까지 전달한다. 그리고 이는 해방을 맞은 조선인의 민족적 자존심이 어때야 하는지 그 당위를 역설하는 작가적 작의로서 신선한 충격을 주기까지 한다.

일제치하 삼십육 년을 축도로서 조명하고 있는 「삼대의 곡」과 「지류」 또한 이런 맥락에서 해석되는데, 여기에 예외적으로 해방후 토지개혁이 이루어진 이북의 현실을 다루고 있는 이선희의 「창」까지를 함께 생각해보면, 해방기 여성작가들이 거시적인 사회현실의 해부에 있어서도 남성작가 못잖은 뛰어난 성과를 거둘 정도로 섬세하고 냉철했다는 것을 우리는 확실히 알게 된다.

식민지의 백성으로 살다가 해방을 맞은 사람들의 의식은 오늘날 우리가 상상할 수 있는 것 이상으로 복합적이었을 것이다. 생활의 곤란에서부터 백주대낮에 식민지 시대 자신의 아들을 학병으로 몰아넣었던 일제의 앞잡이에게 다시금 포승줄을 받아야 하는 상황(「역류」)만 떠올리더라도 이는 수긍이 될 것이다. 그 다양한 감정의 범위와 섬세한 깊이를 해방기 여성작가들의 작품은 아주 깔끔한 이야기로서 보여준다. 물론 그 가운데 다소 여러 편이 단편(短篇)이라고 하기엔 부족한 소품이어서 일정한 한계가 있는 것은 사실이지만, 그런 현상이 비단 여성문학에만 국한된 것이 아니라는 점에서 그리 폄하할 성질의 것은 아니다. 현재 이 책에 수록된 작품들 외에 『해방기 여성단편소설 Ⅱ』에 실린 작품들이 함께 고려된다면, 우리는 해방기 여성소설의 성취와 한계를 보다 정확히 이해할 수 있게 될 것이다. 그런 의미에서 이 작품집이 갖는 의미는 대단히 크다.

편자 소개

구명숙 숙명여자대학교 한국어문학부 교수
이병순 숙명여자대학교 한국어문화연구소 책임연구원
김진희 숙명여자대학교 한국어문화연구소 책임연구원
엄미옥 숙명여자대학교 한국어문화연구소 책임연구원

한국 여성문학 자료집 ❷

해방기 여성 단편소설 I

초판 인쇄 2011년 3월 23일
초판 발행 2011년 3월 30일

편 자 구명숙 이병순 김진희 엄미옥
펴낸이 이대현
편 집 권분옥 이소희 박선주

펴낸곳 도서출판 역락
주 소 서울시 서초구 반포 4동 577-25 문창빌딩 2층
전 화 02-3409-2058, 02-3409-2060
팩 스 02-3409-2059
등 록 1999년 4월 19일 제303-2002-000014호
e-mail youkrack@hanmail.net

정 가 40,000원
ISBN 978-89-5556-903-2 94810
       978-89-5556-901-8(전3권)

*잘못된 책은 바꿔 드립니다.